杜甫古體詩選講

上冊

陳文華 著

臺灣 學生書局 印行

告別人間，但不會被遺忘！

杜甫〈夢李白〉：「死別已吞聲，生別常惻惻。」似乎「死別」的傷痛比「生別」短暫，可以快點兒淡去，甚至遺忘。我倒覺得，「死別」是絕望的傷痛，強過於「生別」；「生別」雖然日子綿延，不知終點；然而至少還有再相聚的希望。而「死別」的傷痛果然很快就會淡去嗎？果然就會遺忘逝去者嗎？我感受到的卻是東坡「不思量，自難忘」的深沉思懷。

我寧可文華與我們只是「生別」而非「死別」；即使「西出陽關無故人」，仍然可以期盼有朝一日，我們就在邊界酒店，迎接他的歸來，而歡然洗去風塵，不用勸，談笑間，我們都已更盡千杯酒。

這是夢想，只是夢想。知交摯友陳文華教授，庚子疫情如熾中，於孟秋七月告別這多難深苦的人間世。我曾「含著悲傷又帶著微笑」送走了他，至今還不到一年，誰說這場「死別」真的已「吞聲」！他的至親好友，登堂入室的門生們，哀傷還沒有淡去，更沒有遺忘他彷如古梅傲雪，那人格、學問所凝聚顯現的身影。

有些人即使豐功偉業，權勢燻天，財富敵國；一旦嚥下萬金難買的最後一口氣，群眾立即想盡辦法也要將他掃出記憶庫，免得繼續帶給人們有如蠹狗貪狼的惡感，「遺忘」是最療癒的良方；而有些人一襲布衣，兩袖清風，縱使得盡天年以逝，也會讓愛之者、敬之者，將他的人格、學問所凝聚顯現的身影，鐫刻在心版上，時時懷想，如何會「遺忘」！這是每個人生命存在意義價值的選擇。文華很清明的選擇他自己，終身不改其志的做他自己。他，雖然已告別人間，但不會被遺忘。

如今，「死別」還未「吞聲」，我卻情不容辭的爲文華這本遺作《杜甫古體詩選講》寫序。由於是講學音檔轉寫成文字，現場對著學員講課的情境，音容笑貌鮮活如在眼前。閱讀過程中，除了激賞、佩服文華學養功深，對杜詩詮釋精微之外；與文華如同元白知交數十年的記憶，又被片片段段的召喚回來。而斯人卻已回歸天地，氣散芒芴間，視之不見，聽之不聞；文華究竟去了哪裏？真的有讓人不憂不懼、不爭不奪、不哀不苦的華胥之國、無何有之鄉嗎？我尚友莊周大半輩子，雖然深知「齊死生」之理，此時仍然爲之感傷不已。

許多年前，我還在淡江大學任教。文華已經先受三千教育中心創辦人、天籟吟社前社長姚啟甲先生之邀，向愛詩的一般民眾講授古典詩，以高步瀛所選編的《唐宋詩舉要》爲教本。過些年，因爲文華的推介，姚先生也邀我與文華同登三千教育中心的講壇。那時，他的健康已亮起紅燈，肺腺癌罹身，體力日衰。於是，我們就隔週輪流講課，都依《唐宋詩舉要》而各自選材。文華大致以「杜詩」爲主；我則設計幾個主題，選擇範例以詮釋，各體都有。某日，文華對我說，他構想把《唐宋詩舉要》所選的杜甫「古體詩」全部講完。這一選本中，杜詩五七言古體總數四十五首，文華果真全講。我想像他拖著病軀，撐著衰弱的體力，提著一口氣，講述著大篇長幅的杜詩古體。這樣的魄力，就已叫人讚嘆。

杜詩無一字無來歷，他曾自稱「讀書破萬卷，下筆如有神」，其詩用典特別多，尤其「古體」爲甚。用典是古事，必須從典籍追察，非博學不能詮解杜詩。仇兆鰲《杜詩詳注》所徵引杜甫用過的古代典籍，就多達二百餘種，可見讀杜、解杜何等之難！

從唐代孟棨《本事詩》以降，「詩史」已成杜甫特享的封號，比「詩聖」還具有文學批評的意義。明清時期，「詩史」更引發紛雜的爭議，成爲詩學史上的重要論題。故杜詩除了善用古代典故之外，他的詩幾乎都關聯到當代「時事」，也關聯到他個人的身世遭遇，時代與個人相即不離。而且非僅做爲背景而已，更多時代與個人經驗，已經由杜甫「詩心」的釀造，而入其詩中，融化爲情志內容。因此，不懂唐史也難以讀通杜詩，或只見皮相，或誤解其意。例如不識唐代兵制、稅制、邊防、與吐蕃幾次戰役，就讀不懂、解不通〈兵車行〉；不識唐代兵制、宦官與節度使以及節度使與節度使之間兵權的角力消長、安史之亂的歷程實況，就讀不懂、解不通三吏、三別；不識安史之亂與杜甫的人格、思想及遭遇，就讀不懂〈哀江頭〉、〈月夜〉、〈北征〉等詩。

杜詩少用比興，多以賦法直陳其事、直寫其景、直抒其情、直述其意，又何以能得委婉深曲之妙？其功全在敘述形式、方法的千變萬化，也就是杜甫自稱的「沉鬱頓挫」。「沉鬱」乃詩中深沉鬱結的悲情怨意，是表現的內容、效果；而「頓挫」則是敘述章法之抑揚、開闔、跌宕、曲折，乃表現的形式、方法。以此形式、方法得此內容、效果，融合爲一體，而展現杜詩特有的體式，更爲後世建立豐富靈妙的法門；然則，不識杜詩之章法變化，也難以讀杜、解杜。

第一流的杜詩學者必備以上幾個條件，這是學養，乃經由習成的「知性」；我敢說文華都具備了。然而，第一流的杜詩學者，不僅必須具備豐厚的學養，更必須具備靈性慧心，最好既是學者又是詩人；在知性學養的基礎上，能直契詩境，體會沉深幽微的涵意，這是直觀解悟，乃生具而未鈍去的「感性」；缺乏這種「感性」，只靠學養，搬弄史料以考實，而不能憑藉靈性慧心以會虛，僅算是僵固的「學究」而已，何足以成爲第一流的杜詩學者。宋代以降，箋注、評論杜詩，號爲「千家」，其中「學究」恐怕佔了大半以上吧！

今日，讀杜、解杜，參考文獻患多不患少，怕的是不知如何取捨。明清之際，箋注杜詩者甚眾，其中以錢謙益、朱鶴齡聲名最著。康熙年間，仇兆鰲彙集錢、朱等數十家之說，費二十餘年而成《杜詩詳注》，最爲周備；其弊卻流於煩瑣，又尊杜太過，有時不免穿鑿。雍正年間，浦起龍著《讀杜心解》，則強調主觀意會，往往好爲異說，穿鑿更甚。乾隆年間，楊倫著《杜詩鏡銓》，乃避仇注之煩瑣，而以精簡爲尚；又避浦注之好異、穿鑿，而求語語必有著落，乃是至今最爲普行的注本。讀杜解杜，會此三家，取長去短，大體不失參酌之效。

文華是我這一世代中，可稱「博通」的學者，非只專精一業，而能博涉諸學以融會之。其中，「杜詩學」乃是他博中之精，累積數十年工夫，前述三家之注當然非常嫻熟，在這部《杜甫古體詩選講》中，都能善加參酌，靈活取用。文華既學養豐厚，又生具靈性慧心，自身就是傑出的古典詩人，故而能直觀解悟沉深幽微的杜詩涵意。我可以懇切的說，文華的確是當代第一流的杜詩學者，除了早期出版的《杜甫詩律探微》、《不廢江河萬古流》、《杜甫傳記唐宋資料考辨》、《杜律旨歸》之外，這部《杜甫古體詩選講》更展現他解杜之功深。

這部書，雖然是對著非專業學者的常民講授杜詩，卻也不作空泛之說。他採取的是精細的文本分析性詮釋，類似漢儒解經的章句之學，卻只見其細緻，而不嫌煩瑣。文本分析性詮釋過程中，明顯可見文華豐厚的學養基礎，對典故、唐史、杜甫身世遭遇及人格、思想、性情都做了必要的考信；然後在這實學的基礎上，展現他做爲傑出詩人的靈性慧心，將沉深幽微的旨意揭明出來，卻不至淪入穿鑿之弊。其中更流動著文華真實的性情，與杜甫今古相接，彼此感契，故全無搬弄文獻的學究氣。杜甫這個人以及他的詩就鮮活的再現在聽者讀者的心眼中，而覺得「詩聖」之可感、可知、可愛、可親、可喜、可悲、可敬、可佩而可法。

去者日以遠，「死別」也終會「吞聲」，卻未必會被「遺忘」。文華果然已告別人間，八駿都追不回還諸天地的生命；但是，他絕不會被敬愛他的親友門生們「遺忘」，甚且就如同他所尙友的杜甫，在很長久的將來，也會被後起的學者們，讀其書、誦其詩，而知其人、論其世，以尙友這個詩人與學者；我經常觀看、推想，被「遺忘」的應該是那些在權力、金錢漩渦中浮沉而不能創造生命存在價值的「泡沫人」吧！

顏崑陽 序於花蓮藏微館

二〇二一年三月辛丑仲春

「聽」文華講杜詩

文華養病期間，我曾經幾次去看望他，他的病情穩定，談興甚濃。我問他，除了看病、養病之外，他還做些什麼事。他告訴我，他以前一直在天籟吟社講詩，大半是分體講，曾講過七言絕句、五言律詩和七言律詩。有一次他專講杜甫的古體詩，五、七言混著講，按照寫作時間講下來。天籟吟社的社員都喜歡創作舊詩，分體講對他們學習寫作實際效用更大。但根據他分別講杜甫五言律詩和七言律詩的經驗，這種講法也有缺點。杜甫人稱「詩史」，講他的詩，必須說明每首詩的寫作背景，不然無法充分體會他的生平遭遇與時代的密切關係，也無法理解爲什麼古人稱他爲「詩聖」。如果五言律詩和七言律詩分開講，那麼，同樣的寫作背景就必須講兩次，這就重覆了。而且，這樣講的時候，還無法將杜甫的一生和杜甫所遭逢的時代，整體性的講下來。譬如，從玄宗天寶十四載十一月，到肅宗乾元二年七月這一段期間（將近四年），杜甫主要寫古體，其次是五律，寫得最少的是七律。不論是講五律，還是講七律，都無法顯現出杜甫憂國憂民的胸懷，必須按照寫作時間逐首講下來，才能對杜甫的人格與詩藝有完整的理解和體會。文華說，這一次講課有完整的錄音，他已經請學生整理，準備修改後出版。

我曾講過三次杜詩，兩次在台灣清華大學，一次在重慶大學。我始終採取編年方式，將杜甫生平分成幾個階段，按階段選講重要作品，不分體，必要時候才告訴學生每首詩的體裁。我認爲這種結合杜甫生平講解杜詩的方式，更容易理解杜甫詩藝的演進，更能掌握杜甫不同階段的題材變化，更能體會杜甫的偉大。根據我的講課經驗，其中最困難的就是講解杜甫的長篇古體詩，如五言古體中的〈奉贈韋左丞丈二十二韻〉、〈同諸公登慈恩寺塔〉、〈自京赴奉先縣詠懷五百字〉、〈北征〉等，七言古詩中的〈飲中八仙歌〉、〈樂遊園歌〉、〈兵車行〉、〈麗人行〉等。杜甫詩的遣詞造句講究「無一字無來歷」，再加上喜歡用典，長篇作品大都結構謹嚴，如果不能把這些都講清楚，學生是很難欣賞的。我聽說文華在天籟吟社專門講過杜甫的古體詩，而且是按照寫作次序講，有全程錄音，準備整理成書，非常高興。我知道文華講詩極爲細緻，不論字句的解釋，還是結構的分析，一點都不會放過，一定非常精采，我一直期待這本書能夠早日出版。很遺憾的是，我幾次去看望文華時，了解到他的情況時好時壞，雖然每次都會問到這本書的進度如何，但也不敢談得太多，免得他有壓力。老實說，到了後來，我也不敢有太多的期望了。

文華的病情雖然不穩定，但大家都沒有想到他會突然走了。去年七月的某一晚，他肺部突然大量積水，第二天就離開了。聽到這個消息，大家都感到愕然。樹葬的當天，許多朋友和學生都到了。那個時候，我才有機會跟文華的幾個學生問起，文華的講課錄音整理得怎麼樣。有一個學生跟我講，基本上整理好了。再過幾個月，我接到通知說，文華的《杜甫古體詩選講》正在準備出版，預計五月開新書發表會和研討會。過一陣子，我接到文華的老弟仕華的電話說，文華的講稿已大致排好稿，想先寄一本給我看一下。仕華跟我說，他曾經聽他老哥講，我跟文華幾次提到這本書，所以希望我能夠寫一篇序。我立即答應。一直到這個時候，我期待的這本書才終於有了著落，文華去世將滿一週年之際，能夠看到他的遺著出版，對他的朋友和學生來講，無疑是最好的紀念。

文華在天籟吟社講詩，一開始是分體講。分體講唐詩，最好的選本當然是高步瀛選注的《唐宋詩舉要》。後來要把杜甫的五言古體和七言古體按寫作順序混在一起講，文華還是使用這個選本，只是另外補充了一個簡要的繫年。所以現在這本《杜甫古體詩選講》，所講的作品就包含了高步瀛《唐宋詩舉要》所選杜甫五古和七古的全部作品，共四十五題五十二首（其中〈夢李白〉二首、〈乾元中寓居同谷縣作歌七首〉）。如果只是講杜詩，我認爲最好還是使用楊倫的《杜詩鏡銓》，這樣就不會受制於高步瀛的選擇，譬如高步瀛不選〈羌村三首〉就很可惜，文華在講課中也特別提到。不過，爲了配合前面的分體講唐詩，文華選用《唐宋詩舉要》還是很恰當的，就杜甫的古體詩而論，高步瀛所選，除了少數例外，基本上把最重要的代表作都選進去了。

文華這本書最明顯的貢獻是，把杜甫每一首古體詩都極其細緻的講解了一遍，這樣的工作從來沒有人做過。古人講杜詩，基本上就點到爲止，很少把每一個字句都仔細解釋。分析得比較仔細的，如金聖嘆講杜甫七言律詩，主要是分析結構，字句也講得不多。而古人注杜詩，有時候雖然注得極仔細，但最重要的工夫都花在典故和字句的來源上（即所謂「無一字無來歷」），很少直接注解字句。現代的杜詩選本不算少，但仔細注解字句的也不多見。按我自己的經驗，我對有些字句的解釋沒有十足的把握，但去查現代人的注解，也很少能夠講得清楚的，因爲有時候實在很難講，不如不講，免得犯錯（寫下來的書，白紙黑字，無法否認，與其犯錯，不如略過不講，這是學者的通病。）而我發現，文華幾乎很少跳過難解的字句，他講得非常認真，一絲不苟。有些字句，我認爲他講得不夠精確，但他確實講出來了，可以做爲我們繼續討論的基礎，這一點就很不簡單。

更難講的是典故。古人注杜詩，只注出處，至於杜甫用這個典故，在這首詩裡應該如何解釋，古人也不講。這種地方，如果老師不再進一步解釋，學生多半是看不懂的，古詩有注也難讀，難就難在這個地方，而我發現，文華在這些地方特別用心，這真不簡單。如果講得太繁瑣，學生就會迷失於其中，忘記整首詩的大意，如果太簡單，講了等於沒講，分寸很難把握。這種地方我讀得很仔細，因爲可以跟我的經驗做爲對比，以便自己未來能夠改進。

另外一個更爲困難的地方，就是如何講解杜甫的長篇五言古體。一般講杜詩，最偏重七律。七律只有八句，而且格律謹嚴，全詩結構容易掌握，鍊字造句的工夫可以在中間兩聯的對仗中看得出來，而杜甫的氣勢與魄力也能夠在此表現無遺，因此容易博得讀者的喜愛。其次是七言古體，縱橫捭闔，氣勢凌人，再加上轉韻的自然流轉，朗讀起來就很過癮，其受人歡迎可以想見。相對來講，欣賞杜甫五言長篇古體的人就不可能那麼多。我覺得文華講杜詩，其超人一等之處正表現在這裡。

古人講解杜甫長篇古體最花心思的是仇兆鰲。仇兆鰲常喜歡從段落上分析杜甫的縝密功夫，但他的解析比較容易流於呆板。文華在講到〈兵車行〉時，特別舉出仇兆鰲所謂的「一頭兩腳體」，認爲講得很好。按仇兆鰲的講法，這首詩的前六句是「頭」，後面各分成兩個十四句，不但句數相等，押韻方式也類似，可以算「兩隻腳」，確實講得不錯。但一般而言，仇兆鰲的分析方法容易流於機械，後人不表贊成的也還不少，而文華好像也只完全贊同他在〈兵車行〉一詩的講法，其他作品不一定完全遵循。

文華講述長篇五古，我認爲有兩個優點非常突出。首先是「頓挫」。說杜詩「沈鬱頓挫」，沒有人不贊成，但如何解釋「頓挫」，就不是很容易的一件事。文華在講解〈奉贈韋左丞丈二十二韻〉一詩時，對此有詳盡的分析。最後，他總結說：「這是他（杜甫）特意營造的一種作用，讓作品具有頓挫的張力……像波浪：一波未平，一波已作。波浪低沈下來，波浪又湧上來；跌到低點，又湧上頂端，形成上下兩邊非常大的落差。這樣子的波浪也可以連續的出現：出現了一組頓挫，再出現另外第二組的頓挫。連續出現的頓挫就叫做『波瀾』……」我沒有看過有人把「頓挫」作了這麼生動而又容易理解的說明。用西方術語來說，就是要讓詩的語言具有「張力」、具有「戲劇性」。除了〈奉贈韋左丞丈二十二韻〉之外，杜甫在這方面的代表作，還有〈自京赴奉先縣詠懷五百字〉和〈北征〉（特別是前半首），文華對這幾首詩的每一處轉折都講得很仔細，如果能夠把文華的講解多細讀幾次，一定受益匪淺。這是杜甫長篇五古最具藝術特質的地方，特別花心思去理解是很重要的。

文華講述五古的另一特點，我引述他的話，再隨處加以說明。在〈北征〉開頭的地方，他說，「杜甫若是在現代，絕對是個最佳的電影導演，我的嘴巴，沒有辦法像他那樣，真實的、具體的、顯示出來，但是我一再的努力，希望能夠透過我的努力，在你們的腦海中產生像電影一樣的畫面。你看，本來跪在皇宮裡頭的，離開時心裡還恍恍惚惚的（按指「揮涕戀行在，道途猶恍惚」），出了城穿過田間小路，走在那郊野的道路上，人越來越少，屋子也越來越少（指「靡靡踰阡陌，人煙眇蕭瑟」），一路上，看到那些往後送的受傷的士兵（指「所遇多被傷，呻吟更流血」），然後，回過頭來，看鳳翔城最後一眼，在傍晚中，在夕陽下，插在城題上的旗子，閃閃爍爍、忽明忽暗的樣子（指「迴首鳳翔縣，旌旗晚明滅」）。像不像一部電影啊！很像嘛！」

以上文華講解的是，〈北征〉從「揮涕戀行在，道途猶恍惚」到「迴首鳳翔縣，旌旗晚明滅」共十句。他不是一句一句翻譯，而是把這一段話所提到的事情，像電影鏡頭一樣，一幕一幕呈現出來。這是杜甫獨特的塑造意象的方式，這種方式在杜甫的長篇古體，特別是五言古體中頗爲常見。這些句子，可以用西方詩學中的「意象」理論來加以分析嗎？恐怕不會有人想到，但經文華用電影鏡頭加以說明，顯然確實是由一連串的意象組成的。文華的講解讓我們看到，空有理論是沒有用的，如果不能細細體會杜甫詩的每一個句子，我們是得不出文華的這種深入理解的。我相信很少人能這樣講杜詩，我就做不到。

文華非常重視〈北征〉，單單開頭四句「皇帝二載秋，閏八月初吉。杜子將北征，蒼茫問家室」，他就講了很長的時間。他說，「一開頭兩句：『皇帝二載秋，閏八月初吉』，像不像一般詩的句子？絕對不像，這就是所謂散文化的句子」。接著文華舉出三個例子，說明杜甫所創造的這種散文化句法對後世所產生的重大影響，其中有中唐大詩人白居易的〈遊悟真寺〉前四句（「元和九年秋，八月月上弦，我遊悟真寺，寺在王順山。」）有晚唐大詩人李商隱的〈行次西郊作一百韻〉的前兩句（「蛇年建丑月，我自梁還秦」。）最讓我們感到意外的是，文華還提到清朝同治元年，台灣早期的一位舊詩人陳肇興所寫的〈自許厝寮避賊至集集內山次少陵北征韻〉一詩的開頭四句（「皇帝元年秋，閏八月初吉，我遁於內山，潛伏野番室。」）可見這首詩的影響，已經在杜甫的下一、兩代詩人白居易和李商隱那邊看到，同時還一直延續到清朝末期的台灣詩人陳肇興身上。很少人在講杜甫詩時，會詳細講述〈北征〉一詩，我的杜詩課，只開一學期，清華一週三小時，重慶一週兩小時，時間很短，我當然不敢講〈北征〉，但從中國詩歌史的角度來看，〈北征〉一詩是極其重要的，因爲它是宋詩散文化的開端。文華想指出這一點，所以特別提到了白居易、李商隱和晚清台灣詩人陳肇興，這樣就可以看出杜甫對中國詩歌發展所產生的重大作用。

在這裡順便補充一個文華漏講的例子（這首詩要講的地方太多，文華一時遺漏，他不可能不知道）。〈北征〉中還有這樣兩句「或紅如丹砂，或黑如點漆」，這也是散文句，因爲「或、紅如丹砂，或、黑如點漆」，都是一、四頓，而不是一般五言詩的二、三頓（如「杜子、將北征，蒼茫、問家室」）。「或紅如丹砂，或黑如點漆」這兩句對韓愈產生了非常重大的影響，他模仿了這兩句的句法，寫了一首很長的〈南山詩〉。杜甫在〈北征〉中所使用的一、四句法只限於「或紅如丹砂，或黑如點漆」兩句，而韓愈的〈南山詩〉卻發展成五十一句（「或連若相從，或蹙若相鬬」以下），寫成了一首極長的、形式極爲特殊的五言古體的「賦」。從詩題就可以看出，韓愈明顯受到杜甫的啟發，杜甫的題目是〈北征〉，而韓愈的詩題則是〈南山詩〉。由此可見，〈北征〉對韓愈的影響要遠大於白居易，而這首詩同時影響了中唐兩大詩人韓愈與白居易，可見其在詩史上的重要地位。

五古這種體裁，在〈古詩十九首〉的時代（一般認爲是東漢末期）已經很成熟。到了唐代，五古有兩種發展途徑，一種承襲〈古詩十九首〉、曹植、阮籍、陶淵明，如陳子昂、李白、王維、孟浩然、韋應物等，這可以稱爲正統派；另一種以杜甫爲代表，對於杜甫的五古，清代評論家施補華在《峴傭說詩》中說，「少陵五言古，千變萬化，盡有漢、魏以來之長，而改其面目。故於唐以前爲變體……」桐城派古文家方東樹在《昭昧詹言》又進一步加以說明，他說，「大抵飛揚峍兀之氣，崢嶸飛動之勢，一氣噴薄，真味盎然，沈鬱頓挫，蒼涼悲壯，隨意下筆而皆具元氣，讀之而無不感動心脾者，杜公也。」杜甫這種變體五古的最高代表作就是〈自京赴奉先縣詠懷五百字〉和〈北征〉（全詩七百字），爲了講授前面一首，文華「花了五個小時又五十分鐘」，至於〈北征〉，文華在講稿中沒有談到講授時間。如果以每次三小時來計算，我估計他至少要花三次以上才能講完，也就是說這首詩他至少講了九小時。一般人讀唐詩大都喜歡李白，並且不太能理解古人爲什麼那麼推崇杜甫。只有熟讀了這兩首五古變體，深深體會其長處，才能知道杜甫爲什麼偉大。文華爲了講授這兩首詩花了那麼多時間，完全不考慮學生是否耐煩，這才是真熱愛杜詩的人。

前面已經講過，比起五言古體，一般人更容易欣賞杜甫的七言古風。杜甫的七古，只要稍加閱讀，就能體會其中變化萬千。以早期的作品爲例，如〈送孔巢父謝病歸遊江東兼呈李白〉、〈兵車行〉、〈醉時歌〉、〈奉先劉少府新畫山水障歌〉，隨便瀏覽一下，就知道彼此面目各別。但杜甫並不以此爲滿足，他還苦心創造了一些極其獨特的「體式」，〈乾元中寓居同谷縣作歌七首〉就是其中極其著名的。全詩共有七首，但整個體式是苦心設計出來的。每一首都是八句，但分成兩個韻，前面六句一個韻，後面兩句一個韻。每一首後邊都是用「嗚呼一歌」、「嗚呼二歌」，一直到「嗚呼七歌」做結束，非常的整齊。這是一種特殊設計的聯章結構。這首詩前四首的開頭都很類似，「有客有客字子美，白頭亂髮垂過耳」、「長鑱長鑱白木柄，我生託子以爲命」、「有弟有弟在遠方，三人各瘦何人強」、「有妹有妹在鍾離，良人早歿諸孤癡」，到了第五首產生變化，到了第六首變成「南有龍兮在山湫，古木巃嵸枝相樛」，突然加入「兮」字，有一點楚歌體的味道，最後一首突然出現九字的長句「男兒生不成名身已老，三年飢走荒山道」，真是變化萬千。

這首詩的感情極其悲苦，但其形式卻非常縝密，是感性與理性的極端結合，讓人印象極其深刻，後代產生了許多模仿性的作品，如南宋經歷亡國之痛的文天祥和鄭思肖都寫過。文華說，這是杜甫爲七言古詩這一體裁所創造的一種「新體式」，文華引述劉金門的說法，說這是杜甫根據東漢張衡〈四愁詩〉和蔡琰〈胡笳十八拍〉創造出來的。文華還舉出了晉朝的張載也曾寫過〈擬四愁〉，將〈擬四愁〉和〈同谷七歌〉加以對比，就可以看出杜甫在模擬古人時表現出多麼強的創造性。從模擬傳統出發，而其結果卻是無人可及的創造性，杜甫雙腳踏在堅實的「傳統」的土地上，但最後卻飛揚出去，成爲讓人驚嘆的「新創」，這是講究中國文化的傳承與創新的人爲什麼那麼推崇杜甫的原因。

文華的《杜甫古體詩選講》，打印稿長達五百五十四頁，我必須在一個月內讀完，而且還要經過構思，再寫出序言，中間還得分心處理其他事情，所能掌握的時間很有限。但是，我還是很努力的把這一件工作完成。我只能選擇一些重點，指出文華講述杜甫古體詩的一些特點。我在清華大學上過兩次杜詩以後，曾經想要選注一本《杜甫詩選》，以便向一般讀者介紹杜甫詩。我知道這一工作不好進行，因爲我講課時參考過一些杜詩選本，都感到不滿意。要讓一般讀者了解杜甫的偉大，不能採用普通的選注方式。要理解杜甫人格與藝術的總總特點，這種方式是不夠用的，我試寫了幾首就放棄了，因爲我還沒有找到適當的寫作方式。讀了文華這本講課整理本之後，我才發現，文華這種極其詳盡的講述是我到目前爲止所看到的最好的方式。遺憾的是，這本書只包括杜甫的古體詩。據仕華說，文華的學生還在繼續整理他在天籟吟社分體講解近體詩的錄音。我很希望這些錄音整理出來以後，可以把杜甫的近體詩抽出來，和這本古體詩按寫作年分重編在一起，這樣我們就可以有一本文華講述杜甫的完整本，作爲文華一生講述杜詩的總結之作。

最後，我還想提一句，這本書是按照講課錄音整理的，學生整理時，保留了文華講課時的一些口頭禪，有人也許會覺得有些囉嗦，但我反而覺得很生動。我們是朋友，按台灣的習慣，我不可能去聽文華上課。我讀這本書時，彷彿坐在課堂上聽文華講課。我在淡江十年，常常跟文華喝酒聊天，現在讀這本書，又彷彿在聽他的課，深深的引發我對他的懷念之情。我特別要向爲文華整理這本講稿的學生致敬，我認爲他們的工作做得很好，應該感謝他們。

呂正惠
二〇二一年四月二日

杜甫古體詩選講

目　次

上　冊

下　冊

望　嶽

岱宗夫如何？齊魯青未了。造化鍾神秀，陰陽割昏曉。盪胸生曾雲；決眥入歸鳥。會當凌絕頂，一覽眾山小。

上一期結束的時候，我預告過，未來這幾期，我們要講老杜的古體詩。因爲我們從開始就是用這一個《唐宋詩舉要》，從七言絕句、五言律詩、七言律詩，挑一些作家、一些作品給各位介紹，近體詩部分，我們講了很長的時間了，因此給各位換個口味；講古體詩。當然古體詩也不只是杜甫，對不對？唐代就很多大家，宋代更多，不過我們先集中一下，介紹杜甫的部分。古體分爲五言古詩、七言古詩，我想我們打破以前先講五言再講七言的方式，假如又是老杜的五言古詩講完了，再講老杜的七言古詩，有時候感覺那個背景不停地重複，各位有沒有發現？我們講五言律詩、七言律詩，講到杜甫某一首詩的時候，又回到他三十歲的、四十歲的、五十歲的，那個背景不斷的重複，所以我想我就把他混一下，把這個五古、七古一起來講，按照他的時間先後，來做介紹。

因此我趕在做眼睛手術之前，給各位印了一篇講義，就是《唐宋詩舉要》裡頭所收的杜甫的作品，各個體裁都有，按照他的寫作年代先後，把它編排起來，這叫做「繫年」。不過也要給各位道歉一下，因爲趕著做，其實這個表並不很準確，我從幾個角度給各位補充說明一下。第一個，高步瀛先生收杜甫的詩，其實收的篇數很多，數量比其他作家相對的多，各位也可以看目錄，比方說五言古詩的部分一共收了多少首，七言古詩的部分一共收了多少首等等，我也曾經給各位做了介紹，總數加起來的話，杜甫的作品，這一本書所收的一共是一百四十八首。我好像也給各位說過，杜甫現在留下來的集子，他的作品的總數是多少呢？一千四百五十七首，幾乎剛好就是佔了十分之一，1457 嘛，他收了 148。不過有一個觀念要給各位說明一下，各位翻目錄，我們講慢一點沒關係，把觀念講清楚，比如說翻目錄，這個我們就舉五言古詩做例子好了，應該在我們書上的第二頁，有沒有看到？這個是五言古詩，杜甫的詩他說收了二十首。但是啊各位假如把他的題目一個一個數起來的話，有沒有二十首？沒有，只有十九首，了解嗎？七言古詩也一樣，他說收了三十二首，但是你假如一個一個題目數起來，他只有二十六首。要給各位溫習一下，這是什麼問題？你們都忘記了，一個觀念：一個作品往往都有題目，對不對？題目底下一個完整的單位叫什麼？叫做「篇」，對不對？「篇」底下次級的單位叫做什麼？叫做「章」，當然「章」下邊就是「句」啦、「字」啦，對不對？然後「章」又等於「首」，而一篇作品有些是只有一章，或者說一首，但有些是一篇底下有兩首以上，是不是？兩首以上的作品，我們把它叫做「連章」，對不對？假如一章的當然就是單章的作品了，是不是？所以高步瀛先生的數字，比方說杜甫的古詩二十首，就是從這單位說的，不等於這個「篇」，對不對？而一個一個題目呢，是「篇」，所以以五言古詩說，他是收了十九篇，其中有連章，所以是二十首，了解這個觀念？

他收的杜甫的作品的篇數，也就是有多少的題目呢？比如說五言古詩十九首，七言古詩二十六首這樣加起來，他一共收了一百二十一篇，所以我們看看我編的講義，繫年表，你假如一個題目一個題目數下來，就是一百二十一個題目，了解？好，那杜甫的總數，一共是有多少篇呢？它一共是一千一百三十五篇，也就是它一共有一千一百三十五個題目，了解嗎？首數是一千四百五十七，篇數或題目是一千一百三十五，那高先生 1135 裡頭收了 121，首數呢？1457 裡頭他收了 148，這樣補充，了解？這個也不只是讀老杜啦，你讀其他的作品這個觀念都要瞭解一下。

好，第二個要補充的，我們這個表是按照杜甫的創作的年代，把他的年號還有他寫作的歲數等等，把它列出來，可是第一個題目，〈登兗州城樓〉，有沒有看到？這一首五言律詩，高先生有收，但是我們講五言律詩沒有特別介紹這一首，這個我們講義把它編在開元二十四年，杜甫二十五歲，其實這個並不是很準確。可以這樣說，杜甫的集子從宋人編輯以後，有各種的編排方式，其實也不只是杜甫啦，好多詩人的集子的編排方式都大致相同，一個我們把它叫做「分體」，這「體」是什麼？「體裁」，也就是說把所有的五言古詩集中在一起，七言古詩集中在一起等等，按照體裁來分類編排，這叫「分體本」，宋朝有這樣的本子，清朝也有，像錢謙益的箋注，也是「分體本」。那另外一種叫做「編年本」，就是按照他寫作的時間先後來排列的，這個編年的本子從宋朝就開始了，因爲杜甫的生平，到了宋人，做了非常細膩的研究，哪一年他到了哪裡？寫下哪些作品？其實宋人的研究給我們奠下了很好很好的基礎，尤其是我特別要提到，像宋朝有黃鶴這麼一個人，黃鶴的父親是黃希，父子二人，黃希先做了杜甫的集子的整理，但是沒有完成，到了他兒子黃鶴，下的功夫更深，他編的杜甫的集子到現在還流傳下來，這是非常重要也非常有名的杜甫的集子；而它是編年的。除了黃氏父子以外，其實還有其他的，但不仔細說了。到了清朝的時候，最有名的像仇兆鰲的《杜詩詳註》，我們一直提過，它也是編年的；還有楊倫的《杜詩鏡銓》，也是編年的。所以基本上，高步瀛先生的選集，他是分體本，但是每一個體裁，比如說他收了二十首的杜甫的五言古詩，他也是按照寫作的時間先後來去排列的；分體之中在各體裡邊也仍然有編年的現象，了解嗎？那高步瀛的編年從哪裡來？依據什麼？當然有些是他自己的考訂，可是最多的就是依據了黃鶴的編年，還有像仇兆鰲的編年，大致上這兩個編年的本子，給我們提供了很好很好的研究的基礎。好，現在進一步說，以編年本來講，杜甫的集子一開頭第一首作品，是〈遊龍門奉先寺〉。然後就是我們這個表上面也是我們今天要講的〈望嶽〉，第二首。然後第三首，〈登兗州城樓〉。好，這個〈望嶽〉，編在什麼時間？看看我們表上，開元二十八年，杜甫二十九歲，而〈登兗州城樓〉通常是把它編在〈望嶽〉的後邊，我們表這裡說寫在開元二十四年，那是有些人不確定他寫在什麼時候，所以有這樣一個錯誤的說法，因爲我這個講義編得太快，沒有把它修訂過來，所以建議大家，把這一首往後挪，挪到開元二十八年，也就是杜甫二十九歲之後，編在〈望嶽〉的後面。

杜甫的生平我好像曾經給各位有一個簡單的年譜，有沒有？各位回去，假如有興趣，再把它找來看一看。杜甫大概在二十歲到二十四歲之間，曾經到過江東遊歷，簡單說啦，江東在哪裡？就是現在的江蘇、浙江這一帶地方，然後到了開元二十五年的時候，到了洛陽，參加進士的考試，結果沒有考上，那個時候他年輕，他不在乎，就到齊趙這一帶去遊歷，杜甫晚年有一首詩，很長的五言古詩叫〈壯遊〉，提供了很多他年輕的時候的一些經歷，說得很清楚：「忤下考功第，獨辭京尹堂。放蕩齊趙間，裘馬頗輕狂」，下第之後到了齊趙，齊趙在哪裡？現在的山東，河北這一帶，所以〈望嶽〉應該就是他開元二十五年下第之後，到了山東這一帶遊歷的作品，包括〈登兗州城樓〉也是。至於爲什麼訂在開元二十八年，他二十九歲的時候呢？因爲這時他到兗州這地方去省親，省親幹嘛？去看長輩，看誰呢？看他父親。還有沒有印象杜甫的父親叫什麼？忘記了？叫做杜閑。當時是做兗州的司馬的官。杜甫來到了兗州省親，就登上了兗州的城樓，寫下這一首作品，他開頭說「東郡趨庭日，南樓縱目初」，「趨庭」，「趨庭」典故從哪來？大概有印象，從《論語》來嘛對不對？孔子的兒子叫什麼？孔鯉，聖人的兒子總要知道他名字吧？《論語》裡頭有一條記載：「鯉趨而過庭」，孔鯉經過一個庭一個院子，孔子把他叫過來，問他「學《詩》乎？」問他「學《禮》乎？」你學過《詩》嗎？你學過《禮》嗎？「詩」指的是《詩經》，「禮」指的是《禮經》，所以趨庭就變成了省親的典故。所以〈登兗州城樓〉，很明顯的就是他到兗州去看他父親；一般也認爲，大概那個時候他父親生了病，雖然沒有明確的記載，生了病，不久可能過世了，所以到了開元二十九年，杜甫就回到他的故鄉，河南的鞏縣，然後在首陽山那個地方廬墓守喪。我有時候講課講得很囉唆，不會不耐煩吧？還可以？所以我們稍微修正一下。

好，另外，像第五首吧，〈送孔巢父謝病歸遊江東兼呈李白〉，我們把它編在天寶六載，因爲這首詩可以確定的是杜甫到了長安的作品。杜甫什麼時候到長安呢？天寶五載，天寶五載那一年他三十五歲，因爲第二年天寶六載的時候，他到了京師參加考試，所以這一首詩可以確定是在長安作的，不過他在長安這一待從天寶六載一直待到天寶十四載，好長的時間，那這一首詩是不是確定在天寶六載，這也很難說，了解嗎？所以有些人又把它編在天寶八載以後。這個我想我們就姑且這樣子定吧，像仇兆鰲或者是高步瀛先生，就只說在「天寶中」，天寶年間所寫的，他就不確定是哪一年的作品。好，再來，杜甫同一年的作品，當然越往後邊，你知道數量就會越來越多。

好像也給各位說過，杜甫在三十九歲年底的時候，曾經上一個賦給唐玄宗。〈進獻表〉裡自我介紹，說他從七歲開始寫文章，到現在差不多有一千多篇，一千多篇不只是詩啦，也可能包含了文章，也可能包含了賦，總之他七歲開始創作，到三十九歲數量已經有一千多，非常的多，但是早期的作品散失的非常嚴重，以剛剛我們說的，大部分編年的集子，都把〈遊龍門奉先寺〉當成第一首，已是二十五歲的作品；然後〈望嶽〉是第二首，則是二十九歲的作品。寫作時間間隔的非常遠，所以早期的作品其實散失的非常嚴重，編年也不是那麼確定，可是越往後邊作品留下的數量就越多，同一年可能有幾十首作品，而一年有三百六十五天，有十二個月，有春夏秋冬四個季節，我們把它集中在一起，時間倉促，沒有把它在一年之中再分出先後，當然就不夠細膩精確。這張表我想只是提供各位參考，方便我們講一首詩的時候，你看這是開元二十八年的作品，那是天寶六載的作品等等，那時間概念會比較清楚一些，順序也會做出調整。至於有關那首詩的背景，有需要的時候我也會給各位再做一個補充。

好，那今天我們就先讀一首他的五言古詩，就是〈望嶽〉這一首，在我們選本三十九頁，這個「嶽」就是山，但是這個山不是普通的山，中國有一個傳統的說法，有所謂「五嶽」，五嶽是東嶽、西嶽、北嶽、南嶽、中嶽，對不對？那這裡的「嶽」是哪一座山呢？是東嶽泰山。杜甫創作數量很多，創作熱忱也很強烈，他到過哪一個地方基本上都會留下作品，以〈望嶽〉說，你翻他的全集，你會發現同樣的題目有三首，都叫做〈望嶽〉。第一首就是開元二十八年到泰山的這首，再來第二首〈望嶽〉，這我們高先生書沒有收，乾元元年，他在華州做司功參軍的時候所寫的。乾元元年，杜甫四十七歲。華州在哪裡？在長安東南邊。這裡附近有一座非常有名的山，什麼山？華山，華山是西嶽；這是第二首，四十七歲的時候寫的，來到華州做司功參軍。好，還有最後一首是到了大曆四年，大曆四年晚年囉，杜甫死在哪一年？大曆五年，他活了五十九歲，五十八歲又寫了一首〈望嶽〉，這時他來到了衡州，所以這個嶽是什麼嶽呢？南嶽衡山。這第一首的〈望嶽〉五言古詩，第二首的〈望嶽〉，望華山，是七言律詩，然後到了晚年，望衡山的，也是五言古詩，而且很長的一首五言古詩。所以這表示杜甫也到過泰山，也到過華山，也到過衡山，都留下了作品。沒到過的只是中嶽嵩山和北嶽恆山。好，這是補充的一點。

第二個，這首詩很有名，也許很多同學都讀過：「岱宗夫如何？齊魯青未了。造化鍾神秀，陰陽割昏曉。盪胸生曾雲，決眥入歸鳥。會當凌絕頂，一覽眾山小。」一共幾句？八句，每一句五個字，齊言的，還有你看三、四兩句、五、六兩句有沒有對偶？有啊，「造化鍾神秀，陰陽割昏曉」對不對？「盪胸生曾雲，決眥入歸鳥」，其實對得還滿工整的，可是沒有一個選本，剛剛說有分體本嘛，對不對？分體本沒有一個人是把它歸到五言律詩，為什麼這樣？第一個他押的是仄聲韻，有沒有？再來平仄不合，所以它是五言古體，如果這不是五言古詩，那什麼是五言古詩？這不單單是五言古詩，而且是很成功的五言古詩，所以不要誤會了，它確實是五古。所以這觀念也藉著這個進一步給各位清晰一點，對偶是中國傳統的語言文字非常習慣的一種形式，我們讀《書經》，不是《詩》喔，《書經》裡頭對偶就非常多，後來漢魏時候的詩，齊梁時候的詩，也都有對偶，當然往後的唐宋以後的古體詩，尤其是五言的，對偶更不缺乏，所以判斷它是古體詩還是近體詩，不能從有沒有對偶說，也不能從它是不是齊言說，齊言懂嗎？就每一句字數都整齊的，也不能從它的句數說，不能說它是八個句子，就是律詩，最重要的依據是什麼？聲調，聲調包括了平仄跟押韻，除了這一首，剛剛提到〈遊龍門奉先寺〉，很巧也是這樣：一樣仄聲韻，也是八個句子，也是五言的，也中間四句對偶，但是平仄不合，那杜甫集子裡頭現在留下第一首近體詩，五言律詩，哪一首？〈登兗州城樓〉，這當然反映了杜甫早年的作品大概比較喜歡延續漢魏齊梁，還是寫古體詩多。

五言律詩到了後來他寫的非常多，可是七言律詩各位要注意。五言律詩是初唐就成熟了，假如讀文學史，簡單的可以了解，像沈佺期，像宋之問，還有杜甫的祖父杜審言，都是對五言律詩的創造，讓五言律詩走向成熟，走向完成，貢獻很大。可是七言律詩真正成熟是到什麼時候？到了杜甫，杜甫的七言律詩不多，一百五十一首，可是雖然數量不多，已經超越了他之前的其他的初唐的作家，還有跟他同時期的其他的作家，李白、王維都沒有辦法超越杜甫七言律詩的成就，沒有像杜甫的七言律詩那樣的成熟，這也是在文學史上杜甫很大的一個貢獻。好，這是關於這一首〈望嶽〉，給各位強調一下，不要把它當成是五言律詩看，它應該是一首古體詩。

好，我們把作品講解一下：「岱宗夫如何？齊魯青未了」，泰山爲什麼又叫做「岱宗」呢？各種解釋都有，但是我覺得注解第一行引到了《風俗通》，說：「泰山，山之尊者，一曰岱宗。岱，始也；宗，長也。萬物之始，陰陽交代，故爲五岳之長。」解釋的較爲清楚。那麼爲什麼「山之尊者」叫「岱宗」呢？因爲「岱」是開始的意思，「宗」，是尊長的意思，「萬物之始，陰陽交代，故爲五岳之長。」泰山以海拔來講，以高度來講，其實並不很高，可是一方面它是在齊魯，在現在的山東，在古代是文化非常興盛的地方，孔子就在那個地方，對不對？所以大家一開始把泰山當成非常崇高的一個形象來看待，後來雖然有所謂其他的四個嶽，高度都應該比泰山要高，各位不曉得去過泰山沒有？我是去過，可以坐遊覽車啦、纜車啦等等，也可以坐轎子，我有一次是走路上去的，所以並不是很高，但是它是眾嶽之始，所以變成了五嶽之長，所以叫做「岱宗」。

好，「岱宗夫如何」，這「夫」是語氣詞，對不對？強調語氣的一個作用，一開頭杜甫用一個問句來領起，這「岱宗」，這泰山是怎樣的一個偉大的樣子啊？一個問，下邊就是答：「齊魯青未了」；這個我們把它叫問答句，一問一答，有時候古人也說前面是「呼」，下邊是「應」，總之在語氣上是有一種問答的形式。當然這裡的問答是自問自答，自己問，自己答。這首題目叫〈望嶽〉，在山底下看泰山，一看泰山那個樣子，這個泰山多麼的偉大，有多偉大？下邊給你一個答案：「齊魯青未了」，「齊」在泰山之北，「魯」呢？在泰山的南邊，爲什麼叫「齊」？爲什麼叫「魯」？因爲春秋時候，齊、魯兩國各在泰山的北邊與南邊。以現在來說，當然都是在山東。齊國的地方，它的都城，現在是什麼？是濟南，那魯國的都城呢？曲阜，孔子的故鄉，所以濟南、曲阜，一北一南。那「青」指什麼？當然指泰山的山色，那泰山有多偉大？他給你一個很概括的描寫，假如你登上泰山的山頂，你往北一看，青青的山色到了齊國的境內還沒完沒了；你往南一看，青青的山色，到了魯國也沒完沒了。這顯示什麼？泰山真是大，真是偉大，山色涵蓋到這樣一北一南兩個古代的國家，還沒有結束，還沒完沒了。這是早年杜甫的詩，開元二十八年，二十九歲，看得出來年輕的氣勢，泰山山色青青未了，可以看出那個視野非常的開闊。

好，下邊再做一個描寫：「造化鍾神秀，陰陽割昏曉」，「造化」是指大自然，因爲祂創造了萬物，祂化成了萬物，所以我們時常用「造化」兩個字，指大自然。「神秀」是什麼呢？「神秀」，神奇秀異，「鍾」是彙集的意思，集中在一個地方，叫做「鍾」。所以「造化鍾神秀」，你把它翻譯一下，大自然把祂的神奇秀異全部彙集在這一座山上面。「陰陽割昏曉」，這句解釋非常多，有各種說法，杜甫的詩要講起來麻煩就在這裡，因爲研究的、討論的、解釋的真的很多，你假如要把各種說法都把它一一介紹的話，那真的很費時間，而且我想也沒有必要。首先我們把「陰陽」做一個解釋，其實「陰」就是北，山之北謂之「陰」，山之南謂之「陽」，所以「陰陽」指的就是山北、山南，這是第一個觀念。那「昏曉」是說在山的南邊，太陽照射過來，它就像大白天一樣非常的明亮，所以「曉」。那「昏」呢？是說山的北邊陽光照射不到，所以像黑夜一樣的昏暗。那「割」呢？是分別的意思。所以整句意思就是說：泰山這山非常高，太陽從南邊照過來，南邊明亮亮一片，北邊太陽照不到，就昏暗一片，白天、黑夜就被這座山區隔開來，所以叫「陰陽割昏曉」。當然用現在的地球科學的觀念說，這話不通，難道北邊陽光從來都照不到嗎？不可能，對不對？但是杜甫才不是給我們做這樣子一個自然科學的介紹，他是用很主觀的角度告訴你山很高，所以南邊照得到陽光，北邊照不到，南邊好像永遠都是白天的樣子，北邊好像永遠都是昏黑的樣子，所以強調的其實就是高。「岱宗夫如何？齊魯青未了」強調什麼？強調它的大，對不對？往北看往南看，山色沒完沒了，強調它的面積廣大，那「造化鍾神秀」強調它的神奇秀異，那「陰陽割昏曉」強調這山的高，各有它的角度，這角度什麼角度？要注意這題目「望嶽」，「望」的角度，用「望」的角度來去寫它的大，「望」的角度寫它的高等等。不過，要強調一點：這裡寫「望」，並不是杜甫已經登上山頂望見的；他仍然還在山腳下，是用想像描寫出來的景色。以「虛實」分，這是虛而非實；千萬要留意，不然就把整首詩的敘述角度弄亂了。

好，下邊「盪胸生曾雲；決眥入歸鳥」，「盪胸生曾雲」應該是倒裝句，「曾雲生而盪胸」，這個「曾」通這個「層」，「層雲」就是一層一層的雲，所以古人說「曾者，積也」；疊在一起的雲。這是杜甫在山腳下望向泰山，看到一層一層的雲升起來，他感覺自己的胸好像有雲湧進來，好像跟著那雲一起鼓盪起來，所以說「盪胸生曾雲」，所以這是因果句，因爲看到層雲生，而感覺他的胸鼓盪起來；也是倒裝，「曾雲生而盪胸」。然後「決眥入歸鳥」，「決眥」是什麼？把眼睛睜得很大，好像眼眶都要裂開的樣子，對不對？睜得很大表現出什麼？望得很遠的樣子；我們要望很遠的地方，就要把眼睛睜得很大。那他把眼睛睜得很大的時候，就可以看到什麼？「入歸鳥」，這個「入歸鳥」應該是「歸鳥入」的倒裝，而「入」的受詞省略了，指的是歸鳥飛入的地方。泰山當然是萬物叢生，樹林裡頭當然有很多鳥，一群一群的鳥要歸巢了，杜甫睜大了眼睛，看著那一群一群鳥飛進到樹林裡頭：「決眥入歸鳥」。這一句既是因果句，因爲要望向歸鳥飛入樹林，所以把眼睛睜得很大；也是倒裝句：「歸鳥入而決眥」。而這兩句也都是寫「望」，望向山上一層一層的雲，然後胸中鼓盪起來，望向遠方一群一群鳥飛進樹叢的樣子。但是他有比興，你感覺一下，看到一層一層雲升起來，你心中鼓盪起來，顯示了他胸襟，他的胸襟好像有盎然的非常振奮的感覺；然後「決眥入歸鳥」，你望了好遠看到鳥飛進了樹林，顯示了眼界的開闊的樣子，這就是顯示了年輕的時候非常豐沛的一種生命力：胸襟的鼓盪，眼界的開闊。好，這個「望」，從它的大，從它的高，從它的神奇，從這個看到一層一層的雲，看到一群一群的鳥等等，都把「望」這個題目寫得非常的完整，寫得非常的細膩。

最後兩句「會當凌絕頂，一覽眾山小」，首先「會當」這樣的語氣是一個假設的語氣，我們文章裡頭時常用的一種詞彙，「會當」就是說將來應該會，所以是對未來的一種假設。那「凌絕頂」，就是我登上了泰山最高的位置。請問這是「望」嗎？不是，那是什麼？是「登」。我以前講過好多次，寫詩有時候要怎樣？到最後要拓一層，對不對？要拓開一步，你到後邊還在寫「望」，那就顯得太拘束，跳開來想像一下，我現在是「望」，我還沒有「登」喔，對不對？未來我有一天會登上它最高的地方，所以是從「望」拓過一層，寫未來登上高頂的想像。好，假如我登上了最高的地方，「一覽眾山小」，我就可以看到遠方各個山，感覺它們渺小的樣子。這個句子、這個說法，各位一定很熟悉，孟子就說過啊，我們書上最後一行小字，「孔子登泰山而小天下」，有沒有？這個話各位一定很熟悉，而杜甫把「小天下」改一下，變成什麼？「小眾山」。這是為了扣緊題目的嶽字。因為泰山很高啊，看泰山旁邊其他的山，感覺它們真是夠渺小的。這仍然還是顯示了他胸襟的開闊，對不對？「小眾山」，感覺自己是在眾峰頂上，自己站在最高處。還有一點特別要補充，我們說前面都寫「望」，然後跳出來寫「登」了，對不對？未來的「登」的想像，可是到了最後一句有沒有回到「望」？有，哪一個字？「覽」，厲害的地方在這裡，跳出去再收回來，仍然還是寫「望」，題目的「望」字仍然沒有放過。不過「望」的角度不一樣了，前面是山底下的「望」，下邊是想像登上山頂上的「望」，整首詩把這個「望嶽」的「望」寫得真的是淋漓盡致。

送孔巢父謝病歸遊江東兼呈李白

巢父掉頭不肯住，東將入海隨煙霧。詩卷長流天地間，釣竿欲拂珊瑚樹。深山大澤龍蛇遠；春寒野陰風景暮。蓬萊織女迴雲車，指點虛無是征路。自是君身有仙骨，世人那得知其故？惜君只欲苦死留，富貴何如草頭露？蔡侯靜者意有餘，清夜置酒臨前除。罷琴惆悵月照席，幾歲寄我空中書。南尋禹穴見李白，道甫問訊今何如。

一九三頁，剛剛編年的問題給各位說了，你看看高步瀛先生引了朱長孺（朱鶴齡）——清朝人的說法，這首詩是天寶中在京師作。那天寶中到底是哪一年不確定。杜甫在天寶六載就到了長安；其實在天寶五載的年底除夕前就來到了長安。因爲這首詩編年的問題沒有那麼嚴重、沒有那麼緊要，所以我就姑且擺在天寶六載以後的作品來去讀它。

那題目呢？〈送孔巢父謝病歸遊江東兼呈李白〉。先看孔巢父，一百九十三頁引了《舊唐書》裡頭的小傳，說他字弱翁，那名字是什麼呢？我猜啦，應該不是叫巢父。巢父，各位知道吧？巢父跟許由，堯的時候，非常有名的高士，聽過吧？我想他的原名不叫做巢父，可能是他的號，但是原名是什麼也不清楚，沒有記載。那重點是下邊你看到，說他年輕的時候，跟韓準、裴政、李白、張叔明、還有陶沔隱居在徂徠山，號稱竹溪六逸。徂徠是個山的名字，在哪裡呢？在泰山附近，也在山東，孔巢父本身就是山東人。然後竹溪也就在徂徠山的山下。所以年輕的時候，看起來他是隱居人物，不過這個人物還滿傳奇的。

各位看到下邊，說永王李璘在江淮起兵，李璘是唐玄宗的第十四個兒子，好像給各位說過，唐肅宗的弟弟。唐肅宗因爲唐玄宗的禪讓登上了帝位以後，李璘對他這個哥哥不太服氣，所以不太聽他哥哥的，後來唐肅宗呢認爲他叛逆，把他打敗了，把他殺了。這個李璘的事件影響很大哦，像李白就是因爲李璘徵召他，參加了李璘的軍隊，得罪了唐肅宗，後來才被流放到夜郎嘛，對不對？那李璘呢也聽說這孔巢父的名氣，也來徵召他，可是孔巢父看起來比李白聰明一些，他沒有參加，反而名氣更大。

然後各位看到興元元年，興元啊已經是唐德宗了，唐德宗的時代已經是韓愈、柳宗元的時代了，到了中唐了。這一年，李懷光這個軍閥，擁兵河中，在那邊割據。那孔巢父呢，奉派做宣慰使，結果被殺害了。

所以，各位看看，其實中間還可以補充一些經歷。在李璘起兵他沒有應召以後，到了代宗廣德年間，孔巢父已做了一個官，這官剛好跟杜甫的第一任官職一樣，叫右衛率府兵曹參軍。這是唐代宗廣德年間，廣德只有二年，西元的七百六十三到七百六十四，那永王李璘起兵呢，是在天寶十五載到至德元載，也就是西元的七百五十六、五十七之間。所以過了差不多十年左右，他做了官了。年輕的時候隱居在徂徠山，號稱隱君子，然後做了官，到了唐德宗興元的時候，那個時候是西元的七百八十四年，差不多又過了二十年，朝廷派他做宣慰使，被殺害。

我爲什麼特別要講這些，各位要弄清楚一個觀念。這是絕大部份中國傳統的知識份子，所謂的高士，所謂的隱居，真的是不出來做官嗎？不是！都是因爲懷才不遇，沒有人真正的賞識他；假如朝廷賞識他，或者某一個有力人士賞識他，他覺得自己的才華能力可以被肯定，還是會出來做官。孔巢父應該是這個類型的人物。

那杜甫怎麼認識孔巢父？我們不太清楚，我們是懷疑啦，可能是李白的關係。因爲杜甫在天寶四載——一般說是天寶三載啦，但是我們的考訂，認爲應該遲一年。天寶四載杜甫認識了李白，之前孔巢父就跟李白隱居在徂徠山了，算是死黨一個，所以可能因爲李白的關係，所以他認識了、瞭解了孔巢父這個人。

其實杜甫還有一篇文章，一般人沒有引用，這文章很短，叫〈雜述〉，提到他所認識的幾個人，肯定他們的才華，也很遺憾他們沒有得到賞識，其中一個就是孔巢父。所以杜甫應該跟孔巢父是有這樣子的一個淵源。

好，現在讀這首詩，很顯然孔巢父也曾經來到長安，那杜甫也來到了長安，這個題目上說他謝病歸。謝病，就是告病、稱病。古人要隱居、不出來做官，不想作官往往就稱病，所以他要離開，他要離開長安，離開京城，要到哪裡呢？到江東。江東，題目下邊注解說浙江以東、會稽，也就是現在的紹興。那杜甫寫這首詩給他送行，同時呢這個時候李白也剛好在江東，所以杜甫這首詩順便也寄給李白。所以說：「兼呈李白」。這題目稍爲複雜一點，第一點我們要瞭解孔巢父這麼樣的一個背景。第二點要瞭解杜甫跟孔巢父這樣的一個因緣。第三點要瞭解孔巢父跟杜甫現在應該是在長安，孔巢父要到江東去，順便把這首詩寄給也在江東的李白。

好，把詩讀一下，以前沒有讀過七言古詩，這不算很長的，可是你可以感覺七言古詩跟近體詩味道就是不同。

「巢父掉頭不肯住，東將入海隨煙霧。詩卷長流天地間，釣竿欲拂珊瑚樹。」這是第一個小段落。一開口就很奇特，說孔巢父掉頭不肯住。「掉頭」各位翻到後邊，引了《莊子》：「鴻濛拊髀雀躍掉頭曰」，「掉頭」是什麼？就是搖頭；搖頭，表現出很堅決的、很決裂的一種態度。這孔巢父掉頭、一轉頭不願意留下來，「掉頭不肯住」。用了《莊子》的詞彙，顯示了非常決裂的一個態度。所以我們現在這個詞彙啊，叫什麼？掉頭而去，對不對？表示很堅決的一個態度。他不肯留下來。「不肯住」，就是不肯留。不肯留，留在哪裡？留在長安。長安，京城所在，天子腳下，人文薈萃、繁華之地，那是富貴所在的地方，但他不願意留下來，很堅決的要離開。

那不留下來要到哪裡呢？「東將入海隨煙霧」，他要往東而去，到海上去，在江東、浙江海邊，所以用「入海」來去形容那個地點。想像那個地方是煙霧瀰漫的地方，海邊嘛，所以這個「東將入海隨煙霧」扣到題目的所謂「歸遊江東」。然後「掉頭不肯住」呢？扣到題目所謂的「謝病歸」。

好，「詩卷長流天地間」，杜甫說啊，這孔巢父他的作品、他的詩卷，雖然人離開了，可是呢會永遠的留在天地之間，永垂不朽。後邊注解也提到，說孔巢父「有文集行於世，號《徂徠集》。」不過這個集子現在沒有傳下來，這個是蔡夢弼的說法吧！「蔡曰」嘛，宋朝人。但是宋朝可能還留下，現在看不到了，不但看不到，其實《全唐詩》，康熙年間編的，孔巢父的一首詩都沒有，所以「詩卷長留天地間」，看起來沒有長留啊，最後都看不到了。我本來很有興趣啊，我想看看孔巢父的詩到底寫得怎麼樣？結果一首都沒有，一句都沒有，很遺憾。不過，不管怎樣，杜甫是給他很大的肯定，你是不朽的，人離開了，你的作品永垂於天地之間。

「釣竿欲拂珊瑚樹」，「珊瑚」，各位知道，長在海底下，這裡說用釣竿釣，「釣」這個動作當然通常指的是釣魚，可是在古代啊，隱居的人往往都是什麼樣形象？就是漁夫的形象，就是釣魚的形象。像那個最有名的，漢光武的老朋友，叫誰？嚴光，嚴子陵嘛，他們是布衣之交。漢光武還沒有當皇帝，他跟他是好朋友耶。光武做了皇帝以後想到這個老朋友，勉強他來到長安，留他在宮中，跟他睡一張床。一個有趣的傳說：這嚴子陵睡覺不太老實，他的一隻腳跨到皇帝的肚子上邊，古代都有太史夜觀天象，第二天早上太史很緊張跟皇帝報告，說「客星犯帝座」。古代的觀念天上往往可以看到人間，這嚴子陵睡覺把腿架到皇帝的肚子上，天上的星象就呈現出來了。那皇帝要留他下來給他官做啊，他不做。光武問他要做什麼？他說：「我要去富春江釣魚。」這是有關隱居非常有名的故事，到現在富春江嘛還有一個地名叫嚴子陵釣台。舉這麼一個例子，所以「釣竿」就表示這孔巢父是要隱居耶，到海邊隱居，拿著釣竿去釣魚。但是做詩就是這樣，他假如說「釣竿欲釣海中魚」，假如這麼寫，這句子就太平直了，也太庸俗了，他寫什麼？「欲釣珊瑚樹」。學一下，要把理所當然的東西把它換一個詞彙。珊瑚樹，海底下的，非常珍貴的，然後他釣竿其實在釣魚，碰到海底中的珊瑚樹。好，這是第一個小段落，寫什麼？寫孔巢父要歸隱江東。

你再看：四個句子，它有跳躍性。「巢父掉頭不肯住」，空間來講，當然指的是長安，對不對？他掉頭離開長安。那下邊：「東將入海隨煙霧」，說他要到江東去，空間轉到江東。「詩卷長流天地間」，又回到長安，他的詩集、他的文集永遠的留下來。可是呢，「釣竿欲拂珊瑚樹」，又說到江東。這個就是跳躍；所謂「跌宕」。這裡是透過空間的移動，來表現他的這樣子的一種文氣的姿態。這種不好寫，古體詩真的比近體詩難寫。近體詩當然剛剛初學的時候，因爲它有格律的限制，它有很多形式的要求，形成障礙。但其實那個容易，你懂了、熟悉了，大概也就容易了。古體詩難就難在它的氣勢、難在它的騰挪變化，而且你看這首詩，充滿了想像力，對不對？寫海邊，他用煙霧來形容那個地方，寫釣魚、隱居，結果說釣竿碰到海底的珊瑚樹，這個想像力都非常的豐富。好，更豐富的還在下邊。

「深山大澤龍蛇遠；春寒野陰風景暮。蓬萊織女迴雲車，指點虛無是征路。自是君身有仙骨，世人那得知其故？惜君只欲苦死留，富貴何如草頭露？」這是第二個段落。

「深山大澤龍蛇遠」，這個要翻閱了，各位看到後邊的注解，引了《左傳》襄公二十一年的典故，這是晉國的故事，說叔向的母親，忌妒叔虎的母親，「美而不使」。看得懂嗎？叔向、叔虎顯然是晚輩，對不對？都是晉國國君的兒子啦，兩個太太生的。然後呢，叔向的母親忌妒叔虎的母親長得很漂亮，「不使」，就是不聽話，看起來比較有傲氣啦。她的兒子勸諫他的母親不要計較啦，但是他的母親說了：「深山大澤，實生龍蛇，彼美，吾懼其生龍蛇以禍女也。」那個「女」當然是汝的意思，這在古代「女」字是假借爲「汝」嘛，所以「深山大澤，實生龍蛇」，這個詞彙是從《左傳》裡頭來的。在深山裡頭、在大澤之中，生出龍啊蛇啊這樣的神怪的東西。說她長得很美，我就很擔心她生出像龍蛇一樣的厲害的人物，來禍害你。

所以假如這樣說，「深山大澤龍蛇遠」當然是用了《左傳》裡頭的這個典故、這些詞彙，那請問，這個龍蛇在典故裡頭是正面的形象還是負面的形象？負面的，對不對？但是我們用典時常有一種用法，「用其辭，而不用其意。」這個辭彙是借用的，它有它的出處，是從《左傳》裡頭來的，但是意義不是跟原來典故的涵義一樣，它意義轉變了、改換了。我們讀作品，不管文章、詩歌，用典當然是屢出不鮮、非常多。用典有些時候用得很清楚，原來的典故什麼意思我就用這個意思，那比較容易處理；但像這樣用辭與原意不相同的，會讓人家產生誤會，因爲「深山大澤龍蛇遠」很清楚一定指的是孔巢父，那假如用典故原來的意思，看起來他是會禍害人家的，那這個誤解大了。所以我們不能用原來的意思來解釋這個句子，他是用龍啊蛇啊去顯示孔巢父離開了長安就走進了深山裡頭、走進了大澤裡頭，他就隱遁了、消失了，讓你看不到了。「深山大澤龍蛇遠」，是呼應前邊的「東將入海隨煙霧」，他就像龍蛇一樣走進了深山，走進了大澤，看不到蹤跡，消失了、隱遁了。

「春寒野陰風景暮」，這個句子又很寫實哦，又回到送別當下的時間、背景，顯然孔巢父離開，他們送別的時候是在暮春的時節，那天氣陰寒，一片黃昏暮色，「春寒野陰風景暮」。

好，「蓬萊織女迴雲車，指點虛無是征路。」你看這怎麼跳躍？「深山大澤龍蛇遠」，寫孔巢父到江東，有沒有？「春寒野陰風景暮」，回到現在送別的地點、送別的時間，對不對？那下邊「蓬萊織女迴雲車，指點虛無是征路。」又回到了孔巢父所到的地方來說。「蓬萊織女迴雲車」，先看古人的解釋。因爲「蓬萊織女」有另一個版本，是「仙人玉女」，仙人玉女比較容易想像，比較容易理解，天上的神仙嘛，玉女也是仙女的意思，但是啊這個版本仇兆鰲批評說「太泛」，太泛是什麼意思？太空洞。仙人，哪一個仙人？懂嗎？玉女，哪一個玉女？這太籠統、太空泛。那假如是「蓬萊織女」呢？那就比較具體，就不會那麼寬鬆。可是「蓬萊織女」怎麼解釋呢？好，因爲「蓬萊」是海上的三個神山裡頭的一個，有沒有？海上有三神山嘛，對不對？其中一個就是「蓬萊」。所以爲什麼要用「蓬萊」？因爲「東將入海隨煙霧」，他來到海邊，望向仙山那個地方，所以用了蓬萊。這「織女」呢？織女是天上的星星，一個星宿，這個各位當然知道，然後古人時常用天上的「星野」，來對應人間的某一個地區。這觀念不曉得各位有沒有？天上好多好多的星宿，這一塊叫做什麼星宿，那一塊叫做什麼星宿，分佈在天上，像一張地圖一樣，這個是天上的世界，而它對應到人間的世界，譬如說某一個星宿相當於地面的某一個地區，懂嗎？這叫「星野」。當然這是中國人的觀念，不是整個地球的範圍，在古代當然認爲世界就是中國那麼一個範圍。

好，織女星對應到地面是哪一個位置呢？吳越，就是現在的江蘇、浙江這一帶地方，所以爲什麼要用織女，因爲孔巢父謝病歸遊江東，江東就是指吳越。這解釋比較曲折，但是比較具體，假如是「仙人玉女」，雖然容易瞭解，可是過於空泛。

好，杜甫就想像孔巢父離開了長安到了江東看到了海上的仙山，天上的織女星呢？「迴雲車」，「雲車」當然是天上的神仙駕的車子，「迴」，是說調轉了車子，「指點虛無是征路」，還向孔巢父指引一下，指引到一個虛無的地方，告訴孔巢父那就是你要去的那條道路。「征路」就是去路，指的就是孔巢父前進的方向。他要到海邊去隱居，而織女星呢本在雲端，看到孔巢父在地面上嘛，用那什麼衛星偵測器看一看，怕他走錯了方向，把車子調轉過來，指引他那個虛無的地方就是你該走的路；「指點虛無是征路」。

這些都是充滿想像力的描寫，文學作品、詩歌就是創造，創造大部份就是運用想像力，而且這是杜甫早期的詩，比較浪漫一些，跟他後來很寫實的不太一樣。仇兆鰲也告訴我們，他說這首詩寫了很多神仙的、虛無的材料，其實跟寫孔巢父這個人的形象是結合在一起，因爲他謝病辭官嘛，他不想在人間現實世界裡頭嘛，所以用了很多神仙這樣的典故，其實跟孔巢父遯世的形象是有關係的。

所以下邊說，「自是君身有仙骨」，本來你就是像神仙一樣的人，神仙是什麼？不食人間煙火，神仙當然是不追求、不貪圖富貴榮華嘛。對不對？既然他是有仙骨的人，所以天上的織女也會指點他該往哪裡走。可是這樣一個人，這樣一個有志向的人，「世人那得知其故」？世俗的人哪裡瞭解他，因爲世俗的人不瞭解，所以「惜君只欲苦死留」，看到孔巢父要離開，捨不得，只想，「只欲」就是只想，「苦死留」，「苦」字各位不曉得，台語好像有對不對？一再的、一直的叫做「苦」。「苦」不是酸甜苦辣的「苦」。看到孔巢父要離開，一般世俗的人不瞭解，他是神仙耶，只是珍惜他，只一直想要把他留下來。可是對孔巢父來說，「富貴何如草頭露？」孔巢父的觀念裡頭，「富貴」哪裡比得上草頭的一顆露水？露水給我們的感覺是什麼？很容易就消失，對不對？太陽一出來，露水就乾掉了嘛，所以對孔巢父來說，你要我留下來，留在這個長安，留在這個天子腳下，這不是要追求富貴嗎？可是孔巢父心想：這富貴之事又哪裡比得上草頭的一顆露水？連露水都比不上，哪裡值得留戀？好，這是第二段，說他歸遊江東的原因。以下是最後一段。

「蔡侯靜者意有餘，清夜置酒臨前除。罷琴惆悵月照席，幾歲寄我空中書。南尋禹穴見李白，道甫問訊今何如。」「蔡侯」，蔡先生，這個「侯」啊我們時常把它當爵位講；沒錯，「侯」有時候指的是爵位，「公侯伯子男」之一嘛。可是有時候並非侯爵，也可以這樣尊稱。所以姓下邊加上侯就是某某先生的意思，這例證很多。「蔡侯」，一位蔡先生。「靜者」，修道而虛靜的人叫做「靜者」。這個要注意一下，題目裡頭說〈送孔巢父謝病歸遊江東兼呈李白〉，有沒提到蔡先生啊？沒有。但這是補題中所沒有的；題目有的內容，作品一定要加以呼應、加以交待，講過吧？這叫什麼？叫「扣題」，對不對？叫「完題」，對不對？假如題目有的內容，作品沒有交待到，叫什麼？叫「漏題」，對不對？漏題是不可以的。但是作品往往大於題目，大於題目的意思是什麼？就是題目沒有，作品可以寫、可以補、可以增加，這叫「補題」；補充題目不足的部分。所以這裡題目沒有蔡侯，但作品中可以寫，補充一下。有一位蔡先生，他是修道而虛靜的人。「意有餘」呢？面對孔巢父要離開，他心裡邊還是有捨不得的感情，綿綿不絕的情意，因爲這樣「意有餘」，這樣捨不得，所以「清夜置酒臨前除」，在這夜晚擺了筵席，「前除」，「除」是什麼？臺階，顯然是在一個庭院有臺階，臺階前邊擺了一個筵席，給孔巢父送行。這叫什麼？「別筵」，離別的宴會。古代送別是很隆重的，我們看了很多送別的詩吧，對不對？那顯然這場離別的宴會，蔡侯是主人，要給孔巢父送行，那杜甫呢是宴會裡頭陪客，所以這一首詩背景就是杜甫參加了蔡侯所辦的一場宴會，要給孔巢父送行，杜甫寫了詩，也交待了地點、時間。

「罷琴惆悵月照席」，「琴」是宴會裡頭的音樂，古人宴會時常有歌舞助興，不過這場別筵大概不會是那麼熱鬧，只有人彈琴吧。當宴會要結束了，當琴聲也停下來了，「惆悵」是杜甫心裡邊捨不得、難過的心情。然後月光照在筵席上邊；寫宴會的主人，寫宴會的時間、宴會的地點，宴會的內容有音樂有琴，然後宴會要結束了，月光照在筵席上邊。要結束了就表示要散了，孔巢父真的要走了，然後杜甫就說了：「幾歲寄我空中書」，「歲」就是「年」，「年」就是「時」，「幾歲」就是「什麼時候」，杜甫對孔巢父有個期待：什麼時候你寄一封信給我？不過這個書、這個信，他說是「空中書」。「空中書」又是一個神仙的故事。簡單說一下，這故事有各種版本啦，我們就看書上引的這一個。說有一個史宗，不曉得是什麼地方人？是個痲衣道士，他時常在廣陵（就是揚州）白土埭這個地方。有一個商人在海上行船的時候，在一個沙州上看到一個和尚，請求他寄一封信給史宗，然後呢就把那個信啊放到船上，船上還有其他人啊，想要看看書信寫的是什麼？結果那個信黏著船，怎麼拿都拿不下來。等到了目的地白土埭的時候那個信就飛起來，飛到了史宗那個地方，這叫「空中書」。這很厲害，這是一個和尚寄一封信給史宗，黏在船上扯不開，到達目的地看到收信的人，它就飛起來了。其實寫信是很普通的動作，那爲什麼要用「空中書」這樣的典故？還是要寫神仙啦，還是跟孔巢父的形象有關係。其實說的就是現在筵席要結束了，你要離開啦，希望你什麼時候寫封信給我吧。一個很普通的內容，但用了一個帶著神話色彩的典故去敘述，就染上了一層神秘的氣氛。下面再補兩句：「南尋禹穴見李白，道甫問訊今何如？」這是題目的什麼地方？「兼呈李白」。假如沒有後面這兩句，題目中的李白就被他忘記了，那就是「漏題」了，是不允許的。說你不是要到江東嗎？你往南就可到「禹穴」，「禹穴」在會稽，也就是現在紹興。傳說那邊有個山洞，當年大禹藏書的地方，所以叫做禹穴；其實這裡只是用來代指會稽，我剛剛講過李白這個時候就是在這一帶流浪。說你到了江東，你往南邊走，來到禹穴、來到會稽，假如你看到李白，「道甫問訊今何如」，你跟他說：「我杜甫呢跟他打聽一下，你現在怎麼了？」「今何如」，其實我們現在寫信還經常用，「最近好嗎？」對不對？「近來何如啊？」對不對？就是問好的意思，字面看應該就是這樣，請孔巢父向李白問好。但是，那麼簡單？這裡邊有個重點。李白跟孔巢父都是竹溪六逸的人，對不對？都是當年隱居的朋友，都是好神仙的，然後李白這個時候還沒有做官，他其實呢還曾經向一個高天師來求道籙；李白這個人要細說真的時間不夠，下一次我們有機會再給各位補充吧。他基本上來說是好神仙的，基本上他也時常真正的想要求所謂「道」的；這個「道」是「道家」的「道」，「道術」的「道」。所以「道甫問訊今何如？」意思是說你求道求了老半天，現在結果怎樣了？所以「何如」並不是那麼單純說你最近好嗎？那樣一個很空泛、很普通問好的意思，而是問你想要求道，你現在究竟求到了沒有？掌握這一層實質的內容，才能夠顯示杜甫是李白知心的朋友，也才跟孔巢父神仙的形象再度結合在一起。

奉贈韋左丞丈二十二韻

紈袴不餓死；儒冠多誤身。丈人試靜聽，賤子請具陳。甫昔少年日，早充觀國賓。讀書破萬卷，下筆如有神。賦料揚雄敵；詩看子建親。李邕求識面；王翰願卜鄰。自謂頗挺出，立登要路津。致君堯舜上，再使風俗淳。此意竟蕭條，行歌非隱淪。騎驢十三載，旅食京華春。朝扣富兒門；暮隨肥馬塵。殘杯與冷炙，到處潛悲辛。主上頃見徵，欻然欲求伸。青冥卻垂翅，蹭蹬無縱鱗。甚愧丈人厚；甚知丈人真。每於百寮上，猥誦佳句新。竊效貢公喜；難甘原憲貧。焉能心怏怏？祇是走踆踆。今欲東入海；即將西去秦。尚憐終南山，回首清渭濱。常擬報一飯，況懷辭大臣？白鷗沒浩蕩，萬里誰能馴。

接下來要介紹我們選本第四十頁的：〈奉贈韋左丞丈二十二韻〉，這是一首五言古詩，詩滿長的，肯定今天講不完，講多少算多少。先從幾個角度解釋一下這個作品的題目，先看最後一個部份：「二十二韻」，這包含兩個概念。第一個概念告訴你它的篇幅：我們傳統的詩都要押韻，習慣上一般的作品，多少句子押一個韻？二句。奇數句通常不押，雖然有些作品首句也有押的，但基本上習慣了二個句子押一個韻，所以一個韻二句，那二十二韻是多少句？二十二乘二嘛，四十四個句子，五言詩再乘以五，你就知道它的篇幅的字數有多少了。所以這所謂「二十二韻」，第一個觀念是告訴你篇幅的大小。

另外，我們補充一下，大部份的作品，題目底下不會告訴你它的篇幅有多大，它押了多少的韻；偶而有啦，但是大部份沒有這樣的必要，也沒有這樣的習慣，那只有一個體裁比較特殊，叫「排律」。杜甫的排律很多，我們選本就選了十首，從杜甫開始，我們可以看到排律這種體裁，習慣上會把它的韻數標上來，杜甫也不是所有排律都有標出它的韻數，但是已經開始有這樣的一個習慣了。各位有興趣回家看看杜詩集子的目錄就可以看得到。

從此之後，譬如說中晚唐，以至宋、元，明、清，直到現在，你假如寫排律，一定會把韻數寫上去，這已經變成一種習慣了，所以一般一看到題目下面有寫韻數，往往就知道那是屬於排律，瞭解這意思了嗎？可是問題又來了，排律是近體詩的一種。近體詩有三種體裁：絕句、律詩、排律；排律是近體詩的一種，那是相對於古體詩而言的。近體詩跟古體詩最大的差別是什麼？有沒有「律化」。有「律化」的叫近體，沒有「律化」的叫做古體。或許你會再問，什麼叫做「律化」？「律化」有很具體的標準，你一看符合了這些標準，就是所謂的「律化」。哪一些標準呢？「篇有定句」、「句有定字」、「字有定聲」、「韻有定限」，這很好記，把它稍微記一下，將來你跟人家說古體詩跟近體詩的差別，這樣說比較有學問一點。這些是「律化」的基本條件，不管是絶句，不管是律詩，或者是排律，甚至於後來的詞、曲都是「律化」的作品，都要符合這些條件。

當然具體的定句、定字、定聲、定限，每一種體裁不同，它的規定的句數、規定的字數不一樣而已，以「篇有定句」說，絕句多少句？四句。你不要說我寫了三句寫不下去了、沒有內容了，不行；再怎麼湊也要湊成四個句子。你不能說我寫完了四句，還有話要說，還差了一句，我寫五句，可不可以？不行。就是四句嘛。那律詩呢？八句。排律呢？十二句以上。「十二以上」比較特別，那是可以無限擴大。但擴大有一個條件：四個句子、四個句子遞增的，所以最少十二句，再擴大幾句？十六句，再擴大爲二十句。可以擴大到五十句，可以擴大到一百句、二百句，然後二個句子一個韻，因此它的韻數一定是成雙的、偶數的。最少六個韻，再來八個韻，再來十個韻，因爲它四句四句的遞增，二句是一個韻，所以一個單位增加二個韻。像杜甫排律的篇幅，最大的一百韻，我們選本有收。這是很大的篇幅，二百個句子，五言的，一千個字。那個韻可不可以重覆？不行！不能重韻。所以排律不好寫。但是到了宋人後，一百韻的詩好多，變成習慣了。

「句有定字」，每一句的字數被固定了，五言的就是每句五個字，七言的每一句七個字。「字有定聲」，這我們最熟悉的，每一個字它的聲調也被固定了，這地方要平聲，那地方要仄聲都要符合聲調譜。「韻有定限」，它要押韻，要用什麼字來押？哪一個位置來押，都有規定，這些都是形成「律化」的必要條件。

古體詩有沒有這些規定呢？沒有！古體詩也有押韻哦！但是很自由，它可以押仄聲韻，押的位置也不一定是偶數句，而且可以換韻。那古體詩不講平仄，對不對？古體詩的句子當然有整齊的五言或者七言，但是也有長長短短的，對不對？沒有律化這樣的一個限定。然後古體詩的句數呢？也沒限定。最短的，有幾句的？三個句子就可以了。不定限就是隨便你啦。好，這是古體詩「非律化」的情況。

還有一個充份條件，什麼？「對偶」。古體詩偶而也可以對偶，但是近體詩裡頭的律詩、排律非對偶不可。除了首尾兩聯以外，中間你有多少的句子、多少的聯數，兩個句子，兩個句子都要對偶。絕句不一定要對偶，但是律詩、排律一定要對偶。所以這是絕句一定要的四個條件。律詩、排律呢？除了前面四個條件再加上這個對偶，這個就是所謂的近體詩，所謂的「律化」。

我們談完了「律化」的問題之後，現在回到杜甫的這首詩。我們看到二十二韻，剛剛我講了老半天，各位知道問題在哪裡了嗎？你一定會以爲這是一首五言排律，對不對？認爲它屬於近體詩，而且中間有好多句子還真的有對偶，像「紈袴不餓死；儒冠多誤身」，就有點對偶樣子。再看下邊，「賦料揚雄敵；詩看子建親。李邕求識面；王翰願卜鄰」，這些句子看起來都是對偶，所以這是排律嗎？這是近體詩嗎？但是你核對一下，它很多的聲調不合，平仄不合，所以沒有人把它當著一首排律看。高步瀛先生這本書是分體的本子，他也沒有把它放到五言排律裡頭，而是把它歸在五言古詩。所以題目下邊有寫上韻數，那是杜甫之後習慣上排律的一個標誌，但不表示標上韻數一定是排律，瞭解這意思了嗎？這是一定要給各位交待的。

再看題目的第二個問題：〈奉贈韋左丞丈〉。這個當然顯示是呈給一位長輩的作品，「奉贈」表示客氣，用「奉贈」表示以下奉上的意思。那他寫這首詩呈給誰看呢？一位姓韋的一個先生，他是長輩，所以杜甫用「丈」來稱呼他，至於「左丞」則是一個官名，各位看到注解下邊引的第二行小字，「尚書省左丞」，尚書省是中央機構之一，裡頭的官吏，有一個官職就叫「左丞」。所以杜甫這首詩要呈獻的對象，是一位姓韋的老先生，做尚書左丞的官。這位韋左丞丈叫什麼名字呢？原來他叫韋濟；杜甫寫這首詩之前，也有另外一首詩送給韋濟。不過那個時候韋濟不是做「尚書左丞」，他是做「河南尹」，也就是說韋濟本來是做「河南尹」的官。河南，各位很熟悉，但是你在這裡不能把他當作河南省來解釋，在這裡「河南」是「河南府」，更具體說，指的是洛陽。洛陽的首長叫做「河南尹」。講中國東西真的很複雜，你看看那個「尹」，各位知道「尹」當然是一個長官，一個地方的首長，什麼樣的地方，他的首長叫做「尹」呢？首都的市長。我們台北不是有個館子叫「京兆尹」？說官名你不知道，說館子大概知道。「京兆尹」是什麼樣的地方官？「京兆」是「京兆府」，「京兆府」就是長安，就是都城，所以「京兆尹」呢就是長安市的市長，首都的市長，其他地方的長官不能叫「尹」，只能是都城的首長叫「尹」。那麼，河南府洛陽爲什麼叫做「尹」？原來唐朝的都城不只一個，長安叫「西京」，洛陽呢？叫「東都」。後來安祿山之亂發生了，唐玄宗不是逃到成都去嗎？等到後來長安光復了，他回到了長安了，他也把成都定位爲首都，稱做「南京」，一看到南京不要以爲是江蘇的南京，而是指成都。總之都城不只一個。

韋濟本來是做「河南尹」，也就是洛陽東都的市長，杜甫生於河南鞏縣，他年輕的時候住在河南，在洛陽還滿有名的，韋濟曾經傳給他一個消息，表示對他的欣賞，對他的肯定，杜甫就曾經寫了一首詩〈奉寄河南韋尹丈人〉給當時在做河南尹的韋濟。

到了天寶七載四月的時候，韋濟升了官了，從河南尹調回中央做尚書省左丞的官。很簡單的一個考證，各位想想這首詩一定是天寶七載以後的作品，對吧？再來這首詩後面還說「旅食京華春」，一般認爲是春天的時候寫的，哪一年的春天？當然就題天寶八載的春天。天寶七載春天韋濟還在做「河南尹」，所以一定是天寶七載四月後第二年的春天所寫的；這時韋濟已經做了尙書左丞的官，杜甫寫了這首詩送給他。另外，特別強調一下，自宋以後，有好多杜甫詩集，假如不是編年的，而是分體的，時常把這首詩排列在第一首。這種習慣，把一首詩作爲整個集子的開頭第一首，這首作品叫做什麼？「壓卷」。把它當「壓卷」用意何在？便是把它當作最重要的，能夠代表整個集子內涵的作品。之前我們也給各位講李商隱的〈錦瑟〉，李商隱的集子，〈錦瑟〉也常常被擺在第一首，因爲它表現了李商隱一生的內容。那〈奉贈韋左丞丈〉這一首除了編年本（編年當然不行放第一首，它是寫在天寶八載，杜甫之前還有開元年間的作品）以外，假如是分體的，通常會把它擺在第一首。所以我現在先預告一下，各位假如要從杜甫的詩裡認識杜甫，這首詩你千萬不要忽略。這是杜甫非常深刻的把自己一生的理想、當時的挫折，非常完整、非常深刻的呈現出來的自我表白，所以要瞭解杜甫這個人的話，這首詩是很重要的一個認識基礎。下邊我們就把作品讀一下。

因爲是古體詩篇幅比較長，我們通常會把它分一些段落來處理，我們看第一個小段。「紈袴不餓死；儒冠多誤身。丈人試靜聽，賤子請具陳。」這是第一個小段。各位看到高先生的小字，引到了楊西河（楊倫）的話：「開出全篇」，意思是它是一個引言，這個作品的開頭。大篇的古詩往往會用幾句話把整首詩帶出來，就像我們寫一篇作文吧，通常前邊有一小段，對不對？當作是一個導言一樣，這四個句子作用也是如此。「紈袴不餓死」的「紈袴」，各位看到後邊注解引的蔡夢弼的話：「紈袴謂貴遊子弟之服。」出處是《漢書・敘傳上》：「班伯與王、許子弟爲群，在於綺襦紈袴之間。」現在我們時常還有一個成語：「紈袴子弟」。「紈」是高級的布料，像綾羅綢緞這樣子的布料，用這樣高級布料所做的褲子、衣服，當然是表示穿著這樣衣服的人是非常高貴的人物，有錢的、地位很高的人，所以「紈袴」變成了富貴人家的代表。本詩開頭說像「紈袴」這樣身份的人物是不會餓死的。「不餓死」，當然是不會缺乏食物，生活上是很滿足，物質上是很充份，所以是從不餓死的物質條件來說：富貴人家顯然物質條件非常好，不必擔心餓肚子的。

相對的，「儒冠多誤身」，「儒」指的是讀書人。「冠」，帽子。「儒冠」，戴著讀書人帽子的身份的人。古代職業有分別，從事某一種行業的人，他的衣服，他戴的帽子是不一樣的，所以看你穿什麼衣服，戴什麼帽子，大概就知道你是什麼身份。讀書人戴的是「儒冠」。「誤身」，這個「身」是「人」的意思。這也是漢語的一個特色，我們現在不太用了，我們一看「身」以爲是「身體」，但在這裡的「身」就是「人」，「人」就是「身」。而這個「人」，在這首詩來說，又不是指他人，指的是杜甫自己，所以「儒冠」是杜甫自稱，稱自己這麼一個讀書人；像我這樣的讀書人，結果呢？「多誤身」，時常把自己耽誤了。把自己耽誤了那又是什麼意思呢？就是說讓自己得不到一個施展的機會，讓自己的理想無法實現，讓自己的抱負無法開展，才華沒有展露的機會，這叫「誤身」。假如這樣說，相對於前面的「不餓死」是指現實中的物質不欠缺，這「誤身」，是從精神的層面說。

還有很重要的一點，這兩句其實是「互文」。「互文」給各位講好多次了，就是上下兩句各有省略，我們要把它互相補充才能得到句子完整的意義。我們補充一下。〈木蘭詩〉的例子：「將軍百戰死，壯士十年歸。」你看「將軍百戰死」，假如從字面說，有些將軍打了一百次仗打死了；「壯士十年歸」，「壯士」，當然就是指軍士，地位比較下等的；「十年歸」，混了十年以後活著回家了。「將軍百戰死，壯士十年歸」，請問你要做將軍嗎？不要啦！做個壯士吃個十年的饅頭回家安全得很嘛，所以這樣解釋不通！不通怎麼辦？原來它們各有省略，「將軍百戰死」還包含了「將軍十年歸」；「壯士十年歸」還包含了「壯士百戰死」。完整的話怎麼說？「將軍百戰死，十年歸」；「壯士百戰死，十年歸」。就表示不管你什麼身份的人，在戰場上有的活著回來，有的打死了，這樣才完整。這叫做「互文」。這例子太多了，以前我們講的作品也講了很多了。所以，這兩句也是「互文」。怎麼說？「紈袴不餓死，不誤身」；「儒冠多誤身、多餓死」。富貴人家物質當然很容易滿足，事業也有很好的發展，不要說在唐朝、在古代，現在還不是一樣，你有什麼背景，爬升便像搭電梯一樣、像坐雲霄飛車一樣，你假如是窮酸一個，就算你普考、高考考上了，混個幾十年也只能勉強當個課長、局長之類的，所以這是「互文」。也就是兩句之間「參互成文，合而見意」，我們在解釋時要把上下句的意思互相補足。指的是他在現實中的物質既欠乏，而理想中的精神世界也同樣遭挫。很明顯的，很強烈的對比，而且這樣的對比，寫的是滿腹牢騷。還更要注意到，這首詩投贈的對象，韋左丞丈也是官宦人家，也算是紈袴身份，看起來好像說你比我好太多了，你餓不死，你還做那麼高的官，我呢窮酸一個，整天餓肚子，一輩子得不到發展。這樣開口，合適嗎？

請大家看下面：「丈人試靜聽，賤子請具陳」，說：老先生，請您不要生氣，靜下心來聽我慢慢的把所有的道理跟您說。在這裡語氣一轉，把前邊看起來好像很不得體的話來個轉圜：「賤子請具陳」，以「賤子」謙稱自己，請對方稍安勿躁，靜心來聽他述說原委。以下幾個段落就是所謂的「具陳」的內容。假如你要用現代的標點符號，「具陳」下邊就是一個冒號，涵攝了以下整首詩各個段落的內容。

第二段：「甫昔少年日，早充觀國賓。讀書破萬卷，下筆如有神。賦料揚雄敵；詩看子建親。李邕求識面；王翰願卜鄰。自謂頗挺出，立登要路津。致君堯舜上，再使風俗淳。」

第二個大段落。這個部份我們看到段落結束時高先生的話：「以上自陳素志」，「自陳素志」就是第二段的主旨；但「自陳素志」可能還不完整，其實應該還包含了杜甫自我陳述自己的學問、抱負、本領，在這一段他非常完整的把這些內容一一交代出來。

一開頭他自我介紹，說我以前年輕的時候，「早充觀國賓」。「觀國賓」是什麼意思？各位請看到注解引了《易經》的〈觀卦〉：「觀國之光，利用賓于王。」這話要稍微解釋一下，讀古代的經典，如《易經》、《書經》之類，文字比較複雜。

第一點我們要知道，那個「國」就是大都市；繁華之地、文明之地叫做「國」。古代，譬如說先秦時代、春秋時代……等等，有很多很多的諸侯，那諸侯裡頭有某一些人，或者某一些臣子，會到天子所在都城、比較文明、比較發達的地方，去參觀、遊歷、學習，這便叫做「觀國之光」。到文明開化的地方來去參觀學習，吸收它的精華，那做什麼用呢？目的在哪裡？「利用賓于王」。透過這樣的一個觀摩學習，回到自己的國家來輔佐自己的國君。「賓」是輔佐的意思。包括參觀的心得，學習到的東西，拿回來輔佐自己的國君。我們現在有一個詞叫做「觀光」，其實「觀光」就是從這裡來的。不過現在的觀光目的，跟那時候的目的已經不一樣，現在你所謂的「觀光」就是到某一個風景區照個相，以示到此一遊。這裡的所謂「觀國之光」比較類似什麼？比較類似我們的一些官員出國考察，學習比較文明發達的地方回來做爲施政的參考，這是所謂「觀國賓」原始的意義。可是杜甫在這裡用了「觀國賓」，他意思有轉換，所以典故就是這樣，剛開始的時候可能是一個「A」的基本涵義，但隨時間推移或場所的不同，它的用意會延伸或者是轉換，換成另外不完全相同的意思。「觀國賓」這個詞，到了唐朝，到了杜甫那個時代，又有所變化，所謂「觀國賓」指的是一個讀書人到都城，到京城裡頭參加考試，這叫「觀國賓」。所以那個「賓」是輔佐的意思，但是並不是我到別的國家回來輔佐國君，而是我到都城裡頭展現我的才華，奉獻我的能力，來輔佐國君。怎樣輔佐國君？怎樣展現才華？怎樣有機會去輔佐國君？參加考試！我就參加考試，考上了進士，做了官，「利用賓于王」，來輔佐國君。所以，你不必推究「觀國賓」義涵是怎麼變化的過程，結論就是：「早充觀國賓」，早年的時候，我就曾經參加過進士考試。做詩跟說話就是不一樣，假如杜甫說我很早的時候，年輕的時候參加過進士考試，這個太簡單了，不像詩，我「早充觀國賓」，繞了老半天才知道原來說的是他參加過進士考試。

杜甫參加進士考試是什麼時候？我們講過，應該是從開元二十二年到二十四年之間都有可能，這考證材料太多了，我不花時間討論。我們先給各位一個結論，基本上應該是開元二十四年，很多人是把它當成開元二十三年，我們把它延後一年比較容易解決，開元二十四年他二十五歲，那個時候在洛陽舉辦的進士考試。所以杜甫先做一個回憶，我年輕的時候就曾經參加過進士考試，「甫昔少年日，早充觀國賓」，你看我多有學問、本領，早年我就有參加考試的資格。

「讀書破萬卷，下筆如有神」，我讀書讀得很多，讀了萬卷之書。我們講過，杜甫讀書不是拿著剪刀去讀的，所以不是把書本讀到破了、剪破了。現在好多學生很壞，到圖書館去讀書真的是「破萬卷」，看到這一頁資料很有用，一撕就帶回家去了。詩裡這個「破」什麼意思？透的意思。把書的道理讀通了、讀透了。並不是把書讀爛了，所以一方面讀得多，二方面讀得透，因爲有這樣子的學習，自然「下筆如有神」，我拿起筆寫起文章好像有神力在幫助我，這一句話現在已經變成成語了。這也是杜甫的自我敍述，自我說明，他的文章寫得好、詩寫得好，確實是讀了很多書，所謂讀了很多書，你當然不能跟現在時代比，我們這個時代的書籍真的比唐朝那個時代多了太多了，流通也方便多了，其實杜甫讀得最多的、讀得最透的書是哪一本書？昭明太子所編的《昭明文選》，《昭明文選》是六朝時候的一部十分重要的選集，選了包含了文章、辭、賦、詩……等等。在唐朝的時候，這部書更是非常重要、非常流行的一本典籍。所以唐朝很多人研究《文選》，如李善注解《文選》，就很有名。杜甫很多詩是從《文選》裡的作品吸收過來的，當然他不只是照抄，是吸收，還把它變化重新創造，他之所以能夠變化，能夠創造，是什麼原因？當然是讀透了嘛，所以說：「讀書破萬卷，下筆如有神」。

下邊，「賦料揚雄敵；詩看子建親。」他就舉了兩個具體的例子，兩個文體，一個是賦，一個是詩。我做的賦，料想可以跟揚雄媲美。「敵」是對抗的意思，也就不相上下、並肩媲美。各位知道，賦的作家從西漢開始，通常會指哪一些人？第一個是司馬相如，然後就是揚雄，揚雄代表了賦的頂尖作家，所以杜甫說我寫的賦，料想是可以跟揚雄媲美的。那「詩看子建親」，我做的詩，是跟曹子建很接近的。「看」跟「料」意思差不多，也就是猜想。「親」是近的意思，他舉兩個文體做例子，因爲這兩個文體在杜甫那個時代，是非常重要的代表文體。賦也好、詩也好，參加科舉，皆爲必考的東西；這個詩就是剛剛說的排律。那杜甫認爲這兩個文體，像西漢的揚雄，建安曹子建的等頂尖的作家，我可以跟他們媲美，成就相當。

再來，「李邕求識面；王翰願卜鄰」，「李邕」是誰？各位假如會寫毛筆字，大概知道唐朝有一位大書法家就是李邕，他任北海太守，人稱李北海。我們先從字面看，李邕是當時很有名的人物，杜甫說李邕這樣的名人要求跟我見面，他比我輩份高了很多，名氣比我大了太多，卻要求跟我見面。「王翰願卜鄰」，說王翰也希望做我的鄰居。「李邕求識面；王翰願卜鄰」，這兩句話惹了很多的是非。這是杜甫在天寶八載，三十八歲時所寫的。說實話，那時候他還籍籍無名，但他竟然說，李邕想要拜見他，王翰想要做他的鄰居，各位看看高步瀛先生在注解中引到了蔡夢弼的話，引了《新唐書》的記載：「甫少貧不自振，客齊、趙、吳、越間，李邕奇其才，先往見之。」所謂的「李邕奇其才，先往見之」，便是「李邕求識面」，然後下邊又有一大堆的考證，到底李邕是在洛陽、還是在什麼地方求見杜甫的，這其實都被杜甫騙了。各位應該知道，《新唐書》是北宋時期編的，在杜甫之後，所以這些話都是被杜甫這句詩騙的，說「李邕求識面」，說李邕先往見之，其實是不可能。李邕才氣很大，名氣很高，他有可能去求見杜甫嗎？有一個小故事，說李邕有一次到洛陽，「道途聚觀」，許多人擠滿了街道來看他，他名氣既大，又有風采，那粉絲之多啊，不遜於現代的偶像明星。別人紛紛想要見到李邕，那怎麼可能李邕先來求見杜甫呢？

再像「王翰願卜鄰」，我們補充講義裡引到的第三條資料《唐才子傳》：「翰工詩，多壯麗之詞。文士祖詠、杜華等，嘗與遊從。華母崔氏云：『吾聞孟母三遷，吾今欲卜居，使汝與王翰爲鄰，足矣。』」說杜華的母親崔氏對杜華說，我聽說孟母三遷，我現在也要搬家，找一個好地方，讓你跟王翰做鄰居。本來是杜華的母親要杜華跟王翰做鄰居，現在杜甫卻說：「王翰願卜鄰」，王翰希望跟我做鄰居，他說反了，雖然原典說的是杜華，不是杜甫，但仍然可以反證這句話是不真實的。

這個問題在哪裡？我們可以分幾個層次說：第一，唐朝人很喜歡說大話，這個說大話的風氣，從杜甫的祖父就開始了，這個我們引了《新唐書・杜審言傳》：「恃才高，以傲世見疾。蘇味道爲天官侍郎，審言集判，出謂人曰：『味道必死。』人驚問故，答曰：『彼見吾判，且羞死。』」杜審言自以爲才氣很高，看不起世上的人，他有一個朋友叫蘇味道，做天官侍郎的時候，杜審言參與了官吏調選的工作，寫了一些判詞。很自負，認爲自己的判詞寫得很好，就跟別人說了：「味道必死」，蘇味道一定會死的。人家嚇了一跳，問他什麼原因？他說：「彼見吾判且羞死。」他看到我寫的判詞便會慚愧，就會羞死。兩人同屬「文章四友」之一，算是同負盛名的夥伴，說這種話是很誇張自大的。杜審言又曾跟別人說，「吾文章當得屈、宋作衙官，吾筆當得王羲之北面」，說他的文章可以讓屈原、宋玉做「衙官」；「衙官」就是部屬的意思。我的筆「當得王羲之北面」，筆就是書法，「北面」是指稱臣，王羲之都要對我甘拜下風。有一次杜審言病得很嚴重，宋之問和武平一去看他，問他病情怎樣，他就回答：「甚爲造化小兒相苦，尙何言？然吾在，久壓公等，今且死，固大慰，但恨不見替人。」造化小兒就是上帝，生了病，他說真是被造化小兒折磨得很痛苦，我還有什麼話說。可我進一步想，假如我還活著，把你們壓得太久了，現在我快要死了，也爲你們感到安慰，只是遺憾再也找不到可以代替我的人了。生了病朋友去看你，結果把人家奚落成這樣子，這種自大狂傲的性格多多少少可能遺傳給杜甫，杜甫顯然有杜審言的遺風。

不止杜審言如此，其實這應該是唐代普遍的風氣。下面再提供一個很有趣的資料，中唐韓愈曾經跟李程說：「我跟宰相崔大群往來很久，我發現崔大群真的是聰明過人。」李程就問他，崔大群到底有什麼過人的地方？韓愈說他跟我往來二十多年，從沒有在我面前說過文章，這不正可看出他聰明過人嗎？聽得懂這話嗎？這是個高級幽默。表示崔大群很會藏拙嘛，對不對？在我韓愈面前談文章不是班門弄斧嗎？自曝其短嗎？所以他藏拙，這就是聰明過人。在唐人的筆記小說裡頭，類似的故事好多。反映了唐代士風狂誕的一面。

所以杜甫說「賦料揚雄敵；詩看子建親。李邕求識面；王翰願卜鄰。」這樣自我膨脹，很可能遺傳自祖父杜審言的風格，也沾染了時代的風氣。

第二，其實重點不在這裡，這是他特意營造的一種作用，讓作品具有頓挫的張力。我們曾經把頓挫作了比喻，像什麼？像波浪：一波未平，一波已作。波浪低沉下來，波浪又湧上來；跌到低點，又湧上頂端，形成上下兩邊非常大的落差。這樣子的波浪也可以連續的出現：出現了一組頓挫，再出現另外第二組的頓挫。連續出現的頓挫就叫做「波瀾」，我給各位說過，就像波浪的起伏一樣。所以頓挫也可以說是「起」和「伏」，一高一低，一抑一揚，寫文章尤其是大篇的作品，非常需要頓挫的手法，而且呢，最好是低點、頂端兩個距離越遠越好，落差越大越好，這才形成文章的跌宕，文氣的轉換。古人不也講過嗎？「文似看山最忌平」，說文章就像你看山峰一樣，最忌諱平凡的山峰。假如那山，好像一個地平線一樣，平平的一條直線，那有什麼好看？山要怎麼樣？當然是高低起伏，才有它的姿態。用山比喻，用波浪比喻，都看出所謂頓挫的效果，跌宕起伏，波瀾壯濶，怎麼做到這效果？落差越大越好。

有一個笑話很有趣，說以前有個小官，很會拍馬屁，送了一幅對聯給他的長官，上聯是：「大人大人大大人。願大人一品高升，升到九十九重天上，替玉皇大帝蓋瓦。」升啊升到九十九重天上，就是玉皇大帝的地方，玉皇大帝住在哪裡？凌霄寶殿。凌霄寶殿當然有屋頂，你已經升到了玉皇大帝的頭上了，還爬到屋頂上幫祂蓋瓦。是不是最高啊？還有更高的嗎？現在不知道啦，假如你坐太空梭之類可能可以向更高處去，不然古代玉皇大帝住的便是最高的地方。下聯：「小子小子小小子，想小子萬分該死。死到一十八層地獄，替閻王老爺挖煤。」說他自己萬分該死，死到一十八層地獄；死到地獄裡頭已經夠低了，還要替閻王老爺挖煤。挖煤豈不是要鑽地洞，爬得更低？所以你看，這就是頓挫，從最低處到最高處，落差有多大？你做人寫文章當然不要效法這麼一個拍馬屁的人，但是舉這麼一個例子，主要告訴各位，所謂的頓挫，就是把兩者之間差距拉得越大越好。上下對比越強烈，頓挫越大。杜甫爲什麼把自己捧得那麼高，便是要讓自己先爬得很高，然後下面再跌到底下去，以便產生了很大的落差。頓挫對比性就特別的強烈，那造成了文章的氣勢，一種跌宕的感受。

假如我們要講杜甫詩的最大的特色，用一句話表達他在技巧上的特徵是什麼？你可以說就是頓挫。杜甫自我敍述，他在三十九歲的時候，曾經上一個表給皇帝，自我介紹自己的作品就說，他的作品是「沈鬱頓挫」，所以杜甫是很自覺的瞭解到自己的作品有這樣的一個特色。我們讀這一篇比較長的五言古詩，在第二大段就看到杜甫不斷地把自己拉得非常高，說他年輕的時候，參加了進士的考試，說他書讀得很多，讀得很透，說他文章下筆如有神，可以媲美古人，甚至於還傾動前輩，像李邕、王翰在當時的名氣都比杜甫大，輩份也都比杜甫高，結果說李邕要求跟我見面，王翰希望跟我做鄰居。我們說過，這未必是真的。但是杜甫這樣說，很顯然就是讓自己爬得越來越高，已經爬到九十九重天上了，甚至要爬到凌霄寶殿了，只差還沒有蓋瓦啦。下邊要蓋瓦了，你看他說：「自謂頗挺出，立登要路津。」我也知自己是很突出的，「挺出」就是突出，怎樣的突出呢？除了前邊他說的學問本領以外，也認爲在現實上他應該會有很好的成就：「立登要路津」，馬上就可以登上、達到所謂「要路津」。這個「路」和「津」應該把它區分開來。「路」指的是陸路，陸地上的道路。「津」，指的是水路的渡口。事實上「津渡」一詞指的就是水路的渡口、碼頭。那陸路呢，當然就是關口，一個道路不是有很多的關口嗎？所以「路」，指的是陸路上的關口，「津」，是水路上的渡口。那「要路津」就是重要的陸路的關口、重要的水路上的渡口；「要」字同時形容路和津，這三個字它的詞彙結構是這樣。可是我們知道這是一個比喻，不管是用陸路也好、水路也好，都來比喻所謂的仕途，做官的道路，因此所謂「要路津」，就是仕途上重要的官職，很高的、很顯赫的一個位置，這叫「要路津」。

各位不要怪我，我講課就是喜歡這樣子講。「立登要路津」五個字大概要花很多力氣，首先字面上要把它弄清楚，是從水路說，從陸路說，對不對？第二層呢，要知道它是一個比喻，比喻仕途上重要的位置。我自己認爲我很突出，才華很高，學問很大，志向很高，所以我馬上就可以做到一個很高的位置，「立登要路津」。

好！假如我達到了這個願望，在仕途上我做到了一個重要的官位，那我的目的是什麼？「致君堯舜上，再使風俗淳」，這兩句話奉勸大家把它背起來，這是杜甫對自己一生的理想、一生的抱負，最明白也是最重要的一個宣誓。「致君」的「致」是輔佐的意思，假如我做了高官，佔了重要的位置，我要輔佐我的國君，輔佐我的國君到什麼程度呢？「堯舜上」，超越唐堯、虞舜之上。各位一定讀過《論語》、《孟子》，儒家之徒，「言必稱堯舜」，開口閉口就是堯舜，堯舜是最高的國君的典型，對不對？在儒家的觀念裡，最重要的聖明的國君，最好的一個時代，就是唐堯、虞舜嘛。杜甫的目標就是要輔佐國君，還要超越唐堯、超越虞舜之上，「致君堯舜上」。那我輔佐國君超越了唐堯、虞舜，是什麼樣一個目的呢？「再使風俗淳」，讓天下的風俗歸於淳厚；「淳」，是淳厚的意思。這是他政治上的終極目標。淳厚的風俗也是儒家時常提到的一個理想世界，而「風俗淳厚」又是怎樣的具體的內容呢？

假如我們把儒家的經典瞭解一下，把杜甫相關的詩，掌握一下，基本上可以歸納出具體的內容出來。不外乎：第一，老百姓能夠安居樂業，衣食豐足，就是物質上可以得到滿足。第二，就是禮樂教化，精神文明。各位讀《論語》，這種內容說得太多了，我想我不必要引經據典，很簡單給各位這樣一個結論：就是讓天下百姓安居樂業，豐衣足食，物質不虞匱乏；但是光是吃飽穿暖還不是最高的境界，還要有禮樂，還要有文明，還要有教化，精神上也非常的豐富。這叫「致君堯舜上，再使風俗淳。」這個話杜甫不止說一次。這首詩天寶八載所寫，那時候他還沒有做官，還在長安求官，他已宣誓了自己在政治上的一個目標，人生的一個理想，他的抱負。

很巧，到了乾元二年，這一年杜甫四十八歲，辭了官了，我們介紹過杜甫生平，我想不重複了，簡單說在這一年，他已經離開官職了，流落到秦州。秦州在現在的甘肅，他寫了一首詩，這首詩送給兩個人，一個高適，另外一個，就是岑參，我相信這兩個人，各位讀唐詩一定都熟悉的吧，當時名氣都比杜甫大一些，身份也較高。當時高適，是做彭州的刺史，彭州在現在的四川，刺史當然是州長。岑參是做虢州的長史，地位比較小一點，是刺史的部下。杜甫在乾元二年流落到秦州，送給高適、岑參一首五言排律，詩的題目很長，作品也很長，我想因爲我們不是講專家詩，所以我不忍心要各位買一部杜甫的集子，很遺憾這首詩，高步瀛先生沒有收。我引中間的四句就好：「舊官寧改漢，淳俗本歸唐。濟世宜公等，安貧亦士常。」這四句很顯然的是對這二個朋友的一個叮嚀，一個期待。第一句，是針對高適說的，因爲高適做刺史的官，刺史是從漢朝開始有的一個官職，所以針對高適說，你做的官就是漢朝留下來的官職，「舊官寧改漢」；第二句：「淳俗本歸唐」，「唐」，指的是虢州，虢州是堯的時候的故地，現在岑參做虢州的長史，也就是在從前唐堯、虞舜賢君治理下的一個地區做官，你帶領的風俗，應該會回到唐堯、虞舜的那個時代。所以前面兩句先針對他贈詩的兩個對象說，然後做了一個結論，期待他們要濟世，濟世就是說要回到唐堯、虞舜那樣的時代，這樣的任務，是「宜公等」，應該由你們兩個人來完成，這是對他們兩個人的期待。而我杜甫呢，現在沒有官做，所以我只能安貧。安貧也是一個讀書人的本份，「安貧亦士常」。所以結論就是：雖然杜甫已經沒有官做了，所謂的「致君堯舜上，再使風俗淳」對自己的一個期許已經落空了，他只能安貧了，保持讀書人的一個本份，可是他這樣的一個的理想，仍然期望岑參與高適能夠來完成，「濟世宜公等」。

這是到了中年了，四十八歲的作品。也真的很巧，再過十年，大曆四年，杜甫五十八歲，臨死前一年，到了潭州。潭州在哪裡？現在的湖南長沙，寫了一首詩給裴虯、還有蘇渙這兩位先生。第一個對象裴虯，當時道州的刺史；第二位是蘇渙，當時做的官不大，只做了侍御的官。這首詩高先生也沒有收，題目很長，我也不抄了，只引最末四個句子：「寄書與裴因示蘇，此身已愧須人扶。致君堯舜付公等，早據要路思捐軀。」前面一句寫得很白，我寫這封書信給裴虯，順便也給蘇渙看，然後說「此身已愧須人扶」，這是寫他自己，我現在年紀老了，身體不好了，起身走路都要人家扶，衰老不堪了，可是我還是有個期待啊，「致君堯舜」這樣一個理想。我們今天讀了這首〈奉贈韋左丞丈〉，對這兩句話一定很熟悉，不就「致君堯舜上，再使風俗淳」嗎？輔佐國君超越唐堯、虞舜之上，這樣一個理想，這樣一個抱負，我老了，沒辦法完成了，交給你們了。「付公等」，交給你們了。怎麼做呢？「早據要路」，剛剛不是說「立登要路津」嗎？希望你們早一點登上一個高位子，要「致君堯舜上」，大概要做到宰相啊，才有這個可能，你們「早據要路」，盡量的想辦法登上一個高位，但是登上高位目的是什麼？是要「致君堯舜」，所以隨時隨地還要想到犧牲自己。「早據要路思捐軀」，所以你登上高位了，你不是去撈錢，你登上高位是隨時準備犧牲自己，去完成「致君堯舜」這樣一個理想、這樣一個目標。所以我一直覺得杜甫成爲所謂偉大的詩人，除了他藝術形象的創造外，他的人格世界，這樣執著一個理想、一個抱負，至死靡它，更值得我們去感受。而且那麼巧，從三十八歲開始，好像定時的，過了十年，再講一次，再過十年，再講一次。

以前我上課跟學生開玩笑，我說杜甫假如活在現代，他一定會出來競選公職的，選議員或者立法委員、市長什麼的，我們選舉不是要發傳單嗎？不是有很多宣傳車嗎？杜甫傳單上會寫什麼？「致君堯舜上，再使風俗淳」，這就是他的政見。但他肯定選不上。

以上是第二段。從早年參加進士考試，學問本領媲美古人，傾動前輩，然後陳述偉大的理想抱負，你看是不是把自己調子拉得好高？身份拉得非常高。

可是到了第三段：「此意竟蕭條，行歌非隱淪。騎驢十三載，旅食京華春。朝扣富兒門；暮隨肥馬塵。殘杯與冷炙，到處潛悲辛。主上頃見徵，欻然欲求伸。青冥卻垂翅，蹭蹬無縱鱗。」

你瞭解第三段的內容，你就很清楚跟第二段就是強烈的對比。第二段是登上了九十九重天上，第三段就跌落到十八層地獄了，而且他轉得非常快。你看第三段開頭第一句，「此意竟蕭條」，我這樣一個理想，「意」就是指前面的「致君堯舜上，再使風俗淳」，我這樣的理想竟然蕭條了，「蕭條」是什麼？落空了。這樣一個理想、這樣一個抱負，竟然失落了；失落了怎麼辦呢？「行歌非隱淪」，這句話也是要瞭解杜甫很重要的一個觀念。先看「行歌」，「行歌」字面看，就是一面走路一面唱歌嘛，不過絕不是那麼簡單。「行歌」有時候古人會寫成「行吟」，「行吟」是一種什麼動作？就是走在路上唱歌或作詩，而這種動作，有兩種不一樣的人生型態。首先看杜甫詩中的「行歌」，他說是「非隱淪」，不是屬於隱淪這樣的一種型態。那什麼叫「隱淪」，各位看到下面注解引了桓譚《新論》：「天下神人五，一曰神仙，二曰隱淪。」說天下可稱作「神人」的人有五種，其中一種是神仙，第二種就是隱淪。而「隱淪」又是什麼呢？就是隱居的高士。離開了世俗，脫離了紅塵，放棄了榮華富貴，走向山林，歸隱江湖，這樣一種人物叫做「隱淪」，就是我們習慣上所謂的高士。高士就是那種隱居山林、隱遁在江湖之中的人物。這種人物時常「行歌」，住在山林裡邊，住在江湖之中，玩賞風景啊，吟詩作賦啊，所謂吟風弄月，非常逍遙，非常自在，是這樣的一種人生型態。所以當你說「行歌」、「行吟」，很可能是指這樣隱遁的高士。但是杜甫說我的行歌不是這樣的人物，排除了這樣的型態。邏輯上說，假如不是這樣，一定還有另外一樣嘛，對不對？那另外一樣是什麼？各位一定知道屈原有一篇〈漁父〉，那是他做了三閭大夫被貶後作的，裡面說他「行吟澤畔」，所以「行歌」還有一種是屈原式的行吟。杜甫說我不是隱淪，那是什麼？像屈原一樣的人生型態。對屈原各位一定有所瞭解，屈原的生命型態最典型的是什麼？「雖九死其猶未悔」，就是堅持他的理想，勸諫國君，國君不接納他，他放棄了沒有？始終沒有放棄；即使國君把他貶了，他也不放棄，最後還抱個石頭自沉汨羅江嘛。他自己說「九死其猶未悔」，歷經了那麼多的艱難，這樣多的危險，我從不後悔，不放棄，堅持到底。這兩者的型態完全不一樣。

補充一下，古代所謂隱居的高士，起先其實他們也是有才華的，也是有理想的，但是現實沒有辦法讓他實現，最後他放棄了，離開了，就走向山林之中了，這是一類。那另一類是什麼？同樣有才華、有理想、有抱負，同樣的，沒有被現實所接納，但是堅持下去，仍然不妥協，仍然不放棄，那就像是屈原式的人物了。

所以從這裡各位就看到，「此意竟蕭條」，說我這樣的理想竟然落空了，沒能實現，杜甫就面臨了兩種選擇，一種選擇就是放棄，走向山林隱居，做逍遙自在的高士。但杜甫是「行歌非隱淪」，我不走隱淪這一條路，那選擇了什麼？雖然沒有直接說，但用排除法他間接告訴了你，我像屈原一樣，沒有放棄，「九死其猶未悔」，仍然堅持。這就是杜甫。

我每次讀杜甫這一類的詩，年輕的時候真的是非常感動，有時候也效法他，所以現實中我也經常跌跌撞撞，現在老了，沒那個力氣了，但是到現在他的情懷仍讓我感動。各位如果把杜甫的傳記讀一遍，把他的詩也讀一遍，你會感覺他真是了不起，他的一生，真的是遭遇太多的挫折了，然而他始終沒有放棄他的理想。

中國傳統的讀書人，基本的生命型態是「儒家」，因爲他們讀的經典，養成的教育就是儒家思維模式，儒家教育基本的內容是什麼？「己立立人，己達達人」，所謂內聖外王嘛，先把自己安頓好，然後修身、齊家、治國、平天下。可是很多時候現實世界並沒有讓你實現外王的條件，所以有些聰明一點，就放棄了，走向道家，隱居起來，尤其是在亂世，這種人物更多。像魏、晉、南北朝時候，這種人物最多。但是杜甫不走這條路。未來我們還要讀他很長的〈自京赴奉先縣詠懷五百字〉，他也再次宣誓了這樣的一個態度。所以，「此意竟蕭條，行歌非隱淪」，理想落空了，我不像一般人一樣隱居起來，我沒有放棄，我仍然堅持下去。

可是堅持下去，生活上可是非常的困難，那怎麼辦？他說「騎驢十三載，旅食京華春」。以下就寫他現實中艱難的遭遇。「十三載」，從宋朝以下的所有版本，都寫成「三十載」，可是所有人都知道「三十載」一定錯，爲什麼？杜甫現在是三十八歲，假如說騎著驢子討飯吃，討了三十年，他從八歲開始就是小乞丐一個了，所以一般都認爲「三十」應該倒過來作「十三」；「十三載」。「十三載」是從什麼時候開始算起呢？從開元二十四年他二十五歲考進士的那一年算起，算到他三十八歲做詩的這一年，剛好十三年，也就是說他開始想要謀求仕途了，參加考試了，但是落空了，現實生活開始艱難了，怎樣的艱難？怎樣的困苦？騎著一匹驢子，「旅食京華春」，「旅食」就是乞食，就在繁華的京華，在美麗的春光中討飯吃。

下邊寫得很具體，怎樣的「旅食」生活？「朝扣富兒門；暮隨肥馬塵。殘杯與冷炙，到處潛悲辛。」早上的時候，我到街上看看這一家門面不錯，住的是富貴人家，我就敲他的門，到了傍晚，那些大官下了朝要回家了，我就跟著那個肥馬，肥馬，當然很肥很壯的馬，馬很肥壯就表示車子很大，車子很大就表示官很大。所以傍晚時刻，看著那些大官下朝，我就跟在那些大官的後面，「暮隨肥馬塵」，前面車子在走，灰塵揚起來啊，我也不在乎，就在他車子後邊跟著走。早上敲富貴人家家門，黃昏跟著高官到人家家裡去，而我得到的是什麼呢？「殘杯與冷炙」，「殘杯」，喝剩的酒；「冷炙」，冷掉的飯菜；這就是人家施捨給我吃的。「到處潛悲辛」，我到任何地方，也只能內心暗暗的辛酸，暗暗的悲傷。

這是寫堅持理想不放棄，而現實中那樣困苦的具體狀況。他具體的寫出早上或黃昏怎麼敲人家的門，怎麼跟著人家回去，而人家給他的是殘羹剩飯。這是真實的情況嗎？假如杜甫真的是這樣，我們武俠小說不是有丐幫嗎？丐幫第一代的祖師該是杜甫啦！杜甫在〈進三大禮賦表〉裡曾自我敘述自己現實生活的情況，說是「賣藥都市，寄食朋友」，這是杜甫自己說的，上給皇帝表裡講的，這兩句話，寫得很清楚。「寄食朋友」，就是到朋友家裡，以前人家講的「打秋風」，聽過吧？就是看看這一家還可以讓我吃一頓，我就到他家吃了；「賣藥都市」，是去採一點草藥、擺攤子賣，有點像現在華西街那個地方一樣。因爲杜甫到了這個時候，病也不少了，「三折肱而爲良醫」，所以他對藥性大概還滿有瞭解的，可以賴以維生。

「賣藥都市，寄食朋友」，這是他自己說的，很多寫杜甫傳記的人也會引用這兩句話，認爲杜甫這一段時間就是這樣維持在長安生活的需求。不過我很懷疑，這仍然還是誇張的說法，因爲他要向皇帝求官，總要誇大一些自己現實的困難，來博取同情。

我們回溯一下，這樣的內容其實在陶淵明的詩中就出現過，陶淵明有一首詩，題目就叫〈乞食〉，這首詩滿有趣的，我們只引前面四句。題目叫「乞食」，就是討飯：「飢來驅我去，不知竟何之。行行至斯里，叩門拙言辭。」各位大概沒有餓肚子的經驗，餓過肚子的人，要保持身體的卡路里，最好是少動，怎樣少動呢？就是躺在床上，躺得越久，卡路里保持得比較久一些。但是躺個一天、兩天還可以，躺了三天、五天以後再不起來也不行了，飢餓逼得我只好離開家，「飢來驅我去」，所以出了家門，但站在門口，「不知竟何之」，我不曉得要到哪裡去，左邊那一家大概前天去過了，右邊那一家昨天去過了，看起來附近的都不方便再去了，只好「行行至斯里」，「行行」是信步而行，就順著路走啊走啊，走到這個地方，看到這一家以前沒來過，門面也還有一點，於是敲門，敲過以後，裡頭的人跑了出來，大概是僕人吧，問他做什麼的？結果陶淵明臉皮又很嫩，大概也沒什麼經驗，講不出話來，「叩門拙言辭」，你看看寫得好生動啊。題目明顯的寫乞食，那陶淵明講的真的？假如是真的，丐幫第一代祖師不是杜甫，是陶淵明了。所以這些內容有時候不能當真，他是一種誇張式的、帶著故事情節的渲染、用來鋪陳現實的一種困境，這是讀文學作品有時候要注意到的誇飾強化這樣的性質。那杜甫生活，困不困難？當然困難。陶淵明困不困難？當然困難。但是還不至於淪落到所謂的乞食這樣程度。那爲什麼要那麼誇張的描寫？其實就是要和第二段形成對比的張力。第二段很誇張的說「李邕求識面；王翰願卜鄰」，這一段很誇張的寫「朝扣富兒門；暮隨肥馬塵」，那麼強烈的對比，便形成了高的很高、低的很低，非常懸殊的一個落差，達到了「頓挫」的一個效果，這個就是筆法的問題。我們要接受杜甫生活是困難的，但是更要注意的是他不至於到乞兒的程度，他是用這樣一種誇張的寫法，以便達到文學的效果。

跌啊跌啊跌到這裡，那真的已經到了替閻王老爺挖煤了，「朝扣富兒門；暮隨肥馬塵。殘杯與冷炙，到處潛悲辛。」我們不是講過波浪嗎？這個從很高跌下來就形成了一個波浪、一個頓挫。下面「主上頃見徵，欻然欲求伸」，這裡忽然間又冒出來一點，又湧上來一個小波浪，「主上」就是皇帝，「頃見徵」最近下了一個詔書，來徵召賢才的人。這個背景我們交代一下，在天寶六載，也就是杜甫三十六歲的時候，唐玄宗曾經下了一道詔書，詔書內容我們書上注解引了元結的一篇文章〈喻友〉：「天寶六載，詔天下有一藝詣轂下」，背景是什麼？當時是李林甫專權，李林甫是歷史上有名的奸相，唐玄宗晚年的時候有點荒廢朝政，尤其寵愛了楊貴妃之後，時常把軍政大權交給屬下，所以李林甫擅權。有權力的人自己沒本事，但往往會排擠很多賢良之士，所以好多有才華的人，都沒有得到機會進用，天下士人怨聲載道，唐玄宗聽到了，他就想要收服一下人心，所以就在天寶六載特別下了一道詔書，特別舉辦了一次考試，這個考試叫做「制舉」。

各位瞭解中國的考試制度？你要知道先秦的時代往往都是貴族政治，做官的當然就是貴族，到了漢朝的時候也是，不過呢，那個時候知道要用一些民間的人才，就有所謂的「選舉」，這是由地方官，譬如說一個刺史，選拔一些有才華的、有品德的人推薦給朝廷，這種選拔、推薦人才，最多的有一個科目叫「賢良方正」，漢朝很多很多的人就是透過地方的官吏推薦給朝廷說他是「賢良方正」，走上了仕途。但那還不是一個正式考試，是推舉的方式，到了六朝基本上還是這個方式，不過有所謂「九品中正」之類。到了隋朝以後，開始有所謂的科舉考試了，科舉考試是定期每年舉辦，由地方經過一級級的考試，考上了就往上推，到了中央，就參加尚書省的進士科或明經科考試，這叫「科舉」。「科舉」是一個定制，每年固定時間舉辦，假如說定制以外，皇帝覺得很需要增加一些人才，那就舉辦一個「制舉」，這是不定期的，由皇帝看需要特別舉辦的。而天寶六載這一年，因爲唐玄宗知道天下讀書人怨望很深，所以就下詔辦了一次制舉，詔書的內容是什麼？「有一藝詣轂下」，說你一個讀書人，假如覺得自己有任何一個本事而被埋沒了，「詣轂下」，「詣」，到；「轂下」，天子腳下；那你就到天子腳下，到京城裡頭參加這一次考試，「有一藝詣轂下」。這詔書內容很簡單。杜甫就是看到這個詔書，爲了參加考試而在天寶六載來到長安。這篇文章的作者元結也是一樣，也是看到這個詔書，來到長安考試。這種考試通常皇帝是要親自主持的，唐玄宗那個時候不太想管朝政，李林甫就跟皇帝說了：這些讀書人都是沒有做過官的，可能連朝廷禮節也不懂，所以皇上你就不要親自主持了，就讓尚書省來負責，那唐玄宗便答應，他樂得輕鬆啊，就讓尚書省來來舉辦，李林甫交待了尚書省，結果考完了以後，沒有一個考生上榜，全部落選。

各位想想，假如我們考試院現在辦一個考試，結果放榜出來，上榜數是零，沒有一個考上，這結果也太誇張了吧。李林甫很有本事，他不單單把這些考生全部刷掉了，還向皇帝上了一個賀表。賀表上寫了「野無遺賢」，「野無遺賢」是什麼？經過這一次考試證明，在野的沒有任何人材了，意思說人材全部都羅致到朝廷了。所以奸相就是奸啊，奸得很有道理，很有本事；我不曉得我們現在的官員有沒有這種本事？總之，杜甫也就落榜了，元結也落榜，一大堆人都落榜了。

回到這首詩：「主上頃見徵」，指的就是不久前、兩年前，皇帝又有一次徵召，「欻然欲求伸」，「欻然」就是忽然；忽然之間，我又得到一個希望了，我又以爲我的理想可以伸展了。剛剛不是說，這是冒起了一個小波浪嗎？看起來還不錯的一個期待。可是下邊：「青冥卻垂翅，蹭蹬無縱鱗」，結果是什麼呢？我就像一隻鳥，這鳥基本上就是莊子說的大鵬鳥；我就像一隻大鵬鳥，想要飛到青天之上，翅膀卻斷掉了，飛不上去。我呢，也像一條魚：「蹭蹬無縱鱗」；「鱗」就是魚。這魚是什麼魚？也是莊子〈逍遙遊〉說的鯤魚。「無縱鱗」，就是說我像那大鯤魚要跳也跳不起來；「縱」是跳的意思。要像大鵬鳥飛到天上，翅膀斷了；像鯤魚在海裡要跳也跳不起來。這是什麼原因？「蹭蹬」是失路貌，失路就是找不到路。鳥要飛到天上要有一條路才飛得上去，魚要跳起來也要有一條路可跳，但現在不論是鳥是魚都找不到路，都落空了。你看他的筆法：從前面那麼高的地方，跌下來變成了一個乞丐，好像已經跌到谷底了，絕望了，可是「主上頃見徵，欻然欲求伸」，又冒起了一個小波浪，但「青冥卻垂翅，蹭蹬無縱鱗」，又再跌下去，這明顯的運用不斷的頓挫來呈現現實與理想之間矛盾的情況。

以上這是第三段。寫他現實中的艱難困苦的處境。

我們看最後一段，第四段。「甚愧丈人厚；甚知丈人真。每於百寮上，猥誦佳句新。竊效貢公喜；難甘原憲貧。焉能心怏怏？祇是走踆踆。今欲東入海；即將西去秦。尙憐終南山，回首清渭濱。常擬報一飯，況懷辭大臣？白鷗沒浩蕩，萬里誰能馴。」

「甚愧丈人厚；甚知丈人真」，「丈人」指誰？當然是題目裡頭的韋左丞丈，古人對長輩時常用「丈人」來尊稱。我一再的說過古人作品常有互文的情況，像杜甫這一首詩，一開頭兩句「紈袴不餓死；儒冠多誤身」，就是互文，在第四段的互文更特別多。「甚愧丈人厚；甚知丈人真」，完整的說是怎樣？甚愧丈人厚、丈人真；甚知丈人厚、丈人真。總之，互文便是上一句有所省略，然後把下一句那個部份補上來；下一句有所省略，把上一句那個部份補進去，這樣子意思才完整。「知」是瞭解；「愧」是感念、感謝的意思。這兩句翻譯起來是說：我十分瞭解您老先生對於我的真心、對於我的厚意，我也十分的感念，您對我的真心、對我的厚意，「甚愧丈人厚，甚知丈人真」。那如何的真？如何的厚呢？下邊具體的說：「每於百寮上，猥誦佳句新」，您時常在百官前面「猥誦佳句新」。「百寮」，百官；「寮」指的是官吏。你時常在百官面前、朝廷之上對很多同僚，「猥誦佳句新」，親自的朗誦我剛剛做的一些好的句子。這意思是什麼？當然就是幫杜甫宣傳啊，讓杜甫的名氣能夠有所增加。這個又不免要談到唐朝的背景了，進士考試照理應該是公平的考試，可是唐朝考試的制度很奇怪，考卷上並沒有把考生名字彌封起來；明、清以後就密封了。那唐朝考生的名字是在考卷上的，所以假如這考生名氣很大的話，主考官一看，這是赫赫有名之輩，往往怎樣？當然就會把他選上來啊；假如沒有把他選上，自己會覺得擔心：名氣這麼大，怕萬一自己看走眼嘛。所以唐朝的考生時常要「溫卷」，給各位提過有沒有？近代有個學者叫陳寅恪，這是研究唐朝歷史非常重要的一個學者，他曾經特別提到，唐朝讀書人有一個風氣：「溫卷」。什麼意思呢？就是一個考生時常先把自己的詩或文章送給達官貴人，或送給有名望的前輩，文壇的領袖，讓他們讀，假如他喜歡上你的作品，到處宣傳，你名氣就大了，考上的機會就大了。可是你送一次不夠，就像我們在家裡信箱收到一大堆的廣告信，你看都不看嘛，就丟到垃圾筒裡頭了，所以你送了一次，過了十天半個月，再送一次，總有一天他會看，就好像強迫對方溫習，就就叫「溫卷」。唐朝考生要打知名度，打知名度沒有辦法像現在一樣登廣告上電視，「溫卷」是手段之一，還有很多特別的手段。

我們課講好多年了，這個故事講過沒有我不記得了：講過的話你就當溫習吧。這是陳子昂的故事，他是四川人，來自偏僻的地方，來到長安混了十年，卻沒一個人看重他。他家裡很有錢，他就讓家裡的僕人，拿著一把胡琴到市場叫賣，索價百萬，引起大家的圍觀，卻沒有一個識貨的。然後陳子昂就跑出來了，二話不說把它買下來，那四周人當然就圍上來問他：你用那麼高的價錢買了它做什麼用？陳子昂說：我很擅長演奏它。當大家要求他演奏時，他就邀請大家第二天到他住的地方看他表演。果然就召集了一大群人，都是當時有名望的人。他準備了酒食招待，食畢，捧起那把胡琴，對大家說：我陳子昂帶了百篇文章來到都城，竟不爲人所知。而這彈琴不過是賤工之役，何必太留意它？便當眾把琴摔碎了，拿出文章分發眾人，一傳十，十傳百，一日之內，他的名聲便傳遍了整個長安城。後來被武攸宜徵名爲記室，甚至做到拾遺的官。你看看，陳子昂如果活在現代，肯定是很厲害的行銷高手。

那王維也是一樣，王維有個「鬱輪袍」的故事，有沒有聽過？王維是山西的世家大族，到長安考試，當然期待能夠奪魁，可是聽說有個考生張九皋已被公主內定爲第一名。王維很不甘願，向岐王訴說，聽從了岐王的計策，先預錄了幾篇得意的作品，再打扮成一個樂工，手抱琵琶，一同到公主府中，彈奏了一曲〈鬱輪袍〉，公主大奇說：此人看起來不像樂工耶。岐王就趁機介紹說：此生非止音律，其詩亦無人出其右。公主要了王維作品來看，更加驚異，說這些是我以前曾經讀過的，本來以爲是古人的作品，沒想到是你寫的。便對岐王說：何不讓他參加進士考試？岐王說：此生志氣很高，得不到解頭，是不願應試的。但聽說已內定給張九皋了。公主說：這不關你的事。便答應爲王維盡力，還召試官至第，由宮婢傳話下去，王維便以解頭一舉登第。

好了，我們看看講義裡頭，也引了一個小故事，這故事各位可能聽過。《唐詩紀事》的記載：有一個項斯曾經寫了詩獻給楊敬之，楊敬之對他很欣賞，就給他寫了一首詩：「幾度見詩詩盡好，及觀標格過於詩。平生不解藏人善，到處逢人說項斯。」他說，我好幾次見到你的詩，你的詩寫得都很好，今天見到面，發現你的標格，也就是你的人品風采比詩還要好。而我的個性呢？「平生不解藏人善」，看見一個人的好處我是不會隱藏的，我會到處宣傳的，所以「到處逢人說項斯」。我所到之處，只要碰到人，我就會宣揚項斯你這個人的長處：詩做得好，人也非常好。果然過了不久，楊敬之的這首詩傳到了長安，到了第二年項斯就應舉考上了。這個故事要記一下，我們現在還有「說項」這個成語，就是從這裡來的。杜甫詩中寫到韋左丞丈「每於百寮上，猥誦佳句新」，韋左丞丈為什麼時常在好多大官面前親自朗誦杜甫做的好句子，就像楊敬之到處逢人說項斯嘛。韋左丞丈他「每於百寮上，猥誦佳句新」，就是時常幫杜甫做宣傳，這也就是所謂「丈人厚」、「丈人真」。

因為這樣，所以「竊效貢公喜；難甘原憲貧」，「竊」是私下，我看到你對我的真心厚意，我私下就效法像貢公的喜悅，這也是典故，各位翻到四十二頁，《漢書》提到有一人叫王吉，字子陽，跟貢禹是好朋友。世稱「王陽在位，貢公彈冠。」王陽就是王吉，因為他字子陽所以叫王陽；「貢公」就是貢禹，這是一對好朋友，所以人家就說了：當王陽做了官了，貢禹就彈冠。「冠」是做官的帽子，「彈冠」是什麼意思？因為好久沒有做官了，帽子放在櫃子上，灰塵積了一大堆，現在聽說好朋友王陽做了官了，他就把帽上灰塵撣掉，表示什麼？表示不久這個帽子要戴在頭上了，自己有機會做官了，以為王陽一定會提拔他，會推薦他，所以「王陽在位，貢公彈冠。」下邊引了劉孝標的《廣絕交論》也說：「王陽登而貢公喜。」意思一樣，「王陽登」做了官，「貢公喜」也就高興了。所以「竊效貢公喜」，我知道您韋左丞丈對我那麼真心厚意到處宣傳我，我看起來有機會了，所以我私下像貢公一樣的高興，我以為馬上就可以做官了。這裡是以王陽比韋濟，以貢禹自比。下邊「難甘原憲貧」又是一頓挫。這也是典故，這典故注解引了《莊子》：原憲，孔子的弟子，隱居在魯國，子貢有一次去看這位老同學。那個時候孔子已經死了，子貢已經做了官，原憲沒有做官，貧居在家，那子貢去看這個老朋友的時候，原憲拿著拐杖來應門，子貢看到了以後，覺得他好像非常衰弱的樣子，就問：「先生何病？」你生了什麼病？原憲就答了：「憲聞之」，我聽說；聽誰說，當然聽老師說，孔子說：「無財謂之貧，學道而不能行謂之病。」我聽老師說過，沒有錢生活，叫做「貧」。學道而不能行，這才叫做「病」。所以做了一個結論：我現在是貧不是病。他把貧、病的定義分的很清楚，沒錢生活困難叫做「貧」；學習了老師治國、平天下的道理，沒有辦法去實踐，這才叫「病」。這意思是怎樣？原來是說我原憲是有本事的，我學了道是可以實踐的，可是沒有機會而已，因爲沒有機會實踐所以我貧，我沒錢，生活困苦，「貧」也，非「病」也。看下邊說，子貢「逡巡而有愧色」，這話真的滿有趣，子貢聽了以後啊，就在那邊徘徊不已，臉色非常慚愧。子貢爲什麼要慚愧啊？顯然原憲是諷刺子貢：你學了道、做了官，你有了機會，可是你沒有實踐夫子之道，所以子貢才有愧色。這是所謂「難甘原憲貧」的典故從這裡來。你看「甚愧丈人厚，甚知丈人真。」表示韋左丞丈提拔他，推薦他，所以「竊效貢公喜」，我私下很高興，很興奮，以爲馬上可以做官，可是「難甘原憲貧」，結果呢，我仍然像原憲一樣，貧啊，沒機會做官，又跌下來了；頓挫在這裡出現。

下邊說，「焉能心怏怏，只是走踆踆」，「難甘」，很難甘心；我很難甘心，可是我哪裡能夠心裡一直不痛快下去呢，所以，從「難甘」往上一撥，否定了「難甘」，說：「焉能心怏怏」，我哪裡能夠這樣心有不甘呢？既然不能總是不甘心，那我怎麼辦？「祇是走踆踆」，「踆踆」是走路的樣子，我只好就離開算了。既然要離開，要到哪裡去？下邊說「今欲東入海，即將西去秦」，這兩句也是互文。「東入海」，我現在打算往東邊到海上去；「西去秦」，即刻將要離開長安；「秦」，長安。因爲長安在春秋戰國時候就是秦國的地方，所以簡稱就叫「秦」。「去秦」的「去」是離開的意思，這跟我們現代的國語用法不一樣，我們現在假如問對方說：「你要『去』哪裡？」「我要『去』高雄。」那「去」，是「到」的意思，可是在這裡不能說我要「到」東邊海上，我又要到西邊的長安，那不通啊，所以那個「去」是離開。「祇是走踆踆」，我現在只有離開了，我馬上要離開長安，要到東邊海上去。再問一下，爲什麼到東邊？到海上？孔子說過：「道不行，乘桴浮於海」，我的道在這個世界無法實現，那就坐船離開到海上去。「桴」，就是船、木筏之類的。爲什麼到海上？不是他要出國，並不是他要到日本，到台灣，而是「道不行」的關係。所以我現在即將離開長安到東方海上去，表示我「道不行」。

要離開了，你看下邊，「尙憐終南山，回首清渭濱」，這兩句又是互文，我們先就地理說一下就好，好像也講過很多次了。「終南山」，是長安南邊的山；渭水，在哪裡？長安北邊的水，這一南一北，一山一水，在修辭學上叫「借代」，借代什麼？長安。一南一北的山水指長安這個地方。「憐」，是眷戀，憐愛，捨不得叫做「憐」。回頭，表示什麼動作？也是捨不得，眷戀。也許你現在年紀大了，回想一下以前談戀愛跟女朋友要分手的時候，不就是走兩步一回頭看嗎？戀戀不已嘛。所以「尙憐終南山，回首清渭濱」，互文是怎樣？尙憐終南山、清渭濱，回首終南山、清渭濱，而終南、清渭代表長安，也就是表示什麼？我這樣離開，可是對長安又捨不得啊，看前面說「去」、離開；現在又說「尙憐」、「回首」，又躍起了一個波浪。

進一步的一個問題，要走了、道不行啊，不甘心，只好走了算了。那爲什麼又捨不得呢？爲什麼不停的回頭看呢？這個又跟中國文化有關係。各位知道孔子爲什麼要周遊天下嗎？那是到處都不能實現他的道嘛，所以到了一個國家，時常又被逼得要離開，離去之間，他是什麼心態呢？好，孟子就說了：「孔子去齊」，離開齊國，「接淅而行」，「淅」指的是把米洗好了，我們煮飯不是要洗米嗎？洗好了可是還沒有下鍋。孔子發現齊國待不下去了，走了吧！要走，可是那個米洗好了，他又捨不得丟掉，所以捧著洗好的米離開，「接淅而行」，表示連一頓飯的時間都不留，絕然而去。可是當「孔子去魯」，魯是他的祖國，也不能實現他的道，也待不下了，也要離開，要去魯的時候怎樣？他說「遲遲其行」，「遲遲」，就是慢吞吞的，好似進三步退兩步的。孟子解釋了：去齊國，那樣的絕然，一頓飯的時候都不留，爲什麼去魯國那樣的慢吞吞？原來去魯國是去父母之邦，離開自己的祖國，所以才那樣不捨。這觀念，我們現代人大概沒了，發現這個地方待不下去，拿到一個綠卡，拿到一張外國的聘書，馬上買了飛機票走了。可是古人就不是這樣哦，離開祖國，心中必然依依不捨、眷戀不已，這是孔子去父母之邦的心境。但是到了唐朝、到了宋朝，國土一統了，基本上你到任何地方都是自己國家嘛，不過這種觀念還在，那怎樣的情形還遲遲其行呢？只要離開國君、離開朝廷、離開都城，便要遲遲其行。譬如說你被貶官了，你是唐朝的官，被貶了，貶到廣東、貶到福建，要離開長安，離開朝廷，也要遲遲其行，表示出對國君的不捨。甚至你到了別的地方，你還要不停的望向京城，望向朝廷。杜甫的〈秋興八首〉就有「每依北斗望京華」，他到了夔州，可是時常依賴著北斗星的指引望向長安那個地方。

舉一個故事，我們講義有的，翻到講義第八條，這滿有趣的一個故事。有沒看到李益的一首詩？李益是中唐的詩人，這個人才華很高，但人品好像不是很好，各位大概讀過唐代的傳奇小說〈霍小玉傳〉，裡頭的男主角、薄情人就是李益。這個李益我們看下邊的《全唐詩・小傳》，他在朝廷不得志，就到河朔、也就是現在河北這一帶的地方，然後當時的幽州節度使劉濟重用了他，給他從事官職，李益很感激他，就獻了一首詩給劉濟，各位先看這首詩：「草綠古燕州，鶯聲引獨遊。雁歸天北畔，春盡海西頭」，這四句寫地點、寫季節景象。燕州就是幽州，就是現在的北京這一帶的地方，春天來了，草綠了，黃鶯鳥在叫，呼喚他一個人在那邊遊玩。下邊「向日花偏落，馳年水自流」，這兩句有比興：傾向太陽的花，偏偏凋落了，這花是向日葵。那向日葵傾向太陽，太陽象徵什麼？象徵國君。我本來是傾向國君的，就像向日葵向著太陽一樣，偏偏得不到太陽的照顧，凋落了，這不是怨朝廷沒有用他嗎？「馳年水自流」，而我的年華就像水一樣的消失了，充滿時光消失的焦慮感，所以他離開朝廷來到了幽州，劉濟用了他了，給他官做了，他很感激，所以後面說「感恩知有地，不上望京樓」，「地」在這裡是方法的意思。我感念你的恩情，我知道有一個方法報答：從此以後我不登上高樓望向京華，「不上望京樓」。有一個背景要注意，中唐時期，那是藩鎮割據的時代，像幽州節度使劉濟跟朝廷就是半脫離的狀態。所以他表示我投靠你了，我也宣布跟朝廷斷絕關係了，我不上望京樓。但李益這傢伙真的品德不好，過了不久他又回到朝廷，回到長安竟然做了官了，有沒有看到那個小傳裡頭，唐憲宗的時候，把他召為秘書少監、集賢殿學士。這官還做得不小，也做得好，李益又得意了，得意以後時常得罪人，被他得罪的人，就把前邊他給劉濟的詩獻給皇帝看，皇帝一看當然不高興，「不上望京樓」，你不是不看我了嗎？不眷戀我這個朝廷了嗎？所以把他貶官了。這故事很有趣，很典型的，就是你到別的地方，雖然朝廷對你不好，但是你仍要眷戀，不能跟朝廷斷絕關係，你要時常登上高樓去望，所以你到臺南你要往北邊望，到高雄要往北邊望，望向凱達格蘭大道，望向那個總統府，這是古人的思考模式。我們讀很多詩，很多文學作品，真的要弄清楚古人的文化背景，古人的意識型態。不然你在這裡看杜甫，說我要離開了，對不對？要離開長安，要到海上去，卻說「尚憐終南山，回首清渭濱」，又說捨不得走了，用現代話說，看起來有點扭捏的娘味道，要走又不走的樣子，其實是一份對朝廷的眷戀，才這樣遲遲其行，這是理由之一。

下面還有「常擬報一飯，況懷辭大臣？」我的個性時常是：有人對我有一飯之恩，我都想要報答。一飯之恩的典故很多，我們書上也引了《史記・范睢傳》、《後漢書・李固傳》之類的，都有「一飯之恩必償」、「必報」的話。還有一個很有名的故事，我們書上沒有引，各位比較熟悉的，韓信的故事。韓信當年不受重用流落時，有一個洗衣服的老婦人時常給他飯吃，後來韓信做了淮陰侯，賞了她千金。這就是一飯之恩未嘗或忘，也就是小小的恩德，杜甫的個性都想要回報他，那韋左丞丈對杜甫那麼真心、那麼厚意，杜甫當然要回報。「況懷辭大臣」，何況我現在懷著這種心情正要辭別像你對我那麼真心誠意的一位大臣，當然更捨不得。前面說：「尚憐終南山，回首清渭濱」，說出了捨不得走的理由，是因爲眷戀朝廷，這裡再補充另一層理由：捨不得對我有恩德的大臣。可是後面又說：「白鷗沒浩蕩，萬里誰能馴」，最後還是走了。我最後還是像一隻白鷗鳥一樣，消失在浩蕩的煙波之中，那個時候已經到了萬里之外，誰還能夠馴服我？

說明一下「白鷗」這個意象的內涵。「白鷗」是我們詩裡面時常用的一個意象，這個意象主要象徵一種個性，各位請翻到一百七十五頁，李白的〈江上吟〉：「海客無心隨白鷗」，注解引了一個故事：《列子・黃帝篇》，說在海邊有一個人很喜歡「漚鳥」，這個「漚」，三點水的「漚」相當「鳥」旁的「鷗」，就是白鷗，每天早上他到海上去跟漚鳥一起遊玩，漚鳥飛下來往往有一百多隻，就是說他跟漚鳥的關係處得非常好，他父親聽說以後就跟他說了：「汝取來吾玩之。」你明天到海上去抓一隻漚鳥來也讓我玩一玩。到了第二天，這人到了海上，「漚鳥舞而不下也」，白鷗鳥就只在天上飛啊飛，就是不肯飛下來，為什麼？牠已經覺察到人有想要捕抓自己的機心了，不願意成為人手中的玩物。所以白漚鳥個性是什麼？嚮往自由自在的生活，不受控制，不被人玩弄。杜甫用「白鷗」自比，我這一離開，就要像白鷗鳥一樣，在浩蕩的煙波之中，在萬里之外，過著自由自在的生活，誰還能馴服我，我還需要每天「朝扣富兒門，暮隨肥馬塵」嗎？我每天還需要吃人家給我的殘羹剩飯嗎？不需要了，我得到自由、得到解脫了，所以在一連串的頓挫，不斷的欲去不去的掙扎之中，最後跳出來，表示得到了一個精神上的解放，「白鷗沒浩蕩，萬里誰能馴？」滿腔抑鬱消解於無垠的萬里煙波之中。

高都護驄馬行

安西都護胡青驄，聲價欻然來向東。此馬臨陣久無敵，與人一心成大功。功成惠養隨所致，飄飄遠自流沙至。雄姿未受伏櫪恩；猛氣猶思戰場利。腕促蹄高如踣鐵。交河幾蹴曾冰裂。五花散作雲滿身；萬里方看汗流血。長安壯兒不敢騎，走過掣電傾城知。青絲絡頭為君老，何由卻出橫門道？

這首作品收在一九一頁，題目下面，引了仇兆鰲《杜詩詳注》的考證，認爲應該是天寶八載寫的。

「高都護」指高仙芝。題目說高都護，其實他是安西副都護，當然副上面還有正，所以他並不是正都護，而是副都護。安西有節度使，那是一個邊境。唐朝在很多的邊境上，設立了一個一個的節度使，高仙芝是做安西節度使的副都護。

高仙芝不是漢人，是高麗人。唐朝好多的大將都是胡人，像哥舒翰也是很有名的大將軍，他是突厥人。還有一個更有名的叛將安祿山，他也是胡人，史書上說他是雜胡，雜胡看起來血統不純正，混血的胡人。這是唐朝的風氣。因爲唐朝的皇族本來就有點胡人的血統。再來那個時代的風氣，是比較開放的，比較有自信的。自信的人，才可以網羅天下英雄。高仙芝是很有名的一個大將軍，高麗人。他在天寶六載攻打了大食。

大食在哪裡？在現今的阿拉伯。出征得很遙遠。到了天寶八載入朝，回到長安。到了第二年天寶九載，他又去攻打石國（現今哈薩克西北），又出征了。所以仇兆鰲編年把這首詩編在天寶八載，那下邊有些考證，不一定要瞭解得那麼複雜。我們做一個結論：把這首詩訂在天寶八載。而杜甫那個時候三十八歲，正在長安。

題目還有「驄馬」，顯然是高都護（高仙芝）所騎的一匹馬。杜甫就以這匹馬爲題材，寫下這首詩。所以我們知道，它是一首詠物的作品。詠的是什麼？詠的是馬。杜甫詩裡頭非常多詠馬詩，統計起來不下二十幾首。我印象中，我們講他的五言律詩，也讀過一首〈房兵曹胡馬〉，未來我們讀他的其他作品，還可以看到更多。包括各位熟悉的，曹霸畫的馬，杜甫不是寫了一首〈丹青引贈曹將軍霸〉嗎！

杜甫寫馬，都能夠把那個物態、把那個精神，寫得淋漓盡致。這首算是比較早期的作品。但是仍然可以看出，他把這馬寫得非常的精彩、非常的豐富。

至於題目裡頭還有一個字：「行」。我上各位的課，碰到一個問題，有時心裡還滿掙扎的，不曉得該介紹到怎樣的程度？像這個「行」，說起來還滿複雜的，但還是要把概念說一下。因爲這問題經常會出現，像下面一首馬上要講的〈兵車行〉，也是「行」。

「行」，簡單說，就是所謂「歌行」。「歌」，應該是各位最熟悉的，譬如白居易的〈長恨歌〉；「行」，除了這一首，各位熟悉的像白居易的〈琵琶行〉。這些以外，還有「曲」、「調」、「吟」、「引」等等其他的名稱。這一類的標題，我們看一首詩，題目上標上了這些，第一個概念，它是屬於「樂府」。

我們講格律的時候，曾經講過古典詩的分類。我們研究一批材料，科學的研究，通常用什麼手段？分類嘛！可是分類要有分類的基準，你是在一個什麼基礎或者標準之下從事歸類？這一點是現代科學一定要講究的。但中國古人在分類的時候通常不太有邏輯性，所以分出來的類別有時便非常混亂。

古典詩的分類有很多不同的基準。有些用時代分類：「漢詩」、「唐詩」、「宋詩」、「清詩」；有些用題材分類：「山水詩」、「田園詩」；還有用風格分類：「陽剛詩」、「婉約詩」。總之有很多分類的基準，產生了很多的類別。

我們現在要說一個各位非常熟悉的分類基準：「體裁」。「體裁」又可分爲兩大類：「古體詩」、「近體詩」。「古體詩」又分：五言、七言。「近體詩」，又分：絕句、律詩、排律。絕句、律詩、排律之下又分五言、七言。

五言也好，七言也好，這個分類又是怎麼產生的？當然是以句子的字數分，一個句子五個字，就是五言嘛；一個句子七個字，就是七言嘛。

絕句、律詩、排律又是怎麼分的？以句數來辨別。四句的絕句、八句的律詩、十二句以上是排律。排律可以無限擴大，怎麼擴大？有一個限制，四句四句的遞增。原來我們格律的單位，就是從絕句開始，四個句子。所以絕句是一個格律單位的體裁，律詩是兩個單位的組合，排律是三個以上單位的組合。所以一定是八句以後再加一個單位，變成十二句。再加一個單位，變成十六句。這樣遞增上去。

當然，最麻煩的就是古體、近體又是怎麼分的？原來兩者的分類基準就在是否「律化」。「律化」的屬於近體，「非律化」的屬於古體。那律化是什麼？篇有定句，句有定字，字有定聲，韻有定限；律詩、排律還要加上對偶的要求。至於古體，因爲非律化，所以相對自由，就沒有這些限定了。

以上有關體裁的分類，記得以前講近體詩格律的時候，應該給各位介紹過，現在只是簡單作一個溫習。主要的目的，是藉此來認識什麼是「樂府」？

印象裡頭，我大學畢業準備考研究所時，要讀一些考古題，裡頭時常出現一個題目：「試問古詩與樂府有何異同？」各位可能有聽過一些似是而非的說法。有些人說，古詩有作者的名字，李白、杜甫……等；樂府沒有作者，往往是民間詩人，無名氏的作品。又有一種說法，古詩是寫個人的情懷；樂府是反映現實社會，有強調寫實性在裡邊。

我舉若干的這些說法，各位能不能接受？當然不能。樂府沒有作者名字？杜甫就寫了一大堆，李白也寫了一大堆。反映現實？杜甫的古體詩也有一大堆的反映現實啊。這些都是似是而非，不通的說法。

那麼「樂府」到底是什麼呢？原來它是另外一種分類基準，這個分類基準不是像體裁從律化跟非律化的角度來區分的，而是從性質產生的不同類別。而這個性質是什麼呢？「音樂」。入樂的，跟音樂有關的屬於樂府；不入樂的，跟音樂無關的屬於非樂府。

爲什麼這樣說呢？我們要先從「樂府」這樣一個名稱來源說起。原來一開始的時候，它是一個官署的名稱；「府」就是一個機構。漢武帝設立了「樂府」這樣一個機構。派李延年（李夫人的哥哥）做協律都尉掌管。這個機構的職掌是什麼？就是收集各個地方的歌曲，把它整理出來，拿來配合音樂演唱。所以一開始它是機構的名稱。後來把它引申，經過「樂府」整理的這些詩歌，能夠被諸管弦，配合音樂唱出來的就叫做「樂府詩」，簡稱「樂府」。到了後來，並不是每個朝代都有「樂府」這個機構，可是很多詩仍然可以唱，可以配合音樂，這一類也叫做「樂府詩」。也就是說，不一定是經過漢朝樂府機構整理出來的作品也可以叫做「樂府詩」。甚至於後來它的體裁不限於詩了，還有另外一些體裁，像「詞」、「曲」有時候也把它叫做「樂府」。各位看蘇東坡的詞集叫什麼？叫《東坡樂府》；元朝的散曲作家張可久（號小山）的散曲集子就叫《小山樂府》。包括現代人寫的新詩，把它配著音樂唱出來，也叫「樂府」。這些基本上都是可以入樂的，都跟音樂有關係的。

往下再發展，漢朝時候的樂府詩，或者六朝時候的樂府詩；六朝的小樂府很多，像吳歌、西曲，到了唐朝能不能唱？不能！樂譜失傳了嘛。但唐朝詩人有很多仿古的心理，就把漢朝也好，六朝也好，那些樂府詩的題目、一些曲子的標題，譬如〈戰城南〉、〈飮馬長城窟〉、〈子夜歌〉等，把它套用過來，「沿用舊題」。像李白最喜歡用這個標題，寫下一些所謂「樂府詩」。

這些各位知道，事實上它能不能唱？不能！只是有個曲子的標題留下來，你用這個標題寫出一些新的歌詞出來，但是它的樂譜失傳了。所以這一類基本上是不能夠真正演唱的。但是，它是從以前樂府詩的標題模仿套用過來，所以也把它叫做「樂府詩」。

甚至於不用漢、魏的舊題目，可是在題目上邊，標上一些有關音樂的辭彙，就像剛剛說的「歌」、「行」、「曲」、「調」……等，這一類也把它叫「樂府詩」。或者是在作品裡邊，用一些樂府詩時常出現的套語，如「君不見」、「君不聞」，你讀李白的詩：「君不見，黃河之水天上來……」、「君不見，高堂明鏡悲白髮，朝如青絲暮成雪，……」這些都是樂府詩的套語，這一類也把它叫做「樂府詩」。

或者不用以前的舊標題，也不一定用那些套語，也不一定用「歌」、「曲」這些標籤，另外設一個題目，這個我們把它叫做「新樂府」。「新樂府」給的定義：不用舊的題目（「沿用舊題」），而是「即事名篇」。所謂「即事」，就是說當作者看到發生某一件事情寫下一首詩，根據他所要寫的事件，標上一個題目，這個叫作「新樂府」。

「新樂府」這樣的名稱，正式成立變成一個專有名詞，那是在元稹、白居易的時候。元稹也好，白居易也好，他們的詩集叫《元氏長慶集》、《白氏長慶集》，長慶是唐穆宗年號，那個集子編纂的時間是在長慶年間。他們的集子有作分類，其中有一類就叫「新樂府」。所以「新樂府」成爲一個專有名詞是從元、白的時候開始。很多文學史，也都把新樂府的產生，歸功於元稹、白居易，還有張籍等人。但是我們發現，雖然沒有這個名稱，而用「即事名篇」創作手法寫出來的樂府詩，是從杜甫開始。像杜甫的〈兵車行〉、〈麗人行〉，應該都是所謂的「新樂府」。不過當時沒有這樣一個專有名詞而已。

「新樂府」到底入樂還是不入樂呢？有很多爭論。有些人說它是可以唱的，被諸管弦，可以把它唱出來。有個小故事，白居易時代有個歌妓，人家要把她聘過來，她把自己身價抬得很高，人家問她，妳憑什麼？她說因爲我會唱白居易的〈長恨歌〉。所以她價錢要高一些。

然而未必所有的「新樂府」是可以唱的，它有些可以入樂，有些不能入樂。像杜甫很多的樂府詩，我們懷疑事實上是不能演唱的。但是不管有沒有入樂，概念上都跟音樂有關。所以我們仍然把它歸到「樂府」這一個類別當中。

所以什麼是「樂府」？它是性質上的分類，跟音樂有關的性質。而在實際上有些可以入樂，有些則並未入樂。當然，就現實面說：唐詩其實有好多是可以唱的。

早期有一位學者叫任中敏，他曾經做了一個研究，編了一本書，叫《唐聲詩》，所謂「聲詩」就是能夠唱的詩。他的定義好清楚，吟、頌不算，要能夠唱，還要配合樂器來唱，甚至於配合舞蹈來演出，這才叫「聲詩」。那怎麼判斷是不是真的能夠演唱？看記載，從史書、筆記裡頭我們可以看到很多記錄，說某一個人的某一首詩被演唱了等等。任中敏把這一類叫作「聲詩」。當然也是屬於我們概念裡頭的所謂「樂府詩」。

剛剛說分類有幾種，有「體裁」的分類：古體、近體，也有「性質」的分類：樂府、非樂府。各位要注意的是，同一個材料，在不同的分類基準之下，它可以同時歸到這一類或者那一類，邏輯上是不是這樣？所以同一首詩，它可以跨到不同的類別當中。譬如說它是非律化的古體同時也是與音樂有關的樂府；或者它是非律化的古體也是跟音樂無關的非樂府：或者它是律化的近體也是跟音樂有關樂府；或者它是律化的近體也是跟音樂無關的非樂府。這觀念要弄清楚。我們看《唐詩三百首》的目錄，在五古、七古、七律、五絕、七絕等不同體裁中，收了若干首詩後，又各另立「樂府」一類，也收了若干首詩，和一般選本不同，那是什麼緣故？原來就顯示本書的分類是兼用兩條分類基準的，舉一個例：卷一五古收了張九齡〈感遇〉，便表示這在體裁上屬於五言古詩而性質上屬於非樂府；同樣在卷一五古收了王昌齡〈塞上曲〉，便表示這在體裁上屬於五言古詩性質上則屬於樂府；其他各卷的分類也是同樣道理。而一般分體選本，往往只採用單一的基準，所以就沒有那麼複雜了。

所以白居易的〈琵琶行〉，我說它是七言古詩可不可以？可以！我說它是樂府詩可不可以？可以！王維的〈送元二使安西〉，我說它是近體詩七言絕句可不可以？可以！我說它是樂府詩可不可以？也可以！

回到剛剛我說的，以前糊塗的說法，試問：「古詩與樂府有何異同？」這個題目成不成立？沒有辦法成立了。因為不同的平台，你怎麼比較！你問：「古體跟近體有何異同？」「可以。」「樂府跟非樂府有何異同？」「可以。」但是不同的分類基準之下，把兩者做一個比較，那是不合理的問題。就像「人」，我們要把他做分類，可以用「國別」來去做分類：他是中國人或者外國人。也可以用「性別」做分類：他是男性的，她是女性的。如果問一個題目：「試問中國人與女性有何異同？」這個當然是無法回答的題目。不同的平台、基準之下是無法混淆在一起做比較的。這是常識，也可以說是從事分類的基本觀念。

我們來看這首〈高都護驄馬行〉，體裁上是七言古詩。因為有「行」這樣的標題，所以它也是樂府詩。不過很可能是不能入樂的樂府詩，因為沒有記載說它曾經實際演唱過。

這首七言古詩算是篇幅比較小的，只有十六句。各位看到：「安西都護胡青驄，聲價欻然來向東。此馬臨陣久無敵，與人一心成大功。」下面小字引了仇兆鰲的說法：「此言驄馬在邊而有功行陣。」「功成惠養隨所致，飄飄遠自流沙至。雄姿未受伏櫪恩；猛氣猶思戰場利。」又引了仇兆鰲的說法：「此言驄馬在廄而不忘戰伐。」以下四個句子又是一個小段。我要說的是，古體詩因為相對篇幅比較大，我們在理解上或者閱讀上時常要做分段。當然有很多人做過分段，但結果並不一致。而仇兆鰲的《杜詩詳注》對杜詩的分段是比較被接受的，因為他特別講究段落的分析、處理。所以高步瀛先生在段落的分析上，時常引用仇兆鰲的說法。

這一首分段相對的整齊。四個句子一小段，每一個小段換韻。第一段：「安西都護胡青驄，聲價欻然來向東。此馬臨陣久無敵，與人一心成大功。」第二段：「功成惠養隨所致，飄飄遠自流沙至。雄姿未受伏櫪恩；猛氣猶思戰場利。」（換韻）。第三段：「腕促蹄高如踣鐵。交河幾蹴曾冰裂。五花散作雲滿身；萬里方看汗流血。」（換韻）。第四段：「長安壯兒不敢騎，走過掣電傾城知。」（分了一個小節，兩句一個韻）。「青絲絡頭為君老，何由卻出橫門道？」（再分一小節，又換了一個韻）。所以前邊三個段落韻腳很整齊，四句一韻。到了最後一個段落，二句換了一個韻。換韻有時候又叫「轉韻」，這是古體詩的專利。近體詩不能換韻，必須一韻到底。

第一段：「安西都護胡青驄，聲價欻然來向東。此馬臨陣久無敵，與人一心成大功。」。「安西都護」，當然就是指高仙芝；「胡青驄」，就是高仙芝騎的那匹胡馬。「青驄」代表馬。馬產自胡地、西域，那裡馬最有名、最慓悍，所謂「汗血馬」、「大宛馬」之類，相信各位都聽過。「安西都護」是扣題中的高都護，以下他轉了一個描寫的對象，就是「胡青驄」，專門從他騎的那匹馬來寫，所以是詠物，詠馬的詩。

「聲價欻然來向東」，這第三個字有很多種唸法，一種唸法「ㄏㄨ丶」，相當於我們現在忽然的「忽」字。另一種唸法「ㄒㄩ丶」，指的是某一個東西被吹起來、往上飄、往上騰那個樣子。假如這裡你唸成欻（ㄏㄨ丶）然，句子意思比較難解。欻（ㄒㄩ丶）然，形容那個馬的聲價像被風吹起來一樣，騰上來了，飛騰而上，表示聲價很高。建立了那麼高的聲價，現在往東而來了。

「來向東」，也是用了典故。古代注解杜詩的人很喜歡引用原典，證明杜甫的句子某些詞彙、某些字是有出處的。因爲杜甫讀書破萬卷嘛，所以他的下筆用辭都是有來源的。像這裡的「來向東」，注解就引了漢代〈郊祀歌〉的〈天馬〉章：「天馬徠，歷無草。徑千里，循東道。」「徠」，同「來」；這幾句大意是說：天馬大老遠的從西方來到東方。「來向東」，就是指那匹馬來到東方，就是長安。因爲高仙芝在天寶八載入朝，顯然那匹馬是跟著高仙芝來到了長安。而用了「天馬」的出處，也暗示了這匹胡馬並非凡馬。

「此馬臨陣久無敵，與人一心成大功。」說這匹馬，戰場上面對敵人的時候，好久都沒有對手了。這是從它能力說，表示牠厲害。下面再從牠的心態說，說牠「與人一心成大功」，「與」，就是和；「人」，指牠的主人高仙芝。牠一心一意要和牠的主人一起建立偉大的功業。所以仇兆鰲說，這一段的主旨是：「驄馬在邊而有功行陣」，先寫牠過去的經驗、能力、心態。但我們必須注意到一個重點，他雖然寫的對象是馬，但是並沒有把主人忘記，所以他寫馬其實是把牠跟主人結合在一起的。

第二段，「功成惠養隨所致，飄飄遠自流沙至。雄姿未受伏櫪恩；猛氣猶思戰場利。」前面說一心成大功，下邊便是大功完成了。「惠養」，有點類似現在退休的恩俸：你在某一個工作服務很久了，有成績了，退休後給你未來的一種奉養。爲什麼得到惠養？因爲功成。「功成」，是誰的功？當然是高仙芝的功。所以下邊說「隨所致」。

上次我們讀〈奉贈韋左丞丈二十二韻〉，裡頭就用了這個「致」：「致君堯舜上，再使風俗淳」，輔佐的意思。「隨所致」，就是跟著牠輔佐的人，蒙受了朝廷的照顧。所以這個「致」一定要從牠所輔佐的主人角度，即高仙芝的角度來解釋，不然的話，這個「致」就不好理解了。

高仙芝完成了大功被徵召回朝廷，這馬幫著主人也建立了大功，牠就跟著主人蒙受了朝廷的惠養，因此下邊補充了，「飄飄遠自流沙至」。指馬從遙遠的流沙那個地方來到了長安。

「流沙」，下面的注解有好長的一段資料，基本上指的就是西域。有些人說可能就在甘肅，甘肅有一個敦煌，各位一定很熟悉。敦煌旁邊有一座山叫做鳴沙山，下邊有個池塘叫月牙泉，有人認爲流沙就是那個地方。無論如何，反正指的就是西域所在。

「雄姿未受伏櫪恩；猛氣猶思戰場利。」再回到馬本身。「雄姿」，從牠姿態說，這匹馬有一種英雄的姿態。「未受伏櫪恩」，「伏櫪」，各位一定很熟悉，曹操的〈短歌行〉：「老驥伏櫪，志在千里。」「櫪」就是馬廄，養馬的地方。「伏櫪」就是馬老了，站都站不好，跑也跑不動了，趴在馬廄上面。但事實上這匹馬還沒有老到這樣子，所以他說「未受伏櫪恩」。「未受」的「未」，不可解稱成「沒有」；要解釋成「不」。「未受」，不甘心接受。這個馬認爲自己還沒有老到那個樣子，不甘心就在馬廄裡邊養老。「猛氣猶思戰場利」，牠有一股勇銳之氣，還在期待能夠在戰場上殺敵致勝。上下兩句連貫：不甘心養老，還想在戰場上出征，打敗敵人，建立功業。

這兩段我們先這樣子說：牠的主旨就在「與人一心成大功」。牠就是想要輔佐牠的主人，幫著牠的主人，一心一意建立大功業。而主人被徵召回到朝廷，馬也只好跟著他來到長安。朝廷惠養、照顧了高仙芝，馬也同樣的受到了照顧。那種照顧就是在馬廄裡賦閒，趴在那邊每天等著吃、喝。對馬來說，牠是要成大功的，所以牠不甘心，不願意這樣終老，心裡面還在盼望著能在沙場上建功立業。

第三段，「腕促蹄高如踣鐵。交河幾蹴曾冰裂。五花散作雲滿身；萬里方看汗流血。」仇兆鰲說這一段是「言其形相精力之出群。」「形相」就是指牠的外貌、姿態，也呼應了前面的「雄姿」。「腕促蹄高如踣鐵」，這要引用一下古代的說法，一九二頁引了《齊民要術》的說法。

《齊民要術》是古代一種百科全書，方便一般人在生活上的各種知識需要所編列出來的。其中有一部份教人如何相馬。馬在古代是很重要的交通工具，買賣很興盛，假如要到市場上買一匹馬，你總要看一看馬好不好？值不值得你買？所以就有所謂的相馬術、相馬經。這個資料裡頭說：「相馬蹄欲得厚而大，腕欲得細而促。」觀察一匹馬，要看牠的腳掌要很厚、要很大，牠的腳腕要很細、很短。從這裡去判斷馬的好壞。所以下邊又引用一個資料：「腕欲促而大，其間纔容靽。」是說腳腕跟腳掌的縫隙只能容納繩子。「靽」，指的是綁馬的繩子。繩子當然不會很粗很大，縫細剛好可以放一根繩子上去綁那個馬。「蹄欲厚二三寸，硬如石。」蹄要很堅硬，要大，要高。另外《相馬經》裡頭也說，馬腕要短，短才能夠跑得快；蹄要很高，高才能耐險峻，才能爬得高，跋涉比較有利。這些資料都在告訴各位，杜甫的「腕促蹄高如踣鐵」，不是憑空而來的，他是有依據的。這匹胡馬就符合這些條件，牠的腳腕很短，牠的蹄、腳掌很高，很堅硬如踣鐵。

這個「踣」有兩種讀音：一是「疋候切」，翻成現在的國語來說，唸成「ㄆㄛˋ」；一是「匍覆切」，翻成國語來說，唸成「ㄅㄛˊ」。唸成「ㄅㄛˊ」是「踏」的意思；唸成「ㄆㄛˋ」是「破」的意思。各位判斷一下，假如你是杜甫，要寫這個句子，你會用哪一個讀音？如果唸成「ㄅㄛˊ」，「腕促蹄高如踣鐵」，說牠的腳很有勁，好像踏在鐵板上，那沒什麼意思。假如你把它唸成「ㄆㄛˋ」，動詞，是能把那個鐵塊打破的，那才顯示牠強勁的力量。

所以下邊進一步說，「交河幾蹴曾冰裂」。交河在西域，高仙芝以前出征的時候經過的地方。當年高仙芝就騎著這匹馬，在交河打仗，好幾次這匹馬把河裡頭一層一層的冰塊都把它踏到崩裂了。「曾」，相當於有「尸」字旁的「層」。「曾冰」，凝結累積的冰塊。交河非常寒冷，積冰很厚，那匹馬在那個地方打仗，好幾次把河上一層層的冰塊把它崩裂了。很形象的寫「腕促蹄高如踣鐵」。

「五花散作雲滿身」，「五花」，又有各種說法，李白〈將進酒〉：「五花馬，千金裘。」各位翻到 168 頁的第二行，李白這首詩後面的注解。王琢崖曰：「五花馬謂馬之毛色作五花紋者。」這是五花馬的第一種解釋，就是毛色；馬毛的顏色，看起來五彩繽紛的樣子。下邊又引了一個資料，《圖畫見聞志》云：「唐開元、天寶之間，承平日久，世尚輕肥，三花飾馬。」把馬脖子上面的毛修剪成三個或五個花瓣，結成五瓣的叫五花馬。

兩種說法，一種是指馬的毛色，一種是馬脖子上邊的毛把它結成五瓣的意思。那我們看杜甫這個句子，「五花散作雲滿身」，當然指的是毛色。馬的毛色五彩繽紛，還不是一朵一朵的，它散開來，就像雲籠罩在馬的身上，「散作雲滿身」。雲從哪裡來？從毛的顏色來，整匹馬感覺上像籠罩著雲一樣，所以應該要解釋成毛色，說它五色毛散得像雲籠罩在身上。各位還要知道古人的一個觀念，寫了「雲」會聯想到什麼？聯想到「龍」。「雲從龍，風從虎」嘛。所以當馬被雲籠罩了之後，已經把牠想像爲像龍一樣了；這不是平凡的馬了，是龍的樣子。又呼應了前邊的「飄飄遠自流沙至」，「飄飄」兩個字各位想想看，假如是一般的馬，說牠從西域回到長安來，可以用「飄飄」兩個字來形容嗎？一般的馬是不能用「飄飄」，牠又不能飛起來，所以透過「五花散作雲滿身」，想像牠是龍，於是牠就像龍一樣飛起來，從西域來到了長安。所以這樣解釋，才知道前後有呼應在裡邊。

「五花散作雲滿身；萬里方看汗流血。」說「汗流血」，當然表示那個馬是「汗血馬」。「汗血馬」，傳說是從大宛（ㄩㄢ）生產的。漢武帝的時候引進了中原，漢武帝對牠非常欣賞，給牠一個稱號叫做「天馬」。這個馬很厲害，牠可以日行千里，跑的時候流出來的汗是紅色的，像血一樣，所以叫做

「汗血馬」。這個資料在書上註解有，有興趣可把原典讀一下。現在杜甫就用「汗血馬」這樣一個典故，「萬里方看汗流血」。顯然肯定了這個馬就像大宛出的天馬一樣，可以看到牠在萬里之外奔跑，汗像血一樣流出來。

這第三段，從牠的蹄的形狀、牠的毛色、牠的汗，各種角度來描寫胡馬的形象。書上引了方東樹的評語：「四句寫。」寫就是「描寫」，也就是鋪陳，從各種角度把對象淋灕盡致描繪出來。所以書上也引了吳北江對這一段的評語：「淋灕酣暢。」

第四段：「長安壯兒不敢騎，走過掣電傾城知。青絲絡頭爲君老，何由卻出橫門道？」。最後倒數第三個字，是一個破音字，「橫」要唸「ㄍㄨㄤ」，注解上也告訴我們，音「光」；不可唸成「ㄏㄥˊ」。

這一段按韻腳分成兩節。第一節提到長安，當然是呼應了前邊：「聲價欻然來向東，飄飄遠自流沙至」，表示這匹馬來到了長安。長安好多健壯的人看到這匹馬都不敢騎，因爲普通的人沒辦法駕馭牠，所以不敢騎。換句話說：能夠駕馭牠的，也就只有牠的主人高都護了。這一方面稱贊了這匹馬，同時也間接肯定了高仙芝。

「走過掣電傾城知」，「掣電」，就是閃電，當牠在長安街上走過來的時候，就像一道閃電一樣，表示牠快速，表示牠耀眼的一種情況，所以「傾城知」。整個長安城都知道這一匹馬。「傾城知」，所有人都知道，暗示什麼？我們詩人說話有時候還真是吞吞吐吐的，在吞吐之間裡頭那個諷刺的味道就出來了。全城的人都知道，只有一個人不知道，哪一個人？就是皇帝。皇帝不瞭解這樣的真英雄，這樣的好人才，而且不是一般人所能駕馭的，可是皇帝只給牠惠養，在馬廄裡終老，對這馬來說，牠不甘心、不接受，牠還盼望著能夠出征沙場。

所以第二節做了一個結論：「青絲絡頭爲君老，何由卻出橫門道？」「青絲絡頭」，要稍微說一下，各位看到下邊引了《玉臺新詠》裡的〈日出西南隅〉：「青絲繫馬尾，黃金絡馬頭。」這兩句其實很容易瞭解：青色的絲繩綁在馬的尾巴上，黃金做的頭罩，套在馬頭上；表示裝飾得非常好，非常漂亮。這是匹富貴的馬。

回到杜甫，「青絲絡頭」，各位想想看，這個繩子是拿來絡頭的嗎？剛剛讀的兩個句子，繩子是放到哪裡？繫在尾巴上。所以根據前面引的詩句，這「青絲」兩個字下邊杜甫其實是省掉了「繫馬尾」；「絡頭」上邊則省掉了「黃金」。各有省略，這叫做「互省」。我們把省略部份補充回來，就變成完整的句子了。總之這四個字寫的就是牠非常富貴的樣子，裝飾的非常華麗，呼應了前邊的「惠養」，也呼應了前邊的「伏櫪恩」。但這個馬心裡在想，你把我裝飾得那麼華麗、富貴，我就這樣子爲你終老嗎？我就一輩子這樣過了嗎？「未受伏櫪恩」，牠不甘心啊。「猛氣猶思戰場利」，牠還在思念著、盼望著在戰場上能夠厮殺建功。所以下邊說「何由卻出橫門道？」寫出牠內心的盼望。

「橫門」，各位看到最後的注解，在長安的北邊。長安東西南北四面都各有好多城門，西邊三個門，最北邊叫橫門，渡過渭水可以往西域而去。橫門又叫做開遠門。意思很明白：開拓遠方。遠方對唐朝來說在哪裡？在西域。從長安出師西征，從哪一個門出發呢？從開遠門，也就是橫門。往西邊，渡過渭水，就可以到現在的甘肅、新疆一帶。前面說得到那麼好的照顧，打扮得那麼華麗，我就這樣爲你終老嗎？我不甘心啊。「何由卻出橫門道」，我想的是什麼時候能夠離開長安，能夠從這一座門出征到西域，「猛氣猶思戰場利」，在沙場上開疆拓土，建功立業。

簡單做個結論，從題材上看，這首詩完全從馬的角度來敘說，但基本上，寫馬就是寫人，而這個人就是馬的主人高仙芝。杜甫詠物詩，時常會把物跟人做高度的結合。除了表現描摹物態的功力，更重要的是反映了作者的心態，志業。

兵車行

車轔轔，馬蕭蕭，行人弓箭各在腰。耶孃妻子走相送，塵埃不見咸陽橋。牽衣頓足攔道哭，哭聲直上干雲霄。道旁過者問行人，行人但云點行頻。或從十五北防河，便至四十西營田。去時里正與裹頭，歸來頭白還戍邊。邊庭流血成海水，武皇開邊意未已。君不聞漢家山東二百州，千村萬落生荊杞！縱有健婦把鋤犁，禾生隴畝無東西。況復秦兵耐苦戰，被驅不異犬與雞。長者雖有問，役夫敢伸恨？且如今年冬，未休關西卒。縣官急索租，租稅從何出？信知生男惡，反是生女好。生女猶得嫁比鄰，生男埋沒隨百草。君不見青海頭，古來白骨無人收！新鬼煩冤舊鬼哭，天陰雨濕聲啾啾！

今天要上的是一九五頁的〈兵車行〉。題目有個「行」，之前向大家講過：凡題目上有「歌」、「行」、「曲」、「調」字眼，都是所謂的「樂府」。杜甫的樂府詩，其實不算少。而且有些還是所謂的「新樂府」。新樂府也跟各位講過，就是「即事名篇，另立新題」，根據所發生的事件，訂下題目，不是用漢、魏古代的樂府舊題，對不對？

像這一首〈兵車行〉，在漢、魏、六朝的樂府詩沒有這個標題，是杜甫自己新創的題目。你看題目的「兵車」兩個字，當然也可以看出它反應的事件，一定跟戰爭有關。戰爭是什麼時候的戰爭？哪一場的戰爭？關於這點，說法很多。

基本上唐玄宗繼承了唐太宗的「貞觀之治」，有了所謂的「開元盛世」。然而唐玄宗比唐太宗厲害，還喜歡開疆拓土，充滿了對領土的野心。所以玄宗在位時，邊境戰爭非常多，從東北到北方，從西北到西南，當時圍繞了各種外族，這對唐朝來說一方面是威脅，另一方面也是很好的征服的對象。所以這首詩背景就有各種說法。各位看到在題目下邊引了宋朝黃鶴（黃叔似）、清朝的錢謙益（錢牧齋）的說法，認爲這首詩的背景是天寶十載四月，劍南節度使鮮于仲通討伐南詔，大敗喪師這一場戰爭。

關於鮮于仲通，在此稍微爲對各位補充一下。他在四川是個大財主，楊貴妃的父親，還有楊家姊妹，早年便來到四川，因爲楊貴妃的父親本來在四川做官。後來他們回到長安，楊貴妃入宮得寵了。楊貴妃有個堂兄，就是大家熟知的楊國忠，他原名叫楊釗，因爲楊貴妃的關係，最後做了宰相。楊國忠在四川時跟鮮于仲通關係非常好，鮮于仲通很有錢，時常資助楊國忠，所以楊國忠進了朝廷以後，就提拔鮮于仲通，向朝廷推薦，鮮于仲通於是做到劍南節度使。可是他沒建過功，但知道唐玄宗很喜歡開疆拓土，便想藉機邀功。有一次，南詔派使者進貢朝廷，經過四川。結果，鮮于仲通把南詔的使者殺了，特意挑撥事端，逼南詔造反，這樣他就有理由攻打南詔了。古代很多奸邪的官吏都是這樣，藉端肇事以便建立功業來邀寵！可是沒想到天寶十載，攻打南詔的時候，卻打了敗仗。朝廷當然不甘心，就大肆招募士卒，補充兵源，要再次進攻，楊國忠還遣御史分道捕人，送到軍中。所以像錢謙益他們就根據詩中「牽衣頓足攔道哭」的描寫，認爲背景就是天寶十載，攻打南詔的時候。不過因爲唐朝的邊境戰爭非常多，強迫徵兵也不僅是這一場戰爭，而且詩裡也沒有很明確的寫出南詔的地理背景。因此也有人認爲是天寶九載唐朝跟吐蕃的戰爭。

吐蕃，各位一定聽過。它的位置就是現在的西藏；西藏永遠就是中國人很大的一個麻煩。當時吐蕃國力非常強大。各位看到一九七頁小字的第三行，王嗣奭引的《資治通鑑》說：天寶六載的時候，唐玄宗要讓王忠嗣去攻打吐蕃的石堡城，王忠嗣就上書向皇帝報告說，石堡城非常堅固，「非殺數萬人不能克」，意思就是說不犧牲幾萬人是沒辦法克服的。唐玄宗聽了當然很不舒服。結果有一個人叫董延光的，向皇上自請攻取石堡城。古代很多官吏都是這樣的心態，既然皇帝想要，你不幹，我來幹，那就是一個機會嘛！皇帝答應了，還叫王忠嗣分些軍隊來幫助他，結果沒有攻下來。到了天寶八載，唐玄宗不甘心，又派哥舒翰攻打石堡城，果然「士卒死者數萬」，所以詩中有「邊庭流血成海水」的句子。到了天寶九載的冬天，朝廷又派王難得再次進攻吐蕃，也和詩中說的「今年冬，未休關西卒」符合。這些資料，高步瀛在題目下邊都有引述。所以我們姑且就依據他的考訂，把它編在天寶九載的冬天。背景呢？就是唐朝跟吐蕃的戰爭。

好，現在我們就來讀這首詩，這是一首七言歌行，篇幅稍微長了些。它的結構，我們假如從頭到尾唸下來，可能沒有注意到它的特色，但是清朝的仇兆鰲很厲害，他說這首詩的結構是「一頭兩腳體」。這是什麼意思？是說整首詩分爲三段，首段領起，成爲一個「頭」；底下再分兩個段落，而句數相同，形成「兩腳」。這就像人體一樣，長出一個頭，又有兩隻腳來支撐。那怎麼分它的頭？怎麼分它的腳？我先把它念一遍：

「車轔轔，馬蕭蕭，行人弓箭各在腰。耶孃妻子走相送，塵埃不見咸陽橋。牽衣頓足攔道哭，哭聲直上干雲霄。」

這是第一個段落，它的一個頭。

「道旁過者問行人，行人但云點行頻。或從十五北防河，便至四十西營田。去時里正與裹頭，歸來頭白還戍邊。邊庭流血成海水，武皇開邊意未已。君不聞漢家山東二百州，千村萬落生荊杞！縱有健婦把鋤犁，禾生隴畝無東西。況復秦兵耐苦戰，被驅不異犬與雞。」

這是第二個段落，第一隻腳。

「長者雖有問，役夫敢伸恨？且如今年冬，未休關西卒。縣官急索租，租稅從何出？信知生男惡，反是生女好。生女猶得嫁比鄰，生男埋沒隨百草。君不見青海頭，古來白骨無人收！新鬼煩冤舊鬼哭，天陰雨濕聲啾啾！」

這是第三個段落，第二隻腳。

前面一個頭，是六個句子。不過，需要說明的是：「車轔轔，馬蕭蕭」，你不要以爲是兩個句子，其實這六個字是一個句子。前面三個字和後面三個字中間是一個頓號；同屬一個句子，只是唸的時候稍微停頓一下。「行人弓箭各在腰」是第二句。然後下邊還有四個句子，共六句。

兩隻腳各有十四個句子，排列得很整齊。不止句數相等，押韻方式也一樣。它的頭，六個句子，「蕭」、「腰」「橋」、「霄」，同屬「下平二蕭韻」，當然沒有換韻。但兩隻腳都換了韻，而且換韻的方式也一樣。第一隻腳：「道旁過者問行人，行人但云點行頻」，兩個句子，兩個韻字。然後呢？「或從十五北防河，便至四十西營田。去時里正與裹頭，歸來頭白還戍邊。」四個句子，兩個韻字。然後，「邊庭流血成海水，武皇開邊意未已。君不聞漢家山東二百州，千村萬落生荊杞！」四個句子，三個韻字。下邊，「縱有健婦把鋤犁，禾生隴畝無東西。況復秦兵耐苦戰，被驅不異犬與雞。」四個句子，三個韻字。算一算，總共換了四次韻。第一組韻是「人」、「頻」，兩個韻腳；第二組韻：「田」、「邊」，兩個韻腳；第三組韻：「已」、「杞」，兩個韻腳。第四組韻：「西」、「雞」，兩個韻腳。至於，「邊庭流血成海水」的「水」，和「縱有健婦把鋤犁」的「犁」，是開始換韻時候的「墊韻」，通常不計算在韻數內。再看第二隻腳：「長者雖有問，役夫敢申恨？」兩個句子，兩個韻字。然後「且如今年冬，未休關西卒。縣官急索租，租稅從何出？」是不是一樣？四個句子，兩個韻字？「信知生男惡，反是生女好。生女猶得嫁比鄰，生男埋沒隨百草。」四個句子，兩個韻字。那前邊第一隻腳幾個？三個。差別在哪裡？差別是前邊有墊韻，而這邊沒有墊韻，了解了吧！再來看：「君不見青海頭，古來白骨無人收。新鬼煩冤舊鬼哭？天陰雨濕聲啾啾！」四個句子，押幾個韻字？三個；但這個「頭」是墊韻，不計算在韻數內。所以，第二隻腳加起來句數十四句，換四次韻。墊韻不計，韻字是二個，二個，二個，二個，和第一隻腳完全相同，很整齊。仇兆鰲把這首詩的形式做了這樣的分析。我講過仇兆鰲很喜歡把作品做段落的處理，所以很多解釋杜詩的人都會採納他的說法，去理解它的結構。但因爲這首詩句型上長短錯落，一般人沒有察覺到它「條理秩然」的一面，而他注意到了，指出是「一頭兩腳體」，很得意。我覺得確實如此，從形式結構看，他分析得果然很完美。

以上是從整個作品的形式結構先做一個基本的了解。

那下邊我們就把內容理解一下。第一個段落，第一個頭：「車轔轔，馬蕭蕭，行人弓箭各在腰。」古人說杜詩「無一字無來處」，怎麼看出它的來處？「轔轔」是形容車子的聲音，出處在哪裡？《詩經・秦風》：「有車鄰鄰」，《毛傳》說：「鄰鄰，眾車聲也」。鄰，亦作隣，又作轔，三者相同，擬聲詞，形容車子走動的聲音。「蕭蕭」呢？同樣由《詩經》而來，〈小雅・車攻〉：「蕭蕭馬鳴」，「蕭蕭」也是形容馬鳴的聲音；這就是出處。古人做詩，尤其杜甫，特別講究這一點；這個叫「書卷」。所以我建議大家要多讀一點書，這樣寫起詩來才感覺多一點「書卷」。你若說：「車滾滾」，那就不成話！如果說成「車子轟隆轟隆」，那也沒什麼好聽，沒有出處嘛！「轔轔」，車子滾動的聲音。這車，是什麼車？戰車。軍士要出征了，有車，有馬，還有行人。「行人」不是我們現在的用法。「行人」，就是出征的人，有時候也叫「征人」；就是被徵調上前線要出征的人。「弓箭各在腰」，他們全副武裝，背上背著弓，腰上掛著箭。然後再寫他們的「耶孃妻子」；連「耶孃」都有出處。各位一定很熟悉〈木蘭辭〉：「不聞耶孃喚女聲」。那出征的人有他的妻子，有他的父母，他們都來到這個地方，來到路邊來送行。你們要注意一下，他整個敍述的畫面，真的很像一場電影，有一個個鏡頭在運轉，攝取了一些特寫鏡頭。說實話，我們多讀古人的詩，真的可以當現代電影的導演了。詩從一開始就用鏡頭這樣特寫：車子的輪子在路上滾動，發出滾動的聲音；然後呢？鏡頭再拉開一點，戰馬擡著頭、伸著脖子在那邊叫；然後呢？車子旁邊，馬的旁邊，一排一排出征的人腰背上掛著弓箭；再來，路邊「耶孃妻子走相送」，他們沒有辦法在車子旁邊，沒有辦法在馬邊，沒有辦法在行人旁邊，只能擠在路邊來給他們送行。然後「塵埃不見咸陽橋」，「塵埃」是灰塵，什麼灰塵？當然是那些車子，那些馬，那些行人走動飛揚起來的塵土啊！然後，「不見咸陽橋」，咸陽橋在長安西邊，跨過渭水。唐朝軍隊假如從京城出發要出征西域，通常會行經這一座橋，往西邊前進。所以，咸陽橋就是車子、馬、行人走過的那座橋。臨出征時，車馬走動，行人走動，塵土飛揚，把那座橋遮住了。「耶孃妻子走相送」，然後「不見」了。「不見」，是誰看不見？主詞是誰？「耶孃妻子」，懂嗎？所以，「耶孃」這個句子真的插得很好，先寫那車馬走動，照理說，就要寫塵土飛揚，但他不這樣寫，他跳開一下，寫路邊送行的人，就是要一路送著、要看到自己的兒子出征、看到丈夫出征，要目送著他們離去，但看不到。只看到了塵土飛揚，連整座橋都看不見了。所以假如從敘述的順序說，應該是「塵埃不見咸陽橋」，接在「行人弓箭各在腰」的下邊。但是他先墊了一個句子，「耶孃妻子走相送」，我們才清楚「不見」是耶孃妻子看不到出征的人，塵土遮斷了一切、什麼都看不到了。那個「不見」二字是十分沉痛的，即使只是這麼一段短暫的送行道路，都無法好好看著心愛的家人離開。

可是，看不到，他們甘心嗎？不甘心。所以「牽衣頓足攔道哭」，紛紛湧上前，拉著他們要出征的親人的衣服，一直踩著腳，攔著路，不想讓出征的人離開。「頓足」是很憤恨、很悲傷的動作。接著「哭聲直上干雲霄」，這痛哭的聲音非常大，非常響亮，好像衝到天上去了；就像我們現在還在說的「哭聲震天」。這是一個引子，是那個頭帶出來的。作品的主題則是在兩隻腳上邊。

「道旁過者問行人，行人但云點行頻。」出現另外一個角色——「道旁過者」，除了出征的人，除了耶孃妻子送行的人，還有一個經過那個路邊的人。那人是誰？就是作者杜甫。杜甫經過那裡，看到這種景象。就問那個出征的人：這是這麼一回事呢？那出征的人怎麼回答？「但云點行頻」，「但云」的「但」是「只是」；那個出征的人只告訴杜甫說：「點行頻」。

第一點，「點行頻」這三個字，顯然是行人回答杜甫的話。「點行」，下面的注解說了很多，簡單講一下，就是按照兵籍的名單來徵召叫「點行」。「點」，就是類似我們現在所謂點名，拿著名簿按照人名去點召，就是「點名」。那個簿子是什麼簿？「兵籍名簿」。「行」呢？就是「出征」。朝廷按照兵籍的名簿來徵召，來讓他們上前線去打仗，這叫「點行」。「頻」，頻繁，不只一次。不停地受到朝廷的徵召，不停的「點行」，即「點行頻」。按照剛剛這樣說，杜甫在路邊看到這個景象，就問其中某一個出征的人吧！到底怎麼一回事啊？那出征的人只告訴杜甫：「點行頻」；我們啊，不斷地不停地被朝廷徵召，現在又一次的出征了。但是那個行人的回答只是這三個字嗎？不是，其實，下邊這兩隻腳全部都是這出征的人說的話。了解這個意思嗎？

所以這個「但云」的「但」字，就不能簡單的說出征的人只回答這三個字，而是他回答的重點在「點行頻」，不停地被朝廷徵召上前線打仗。然後下邊二個腳，那麼多的句子，就是補充說明「點行頻」；不要誤會認爲他們只回答這三個字。所以下邊兩段不斷地透過征人的回答，把他們受到徵調的痛苦敘述出來。

「或從十五北防河，便至四十西營田。去時里正與裹頭，歸來頭白還戍邊」。有些被徵召的人，十五歲，好年輕時就被徵召了，到北邊黃河邊上去防止吐蕃的入寇。「防河」，後邊注解引了很多史料，各位有興趣就自己讀，我想我不要引太多的原始材料，以免增加閱讀負擔，而且時間會花很多。「防河」，就是到黃河邊上防範吐蕃的入寇。回答的人說，十五歲就被朝廷徵召「防河」，到了四十歲又被徵召到西邊營田。「營田」，相當於類似所謂「屯田」。古代有一種制度，把人徵召當兵，假如沒有打仗，就留下來開墾種田，生產些糧食。有戰事，就放下鋤頭，拿著刀槍衝鋒殺敵，這叫做「屯田」。

「去時里正與裹頭」，「里正」，類似我們現在的里長。這句是說十五歲他被徵召要出征了，那個里正幫他「裹頭」。「裹頭」，也有典故。古人用「皂羅三尺」，用三尺黑色的布、就是所謂的頭巾纏在頭上。你看古代的圖畫，看古裝的電影，很多人頭上不是包著布嗎？這就是「三尺皂羅」纏著頭。

那爲什麼里正幫他「裹頭」？因爲他才十五歲，還沒有成年，照理說他們不必「裹頭」的，可是要出征啦，要像成人一樣去打仗了，那個里長呢，就幫他纏頭。「歸來頭白還戍邊」，好不容易挨到可以回到家鄉，頭髮卻已經白了，又被徵調到邊境去打仗。你注意這兩句有頂針呢！「去時里正與裹頭，歸來頭白還戍邊。」這個真是可以拍電影，你看看！鏡頭裡一個年輕的十五歲小伙子，里正幫他纏頭，鏡頭還在那邊纏頭啊，纏著纏著，然後下一秒，換一個鏡頭，那個頭髮變白了。兩個「頭」字，兩個轉換的鏡頭，表示了這位征人從年少到垂老流逝的歲月，都消耗在被徵調的戰場上了。

接下來，「邊庭流血成海水，武皇開邊意未已。」這兩句說得好清楚，可以說是整首詩的主題所在，揭露了玄宗窮兵黷武給人民帶來的災難。杜甫強烈的對現實加以批判，要說的就是這兩句話。邊境上，士卒流的血已經像海水一樣的氾濫，犧牲那麼多了！可是「武皇開邊意未已」，「武皇」從字面上說就是武帝，武帝是誰？是漢武帝。好像給各位講過，我們注釋上也講了很多，唐朝人喜歡「以漢喻唐」，用漢朝比喻唐朝，喜歡用漢武帝來指唐明皇，所以漢武帝有時候也滿倒楣的。像白居易〈長恨歌〉一開頭：「漢皇重色思傾國」，「漢皇」是誰？就是漢武帝，說他好色；但其實他要說的是唐明皇！「開邊意未已」，邊境士卒犧牲那麼多，血都流得像海水一樣泛濫了，可是我們的國君，開拓疆土的野心還沒有停止。

「武皇開邊意未已」，這句話是反映現實，也是批判現實。我們知道：表現現實，有兩種方法：一個就是直說。這個「武皇開邊意未已」是直接說，雖然他用漢武帝比喻唐明皇，但是所有的人都知道，他指的就是唐明皇；直接說。還有一種是用比興，間接說，用比喻、用象徵。像杜甫這類反映現實的詩歌風格，基本上是直接說的，直接說啊看來比較容易，下筆容易，你不必拐彎抹角嘛，對不對？但是直接說，有一個基本的條件。什麼條件？要說的很有道理，要說的很沉痛。假如直接說，說得有氣無力；或者直接說了，又不能說服別人，那就失敗了。所以「直說」其實比「比興」還難，重點在哪裡？就在感情是否真摯，意思是否沉痛！所以感情和意思要非常飽滿，非常充分，直接說才能淋漓盡致、痛快，才能打動人心，引起共鳴。如果你沒話找話講，一定是說得不痛不癢。杜甫在這裡一點都沒有問題，因為他的心已經夠沉痛的了。「邊庭流血成海水，武皇開邊意未已」，這兩句話真的很沉痛，當然是可以直扣人心了。

所以我勸大家要把詩多讀一下、背一下，咀嚼多了你會感覺到它的重心在哪裡，像這兩句，便是整個作品的一個關鍵點，也是主題所在。書上引到楊倫的說法，說這二句是「一篇微旨」，也就是整篇作品的主旨所在。這話說得很直接，但是說得非常的沉痛。「邊庭流血成海水，武皇開邊意未已」，邊境士卒流的血已經像海水一樣泛濫了，但是皇帝開疆拓土的野心，並沒有停止啊！

再看下邊：「君不聞漢家山東二百州，千村萬落生荊杞！縱有健婦把鋤犁，禾生隴畝無東西。」我們先看這四句。「君不聞」也好，「君不見」也好，這是過去樂府詩時常看到的一個套語，相信大家一定背過一些，像最有名的，李白的〈將進酒〉：「君不見黃河之水天上來」、「君不見高堂明鏡悲白髮」之類，這些都是一種套語，都是樂府詩呈現的一個特色。「君」是一個指稱詞，就是「你」的意思。那「你」指的是誰？有些是泛說的，像李白的「君不見黃河之水」、「君不見高堂明鏡」等等那是泛說。「泛說」的意思，是沒有一個特定的對象。但有些是專指，像杜甫這首詩，是行人回答「道旁過者」說的話，所以這個「君」應該是針對杜甫說的話，也就是說：「你難道沒有聽說嗎？」聽說什麼？「漢家山東二百州，千村萬落生荊杞！」「漢家」，跟前邊的「武皇」一樣，都是「以漢喻唐」，用漢朝來指唐朝。那所謂「山東」呢？各位可以看到注解裡頭有好多的材料，我們把它簡單地說明一下。這「山」指華山，華山在哪裡呢？在長安的東邊。華山以東，叫做山東，華山以西就稱爲山西了。這個地方有一個關口，這關也很有名，叫做「函谷關」，所以山東基本上也就等於函谷關以東，所以也叫「關東」，山西也就是「關西」。這些我們在讀古代文獻的時候，是時常會看到的材料。從先秦一直到唐代就是如此。譬如說，戰國時代有所謂的戰國七雄。除了秦國在華山以西，也就是相當於現在的西安，過去的長安這一帶地區；其他六個國家，像韓、趙、魏、齊、燕、還有楚，都在華山以東，所以古代叫做「山東六國」，或者叫「山東諸侯」。這些都是我們讀過去的文獻時，需要注意到的，這是基本常識。所以現在說「山東二百州」，「二百州」其實呢也有依據的，各位可以看到注解引的王彥輔的注：「關以東七道凡二百一十一州。」所以杜甫真的不是隨便說的，這數字都很清楚，不過他是取其整數而已；「兩百一十一州」說成「二百州」。至於所謂「七道」，我印象中講過，稍微複習一下。古代最大的地方行政單位，歷代有各種不同的名稱。唐朝的時候叫做「道」，宋朝叫做「路」，元朝叫「省」。到了明朝、清朝、到了民國，也都沿用了元朝的說法叫做「省」。「道」「路」「省」下面當然還有州、有縣、有鄉、有村等等各次級單位。所以「關以東七道」，也就是山東共有七個「道」，總共有二百一十一州，所以說「漢家山東二百州」。

好，現在我們回到這首詩，就地點說，杜甫是在哪裡看到「車轔轔，馬蕭蕭」的？在長安，對不對？他在那裡問這個征夫的？當然也在長安。所以「漢家山東二百州」，已經超出長安的範圍了，他是用「山東二百州」來涵蓋全國的地區。換句話說，戰爭造成的災難，不只是在長安這一個地區發生，實際上全國都是如此。所以說：你沒有聽說嗎？就在我們長安以外，在山東，在全國地區，現在是怎樣的一個情況呢？

「千村萬落生荊杞」，「落」，我們現在還在用的一個詞彙：「村落」，對不對？「落」是什麼意思啊？指的是人聚居的地方，一群人居住的地方就叫做「落」。概念上跟村一樣；村就是落，落就是村，所以連在一起形成一個詞彙：「村落」。「千村萬落」，就是全國地區好多的村落，好多人所居住的地方。現在是怎樣？「生荊杞」。「荊杞」是雜樹，相當於荊棘。《老子》說：「師之所處，荊棘生焉。」說明了軍隊所到之處，就是一片荒蕪。基本上來說，這很多村落的人賴以爲生的就是要田地來耕種，可是現在呢？雜木叢生，野草蔓延，「千村萬落生荊杞」。

下邊再作進一步的補充：「縱有健婦把鋤犁，禾生隴畝無東西。」丈夫也好、兒子也好都被徵調了，那留下來的就只有婦女，就算這些婦女身強體壯，「把鋤犁」，拿著鋤頭去耕種，可是呢？「禾生隴畝無東西」，「禾」當然就是稻禾，那個稻禾生長在田裏頭；「隴畝」指田地。稻禾生長在田地裏頭，結果是「無東西」。這「東西」兩個字，不要誤解爲現在說的某一個物件叫「東西」。這「東西」是什麼意思呢？古人所稱的「阡陌」，是把南北叫做「阡」，東西叫做「陌」。所以阡陌就是南北或者東西這樣一個方位。因此書上注解裡頭，可以看到師氏說的：「疆場不修，禾生隴畝不成倫理，故無東西。」「不成倫理」的「倫理」，就是「秩序」。不成秩序，也就是：你種田，田裡頭長出稻禾，本來是要一行一行的排列得很整齊的，對不對？可是呢，田地荒蕪了，野草叢生了，所以種出來的稻禾就沒有秩序了，也就分辨不出到底是「阡」還是「陌」，分不清是東西啊還是南北了。「東西」這兩個字其實還包括「南北」，就是涵蓋了「阡陌」。這個詞我們很容易誤會，我看過有人這樣解釋：說稻禾種在田裡頭，卻長不出東西來了。這是誤解了這個詞彙的意思了。

這是從關中、從長安跳出來，涵蓋全國說的。那下邊又回到長安一帶來。

「況復秦兵耐苦戰，被驅不異犬與雞」，「況」是何況，加深一層的語氣。「秦兵」，各位可以看到後邊注解大概有十來行的解釋。這跟古代的兵役制度有關係，這部份太複雜了、太專業了，我們就不詳說了。基本上「秦兵」就是長安的士卒；「秦」指的就是長安。長安的士卒是很會打仗的，很耐苦戰的。因爲會打仗，所以反而被徵調了。被徵調的結果呢？「被驅不異犬與雞」，「不異」，沒有差別；被驅使去作戰跟趕一群狗、一群雞一樣。顯示了關中百姓被徵調的下場，淒慘的狀況。

以上是「行人」答覆杜甫的第一段話。下邊第三個段落是回答的第二段話，也就是仇兆鰲所謂的第二隻腳。他說：「長者雖有問，役夫敢申恨？且如今年冬，未休關西卒。縣官急索租，租稅從何出？信知生男惡，反是生女好。生女猶得嫁比鄰，生男埋沒隨百草。」我們先讀到這裡。「長者」指的就是杜甫。杜甫在天寶九載，雖然才三十九歲，可是對那個征夫來講，畢竟覺得他是士大夫階級，對他非常尊敬，所以用「長者」稱呼他，說：您！大人啊！雖然對我有所詢問，但我這個被徵調的士卒，「敢申恨」，哪裡敢向您申訴我心中的怨恨呢？這個「敢」字，或另外類似的「肯」字，在古代用得很多。這些字眼在句子裡頭出現的時候，時常是反問的語氣。「敢」就是哪裡敢的意思；「肯」就是哪裡肯的意思。而反問句的答案，雖然字面省略了，但有一個習慣法則，就是和問的字面相反。所以「敢申恨？」答案就是不敢申恨。這個也是讀詩時要習慣的一種虛字用法，用我們現在新式標點符號的話，這一類的句型都要用一個問號：「哪裡敢？」、「哪裡肯？」表示是反問句。回到這兩句：你雖然對我有所詢問，看來讓我有發洩的機會。可是我哪裡敢向你申訴我心中的怨恨呢？不過話又得說回來，假如真的「不敢」，那下面就不必說了，對不對？所以這個文章啊實在很弔詭，表面說「不敢」，其實下面嘩啦嘩啦講了一大堆，這是語氣跌宕的表現。

下面就說他的「恨」了。首先說：「且如今年冬，未休關西卒。縣官急索租，租稅從何出？」「且如」，是申訴時舉例的語氣，翻譯起來：「姑且舉一個例子，就像……。」底下就是他舉例的事件。「今年冬」，根據史料，就是天寶九載的冬天，所以仇兆鰲也好，高步瀛也好，就依據這一句，把這首詩的創作背景定位在天寶九載。因爲這一年朝廷又再度的徵調士卒去攻打吐蕃，也就是說，今年冬天「未休關西卒」，「關西卒」就是前面說的「秦兵」，這些長安的士卒，被徵調的百姓還沒有休息，還在前線打仗。可是「縣官急索租」，「縣官」，書上注解引了《史記．周勃世家》的《索隱》，說「縣官」指的是天子。古代確實有這種說法，因爲天子是當家的，整個天下都是他的，天下所有的州縣當然也是屬於他的。因此可以用「縣官」來指天子。但是我覺得這個地方不必拘泥，畢竟徵稅的工作，不是皇帝親自來徵收的，對不對？那是朝廷的命令，然後由縣官去執行的。所以這個「縣官」應該也就是指一般州縣的官吏吧！不必拘執一定要按照《史記》的說法，把他當作是指「天子」。

士卒們還沒休息，還在邊境打仗，「禾生隴畝無東西」，不辨阡陌，野草叢生，田地荒蕪了。可是呢，「縣官急索租」，朝廷還是要徵稅，而且是非常的急迫，所以，「租稅從何出？」這是一個反問句，表示了計無所出的無奈。因此下邊又做了一個結論：「信知生男惡，反是生女好。生女猶得嫁比鄰，生男埋沒隨百草。」這兩句話相信有很多人都熟悉的，因爲在中國的傳統觀念裡頭，當然生男比生女好嘛！對不對？可是現在反過來啦；但這個也不是杜甫開始說的話。

翻到一九八頁引述的資料，說秦始皇派蒙恬修築長城，被徵調的百姓死了很多。當時的民歌就有：「生男愼勿舉，生女哺用餔。不見長城下，尸骸相支拄。」這是因爲被徵調的老百姓在長城底下死得非常多，所以說「生男慎勿舉」，生出男孩兒，你千萬不要讓他活下來，生出女兒則要用心的餵養。下邊又引了建安年間詩人陳琳的〈飲馬長城窟行〉，也是同樣的兩個句子：「生男慎莫舉，生女哺用餔。」不過，補充一下，陳琳的詩最後一個字，有一個版本不是「食」字旁的「餔」，而是「月」字旁的「脯」，這個唸「ㄈㄨˇ」。

各位想想「食」字旁好，還是「月」字旁好？「食」字旁是什麼意思？首先那個「口」字旁的「哺」，是「餵養」的意思，拿東西餵人家吃，叫「哺」（ㄅㄨˇ），那麼「食」旁的「餔」呢？是晚飯的意思，唸「ㄅㄨ」。所以，「生女哺用餔」，是說生出女兒，每天晚餐要餵她吃飽。可是假如用「脯」呢？「脯」，乾肉；吃肉啊！哪一個好？當然用「脯」好！假如只是吃晚飯，那還是普通的待遇，不讓她挨餓罷了，對不對？餵她肉吃，就讓她長得更好，頭好壯壯嘛。這是陳琳的作品，有不同的版本，我們把它做一個校訂。當然杜甫不是直接用。但「信知生男惡，反是生女好」，用意是一樣的，對不對？「信」是相信，也就是了解，真的了解到生出男孩並不是件好事，反而生出女孩比較好一些。這讓我們想到現在這個時代，好像很多父母也認爲生女孩比較好一些。生了男孩娶了媳婦就不見了，生了女兒嫁了人，反而還每天回娘家，對不對？好吧！這是現代不同的情況啦！

那杜甫也說了，爲什麼生男不好，生女好呢？「生女猶得嫁比鄰，生男埋沒隨百草。」這是補充的一個說明：生了女兒，可以嫁到附近的鄰居，還可以見得到，還可以在身邊。可是呢，「生男埋沒隨百草」，生出男孩長大了被徵調到前線打仗，戰死了就被隨便掩埋在亂草之中。

所以下邊做了結論：「君不見青海頭，古來白骨無人收！新鬼煩冤舊鬼哭，天陰雨濕聲啾啾！」前邊有「君不聞」，這裡又再加上「君不見」，分別出現在兩隻腳，彼此呼應。對不對？我們提到過：兩隻腳的韻數都一樣，句數也一樣，現在又看到前面有「君不聞」，後邊有「君不見」，也可以說再一次的做一個呼應，顯示了它形式整齊的面貌。這個「君」，按照我們解釋「君不聞」來說，指的是杜甫，所以這裡的「君」也應該是指杜甫。

意思是：你沒有看到嗎？那「青海頭」，青海當然是在邊境，也是唐朝跟吐蕃打仗的地方。「古來白骨無人收」，從古以來，在邊境戰死的屍骸沒有人去收拾，因爲沒有人收拾，所以呢，就「新鬼煩冤舊鬼哭」。

各位看到一九八頁注解引的資料，你就可以再一次看看我們說過杜詩「無一字無來處」啦。「白骨無人收」這五個字，就用了〈梁鼓角橫吹曲〉裡同樣的句子。再下邊《左傳・文公二年》又出現：「吾見新鬼大，故鬼小。」原來杜甫的所謂「舊鬼」、「新鬼」，是從這裡來的。還有下邊《後漢書・陳寵傳》說：陳寵做廣漢太守之前，在洛縣城南邊，每逢陰雨的時候，時常聽到有哭泣的聲音，甚至於在他的太守府裡頭也聽得到。陳寵於是派官吏巡視檢查，回報說地下很多死去的人，骸骨沒有埋葬，遺棄在地底下。陳寵就派人把它收殮了、埋葬了，從此哭聲就聽不到了。所以你可以看到所謂「白骨無人收」，所謂「新鬼」、「舊鬼」，所謂的「天陰雨濕聲啾啾」都是有依據的。「天陰雨濕聲啾啾」，你也可以看到下邊引的《楚辭・九歌山鬼》：「猨啾啾兮狖夜鳴」，這個「猨」相當於我們習慣用的猿猴的「猿」；至於那個「狖」，唸「ㄧㄡˋ」，辭典上說是黑色的尾巴很長的猿猴，事實上也就是猿猴的一種，引用〈山鬼〉主要是有「啾啾」這樣的擬聲詞，本來指的是猿猴鳴叫的聲音，杜甫借用來指鬼哭的聲音。

結尾「君不見青海頭，古來白骨無人收！新鬼煩冤舊鬼哭，天陰雨濕聲啾啾！」你有沒有看到，在青海那個戰場上，自古以來戰死的人不曉得有多少？那些屍骸都沒有人去收拾，所以不管新鬼、不論舊鬼都會煩冤，都會哭。這也應該是互文了：新鬼舊鬼煩冤，新鬼舊鬼哭。尤其到了天陰的時候，就可以聽到他們啾啾的哭泣的聲音。至於那個「煩冤」的「煩」，相當於「頻繁」，就是多。表示那些鬼，死了以後，大概是不甘心的，心裡是有很多怨恨的，所以會不停的痛哭，尤其在天陰雨濕的時候，就可以聽到他們「啾啾」的哭泣的聲音。

這首詩大致上我們就這樣解釋。不過有一個說法，要給各位補充一下。在最後一段結束的地方，高步瀛引了清代邵長蘅的話，說：「前君不見是役夫語，此君不見是詩人語，故不病犯複」。他意思是說：前邊「君不聞漢家山東二百州」那幾句是役夫說的話，這邊的「君不見青海頭」這幾句是詩人杜甫說的話。他把前後兩個部分的敘述者做了區隔，假如這樣子說，兩個「君」字就不是指同一個人了。前面的「君」，固然指杜甫；後邊的「君」當然不可能是杜甫了，那指的是誰？應該是國君了。杜甫對著朝廷、對著國君說：你這個皇帝啊！你沒有看到嗎？青海那個地方，「古來白骨無人收，新鬼煩冤舊鬼哭。」但是我想，不必這樣解釋。其實整個段落還是從役夫、也就是出征的士卒的口氣說出來的，不必把那個說話的主詞換掉；這樣反而在結構上會錯亂掉。至於邵長衡擔心的「犯複」，倒不必介意。

這首詩花了不少時間去解釋。其實裡頭有很多的史料我已儘可能把它簡化了，因爲太多的典章制度等等對解讀作品並沒有什麼太大的意義，反而在講解上會流於瑣碎費力，造成各位不必要的負擔。

樂遊園歌

樂遊古園崒森爽，烟綿碧草萋萋長。公子華筵勢最高，秦川對酒平如掌。長生木瓢示真率，更調鞍馬狂歡賞。青春波浪芙蓉園；白日雷霆夾城仗。閶闔晴開詄蕩蕩，曲江翠幙排銀牓。拂水低回舞袖翻；緣雲清切歌聲上。卻憶年年人醉時，只今未醉已先悲。數莖白髮那拋得？百罰深杯亦不辭。聖朝亦知賤士醜；一物自荷皇天慈。此身飲罷無歸處，獨立蒼茫自詠詩。

這一首在一九八頁，應該是天寶十載春天的作品。怎麼知道是春天作的呢？各位看到題目下的原注：「晦日賀蘭楊長史筵醉中作。」這是杜甫自己加上的注解，所以我們把它叫做原注；而這條原注，提供了作品寫作的背景。

晦日，每個月都有，按照月亮的圓缺，初一是朔，十五是望，三十就是晦。杜甫說晦日，是哪一月的晦日？唐人時常用晦日指特定的某一天，這一天就是正月三十。所以其他月份雖然也有晦日，但假如只說「晦日」，不指明月份，那指的是正月三十。

唐朝人把它跟上巳，還有重陽，合稱叫三令節；就是一年裡頭重要的三個節日。各位也可以看到題目下邊引了黃鶴的話，他說：「唐德宗時，李泌請廢正月晦，以二月朔爲中和節。」李泌是唐德宗時的宰相，原來啊，這三令節是要放假的，可是二月初一這一天是唐德宗的生日，皇帝生日也要放假，李泌認爲正月三十剛放一天假，第二天二月一號又要放假，假期太多了，所以就上表請求把正月晦日這一天的假期免掉，改爲二月一號，稱爲「中和節」，跟上巳、重陽合稱三令節。

但制度的改變是在唐德宗以後，杜甫這裡說的晦日，還是指正月三十日，還是三令節之一。那麼是哪一年的晦日呢？一般的編年把它編在天寶十載，杜甫四十歲這一年。原注裡他還告訴我們：「賀蘭楊長史筵醉中作。」原來有個姓楊的賀蘭人，當時做長史的官，他的名字我們不清楚；我也曾看過今人另一種說法，把「賀蘭楊」解作姓賀蘭名楊的人，但這樣解釋並沒有確證，有點牽強。無論如何，這個人跟杜甫有點交情，辦了一場宴會，杜甫受邀參加了，喝醉後寫下這首詩。那宴會在哪舉辦？題目說〈樂遊園歌〉，樂遊園，這個園也可以寫成苑，樂遊苑；有時候呢，可以寫成樂遊原，都是同一個地點。那它在長安什麼地方？

各位看到題目下邊引的《太平寰宇記》：「樂遊原在昇平坊」，昇平坊又在哪裡？在曲江的西北邊。曲江在長安東南角落；昇平坊在曲江的西北邊。漢宣帝時，這裡因爲地勢很高、風景很美，所以建了一個遊樂的地方，後來還在這裡立一個廟，叫做樂遊廟。到了唐朝，譬如說太平公主，她曾經在樂遊原上置亭遊賞，因爲它四望寬敞，所以到了三月上巳，九月重陽，長安百姓都會到這裡登高祓禊，甚至有些人會作一些詩，那些詩到了第二天就傳遍了整個長安城。其實，各位以前讀唐詩，樂遊原這地名一定讀過，李商隱的：「向晚意不適，驅車登古原。夕陽無限好，只是近黃昏。」不就是在樂遊原作的？你假如翻翻《全唐詩》，樂遊原出現得非常頻繁。

天寶十載，杜甫四十歲，在正月三十這個節日，一個朋友，賀蘭人，姓楊，做長史的官的，在樂遊園舉辦了宴會，杜甫參加了這一場宴會，喝醉後做了這一首詩。看起來好像只是一場朋友的聚會，就像各位的生活經驗也時常有啊，哪一個人請客吃飯，大家喝酒喝得很高興，然後寫一首詩。但是這首詩的內容假如只是這樣，顯然意義不大，待會兒我們把它讀完，你會感覺內容其實非常沈痛，非常深刻。這是我們讀老杜的詩，不能忽略的一篇作品。

以篇幅講，這首古體詩不算很長，不過杜甫寫得非常的深刻、豐富。

「樂遊古園崒森爽」，講到這個句子，我時常想到汪中老師。汪老師講這一句很特別，十分細膩，和他平常上課的習慣不同。他說這一句寫得非常細，他寫一個地點：樂遊園，其中卻有四層形容，一個是「古」，一個是「崒」，一個是「森」，一個是「爽」。用四個層次來形容這樣一個地方，所以我印象很深，現在傳授給你們。「古」，歷史悠久，因爲是漢宣帝時候就建造的，很古老的園子。「崒」，是高的意思，古人說崒是高危貌；危也就是高，說的是地勢很高。「森」，是講林木茂密。「爽」，從天氣說，指天氣和暢。如〈蘭亭序〉裡頭：「惠風和暢」，叫做「爽」。你看，從它的歷史、地勢，林貌，和當時的天氣，四個層次，來形容這麼一個園子：「樂遊古園崒森爽」。

好，接著，「烟綿碧草萋萋長」，「綿」在這裡當動詞，是綿延的意思。「烟」，春天的時候，水氣往往比較多，所以空氣中會瀰漫一股水氣，這叫做「烟」。李白〈春夜宴桃李園序〉的「陽春召我以煙景」，就是在說春日的水氣。在北方大陸型的氣候，四季非常分明，冬天很冷，大雪紛飛，到了春天變暖和，冰雪融化了，水氣就瀰漫過來了。所以「烟綿」就是說春天的水氣綿延開來，綿延到碧草之上。杜甫是站在「崒」，站在很高的樂遊園上，往下俯看，就看到草地上綿延著一片水氣的樣子。所以「碧草」是「烟綿」的受詞。但是這個句子特別了，「碧草」又是一個主詞，下面再說「長」，讓人感覺草好像不停的在抽長出來的樣子。站在高處，低頭俯視，水氣瀰漫，飄在草上，而草也不停的在抽長。那「長」字用得非常好，好像用連續的慢鏡頭把草生長出來的樣子，非常細膩的觀察出來。

好，下邊：「公子華筵勢最高」，扣上了「崒」字，同時扣上題注的「賀蘭楊長史筵」。公子當然指楊長史，楊長史在樂遊園設下宴會，而且，是選擇了地勢最高的地方來設宴，所以說「公子華筵勢最高」。進一步：因爲高，所以「秦川對酒平如掌」。秦川就是樊川。長安北邊有渭水、有涇水，南邊是終南山；終南山有一條水，往北流進了渭水，這條水就叫秦川，也叫樊川。

杜甫身在樂遊園，因爲地勢很高，所以往南邊可以看到這一條秦川。

「對酒」指一邊喝酒，一邊看。至於說「秦川平如掌」，各位可以看到注解引了沈佺期的詩，這首也是寫長安的詩，他說：「秦地平如掌。」沈佺期是初唐詩人，顯然杜甫這幾個字是從沈佺期的詩來的，但兩者還是有差別：沈佺期寫的是秦地，杜甫寫的是秦川，你不能說杜甫偷沈佺期的句子，你要說杜甫是根據沈佺期這句詩，作出更好的表現。

「秦地平如掌」，也是站在高地往下看到長安這一片土地，就像我們伸出來的手掌那樣平坦。用手掌的平，去形容長安地面平坦的樣子。可是杜甫把它改了，不是說地，而是說川。這一改動，有些人認爲並不通，因爲川是河流，河流怎麼能平得像手掌一樣？但是他改得真好。我並不是因爲杜甫的關係才這樣說。它是包含了地跟川兩個角度寫的，是依據了沈佺期先寫這個地勢像手掌一樣的平坦，再用手掌上的掌紋去寫秦川。意思就是杜甫是同時寫地和寫川，兩層寫。以沈佺期的詩去形容地的平坦，然後用掌中的紋路去形容秦川。這是煉字的方法。假如杜甫只說「秦地對酒平如掌」，那他就是只用沈佺期的詩，只寫一個意思，這樣就真是「偷」了。但他把地改爲川，就有了第二層描寫：依據沈佺期用掌去形容地的平坦，進而聯想到掌中的紋路去形容川的蜿蜒。「秦川對酒平如掌」，說我在很高的地方喝酒，看到下面地勢非常平坦，像手掌一樣，也看到一條樊川蜿蜒而過，好像手掌裡頭的掌紋。改了一個字，多了一層內容，這種寫法很精彩。

好，「長生木瓢示真率」，「長生木」是一種樹木的名稱；「瓢」，就是用長生木做的酒瓢。這句還省略了動詞，意思是在宴會裡頭大家拿著酒瓢來喝酒，表現非常率真的性情。這有點像梁山泊好漢的樣子，大碗喝酒，大塊吃肉，而不是一杯一杯的喝，像我們喝起來大概一兩都不到的小杯子，他卻是用酒瓢直接灌。

前面寫了宴會的地點、天氣，和在高處看到的景色，再來寫宴會喝酒的動作。接著，「更調鞍馬狂歡賞」，寫宴會的時候遊玩的活動。這個「調」字有平仄兩讀，假如當名詞用那是仄聲，如曲調、格調；當動詞用的話，是平聲，如調和、調弦。但是有一個問題：這個字在這句是動詞，是調動的意思，應該唸平聲，可是國語會唸成調（ㄉㄧㄠˋ）動，如「調動人馬」、「調動軍隊」，唸成仄聲，會讓人誤會是名詞。可見現在國語沒有那麼細分了，這都是古今音變的關係。

大瓢的喝酒，喝完了更調動一些馬匹，顯然是要騎馬在園子裡馳騁一番。「狂歡賞」，「狂」是盡情的意思，盡情的歡樂，盡情的享受；「賞」在這裡指享受。這是一個小節，寫他參加了楊長史的宴會，寫得淋漓盡致：地勢很高，景色很美，然後酒興很濃，喝完了酒，還騎著馬馳騁一番。

跟各位補充一下，杜甫年輕的時候身體是很強健的，騎馬對他沒有問題。他二十幾歲到齊趙一帶遊歷，主要活動就是騎馬射獵，可是晚年就不行了。到了五十多歲，有一次，他在白帝城參加一場宴會喝醉了，騎馬回家，他忽然回憶年輕時，「自倚紅顏能騎射」，於是就痛快的放韁縱馬，從高八千尺的白帝城直衝下來，沒想到這一衝就摔跤了，摔得大概腿都斷掉了，只好在家休養，這就是「酒駕」的結果。朋友們聽到了以後，卻紛紛帶著酒、肉來安慰他，杜甫扶著拐杖勉強起來接待，又再痛快喝一頓；這是他五十多歲的情形。

下面，「青春波浪芙蓉園；白日雷霆夾城仗。閶闔晴開詄蕩蕩，曲江翠幙排銀牓。拂水低回舞袖翻；緣雲清切歌聲上。」先看「青春波浪芙蓉園」，芙蓉園在長安東南角落，曲江邊上，就在樂遊園的南邊，站在樂遊園往東南一看，就可以看到芙蓉園。「青春波浪芙蓉園」，是說站在高處低頭望向芙蓉園的方向，在明媚的春光底下，看到曲江的水波不停地搖蕩的樣子，這地理都寫得很真實。

好，「白日雷霆夾城仗」，以下幾句比較難解釋。我先一句一句講，先看夾城。長安的城牆，會在城牆邊上再做一道牆，這個牆呢是封閉性的，是皇帝要從皇宮裡面出來，爲了避免打擾百姓，爲了方便，所做的專屬道路。可是長安城有好多的城門啊，假如被夾城封起來怎麼進出？所以兩邊牆也都開了門。遇到城門的時候，夾城的道路就變成磴道，也就是高架道路。皇帝的車駕就從磴道上去，越過城門再下來。可以看出設計的真講究。你可以看到夾城一直通到興慶宮。興慶宮是因爲唐玄宗做太子的時候住在這個地方，後來當了皇帝以後就變成宮殿，他時常回到這裡來。還一直往南到了芙蓉園，到了曲江，甚至於還有一條夾城，是一直通到驪山的華清宮，這都是皇帝專屬的道路，方便皇帝的出入。

好了，「青春波浪芙蓉園」，杜甫望向曲江，望向芙蓉園，看到春光底下水波蕩漾的樣子。又在白晃晃太陽底下聽到夾城傳來打雷的聲音。大太陽底下怎麼會有雷聲呢？原來這是車子的聲音。晉朝的傅玄有一首很有趣的三言詩：「雷隱隱，感妾心。傾耳聽，非車音。」這首詩的基礎，顯然是閨怨詩，主角是一個女子，因爲丈夫不在家中，整天盼望著丈夫回來。古代女子真的很可憐，關在家裡頭，耳朵卻注意聽著外面，聽聽有沒有什麼聲音，表示丈夫回來了。某一天聽到「隱隱」的聲音，她以爲是車子的聲音，所以就「感妾心」。「感」是動的意思，內心動了一下，以爲有車子來到門口，可能是丈夫回來了。但是再聽一聽，發現那是打雷的聲音，而不是車子的聲音，所以說隱隱「非車音」。意思就是車聲跟雷聲是一樣的。打雷聲音轟隆轟隆的響，古代的車子，木頭的輪子走在青石板的路上，聲音也是轟隆轟隆的響。回到杜甫的「白日雷霆夾城仗」，就是指杜甫大白天聽到夾城中有皇帝的車駕儀仗經過，發出了像雷霆一樣的聲音。看到這個地方，顯然是寫皇帝離開了皇宮並經過夾城。

再看「閶闔晴開詄蕩蕩」，「閶闔」又用了古代的辭彙，各位看看注解引了漢朝《郊祀歌》的〈天馬章〉，裡頭有所謂「遊閶闔」，應劭的注解說，閶闔就是天門。「詄蕩蕩」同樣在《郊祀歌》裡頭，有一章是所謂〈天門章〉，說：「天門開，詄蕩蕩。」我們讀老杜，可以發現他真的是「無一字無來處」，使用的詞彙時常都是有依據的。

「閶闔」就是天門，天門指的是天上的宮門。古人時常把人間世界模擬爲天上的世界：人間有皇帝，天上就有玉皇大帝；皇帝住在皇宮，天上的玉帝就住在所謂雲霄寶殿；人間的皇宮有宮門，天上的當然也有。因此，如果把它回饋回來，「天門」事實上指的就是唐朝宮城的宮門。

再來，所謂「詄蕩蕩」，這個「詄」字，唸ㄉㄧㄝˊ；各位可以看下邊引的如淳的注解，說是「詄」讀如「迭」。各位假如翻一下現在的國語辭典，這個字不唸ㄉㄧㄝˊ，唸ㄧˋ，這是比較特殊的一種讀法。那「詄蕩蕩」這三個字什麼意思？如淳也給我們一個解釋，說是「天體堅青之狀」。顯然它是一個形容詞，形容天空非常堅硬、又非常碧綠的感覺；天空晴朗的時候，除了能看到它碧藍的顏色，同時也會感覺，它好像很堅硬的樣子。「閶闔晴開詄蕩蕩」，「晴」，當然指晴朗的天氣，在天氣晴朗的時候，宮門打開了，望向天空，看到它既碧綠又堅硬的樣子。

現在我們回到這首詩，你看看這些空間：「青春波浪芙蓉園」，芙蓉園在長安東南角，曲江邊上，這是第一個空間；是杜甫站在樂遊園高處看見的。第二個空間則在夾城，聽到夾城中皇帝的儀仗發出了雷霆一樣的聲音。對不對？第三個空間則在皇宮。現在我們認爲這三句，杜甫是用逆敘的方式來寫。在樂遊園參加楊長史的宴會，低頭望向曲江、芙蓉園這個地方，就看到皇帝在那裡舉辦了一場宴會。那皇帝怎麼來到芙蓉園的？他的儀仗又怎麼來到夾城呢？那是他在皇宮裡頭把宮門開，從皇宮出發。所以實際的順序應該是：在一個晴朗的日子，皇帝想要到曲江、芙蓉園遊玩，所以他從皇宮出發，把宮門打開，看到外頭天空堅青的樣子，然後他的車駕經過夾城，到了芙蓉園這個地方。所以這三句空間的遞換使用的是追敘的方式。

再來，下一句：「曲江翠幙排銀牓」，又回到了第一個空間，曲江就在芙蓉園旁邊，又說在芙蓉園邊上的曲江「翠幙排銀牓」；「翠幙」就是帳幕。這一點我們要弄清楚一個背景：芙蓉園也好，曲江也好，是當時長安的遊樂勝地。除了一般的百姓、官吏可以到曲江這一帶遊玩以外，更多的是皇家，像唐玄宗時常帶著楊家姊妹，來到曲江遊宴，舉辦很盛大的宴會。古代的皇帝辦宴會，不像我們現在這麼輕鬆，一定排場非常大。「翠幙」，一個一個的帳幕，帳幕上邊還「排銀牓」，掛上一些銀製的匾額。

這裡的銀牓又有出處，各位看到後邊的注解引了《神異經》，說「東方有青明山，有宮焉，青石爲壇，高三仞，方四里，面一門，上三層皆爲左右闕，高百尺，畫以五色，門有銀牓爲左男之宮。」我想那些文字我們不必要一個句子、一個句子解釋，基本上《神異經》是神仙故事的經典，所以裡頭說有什麼青明山，上邊有很多宮殿，很多的高臺等等，這些都是天上世界，天上神仙所居住的地方。其中有一個地方，在祂的門上掛了一個銀牓，說「左男之宮」，裡頭住的左男是一個神仙。

所以第一個概念仍然是用天上世界來比擬人間。現在杜甫要寫的並不是天上神仙，他要說的是曲江邊上那一個一個的帳幕，帳幕上掛了一個一個的銀牓，這是就人間的世界來說。各位看到注解引了陳沈炯的《林屋館紀》：「崑崙平圃，銀牓相輝。」還有我們書上沒有引，但《仇注》和浦起龍《讀杜心解》引的《北史》裡頭說：姚萇曾經辦了一場宴會，宴會裡頭「張翠幙繡簾，掛金篆銀牓。」。「翠幙」正是杜甫詩的「翠幙」，然後翠幙上頭掛上金篆銀牓。銀做的匾額，上頭用金寫的字；這些都可以說是「翠幙排銀牓」的出處。當然我們理解杜甫指的是在曲江邊上，芙蓉園旁邊，皇家舉辦了一場盛大的宴會，有一個一個的帳幕，這帳幕，基本上是讓參加宴會的人有休息的地方，譬如說楊貴妃、楊國忠等等，一個一個翠幕排列在那裡，門口掛了一個、一個的匾額，註明這是哪一個人用的；用「排」字表示翠幕非常的多，表示宴會非常的盛大。

古體詩敘述上順序時常會顛倒，變化比較大。我們就抓這四個句子，讓各位體會一下它敘述的手段。他在樂遊園看到「青春波浪芙蓉園」，事實上暗示了，他在這裡看到皇家舉辦了一場宴會，但是他沒有馬上就這部分去敘述，他先做了追述，說明皇帝應該是從夾城過來的，那皇帝又從何處出發？杜甫說是從宮門出發的，等倒交待完了，再接「曲江翠幙排銀牓」，又回到芙蓉園這個地方來說，這是一種敘述的跳躍手法。回到這裡以後，很明顯看到皇家舉辦了一場非常盛大的宴會，接下來就把宴會的內容做了詳細的描寫。

「拂水低回舞袖翻；緣雲清切歌聲上」，這仍然是杜甫在樂遊園看到曲江邊上皇家舉辦宴會的內容。宴會除了吃喝以外，在古代更多的是歌舞，所以杜甫抓歌跟舞兩個內容去寫宴會盛大的場面。這一聯，我們一定要先把它倒裝一下，把「舞袖」放在前面：把「歌聲」放到前面，做爲兩個句子的開頭，所以應該是「舞袖拂水低回翻」，以及「歌聲緣雲清切上」。舞袖，古代跳舞就像現在可以看到的京戲或者崑曲，或者歌仔戲的表演，袖子都很長的，而且時常還要舞動，所以叫做舞袖。舞動的時候，袖子常常會垂下來，所以說低垂。低垂下來還不能碰到地面，快碰到地面時要把它翻上來，所以說「低回翻」。又因爲這個宴會在水邊舉辦，杜甫感覺那些跳舞的女子，在舞袖低垂下來，快碰到水面的時候，又把它翻揚上來，所以說：「低回舞袖拂水翻」。

接著：「歌聲清切緣雲上」，「清切」表示歌聲非常清脆、非常響亮，從字面看，「緣雲」就是順著雲一直衝到雲霄去了，表示歌聲響亮的樣子。各位大概知道，先秦的文獻裡頭描寫歌聲的典故、辭彙非常多，如「繞梁三日」，這個成語各位一定聽過。繞梁三日也很厲害，唱一首歌，歌聲能在屋樑上頭迴旋三天三夜，這個就表示餘音裊裊啦。還有一種形容詞「聲動梁塵」，說唱歌的時候，聲音能夠把屋樑上的灰塵振動下來。還有一個，是我們注解上引到的《列子・湯問篇》，裡頭提到一個故事：說戰國時候，有一個很有名的聲樂家秦青，他有一個學生跟他學，學了以後，覺得自己好像還不錯，可以到外面去闖江湖去了，就跟秦青說我要拜別你了，秦青問他：「你甚麼時候離開？」他說明天，秦青說：明天我給你送行，於是辦了一場宴會，並在宴會的時候唱了一首歌，你看「撫節悲歌，響遏行雲。」「響遏行雲」是指秦青一唱歌以後，歌聲把雲停住了，那雲沒有再飄了，他的學生一看，發現老師還有這本事，他還沒有學到，於是就不離開了。杜甫在這裡說「清切歌聲緣雲上」，基本上就是用了這一個典故。這兩句寫宴會的歌舞：舞跳得非常美，袖子垂下快碰到水面又翻上來；那歌聲非常清脆、非常響亮，可上入雲霄。這是第二個小節。

這一段兩個小節。第一小節是他在樂遊園參加了楊長史的宴會。第二個小節，寫皇家在曲江、在芙蓉園所舉辦的宴會。所以第一段兩個小節都是寫宴會，分成兩個不同的角度說：自己的和別人的；一場在樂遊園、一場在芙蓉園。

接著是第二段。他說「卻憶年年人醉時，只今未醉已先悲。數莖白髮那拋得？百罰深杯亦不辭。聖朝亦知賤士醜，一物自荷皇天慈。此身飲罷無歸處，獨立蒼茫自詠詩。」假如這首詩，只有前邊一個段落那兩個小節，看起來杜甫就好像很快樂、很興奮地參加了宴會，還拚命的喝酒，喝醉了，就騎馬馳騁，非常暢快的樣子。假如只有這樣，這首詩就沒什麼意義。這首詩深刻、動人的地方是在第二段，寫出了他對身世的感慨，解釋起來還滿複雜的。

「卻憶年年人醉時」，「卻」，是回頭的意思，「憶」，不是回憶；「憶」，是想到。我回頭想到「年年人醉時」，「年年」就是每年每年，也就是無時無刻。無時無刻大家都喝醉了，我回頭一想，每一年、每一年，無時無刻大家都喝醉了。「人醉時」，抓一個重點。

「只今未醉已先悲」，只是現在我還沒有喝醉，心裡已經開始悲傷了。「只今未醉已先悲」，寫自己，說我回頭想每年每年，大家都喝醉了，只是我現在還沒喝醉，心裡就感到悲傷。但是讀詩難就難在語氣的縫隙。你要掌握語氣的縫隙裡邊深刻的含意。這裡的問題是，我回頭想，每年、每年大家都喝醉了，這種語氣其實是帶著一種批判性，可是下邊又說我現在還沒喝醉已先悲傷，這好像只容許自己喝醉，別人喝醉我卻要批判一樣。瞭解這問題嗎？事實是這兩個醉其實含意不同。前面的醉，是「眾人皆醉我獨醒」那個醉，這句話各位知道，是屈原說的，屈原這句話的醉指心裡的痲醉，不是生理上的醉。有一點類似所謂「醉生夢死」的那個醉。

杜甫回頭想到每一年大家都要這樣子大醉，這個感慨就從宴會而來。不管是自己參加的樂遊園的宴會，或者皇家在曲江舉辦的盛大宴會，基本上都是醉生夢死的。杜甫說我現在還沒有喝醉，心裡卻悲了，這個醉是另外一層涵意，是借酒消愁的醉，我心中悲傷，所以需要喝酒，讓自己喝醉，把悲傷壓抑下來，借酒消愁，醉跟愁之間有連帶的關係，我相信各位一定很熟悉。

我們再做一個複習，我回頭想，看到這些宴會，觸動了深沉的感慨，想到每年、每年大家都是這樣醉生夢死的，「卻憶年年人醉時」。而我現在還沒有喝醉，無法藉酒消愁，心裡更加悲傷，「未醉已先悲」。

再看到下邊，「數莖白髮那拋得？」頭上幾根白頭髮，哪裡拋棄得了？我想各位大概頭上都略有白髮了，黃山谷有一句詩很有趣，他說：「白髮齊生如有種。」頭上長了白髮，就好像老天爺下了種子一樣。春風吹又生，你就是拔了再拔，它還是又長出來了。你就算染黑，過一陣子還是會冒出來。所以「數莖白髮那拋得？」因此第一個我們可以看到，他的悲是自己年老的感傷，年華老大。年老讓他未醉先悲。

下邊要先跳到下面一句說，「聖朝亦知賤士醜」。「聖朝」是指聖明天子在位的時代。古人說自己的朝代，一定都說聖朝，皇帝一定是聖君。在這樣一個聖明天子的時代，我自己了解我是很醜的。「賤士」指他自己，這個「醜」不是指容貌的醜，這「醜」指的是才華的笨拙。在這樣一個聖明天子的時代，我知道自己的才華是很笨拙的。很顯然他瞭解自己沒有被皇帝重用，他心裡當然有怨、有悲，可是古人說話往往是這樣說的。他不怨皇帝，不怨朝廷，不被重用說是因爲自己才華很笨拙。我們要習慣古人說話的語氣。我的年華老大了，我的才華又是那麼笨拙，這兩個層次，各位知道，這在古代一般讀書人身上是最大的悲哀。才拙就表示不遇，沒有受到皇帝的重用。假如你年紀還很輕，一時的挫折沒什麼大不了，未來還有很大的機會。可是偏偏你老而不遇了，那這個壓力就更加嚴重，所以年老、才拙形成了他一部分的悲傷的來源。再加上剛剛我們說的，「卻憶年年人醉時」，想到這時代所有人都是那樣醉生夢死的，就更加深了他的悲傷。

清朝的楊倫，在《杜詩鏡銓》裡頭引了沈確士的評語，這評語高步瀛先生沒有引出來。但是我覺得是很值得參考的一個說法，他說：「極歡宴詩，不勝身世之感。」我們看到第一個小節對宴會的描寫，非常痛快，喝酒喝很多，很歡樂的樣子。也看到了皇家舉辦宴會，那樣的熱鬧，看起來是很歡樂的場景，但是這首詩表現的是不勝身世之感。身世有時候是把它連成一起變成一個詞彙，但是有時候也可以把它切開來的。身跟世，身指的是個人；世指的是時代。所以前面說「卻憶年年人醉時」，是從時代來說的。然後「只今未醉已先悲」，我年紀大了，我才華笨拙，沒有遭遇到國君的重用，指個人的遭遇，兩層悲哀合在一起，就是不勝身世之感，要怎麼化解呢？他說「未醉已先悲」，只能靠喝醉啊。

因此你看到「數莖白髮那拋得」的下邊一句：「百罰深杯亦不辭」。「罰」，各位大概很熟悉，喝酒的時候罰你乾杯叫做罰酒。所以宴會裡頭，大家要讓我喝酒，罰我乾杯，罰我一百次，我也不推辭。「百罰深杯亦不辭」。

然後，再跳到「一物自荷皇天慈」。「一物」，有很多說法。別的說法，在後面的注解裡引的，我覺得不大合適。「物」其實指的就是酒，「杯中物」。我現在手上有一杯酒，我感覺蒙受了老天爺的恩慈，讓我有酒喝，讓我可以把自己喝醉，來去化解這樣的悲傷。

我們這樣解釋，各位有沒有注意到？他的句子也是跳躍的，從所謂「卻憶年年人醉時，只今未醉已先悲。」先說明悲的原因：「數莖白髮那拋得？」、「聖朝亦知賤士醜」，因爲要喝醉，所以「百罰深杯亦不辭」，然後「一物之荷皇天慈」。得把它倒裝一下，這個結構才完整，敍述才順暢。好，重點大概就在這裡，你可以看到杜甫參加了自己的宴會，看到別人的宴會，感受到這個時代是醉生夢死的，然後又想到自己的遭遇，年老、才拙、不遇的感傷，所以要藉酒消愁，「百罰深杯亦不辭」，同時也感覺自己有酒喝，那老天爺對我還是夠仁慈了。

「此身飲罷無歸處，獨立蒼茫自詠詩。」我講了好多次，「身」其實就是人，「此身」，在這句就是指杜甫。現在，當宴會結束了；「飲罷」，不是吃完了酒，而是指宴會結束了。可以想像，一定是大家紛紛離開了，各位一定參加過很多次宴會，可能酒也喝得很痛快，結束的時候，作鳥獸散，一個個走了，喝醉回家就躺在床上，還沒喝醉就躺在沙發看電視。可是杜甫宴會結束以後，他說「無歸處」，我沒有回去的地方。我們從杜甫的生平知道，這個階段雖然他還沒有做官，可是已經結了婚、生了小孩，他全家是住在長安的。他住在長安南邊終南山下一個叫做杜曲的地方，在杜陵旁邊。杜陵，是漢宣帝的墳墓，旁邊還有一個許后的墳墓，叫做少陵，都是在長安。是杜甫從天寶六載，一直到天寶十四載在長安居住的地方。所以後來他的號叫杜陵、少陵。雖然他是在城南，不在長安城中，可是距離樂遊園也不太遠，就算喝醉了，他應該還是回得到家，爲什麼說「無歸處」呢？那是因爲這個「歸」，不是身體的歸宿，而是心靈的歸宿。他的心靈是飄泊的、精神是不安的，不只沒官做，還包括對時代的感傷，這個悲傷的情緒，讓他心裡感到沒有歸宿，他的精神是漂泊的。所以「此身飲罷無歸處」。

結果你看最後他的形象，是「獨立蒼茫自詠詩」。這個句子體會一下，他就孤獨一個人，站在樂遊園的高處，面對一片蒼茫的天地，然後自己寫了這首詩。詠詩，一般說吟詩，有時候也可以說賦詩。宴會結束了，大家紛紛離開了，他感到孤獨，感到心裡沒有歸宿，站在高處，面對蒼茫的天地，詠嘆了這一首作品。

假如你是電影的導演，要拍一部電影，拍這首詩的內容，你可以看到最後結束的地方，一定是把鏡頭拉得很遠，杜甫站在一個很高的地方，四周一片空曠，還可能風不停的在吹，杜甫就孤獨的站在那裡，一個飄泊的靈魂佇立在這個地方。

五代時的馮延巳有一首〈蝶戀花〉，可以參考一下，這首詞最後兩句說：「獨立小橋風滿袖，平林新月人歸後。」體會起來就很像老杜這首詩的最後兩句：「人歸後」，大家紛紛離開了，留我一個人孤獨的站在一座小橋上面。杜甫站在樂遊園的高處，他則站在一個橋頭。那時候天上的月亮剛剛升起，樹林中風不停的吹，風也灌滿了他的袖子。這種孤獨，是詩人時常會呈現的一種心態。孤獨當然有很多因素，像杜甫的孤獨感，是他感受到他跟整個時代是脫離的。這個時候天寶十載，還算是太平盛世，安祿山之亂還是四年以後才發生，杜甫眼前看到一片昇平的景象，但是他感覺他跟這個時代是有距離，感覺這個時代是醉生夢死的，那種孤獨連帶產生心裡的飄泊之感，所以最後有一個獨立、蒼茫的形象出來。

所以沈確士說：「極歡宴詩，不勝身世之感。」確實在歡樂的場景底下，那種個人的悲傷，會讓你感受非常的強烈。劉辰翁的評語亦說：「每誦此結不自堪。」又說：「吾常墮淚於此。」這些評語，都深刻體會到此詩結束的時候杜甫深沉的悲哀。當然啦，楊長史舉辦了一場宴會，而杜甫參加了卻寫了這樣內容的詩，我不曉得主人感覺上怎樣。這一首詩我們先這樣處理，不曉得各位能不能體會一下。我們講老杜大概都會偏向這個角度，去理解他比較深刻的一種心境。

同諸公登慈恩寺塔

高標跨蒼天，烈風無時休。自非曠士懷，登茲翻百憂。方知象教力，足可追冥搜。仰穿龍蛇窟，始出枝撐幽。七星在北戶，河漢聲西流。羲和鞭白日；少昊行清秋。秦山忽破碎，涇渭不可求。俯視但一氣，焉能辨皇州？迴首叫虞舜，蒼梧雲正愁。惜哉瑤池飲，日晏崑崙丘。黃鵠去不息，哀鳴何所投？君看隨陽雁，各有稻粱謀。

按照我們的進度，今天要講的是四十三頁的〈同諸公登慈恩寺塔〉。這首詩要說的內容滿多的。我們先看題目，慈恩寺塔是慈恩寺旁的一個高塔，這慈恩寺在哪裡呢？各位看到題目下邊引的一些材料，知道是在長安城內的進昌坊。進昌坊又叫晉昌里；坊就是里。李商隱詩裡時常提到晉昌里，因爲他和令孤楚、令孤綯父子關係密切，在他們家住過一段時間，而令孤楚的家就在晉昌里。我有時候沒事翻翻長安的城坊圖，看到一個坊、一個坊的名稱，就想到詩裡邊或者筆記裡、小說裡出現的那些長安街道，就感覺好像自己走在上頭一樣，十分親切。好了，不多說，位置在這裡，慈恩寺就在晉昌坊這個地方。爲什麼叫慈恩寺呢？根據注解引的資料，原來是唐高宗在春宮的時候；「春宮」就是東宮，他的母親文德皇后，也就是唐太宗的皇后過世了，當時唐高宗還是太子，爲了紀念母親，所以在隋朝的無漏寺（已經荒廢掉了）原址，改建了一個寺廟叫慈恩寺。慈恩兩個字很清楚，紀念母親，這是唐太宗貞觀二十年的事。後來玄奘到西域取經，回來帶了很多的經書，要找一個地方藏經、譯經，發現慈恩寺旁邊有一塊空地，就在這空地建造一個高塔，因爲是在慈恩寺旁，所以叫慈恩寺塔。這時間應該是在唐高宗永徽三年的時候，西元六百五十二年，開始建造時這個塔一共六層，但是到了武則天時代，長安元年，西元七百零一年，五十多年後，加蓋了一層，變成七層，到唐代宗大曆年間，應該在杜甫死後，又在這七層再往上蓋，變成了十層。現在我們喜歡搞違章建築，古人也時常幹這種事。所以到了中唐，元稹、白居易的時候，很多人寫了有關慈恩寺塔的詩，都寫十層。到了宋朝，上面垮掉，又變成六層了。這個塔現在還在，又有另個名稱，叫大雁塔。現在到西安去遊玩，一定會去的地方。西安還有另一個塔，叫小雁塔，比較瘦，比較小。這大雁塔在當時極高；資料說三百尺：「西院浮圖六級，高三百尺」，以唐尺換算現在的單位，是一百公尺，不過實際上沒那麼高。日本人曾經實際量過現在的大雁塔，六十四公尺。很高，差不多現在大樓的二十層樓高耶，而且是用磚瓦、木頭建造，巍然聳立了一千多年；這古代的建築真了不起。因爲它很高，所以變成地標。唐朝人，尤其讀書人到了長安，一定會登上大雁塔，會留下詩，所以翻翻《全唐詩》，有關大雁塔、慈恩寺塔的詩非常多。還有，唐人參加科舉，考上進士以後，有三件風光的事情：一個是遊街，騎馬遊街。各位看古代小說、看戲時常看到吧！還有在曲江這地方，由皇帝賜宴，曲江在慈恩寺塔右下邊。賜宴的時候，王公貴族假如有女兒還沒出嫁，時常就在這裡物色，看哪一個進士有才氣，長得漂亮一點，就想辦法把女兒嫁給他。第三件呢，到大雁塔題名，這是唐朝進士風光的三件事情。

題目說的慈恩寺塔，那麼高一個建築，那麼多人曾經登臨遊覽的地方。杜甫說〈同諸公登慈恩寺塔〉，題目下邊有一個小注，杜甫的原注，說：「時高適、薛據先有此作」，這就表示杜甫寫這首詩之前，有兩位大詩人——高適，還有薛據，年紀都比杜甫大一些，已經先寫了詩了。還有，我們看到岑參的詩〈與高適薛據同登慈恩寺浮圖〉，也提到了高適、薛據，浮圖就是塔，所以我們根據杜甫的注、岑參詩的題目知道，當時登塔的，杜甫以外，至少還有高適、薛據，還有岑參，是不是？其實還有一個人，叫儲光羲。在《全唐詩》裡我們看到儲光羲留下的一起登上慈恩寺塔的詩。所以高適、薛據、岑參、儲光羲、杜甫五個人同時登上這座高塔。

那爲什麼杜甫的注、岑參的題目只提到高適跟薛據呢？應該是他們兩位先完成了作品，後來杜甫跟著做，岑參也跟著做，所以說「先有此作」。儲光羲當然也是這樣一個情況。這五個詩人同時登塔，先後寫了作品，很遺憾的是薛據的詩失傳了，沒有看到，其他高適的、岑參的、儲光羲的、杜甫的都留下來。

題目裡頭的「同」，當然可以很簡單的這樣解釋：一起的意思嘛，我一起跟著一些先生們登上了慈恩寺塔，做了這首詩。可不可以這樣說？當然可以啊。「同」，不是一起嗎？但是，「同」還有另外一個意思，各位看到題目下邊引了鄭杲的說法，「同」是「和ㄏㄜˋ」的意思，「和」是什麼？「和」是唱和，就是先有一人做了一首詩，有一個題目了，然後我來去呼應他，做同樣題目的一首詩，這叫做「和」。這解釋比較特別，這樣解釋有沒有根據呢？各位看到高步瀛先生引了杜甫另外一首詩的題目，有一首〈奉同郭給事湯東靈湫作〉，「奉同」什麼意思啊？就是「奉和」的意思。因此這個「同」我們認爲有二層意思，一個意思是說跟很多先生一起登上高塔，第二個意思是高適、薛據先做了詩，我和他的作品。

有這樣的背景，我們可以爲這首詩編年，因爲這首詩的季節是秋天，唐朝的這五位詩人能夠在某一年秋天同時出現在長安，只有天寶十一載的秋天，所以這首詩就寫在天寶十一載的秋天，杜甫四十一歲的時候。

我們讀過〈奉贈韋左丞丈二十二韻〉，讀過〈兵車行〉，都是杜甫代表性的作品，其實，這一首也是要瞭解杜甫非常重要的一篇。我每次讀到這一首，心裡還真是惻惻然的，很受感動，一首登臨的作品，但是寫得非常深刻。

第一句，我們的書作：「高標跨蒼天」，「天」字有另外一個版本是「穹」，我認爲「穹」字比較好，建議先改一下。「高標跨蒼穹，烈風無時休。自非曠士懷，登茲翻百憂」。這是整首詩的第一個段落，一個引言。下邊另有兩個大的段落。

先看第一句，「高標跨蒼穹」。這個「標」啊，是一種測量高度的工具。要量一個東西有多高？先用一個很長的桿子，上邊尖端的地方塗上紅色的標誌去量它有幾公尺，高度多少？叫做標。跟「標」時常連在一起的名詞還有「準」，「準」是什麼？是測量平面的工具，所以我們現在有「標準」這個詞彙，測量高度、測量平面的工具。「標準」，是從古以來就有的詞。

這一段是整個作品的一個引言、開頭，這開頭就很了不起，我們又可以分成兩節來說。前面兩句一個小節，是從景色說，後面兩句一個小節，是從感情說。所以前邊是景，後邊是情。

怎麼看出他寫景呢？當然還要回到「高標」這兩個字。我們講過，標本來是一種測量高度的工具，後來就變成標誌的意思了。書上引了左思的〈蜀都賦〉：「陽烏迴翼乎高標」，事實上不止左思這篇賦用了「高標」兩個字，還有李白的〈蜀道難〉也同樣用了這一個詞彙，各位看到：「上有六龍回日之高標」，李白這一個句子基本上就是從左思〈蜀都賦〉來的，根據王琢崖注，「高標」是指四川最高的一座山，後來變成了一方的標誌，因此稱之爲高標。

所以「高標」本是一個專有名詞，後來引申爲只要是很高的地方、很高的東西，都可以叫做高標。以左思的賦，李白的詩來說，我們可以說這「高標」指的就是很高的一座山。不過左思的「陽烏迴翼乎高標」，也有另外一個注解。《昭明文選》當然收了左思的這篇賦，其中有一個呂延濟的注：「高標，高枝也。」高枝指什麼呢？高大的枝頭，很高的樹枝。這樣看來，只要是很高的東西，譬如說樹木也好，山也好，都可以叫做「高標」，這概念先弄清楚。

我們現在回到杜甫的詩，「高標跨蒼穹」，這「高標」肯定不是山，也肯定不是樹，是指什麼？當然是這一個高塔，杜甫今天要登上的這一座高塔。那「蒼穹」，我們本子寫的是「蒼天」，各位判斷一下，「穹」字好，還是「天」字好？「穹」，對不對？因爲「穹」很形象，「穹」是一個屋頂，他把天空形容成一個屋頂，這個慈恩寺塔，好像是壓在天空的屋頂上邊一樣，叫「高標跨蒼穹」。我們這樣比較就可看出版本異同的優劣，也從這裡可以看出，我們煉字的一個方式。煉字，尤其寫景，要把形象表現得非常具體，「天」是很抽象的，說塔壓在天空上邊，這形象感不夠，假如把天空形容成一個屋頂，你抬頭看，弧形的天空，真的很像一個屋頂，這塔呢就壓在像屋頂的天空上邊，很顯然強調了塔是非常高，比天還要來得高。

下邊「烈風無時休」，烈風，猛烈的風。無時休，沒有一刻停止。這雖然沒有直接說高，但是在什麼位置、什麼地方，風最猛、風不停的在吹呢？當然也是在很高的地方，所以我們說這兩句就是寫景。這景就是從高的角度說。它很高，那個塔好像壓在天空的屋頂上邊，風不停的猛烈的在吹。但我們認爲這兩句雖然都是寫高，都寫風景，它還有兩個不同的角度。各位想想，看到塔壓在天空上邊，這情形是杜甫在塔底下、在地面抬頭看天空，望到慈恩寺塔，跨在天頂。所以那是杜甫還在地面，還沒登上塔頂。至於「烈風無時休」，顯然暗示了他已登上塔頂了，站在塔頂上，風非常猛烈，不停的在吹。所以一個是登塔之前在地面上，一個是登塔之後站在塔頂上，雖然都是寫景，都是寫塔的高，但是角度有所不同。

「自非曠士懷，登茲翻百憂。」把它翻譯一下：我自己知道我本來就不是一個曠達的人的心胸。「懷」，是胸懷，「曠士懷」是曠達的人的心胸。意思是說，我本來的個性就不是那麼曠達的人。「登茲翻百憂」，登上這一座高塔之後，反而產生了很多很多的憂愁。兩個句子，我們做了翻譯。翻譯以後，各位一定要掌握一下作品中的語氣，這裡有一個重點，語氣的重點。是在哪一個字？在「翻」字，「反而」的意思。我本來就不是一個曠達的人的心胸，登上這一座高塔之後，反而產生了更多的憂愁，對不對？所以要注意一下哦，這「反而」，透過這語氣，一定是本來應該這樣……，結果沒有這樣反而那樣，因此必然的前邊還有一個部分被省略了。我們理解的時候，一定要掌握到「本來應該這樣」的意思。那本來要怎樣呢？我們看王粲的〈登樓賦〉：「登茲樓以四望兮，聊暇日以銷憂。」王粲，建安末年的詩人，他是長安人，不得志，到荆州依附劉表，劉表派他到當陽做縣令，有一天，他登上當陽城樓，寫下了這一篇〈登樓賦〉。我們看看這兩句，我登上這一座高樓，東西南北四面眺望一番，我姑且在空暇的時候來銷憂，排遣我心中的憂愁。所以各位現在要掌握一個重點，原來從古以來登樓也好、登高也好，有一個基本作用：銷憂。因為登上高處，視野遼濶嘛，心胸會比較開朗一些，可以把憂愁消解掉。所以今天杜甫登上這個高塔，塔那樣高，本來應該要銷憂的，結果非但沒有，反而產生更多的憂愁，所以他說「自非曠士懷」，因為我本來就不是一個曠達的心胸的人，所以不但不能銷憂，反而產生了更多憂愁。我不曉得各位會不會嫌我講課這樣子的嚕嗦啦，但是我真的很希望把那樣解釋的縫隙的地方掌握到，如果只把它簡單的翻譯一下，唬弄一下，這個可能沒有辦法理解他文字的脈絡。

這兩句是第一段的第二個小節。寫什麼？寫感情。什麼感情？憂嘛。對不對？因此下邊兩個大的段落，第二大段就承接那個風景的高來說。第三個大的段落就承接感情的那個憂來說。

我們看第二段落：「方知象教力，足可追冥搜。仰穿龍蛇窟，始出枝撐幽。七星在北戶，河漢聲西流。羲和鞭白日；少昊行清秋。秦山忽破碎，涇渭不可求。俯視但一氣，焉能辨皇州？」這是第二段。第二段從風景的角度說，但是內容還滿豐富的，很多層次。解釋上來說，前邊兩句「方知象教力，足可追冥搜。」先不說「象教力」什麼意思，「追冥搜」什麼意思，各位仍然掌握一下，一開頭的兩個字「方知」。「方知」很容易，翻譯起來是什麼？「才知道」，對不對？各位想想，當你說「才知道這樣……這樣的時候」，必然是前邊已有很多很多內容，然後產生一個結論，才說才知道是這樣……。這是我們現在說話時也常用的一個詞彙。因此我們做一個結論，這兩句應該是第一段最後的部分。從所謂「仰穿龍蛇窟，始出枝撐幽。」……等等，到了段落最後，他做了結論，「方知象教力，足可追冥搜。」因此這是一個很大的倒裝，在解釋上我們把這兩句放到最後去說。

我們就從第三句開始，「仰穿龍蛇窟」，抬著頭穿過像龍蛇一樣的洞窟。龍蛇都是長長的動物，所以龍蛇窟就是形容很長、很長的洞窟。那這個洞窟是什麼？就是樓梯間，慈恩寺塔的樓梯間。慈恩寺塔的樓梯在中間，而且迴旋式的盤繞上去，所以很形象哦，把那樣迴旋、長長的旋轉而上的樓梯間形容為龍蛇窟。杜甫就是從它底下登上高塔的，爬過樓梯，登上高塔。

我們一般爬樓梯的時候，頭是抬著的，對不對？下樓呢？低著頭的。

所以這個仰字也很形象，形容他登樓的動作，我抬著頭穿過像龍蛇一樣長長的洞窟的樓梯間，穿過了以後，「始出枝撐幽」。「始出」，就才離開。「枝撐」呢，各位看到後邊的注解，引了《魯靈光殿賦》……等等，下邊《文選》的五臣注說：「枝樘，梁上交木也。」這是《魯靈光殿賦》裡的一個解釋，簡單講，用交叉的木頭結構出來的東西，都可以用枝樘來形容，所以枝樘，原始的解釋叫做橫交木。縱橫交叉的木頭，縱橫交叉的木頭結構出來的東西，都可以用枝樘來形容。像杜甫這裡「枝撐」指什麼呢？就是指樓梯。因爲它的樓梯，是用木頭交叉結構建造出來的。將來我們要讀他的〈自京赴奉先縣詠懷五百字〉，也用了這枝撐兩個字，那是形容什麼呢？橋樑，木造的橋樑，交叉的木頭結構出來的橋樑也叫枝撐。所以「始出枝撐幽」，翻譯起來，我才離開黑暗的樓梯間。我們結構表上，把這兩句當作是登塔的動作，所以各位聽我解釋的時候，一邊看結構表，寫風景下邊就是先寫登塔的動作。

登上高塔以後，就寫他望的動作。這是古代作品基本的慣例，基本的結構，不管是登塔、登高、登山，都要望，望不止是望哦，時常還要四望，就像剛剛我們讀到的〈登樓賦〉一樣，「登茲樓以四望兮」，要四望，東西南北四周望一遍，所以杜甫這裡的望，也是分成四個方位去望。

下邊說，「七星在北戶」，很顯然的，他一登上高塔先望向北邊，感覺北斗七星就掛在北邊的窗戶上邊，「七星在北戶」，星星掛在窗口，塔很高吧，對不對？這種寫法都是在強調塔很高。不過我們再引一個相當的例子，李白的〈蜀道難〉，李白說：「捫參歷井仰脅息」，李白這首詩很大的篇幅就是在寫蜀道路途的艱困，所以叫〈蜀道難〉。如何艱困？就是地勢很高嘛。那怎麼樣的高呢？他用很多的形象、很多角度去誇張的描寫，像這個句子寫得很精采，「捫參歷井仰脅息」，抬著頭停止呼吸，「脅息」是停止呼息。相當於所謂的摒息，很緊張，連呼吸都停止了，叫「脅息」。爲什麼緊張？因爲抬頭看的時候，感覺上可以「捫參歷井」。「參」跟「井」是兩個星宿的名稱，按它的方位來說呢，參星在上邊，井星在它的左下角，「捫參歷井」，各位想像一下，李白如何去形容蜀道跟天空距離很近的感覺？我可以「歷井」，爬過井星，再伸出手臂來抓到參星，「捫參歷井」，是不是？抬起頭看，感覺可以爬過井星，抓到參星，很緊張，所以停止呼吸。李白很像太空漫步一樣，到外太空去可以爬過、抓到好多星宿。杜甫比較簡單，只說七星掛在窗戶邊，以描寫的精采性來說，李白這一句當然比杜甫這一句要好，因爲它很生動、很具體、很動態化地把這樣一個高的感覺描寫出來。總之，杜甫這個句子是登上高塔望向北邊。

然後「河漢聲西流」，聽到銀河的水聲往西邊流出去，所以轉頭望向西邊的方位。我給各位說過，銀河就叫銀漢，也叫天漢嘛。也給各位說過，銀河本來是南北縱向的，但是銀河有一個支流，這支流一個是往東，一個往西。所以「河漢聲西流」不違背它南北縱向的本來方位。總之，杜甫抬頭望向北邊，看到北斗七星掛在窗邊，又聽到銀河的水聲流向西邊。銀河，以現在的天文學來說，當然不是一個河流，它是星雲匯聚出來的，但是很白，形成帶狀，因此古人就把它想像爲河流的樣子。既是河流，當然就會有水流動的聲音，所以杜甫就聽到了水流向西邊的聲音。李賀的〈天上謠〉有一個句子：「銀浦流雲學水聲」，你看看古人怎麼描寫景色。「銀浦」，就是銀河岸邊，銀河岸邊那個流動的雲啊，「學水聲」，「學」是模仿、模擬的意思，模擬出水的流動的聲音來。不是河，不是水，是雲。但是因爲叫銀河嘛，既然叫河，想像它就有水流動，有水流動就會發出水的聲音。從杜甫來說，「河漢聲西流」，轉向西邊，聽到銀河的水聲，可以聽到銀河的水聲，當然也再度的強調塔非常高，與天空很接近。

下邊，「羲和鞭白日；少昊行清秋。」這又是古代的神話。古人有一個想像，太陽從東邊升起，從西邊落下，太陽怎麼會這樣運轉的？它有腳在走嗎？沒有。原來古人想像這太陽是裝在一輛車子上載著走的。所以有一個詞彙叫做「日車」，聽過這「日車」嗎？裝著太陽的一輛車子。那車子又怎麼動呢？不是用馬，馬拉不動這個太陽，它用六條龍拉著車子往前走。那既然用龍拉著車子走，總要有駕馭車子的人啊，有車伕啊，那這個車伕是誰呢？就是羲和。羲和拿著鞭子敲打著龍，讓車子匆匆忙忙的在天上運轉，太陽也就從東邊匆匆忙忙的往西邊落下去。所以「羲和鞭白日」，羲和拿著鞭子，催打著載著太陽的六條龍，匆匆忙忙的往西邊走下去。這是寫什麼？寫時間。當他轉頭望向西邊，同時看到什麼？看到太陽落下去了。所以這裡不只是寫空間，有北邊，有西邊，同時我們看講義，也交待了時間，黃昏日落的時候，「羲和鞭白日」。當然我們又有一個懷疑了，因爲前邊兩句說看到北斗七星，說聽到銀河的水聲，這基本上時間是夜晚的時候，可是第三句說太陽從西邊落下去，你會不會有疑惑啊？照理說是先昏後夜嘛，難道說杜甫是在前一天晚上登上慈恩寺塔，看到星星，看到銀河，然後在那邊待了一整天，直到第二天太陽下山嗎？這樣子是順著說，但是不合理。因爲慈恩寺塔不是旅館，沒有辦法讓他過夜，沒有辦法讓他待一整天的。所以，這時間的順序是倒裝。應該是在黃昏的時候登上高塔，然後看到太陽落山，待到夜晚看到星星的出現，聽到銀河的水聲，所以應該是在同一天黃昏登塔，一直到夜晚的時候。這個是不合理的順序，所以我們要還原，倒裝回來。

除了寫昏、寫夜這個時間，你還看到後邊說，「少昊行清秋」。這是寫季節，寫秋天的時候。少昊是一個神，下面我們附了一張表，這資料大概也是我們讀古人書，應該要有的一個基本知識。各位看到有所謂五方：東、南、中、西、北，對不對？然後相應的就是五帝：太皞、炎帝、黃帝、少昊、顓頊。太皞，其實就是伏羲氏，大家比較熟悉一點，炎帝也是各位比較熟悉的，後邊的少昊呢，是黃帝的兒子，顓頊是黃帝的孫子，看起來是很龐大的家族。少昊是學太皞之法，古人這樣子說，所以祂叫做少昊，昊有兩種寫法，另一個旁邊是從白，其實昊、皞兩個字是通的。

各位想想，五方配五帝，下邊配五色，青、紅、黃、白、黑。還配五行，木、火、土、金、水。還有四季，春、夏、秋、冬。還有四門，四門就是四個圖騰，龍、雀、虎、武，武好像給各位講過，龜蛇合體的、身披鱗甲的，所以叫做武。這個表各位要多熟悉。假如要寫東方這個方位，講五帝呢就是太皞，它的顏色是什麼？就是青，五行就是木，那季節呢就是春，它的圖騰就是龍。那南方呢？一樣配對的方式。各位想，我們現在時常有一些熟悉的詞彙，譬如說，青龍、朱雀、白虎、玄武。春天你可以用青春去形容。夏天呢，可以用朱夏，紅就是朱嘛。那秋天呢？就是所謂素秋。冬天呢，就是所謂玄冬。都可以配得起來的。包括算命方術都可以用得上的。

附：五方、五帝等對應關係表

五方	東	南	中	西	北
五帝	太皞	炎帝	黃帝	少昊	顓頊
五色	青	紅	黃	白	黑
五行	木	火	土	金	水
四季	春	夏		秋	冬
四門	龍	雀		虎	武

我們回到杜甫的這句詩，「少昊行清秋」，說少昊現在職掌秋天，也就是在主宰著這秋天的季節，暗示了杜甫現在登上這個塔，季節是什麼時候呢？當然是在秋天。這是兩句，先寫仰望，望向北邊，轉向西邊，岔開來寫時間。

再來，又回到望的角度，「秦山忽破碎，涇渭不可求」。秦山講了好多次，什麼山？終南山，對不對？終南山在哪裡？在長安南邊。所以轉向南邊，望向南邊。因爲望的是山不是天空，所以這裡是俯望的角度，低頭望的角度。「涇渭不可求」，長安北邊有兩條水，一條渭水，一條涇水，在長安東北方會合，現在說是涇渭，顯然指的是涇渭二水會合的地方，因此他顯然又轉向東邊，望向涇渭會合的地方。所以我說登上高處要四望，北、西、南、東，寫得層次分明。然後北跟西仰望，南跟東俯望。寫終南山，寫涇渭的時候，怎麼形容？怎麼描寫？低頭望向終南山，感覺上，它七零八落破碎一片。第一個層次仍然在強調什麼？強調塔非常高，對不對？你在很高的地方，譬如說坐飛機，你坐飛機到高雄，經過中央山脈，低頭望，你真的感覺那山是錯錯落落的，好像一堆一堆的小土塊一樣，所以破碎兩個字是強調了塔非常高。「涇渭不可求」，涇水、渭水在這裡會合。「不可求」，是不能分辨，分辨不出哪一條是涇水了，哪一條是渭水了。這也表示什麼意思呢？

距離很遠嘛，塔很高，所以分辨不清了。

下邊，「俯視但一氣，焉能辨皇州」，這兩句是望向中間。慈恩寺塔在長安的東南角落，我們可以說他是低頭望向長安城，望向「皇州」。「皇州」，皇宮所在的地方。我低頭一望感覺茫然一片、渾然一氣，那裡分辨得出皇宮在什麼地方呢？

這些解釋，基本上都是從寫景的角度說，星星掛在窗邊，銀河的水聲可以聽得到，山破碎一片，涇水和渭水分辨不出，皇宮也看不到，這些都是強調塔非常高。所以當然可以把它放到寫景的層次來解釋。

但是問題來了，杜甫寫這些風景，目的就只是寫塔很高嗎？更何況，我們看到同時登塔的人，他們寫這些景色，其實還是看得很清楚的。而且慈恩寺塔我們說過，六十幾公尺，二十一、二層的高度，現在台北市到處都是二十幾層樓的樓房啊，假如站在二十幾層的高樓，望向陽明山，望向大屯山，會覺得它破碎一片嗎？不會，實際上都沒有到那麼高的距離，不是像坐飛機一樣。你望向淡水河，望向新店溪，難道看不出那條河流嗎？還是看得清楚的。那杜甫為什麼說破碎了呢？為什麼說不可求了呢？為什麼說連皇宮都看不見了呢？

我們補充其他的登塔的詩人的作品，先看高適的：「宮闕皆戶前，山河盡簷向。」他的「宮闕」就相當於杜甫詩裡的「皇州」。高適說皇宮就在慈恩寺塔的窗戶前邊，那看得很清楚哦。「山河盡簷向」，他的山當然就是杜甫詩的終南山，河就是杜甫詩的涇水、渭水，這終南山也好，涇渭二水也好，全部都奔向慈恩寺塔的屋簷而來，也好像就在身邊嘛。從這裡看，高適的眼力比杜甫要好多了，杜甫看起來是老眼昏花了。

我們再看岑參的：「青松夾馳道，宮觀何玲瓏。」一樣的寫景，站在慈恩寺塔低頭看到長安的街道。長安的街道我們說過，筆直的、棋盤式的；街道兩邊還有路樹，那路樹是青翠的松樹，看著松樹夾著筆直的街道。然後長安的宮殿，「玲瓏」，是細緻的樣子，也就是說宮殿裡頭的雕樑畫棟看得很細緻。那岑參的眼睛看起來也比杜甫要好啊，是不是？

再來我們看儲光羲的：「宮室低邐迤，羣山小參差。」也仍然寫宮殿，因為在很高的塔上低頭看宮殿，看到宮殿在下邊，「邐迤」，就是排列的樣子。「羣山小參差」是表示因為站得很高，看到終南山感覺變小了。不管是怎樣的描寫，都不像杜甫說山是破碎的，不像杜甫說水是看不清楚的，不像杜甫說連皇宮都找不到了。

所以這問題可大了。我們先做一個結論，像高適也好、岑參、儲光羲也好，他寫這個風景，我看到「青松夾馳道，宮觀何玲瓏。」我看到那個街道、看到松樹、看到宮殿，我就把它直接說出來了，看到什麼景色我就把它寫出來了，這種手法，是賦的手法。

我們寫詩，從《詩經》以來，有三種基本的筆法，賦、比跟興。賦是什麼？直陳，有什麼就寫什麼，看到什麼就寫什麼。我時常用一個公式來表示，譬如說你看到一個Ａ，心裡想到一個Ａ，要把它表達出來，於是就拿起筆，直接寫一個Ａ，有Ａ就說Ａ，直接的陳述，這個是賦。

比是什麼？比是比喻，對不對？比喻。比喻就不是直接陳述囉，公式上怎麼表示呢？我看到一個Ａ，想到一個Ａ，要說一個Ａ，但是拿起筆寫的時候，我不是寫一個Ａ，我寫一個Ｂ，用Ｂ來去代換Ａ，所以彼此是等號關係，這個叫做比。

第三種，興，這要唸興ㄒㄧㄥ，不要唸興ㄒㄧㄥˋ。很多人把它唸成比興ㄒㄧㄥˋ，唸錯了，興是動詞，是起的意思。起是什麼意思？就是引起。也就是說我寫一個東西，讓讀者引起一個聯想，這叫做興。在公式上，同樣我要說一個Ａ，但是拿起筆，我不是直接把Ａ寫出來，我仍然寫Ａ以外的東西，譬如說 B。但是用Ｂ來說Ａ的時候，彼此是箭頭的關係，用Ｂ讓讀者引起對Ａ的聯想，這叫做興。

賦比興，從公式上去看，賦是有Ａ就直接寫Ａ，比或興是用Ｂ來去代換或引起對Ａ的聯想，是不是？換句話說，這個心裡要說的話是被藏起來的，是被遮蔽了，沒有直接說了。而賦是直接說的，字面上很清楚很明白，是不是？所以比跟興有時候很難分辨，因為都是用Ｂ去說Ａ，有時候很難分辨，但性質上還是有所不同。不同在哪裡呢？古人也曾經說過，說比是虛，興是實的。當然還是要說清楚，虛或實是指什麼？指的就是Ｂ的材料，指Ｂ

的材料是虛或者是實。那什麼情況是虛？什麼情況是實呢？我上課一再說過：當下發生的、眼前存在的，這是什麼？這是實。想像的、虛構的，這是虛。

所以，所謂比是什麼？就是我心裡有一個話要說，然後呢我不直接說，我要用別的東西來去說，那別的東西不是當下看到的，不是眼前存在，是我心裡邊構想出來的、虛擬出來的、不是現在發生的，所以這個叫做比。至於興呢，我心裡有話，有Ａ要說，但是我不直接說，我用Ｂ去說，Ｂ這些材料是我看到某一個東西，當下發生，引起的聯想，把它寫進來的。理解嗎？所以要用虛跟實去分辨比跟興。但是有時候很難判斷、很難追究詩人用一個Ｂ來去說Ａ的時候是不是當下真的存在，或者是他腦子裡面想像出來的，有時候很難具體、實際的分辨，因此，我們時常把這兩個連在一起，就形成了「比興」這樣一個詞彙。

比興，本來比跟興可以分，用虛實來去分，但是有時候實際無法去追究、無法去還原作者當下是實還是虛，所以我們把它連在一起。把它連在一起主要是當他寫一個材料、一個Ｂ的時候，他實際上不是說Ｂ，他心裡頭潛藏著另外要說的話。

我們說像高適的、像岑參的、像儲光羲的，「宮闕皆戶前，山河盡簷向。」、「青松夾馳道，宮觀何玲瓏。」……等等，基本上是賦，他看到那個宮殿這樣，就說這樣子；他看到那個街道那樣，就說那樣。但是杜甫他說秦山破碎了；涇、渭不可求了；皇宮看不到了，這些，是他戴著有色的眼鏡，來看眼前的世界，所以把眼前世界扭曲了、改變了，所以感覺山破碎了，涇、渭不可求了，那這是比還是興？實際上當然是興啦，因爲他真的看到終南山，真的看到涇、渭水，但是引起了沒有直接說出來的聯想。碰到比興的句子，解釋上基本上有兩個層次、兩個步驟，第一個步驟就是先把Ｂ字面的意思說出來，這剛剛我們解釋了。另外一個就是追究出、尋找出他沒有說的那個Ａ的內容。秦山破碎了，杜甫要說什麼？真正要說什麼？說的是國土的破碎。終南山代表了國土，所以突然間感覺終南山破碎一片，暗示什麼？暗示這個時代要大亂了、要動盪了、國土要破碎了。這個是他Ａ的內容，真正心裡要說的話。

「涇渭不可求」，從《詩經》以來就有這種說法：涇水、渭水，一條是清的，一條是濁的，所以說「涇、渭分明」嘛，清濁分辨得很清楚，就算是涇水已經流到渭水，你還可以看到河裡邊，一條是濁的，一條是清的。但是現在杜甫說「涇渭不可求」，不能分辨，不能分辨也就是清濁不分了。對不對？清跟濁在古代往往又有所象徵，清流、濁流，聽過沒有？清流代表君子，濁流代表小人。所以「涇渭不可求」，就是君子小人不辨。前邊說國土要破碎了，國家即將大亂了，顯然下邊是追究爲什麼國家會動亂？原來是朝廷清濁不分，君子小人不辨嘛。回到那個時代，天寶十一載，李林甫掌權的時代，十多年間，引用了很多小人，摒棄了很多君子。所以杜甫在這裡追究國家會動亂的原因，應該就是朝廷用人不當，清濁不分、君子小人不辨。

「俯視但一氣，焉能辨皇州？」我低頭一看，渾然一氣，模糊一片，皇宮看不到了。皇宮看不到前面的一層意思必然是他想要看到皇宮，然後遺憾看不到啊。想要看到皇宮，實際上也就希望能夠面見國君，對不對？皇宮代表了朝廷、代表了國君，要面見國君，顯然是想要向皇帝上言、有所勸諫嘛。可是皇宮看不到，國君見不到，這樣的一種勸諫目的也沒有辦法完成。

我們不是讀過李白的〈登金陵鳳凰台〉嗎？「總爲浮雲能蔽日，長安不見使人愁」，類似這樣的意思，「浮雲」代表小人，矇蔽了國君，我李白要望向長安，也就想要看到國君，可是沒有機會看到，因此悲傷發愁。所以，這些意思都是從風景中賦予了比興的內容，杜甫這首詩，也就不是單純的寫景而已了，對不對？在登上高塔、在望向南邊、望向東邊、望中間的時候，他已經暗示了心裡邊對時代的一種感受了。

杜甫從天寶六載，因爲參加制舉，來到長安，到現在天寶十一載，待了五年多。其實跟很多的所謂官僚、上層階級是有所往來的，他在接觸的經驗裡頭，體會到了這號稱盛世的大唐天下，其實是充滿危機的，所以提出了秦山破碎……等等的，對國家未來的觀察。這顯然也是反映了他對自己的時代的關心。

剛剛說了，譬如說山、水……等等，杜甫都有比興在裡頭。那相對的，像岑參、高適這些詩就是簡單的一個賦。我們再補充杜甫的〈九日寄岑參〉，「九日」當然是重陽，九月九日。哪一年的九月九日呢？應該是天寶十二載的重陽所作的。爲什麼知道是這一年的重陽？因爲天寶十二載八月的時候，長安發生了大水災，整首詩杜甫就是在寫因爲大雨、因爲水災，讓他對這個時代產生了很多的憂慮，所以在重陽寫了這首詩寄給岑參。中間兩句，他說「維南有崇山，恐與川浸溜。」「維南」的「維」是語助詞，沒有意義。「南有崇山」，什麼山？就是終南山，他說我們長安南邊有一座終南山，我很擔心它跟「川浸」，「川」啊，《周禮》說的，水流向海裡邊的叫做川，我們現在還在用，叫做河川嘛；那「浸」呢？就是水停蓄的地方，也就像淵、水潭，這叫「浸」。那「溜」當然是動詞。也就是說終南山那麼高的山，我很擔心因爲這大水，可能就跟著河流一起被沖涮掉了。所以從這裡看，其實有象徵意義，有比興在裡邊。所以仇兆鰲的注裡說：「崇山二句，言國家危難將至，恐有載胥及溺之憂也。」「載胥及溺」是《詩經．桑柔》的一個句子，意思是什麼呢？就是所有的都泡水了，所有人都被水陷溺了。所以像這樣的一個用山——不管是破碎也好，是被水沖走了也好，其實都顯示了杜甫對這個時代憂亂的一種感受。

理解了前邊幾句的內容，我們把這一段開頭倒裝的兩句瞭解一下，「方知象教力，足可追冥搜。」我們把這兩句當做這一段的結論。先看「象教」，注釋引了一些材料，《文選》五臣注裡頭的李周翰說：「象教謂爲形象以教人也。」所以「象教」是用形象來教化人的意思，這裡當然指的是佛教。譬如說你到一個廟裡頭，看到佛像非常莊嚴，寺廟非常肅穆，或者現在天主教、基督教的教堂裡頭也一樣，感覺非常莊嚴、非常肅穆的時候，心裡邊難免有一種膜拜、一種敬仰，這叫以形象教人。所以用一個很具體的東西，像剛剛舉的例子佛像，像廟宇、教堂，這都是形象，來教化人，這叫「象教」。

杜甫在這裡用「象教」兩個字指什麼呢？當然就是慈恩寺塔，因爲這個塔基本上是宗教的象徵，所以「方知象教力，足可追冥搜。」我才知道這一個慈恩寺塔的作用，它的力量，可以讓我充分的「追冥搜」。「冥搜」兩個字，可以說有兩層意義。首先「冥」就是幽的意思，對不對？「冥」跟「幽」同義詞。「搜」就是尋的意思。所以「冥搜」就是幽尋，也可以倒裝成尋幽，我們現在還在用尋幽探勝這個成語嘛，是不是？讓我們可以充份的看到非常奇妙的一些景色，這叫尋幽。所以這一層意思是總結了前面風景的描寫，它很高，感覺星星掛在窗邊，銀河的水聲灌到我耳邊……等等的這種景色，當然都是一般經驗裡頭很少看到的，那意謂著塔很高，所以可以讓我充份的尋幽探勝一番。這是一層意思。從風景的角度產生的一個結論。

不過「冥搜」還有另外一層意思。「冥」是暗，「搜」就是尋找，所以「冥搜」就是暗中的尋找。暗中尋找通常來說就是指心裡邊的思索，你心裡邊產生很多很多的想像，產生很多很多的感受，是你心裡的一個活動，這種思索是暗暗地在你心裡進行的，這叫做「冥搜」。以杜甫來說，他的思索是什麼？就是剛剛說的，他沒有直接講出來的心裡的感受，對不對？國土即將破碎了，朝廷用人是清濁不分的，想要向皇帝勸諫是沒有機會的……等等，這些都是他心裡思考的內容，所以從這裡看，他是總結了前邊的感情的部分。他先說我登上高塔，看到星星、聽到水聲、看到山啊、看到水啊……等等，後邊做了一個結論，基本上就把他看到的景色以及心裡邊的思索，這兩個層次，做了一個結束。「方知象教力，足可追冥搜。」我才知道這個慈恩寺塔的力量，它可以充分的讓我看到很特殊的一些景色，也讓我心裡邊產生了很多很多的思考。把這兩句放後邊，這樣解釋上才方便。好，這是第二段。

下邊我們看到第三段，「迴首叫虞舜，蒼梧雲正愁。惜哉瑤池飲，日晏崑崙丘。黃鵠去不息，哀鳴何所投？君看隨陽雁，各有稻粱謀。」這是第三段，一共八個句子，我們把每兩句分成一個小節，一共四個小節。其實分別寫的是他四種憂慮的感情，也就是前邊的所謂「百憂」，這一段主要的內容，就是從「百憂」之情說。

「百憂」當然不是一百個憂啦，「百」就是多的意思，心裡有很多的憂愁，哪一些憂愁？四種。我們先看第一層，「迴首叫虞舜，蒼梧雲正愁。」翻譯一下，我回過頭來呼喚虞舜，虞舜各位很熟悉，對不對？然後我看到蒼梧山那個地方，正是一片的愁雲慘霧。首先，請問一下，蒼梧跟虞舜有沒有關係？有。爲什麼？因爲舜南巡，然後到了現在的湖南，就死在那裡，葬在蒼梧山中，所以蒼梧是舜所葬身之地，我回過頭望向蒼梧那個地方，呼喚著虞舜，發現那個地方正是一片愁雲慘霧，翻譯不是這樣嗎？字面一層意思就是這樣。但是你能用這字面意思去認爲杜甫要說的，真的是呼喚著虞舜嗎？虞舜幾千年前的人，怎麼叫他？他真的是看到蒼梧山，看到那一片愁雲慘霧？長安都看不清楚了，那還看到湖南那個地方，看得到嗎？當然也看不到，所以這是Ａ還是Ｂ啊？字面，當然是Ｂ嘛，對不對？原來他是比喻，用虞舜比喻唐太宗。

唐朝人有這習慣，用堯比喻唐高祖，用舜比喻唐太宗。堯禪位給舜，對不對？那唐高祖也把帝位禪位給唐太宗。其實唐朝的天下是唐太宗幫忙打出來的，對不對？還有一點，杜甫對唐太宗非常的敬仰、非常的崇拜，在杜甫詩裡頭時常提到唐太宗，他認爲那才是真正的聖君。所以這兩句，是用虞舜指唐太宗，既然如此，那蒼梧指什麼呢？指的是唐太宗所葬身的地方，昭陵。昭陵在哪裡？在長安的西北邊。你掌握著方位，「迴首」兩個字才有著落。剛剛他不是北、西、南、東，這樣順序的望嗎？對不對？現在突然想到唐太宗，回過頭望向昭陵，望向唐太宗葬身的陵墓。迴首從哪裡迴首？從本來望向東邊，轉過身，回頭望向西北。爲什麼望昭陵？因爲想到唐太宗。呼喚著唐太宗，當然是感傷唐太宗這樣英明的皇帝已經不在了，現在看到的昭陵一片愁雲慘霧。所以我們把這一個小節認爲是百憂之一，感傷像唐太宗這樣的聖王已經沒有再出現了，感昔。

下邊，「惜哉瑤池飲，日晏崑崙丘」，這又是用典故。瑤池在崑崙山，現在新疆那一帶。瑤池住著誰？住著西王母，西王母跟周穆王很有關係。周穆王曾經駕著八駿馬，到瑤池去見西王母，跟西王母在瑤池飲酒作樂。所以「瑤池飲」指的就是周穆王到瑤池跟西王母飲宴。杜甫說「惜哉」，那真是讓人痛心啊。爲什麼痛心啊？沒有邀請他，所以讓他痛心嗎？這是一個問題，對不對？

下面說「日晏崑崙丘」，「晏」這個字，《說文解字》告訴我們說，它是通這個「旰」，這「旰」呢，指的是太陽下山。前面講過太陽從東邊升起，西邊落下，其實就落在崑崙山這個地方，崑崙山有個池叫虞淵，太陽就在那邊休息。所以這一句寫太陽從崑崙山落下去了。這兩句各位知道，一定也是有比興，是不是？西王母跟周穆王在瑤池那邊喝酒作樂，跟杜甫有什麼關係？他爲什麼會痛心呢？因爲唐朝人也有一個習慣，用西王母比喻楊貴妃，用周穆王比喻唐明皇，而西王母所在的瑤池往往就比喻華清池。華清池各位一定很熟悉，有溫泉的。你讀白居易的〈長恨歌〉，「驪宮高處入青雲，仙樂風飄處處聞。」「春寒賜浴華清池」，這些地方都在驪山。驪山在哪裡？在長安的東南邊。

所以，用瑤池來指華清池，用西王母指楊貴妃，用周穆王比唐玄宗；周穆王跟西王母在瑤池飲酒作樂，正比喻唐明皇跟楊貴妃在驪山、在華清池宴樂的情形。「迴首」兩個字要掌握一下，剛剛從東邊望向西北，是迴首，現在他又從西北再一次的迴首望向東南，迴首望向華清池，望向驪山這個地方，是第二次的迴首，從空間方位你可以看出它移動的情況。這邊當然仍是對這個時代有感傷。感傷什麼？感傷現在的皇帝是荒淫的，再來，「日晏崑崙丘」，因爲剛剛說到太陽下山，這一定給各位講過，我們時常用落日、用落花、用春去……等意象象徵什麼？國家即將淪亡，時代即將衰亂。這太多例子了，所以那個「惜」……讓人痛心的，其實一直貫穿到「日晏崑崙丘」。我想到現在皇帝的荒淫，我們這個時代，就像太陽要下山了、要昏暗了、要衰亡了，讓我心裡十分痛心。「惜哉瑤池飲，日晏崑崙丘。」這第二個憂，傷今。

下邊「黃鵠去不息，哀鳴何所投？」，黃鵠是一種鳥，看到一隻黃鵠鳥一直不停的在飛，也不停的哀鳴。杜甫說，你到底要飛到那裡去啊？「哀鳴何所投」。我們再回頭說一下，像所謂的虞舜、蒼梧，它當然是B，對不對？要說的A被藏起來。虞舜、蒼梧是虛的還是實的？虛的，杜甫絕對看不到虞舜、也看不到蒼梧，所以它一定是比，比是虛嘛。那「惜哉瑤池飲，日晏崑崙丘。」虛還是實啊？瑤池比蒼梧山還更遠啊，所以也是虛的，對不對？瑤池比華清池嘛，所以都是比。那這「黃鵠去不息」，也可以是實的，對不對？他站在塔前可能就看到一隻黃鵠鳥不停的哀鳴，不停的在飛。假如牠是實的，那是比還是興啊？興。瞭解嗎？看到當下的一個景，觸動了一個聯想，它可以變成興。不管是比、是興，都是用Ｂ去說Ａ，所以不要只是解釋說有一隻黃鵠在塔前不停的飛，不停的哀鳴，杜甫說你到底要飛到哪裡去啊？你若這樣翻譯，絕對不夠。要把藏起來的Ａ抓回來。這Ａ要解釋，有典故，各位可以看書上注解引到《韓詩外傳》，有一個人叫田饒，春秋時候的人，是一個賢人君子，他在魯哀公那邊，魯哀公不重用他，有一天他就跟魯哀公說：「臣將去君，黃鵠舉矣。」我要離開你了，我這一走，就像黃鵠鳥舉起翅膀飛走了。根據這個典故，你就知道，不管是實還是虛，黃鵠是一個Ｂ，它背後藏著沒有直接說的內容，那Ａ的內容是什麼？黃鵠就是一個君子啦，對不對？懷才不遇的君子，然後它離開了飛走了，所以說的是君子不遇嘛，離開了他應有的位置。當然前面說「涇渭不可求」，朝廷用人不當，清濁不分，沒有受到重用的君子一定很多，可是這裡邊必然包含著杜甫，所以我們認爲這兩句指自己，感傷自己得不到重用，就像田饒得不到魯哀公的重用一樣。

最後兩句，「君看隨陽雁，各有稻粱謀。」「君看」兩個字我們先放下，先看下邊八個字，「隨陽雁，各有稻粱謀。」雁是雁子，是一種候鳥，各位一定知道，以北半球來說，秋天的時候往南邊飛，春天的時候又飛回北方，隨著太陽的移動南北飛翔，叫「隨陽雁」。追逐太陽，這本來是雁子的一個特性嘛。杜甫現在登上高塔的時間，天寶十一載的秋天，很可能他就看到一群雁子從塔前飛過，飛向南方，所以也可能是實的，對不對？假如是實，那也可能是興哦，對不對？但他不只是寫雁子的南飛而已，他在這裡當然觸動了一個聯想，一種感受。他怎麼來說他的感受呢？你看追逐太陽的那一群雁子，「各有稻粱謀」，每一隻雁子都有他自己的一個打算，「稻粱之謀」，稻粱就是米糧，米糧就是雁子依賴的糧食，追逐太陽就是謀求牠的糧食，牠的生活、牠的物質上的需要。各位想想這個太陽比喻什麼？當然比喻國君啊，這個是詩人的習慣，追逐太陽的雁子，就是依傍著國君的那一批小人，那些人圍著國君，其實真的是想要奉獻給國家嗎？不是的，他有自己的打算，爲了自己一生的富貴，自己的利益，「各有稻粱謀」。所以我們可以說，這就是另外一種憂，憂小人的貪祿，責備這一群小人。

所以，四個小節四種憂，這叫「登茲翻百憂」，感傷聖王的不在，感傷現在國君的荒淫，感傷君子的去位，感傷小人的貪祿。

還有兩個字，「君看」。「君看」，要翻譯起來很容易，「君」是你們嘛，對不對？君看，你們看一看。你們是誰？題目裡頭不是有〈同諸公登慈恩寺塔〉嗎？就是「諸公」嘛，跟他一起登上高塔的這一群人。

再一次的強調，題目有的內容，作品一定要呼應、一定要交待，不然叫做什麼？叫做漏題，漏題是不允許的。題目有「諸公」，從前邊的「高標跨蒼穹」一直到最後第三句，沒有看到那些跟他一起登上高塔的人的出現哦，所以「君看」這兩個字一定扣到「諸公」。「你們看一看」是杜甫對這些人的呼籲啦、提醒啦。提醒他們什麼呢？只是「隨陽雁，各有稻粱謀」這八個字的內容而已嗎？其實不是，我們認爲這兩個字，杜甫對這些人的提醒應該要放到整個段落的開頭。所謂的聖王不再，君王荒淫……等等，這些其實都是杜甫在這首詩裡頭，對他們的提醒，要他們瞭解，要他們注意的地方。

爲什麼要提醒？我們看高適、岑參這些人的詩，了解一下他們作品的主題。高適最後的結論是什麼？「輸效獨無因，斯焉可遊放。」「輸效」是什麼意思啊？就是奉獻我的能力、奉獻我的才華給朝廷，報效給國家，叫「輸效」。也就是說我有才華、我有理想、我有抱負要奉獻給國家，可是「獨無因」，偏偏沒有機會。沒有機會怎麼辦呢？「斯焉可遊放」，「斯」，就是這個地方，這個地方就是慈恩寺塔，今天登上慈恩寺塔，看到風景很美嘛，這裡可以稍微舒散一下心胸，徜徉一番。所以高適作品的主題在哪裡？這是對個人出處的一種關心，他沒有注意到整個時代是什麼樣子，沒有提到這個時代的危機、未來的動亂，只關心自己才華、自己的抱負是不是能夠實現。沒有實現，這個慈恩寺塔我暫時可以在這裡遊玩徜徉一番。

那岑參的詩，他的主題：「淨理了可悟，勝因夙所宗。誓將挂冠去，覺道資無窮。」「淨理」，是佛家的道理。我今天登上慈恩寺塔，這個佛理我可以完全的覺悟、理解。而「勝因」，也是佛家的因緣，我對佛家大概是很早就有因緣了。然後，「誓將挂冠去」，我現在登上高塔，我決心掛冠，我不做官了，因爲「覺道資無窮」，這個「道」是什麼道？當然是佛家的道，我感受到佛家的道理真是無窮無盡，可以讓我掛冠而去。所以在這裡扣題，扣到慈恩寺塔，扣到佛教的宗旨上邊去，但是對時代有關心嗎？沒有。

儲光羲的也一樣，最後兩個句子，「俯仰宇宙空，庶隨了義歸。」登上高塔，抬頭、低頭之間，發現宇宙的廣大無窮。那「了義」呢？就是佛家的道理。我登上高塔，大概可以皈依這個佛理，「庶隨了義歸」。

所以你看到這三個大詩人，跟杜甫一起登上高塔的，關心的可能是自己的出處問題，不然呢，就扣上這題目，扣上慈恩寺塔的背景，說出對佛理的皈依、信仰。杜甫顯然跟他們的想法是不一樣的。杜甫關心的是什麼？這個時代，所以他關心國土即將動亂，對不對？關心到整個朝廷用人的問題，然後感傷過去聖王的不在，現在的荒淫……等等，所以這些內容，顯然跟他一起的人沒有注意到，所以杜甫提醒他們，「君看」，你們看一看，你們注意一下。所以我們認爲這個提醒要配合其他的詩人的內容去看，才可以掌握得更加具體一些。

好，所以整首詩一方面除了看到杜甫對這些景色的描寫以外，當然更要注意的是他的作品的主題，顯示了他對時代的一個關懷。

下邊我們還有一些時間給各位讀一下章八元的詩。這個人是中唐詩人，好像是大曆六年考上進士的，在杜甫去世後一年，雖然我們現在對他不熟悉了，但唐朝人時常提到他哦。他也登上慈恩寺塔，也寫了一首詩，我們把詩先簡單的瞭解一下：「十層突兀在虛空，四十門開面面風。卻怪鳥飛平地上，自驚人語半空中。迴梯暗踏如穿洞，絕頂初攀似出籠。落日鳳城佳氣合，滿城春色雨濛濛。」這首詩寫得好不好？很好。「十層」我們稍微說一下，到了大曆年間，這個塔又增高了，變成十層了，對不對？上個禮拜講過。一層有四個門，所以十層四十門。「卻怪鳥飛平地上，自驚人語半空中。」這寫什麼？寫塔很高，對不對？鳥本來是在半空中飛，可是當我登到塔頂，卻訝異鳥好像是在平地上飛。在塔上面講話，感覺好像在半空中說話一樣。各位有興趣，可以把《全唐詩》檢索一下，寫慈恩寺塔的詩，基本上一定要寫它很高，因爲它是地標，二十幾層樓高，在唐朝，當然是很突兀的一個建築，要強調它的高。所以看你用什麼筆，把它高的感覺寫出來啦，杜甫說「七星在北戶，河漢聲西流。」……等等，都是同樣一個目標。

接著，「迴梯暗踏如穿洞，絕頂初攀似出籠。」很像杜甫的詩耶，他跟杜甫哪兩句一樣？「仰穿龍蛇窟，始出枝撐幽」嘛，對不對？你看「仰穿龍蛇窟」不就「迴梯暗踏如穿洞」？「始出枝撐幽」不就「絕頂初攀似出籠」嗎？對不對？不過一個是五言，一個是七言，某一些字不同而已。

下邊，「落日鳳城佳氣合，滿城春色雨濛濛」，再做一個結束，寫出了黃昏時候，長安一片的春色，在細雨濛濛之下，非常美麗的樣子。好，我們再看五代時何光遠《鑒戒錄》的一條筆記，說長安的慈恩寺塔詩人題詩很多，到唐文宗的時候，元稹、白居易到塔下看到章八元留的這一首詩，那時候矇蔽了很多灰塵。元、白兩人就叫人把灰塵拂掉，把這首詩讀了以後，「吟詠盡日不厭」，看起來真是欽佩透了，非常欣賞。更誇張的是「盡令除去諸家碑，獨留章詩。」那個時候還有字碑，刻了很多別人的詩，叫人把它全部去掉，只把章八元的詩留下來。我猜杜甫的詩沒有留在那裡，不然元稹、白居易不敢輕易去掉，元、白二人對杜甫是很敬仰的。這些都告訴你，章八元的詩看起來很吸引人，各位剛開始不是也說章八元詩寫得好嗎？對不對？但是你再看宋朝張戒的說法，他說：「人才各有分限，尺寸不可強。」人的才氣是有限制的，絲毫勉強不來；同樣的一件東西，「吟詠之工有遠近」；同樣一個意思，用意之工有深淺。然後他說：章八元的〈題雁塔〉詩：「此乞兒口中語也。」怎麼兩個評價差別那麼大？許多人十分肯定的作品，他竟說像乞丐嘴裡說的話。很重要的一點，章八元的筆是不錯的，題目扣得很好，景色寫得非常好，句子構造也非常漂亮，可是沒有深刻的主題、沒有崇高的宗旨，這個就類似擊鉢。以擊鉢來說，這首詩真的寫得很好。但張戒是宋朝人，這宋人啊，第一點，對杜甫特別崇拜，沒話說。第二點，宋人很講究詩理。這個理不是說道理的意思，而是講究內容要深刻，主題要偉大。所以我們再看馬永卿《嬾真子錄》說的：「此詩人所膾炙。」「此詩」

指的是章八元的詩，「然未若少陵之高致也。」但就是比不上杜甫的高致。「高致」，就是立意要很高，感慨要很深。所以詩的評價真的有很多的角度，我們藉著這些評論可以看出來。當然我們做詩能夠做到章八元這樣，了不起了，但是我們不能說它是偉大的作品，它不像杜甫的詩那樣深刻崇高。杜甫登上一個高塔，當然也把景色寫得非常具體細膩，可是更重要的，是他的胸懷，對時代有更深刻的關懷，這造成了他主題動人的地方。

全篇結構圖

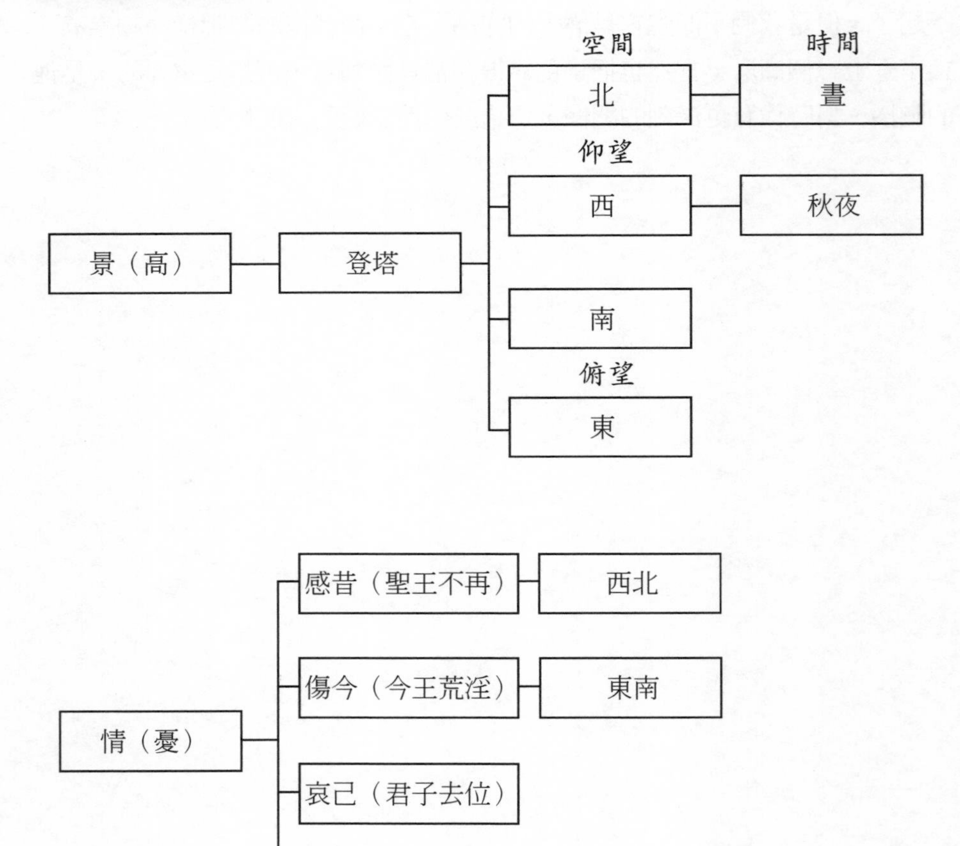

醉時歌

諸公袞袞登臺省，廣文先生官獨冷。甲第紛紛厭粱肉，廣文先生飯不足。先生有道出羲皇；先生有才過屈宋。德尊一代常坎軻；名垂萬古知何用？杜陵野客人更嗤，被褐短窄鬢如絲。日糴太倉五升米，時赴鄭老同襟期。得錢即相覓，沽酒不復疑。忘形到爾汝，痛飲真吾師。清夜沈沈動春酌，燈前細雨簷花落。但覺高歌有鬼神；焉知餓死填溝壑？相如逸才親滌器；子雲識字終投閣。先生早賦歸去來，石田茅屋荒蒼苔。儒術於我何有哉？孔丘盜跖俱塵埃。不須聞此意慘愴，生前相遇且銜杯。

今天輕鬆一點，我們讀一首喝酒的詩——〈醉時歌〉，在二百頁。有沒有看到題目下邊有一個注？是杜甫的原注：「贈廣文館博士鄭虔。」鄭虔我們好像有講過，在講杜甫七言律詩時曾經提到過他，長安淪陷又光復以後，他被貶到台州，杜甫寫一首送別詩〈送鄭十八虔貶台州司戶傷其臨老陷賊之故闕爲面別情見於詩〉，不曉得各位有沒有印象？

鄭虔被貶到台州，時間是在這一首的後邊，這一篇作品寫在什麼時候？寫在天寶十三載，安史之亂爆發之前一年，杜甫在長安。從詩的季節說，應該是在這一年春天所寫的；天寶十三載的春天。

雖然介紹過鄭虔，但我們還是要補充一下，特別強調一點，鄭虔是才氣非常大的一個人物，我們好像說過？對不對。他曾經畫一幅畫親手題了一首詩，唐玄宗給他題上四個字：「鄭虔三絕」，所以「詩書畫三絕」，就是從鄭虔這個典故來的。

事實上還不止如此，他的實學，就是實際的學問非常大，他不只是藝術才華而已，《新唐書》鄭虔傳說他：「虔學長於地理，山川險易，方隅物產，兵戍衆寡無不詳。嘗爲《天寶軍防録》，言典事該，諸儒服其善著書。」可見對實務非常用心，也很有見解。他也曾經自己修過史書，是唐史——不能叫唐史，叫國史。各位要知道在以前的時代，你要寫自己朝代的歷史，那是不允許的，這叫私撰國史。這個罪可大了，因爲歷代都有一個國史館，那是公家的，政府機構在執行的，哪有個人來去寫自己國家的歷史？在當時是很重的一個罪名，所以他曾經因此被貶官，一貶就貶了十年，總之他在宦海上浮浮沉沉非常的不得志。他年紀比杜甫要大很多，鄭虔出生在西元六八五年，武則天的時候，死在七六四年，已經到了唐代宗廣德二年，各位可看出活得還滿長的，雖然仕途坎坷，生活非常不順，這樣也整整活了八十歲。而杜甫出生在西元七一二年，各位想想看，他比杜甫大多少？二十七歲，他算是杜甫的長輩，但是杜甫跟他交情非常好。我們翻翻杜甫的集子，題給鄭虔的詩、提到鄭虔的詩一共有九篇，這個比例算是滿大的。

我們看題目下邊引到的《舊唐書·玄宗本紀》：「天寶九載秋七月，國子監置廣文館，徒生徒爲進士業者。」國子監相當於國立大學，這一年設立這樣一個機構叫做「廣文館」，那爲什麼要設這樣一個特別的機構呢？各位再看到下邊引到的《新唐書·文藝傳》，提到鄭虔這一個人，說唐玄宗「愛其才，欲置左右」，唐玄宗很欣賞他的才華，想要給他官做，讓他在自己身邊，可是「以不事事」，認爲他不能任事。前面的「事」當動詞用，不能任事。唐玄宗認爲他不能擔負重大的責任，沒有辦法做實際的事務。雖然欣賞他，但又不放心給他做重要的官，那怎麼辦呢？便想出一個辦法，爲他在國子監設立廣文館這樣的一個機構，讓鄭虔做廣文館的博士。

廣文館做什麼？你可看到第一行所引到的，說「徒生徒爲進士業者。」也就是說教導一些學生來進修，來考進士，讓鄭虔來教導這些學生。鄭虔聽到這樣一個派令，他不知道廣文館的「曹司」，辦公廳在哪裡？這機構在哪裡？因爲剛剛設的，而且是爲鄭虔設的，他從來沒有聽過有這樣的一個機構啊，所以到底在哪裡上班？他都不清楚，他就向宰相投訴，宰相當然看出來鄭虔不太滿意這樣一個任命，就安慰鄭虔說：皇上增國學置廣文館，以居賢者。國學也是太學，在太學另外設立這個機構來讓賢能的人擔任這樣一個職務，此外，「廣文博士自君始」，後代的人知道我們唐朝有廣文館這麼一個機構，是從你鄭虔開始的，這不是也很好嗎？古時候讀書人被這麼一矇，也覺得不錯，就去上任了。上任以後，過了不久，「雨壞廡舍」，大雨把他的辦公室毀壞了，主管也沒有把它修繕好，後來他就搬到國子監那裡去上班，廣文館從此就廢掉了。

我們很簡單的引用了這樣的史料，各位可以看到鄭虔顯然是很有才華的人，除了藝術才華還有其他各種的才能，皇帝很欣賞他，但是又不信任他，不重用他，然後就給他做這樣子的一個廣文博士的官，顯然是典型的懷才不遇的一個人物。

而杜甫從天寶六載來到長安，其實也是不斷的想要在仕途上謀取一個發展，他不停的獻賦給皇上，也參加過考試，同樣的不得志。兩個懷才不遇的人，雖然年紀相差很大，可是成爲了非常莫逆的、知心的朋友。所以杜甫這一首詩，要從這一些背景來去看，然後就可看出題目爲什麼叫做〈醉時歌〉。

〈醉時歌〉這三個字看起來好像很簡單，喝醉時候所寫的歌嘛，跟酒有關係，但是我們假如從中國詩歌歷史來看，在魏晉六朝的時候，像陶淵明就有〈飲酒詩〉。一共有二十首，連章的。當然跟酒有關，但是這一批作品真的只是寫他喜歡喝酒、喝酒的動作、喝酒的一種情境嗎？其實不是。我曾經聽葉嘉瑩先生演講，說她曾經在一個和尚的廟裡講陶淵明的〈飲酒詩〉，和尚們也不排斥。要知道酒跟我們詩人產生了非常密不可分的關係，酒是讓我們的詩人在不得志的時候，作爲排遣的一個作用。所以古人說飲酒時常是遣懷。心裡邊有什麼不舒服，有什麼鬱悶，有什麼悲憤，往往透過喝酒來去排遣，來去發洩。我們看詩人跟酒時常密不可分，那都是因爲我們詩人的懷抱，時常就是痛苦的、就是鬱悶的，就需要藉著酒來去排遣。

魏晉時期像陶淵明那個時代，基本上是非常黑暗的時代，所以除了陶淵明有〈飲酒〉，郭璞也另有一批詩叫「遊仙詩」。這些詩我們不能只看題目就望文生義。遊仙是寄託了神仙世界，爲什麼把他的理想、他的精神寄託在遙不可知的神仙上頭呢？很顯然也是因爲他的懷抱不能施展，在現實世界裡頭感到痛苦。因爲現實的痛苦，想要到天上世界遇到一些神仙以求暫時超脫，所以作遊仙詩。當然還有一批詩人譬如說阮籍，他有一批詩就叫做「詠懷」，那更直接了，透過了那一批作品，把他的懷抱，把他的鬱悶、痛苦發洩出來。所以你讀詩時，詠懷、飲酒、遊仙題目雖然字面不同，其實宗旨大致上是一樣的。顯示了詩人對現實的一種不安，對現實處境的一種痛苦。

杜甫這一首詩，題目雖然不叫「飲酒」，但他的精神跟陶淵明的作品應該非常類似，在內容上我們也可以看到，他就以他跟鄭虔兩個人的現實遭遇，還有兩個人的那個相互爲知己的一種懷抱去進行瞭解。我們看看作品的內容，一開始第一個段落：

「諸公袞袞登臺省，廣文先生官獨冷。甲第紛紛厭粱肉，廣文先生飯不足。先生有道出羲皇，先生有才過屈宋。德尊一代常坎軻，名垂萬古知何用？」前面四句你可以先把它分成一個小節，後面四句再變成這一段的第二個小節。

前面第一個小節四個句子，各位一看大概都清楚，他用非常強烈的對比的方式，「諸公」當然是很多很多的達官貴人。「袞袞」是像水的流動，滔滔不絕的樣子，就叫「袞袞」，後來我們時常加上三點水，杜甫的「不盡長江滾滾來」對不對？就是水流滔滔不絕的樣子。現在說「諸公袞袞」就是說明那些達官貴人連續不斷地一個一個登上了、做到了「臺」或「省」的官。「臺」指的是「御史臺」，「省」呢？唐朝的中央政府除了「御史臺」以外還有「中書省」、「尚書省」和「門下省」，合稱爲「三省」。所以「臺」（御史臺）、「省」（三省），這些都是中央政府裡很重要的官職，這些人一個一個連續不斷的登上了高官，到了「臺」、到了「省」這些地方做官了。好，這是寫別人，寫那些達官貴人非常的富貴，做到非常重要的官職。可是呢，對比之下，「廣文先生官獨冷」，廣文先生指的就是鄭虔，鄭虔做的官是國子監的廣文館博士，你這個官偏偏是個冷官。「官獨冷」，官有分冷熱，在座假如曾經在一個機構任職可能有這樣一個體會吧。有熱官、有冷官。熱官每天電話不斷，每天很多要務在身，非常重要，很熱門。冷官大概一進辦公室沒事做，然後等著下班就是了，這叫冷官。唐朝有一個「祠部」，管理祭祀的衙門，顯然不是很重要的官，所以當時有一種說法，把祠部就叫作「冰廳」。這個形容很貼切，「冰廳」，用冰來形容這個辦公廳，就是冷官。所以那些有本事的人一個一個登上了臺、登上了省都做上了重要的職務，而廣文先生偏偏做的是冷官。

下邊「甲第紛紛厭粱肉，廣文先生飯不足」，再做一層的對比。「甲第」，是很大的房子，各位看到下邊引到了《漢書・高帝紀》：皇帝賜給一個人大第室。「大第室」就是大房子，然後孟康注解說：「有甲乙次第，故曰第也。」我們現在把房子有時候叫做「第宅」，兩個字時常連在一起用。但是這個「第」字原來的意思是「等第」，「等第」是什麼意思？指排行，你是「第」一名、你是「第」二名對不對；你是甲、他是乙，也叫「等第」。所以最好的、最大的、最高級的房子呢就叫「甲第」，次等就叫「乙第」，本來是這個意思，所以簡單講「甲第」就是住在大房子裡面的人，當然也就表示官職很大，富貴榮華的人，住在這裡面的人「紛紛」，一個一個啊；「厭粱肉」。「粱」是米粱，最高級最精緻的米叫做「粱」。肉當然就是肉類，雞鴨魚肉之類的東西。肉啊，現在我們吃得習慣了，有時候還怕吃得太撐，但在古代孟子不是說七十以上才能吃肉嗎？所以我們也有一個成語，各位應該聽過，叫做「膏粱子弟」、「膏粱之輩」，「粱」就是這裡的「粱」；那「膏」呢？最好的肉。「膏」是油的意思，古代吃肉的觀念跟我們不一樣，越肥的肉越好吃，所以「膏粱」是最美的肉，最美的米。「厭粱肉」，這些人官做得很大，房子住得很大，然後飯、肉吃得飽足了。而「廣文先生飯不足」，廣文先生粗茶淡飯不夠吃，很明顯這是很強烈的對比，對不對？這個對比我們再進一步說一下。在文字上「甲第紛紛厭粱肉」當然是呼應了前面的「諸公袞袞登臺省」那一批人。然後「廣文先生飯不足」，當然呼應了第二句「廣文先生官獨冷」。古體詩篇幅比較大，時常會應用「排比」的方法。「排比」就是把相類似的材料寫過一次再寫一次，這樣來去鋪陳，才能寫得比較豐富，比較完整。這裡用「廣文先生」，再寫「廣文先生」，當然是達到了「排比」的效果。

還有，所謂「登臺省」，「官獨冷」，是從仕途的角度說，仕途在古代的概念裡，是屬於精神的層面、理想的層面，因為儒家的思想一直影響到我們。你假如有才華，你假如有學問，你就有一分理想，在人生路上要去完成，對不對？怎樣完成你的理想呢？「學而優則仕」，就要做一個很好的官，有了很好的位子，你的理想才能夠實現，這是從精神層面來說。而下邊所謂的「厭粱肉」，所謂的「飯不足」，很顯然從物質的層次說。總之，那一些所謂的「甲第」，所謂的「諸公」這些達官貴人，他要做什麼官，他都做到了，他要在物質上，要吃什麼都滿足了。而廣文先生呢？理想落空，才華沒有辦法實現，現實生活顯然也非常的困頓，物質非常的缺乏，從精神和物質兩個層面把兩者做了一個強烈的對比。

下邊第二個小節，「先生有道出羲皇，先生有才過屈宋。德尊一代常坎軻，名垂萬古知何用？」對比完了以後，假如鄭虔是個沒有才華的人、沒有品德的人，那官獨冷、那飯不足，那活該啊。偏偏鄭虔不是這樣的人，他是「有道出羲皇」，他是有品德的人，道德很崇高的人；他的道德超越羲皇之上的人。「羲皇」，「羲」是伏羲氏，伏羲氏是三皇五帝之一，所以叫做「羲皇」，那是上古時代的人。鄭虔的道德超越了上古時代伏羲氏那個時代的人。這個推崇很高。各位要知道，中國人的觀念是認為越古的人，道德越高。而後代的人，就是所謂「世風日下」了。這個廣文先生的道德超出了伏羲氏那個時代的人，他的品德很高吧。而下面「先生有才過屈宋」，你有才華，你的才華超過了屈原、宋玉。各位大概知道中國文學史上第一留下姓名的作家是誰？就是屈原，第二個就是宋玉。當然屈宋之前也有文學作品，像《詩經》，可是《詩經》的作者名字並不可考，只留下一個小小的紀錄說「吉甫作頌」，「吉甫」就是尹吉甫，是周朝的一個官，所以《詩經》裡頭有《風》、《雅》、《頌》，《頌》裡頭某一些作品很可能是尹吉甫寫的，但是也只是其中的一小部分而已。

回到這首詩，這個屈原、宋玉應該是中國文學史上第一個留下有名有姓的作者。同樣的道理，除了道德，文人、詩人也是，越古的人才華越好。所以現在說有才過屈宋，他的才華超過了屈原，超過了宋玉。這是推崇鄭虔除了道德那樣崇高，才華也是那樣的偉大。

「德尊一代常坎軻」，「德尊一代」呼應了前邊的所謂「有道出羲皇」，你的品德在這個時代裡頭是第一名的，最好的。「名垂萬古」，你的才華像屈原像宋玉且超過他們，你的名聲應該可以留下來，留到萬世之後。可是有這崇高的品德，有這樣偉大的才華，卻是「常坎軻」。「坎軻」的「坎」應該寫成「車」字旁的「轗」。「轗」指的是車子不平的樣子，走在路上不平順叫「轗」。「軻」呢？指的是車子折了它的軸。「軸」各位知道吧，兩個輪子，中間連接的地方，讓車子能夠轉動的東西叫做「軸」。「坎」是車不平，「軻」指的是車折軸，這都表示不順利的意思。後來我們把「轗」寫成這個「坎」。書上的版本也寫成這個「坎」，意思一樣的，不過出處不太相同。這兩句是互文，你德尊一代，品德那麼高，你名垂萬古，你才華那麼高，可是你在現實中常坎軻，走得非常不順利，那你這樣的名聲、你這樣的道德、你這樣的才華，「知何用？」那有什麼用呢？有什麼意義呢？

以上是第一段。很顯然是對著鄭虔說的話，用對比的方式，爲他抱不平。也帶著一種嘲笑的味道。你品德再高、你才華再大，但你官獨冷，你飯不足，有什麼用啊！

下邊第二段。第二段回到自己，「杜陵野客人更嗤，被褐短窄鬢如絲。日糴太倉五升米，時赴鄭老同襟期。得錢即相覓，沽酒不復疑。忘形到爾汝，痛飲真吾師。」前邊第一段他以一點嘲笑的況味來寫鄭虔，下邊他說你也不要難過，我自己看起來比你還差。「杜陵野客」指的當然是杜甫自己，因爲他那個時候住在長安，就住在杜陵。說我這住在杜陵的野老，「人更嗤」，人家對我更看不起。怎麼會看不起？下邊寫出自己的一個形象，「被褐短窄鬢如絲」，「褐」是粗布的衣服，粗布的衣服當然就表示是老百姓的衣服，布衣嘛！我穿著一件粗布的衣服，而且這一件衣服呢還又短又小，並不合身，看起來還不曉得哪裡撿來的二手衣服。再來，「鬢如絲」，頭髮像絲一樣的白。衣服是不合身的，頭髮是白的，又老又醜，所以人家看到我，更加的譏笑我。

下邊，「日糴太倉五升米，時赴鄭老同襟期」，我現在每天到太倉那個地方買了五升的米，這個「糴」是買米的意思，左上角從「入」；從「出」的話，是「糶」（ㄊㄧㄠˋ），是賣米的意思，那麼這裡爲什麼說「日糴太倉五升米」呢？當然要有一個背景了，各位可以看到注解引了《舊唐書・玄宗本紀》說：天寶十二載八月的時候，長安下了大雨，米價很貴，朝廷就下令出太倉米十萬石，減價糶與貧人。這個是古代的制度，「太倉」是政府的米倉，政府要徵稅，徵稅有時候是徵錢財，有時候是徵米，農夫用米來繳稅，政府收了這些米，就建立一個「太倉」——國家的倉庫，把這些米儲存在那裡，用不完的，等到米價貴的時候，就把它減價賣出來，有一點像幾十年前我們還有的制度，叫做平價米，目的是平抑糧價。這是天寶十二載八月，減糶賣米，所以我們判斷這首詩寫在天寶十三載，這是非常重要的一個依據，因爲下邊又提到說春天，所以應該是第二年的春天寫的詩。那杜甫說我最近每天都到「太倉」那個地方用平價買了五升的米。「日糴太倉五升米」，然後呢，「時赴鄭老同襟期」，我時常到鄭老先生那裡，也就指的鄭虔。「同襟期」，「襟」是胸，胸前的衣服叫「襟」。「期」就是懷抱，所以「襟期」你可以把它翻譯爲胸懷。「同襟期」，同一個胸懷的人。同一個胸懷的人，也就是彼此知心的人，所以我時常跑到那一個我知心的鄭老先生那裡。

「得錢即相覓，沽酒不復疑」，我得到錢以後，我就馬上就跑到那裡去找他，然後做什麼呢？「沽酒不復疑」，我們去買酒喝，一點也不考慮其他，「沽酒不復疑」。「忘形到爾汝，痛飲真吾師」，我們喝起酒來痛快到忘了形迹，忘記了現實，不拘禮節，不拘禮節的結果就怎樣？彼此就以「你」啊「你」的來稱呼對方。「爾汝」，就是我們現在習慣用的「你」，就稱呼對方，你啊你的。這個當然有典故，《世說新語》說：「禰衡少與孔融作爾汝之交。」各位知道禰衡與孔融的事吧，看《三國演義》應該知道他們兩人的交情，這兩個人年紀差很多，禰衡那個時候才二十歲，而孔融比他大一倍，四十歲，可是兩個人變成了「爾汝之交」，稱呼對方你啊你的，這一點在古代是很不守禮節的喔，年紀差那麼大，通常都要用尊稱，稱他先生啊或者他的字號之類的，而用你啊你的來稱呼對方是很隨意的，所以我們還有一句成語叫做「爾汝之交」，表示非常親蜜的朋友，忘記了世俗的拘束，忘記了現實的禮節了。「忘形到爾汝」，喝起酒來很痛快，忘記了現實的禮節，你啊你的稱呼對方。剛才我們說過嗎？鄭虔比杜甫大廿七歲，喝起酒來就你啊你的稱呼起來。然後再進一步說鄭虔「痛飲真吾師」，你痛快喝酒的樣子真是我的老師，真的值得我效法。

這是第二段，剛剛我們大致上這樣子讀了一下，先寫自己形象又老又醜的樣子，穿一件不合身的衣服，然後每天跑到「太倉」買了五升平價的米。注意一下這個地方，五升米各位知道有多少嗎？其實滿多，拿來做飯可以做好幾大鍋，杜甫天寶十三載時，家裡人口：一個妻子，二個男孩，還有一個小孩，還在吃奶，非常幼小，另有兩個女兒，就這些人，每天需要吃五升米嗎？絕對吃不動的。

然後他下面又說「時赴鄭老同襟期」，我時常跑去鄭老先生那個知己朋友那裡。「得錢即相覓」，我拿到錢我就去找他，這是很奇怪的話，你每天去買米，買米是要花錢的，這裡卻說「得錢」，豈不矛盾？這個問題困擾我好久，從宋朝以來，所有杜詩的注解，也沒有一個人注意或解決這不合理的問題。後來啊我看到我們台灣有一位劉中和先生，他有一本書叫《杜詩研究》，把好多首杜甫的詩做了非常細膩的分析，現在這本書可能市面上買不到了，很早出版的，裡頭他有分析這一首〈醉時歌〉，他提出一個很新鮮的看法，他說杜甫一定是每天去排長龍買了五升的平價米，然後偷偷的跑到附近巷子裡把平價米轉賣出去，做黃牛了，轉賣了賺了一些錢對不對，然後「得錢即相覓」。這個說實話，查無實據，有一點破壞我們「詩聖」偉大的形象。各位也不要到派出所去報案了。但是我真的是找不出一個更好的一個解釋，所以我們姑且依據劉先生的這樣的一個說法，不然，真的沒辦法解釋。

這一首詩其實是帶著一個詼諧的開玩笑的性質去書寫的，所以把自己的形象寫得那樣看起來委瑣的樣子也不足怪了。他說我每天到太倉趁著政府減價賣出，我就買了五升，然後偷偷轉賣出去，賺到了錢，我就時常跑到鄭老先生那裡，我那樣一個知心的朋友，然後「沽酒」了，就去買酒喝。「不復疑」，就是說今天花了一百塊錢買了米，賺了兩百塊，這三百塊全部都買酒喝了，那明天要再買的時候，一百塊的本錢可能要另外想辦法了。全部賣掉後，家裡的妻子兒女還要吃的，當然也不考慮了，反正全部把它花光了，兩個人就這樣痛飲起來了。

然後你再看他對鄭虔的稱呼也滿有趣的，一開口說廣文先生，用他的官名，非常尊敬。到了下邊，「時赴鄭老同襟期」，他已經很興奮的拿了錢，買了酒，去找鄭虔了，就稱他爲「鄭老」了，不是「廣文先生」了。到了下邊「忘形到爾汝」，連「鄭老」都不用了，就「你啊」「你的」稱呼對方了，這個看起來酒喝得差不多了，所以稱呼有一些改變。然後從前面七言古體到了「得錢即相覓，沽酒不復疑。忘形到爾汝，痛飲真吾師。」忽然間變成了四個五言的句子，五言句子比較短促，看起來語氣比較快一點，看起來充滿了非常興奮的心情說的話，所以這種句型的變化，我們大致上也可以做一些揣摩。

下邊最後一個段落，又回到七言的句子，大概分成四個小節：「清夜沈沈動春酌，燈前細雨簷花落。」一個小節；「但覺高歌有鬼神，焉知餓死填溝壑？」第二個小節；「相如逸才親滌器，子雲識字終投閣。」第三個小節；「先生早賦歸去來，石田茅屋荒蒼苔。儒術於我何有哉？孔丘盜跖俱塵埃。不須聞此意慘愴，生前相遇且銜杯。」最後一個小節。

「清夜沈沈動春酌，燈前細雨簷花落」，呼應了前面的「沽酒不復疑」、「痛飲真吾師」。寫他們喝酒的情形，在這樣一個清冷的夜晚，「沉沉」表示夜已經很深了，在清冷的深夜，「動春酌」，在這春天的季節，在清冷的夜晚，夜深的時間，我們拿起了酒杯喝酒了，所以他寫什麼？寫喝酒的時間，在春天夜晚的時候，而且下著雨的天氣。下邊又說，「燈前細雨簷花落」，你看到有雨，補充了喝酒的時間的一個背景，飄著細雨的深夜的時候。「燈前細雨簷花落」這個句子過去的注解非常多，有很大的爭論。前面那麼大的問題沒有人發現，這個本來沒有什麼重要的問題，但是注解的人非常多。有些人說，「燈前細雨」，這個喝酒一定在屋子裡頭，有一張桌子，桌子上邊有一盞燈，然後燈前邊飄著細雨，好像屋頂漏雨，廣文先生的衙門不是被雨弄壞了嗎？但就算屋子漏水，難道一定要頂著雨來喝嗎？不會換一個角落？換一個位子？所以說「燈前細雨」不太通，因此有一個最流行也最簡單方法，就是把那個「燈」和「簷」對調一下，就變成了「簷前細雨燈花落」，這就通了。屋簷前邊飄著細雨，然後桌子上燈花墜落了。「燈花」知道吧？古代點油燈，油燈燒得差不多的時候，燈蕊枯掉凝結出一個花的樣子，然後墜落下來，「簷前細雨燈花落」，這是一種說法。說法很簡單，倒裝一下，然後也很通順。

但有另外一個說法，是《杜臆》說的，《杜臆》是明朝王嗣奭的杜詩注本。王嗣奭怎麼說呢？杜甫跟鄭虔在屋子裡頭喝酒，前面是窗子，桌上點了燈，屋簷前邊飄著細雨，屋內的燈光照到了雨上頭，雨水被燈光照亮了，就覺得細雨變成了銀花。所以所謂的「簷花」，按王嗣奭的說法不是真的花，是屋簷前邊飄的雨，屋內燈光照射過來，閃爍發亮，感覺到像花一樣的墜落下來，了解嗎？但是這樣解釋，說實話，有點費事。

最後一種說法，也不倒裝，也不用很曲折的去解釋，「燈前細雨簷花落」，把他分成三個小節，「燈前」是說杜甫和鄭虔在屋子裡頭，一張桌子前邊喝酒，喝酒的時候，桌上點了一盞燈。「細雨」呢？是眼睛透過窗子看到外邊在飄著雨。那「簷花落」，因爲下雨，所以屋簷的花朵就被雨沾濕，被雨吹落了。這樣解釋既不倒裝，「簷花」就是屋簷下邊的花朵，「簷花」這個辭彙很普通哦。很多的詩句都用到這兩個字，就是花沿著牆壁或者沿著柱子像藤、蔓這樣一種花類，然後攀爬到屋簷下邊就是「簷花」，因爲下雨被吹落了。假如你把它分開來講，是他們坐在桌子前邊點著一盞燈，然後眼睛看到窗外飄著雨，雨把花吹落了，「燈前細雨簷花落」。我想這樣解釋比較簡單，不必倒裝也不必把「簷花」當成「銀花」。好，這兩句寫喝酒的時間、空間、天氣等等。

下邊，「但覺高歌有鬼神，焉知餓死填溝壑」，這是寫喝酒的興致。

我們在喝酒的時候，一邊高聲的唱歌，感覺好像有鬼神在旁邊看著我們，爲我們助興，這是表示喝酒興致很高昂。我們哪裡管得了未來、明天、後天有沒有飯吃，餓死了，就把屍體丟到水溝裡邊，丟到山谷裡頭。「餓死填溝壑」也是一句成語，注解裡引用的材料可以看得到出處。這是寫興致高昂，兩個知心的朋友有了錢了，痛快的買酒喝，喝的時候高聲的唱歌，也不管明天現實如何，是不是餓死了都不管，這叫「沽酒不復疑」嘛！

再來，「相如逸才親滌器，子雲識字終投閣」，這是寫爲什麼要喝酒的道理。舉了兩個古人，「相如」和「子雲」。司馬相如各位很熟悉的，司馬相如的故事最有名的是什麼？就是他勾引了卓文君對不對？卓文君是卓王孫的女兒，卓王孫是成都的一個土財主，非常有錢。司馬相如來到成都，卓王孫知道這是非常有名的大文人，就邀請他到家裡作客，司馬相如知道他有個女兒剛死了丈夫，便彈了一支琴曲，這曲子叫〈鳳求凰〉。這卓文君還滿厲害的，聽得懂他琴裡的意思，然後連夜私奔，跟著司馬相如就跑了。司馬相如一想這卓王孫的女兒這樣子被我勾引走了，實在是有一點危險，便帶著卓文君到了臨邛，租了一個小酒店，就讓「文君當鑪」，對不對？「文君當鑪」聽過吧？「當鑪」是什麼意思？「鑪」就是酒缸，有客人要買酒，要買半斤，她給他舀八兩，叫「當鑪」。司馬相如就穿著「犢鼻褌」，類似現在跑堂的衣服，然後跑堂、洗碗盤，跟我們早期到美國的留學生差不多，這是司馬相如的故事啊。所以這裡「相如逸才親滌器」，親手去洗盤子。所以像司馬相如那樣的逸才，「逸才」就是高才啊，才華很高的人結果落到洗盤子，打工過日子。再來下邊「子雲識字終投閣」，指的是誰，揚雄。揚雄是王莽時候的人，他曾經在天祿閣這個地方擔任校書的工作。揚雄，除了是一個辭賦家，寫了很多賦，基本上他也是一個文字學家。這個有人研究過，漢朝的賦家，像司馬相如、揚雄這些作賦很有名的作家對文字學都是很有研究的，因爲你今天去看漢朝的賦，不要說別的，你翻翻《昭明文選》，收了很多漢朝人的賦，裡頭的奇文怪字很多，所以你沒有文字學的功夫啊大概寫不出來的。所以揚雄在「天祿閣」——天祿閣是皇宮的圖書館，在那邊校書，但是當時有些人是反對王莽的，其中有一個劉棻因爲反對王莽，王莽當他是叛逆者，把他搜捕了，牽連了很多人，其中在供詞裡頭提到他曾經跟揚雄問過字，「問字」是說他有些字不懂的地方向揚雄請教，所以算是揚雄的學生。他跟揚雄有這樣的一個關係，劉棻有叛逆的嫌疑，所以有人就來搜捕揚雄。揚雄正在天祿閣上面校書，他在樓上聽說要搜捕他，嚇了一跳，要逃走，就從樓上跳下來，這就叫「投閣」。所以從這裡看「子雲識字終投閣」，「識字」是說他認識很多文字，過去叫做奇文古字啦，認識很多特殊的文字，認識很多古代的文字，這表示學問很大的人啊，學問很大的人連自己的命都不一定保得住，從樓上跳下來逃命。

所以才氣大的司馬相如「親滌器」，學問很大的揚雄，都要爲了自己的性命而逃難，看起來才氣再大，學問再大有什麼用？沒有任何的保障啊，還是喝酒啦！所以說出要喝酒的道理：你不要在乎什麼學問，你不要在乎什麼才華，那都沒用，還是喝酒比較重要。這當然是說了一大堆歪理，可是歪理也呼應了題目的〈醉時歌〉。所以這六個句子，分爲三個層次，寫喝酒的時間、天氣，寫喝酒高昂的興致，再說出喝酒的道理，然後下邊做一個結論。

「先生早賦歸去來，石田茅屋荒蒼苔。儒術於我何有哉？孔丘盜跖俱塵埃。不須聞此意慘愴，生前相遇且銜杯。」又回到用「先生」來稱呼鄭虔了，大概是清醒一點了。說你這廣文先生，早賦歸去來。你應該早一點打算，像陶淵明一樣，賦〈歸去來辭〉，也就是勸鄭虔要早點歸隱，要效法陶淵明辭官。你在長安做這樣一個冷官，飯也吃不飽，也沒有人重視你，你還是早點歸隱算了。更何況「石田茅屋荒蒼苔」，你家裡還有幾畝薄田。「石田」，很多沙礫、石塊的田地，很貧瘠的田地，「石田茅屋荒蒼苔」，你家裡有幾畝這樣子的石田，你也有幾間茅屋，可是因爲你離開了，你在長安做了官，那「石田茅屋」現在已經「荒蒼苔」，已經被青苔埋沒了，

這個一讀，各位一定知道，用了陶淵明的〈歸去來辭〉！對不對？「三徑就荒，松菊猶存。」他說我家鄉園子裡頭的小路已經將要荒蕪了，所以「田園將蕪胡不歸」，現在杜甫也是用這個道理來勸鄭虔說，你早一點打算，效法陶淵明，早一點歸隱回家算了。

各位想一想，這兩句話一定是他跟鄭虔在喝酒的時候跟鄭虔說的對不對？這語氣不是對著他說的嗎？你這鄭老先生早一點回去吧，家裡面已經荒蕪了，不要留在這裡做官了。所以你不妨將這兩句用一個引號引起來，是杜甫對鄭虔說的話，勸鄭虔要歸隱，說了這兩句以後，很顯然的鄭虔一定有所回應對不對？你把它當作是一個小說吧，或者是一個紀錄性的散文吧。杜甫說了這話，鄭虔一定有所回應，可是這裡頭回應的部分省略掉了，這是詩特有的一個現象，時常在對話問答的時候，某一個部分會有所省略，然後下面再出現杜甫說的話，「儒術於我何有哉？孔丘盜跖俱塵埃」，這兩句又是杜甫說的話，先瞭解這個結構。杜甫再說了這兩句話，這對我們理解被省略的鄭虔回應內容是有幫助的。

我們一再說過詩的語言時常有很多省略，但是省略並不表示沒有。這話我已講了很多次。既然省略並不是表示沒有，所以我們讀者一定要把它還原，把它補充回來。怎樣還原？怎樣補充？用已知推未知，已知在哪裡？已知就出現在字面的部分。根據出現的字面部分，你來推測被省略的內容。前邊字面上杜甫勸鄭虔早點像陶淵明一樣回家歸隱，後邊已知的部份先把這兩句瞭解一下：「儒術於我何有哉？孔丘盜跖俱塵埃。」儒家的道理跟我們有什麼關係啊？「何有哉」，什麼關係啊？孔丘，孔子。「盜跖」，各位可能聽過，《莊子》裡有一篇就叫〈盜跖篇〉，聽說盜跖這個人吧？你光看名字就知道，先秦時代很多人物的名字，時常出現他的身分、職業。比如說他是一個伶工、樂伎，就會出現一個帶著「伶」字的名字，譬如「伶倫」。那這裡出現一個盜字，你雖然不一定知道他的故事，一看就知道不是好人家，一定是強盜，對不對？盜跖他有一個很了不起的哥哥，柳下惠。柳下惠一定聽過吧。孟子說有四種聖人，伯夷是聖之清者也，伊尹是聖之任者也，柳下惠是聖之和者也，孔子是聖之時者也。柳下惠是聖人之一。盜跖是怎樣的人物？這應該是莊子虛構出來的。莊子跟儒家不同調，為了批判儒家，時常拿孔子開玩笑，杜撰了很多很多故事，以現在來說，開玩笑是可以當成毀謗罪。各位不妨把《莊子》的〈盜跖篇〉拿出來讀一讀，非常有趣。

盜跖是強盜，佔山為王，像小說裡的綠林好漢一樣，手下有七、八千人，時常打家刼舍，掠奪錢財那些不必說了，還時常把人抓了，剖出心肝煮來吃。這樣行爲非常違背儒家的觀念，孔子有一次碰到了他哥哥柳下惠，就跟柳下惠說，你這個弟弟要好好的教導他一下。柳下惠說我知道我弟弟的樣子，但是教不動的、說不動啊。孔子說好，我來幫你教一教他。然後孔子就帶著子路，到那個山上去看盜跖，那個情節很長我們就不詳述。總之，孔子想要用儒家的道理來說服盜跖。盜跖本來拒絕見他，孔子一再的求見，那盜跖正在吃飯，正在烤一個人肝來吃，他跟孔子說你可要講好聽的，假如講得不好聽，我就把你肝挖出來加菜。孔子當然就講了一大堆儒家的道理，勸他要怎樣行仁，要怎樣的行義，甚至跟他說你可以佔據一個城池，去開疆拓土，然後用這個力量來保護百姓等等，反正講了一大堆。盜跖都不滿意，叫孔子你快點走，你不走的話，我就把你的肝烤來吃，孔子就拚命的跑下山，下了山，坐上車，車子前面有個橫槓，孔子把它抓穩了，嚇壞了，面如土色，眼前茫茫一片，描寫得很精彩。把我們的聖人寫得十分狼狽。好吧，這就是盜跖。莊子虛構了這樣一段故事，把儒家奚落一頓。

杜甫在這裡說「儒術於我何有哉？孔丘盜跖俱塵埃」，儒家的道理跟我們有什麼關係啊？你看那個孔丘，那個盜跖。在這裡各位還要注意一點，孔丘是誰？孔子，丘是他的名字，各位要知道，古代的讀書人，這個字是不能寫的，要避諱的，有沒有聽過？有吧！聖人的名字是不能寫出來的。假如你讀古書，看到這個字，不能照一般唸「丘」，要唸「ㄇㄡˊ」，萬一你要寫這個字，那怎麼辦？要缺筆，寫成這樣：「𠀉」。但杜甫在這裡就直接說「孔丘」，還把他跟盜跖並列，最後說都化爲一片灰塵消失了，這就是「儒術於我何有哉？」儒家的道理跟我們有什麼關係，你看儒家老祖宗孔丘還不跟強盜一樣啊，最後有什麼好下場啊，化爲塵埃消失了。先把這兩句這樣理解一下。

杜甫說了一段話，勸鄭虔早點像陶淵明一樣歸隱，然後鄭虔有作了回答但字面省略掉了，杜甫才再說這兩句話。各位想一想，這個被省略掉的地方，鄭虔是怎麼說的？根據上下文，鄭虔一定是說我是儒家的信徒啊，儒家是要己立立人，己達達人的，我必須要爲理想去實現、去奮鬥。杜甫才會回答他，儒家的道理跟我們有什麼關係啊？你看儒家的老祖宗孔子還不是跟強盜一樣，最後化為灰塵消失了？所以鄭虔一定是用儒術、儒家的處事道理來表示我絕不會歸隱，然後杜甫再做這樣一個回答：「儒術於我何有哉？孔丘盜跖俱塵埃。」

好，這樣理解了一個對話的情節了。但是還有一個更大的麻煩，從宋朝以來一直到現在，所有人對杜甫認知的是怎樣一個形象？一定是儒家啊！我們說杜甫是「詩聖」，「詩聖」除了代表他的詩歌藝術成就很高，更重要的是他的內容是儒家的代表。所以所有研究杜甫的人都會把他歸入到儒家這樣一個思想的行列裡，現在杜甫反對儒家，甚至說：「儒術於我何有哉？」這不是很奇怪嗎？而且還有，我們前面讀到〈奉贈韋左丞丈二十二韻〉裡面不是說：「自謂頗挺出，立登要路津，……此意竟蕭條，行歌非隱淪。」雖然現實中不得志，不能實現我的理想，我在行歌，可是我不是去隱居啊，我不是像陶淵明那一類的人物，所以「儒術於我何有哉？孔丘盜跖俱塵埃。」這一段話跟我們認識的杜甫完全不一樣，這怎麼一回事？這是我們要了解這一篇作品很重要的一個關鍵。我們看《杜臆》的說法：「此篇總屬不平之鳴，無可奈何之辭。非真謂垂名無用，非真謂儒術可廢，亦非真欲孔、跖齊觀，又非真欲同尋醉鄉也。」意思是這一篇雖然字面這樣說，但是並不是真的認為要放棄儒家的理想，亦不是真的把孔子和盜跖同等看待。總之，這段話並不能代表杜甫真正的思想、真正的觀念。他只是透過這樣的一種表達方式來呈現心裡的牢騷、心裡的不平。

作家寫文章，為了表現內心的極度痛苦，時常有一種方法，這個叫做「激語」。「激語」就是激憤的話，強烈的憤怒、強烈的憤慨的話叫「激語」，這個激語通常怎麼呈現？說反話，說跟你心裡邊完全相反的一個內容。舉個例子，年紀輕一點的談戀愛的小朋友大概就能夠理會這一點，尤其是女生。兩個人愛得死去活來，一旦發現男朋友有一點不對，然後非常生氣，會怎麼說？「我一輩子都不理你了啦！」「我們就分開了啦！」「你別再來找我了啦！」這些話是什麼意思？是心裡面真的不想理他嗎？真的要分開嗎？不是，反過來了，這叫「激語」，也可以說就是氣話啦。

這裡杜甫說「儒術於我何有哉？孔丘盜跖俱塵埃。」說要歸隱了，要放棄儒家的理想，還直呼孔子的名諱，說他和盜跖一樣毫無價值，這些都是「激語」，所以這當然更強烈的顯示了他在現實中那個不平的憤慨。

好，下邊做一個結論，「不須聞此意慘愴，生前相遇且銜杯。」以剛剛我們說的情節發展來看，杜甫說了之後，鄭虔的回應被省略了，杜甫再說：「儒術於我何有哉？孔丘盜跖俱塵埃。」那鄭虔聽了怎麼表示？用現代小說的筆法看，一定是默不作聲，默不作聲就表示心裡邊很痛苦很掙扎，所以杜甫再說一段話：「不須聞此意慘愴」，你不要聽了我講這樣的話，你心裡邊就難過了，你心裡面就悲傷了。「生前相遇且銜杯」，我們現在還活著，兩個知己的朋友能相處在一起，那就拿起杯子痛快的喝酒吧！其他的就不要管了！我覺得這樣子分析，那種兩個人一邊喝酒，一邊對話，那個情境，就可以比較具體的把它掌握出來。至於最後的「銜杯」，也回扣到題目的〈醉時歌〉，還是要回到喝酒做一個結束。

好，我們對〈醉時歌〉的分析就告一段落。

離下課還有十分鐘，我給各位補充杜甫一首詩。我們利用一點時間把這一首詩簡單理解一下。

〈戲簡鄭廣文兼呈蘇司業〉：「廣文到官舍，繫馬堂階下。醉則騎馬歸，頗遭官長罵。才名三十年，坐客寒無氈。賴有蘇司業，時時乞酒錢。」

這是很短的一首五言古詩。你看這首詩，帶著遊戲的語氣，寫給鄭虔，然後同時呈給另一個人——蘇源明。司業是他的是官名，杜甫的老朋友，他當時做國子司業，所以算是鄭虔的同事。杜甫寫這首詩給鄭虔同時給這個老朋友看。

前邊四句各位看看，很像一幅漫畫，說鄭虔怎麼上班的？騎著馬，「繫馬堂階下」，來到衙門，然後沒有把馬放到馬廄裡頭，大概就把馬繮綁在柱子上邊，用現在話說，違規停車，要被拖吊的。綁完了以後，他咚咚咚跑到裡頭去上班了。上班的情況沒有寫出來，我們沒有看到。所以各位想像我們在看電影，看到鄭虔騎著馬來到衙門前面，下了馬把馬綁好了進去，過了不久「醉則騎馬歸」，喝醉酒騎著馬又回去了。這爲什麼？「廣文先生官獨冷」，對不對。他進到辦公室沒事做嘛，所以就喝酒打發時間，喝醉了也不必要等到下班時間，就騎著馬又回去。這個樣子，假如你是他長官，你罵不罵啊？當然生氣啊，所以時常被長官罵。這四句帶著玩笑的語氣，把鄭虔落魄的形象寫出來。所以詩真的有很多種寫法。這是一種帶著漫畫性質的寫法，一個特寫的手段。

下邊：「才名三十年」，不就是前面說的「先生有才過屈宋」嗎？對不對？他的才名有三十年之久，名氣很大，名氣很久。可是「坐客寒無氈」，他的家卻非常的簡陋。「氈」是毯子，古代招待朋友到家裡，天氣冷，要給人家準備毯子保暖。就像我們現在，客人到你家，夏天很熱，至少要開個風扇，開個冷氣吧。這個「氈」，用的是王獻之的典故：王獻之在家裡半夜的時候，有個小偷跑到他家裡東翻西翻的，他以爲王獻之睡著了，王獻之清醒得很，看他翻了老半天，隨便他，那個小偷後來看到一條毯子，青氈，就要拿走，王獻之開口了：「青氈是吾家故物。」這一條毯子是我家老祖宗傳下來的，其他的你要拿都無所謂，這一條毯子請你留下來不要拿走，這很有名的故事啊，用了這個典故。但是鄭虔客人到他家連一條毯子都沒有，這是才氣很大，名氣很久，就是連保暖的東西都沒有。可是他喜歡喝酒啊，連毯子都沒有，那酒錢哪裡來？「賴有蘇司業」，幸好有蘇源明，「時時乞酒錢」，這個「乞」字是給的意思，幸好有那麼一個老朋友，很同情他，時常給他酒錢讓他買酒喝。這個「乞」字要特別注意，順便說一下，我們通常都把它解釋爲「求」的意思。但在古代，根據《廣韻》，它有兩個讀音：一是「去訖切」，入聲「物」韻；一是「丘既切」，去聲「未」韻。前者是求的意思，後者則是「與」的意思，與也就是給。同一個字卻有兩種相反的意思，這是讀古代漢語比較特別的地方。杜甫這首詩，當然用的是與的意思，不然就講不通了，對不對？

這當然不算是杜甫的名篇，也不是偉大的作品，但是你可以看他把鄭虔的形象寫得還滿生動的，滿精彩的。我們講過杜甫給鄭虔的作品一共有九首，這也是其中之一，後來他被貶官到台州了，杜甫還有詩懷念他，聽到他死了，杜甫也有詩悼念他，可以看得出來兩個人的交情實在是非常的長久而深刻。

天育驃騎歌

吾聞天子之馬走千里，今之畫圖無乃是。是何意態雄且傑？駿尾蕭梢朔風起。毛為綠縹兩耳黃；眼有紫燄雙瞳方。矯矯龍性合變化，卓立天骨森開張。伊昔太僕張景順，監牧攻駒閱清峻。遂令大奴字天育，別養驥子憐神駿。當時四十萬匹馬，張公歎其才盡下。故獨寫真傳世人，見之座右久更新。年多物化空形影，嗚呼健步無由騁。如今豈無騕褭與驊騮？時無王良伯樂死即休。

我們今天先翻到二百零二頁：〈天育驃騎歌〉。這一首應該是天寶末年，但在安祿山之亂還沒爆發之前的作品，所以一般把它編在天寶十三載，杜甫四十三歲還在長安的時候。雖然從文字看，沒有很明確的證據、線索，必然指的是天寶十三載的作品，不過應該是這一個時期的作品，大概沒有問題。我們講杜甫的生平曾經做過分期嘛！他曾經有一段時間是「困守長安時期」，那就是從天寶六載到天寶十四載，有十年的光景啦！這一首應該就是在這一個時期所寫的，所以一般的編年就把它放在天寶十三載。

這個題目看起來就五個字，但是解釋起來還有一點囉唆。先看第三個字，這個字要唸去聲，唸「ㄆㄧㄠˋ」，下面的字當然也是去聲，唸「ㄐㄧˋ」。這個「驃」是什麼意思呢？各位可以看到《九家注》引的反切，一個是「毗召切」，一個是「匹召切」。所以用現在的國語念起來，應該就是唸成「ㄆㄧㄠˋ」，指的是馬黃白色，馬的毛色是黃中帶白的。所以這是第一個意思，是從馬的毛色來說的。但是，它還有另外的意思，各位看到同樣在注解裡頭引的：「驃，疾走也。」疾走就是指馬跑得很快的意思。所以「驃騎」假如按照字面解釋，就是飛騎，飛快的馬匹，了解吧！但是，這個說起來還真是囉唆，它事實上呢，又可以變成一個官名，從漢朝就有所謂「驃騎將軍」，是官職的名稱，像霍去病就曾經被封作「驃騎將軍」，霍去病各位一定聽過是不是？這個字有時候可以省掉馬字旁，好像我們現在什麼股票、支票的那個「票」字，是一種異體字，同樣的字不同的字型。可是有時候它又可以把馬字旁變成了女部，女部各位千萬不要唸成「ㄆㄧㄠˊ」喔，那變成吃喝「嫖」賭了，要唸稱「ㄆㄧㄠ」。有一個詞彙叫做「嫖姚」，「嫖姚」也有兩層意思，一層是指很飄邈、很輕快的樣子，所以跟那個疾走的「驃」是互通的。我們剛剛說漢朝有一個官職的名稱叫「驃騎將軍」，事實上，那個「驃騎」有時候也可以寫作「嫖姚」，「嫖姚將軍」。所以中國文字說實話真的挺麻煩的。好吧！我們講了一大堆，做一個簡單結論，「驃騎」按照杜甫這首詩來看，應該指的是「飛騎」，就是飛快的馬匹。而這個「驃」字時常又拿來變成某一匹馬的名字，像唐太宗時西域奉獻了十匹駿馬，唐太宗分別給牠們取了名稱，其中第六匹馬叫做「飛霞驃」，這是馬的名稱喔！所以杜甫這裡的「驃騎」顯然就可以指兩個方向：第一個就是飛快的馬匹：「飛騎」，但是有另外一些人的解釋把它當作是杜甫看到的這個馬的名稱叫做「什麼驃」，了解這意思嗎？所以一個是形容詞，一個呢？變成了名詞，專有名詞，某一匹馬的名稱。因為我們註解裡頭這五行話，材料很多，我總結起來大概可以看出這些解釋的內容。以我來講，我的選擇，不把它當馬的名稱說，還是把它當形容詞，「驃騎」就是飛快的馬匹。好，就是相當於「飛騎」！

這個題目還有前面兩個字：「天育」。各位看到《九家注》說：「天育」是「馬廄名」，是一個養馬的地方的名稱，這個名稱就做「天育」。不過，各位可以看到，杜甫的研究其實是很豐富的，像這裡引到了朱鶴齡，他根據史書，如新舊《唐書》啦、《唐六典》等等，他說並沒有一個馬廄的名字叫做「天育」的。仇兆鰲引用的材料更多了，也證明了並沒有所謂「天育廄」這樣一個專有名詞。《九家注》是宋朝人的注，比較早期，元朝、明朝、清朝讀杜詩的大概都會用到，但是因爲它比較早，考證的東西往往是後出轉精啦！材料比較多，考證的比較精細，到了清朝的時候，基本上宋人很多錯誤的解釋都被推翻了，都被糾正了。所以這個《九家注》的說法大概是想當然，並沒有直接的證據。

好，假如它不是馬廄的名稱，那「天育」是什麼呢？仇兆鰲說應該指的是「天子所育之馬」，就是說天子所養的馬匹啦！你要知道，後面我們會看到很多材料，馬在古代是國力的象徵，馬當然有時候可以當作拉車的，或者騎乘的交通工具，可是更重要的作用就是打仗，所以馬，尤其是戰馬，有點相當於現在坦克車之類的。所以到了唐太宗、唐玄宗的時候養的馬匹有幾十萬匹，那表示國力強大。而這些馬都是國家養的，當時所謂國家指的是誰？當然就是所謂天子啦！所以這「天子所育之馬」並不說是天子親自去餵養啦！而是指皇家、國家所養育的馬匹，所以叫做天育。好，這是第二個。

再來呢，這個題目有一些本子，將天育驃騎那個「騎」寫成了「圖」，變成了〈天育驃圖歌〉。還有像蘇東坡，各位知道蘇東坡是詩人、是文學家，可是他也是書法家對不對，他時常留下很多字，蘇東坡寫字寫哪一些內容呢？有時候他會寫古人的詩，像杜甫的詩他時常把它寫起來，這首詩蘇東坡也曾經寫了一幅字，那一幅字題目寫成什麼？叫做〈天育驃騎圖歌〉，變成六個字。好，假如從這一個角度看，這一首詩顯然是詠畫的作品，對不對？並不是杜甫看到真的一匹馬，而是他看到一幅畫，畫裡頭畫的是所謂「天育驃騎」，畫的這樣一匹馬。這題目有一個圖字，就應該把它當做詠畫詩來看、來解釋，對不對？我們把詩讀一讀，他一直提到圖，一直提到畫，所以這個圖是必然存在的。換句話說，這首詩是詠畫詩，詠什麼對象？詠馬，而這馬是天子所育的、非常快捷的、非常威武的馬匹。這是題目，我們先做這樣整理。講到這裡，各位大概會聯想到吧，回憶一下我們以前讀的他的一些五言律詩，我們讀過杜甫的〈房兵曹胡馬〉，一首詠馬的作品，那是真的詠馬，是真馬，不是畫的馬。但是杜甫也有很多詠畫的詩、題畫的詩，像我們不也讀過〈畫鷹〉嗎？有沒有？所以這首是把詠馬跟詠畫結合在一起。然後，假如你再把杜甫一千多首詩作一個觀察，你會發現不管詠的是真馬？還是詠的是畫馬？杜甫留下的作品都非常多，各位有興趣你把高步瀛先生所收的杜甫詩題目看一看，關於馬的作品就好多首。所以，我們時常說杜甫的詠馬的詩實在很值得去注意的一個範圍，因爲這樣一個題材他非常有興趣，寫得非常多。而且說實話，每一首都非常的精采，非常的動人。因爲他把馬當做自我的象徵，裡面有非常深刻寄託的感情。

好，我們就來讀這首詩。這一首七言古詩大致上可以分成三個比較大的段落：第一個段落「吾聞天子之馬走千里，今之畫圖無乃是。是何意態雄且傑？駿尾蕭梢朔風起。毛爲綠縹兩耳黃；眼有紫燄雙瞳方。矯矯龍性含（高先生的版本作合，但有一個版本是寫成含，蘇東坡寫的這首詩也是用含字，我覺得含字比較恰當，所以把它改一下）變化，卓立天骨森開張。」好，這是第一段。雖然是七言古詩，後邊你可看到都是七言的，都很整齊，只有第一句他加了兩個字「吾聞」，變成了九個字的句子，其他都很整齊啦！七言古詩我們講過，時常是不限於七言，雜言也可以歸到這一類之中。

用「吾聞」兩個字做一個開頭，其實滿突兀的。「吾聞」是什麼？我聽說。聽說什麼呢？下邊七個字就是聽說的內容，「天子之馬走千里」，這個各位可以看到註解引了《穆天子傳》：「天子之馬走千里。」有沒有？完全一樣呀！我們講杜甫一再強調，那就是「無一字無來處」啊！有時候他可以就這樣把出處文字直接抄下來，你不要嫌他好像在抄書的樣子，要看他下邊怎麼變化。他引經據典啊！「天子之馬走千里」，因爲他要直接引用《穆天子傳》這七個字，所以他只好加上「吾聞」兩個字，變成了九個字。假如他不直接用這七個字，把它化用，他可以說「吾聞天馬走千里」，那不是七個字嗎？對不對？但是他覺得「天子之馬走千里」這七個字很好用，用在這裡很鏗鏘、很有力量，所以就直接把整句引用過來。但是他要說：我聽說呀，「吾聞」兩個字是不能缺的，所以就把七個字加兩個變成了九個字的句子。好，我聽說，傳聞之中天子的馬可以走千里，這是千里馬，非常了不起的馬，跑得很快、跑得很遠，有這樣子一個力量。然後下邊說「今之畫圖無乃是」，而我現在看到的這一幅畫，「無乃是」，這個是當時的口語，我好像給各位講過，我們讀古人的詩很麻煩的一點，解釋典故並不難，因爲一般注解都會把出處注明。難就難在當時的口語，因爲時代不一樣了！就像我們現在說話的口語的那些詞彙，幾十年、幾百年之後可能就沒有人看得懂，因爲口語變化很大，書面的語言反而有它的穩定性。所以，一千多年前的口語有時候我們真的不太清楚它的意思。「無乃」其實把它翻譯成現在來說就是「不就」，「無乃是」就是「不就是這樣子嗎」，所以這個句子應該要加一個問號，是反問句；我現在看到這一幅畫，畫裡的馬不就是這樣子嗎？「這樣子」什麼意思？就是天子之馬走千里啊！就是一匹千里馬！我再簡單複習一下，前邊用《穆天子傳》那七個字當作是傳說的、聽說的一個內容、一個材料，然後根據這樣子的傳說他來對照現在身邊看到的這一幅圖畫，證明了，果然就是這樣啊！不就是這樣子嗎？果然天子之馬走千里。這兩句做一個開頭，其實把整個作品的精神就提起來了。所以各位看到下邊楊倫的評語「起筆突兀而高」。作詩，尤其作古體詩，難就難在開頭，一開頭腔調要拉得很高，然後把整個精神提振起來。好，先這樣子開頭，做出一個提綱，下邊的句子就是進一步解釋「無乃是」，寫出千里馬的樣子來。

下邊，「是何意態雄且傑？駿尾蕭梢朔風起」，以下這幾句都是完整的一個段落下來，但是用「是何」這兩個字帶出來。「是何」也是語詞，也是當時的口語，「是何」這個很難翻譯，大概意思有點像怎麼是這樣？怎麼會這樣？所以是一個疑問句，怎麼會這樣呢？怎麼會這樣，指的是我看到那一幅畫，它就是傳聞中的天子之馬走千里，就是這個樣子。那是怎樣子呢？再問「是何」是怎樣子呢？下邊就把它鋪陳了，把那個馬的樣子一層一層的鋪陳、描寫出來。所以「是何」要頓一下，然後用這兩個字把下邊幾句帶出來。好，帶出了第一個內容「意態雄且傑」，你看那個馬，「意態」，意從精神說，態從姿態說，內在的跟外在的，從牠的精神、從牠的姿態可以感受到牠的「雄且傑」。這個「且」是連接詞，有時候你也可以寫成「而」，或者寫成「又」，就是兩個意思加起來，又雄又傑的意思。牠的精神，牠的姿態是那樣的雄偉、那樣的突出，「雄且傑」。下邊再鋪陳「駿尾蕭梢朔風起」，「駿尾」是駿馬的尾巴，「蕭梢」又有出處喔！各位看到註解說「蕭梢搖動」，蕭梢就是搖動的意思，那個馬的尾巴搖動、飄起來的樣子。「朔風起」，朔風當然是北風，「起」指得是那個風起來了，凜冽的北風吹起來、刮過來的時候，你看那個馬尾巴的毛就這樣飄起來，這是「駿尾蕭梢朔風起」。所以這裡有兩個層次，先是朔風吹起來，然後那個馬的尾巴飄揚起來。馬的尾巴飄揚各位要注意到，它不是因爲被風吹過而飄起來，是怎樣？是表示那個馬對抗凜冽的北風，所以它不是像一根草，不是像樹葉被風一吹這樣飄，不是！是牠的尾巴翹起來，那個毛在風中飄揚，表示牠對抗北風的那種意志。宋朝的陳師道有一篇文章寫馬，他說「馬之良者不畏寒，雖嘶風踏雪愈有精神」，這是陳師道說的話，好的馬匹不怕寒冷。杜甫雖然沒有說嘶風踏雪，但是你看北風一吹那個馬的尾巴就翹起來，馬的毛就在那邊飄揚，表示不畏寒冷的一種精神。好，下邊「毛爲綠縹兩耳黃」，「毛」指的是毛色。「綠縹」各位又可以看到註解引《說文》：「縹，青白色。」有沒有？前面說過天育驃騎歌的驃，馬的毛色是黃白色，而現在杜甫說這個馬是綠縹，是青白色，我想因爲他下邊要寫兩耳黃，所以就不用這黃字了，他改了一個顏色。不管是「驃」字也好，不管是「縹」字也好，其實都帶著白色，一個是黃白，一個是青白，那杜甫寫成「綠縹」，至少各位注意到，假如你現在去還原一下杜甫所看到的那匹畫的馬，牠的毛色一定是綠中帶白的，這個白的顏色必然是在這裡邊的。把那個白含在「縹」字當中，所以牠的毛色是綠中帶白的。好，下邊「兩耳黃」，各位看到又是引了《穆天子傳》，郭璞的注說：魏國的時候，鮮卑獻千里馬，白色而兩耳黃，兩隻耳朵是黃色的，那個馬就把牠叫做「黃耳」。我爲什麼講起課來很囉唆呢？因爲註解就那麼囉唆，引了那麼多資料，也讓各位注意到，它都有出處。所以你今天假如要寫一首關於詠馬的詩，大概要把這些有關於馬的典故都找出來，把它用進來，而且要活用。他這裡寫牠的毛色，這毛色從牠的身體是「綠縹」綠中帶白的，然後還寫牠的耳朵，兩隻耳朵是黃色的，這都是千里馬。

還有「眼有紫燄雙瞳方」，「眼有紫燄」從一個角度寫牠眼睛，「雙瞳方」另外一個角度寫牠的眼眶。出處在哪裡？各位看到引了《文選・赭白馬賦》：「雙瞳夾鏡。」其實，下邊兩句也可以引給各位「兩顴協月」。「雙瞳」，兩隻眼睛，兩隻眼睛圓圓的發亮的像夾著鏡片一樣，各位有養過寵物嗎？不管是狗啊、貓啊，馬大概沒有人養，狗、貓大家可能養過，你看看好的寵物，牠的眼睛要發亮，亮得像鏡片一樣，「雙瞳夾鏡」。「兩顴協月」，「顴」指哪裡？鼻子兩邊臉頰的部份，顴骨嘛！那個「月」指的是半月形，各位看過好的馬嗎？那個頭絕對不是哈巴狗的樣子，一定是尖尖的，所以牠的顴骨就好像兩片半月夾起來的樣子，兩邊半月形狀夾著牠的鼻子，這是「兩顴協月」。好，再來，各位看到引了伯樂的《相馬經》，好的馬要怎樣？「眼欲得高，匡欲得端正」，匡就相當於目字旁的「眶」，就是眼眶，眼睛位置要很上面，眼眶要很正，然後眼睛好像要「懸鈴」，懸著一個鈴鐺。再來「紫豔光」，眼睛要發亮，發出紅色的豔麗的光芒，把這些材料了解一下，各位看杜甫怎麼用？「眼有紫燄」，「紫燄」從哪裡來？就是從伯樂的《相馬經》來，「紫豔光」嘛！那「雙瞳」在這裡指的是牠的眼眶，「方」就相當於伯樂《相馬經》裡頭的所謂「端正」，是不是？「方」就方正的意思，那就是說牠的眼眶要很方正。所以這裡是兩個角度喔，一個是從眼睛寫，一個是從眼眶說，從眼睛寫，寫它的光亮，發出紫色的火焰一樣，眼眶寫它方正的樣子。至於前面《文選．赭白馬賦》裡頭的「雙瞳夾鏡」，杜甫在這裡沒有用，字面上沒有看到，他只寫眼睛的光芒、眼眶的端正，這是很細部地描寫那個馬的眼睛、眼眶，還有前面說牠的毛色，牠身上的顏色、牠耳朵的顏色。

然後下邊，「矯矯龍性含變化，卓立天骨森開張」。「龍性」也是時常用來形容馬匹的，因為我們時常把馬形容為龍，所以看到註解引到漢代〈郊祀歌〉的天馬歌：「天馬來，龍之媒。」天馬來的時候就表示龍會跟著來，是龍來的媒介。所以下邊應劭的注就說天馬是神龍之類，跟龍是有關係的，因此下面我們看到顏延年的詩裡頭也說：「龍性誰能馴？」所以，這些「龍性」就是指馬的性，像龍一樣的性格。那龍的性格是什麼？杜甫在這裡用「矯矯」兩個字來去描寫它，「矯矯」就是指會飛騰變化的樣子。所以因為牠有這「矯矯龍性」，所以說「含變化」，含是包含，包含了很多變化在裡邊，這是從牠性格、性情說的。所以馬不是呆呆的馬匹耶，牠是像一條龍一樣，是「矯矯龍性」、是變化萬端的。好，下邊「卓立天骨森開張」，你看牠站在那兒，「天骨」當然又是指馬的骨架，然後「森開張」，「開張」，我們不妨引用馬援的一篇文章，馬援各位聽過吧？是東漢的一位將軍，他有一篇文章提到說，馬要「膝本欲起，肘腋欲開」。所謂「膝本」就是膝蓋、腳，那個馬雖然站在那哩，可是你可以感覺牠的膝蓋、牠的腿好像要跳起來一樣，那是指後邊兩隻腿。那肘腋是指前邊兩隻腿，就像人的手臂、人的腋下一樣，「欲開」像張開的樣子。這個假若各位學過中國功夫，你就可以體會那個姿態是什麼樣子，站得很穩，力量可以從腳後跟湧起來，兩隻手可以伸張開來，雖然是站著可是好像要衝出來、要飛起來的樣子，這叫「開張」。所以，牠雖然是站著，可是有一種姿態好像要飛越起來，好像要衝出來的感覺，叫「卓立天骨森開張」。所以「開張」兩個字後來變成形容馬的非常了不起的姿態的一個詞彙。我印象裡頭看過一副對聯，不曉得誰寫的？「開張天岸馬，飄逸人中龍」，有沒有看過這副對聯，記得是誰寫的嗎？我是很早以前經過一個裱畫店，看到這一副對子，印象很深刻，這副對子寫得很好。馬是「開張天岸馬」，開張就是杜甫的「森開張」，人是飄逸的像一條龍一樣，「飄逸人中龍」。好，這是第一段。從傳聞開始說，然後再寫身邊看到的一幅畫，認爲這一幅畫就像傳聞中的「天子之馬走千里」一樣，再來用「是何」帶起，下邊就開始鋪陳、加以描寫、加以渲染。古體詩時常要用渲染的方式，一層一層，一個角度一個角度來去呈現它。渲染本來是畫法，像你要畫一幅山水畫，先用細筆勾勒出一座山的形象，然後先用一層淡墨把它塗上去，等到差不多半乾的時候，再用深一點的墨再塗一次、再塗一次，越塗越厚你就感覺那個山就呈現出非常厚重的味道。這本來是畫的技巧，後來時常引用作爲寫文章、寫詩一種筆法的術語。假如是寫文章、寫詩，渲染是什麼？指的是某一個內容一層一層地去寫，一個角度一個角度地去寫，一次一次地去鋪陳它，使得內容非常豐富、非常厚重。這一個段落雖然篇幅不大，只有幾句而已，但是好多的角度一層一層地去描寫它，就把所謂「天子之馬走千里」了不起的馬的形象把它描寫出來，掌握到了嗎？還有一個重點，什麼「意態雄且傑」、什麼「駿尾蕭梢朔風起」，還有那毛是什麼顏色？耳朵什麼顏色？眼睛是怎樣？眼眶是怎樣？牠像龍一樣的變化萬端，牠站在那裡可是好像會飛躍起來的樣子，這些描寫請問是寫真馬還是畫馬？都有，這答案當然是正確的。事實上是寫畫，但是他把那幅畫的馬當做真馬來去寫，所以句句寫的是真馬，但是事實上句句也是畫馬，這是杜甫題畫詩時常用的一個表現。畫當然是虛的、是假的，但是他時常把它想像成真的，然後用真的來去寫這畫的內容。〈畫鷹〉詩不也是這樣嗎？「素練風霜起，蒼鷹畫作殊」，對不對？什麼「攫身思狡兔，側目似愁胡」等等，各位回去再把那首律詩回憶一下，字面看寫的好像是真的一隻獵鷹，但事實上在寫畫的內容。所以今天我們看到這一個段落，杜甫看到那匹馬了嗎？沒有，看到的是那幅畫，但是那個畫的內容，那個馬的樣子非常真實地呈現在我們眼前，包括牠的顏色、牠的尾巴，包括牠站的樣子，這些都具體地呈現在我們眼前，雖然這幅畫我們肯定是看不到的，我們故宮也沒有藏的啦！但是這幅畫的樣子，你好像就是親眼看到一樣。

下面第二段，「伊昔太僕張景順，監牧攻駒閱清峻。遂令大奴字天育，別養驥子憐神駿。」這是第一個小節。「當時四十萬匹馬，張公歎其材盡下。故獨寫真傳世人，見之座右久更新。」第二個小節，合成了第二個段落。這第二段，換一個段落，當然就不能一直在黏著畫的畫面來寫，要跳出來寫，寫畫的歷史，寫畫的背景。

一開頭兩個字「伊昔」，是古人時常用的一個詞彙，我們現在大概很少人會用。那「伊昔」指的什麼意思啊？就是以前、從前，假如現在寫詩要說以前，就寫以前、從前，或者往昔吧！所以我勸各位要背詩就是這樣，你把古人習慣用的一些詞彙，把它多用一些，感覺上就是不太一樣！說以前，你就寫成「伊昔」，感覺上有一點學問的樣子嘛。好，以前有一個太僕叫張景順的，以前是什麼時候呢？這就要講一大堆的歷史了。好，我們先看註解，首先太僕是官名，下面引了《唐書》裡頭的資料：「監牧之制，其官領以太僕。」所以太僕其實是監牧的官，監牧的官又職掌什麼呢？就是養馬的官。然後下邊考證現在杜甫詩裡所謂太僕張景順應該就是開元時候有一個太僕、一個養馬的人姓張，名叫景順的。然後又引了盛唐的時候，張說作的一個碑，碑裡面說：開元元年的時候「牧馬二十四萬匹，十三年乃四十三萬匹」，開元元年，十三年之後從二十四萬差不多一倍的成長變成四十三萬匹，唐玄宗就對太僕少卿張景順說了：「吾馬幾何？」皇帝問那個張景順說我現在養的馬有多少？張景順就回答了：有四十萬匹。唐玄宗對他很肯定，說馬匹的成長養育都是你的貢獻啦，張景順很謙虛，他說「帝之力，仲之令也」，那「仲」指的是誰？各位看到後面，「仲」指的是王毛仲，王毛仲是張景順的長官，因爲張景順是所謂的副使，而王毛仲是他的長官。所以他說是皇帝的力量，是王毛仲的領導，我有什麼貢獻？引到這些資料，不管是《唐書》，不管是張說的文章，考證的其實很詳細。所以「伊昔」什麼時候？就是開元年間，應該就是開元十三年吧！當時養馬的太僕張景順「監牧攻駒閱清峻」，「牧」就是牧馬、養馬，攻駒的「攻」字有些版本寫成了「收」，變成了「收駒」，有些版本寫成了「神」，監牧神駒，但是我覺得都不好，「攻」字用得很好。「攻」是什麼意思呢？「攻」是考的意思，用現代話來說就是研究。人家說你念書，你攻博士班，你攻碩士班，就是研究的意思。所以「監牧攻駒閱清峻」，他做了太僕，他負責養馬，然後把每一匹馬都做了很深入的研究叫做「攻駒」。那「駒」假如要講專有名詞的話，二歲的馬，成長了兩歲的馬叫做「駒」，所以大概從出生到兩歲，這樣子一個幼年的馬，張景順就很仔細地去研究牠們、去考察牠們、去判斷牠們。

好，接著「遂令大奴字天育，別養驥子憐神駿」，「大奴」有各種解釋，但是我想不多說，各位看到下邊，大奴應該指的是「群奴之長」。張景順是太僕，是負責養馬的官，他底下一定有很多養馬的人，那養馬的人一定有一些帶頭的，就像你是一個將軍，下面很多小兵，但是小兵誰帶呀？一定有班長啊，排長啊來帶，所以大奴指的是帶領那些養馬的人，群奴之長。張景順仔細的研究、仔細的考察那些所養的馬匹，然後他就叫那養馬的人的頭頭，「字天育」，字是動詞，是養的意思。你看這個「字」從「宀」從「子」，「宀」是什麼？就是房子呀，所以一開始它的本意指的是生小孩，生小孩在屋子裡頭生，不是在野外生啊！生了小孩進一步要養，所以「字」原來是生養的意思。「遂令大奴字天育」，他就吩咐那些養馬的頭頭另外去特別養育，所謂「天育」，就是天子之馬，特別養育挑選出來的、比較好的，可以變成天子之馬的馬匹。所以下邊說「別養驥子憐神駿」，「別養」是特別養育，在另外一處去養育。「憐」是愛的意思，因爲非常珍惜這些神駿的馬匹。「別養」，各位看引到《唐六典》：「諸牧監掌羣牧孶課之事，凡馬有左右監以別其麤良。」分成左邊、右邊兩處不同的養馬的地方，「細馬之監稱左，麤馬之監稱右。」好的馬就把牠放到左邊養，比較粗劣的馬就把牠放到右邊養，這是「別養驥子」。所以當時張景順特別地去考察，特別地去檢查那些馬匹，然後挑出一些神駿的馬匹，就吩咐那些大奴特別地去養育牠。這是第二段第一小節。杜甫先從張景順說起，回顧開元初年，開元元年到十三年之間，這樣的一個歷史背景。

各位上我的課很累吧！老杜的詩就是書卷太濃，所以有很多詞彙、很多的典故，其實這首詩事典不多，是詞彙多。順便說一下吧！我們說「用典」，這個「典」其實包含兩個，一個是語典，比如《尚書》、《左傳》、四書五經裡頭的詞彙，史書裡頭的辭彙；另外一個就是「事典」，就是我們習慣說的典故啦！古人的名字啦，古人的經歷等等，比如說你用了諸葛亮、用了什麼古人的事跡這叫做「事典」。這首「事」不多，都是當朝的事，就是張景順，但是這裡的「語典」就很多了，有關養馬的很多詞彙他都用上來了。但是，我強調一點，「用典」是古人作詩、作文一定的習慣，必要的手段，到了現代才不講究用典，尤其各位大概知道民國初年新文學運動，胡適還主張「八不主義」，「八不主義」其中有「一不」就是不用典。不用典，最後就是每一個人寫的文章都像白開水一樣，一點營養也沒有。古人習慣就是用典，不用典文章反而很難寫。杜甫用典特別多。杜甫之後就是宋代，宋朝人特別講究，作詩、寫文章的風氣是「以學爲詩」，用學問作詩，用學問作詩當然辭彙典故都特別多，假如你讀蘇東坡，讀黃山谷那真的夠你頭痛的。但是我很鼓勵大家去體會一下，寫起來就比較有質感，不然的話，真的有點像白開水。

好吧！前邊第二段第一個小節我們剛讀了，讀得比較快一些，主要先介紹背景，把四個句子再給各位順一下：以前有一個太僕，就是養馬的人，叫張景順的，他「監牧攻駒閱清峻」，「監」跟「牧」是同一個意思，就是監養，就是牧馬，監養那些馬匹，然後去研究，去考察那些馬匹，檢閱出清峻的馬匹，「清峻」，形容馬非常有精神，非常有力量的感覺，檢閱出這些馬匹，從那麼多馬匹裡頭特別挑選出來，再讓那個大奴，那個牧馬的頭頭「字天育」，特別去養育天子的馬，特別養育，就是下邊說的「別養驥子」，就放到剛剛說的，有左監，有右監，對不對？放到另外一個地方，來特別養育這些特別好的馬，然後「憐神駿」，因爲很憐愛這些非常神駿的馬匹，很囉嗦喔？大致上文字是這樣。

好，下邊容易了，「當時四十萬匹馬，張公歎其才盡下。故獨寫真傳世人，見之座右久更新。」「當時」，什麼時候？開元十三年，我們剛剛不是說開元十三年一共有多少馬？四十三萬匹，對不對？所以取總數四十萬匹馬，那麼多馬，可是張景順「歎其才盡下」，很感嘆那些都不是好的馬，「歎其才盡下」，都是下等的馬，然後呢，大概只有挑出其中一匹特別好的，這裡文字上把它省掉了，四十萬匹馬都不好，意思就是挑出其中一匹特別好的，特別好挑出來以後呢？「故獨寫真傳世人」，就只把這匹馬「寫真」，「寫真」就把牠畫出來，「寫真」是中國傳統的詞彙，後來日本人把它沿用了，有些人還誤會是從日本傳進來的外來語。「寫真」以前當然用畫筆啦，可是現在「寫真」又變成了照相，不管怎樣，這裡就是指畫，把牠畫下來，要流傳給後世的人。是哪一匹馬？就是杜甫現在看到的圖畫裡頭的馬。所以杜甫看到的那幅畫，馬有幾匹呀？一匹。那是四十幾萬匹裡頭最好的一匹，張景順特別挑選出來的，然後「寫真傳世人」。當然你不要說是張景順自己畫的，他沒有交代畫的人是誰，張景順特別挑出來，大概找一個人把牠畫下來，想要把它留傳給世上的人。

接著「見之座右久更新」，這個杜甫的筆法真是了不起！「見」，是誰「見」？這個「見」是看到，動詞，很容易，誰看到？杜甫。什麼時候看到？現在。現在什麼時候？天寶十三載。跳得很厲害喔，你看張景順從開元元年養馬，他養十三年，你可以想像那幅畫就是開元十三年，最遲是開元十三年畫出的，對不對？開元一共有幾年？二十九年，然後是天寶元年，天寶二年，然後天寶三載一直到天寶十三載，有沒有給各位講過？古代的年號有時候叫「年」，有時候叫「載」？有，開元用「年」，到了天寶元年、天寶二年都是「年」，到了天寶三年呢？改「年」爲「載」。這是制度上的問題，皇帝特別命令的。《唐大詔令集》有〈改天寶三年爲載制〉，因爲唐虞盛世稱「載」，唐玄宗想媲美那樣的盛世，所以改「年」爲「載」。好吧，所以從開元十三年到天寶十三載，二十九年，快三十年了，對不對？當時畫的馬，也不曉得杜甫是在什麼背景、什麼機緣之下，看到這一幅畫，就在座位旁邊，看到了這一幅畫，時間過了好久，「久更新」，雖然時間過得很久，但是還是那樣的「新」，各位注意，不是指那畫保存得很好，沒有腐蝕掉，沒有爛掉，沒有髒掉，而是什麼新？那個馬好像栩栩如生一樣，還像活著的出現在我眼前，「見之座右久更新」。你看第一段，好幾個句子都是一層一層鋪陳，對不對？各種角度去鋪陳。可是這第二段「當時四十萬匹馬」這四句跳躍得很厲害，有沒有？這個要體會一下他敘述的手法，「四十萬匹馬」是開元十三年，一跳跳了三十年，然後看到這一幅畫，看到畫中的馬還是那樣的栩栩如生，「見之座右久更新」。而這一個小節，因爲有提到「寫真傳世人」，「寫真」呼應了前邊的什麼？「今之畫圖無乃是」那個「畫圖」，所以一開始你假如讀前面第二句，杜甫看到這幅畫，還不清楚他的畫的來源，對不對？下邊把它補充說明，是張景順特別挑的最好的一匹馬，叫人把牠畫下來的那一幅畫。好，這是第二段。

下邊第三段，「年多物化空形影，嗚呼健步無由騁。如今豈無騕褭與驊騮？時無王良伯樂死即休。」好，先看前邊兩句，「年多」就是呼應前面一句的「久」，對不對？「久更新」嘛，「久」所以「年多」，時間過了好多年，三十年了。「物化」，「物化」是什麼？「物化」當然指的是死了，什麼死了？馬死了。時間過了幾十年，那個馬當然也已經死了，可是「形影」還在，「形影」指什麼？畫裡頭的馬，對不對？畫裡頭的馬，牠的樣子，牠的姿態還在，「形影」，就是呼應前邊的「見之座右久更新」。我看到這幅畫裡頭的馬，雖然時間過了好久，牠也死了，可是形影還在。這一句還有另外一個字要注意，什麼字？「空」字。這形影雖然還在，可是徒然的存在，爲什麼徒然呢？因爲下邊「嗚呼健步無由騁」，「健步無由騁」，倒裝，應該是「無由騁健步」。「無由」，沒有辦法，那個馬那樣的雄駿，那個馬還栩栩如生，形影還在，所以應該是有雄健的腳力，可是「無由騁」，沒有辦法再跑了。為什麼沒有辦法？因為這是畫裡頭的馬，不是真的馬，了解嗎？所以你看他是看到畫，看到了那樣神駿的馬，看到那樣有健步的馬，但是感嘆牠畢竟是畫的馬，是沒有辦法真的在世界上奔跑的，因此感嘆，加上「嗚呼」兩個字，「嗚呼健步無由騁」。

下邊，「如今豈無騕褭與驊騮」，這個「騕」，唸一ㄠˇ，上聲，那下邊這個字，一般是唸成ㄋ一ㄠˇ，對不對？這個字從衣從馬，但是各位看到《呂氏春秋》提到說：「飛兔要褭，古之駿馬也。」所以是古代駿馬的名字，兩個名字，一個是飛兔，一個叫要褭。下邊引到了高誘的注，說：「褭字讀如曲撓之撓。」所以根據高誘的注，這個是唸成ㄋㄠˊ。好吧，反正騕褭是古代良馬的名字，還有「驊騮」也是，「驊騮」你看到《列子．周穆王篇》，那周穆王「命駕八駿之乘」，周穆王不是要去看西王母嗎？然後駕著八駿馬，李商隱的詩「八駿日行三萬里」，指的就是這個故事，那麼「右䕲騮而左綠耳」，中間有一個怪字，那個字就是驊，有沒有看到？所以張注說那個是「古驊字」，所以驊騮也是古代良馬的名稱，日行三萬里的，那綠耳呢？也是古代良馬的名稱，可見古代良馬的名字很多，你看我們在這裡就看到什麼騕褭，還有所謂的驊騮，還有前面不是還有所謂黃耳嗎？然後又有綠耳，反正都是古代良馬之名，專有名詞。「如今」，現在，難道沒有像騕褭，像驊騮這樣的良馬嗎？這很容易翻譯，「時無王良伯樂死即休」，可是這個時代沒有像王良像伯樂這樣識馬的人，那王良、伯樂也許是各位比較熟悉的典故，也是《呂氏春秋》說的：「古之善相馬者，」就是會看出好的馬匹，會幫馬看相的人，「趙之王良，秦之伯樂。」，還有下邊的九方堙，都是非常厲害的人物。請問各位，伯樂一定聽過吧？王良聽過沒有？那就比較少看到了，九方堙更不用說了。按照這個說法，都是春秋戰國時代的，王良是趙國人，伯樂呢？是秦國人，可是看到下邊高步瀛先生，說實話學問也滿大的，他引了很多資料，引了《莊子》的注文：「伯樂姓孫名陽。」所以伯樂是字，他的姓名是孫陽，然後又引《左傳．哀公二年》：「郵無恤御簡子。」下邊引了杜預的注：「郵無恤，王良也。」再下邊，又引了《戰國策．晉語》：「郵無正，」注：「無政，晉大夫郵良，伯樂也。」再下邊說：「伯樂，無正字。」各位看了老半天，一定會搞混了，到底什麼東西？說實話當然你也可以不管他啦，我就知道王良、伯樂就是善相馬的人，管他什麼人，也無所謂。那高步瀛偏偏學問那麼大，他引了一大堆資料，看得你還真的是有點昏頭轉向了。給各位整理一下，第一個，趙國有一個很會相馬的，他叫什麼？叫做王良，了解？可是這個王良又有別的名字，叫做郵無恤，了解嗎？同一個人，可是別的資料像《戰國策．晉語》裡說是郵無正，所以郵無恤又是郵無正，了解嗎？郵無正其實又是郵良，郵良，晉國的大夫，對不對？他字什麼？字伯樂。然後另外一個善相馬的秦國人，名字叫什麼？孫陽。字什麼？字伯樂。兩個人都是善相馬的，都字伯樂，懂了嗎？你分成兩邊，一個是晉國的，一個是秦國的，晉國的叫做王良，又是什麼郵無恤、郵無正，又是郵良等等，然後字伯樂。那秦國呢？叫做孫陽，也是字伯樂，所以兩個人字剛好一樣，兩個都是善相馬的，所以假如你用典故，你看古人常說伯樂善相馬，這個話很熟悉吧？你還真弄不清楚到底指的是孫陽，還是指王良，反正都是善相馬的。好吧，反正杜甫這裡就把他叫做王良、伯樂，王良當然就是指郵無恤，伯樂指的就孫陽，善相馬的。

「如今豈無騕褭與驊騮」，現在難道就沒有千里馬嗎？可是這個時代已經沒有像王良、像伯樂這樣能夠善相馬的人，也就是沒有辦法看出牠們的能力，所以牠死了，生命結束了，牠也就消失了，「死即休」，死，指那個千里馬死了，「死即休」，表示消失了。牠死了也就是像灰塵，像秋草一樣被埋沒了，也沒有被發現了，也沒有被重用了，所以「時無王良伯樂死即休」。好，先把這四個句子、最後一段這樣理解，這個理解可分幾個角度來做一個分析，第一個，承應了前面「年多物化空形影」，對不對？看到這一幅畫，時間過了那麼久，形影還在，但是徒然，「空」，爲什麼「空」？因爲「健步無由騁」，你看到牠好像是千里馬，有健步，可是畢竟是畫的，在現實裡頭牠沒有辦法真正的跑起來。好，從這裡一轉，就想到那現在這個時代難道沒有千里馬嗎？還活著的，不是畫裡頭的，是真實世界裡頭的千里馬，像騕褭、驊騮，難道沒有嗎？「豈無」這樣一個反問句，意思指什麼？當然是有啊。可是就算有，這世界上沒有像王良、伯樂這樣善於相馬的，那這些千里馬假如死了，也就消失了，所謂消失也就是說後人不知道，後來的人不知道這個時代有這樣的千里馬，也就表示牠們的才華、牠們的健步也是無從發揮了，了解？我們先這樣子把它順著讀下來。第一個，很明顯看到畫，感嘆了那畫中的馬，這樣的千里馬，畢竟已經不在了，對不對？這是第一層意思。第二層意思，那個形影、那個馬爲什麼杜甫看得到？那個馬死了，但是杜甫畢竟還看到，表示那個馬還沒有「休」喔，對不對？馬死了還沒有「休」，還沒有消失，畢竟看到了，那表示什麼？表示這一匹馬曾經有人賞識過，有沒有？是誰賞識過？張景順。所以他把牠畫下來，還留了畫下來，了解嗎？所以這裡邊很明顯的暗示什麼？暗示張景順就相當於王良、伯樂，這一層意思，我們不要忽略掉，張景順花了很多力氣，「監牧攻駒閱清峻」，所以仔細的考察，把特別好的馬，挑出來特別的養，然後又把牠畫下來，表示他真的像王良、伯樂一樣，是能夠賞識這千里馬的，雖然那個馬死了，牠「無由騁」了，畢竟還可以看到牠的形影。

那再進一步，現在過了三十年了，這個時代有沒有千里馬？當然有，可是沒有像張景順這樣的人，沒有把牠的「形影」留下來，這些馬假如一旦死了，也就消失了，就算你要在畫裡邊看到牠的形影都看不到了，了解？這又一層。再來很明顯，這個就有寄託了，千里馬當然指好的人才，那這個好的人才，這個時代難道沒有嗎？有，區區在下就是，但是「時無王良伯樂死即休」，說實話這樣子的感慨，已經是老套了，有人甚至說很酸，但是畢竟杜甫確實如此。假如你結合他的生平看，天寶十三載，杜甫四十三歲，他在長安待了差不多十年，他整天啊，我們讀過，什麼上韋左丞丈的詩啊等等，對不對？都是在企求知音，都想要讓自己的才華有所發揮，可是畢竟落空了，所以看到這樣子的一匹馬，觸動了他的自我不遇的感傷，那是理所當然，順理成章。

好，我們再看後邊一段四個句子，引了一個吳汝綸的評語：「年多以下句句頓，句句咽，乃大家筆意，凡手所無也。」這是從筆法的角度說的。

古人的評語有時候看起來很抽象，但是體會一下，剛剛我的分析，那「句句頓，句句咽」，就是說「年多物化空形影」，千里馬雖然有留下形影，但是「空」，徒然，這就是一個跌宕，然後說「健步無由騁」，沒有辦法發揮才華。下邊跳開了，跳到這個時代，並不是沒有千里馬，可是沒有人賞識，又再轉出一個意思出來。所以這首詩其實篇幅不大，以杜甫的古體詩說，算是一般的，但是他的涵義、筆法其實變化很大，他的段落也不多，只有三個段落，然而他的轉折、跳躍的地方，還是非常的豐富。

這首詩內容我們大致上這樣子來做一個分析，總結一下剛剛我們說的部分，除了主題，他的精神，他要表達的意思，那個感慨，這些屬於鍊意的部分以外。就他的文字的形式說，各位有沒有注意到，它裡頭用了很多的詞彙，都跟馬有關的詞彙，還用很多當時的語詞，像什麼「無乃是」、「是何」、「伊昔」這樣子的詞彙，這些各位不妨去多涉獵，多把它掌握一下，將來你要寫作的時候可以運用。當然我這樣說，各位一定會皺眉頭，說我背了老半天，今天背了明天就忘，這個我可以理解，但是盡量地去熟悉它吧。我覺得假如要作詩，畢竟這是最基礎的功夫。還有一個，就是他造句的方法，古體詩造句，時常會用散文的句法、古文的句法，「天子之馬走千里」，這些都是屬於古文的句法，跟我們一般讀的近體詩的感覺、風格就不一樣，我並不是說一定要各位去作古體，而且你作古體，我也奉勸各位不要把你所熟悉的近體忘記了，近體有它的另外的一種美，但是寫古體就有古體的感覺，古體感覺各位做不到，一方面是書卷問題、詞彙問題，鋪陳內容的問題，還有一個就是造句，造句就是說它有點像散文，不是那麼美，但是非常有力量，這部分也許各位比較困難，爲什麼呢？因爲各位可能都沒有練習過古文，有寫古文嗎？沒有，但是你就多背一些古文，唐宋八大家都背過一些吧？把中學時候背過的再把它拿來溫習一下，你體會一下古文的句型，有時候用到古體詩裡頭去滿有力量。

另外因爲它是題畫的詩，所以我們要注意到他如何的扣題，從第二句的「今之畫圖」，到了後邊第二段的所謂「寫真」、「見之座右久更新」等等，其實裡頭都不停的扣到畫這個對象上面去，這個也是值得去注意的地方。好，這首我想我們就這樣去體會了。

各位有興趣把這首詩好好琢磨一下，背一背。給各位講一個經驗，我最近身體、精神很不好，但是前兩天，爲了備課，我把這一首詩再認真地讀一下，讀了還真有點精神。杜甫的詩確實有些地方還滿有力量，會讓你從很衰頽的精神狀態中，振奮起來，所以各位覺得精神不好的時候，就多讀幾首杜甫的這樣的作品，有一點打強心針的味道。好吧，我們今天講到這裡。

奉先劉少府新畫山水障歌

堂上不合生楓樹，怪底江山起煙霧？聞君掃卻赤縣圖，乘興遣畫滄洲趣。畫師亦無數，好手不可遇。對此融心神，知君重毫素。豈但祁岳與鄭虔？筆跡遠過楊契丹。得非玄圃裂，無乃瀟湘翻。悄然坐我天姥下，耳邊已似聞清猿。反思前夜風雨急，乃是蒲城鬼神入。元氣淋漓障猶溼，真宰上訴天應泣。野亭春還雜花遠；漁翁暝踏孤舟立。滄浪水深清且闊，欹岸側島秋毫末。不見湘妃鼓瑟時，至今斑竹臨江活？劉侯天機精，愛畫入骨髓。自有兩兒郎，揮灑亦莫比。大兒聰明到，能添老樹巔崖裏。小兒心孔開。貌得山僧及童子。若耶溪，雲門寺，吾獨何為在泥滓？青鞋布襪從此始。

今天我們讀一首作品，在二百零五頁；這兩個小時大概也就只能讀這一首了。這一首的編年，我簡單說一下，很多宋代以下的本子，把這一首編在〈自京赴奉先縣詠懷五百字〉後面，有些人看到這一個題目也有「奉先」，就認爲是杜甫寫了〈詠懷五百字〉之後來到了奉先，再寫上這一首七言古詩，了解嗎？但是杜甫的家寄養在奉先，時間是從天寶十三載開始，所以天寶十四載十一月，他回到奉先，寫了那五百個字，並不是他第一次來到奉先，換句話說，在之前杜甫也有一些在奉先所作的詩，所以它不必然是在天寶十四載十一月之後，這是第一點。第二點，天寶十四載十一月，我們講過安祿山之亂已爆發了，〈奉先詠懷〉以後的作品，我們看到大部分杜甫都有時代動亂的強烈感受，但是這一首七言古詩，我們看到它是題畫詩，假如安祿山之亂已經爆發了，杜甫大概就沒有這個雅興了，更何況這首詩後邊還提到他要隱居，待會我們讀到整個作品可以看得到。所以這種隱逸的思想、這種念頭，在杜甫面對時代那麼大的動亂的時候，我想是不太可能出現在他筆下的。所以我們不妨把這首作品的編年提早一年，也就是在天寶十三載的時候。

好，這個題目說〈奉先劉少府新畫山水障歌〉，題目很清楚，必然是一首題畫詩，或者我們就把它叫做「詠畫詩」吧，他未必把這首詩題在畫面上。這畫他說是「障」，「障」，是什麼東西？「障」是屏障，像屏風一樣的東西。古代假如房子大一點，空間比較大、比較高，時常會設置屏風，屏風上時常會畫上一些畫，有時候它未必是屏風的形式，它可能就像一個布幔一樣垂下來的，那上邊也可能會畫上一些東西，這個就叫做「畫障」。這個山水障當然指的是那個畫障面畫的是山水畫，了解？好，還要進一步說，這畫家是誰呢？根據題目，顯然就是劉少府。「少府」是縣尉的別稱，在題目下邊，各位可以看到引了《唐六典》說：「奉先縣尉六人。」這是唐朝的一個編制，奉先縣有縣尉六個人，他的官階是從八品下，執掌的是「親理庶務，分判眾曹，割斷追徵，收率課調」，簡單說，就是縣長下邊的部屬，他執掌的業務非常多，很重要的一個業務，就是要跟老百姓徵稅，朝廷假如頒佈命令要徵兵，這些縣尉也要負責做這些事情。在古代考上進士以後，分發官職，有些是分發到中央，做秘書省校書郎這類的官，有些分發到地方去任職，假如你成績很好，可能就派到某一個縣做縣令，假如說成績不是很好，等第不是很高，可能就做縣尉。所以縣尉在唐朝地方上是非常基層的官吏，歷史上非常有名的大人物，事功很高的人物，其實很多都是從縣尉開始做起的。縣尉呢，又有一個稱呼就叫「少府」，相對於縣令說，縣令叫做「明府」，明白的明，「明府」，指的是縣令，「少府」，就是指縣尉。你讀古代的史書，讀唐人的詩，時常會出現這些名詞，比如寫一首詩給某一個縣令，就說給「某某明府」；寫一首詩給一個縣尉，就說是「少府」，這是讀古人的詩大概都要了解的一個通稱。至於爲什麼縣尉又叫「少府」之類，下面引了很多材料，因爲它有淵源。我想不要緊啦，各位自己讀一讀，不了解也沒關係。

好，這個劉少府指就的是奉先縣的縣尉，姓劉的，他叫什麼名字呢？各位可以看到，在這個題目最後的註解說《文苑英華》這一首詩的題目又寫成了〈新畫山水歌奉先尉劉單宅作〉，從這另外一個題目看，很顯然這個劉少府叫什麼名字？叫做劉單，他是有名有姓的一個人。杜甫把家小寄養在奉先縣，奉先的縣令姓楊，我們講了好多次吧？是杜甫妻子的親戚，他什麼名字我們倒不知道，杜甫時常就稱他爲楊奉先。但是這個縣尉，根據《文苑英華》這樣一個題目，他的名字我們倒知道，就是劉單。我也曾經查過資料，在古代的一些書畫錄裡頭，曾經提到劉單，看起來他不只是做縣尉的官，他應該也是一個畫家。現在杜甫呢，就在他的家裡頭，看到他剛剛完成的一幅山水障，然後寫了這一首詩。題目的內容，大概就是這些重點了。

「題畫詩」、「詠畫詩」杜甫的作品我們也讀了不少，我們才讀了前一首〈天育驃騎歌〉。這一首也是，不過上個禮拜讀的是詠馬的、畫馬的，這是詠山水畫的。各位，我們把這首詩讀完，你再綜合一下，看杜甫怎麼樣來題畫，怎麼來詠畫，杜甫有基本的一個方向、一個特色啦。好，這首詩篇幅並不是很大，算是中篇吧，但是他段落很多，那個仇兆鰲，我們講過，他集註杜甫的詩，時常把段落標示的很清楚。他把這首詩分成六個段落，我覺得可以接受，所以我先把它的段落給各位判斷一下，我們把它唸一遍。

一開始，「堂上不合生楓樹，怪底江山起煙霧？聞君掃卻赤縣圖，乘興遣畫滄洲趣。」這是第一段，四個句子。下邊，「畫師亦無數，好手不可遇。對此融心神，知君重毫素。豈但祁岳與鄭虔？筆跡遠過楊契丹。」這是第二個段落，六個句子。「得非玄圃裂，無乃瀟湘翻。悄然坐我天姥下，耳邊已似聞清猿。反思前夜風雨急，乃是蒲城鬼神入。元氣淋漓障猶溼，真宰上訴天應泣。」這是第三個段落，八個句子。好，下邊，「野亭春還雜花遠；漁翁暝踏孤舟立。滄浪水深清且闊，攲岸側島秋毫末。不見湘妃鼓瑟時，至今斑竹臨江活？」這是第四個段落，六個句子。下邊，「劉侯天機精，愛畫入骨髓。自有兩兒郎，揮灑亦莫比。大兒聰明到，能添老樹巔崖裏。小兒心孔開。貌得山僧及童子。」這是第五個段落，八個句子。最後

「若耶溪，雲門寺。吾獨胡為在泥滓？青鞋布襪從此始。」最後一段第六段，四個句子。我把段落唸了一下，句數告訴了各位，其實可以看出它很整齊，仇兆鰲很得意，他說：你看看這個作品的段落的分佈，六個段落，「起結」——開頭跟結束四個句子，中間四段六個句子、八個句子，然後六個句子、八個句子。所以四、六、八，然後再六、八、四，我想仇兆鰲讀詩，是很認真的，他把杜甫這樣很整齊的段落分配，發現到了。還有沒有印象？我們講杜甫的〈兵車行〉？仇兆鰲不是說「一頭兩腳」嗎？有沒有？也是看起來很整齊的段落分配。當然要強調並不是說你寫古體詩非要這樣的整齊不可，可是這樣一個整齊也就形成了他的特色，也可以看出杜甫用心的地方了。

好，每一個段落，它有不同的主旨，這個跳躍的非常厲害，我們先看第一段開始的部分，「起」的部分。「堂上不合生楓樹」，這個「堂」，廳堂。誰的廳堂？當然是劉單他家裡的廳堂，他說廳堂裡頭不應該長出楓樹出來呀，楓樹要種在泥土上啊，種在園子，種在樹林裡頭啊，很顯然這是杜甫題畫詩時常用的一個手段，有沒有印象？「以假作真」，對不對？顯然是掛了這一幅畫，畫上面有楓樹，那畫掛在廳堂上，就好像楓樹長在廳堂上一樣，但是不應該呀，不合理呀，所以他用「不合」兩個字暗示了這是不可能的，我們讀他的〈畫鷹〉詩「素練風霜起」，白色的畫布上，湧起了一股風霜之氣，這也是看起來很真實的感覺，但是畫布上怎麼會有一股風霜之氣呢？原來下邊說「蒼鷹畫作殊」嘛，是因為畫布上畫了很生動的一個獵鷹，獵鷹有一種肅殺之氣，所以從畫布上湧上來。現在，畫上面是畫了楓樹，畫掛在廳堂上，好像那個楓樹就長在廳堂上一樣，所以說「不合生楓樹」。好，下邊「怪底江山起煙霧」，這個「怪底」也是當時的口語，所謂語詞啦，「底」意思很多，不過比較普遍的意義，「底」是「何」的意思，「何」是「什麼」嘛，你讀唐人的詩，時常可以看到用「底」來連接了一些詞彙，什麼「底事」，怎麼翻譯呀？「什麼事」嘛，對不對？「底物」，「什麼東西」嘛，對不對？所以「底」，「何」的意思。「怪底」，「怪」是驚怪、訝異的感覺，所以「怪底」翻譯起來就是說很吃驚問為什麼？為什麼江山會起煙霧？「江山」有兩層意思，一層很顯然的是畫面上畫的是山水畫，你看到畫面上那個山啦，那個水呀，籠罩著一層煙霧。另外一層意思呢？假如是畫面的山水，那個江山是虛的，不是真實的，但是他又把那個虛的當成是實的，真的山、真的水。好，這個江山假如從實來說，哪裡的江山？就是奉先這個地方的江山，在廳堂裡頭，透過窗子什麼看到外面的江山，也籠罩著一層煙霧，所以各位看到下邊小字，高步瀛先生的案語說：「第二句夾入時事，尤奇。」這個「時事」不要誤會了，我們現在說「時事」是說這個時代發生的事情，叫做「時事」，高先生這裡說所謂「時事」是「當下的景色」，「事」有時候是可以當成「景」來說的，像「春事」各位聽過吧？「春事」什麼意思啊？就是「春景」，「事」就是「景」，所以「夾入時事」就是說把眼前現實中奉先的山山水水夾到這個句子來描寫。他說更奇了，看到掛的畫障，那山山水水籠罩著一層煙霧，往外面看，看到奉先的真山真水也籠罩著一層煙霧，所以說「怪底」，很驚訝問爲什麼？所以「怪底」要放到這裡來理解。假如說畫面的江山籠罩一層煙霧，是普通山水畫，時常可以看得到，但是他把那個畫的山水、假的山水移植到現實中那個眼前的山水，感覺眼前山水也籠罩著一層煙霧，所以這個聯想就特別的奇特了，各位有興趣，你看看後邊有很多的夾評、註解啦，都不斷地說這首詩「奇」，用「奇」來做評語，確實是杜甫在這首詩裡頭花了很大的聯想力，產生了很特殊的、很奇妙的一種想像，然後把這兩句當成開頭，你就可以感覺，這幅畫顯然是非常生動，感覺上廳堂裡頭長了楓樹，感覺上外邊的山水也籠罩著一層煙霧。好，這是寫畫。

下邊，「聞君掃卻赤縣圖，乘興遣畫滄洲趣」。「聞君」，聽說你，「君」指誰？當然就是劉少府劉單。「掃卻赤縣圖」，「卻」也是一個語詞，我們讀古人的書最討厭的，或者說我個人最討厭的就是這個語詞，當時的口語，因爲我們現代人已不太清楚它的意思了。不過以前我們講杜甫的詩也時常看到那個「卻」，「卻」是一個語氣詞，是一個助詞，加強語氣的作用，加強什麼語氣呢？通常是加強了句子裡頭動詞的語氣，這裡的動詞是哪一個？就是「掃」，加強了、強調了那個「掃」的感覺，所以「掃卻」從實質意義上說，「掃卻」跟「掃」沒有差，「掃卻」就是「掃除」，但是加上一個「卻」，強調了那個「掃」的感覺，強調了那個語氣，我聽說你把赤縣圖掃除了，什麼叫做掃除？什麼又是「赤縣圖」呢？「赤縣」，各位可以翻到註解「趙曰」的話，他先引了《史記‧孟子荀卿列傳》，裡頭有一句話：「中國名曰赤縣神州。」這話可能各位不知道出處，但是一定聽過。「神州」從哪裡來？就是從這裡來的，所以它本來指的這整個中國的範圍，叫做赤縣神州。但是後來唐朝的時候，地方制度是很確立、很清楚的，我們今天可以看到一部《元和郡縣志》。先介紹這本書，這是唐朝唐憲宗的時候，唐憲宗有一個年號就叫「元和」，唐憲宗元和年間有一個人叫做李吉甫所編的一部書，這部書它原來的名稱叫做《元和郡縣圖志》，中間還有個「圖」，後來因為它的圖不見了，失傳了，所以後人在再版的時候，只保留了它的「志」，沒有圖了，所以就叫做《元和郡縣志》。這個書的性質是地理書，也類似所謂方志。說實話，中國的歷史文明真的很早，這本書來講，它把整個唐朝的地理說得非常清楚，比如說唐朝最大的一個行政區域叫做「道」，初唐的時候分天下為十道，然後每一道下面還有州，每一州下邊還有縣，對不對？它就按照一個一個道，然後某一個道下邊有哪一些州，哪一些州下邊有哪一些縣，它的地理位置，它出產的東西，還有它的歷史沿革，它裡頭有什麼重要的山、重要的水，都介紹得非常清楚，何況剛開始它還是有圖的喔，所以是很完整的記錄唐朝的一本地理書。

好，以這本書來講，它把整個唐朝全國的縣做了介紹，唐朝全國有多少的縣呢？有一千五百七十三個縣，從這裡看唐朝真了不起，我們台灣有幾個縣啊？才十多個，唐朝當時有一千五百七十三個縣，然後呢，按照唐朝的制度，又把這些縣分成七個等級，按照它的重要性，包括它的地理位置，包括它的土地面積，人口的數量等等，分成七個等級，其中一個叫做「赤縣」，第二個叫做「畿縣」，然後還有「望縣」、「緊縣」，還有「上」、「中」、「下」，一共七個等級，「赤縣」、「畿縣」、「望縣」、「緊縣」、「上縣」、「中縣」、「下縣」，這是把全國一千多個縣，分成七個等級。還不止喔，這個「赤」下邊，還有「次赤」，所以「赤」又分成兩級，了解嗎？我想你不要記得太多啦，像「上」、「中」、「下」也是，有「上上」有「上中」，「中縣」呢有「中上」有「中下」之類的，這個是更下一層的分類了，我也不是在給各位講唐朝的歷史、唐朝的地理，但是這個名稱你一定要知道。

像長安，唐朝的都城，是屬於「關內道」，然後呢？長安附近的縣，當然都是非常重要的縣，所以都是屬於「赤縣」，或者「畿縣」，邊陲的地方才是所謂「下縣」，這樣理解了？那奉先在哪裡？奉先我們講了好幾次，長安東北兩百四十里，說明一下，我怎麼知道它距離長安兩百四十里？也是這本書說的，這本書譬如說它提到奉先，會說「西南到府」，「府」就是「京兆府」兩百四十里，所以它每一個地方都有所謂「四到」或者「八到」，你從這個地方往東邊走多少里到什麼地方？往南邊走多少里到什麼地方？這樣有相對的位置變成一個座標，所以它的地理位置就很清楚。奉先在長安東北兩百四十里，而且各位還要弄清楚，這個縣本來叫做蒲城縣，可是後來唐玄宗把他的父親唐睿宗葬在這個地方，唐睿宗的陵墓叫做橋陵，每一個皇帝的墳墓都叫陵嘛，都有一個名稱嘛，像唐太宗叫昭陵之類的，像唐高祖就叫獻陵，對不對？橋陵在蒲城，是唐玄宗的父親，所以就把蒲城改稱奉先，距離長安很近，同時又是埋葬先皇的縣，所以它是屬於赤縣，是「次赤」，比赤縣稍微降一等的次赤縣，所以「聞君掃卻赤縣圖」，「赤縣圖」是什麼圖？就是指奉先縣的地圖。講了十分鐘，其實結論就是這個。

奉先縣的地圖，就像各位現在在書店、在文具店買一個台北市的地圖吧，那有什麼好看的？除非你要開車，變成你的指引，那當然不是一個藝術品。現在呢，劉單，也就是這個奉先的縣尉，把以前留下來的奉先的地圖掃掉了，掃掉是什麼意思？放棄的意思，放棄了，「乘興遣畫滄洲趣」，他帶著一分興致來改畫山水的意境，「滄州趣」。滄州本來指水邊的地叫滄州，當然表示這個地形是有山有水的，再來呢，從以前就常把滄州當成是隱逸的一個地方，我們讀過杜甫一首詩，什麼「吏情更覺滄州遠，老大徒傷未拂衣」，忘記了回家翻書，七言律詩。所以滄州本來是指水邊地，指的就是畫裡邊的山山水水，但是他說帶著一番興致來畫滄州的趣味，其實也暗示什麼？帶著一分隱逸的思想，隱逸的感情，想要隱居的那種念頭。所以一方面把以前的奉先的地理書掃除了、放棄了，改畫這樣一個山水畫，同時把這個山水畫寄託了他隱逸的念頭，這叫「乘興遣畫滄洲趣」。好，這是整首詩的開頭。所以開頭一方面，先把畫中的景物以假做真，想像得非常的奇妙，再來點出了畫者是誰，就是「君」，就是劉少府，然後劉少府畫了這一幅山水畫，表達了、寄託了他隱逸的念頭。好，這一段當成整篇的開頭，有沒有畫？有，「堂上不合生楓樹，怪底江山起煙霧」；有沒有畫家？有，「聞君」，對不對？提到了劉少府。

下邊第二段，「畫師亦無數，好手不可遇。對此融心神，知君重毫素。豈但祁岳與鄭虔？筆跡遠過楊契丹。」這一段從哪裡說？從畫師說，從畫家來說。「畫師亦無數」，他說我們當代的畫家非常多，真的喔，唐朝是一個黃金的時代啊，藝術非常發達，那不單是人多，書法家多，畫家也很多！各位想想古代的畫家，你腦子裡邊浮現出來的一定好幾個是唐朝的，有沒有？什麼吳道子，什麼閻立本，都是唐朝的畫家。他說我們當代的畫家非常多啊，可是好手不可遇，真正的高手不見得有幾個，這就用來捧現在的看到這幅畫的畫家，用別的畫家來襯托那個劉少府。「對此融心神，知君重毫素」，「此」就是指畫這件事情，這個劉少府啊，他把整個心神，心神就是精神，融入到繪畫這件事情上邊，他不是隨便畫的，他是把整個精神融入到裡頭去了，「知君」，我了解，了解你非常「重毫素」，「毫」是毛，指什麼？筆嘛，「素」呢就是「練」，「練」就是布，白色的布叫做「練」。古代的畫通常是用布作爲材料的，我們現在才用什麼紙啦，早年是用布來畫的，所以「毫素」就相當於我們現在所謂紙筆啦，紙筆是什麼？指的就是繪畫這件事情，「對此融心神，知君重毫素」，你面對繪畫這件事情，是把全部精神都畫進去，融入其中，所以我了解你對這樣一個創作是非常看重的。

好，下邊再拿別的畫家做比較，「豈但祁岳與鄭虔？筆跡遠過楊契丹」，這裡一提啊，就提到好幾個畫家了。一個是祁岳，各位看我們註解，高步瀛先生的書說祁岳已見卷一岑參的一首詩的題注，好吧，岑參的一首五言古詩，題目叫什麼？〈送祁樂歸河東〉（見八十三頁）。好了，杜甫所謂祁岳那個「岳」，寫成什麼字啊？山岳的岳，岳飛的岳，對不對？可是岑參這首詩，這個人名引的「樂」是音樂的樂，所以高步瀛引了錢謙益的註解說，根據《唐朝名畫錄》，李嗣真的《畫錄》裡頭說：「空有其名，不見蹤跡，二十五人，祁岳在李國恆之下。」說我聽過名字，但是沒有見過的人，一共有二十五個，二十五個人沒有把名字全部寫起來，但是你可以看到，提到了一個祁岳，還有李國恆嘛，但是岑參的詩呢，寫成了音樂的樂，他認爲根據唐仲——一個瞽者，一個眼睛瞎掉的人——說的話，唐仲「疑即其人」，所以「岳」跟「樂」呢，大概是字型寫得不一樣而已，是同一個人。岑參這首詩，我們當然不打算細讀，它是送別的詩，祁岳要離開長安，到河東去，給他送行。前面一段就是寫他的遭遇，中間一段，「有時忽乘興，畫出江上峰」，有沒有？「牀頭蒼梧雲；簾下天台松。忽如高堂上，颯颯生清風」，這幾句各位看看，寫什麼？當然就是祁岳畫的畫，他說他忽然有興致，就畫出江上的一些山峰，所以也是一幅山水畫，對不對？我特別稍微唸一下，主要讓各位看看，「牀頭蒼梧雲；簾下天台松。忽如高堂上，颯颯生清風」，文字都很清楚，各位有沒有注意到他怎麼寫畫？一樣的，跟杜甫一樣，也是以假作真，對不對？畫的山水畫，江上峰，然後有雲，蒼梧的雲；有松樹，天台的松樹，可是呢？這雲和松出現在哪裡？出現在床頭，出現在簾子下邊，那不就是畫裡頭的山，畫裡頭的雲，畫裡頭的松樹，好像真的出現在眼前一樣了，對不對？還有高堂上，「颯颯生清風」，感覺涼風也吹在這廳堂上。好，這是給各位簡單的補充。你可以看出一個結論，就是祁岳有時候也可以寫成音樂的樂，也是唐朝的畫家。順便說，祁岳後來做了官了，天寶十載的時候，他考上了進士，所以他的年代跟杜甫差不多，杜甫當然沒有他好運啦，杜甫沒有考上進士。

杜甫說「豈但祁岳」，不只是祁岳，還有鄭虔，鄭虔一定很熟了吧，我們講了好多次了，鄭廣文對不對？他是很有名的一個畫家，不是有所謂「鄭虔三絕」嗎？對不對？《新唐書．文藝傳》就提到說他善畫山水，又喜歡寫字嘛，曾經自己寫了詩，然後還有畫，獻給皇帝，唐玄宗就在後邊題了四個字「鄭虔三絕」。所以祁岳也好，鄭虔也好，顯然都是當代非常有名的畫家，而且跟杜甫同時的人喔。杜甫說，你的成就不只是能夠跟祁岳和鄭虔媲美的，而且你「筆跡遠過楊契丹」，你還遠遠的超過楊契丹。楊契丹又是另外一個畫家，各位看到《歷代名畫記》：隋朝人楊契丹，有一個和尚對他的評語是「六法備該，甚有骨氣，山東體製允屬斯人」，他是華山以東的人，認爲他在當代，那個地區來說是很不錯的，很有名的，可是比閻立本稍微有所不足。好，總之這裡提到三個人，你的成績不只是能夠跟祁岳和鄭虔匹配，而且你遠遠超過楊契丹，所以這裡很顯然是用別的畫家來去陪襯這個劉少府，透過這樣一個比較判斷，來捧高劉少府畫裡邊的地位。好，這是第二段，從畫師來說。

下邊第三段，這一段有八個句子，我們可以把它分成兩個小節，前邊四個句子一個小節，「得非玄圃裂，無乃瀟湘翻。悄然坐我天姥下，耳邊已似聞清猿」，內容上很顯然又跳到了畫的角度去寫，「得非」、「無乃」也是一個語詞，「得非」相當於「豈非」，所以這一句下邊應該是一個反問句。我看到這一幅畫，難道不是「玄圃裂」嗎？「無乃瀟湘翻」，「無乃」也一樣是個語詞，「無乃」是什麼？「不就」對不對？這也是一個反問的語氣，我看到這一幅畫，不就是「瀟湘翻」的樣子嗎？所以兩句其實都是反問句。什麼叫做「玄圃」？什麼叫做「瀟湘」？「玄圃」，各位看引了《淮南子》的一篇文章，說：「昆侖之丘或上倍之，是謂涼風之山，登之而不死；或上倍之，是謂懸圃，登之乃靈。」各位不一定每個字都看得懂，但是基本上可以看出來，「玄圃」應該是什麼地方？顯然是仙山嘛，對不對？說在崑崙山，「上倍之」，比它高一倍的地方，崑崙已經很高了，比它更高一倍的地方，那個地方叫做涼風之山，你假如能夠登上那座山，就可以長生不死；好了，假如再登上去，再高一倍，那叫懸圃，假如你能夠登上那個地方，就是靈了，不只是不會死，而且變成神靈了，這不是仙山嗎？然後《穆天子傳》也是，那個懸圃有時候呢，像郭注又寫成了玄。下邊引了《水經河水注》：「崑崙之山三級，下曰樊桐」，又叫做板桐，「二曰玄圃」，又叫做閬風，那「上曰層城」，所以一樣都告訴你有三層，不過名稱都不一樣，當然啦，這些都是傳說的地方，各位也不一定要把它記得很清楚，第一層叫做什麼名字，第二層叫做什麼名字，最主要告訴你，「玄圃」呢是傳說中的仙山。

好，「得非玄圃裂」，我現在看到的劉少府畫的這一幅畫，難道不是玄圃裂開來，就像裂下一片玄圃掛在上邊嗎？這告訴你什麼？第一個，畫裡邊有山，對不對？那個山就像傳說中的仙山一樣，難道不是把那個玄圃裂下一片放到這裡嗎？「得非玄圃裂」。好，「無乃瀟湘翻」，「瀟湘」這個比較熟悉的名稱，就是瀟水、湘水嘛，對不對？各位看到《中山經》，這也是《山海經》裡頭的話：「洞庭之山，帝之二女居之，是常遊於江淵，澧、沅之風交瀟、湘之淵，是在九江之間，出入必以風雨。」剛剛說了，瀟水、湘水，我們現在地理上都還有這兩條水，在哪裡？在湖南，但是你看到這裡引的材料，顯然瀟水、湘水也是神仙世界的地方，「帝之二女遊焉」，「帝」是指堯，堯的兩個女兒在這裡遊玩過，而且她們出入的時候「必以風雨」，進進出出還帶著風雨，所以「玄圃」假如是仙山，這裡的瀟、湘應該是仙水，用神仙世界的山、神仙世界的水，來比擬現在看到的山水障的山、水，畫的不是人間世界的山水了，所以他用一個反問的語氣，「得非玄圃裂，無乃瀟湘翻」，我看到這樣的山，看到這樣的水，難道不是玄圃裂下一片掛在這裡嗎？不是瀟水、湘水的那個波濤翻滾過來湧上這一個畫面上了嗎？這樣寫，當然又是充滿了非常浪漫的一種想像力。

好，剛剛讀到第三段的兩個句子，回到畫裡邊說。下邊仍然在寫畫，「悄然坐我天姥下，耳邊已似聞清猿」，「天姥」是一座山，在現在的浙江，杜甫早年在二十來歲曾經有吳越之遊，在現在的江蘇、浙江待了三、四年的光景，後來二十四歲回到洛陽參加考試，所以這首詩提到天姥，看起來好像是跑了好遠，奉先不是在長安附近嗎？在現在的陝西嘛，那怎麼會冒出「天姥」兩個字出來？所以我們認爲他是虛的，並不是畫裡邊畫的是天姥這座山，了解嗎？事實上畫上的山，假如說要有藍本，要有真的對象，那就是奉先的山水，「掃卻赤縣圖」嘛，畫的是奉先的山水，所以這是杜甫看到畫裡邊的山，回憶了他年輕時候曾經經過天姥山，他晚年寫的〈壯遊詩〉，回憶吳越之遊，也曾說：「歸帆拂天姥」，可見天姥在他記憶中一定佔了一定的分量。現在看到畫，想像自己回到了那個山下邊，靜悄悄的坐在那裡，所以這是看畫產生的回憶，而不是指畫中的山是天姥山。我靜靜的坐在那想像、回憶中的天姥山。「耳邊已似聞清猿」，耳朵旁邊好像就聽到了猿猴清脆的鳴叫聲音，各位想像一下，他真的是聽到了一個猿猴的叫聲嗎？當然不是，假如是，那是看電影了，有聲畫了，不可能有聲音的出現！所以這仍然是透過聯想產生的幻覺，仍然是虛的。

好，下邊，「反思前夜風雨急，乃是蒲城鬼神入，元氣淋漓障猶溼，真宰上訴天應泣」，這是第二個小節。我先說一個結論，我們把第三句「元氣淋漓障猶溼」放到這個小節的開頭，倒裝，理解上比較方便。「障」，什麼「障」？當然就是現在看到的山水障，「元氣淋漓障猶溼」，我現在看到這一幅畫障，感覺很有淋漓的元氣，因爲元氣淋漓，所以感覺那畫障還帶著一片的溼氣。那「元氣」是什麼東西？其實就呼應了前邊所謂「對此融心神」，是劉單這個畫家灌注了他的精神在這一幅畫面上，所以「元氣淋漓」就是非常飽滿的精神，充滿了畫家內心真實的感情，灌注到這畫面上。這個畫障爲什麼溼呢？各位看看扣上題目的哪一個字？「新畫」那個「新」字，我們的山水畫通常是用水墨畫出來的，剛剛畫好的山水畫，還帶著一股溼氣，所以一開頭這個部分，仍然扣住他看到的畫的景象、感覺說。好，因爲「元氣淋漓障猶溼」，所以看前邊，「反思前夜風雨急」，我反而想到前幾天晚上，這個地方刮起了風，下起了雨，想想「風雨」跟什麼扣上來了？跟那個「溼」扣上來了，對不對？另外呢，爲什麼前夜風雨會急呢？「乃是蒲城鬼神入」，蒲城就是奉先，剛剛講過，原來的舊的地名，順便也說一下，古人寫詩時常會寫到地點、地名，我們現在也會呀，對不對？但是很特別的，以前人寫某一個地方，時常用這個地方的古地名來入筆，這也是賣弄學問，如果你寫台灣的地方，例如萬華，最好寫「艋舺」，比較有古意一點，這個是古人的習慣。所以他不說奉先，他說蒲城，「乃是蒲城鬼神入」，所以那個風雨除了扣了、呼應了前邊的所謂「溼」這樣的感覺以外，還引起了下邊的「鬼神」，前夜風雨很急，那是因爲蒲城這個地方進來了好多的鬼神，風雨帶著鬼神進來。

好，問題又來了，鬼神爲什麼要跑進來？是「真宰上訴天應泣」，「真宰上訴」要倒過來，「上訴真宰」，原來鬼神來到這裡，來去向老天爺上訴，「真宰」就是天嘛，可是呢，上訴什麼東西？上訴這個劉少府畫的這一幅畫「元氣淋漓」，而上訴之後，那個「真宰」反而被感動了，流下了眼淚，各位看看又呼應了什麼？呼應了前邊的「溼」，又呼應了前邊的「風雨」，當然，我們知道杜甫這是非常浪漫的、也非常奇妙的一種想像。可是啊，我們古人作詩，雖然有很多浪漫的、奇特的，讓我們感覺匪夷所思的想像，但是通常都有所本，都有讓他想像的一個基礎在，這跟現代詩不一樣的地方。我一直強調這一點，現代詩有時候你真的看不懂，看不懂在哪裡？就是說它有非常豐富的、非常奇特的想像，天馬行空，而那個想像，是純粹屬於作者個人的，我們一般讀者沒有線索，所以難以理解它爲什麼這樣想像，你就無法認識到、清楚地看到它到底在說什麼意思。所以現代詩比古典詩難懂，古典詩就算你再浪漫的再奇特的想像，都要有一些想像的基礎，只要你學問夠，知道它的基礎在哪裡，你就容易掌握它的意思。好，這個基礎是什麼？各位看到下邊註解引了仇兆鰲說的：「昔倉頡作字，天雨粟，鬼夜哭。」有沒有？這話大概聽過，倉頡不是創造字的人嗎？當他發明了文字以後，「天雨粟，鬼夜哭」，老天爺不曉得是感動還是緊張，天上掉下了米，而且鬼神夜晚的時候會哭，這裡說「鬼神」啊，說「天應泣」等等，基本上就是從這樣子的基礎產生的想像力。倉頡造字，是文明的一大進步，人類爲什麼有文明？很重要的一個原因，就是有文字嘛，所以驚天動地啦，「天雨粟，鬼夜哭」嘛，現在拿來指劉少府畫的這幅畫「元氣淋漓」，所謂「對此融心神」，感動了老天爺，鬼神上訴給老天，告訴老天爺這件事，老天爺也爲他流下了眼淚，「真宰上訴天應泣」。所以從這裡看，真的是寫畫，我想再把這個段落給各位整理一下。

首先，前面一個小節，「玄圃」、「瀟湘」用仙山、仙水來比擬眼前看到的這幅山水，當然這是虛的、想像的，然後所謂的蒲城、風雨，是當下的地方喔，對不對？就是現在杜甫、劉少府所在的地方，而且「風雨」我們也可以說它真的是前幾天刮的風、下的雨，是真實的。但是一個是虛的，一個是實的，拿虛的來比擬眼前的山水，那種想像，我們還比較容易掌握，對不對？虛本來就是想像的，可是當下的實景、實地，賦予了讓你匪夷所思、不可掌握的一種聯想，那風雨為什麼會來？鬼神為什麼會來？對不對？原來是因為「元氣淋漓障猶溼」，而風雨是因為畫的溼聯想出來的，同時呢，鬼神伴隨著風雨而來，然後鬼神因為被畫感動了，上訴老天，老天也流下眼淚，這也因而有風雨的產生。所以那個「風雨」，你可以看看，是當下的現實世界的風雨呀，可是我們詩人就賦予了那麼多聯想出來。了解這個思路，思考的一個方向，進一步說，我們作詩不怕沒有材料，風雨日常生活時常可以看得到的吧？但是我們看到風雨，會像杜甫有這種想像力嗎？沒有啊，對不對？因為我們腦子實在太閉塞了，偉大的詩人就是有了不起的想像，我們把它比喻是電腦吧，它的線路是特別的，跟我們一般人的線路不一樣，所以要多讀，讀了你就可以開發一下你腦袋的想像力，而且他真的不是隨便的想像，對不對？他由一個點、一個脈絡，然後這樣子、這樣子蔓延出來的，所以建議大家多體會一下。好，這是第三段。

下邊第四段，「野亭春還雜花遠，漁翁暝踏孤舟立。滄浪水深清且闊，攲岸側島秋毫末。不見湘妃鼓瑟時，至今斑竹臨江活」，六個句子。第四個段落，仍然還是在寫畫，但是跟前面一段，方向有點不一樣，前邊基本上都是想像的，對不對？「玄圃」啊、「瀟湘」啊、「鬼神」啊、「真宰」啊等等，這一段實景比較多，所以這一段從文字看很容易了解。你一看，看到了畫裡的景色，有「野亭」對不對？野外的亭子，當春天來了，所以這畫寫的季節應該是春天，然後開滿了好多的花，滿山遍野的花，所以「雜花遠」，「遠」是蔓延的意思，蔓延到很遠的地方，除了山，有水，有野外的亭子，還有滿山遍野的雜花，這是山水障，你看看喔，他寫的角度就是山。然後下邊「漁翁暝踏孤舟立」，畫面上還出現一個漁翁，在黃昏的時候站在一艘孤獨的漁船上頭，這個是什麼？前面是山，這個是水，對不對？前面是春色，這裡是黃昏暮色。好，「滄浪水深清且闊」又寫水，對不對？想像眼前的這條水，就是傳說中的滄浪之水，非常清澈而且江水非常開闊。然後「攲岸側島秋毫末」，「攲」，彎彎曲曲，彎彎曲曲的水岸，「側」跟

「敧」一樣，也是彎彎曲曲的島，也就曲折的小島，這是寫山，水邊的山，水邊的島，然後「秋毫末」，點出這是畫，「毫」就是毛嘛，「秋毫」就是指白毫，秋是白的顏色，所以秋毫就是白色的毛筆，就是秋毫畫出來的這些亭啊、花啊、漁翁啊、孤舟啊，還有滄浪之水，還有岸啊還有島，然後景色分兩層寫，山、水、水、山。

好，再來「不見湘妃鼓瑟時，至今斑竹臨江活」，這又是虛的了。「不見」就是看不到，沒聽到，沒看到沒聽見「湘妃鼓瑟時」。「湘妃」就是湘夫人，娥皇、女英的故事各位一定聽過，傳說堯有兩個女兒對不對？大的叫娥皇，小的叫女英，都嫁給了舜，對不對？大的當然變成了皇后，那麼小的就變成了妃子，屈原的賦裡頭有〈湘君〉，聽過吧？還有〈湘夫人〉，有沒有？兩篇喔，湘君指的是娥皇，湘夫人指的是女英。舜南巡到了蒼梧山，現在的湖南，死在蒼梧山，然後葬在蒼梧山，娥皇、女英聽說以後來奔喪，對不對？非常傷心痛哭，然後淚染湘竹，對不對？眼淚灑在湘水岸上的竹子上邊，結果那竹子斑斑點點，灑滿了淚痕，叫做什麼竹啊？叫做湘妃竹。這些都是很熟悉的故事。好，這裡所謂「湘靈鼓瑟」，「湘靈」是誰？湘夫人，「湘靈鼓瑟」各位看看當然有典故的，《楚辭》的〈遠遊〉：「使湘靈鼓瑟兮。」有沒有？所以「湘靈鼓瑟」想像中湘夫人在湘水岸邊，「鼓瑟」就是演奏那個瑟。

忽然想到另一個故事，唐朝詩人錢起要參加進士考試，從家鄉出發，半路上住在一個野店裡頭，晚上聽到院子裡頭有人唸了兩句詩：「曲終人不見，江上數峯青。」這兩句好美喔，他趕緊從房間出來看，看不到人。後來他就上京考試了，那一年考試題目是什麼呢？「湘靈鼓瑟」，他突然想到這兩句詩，考試作詩作的是排律，十幾句啦，他就把這兩句放到最後，最後考上了，前世不曉得積了什麼陰德啦。所以現在你可以看到錢起留下一首詩，題目就叫〈湘靈鼓瑟〉。這兩句詩真的很漂亮，「曲終人不見，江上數峯青」。古代人參加考試，小故事好多，奇奇妙妙的故事很多。回到「不見湘靈鼓瑟時」，「湘靈鼓瑟」應該是舜的時代了，對不對？那是遙遠年代傳說中的故事，「不見」就是沒看到。順便說一下：仇兆鰲說：「古詩常用不見，猶云豈不見。」他把「不見」解釋爲「豈不見」，當作反問句，意思是難道沒看到嗎？我想不要這樣解，這樣解反而不合理。沒錯，「不見」有時候可以當「豈不見」的意思，但是這裡應該就是沒看到、沒聽見，我現在看到這一幅畫，「無乃瀟湘翻」嘛，前邊不是有「瀟湘翻」嗎？眼前就是瀟水、湘水呀，不過時代已經那麼遙遠了，聽不到，看不見，湘夫人鼓瑟的樣子了，時間久了嘛，所以「不見湘靈鼓瑟時」。可是，「至今斑竹臨江活」，那個靠在江邊，帶著湘君、湘夫人淚染的斑斑痕跡的竹子，一直到現在，還是活的，也就是說還非常生動，還非常新鮮。所以先問一個問題，這畫面上有沒有湘妃？沒有，有沒有竹子？有，有竹子，而且杜甫還強調什麼？竹子畫得非常生動。所以湘夫人、湘妃那是古老的年代、傳說中的年代，聽不見她們鼓瑟了，可是畫面上的她們染過眼淚的竹子，還非常鮮活的站在岸邊，「至今斑竹臨江活」。一樣，這一段也是寫畫，但是畫裡邊的景物，都非常清楚，很真實的存在，那畫我們現在看不到了，但是你可以透過杜甫的詩，想像畫面的內容，有山有水，還有亭子，還有花，還有漁翁，還有漁船，還有江水，還有岸，還有島，還有竹子，這些都是實的，很真實的畫面；至於前邊是「玄圃裂」、「瀟湘翻」，還有「天姥下」，這些很顯然的並不是真的在畫面上出現。好，兩段把畫交代了。下邊又回到畫師的角度來寫。

「劉侯天機精，愛畫入骨髓。自有兩兒郎，揮灑亦莫比。大兒聰明到，能添老樹巔崖裏。小兒心孔開。貌得山僧及童子。」劉侯就是指劉單、劉少府，給各位講過，「侯」本來是爵位，公侯伯子男，對不對？但是古人時常用「侯」來去尊稱某一個人，相當於現在我們說「先生」的意思，我們上一次才讀了杜甫給孔巢父的詩，什麼「蔡侯靜者意有餘」，「蔡侯」就是蔡先生，這「劉侯」就是劉先生、劉單。「劉侯天機精，愛畫入骨髓」，「天機精」用現在來說天分很高啦，繪畫的天分很高，而且還非常喜愛畫，「愛畫入骨髓」，愛到什麼程度？我們現在說愛到心裡邊，他不是喔，是愛到骨子裡邊，愛得非常深，這是畫家之一，劉單。可是這幅畫顯然是合作的，因爲下邊說「自有兩兒郎，揮灑亦莫比」，那個劉先生還有兩個兒子，

「揮灑」是形容繪畫的動作，他兩個兒子畫畫的功夫也沒有人比得上。

好，這兩個兒子有什麼本事呢？下邊分開來說，「大兒聰明到，能添老樹巔崖裏」，大兒子很聰明，「能添老樹巔崖裏」，「巔崖」就是高崖，「巔」就是高的意思，高高的懸崖下邊，他添上了幾棵老樹，請問「巔崖」畫面上有沒有？有，然後懸崖下邊還有老樹，畫面上看得到，這個老樹誰畫的？劉侯的大兒子畫的。好，下邊，「小兒心孔開。貌得山僧及童子」，那小兒子呢，也開了心竅了，心開了竅叫「心孔開」。那個「貌」，要唸成ㄇㄛˋ，註解引了很多材料，「蔡曰」：「貌，莫角切，貌人類狀也。」那「貌人類狀」的「貌」，是普通的讀法，就是畫的意思。「貌人類狀」，畫人形狀畫得很像。而畫人畫得很像，也叫「貌」，則要唸成「莫角切」，入聲；國語就讀成ㄇㄛˋ，這材料很多，說法也滿複雜的，各位有興趣自己細讀，我們就不多說了。好，所以「貌得山僧及童子」，就是那個小孩心開了竅了，他畫那個山裡邊的和尚，還有那個小童子，畫得都非常像，所以唸成ㄇㄛˋ，不只是指畫的動作，還要強調畫得很像，強調它的效果，「貌得山僧與童子」。好，這一個段落又回到畫家來說，對不對？不只是稱讚了「劉侯天機精」，天分很高，而且帶出了另外兩個畫的人，他的兩個兒子，所以杜甫看到這一幅畫，畫家不只一個喔，是父子合作的，當然這個兩個兒子畫得比較少一點，畫老樹，畫和尚，畫童子。

好，最後一段，「若耶溪，雲門寺。吾獨胡為在泥滓？青鞋布襪從此始。」這最後一段很清楚是一個結論，看到畫，產生了一種感想，所以下邊的引的方東樹評語：「若耶四句另一意作結，乃是興也。」說最後四句用另外一個意思作結束，這個結束是「興」，這是說看了畫產生了一種感觸，這什麼感觸呢？隱居的念頭。先提了兩個地名：若耶溪、雲門寺，這兩個地名，不管是溪水也好，不管是寺廟也好，各位看到引的《水經》的〈漸江水注〉，那文字很多，基本上若耶也好，雲門也好，都在現在的浙江，浙江東邊叫做浙東，其實山水很多，各位比較熟悉的幾個典故、幾個地名來說，像那個富春山或富春江就在浙江，還有什麼王羲之的山陰道中，有沒有？也是在那一帶，山山水水很多，而且非常美。這裡提到這溪，提到那個寺，我們當然要先處理一個問題，那是劉少府這幅畫裡頭，畫了若耶溪？畫了雲門寺？當然不是，對不對？以他繪畫的對象、空間來講，基本上是奉先的山水，「聞君掃卻赤縣圖」，寫的是奉先的山水。那杜甫為什麼會寫到若耶溪？為什麼會寫到雲門寺？所以他說是「興」，引起了聯想嘛，看到這山水，產生了聯想，那這個聯想什麼作用呢？為什麼要提到這兩個地方呢？這是有典故。

各位看到《梁書》，〈何胤傳〉，說：何胤因為會稽，就是浙江紹興縣「山多靈異，往遊焉，居若邪山雲門寺。初，胤二兄求、點並棲遁」，他知道那個地方有很多山水十分靈異，就是非常好的地方，可以隱居的地方，所以他到了這裡，若耶山的雲門寺，而何胤還有兩個哥哥，一個是何求，一個何點，跟他一起歸隱到這裡來，我們引書這個地方少掉兩句話：因為這三兄弟隱居在這裡，所以「世號三高」，大家都把這三個兄弟叫做「三高」，連在一起叫「三高」，「高」是什麼意思啊？就是高人，就是高士嘛。好，朝廷聽說他們是高士，就下了一道詔書，給他們一個封號叫做「白衣尚書」，結果這三兄弟沒有接受，所以這才叫做高啊，假如說你隱居了老半天，朝廷給你一個什麼封號、一個官、一個賞賜，你就高興，那就是假的清高。所以杜甫為什麼提到若耶溪？提到雲門寺？其實用的就是何胤的故事。表示什麼？表示強烈的隱居念頭，不然這兩句話和兩個地點，真的有點勉強，對不對？看的山水畫的是奉先的山水，兩個地點距離那麼遙遠，一個在浙江，一個在陝西，這怎麼會想到這一條溪水，這一個寺廟？用這個典故作基礎，所以若耶溪、雲門寺，你要理解的時候，把它翻譯是說：我看到這幅畫，就想到了何胤這兄弟三人隱居的地方，他們不接受朝廷的賞賜封祿，這樣子一些人物，然後就想到自己，「吾獨胡為在泥滓」，而我呢？偏偏就我一個人還在泥淖裡頭，還在污濁的、骯髒的世界裡邊，用何氏三兄弟這三高的清高，來反襯自己呢還沒有辦法脫離世俗，兩隻腳還踩在骯髒的泥土上邊，我為什麼要這樣？所以「青鞋布襪從此始」，他就做了一個打算啦，「青鞋布襪」其實就是布鞋布襪，「青」是形容那個青布做的鞋子，我就從現在開始，穿著布襪布鞋，表示什麼？雲遊山中啦，不要說古代吧，現代不也這樣嗎？你穿著一雙球鞋，甚至於穿著藍白拖，你要到總統府去上班嗎？不可能，對不對？這一身打扮就表示我脫離世俗了，不求現實中的榮華富貴了，走入山中，隱居去了，這叫「青鞋布襪從此始」。所以這顯示了，看到畫引起了隱居的念頭，就用這個做為結束。

當然各位知道，杜甫有沒有過隱居的念頭？有。我們後面會讀到〈奉先詠懷〉，裡頭也提過：「非無江海志，蕭灑送日月」？隱居可以輕鬆地打發時間，逍遙的過日子，但是，「生逢堯舜君，不忍便永訣」，他是不會離開國君，拋棄朝廷的，對不對？因為「葵藿傾太陽，物性固莫奪」嘛。我們講過好多次，基本上杜甫是在仕跟隱的兩條路上掙扎，但最終他不會選擇隱居的，這是他基本的心態，但是不能說他沒有過那個念頭，更何況現在看到的是一幅山水畫，山水畫給我們觀賞者最大的一個感受，是什麼？山中是很好的世界啊，所以這種聯想是很自然的，這種念頭也是很自然的，但是因為這樣子的一個結論，我們認為它不應該是寫在安祿山之亂爆發以後，那個時候再怎麼說，杜甫大概都不會說，我要穿著一雙布鞋走到山裡邊，把這個時代拋棄了，所以我們把編年，往前面挪到天寶十三載。

至於整個作品的內容，剛剛基本上也給各位介紹過了，各位不妨自己再整理一下，整理幾個重點：第一個你把它寫畫的部分，寫畫家的部分，段落把它弄清楚，然後你看他怎麼跳，從畫家跳到畫，畫又跳到畫家，這樣子跳躍的過程。再來，說到畫，注意一下畫中的景色，有哪一些是實景，哪一些是虛景，然後虛景還用典故，什麼瀟湘、玄圃啊，對不對？或者說回憶中的天姥山等等，那怎麼把它帶進來，這個可以看出他的想像的方向。再來，這基本上我們讀題畫、詠畫，一定要做的就是，畫畢竟是假的，畫中景物必定是不真實的，但是我們的詩人，通常以假作真，你看看他怎麼樣把那個楓樹忽然間好像長在廳堂中了，然後這個江山忽然起了煙霧了等等，這樣子的一種想像力，以假作真。我想下一次我就要出一個題目，讓各位寫一首題畫詩，應該可以吧？你就運用這手法，不管你是不是真的看過畫，你想像一幅畫也可以，反正你就當著看了，好嗎？大家看著看著想像一下然後寫一首詩。好吧，大概這些重點各位去掌握一下，那下禮拜我們仍然講作品，今天我們就到這裡了。

自京赴奉先縣詠懷五百字

杜陵有布衣，老大意轉拙。許身一何愚？竊比稷與契。居然成濩落，白首甘契闊。蓋棺事則已，此志常覬豁。窮年憂黎元，歎息腸內熱。取笑同學翁，浩歌彌激烈。非無江海志，蕭灑送日月。生逢堯舜君，不忍便永訣。當今廊廟具，構廈豈云缺？葵藿傾太陽，物性固莫奪。顧惟螻蟻輩，但自求其穴。胡為慕大鯨，輒擬偃溟渤？以茲誤生理，獨恥事干謁。兀兀遂至今，忍為塵埃沒。終愧巢與由，未能易其節。沈飲聊自遣，放歌破愁絕。歲暮百草零，疾風高岡裂。天衢陰崢嶸，客子中夜發。霜嚴衣帶斷，指直不得結。凌晨過驪山，御榻在嵽嵲。蚩尤塞寒空，蹴踏崖谷滑。瑤池氣鬱律，羽林相摩戛。君臣留懽娛，樂動殷樛嶱。賜浴皆長纓，與宴非短褐。彤庭所分帛，本自寒女出。鞭撻其夫家，聚斂貢城闕。聖人筐篚恩，實欲邦國活。臣如忽至理，君豈棄此物。多士盈朝廷，仁者宜戰慄。況聞內金盤，盡在衛霍室。中堂舞神仙，煙霧蒙玉質。煖客貂鼠裘，悲管逐清瑟。勸客駝蹄羹，霜橙壓香橘。朱門酒肉臭，路有凍死骨。榮枯咫尺異，惆悵難再述。北轅就涇渭，官渡又改轍。羣水從西下，極目高崒兀。疑是崆峒來，恐觸天柱折。河梁幸未坼，枝撐聲窸窣。行旅相攀援，川廣不可越。老妻寄異縣，十口隔風雪。誰能久不顧？庶往共飢渴。入門聞號咷，幼子餓已卒。吾寧捨一哀，里巷亦嗚咽。所愧為人父，無食致夭折。豈知秋禾登，貧窶有倉猝？生常免租稅，名不隸征伐。撫迹猶酸辛，平人固騷屑。默思失業徒，因念遠戍卒。憂端齊終南，澒洞不可掇。

看選本四十五頁，讀這一首詩，各位可能要振作一下了，因爲篇幅很大，而且內容十分沉重。但是我好像也強調過，假如沒有讀過這首和後面的〈北征〉，大概不能算是讀過杜甫的詩。這首詩可以看出杜甫創作的功力，更重要的是，可以透過作品看出他的思想、他的人格內涵，以及他在詩裡面表現的對時代、對老百姓深刻關懷的感情。

因爲作品很長，我們廢話少說，先從題目看起。這題目看起來比較長一些，我們可以把它區分爲三個成分。第一個成分，是「自京赴奉先縣」，再來是「詠懷」，再來是「五百字」，把它先畫分爲三個成分。五百字比較簡單，表示這個作品一共有五百個字寫成的，這是一首五言古詩，換句話說，它有一百句，有五十個韻。剛剛說我們沒有期末考，真要期末考我就要大家把這首背起來。我在師大或淡大，都開過杜詩的課，這首詩是必背的，因爲大篇的作品，一般人很少去讀，讀了大概也讀不熟，強迫學生背一下，你才能感覺大篇的作品怎樣去構思、段落怎麼樣去處理。當然是期待大家把它多讀幾遍，不一定每一個句子、每一個字讀得很熟，不一定上下句都很順暢，但是透過我講解完了，你了解內容了，你多讀幾遍，你會感覺到這個作品真的是非常的深刻，非常的沉痛，而且各位假如將來要寫大篇的古體詩，這也是一個很好的學習範本。這是五百字，從篇幅說。以杜甫整個集子看，他最長的一首詩，是一首五言排律〈秋日夔府詠懷奉寄鄭監李賓客一百韻〉，一共一百個韻，換句話說是一千個字。那第二大篇呢？就是我們剛剛提到的〈北征〉，這首也是五言古詩，一共是一百四十個句子，七百個字。至於三百個字，二百個字的作品，當然也很多，我們就不仔細說了。

題目的第二個成分「詠懷」，剛好上一次上課就給各位提到過詠懷。魏晉時代，有很多人寫詠懷的作品，包括阮籍，他有一篇就叫〈詠懷〉，一共八十一首。所以詠懷可以說是中國詩歌裡，一個歷史非常悠久的傳統。那什麼叫詠懷呢？從字面看很簡單，詠是抒寫、發抒，懷是懷抱，透過這首詩把我心中的懷抱，把它抒寫出來，這就叫詠懷。不過，具體內容，因爲每一位作者不一樣，每一個作品主題不一樣，所以他要抒寫的懷抱當然是不完全相同。以杜甫這一首來看，他要寫的是他個人在現實世界裡頭，他的理想、抱負，他想要完成的一個崇高的人生目標。而他在現實中又遭遇到很大的挫折，他又如何的堅持，這是另一層。第二個，他透過作品的敍述，又表現了對他的時代面貌的一種反應，我好像提過好多次，杜甫的詩，在古代號稱「詩史」，「詩史」並不是指詩歌的歷史，雖然字面上詩史看起來就是詩歌的歷史，但是概念不一樣，而是透過詩、透過一個文學作品，反映了他的時代，反映了他的現實，這是杜甫詩最大的特徵，所以他用一枝詩人的筆，紀錄了時代的面貌，然後對這個時代提出一些批判、一些看法，這個就叫做「詩史」。「詩史」的作品，杜甫一千多首詩裡頭當然很多，不過這首算是非常典型的，非常具有代表性的，這是詠懷，題目的第二個成分。

第三個成分「自京赴奉先縣」，從這個題目的文字看，很顯然的，它在類型上叫紀行詩，也就是我們的詩人從哪裡出發，到什麼地方去，一路之上，他對路途的描寫，做一些非常完整、非常詳細的紀錄，這就叫做紀行詩。以杜甫來講，他到了後半生，四十幾歲以後，到處奔波，他曾經從長安到現在的甘肅，從甘肅又到現在的四川，然後又順著長江到湖北、湖南，這是一個非常漫長的旅途，距離非常遙遠，時間也花了很長，杜甫都有很多詩把它作紀錄，所以這一類的詩簡單講，就是所謂的紀行詩。紀行詩當然不只是杜甫有，後來很多詩人都有，但杜甫的紀行詩算是很成功，也具有很大的代表性。這一首紀行詩，紀錄了一段旅途，是從哪裡到哪裡呢？他是從長安到奉先縣，奉先縣在長安東北二百四十里的地方，有這麼一段旅途，杜甫從出發寫起，再寫他路上的狀況，然後寫來到奉先這些的內容。現在我們要把題目中的「自京赴奉先縣」，還有「詠懷」，把它給結合一下。剛剛說詠懷從魏晉以來是一個傳統，那杜甫在這裡抒寫他的懷抱，爲什麼結合這樣一個紀行的內容呢？原來他就是一路上，先寫爲什麼要離開長安，到奉先有什麼目的？還有他看到的一些狀況等等，發出了感慨，所以在杜甫這首詩裡，是把紀行跟詠懷這兩者結合在一起了，所以題目就變成了〈自京赴奉先縣詠懷〉。因爲題目很長，所以過去時常將題目做了省略，省略成〈奉先詠懷〉，其實這樣的省略當然並不完整，因爲奉先只是一段路途的目的地而已。至於更省略的就叫做〈詠懷〉、〈詠懷五百字〉，這些都不完整。我們要弄清楚杜甫有懷抱要加以抒寫，有感慨要透過詩來發抒，但是這樣的感慨，這種懷抱，他是透過一段旅途的經驗來把它表現出來的，所以兩者是有很高度的結合的。

再回過頭來看，這一段路途，杜甫是在什麼時候，爲什麼要離開長安？爲什麼要到奉先？有什麼背景？這當然關係到杜甫的生平。概略的說一下，我們在讀到〈醉時歌〉的時候，曾經提到天寶十二載的秋天，長安霖雨，發生了水災，導致米糧非常貴，這個時間杜甫還在長安，杜甫從天寶六載就來到長安，住在長安南邊的杜陵。印象中提過，杜甫妻子姓楊，在天寶十三載的時候，全家除了妻子以外，還有三個男孩，二個女兒，杜甫這個時候還沒有做官，家裡負擔很重，米價又很貴，所以天寶十三載這一年，杜甫四十三歲，在秋天的時候，他把家小從長安帶到奉先，寄養在奉先。那爲什麼選擇這個地方？因爲奉先的縣令姓楊，名字不知道，但是根據一般的推測，杜甫的妻子姓楊，所以奉先的縣令跟她同宗，換句話說，是投靠妻子的親戚。杜甫將妻兒帶到這裡後，直到第二年，天寶十四載的春天，才回到長安。春天以後，有幾次的來回，我們不細說。然後呢，最重要的是到了天寶十四載十月的時候，杜甫在長安奔波了好久，總算得到了一個官職，他做了右衛率府兵曹參軍，這是十月。很顯然這個時候杜甫是在長安，他妻子兒女還在奉先，所以到了十一月的時候，杜甫請假，從長安到奉先，想要回到家中跟妻子兒女團圓，去省親。因此，這首詩寫在什麼時候呢？必然是天寶十四載十一月。問題尙未結束，我們知道就在這一年十一月初九的時候，安祿山從范陽舉兵。我們讀唐史，讀老杜的詩，安史之亂一定要很熟悉，安祿山從范陽舉兵，就是現在的北京附近，河北，這是十一月初九。

唐玄宗有一個習慣，每年十月，他都會帶著楊貴妃到驪山，驪山有一個華清池，在這裡避寒、過冬，基本上來說，大概到年底他才再回到京城，然後正月初一接受百官的朝賀。安祿山在十一月初九起兵造反，唐玄宗那時還在驪山，到了十一月十五日，安祿山造反的消息才傳到長安，那時唐玄宗還不太相信，因爲他對安祿山非常信任，也非常重用，雖然很多人都說安祿山會造反，唐玄宗就是不相信，甚至把那些說安祿山會造反的人綁起來送到安祿山那裡去。這個時候消息來了，安祿山真的在范陽用二十萬大軍，勢如破竹，把現在河北的地區，整個都佔領了。時間過了約六天，消息來了，唐玄宗還不相信，到了二十一日，唐玄宗才確知，安祿山真的造反，然後他才從華清池回到長安，再安排如何抵抗安祿山，就是這樣的時代背景。現在拋出一個問題，我們說杜甫寫這首詩是在天寶十四載十一月的時候，那安祿山之亂發生在十一月初九，消息十五日傳到長安，而這首詩杜甫雖然表現出對時代有非常憂慮的情結，而且也預知了唐朝將發生很大的動亂，但他沒有明確的說安祿山已經造反了。換句話說，安祿山造反這個事件，在杜甫這首詩裡並沒有反映出來，沒有寫出來，基本上與杜甫的習慣不合，那麼重大的事件，他一定會在詩裡做一個敍述，所謂「詩史」嘛！更何況從這首詩以後，杜甫好多作品都不斷提到安祿山之亂這樣的內容。所以我們做一個推測，杜甫離開長安雖然是在這一年的十一月，與安祿山范陽舉兵時間接近，但他還不知道安祿山已經造反的消息。至於哪一天我們不清楚，總之，一定是在他知道安祿山造反之前的一段旅途的經驗。這些是所謂紀行的時間背景，給各位理解一下。

下邊，我們就把作品讀一讀，一共五百個字，篇幅很大，我們讀大篇的作品，基本上都要分段，不分段很難處理。其實讀律詩之類，我們也會分幾個小節來處理，更何況那麼大篇的作品。我們的選本如何來分段呢？各位看看從第一個句子，「杜陵有布衣，老大意轉拙」開始，一直到下邊「沈飲聊自遣，放歌破愁絕」，按照高步瀛先生的分段，他把以上分爲第一個段落。「歲暮百草零」，一直到「榮枯咫尺異，惆悵難再述」，高步瀛先生把它區分爲第二個段落。下邊「北轅就涇渭」，一直到結束，「憂端齊終南，澒洞不可掇」，高先生把它分的第三個段落，這種分段當然有他的合理性，但是我讀起來，感覺好像分的段落太大了。所以我把它分爲六個段落，這六個段落等到我們細講的時候，再給各位說明，現在先概念的了解一下。我們的分段與高先生的分段有些小小的差別，但第一段跟他一樣，也就是從「杜陵有布衣」，一直到「沈飲聊自遣，放歌破愁絕」，我們一樣把它當作第一個段落。

每一段都有基本主要內容，我把這一段稱做「身事」，作爲主旨。身事是什麼呢？也就是高步瀛先生說的：「自述生平懷抱。」就是杜甫先把自己的人生理想、目標、現實的遭遇、挫折……等等，做一個敍述，從個人的角度來發洩。這個段落很長，我們再將它分爲若干小節，這樣處理起來比較方便。先看第一個小節，「杜陵有布衣，老大意轉拙。許身一何愚？竊比稷與契。居然成濩落，白首甘契闊。蓋棺事則已，此志常覬豁」，這是第一個小節，這個小節下邊引到仇兆鰲的說法：「此自述生平大志。」確實，杜甫在這裡很概括性的把他一生的大志，人生偉大的理想，先做了一個敍述。我們再把文字理解一下，「杜陵有布衣」，杜陵在長安南邊，也是杜甫現在住的地方，他說杜陵有一個布衣之士，「布衣」通常指平民百姓，沒有做官的人。但這又抛出一個問題：我們說這是天寶十四載十一月的一段旅途經驗，是這時候寫的，而在前一個月，他做了官了，「右衛率府兵曹參軍」，這個官雖然不大，從八品下，比九品大一點，也是中央政府的官，無論如何他應該不是布衣。所以，有些人懷疑這首詩應該是杜甫未做官時寫的，可能是天寶十三載的冬天所寫的，因爲季節的背景是歲暮的時候，看起來好像合理。但是從杜甫的生平，我們知道天寶十三載秋天，他把妻子兒女寄養在奉先以後，他整個冬天都在奉先，直到第二年春天才回到長安，所以在這歲暮的時候，天寶十三載不可能有這段旅途。怎麼處理這樣的矛盾呢？我們還是要從杜甫的生平與志向談起。我們讀〈奉贈韋左丞丈〉的詩，他說要「致君堯舜上，再使風俗淳」，有非常偉大、崇高的目標，「自謂頗挺出，立登要路津」，所以，以杜甫的想法，我要做官，就是要完成「致君堯舜上，再使風俗淳」這樣的目標，而這樣的目標怎樣才能完成呢？要「立登要路津」，做到很高的官職，甚至做到宰相，才有機會實現這樣的政治理想，而右衛率府兵曹參軍只是掌管「武官簿書」這樣的職務，很顯然絕不可能完成「致君堯舜上」的目標，所以杜甫在這裡說自己是布衣，是在表示這個官對他來說是沒有意義的，在他心目中認為要實現我的政治目標，這不算是一個官。他說有一個在杜陵看起來像沒有做官的人，「老大意轉拙」，我年紀越老，就越來越固執，越來越執著，「拙」是執著之意，也就是不會轉彎，固執在那兒。我們每一個人大概都有這樣的人生經歷，年輕時可能有非常崇高的理想，志向很大，但在人生路上摔了幾跤以後，年紀越大了，四十歲、五十歲、六十歲，才發現沒什麼機會了，沒什麼希望了，那就放棄啦！轉個彎吧！但是杜甫說我年紀越老，我反而越執著，那這個「意」就是他的理想。是什麼理想呢？「許身一何愚？竊比稷與契」，「許身」是給自己立下的人生目標，我給自己立下的人生目標，「一何愚」，從別人的角度看，那是夠笨的啦！「愚」當然是笨，這目標別人看起來那是很笨，為什麼笨呢？「竊比稷與契」，我私下把自己比做稷、比做契。「稷」，各位一定很熟悉，就是后稷，這個后稷是農官，《尚書．舜典》裡說的，他是堯時代的農官，輔佐堯，教導百姓播種百穀，讓老百姓有豐富的糧食不虞匱乏。那「契」呢？是舜時代的官，他曾經做過司徒，根據《尚書》說，是教導老百姓人倫。所以看起來很清楚，他舉出了上古時期，傳說中偉大的政治人物，兩個典型，一個是堯的時候，一個是舜時候的官，讓老百姓能夠豐衣足食，物質上不虞匱乏，讓老百姓能夠有人倫教化，在精神上能夠走向文明，而這是杜甫所希望達到的政治目標。這樣的目標基本上是儒家的思想，《論語》裡時常提到這觀念，比如孔子教導學生，治理一個國家，第一個目標要足食，食物要充足，老百姓不飢餓，再來是足兵，國家就安全了。豐衣足食了，國防安全了，然後教之，教化他們有文明。所以這基本上是儒家的政治理想。杜甫說「致君堯舜上，再使風俗淳」，什麼是「風俗淳」呢？讓天下風俗歸於淳厚，也就是大家能安居樂業，能夠有文明、教化。所以他在這裡用稷與契，堯舜時候的兩位典型人物來自顯示自己的政治目標。而這顯然是太過偉大了，太過崇高了，所以別人都認為他夠愚笨的。

下邊，「居然成濩落」，「居然」是竟然的意思，這種理想竟然變成了「濩落」。「濩落」是什麼呢？《莊子．逍遙遊》說：「惠子謂莊子曰：

魏王貽我大瓠之種，我樹之成而實五石，以盛水漿，其堅不能自舉也；剖之以爲瓢，則瓠落無所容，非不呺然大也？吾爲其無用而掊之。」惠子告訴莊子說，魏王送給我一個大瓠瓜的種子，我把它種出來了，結了果實了，瓠瓜很大，看起來可裝五石的東西，我把它拿來裝水，結果卻無法舉起來，也就是說，它無法承擔水的重量，我把它剖開變成一個瓢，它又無法裝其他東西，「呺然」是虛大的樣子。所以濩落就是從這裡來，表示大而不當。「居然成濩落」，我這樣的理想居然大而不當，也就是沒辦法實現。理論上，到了這種情況，一般人就放棄了，可是杜甫說「白首甘契闊」，我到老了，頭髮白了，我還甘願爲它而奮鬥。這個「契闊」是從《詩經》來的，《邶風·擊鼓》：「死生契闊，與子成說。執子之手，與子偕老。」《毛傳》的訓詁：「契闊，勤苦也。」但清朝黃生的《義府》則提出另外的解釋：「死生契闊並對言，契，合也；闊，離也。言有生必有死，有契必有闊，此人事之不可保者，然我與子必誓相偕老，此初時執手之言，既有成說矣，豈意今之不然也。」我們將這篇作品內容說一下，〈擊鼓〉背景是鄭莊公率兵去攻打宋國，根據朱熹的解釋，這一章是跟著鄭莊公出征的一個士卒向他的家人說的一段話。解釋的時候要用一些倒裝，應該先看「執子之手」，「子」指妻子，士卒對著他妻子說，我握著妳的手。然後再看下一句，「與子成說」，「子」也是對他妻子說的，我握著妳的手，跟妳有一個約定，「成說」就是約定。約定什麼呢？「死生契闊，與子偕老。」不管我們未來是生是死，是聚是散。「契」是合的意思，指聚在一起；「闊」是分散的意思。我這一出征之後，不管未來是生或死，是聚或散，我們都要有一個共同的願望，兩個人相守到白頭，這四句詩很有名的，其實讀起來很沉痛，一個即將出征的士卒對著妻子說的話，相誓不管未來命運如何，都要相守到老。所以這樣看，「契闊」就是聚與散，《毛傳》的解釋應該是錯的。過去《毛傳》是讀書人必讀的經典，杜甫當然也很熟悉，所以很多人用到「契闊」這個辭彙的時候，受到《毛傳》的影響，就將它當勤苦的意思說，就是現代說的勤勞奮鬥。回到杜甫的詩，「白首甘契闊」，這個「契闊」是聚散還是勤苦的意思呢？當然是勤苦的意思。所以應該這樣說，杜甫用這兩個字把它當作勤苦講，從《詩經》的本意說是不通的，但是他有依據，不過依據的是錯誤的解釋而已，這是解讀古代的作品時常會出現的問題。「居然成濩落」，這個理想居然落空了，可是「白首甘契闊」，我就算老了，滿頭白髮了，我還是甘心為這個理想去努力奮鬥。「蓋棺事則已，此志常覬豁」，我到什麼時候才放棄這樣的理想、這樣的目標呢？到我死了，到我蓋棺論定了，我才放棄、才終止，不然的話，我這樣的志向一直還「覬豁」，「覬」是帶希望的語氣，也就是心裡還存著希望，這叫「覬」。那「豁」呢？則是豁出去，也就是不顧一切去打拚。這是第一個小節。這個小節仇兆鰲說是敍述生平大志。讀老杜的詩，因為他通常是很真誠的敍述他的懷抱，所以很多作品是可以互相印證的，他不是寫這首詩講這樣的話，別的作品講另外的話，各位不妨回憶一下，我們讀過有關的詩，如〈奉贈韋左丞丈二十二韻〉、〈同諸公登慈恩寺塔〉等，這些基本上都可以和這首作品有互補的地方，比如說「致君堯舜上，再使風俗淳」，就是所謂的「竊比稷與契」；所謂「此意竟蕭條」，也就是這裡的「居然成濩落」。

下邊第二個小節，「窮年憂黎元，歎息腸內熱，取笑同學翁，浩歌彌激烈。非無江海志，蕭灑送日月。生逢堯舜君，不忍便永訣。當今廊廟具，構廈豈云缺？葵藿傾太陽，物性固莫奪。」這是第一段第二小節。這一小節仇兆鰲說是在講「志在得君濟民」，希望能夠得到國君的重用，來照顧百姓。所以一開頭說「窮年憂黎元」，我一年到頭都為老百姓擔憂，我們很清楚杜甫十分想做官，但他做官的目的就是拯救百姓，不願看到老百姓處在水深火熱中，痛苦不堪。而這樣的「窮年憂黎元」，使得他「歎息腸內熱」，經常為百姓歎息，歎息到內心都發熱了。這個「腸內熱」，各位看後面的注解高先生引《莊子・人間世》：「葉公子高曰：今吾朝受命而夕飲冰，我其內熱與？」他說，我今早接受了朝廷的命令，黃昏回到家就飲冰，我是因內心在發熱的關係嗎？所以內心發熱表示感覺到責任很沉重，有焦慮感。我們有一個成語叫「五內俱焚」，類似這樣的現象。所以早上受了任命，內心非常焦慮、煩燥，回到家要喝冰。民國初年梁啟超先生，他的書齋就取名「飲冰室」，就是從此處而來，表示對自己的時代有非常焦慮的感受，所以用了這個典故。「取笑同學翁」，我這理想被同學取笑，他們笑我愚笨，可是面對同學的取笑，我就「浩歌彌激烈」，就用大聲唱歌來回應他們。假如他們笑得很厲害，我的歌聲就越強烈。歌在古代時常有一種抗議的表示。所以同學笑，他就唱歌，用歌聲來回應他們。「非無江海志，蕭灑送日月」，「江海志」，簡單說就是隱居的念頭，「江海」相當於江湖，「志」就是志向、念頭。我並不是沒有隱居的念頭，「江海志」也有出處，《莊子．刻意》：「就藪澤，處閒曠，釣魚閒處，無爲而已矣；此江海之士，避世之人，閒暇者之所好也。」躲在山野之中，很悠閒的生活，不做什麼事，這種人叫江海之士，避世之人。所以「江海」是從這兒來的。引申一下，「江海志」是隱居的念頭。我並不是沒有隱居的念頭，我也知道隱居的話可以「蕭灑送日月」，「日月」就是時間，就是歲月，可以很輕鬆的打發時間，我也知道隱居的好處啊！但是「生逢堯舜君，不忍便永訣」，可是我偏偏是活在堯舜之君的時代，聖明的國君在位的時代，我不甘心就這樣永遠的遠離國君，放棄了我的理想。「當今廊廟具，構廈豈云缺」，我又進一步想，現在這個時代，「廊廟具，構廈豈云缺？」「廊」、「廟」、「廈」這基本上是同一意義，就是指建築物，很大的建築，然後用一個「構」把它組合起來，這三個都是「構」的受詞，「構」是建築的意思，建造這麼大的建築物，就一定要有「具」，「具」是什麼呢？指的是材料，古代的房子基本上是木材建構的。現在建構廊、廟、廈的材料，難道會缺少嗎？但是杜甫說這些並非是要教我們建房子，它當然是有比興的，他用「廊」、「廟」、「廈」來比喻朝廷，建築用的材料比喻人才，所以有一個說法叫「廊廟之才」，就是指組織朝廷的人才。現在我們國家組織朝廷的人才難道會缺少嗎？這是反問句，意思是不缺少，那麼應該不缺少我老杜這個人了，換句話說：我也不一定要堅持留下來。可是「葵藿傾太陽，物性固莫奪」，又說出一個不離開的原因來，他說我就像向日葵一樣傾向太陽，我這樣的本性是不會改變的，「奪」是改的意思。這個也是杜甫有名的句子，他有所本，各位翻到注解引的：《淮南子．說林訓》：「聖人之於道，猶葵之與日也。」接著，曹子建〈求通親親表〉：「若葵藿之傾葉，太陽雖不爲之迴光，然終向之者，誠也。」

都是把向日葵跟太陽做了一個連接，那是因爲向日葵有這樣的本性，看它的名稱叫向日葵就知道，早上太陽在東邊，它就朝向東邊，黃昏太陽西下，它就彎向西邊，所以「葵藿傾太陽」是從這裡來的。但是我們要特別強調一點，葵跟藿是兩種不同植物，葵是向日葵，有傾向太陽的特性；藿是野草，沒有這樣的本性。這個修辭學叫「複詞偏義」，所謂「複詞」就是用兩個字或兩個詞構成的辭彙，既然是兩個字或兩個詞構成的，應該有兩個意思，偏偏我們發現有些作品只用了其中一個意思而已，像葵藿這個複詞，葵跟藿只用了向日葵這個意思，藿就沒有意義了。漢語裡的「偏義複詞」很多，有一個很有名的對聯，林則徐的「苟利國家生死以，豈因禍福避趨之」，大意是只要對國家有利的事就算犧牲性命我也會全力以赴，不會因爲耽心禍害而逃避。這裡面的國家，生死、禍福、避趨都是複詞，都是兩個字構成的複詞，但並非每個字都有意義。國跟家是不同的，但在此家是無意義的字；生死，則是死產生意義，生是無意義的；禍福及避趨則是禍、避產生意義，福、趨則沒意義。很簡單的四個複詞，全部都是偏義。「葵藿傾太陽，物性固莫奪」，這其中也有比喻，向日葵是自比，太陽比喻國君，向日葵傾向太陽就像我心向朝廷一樣，前面說組織國家人才不缺少，看起來不需要我了，但我的個性就是朝廷在哪兒，我的心就在哪兒，而這種本性是無法改變的。

現在把前面說的整理一下。在長安杜陵有一個布衣，年紀越老越固執，我給自己立下的志向非常的愚笨，私下比喻自己像稷、契。這樣的理想竟然落空了，可是我到老了還甘心爲它去奮鬥，除非我死了，不然我心裡仍充滿了期待，一定要拼命去完成。我一整年爲老百姓憂愁，內心非常焦慮。同學們取笑我，我用歌聲來回應他們，他們越取笑，我回應得越激烈。我並不是沒有隱居的念頭，我也知道隱居可以輕鬆打發時間，蕭灑的過日子。可是我生逢堯舜之君，不忍心馬上離開。現在組織朝廷的人才並不缺少啊！可是我的本性就像向日葵傾向太陽，沒有辦法改變。我爲什麼要特別這樣翻譯？從文章結構說，是否有一連串的頓挫？頓挫我們談了很多次，他像波浪一樣起伏。「許身一何愚？竊比稷與契。居然成濩落，……」理想居然落空了，理論上應是放棄，但他說「白首甘契闊」，到老了還甘心爲它奮鬥，這就形成一個頓挫。尤其下邊一小節，「窮年憂黎元，歎息腸內熱。取笑同學翁，浩歌彌激烈」，同學取笑就像波浪跌下來，可是他用歌聲來抗議，文氣又揚起來。「非無江海志，蕭灑送日月」，看來可以隱居了，可是下面又接「生逢堯舜君，不忍便永訣」，我偏偏碰上堯舜之君，所以不能馬上離開。下面又說組織朝廷的人才很多，不缺我一個，看起來又可放棄了，但他終究沒放棄，「葵藿傾太陽，物性固莫奪」，我又像向日葵一樣，傾向朝廷。就這樣抑抑揚揚，像波浪起起伏伏的形態，就叫頓挫。這種筆法最難，尤其各位要寫大篇的作品，一定要掌握住這種筆法，不然語氣就像平平的一條直線，不刺激，無法吸引人。所以要各位讀熟一點，體會一下這語氣跌宕的變化。

「顧惟螻蟻輩，但自求其穴。胡爲慕大鯨，輒擬偃溟渤？以茲誤生理，獨恥事干謁。兀兀遂至今，忍爲塵埃沒。終愧巢與由，未能易其節。沈飲聊自遣，放歌破愁絕。」這是第三小節，仇兆鰲說是：「自傷抱志莫申。」這個小節也一樣有一連串的頓挫。「顧惟」是回頭想一下，回頭想什麼呢？就是前邊的「構廈豈云缺」，現在組織朝廷的那批人，他們像一群螞蟻一樣，爲什麼那群人像螞蟻？「但自求其穴」，他們在朝廷中做官，目的只爲了求他們的巢穴，穴當然指的是螞蟻的窩，這是用了有關螞蟻的典故，《易林．震之蹇》：「蟻封戶穴，大雨將集。」將要下大雨的時候，螞蟻會將牠們的窩洞口堵起來，這就表示它們只會保全自己的窩，這叫「但自求其穴」。我回頭一想，這些在朝廷做官的人，看起來是國家的棟樑之才，但這些人就像一群螞蟻一樣，做官的目的是爲保全自己，只爲自己身家利祿打算。杜甫〈同諸公登慈恩寺塔〉不也提到「君看隨陽雁，各有稻粱謀」？意思十分類似，也是責備在朝的人只會爲自己打算。不過一個是用雁子，一個是用螞蟻作譬喻。「胡爲慕大鯨，輒擬偃溟渤」，「胡爲」就是爲什麼，這是一個責問的語氣，是杜甫問自己，爲什麼羨慕海中的鯨魚？「慕」是羨慕，引申一下是效法的意思。我問自己爲什麼要效法大海中的鯨魚？效法鯨魚的什麼？「輒擬偃溟渤」，「輒擬」是時常打算，「溟渤」指大海中的波浪，譬喻時代的風浪。「偃」是動詞，平息的意思。我常常想效法大海中的鯨魚，想平息大海中的波浪，他用螻蟻比喻朝廷中那些大官，用鯨魚比自己，那群像螻蟻的大官只顧其穴，只為自己身家利祿打算，而我杜甫想要效法大海中的鯨魚，來平息時代的風浪。他一開頭用「胡為」質問自己，當然有質疑的理由。下邊「以茲誤生理」，「以茲」因為這個，這個想要效法鯨魚平息時代風浪的想法，結果把自己的生計給耽誤了。這很明顯跟他離開長安到奉先的背景有關，他連妻子兒女都養不起，把他們寄養在奉先，所以不禁要問，我為何要這樣做？所以，杜甫的偉大其實是在這裡。我說一個道理，什麼叫做道德？是不違背讀書時的校訓或青年守則？但是你把青年守則、校訓背熟了，然後遵守它，這其實不構成道德。這觀念很重要，為什麼？因為道德是出自於良心的自由的正確選擇，那才叫道德。假如只是背一大堆校訓，一大堆《六法全書》而不犯法，不違背，這不叫道德，頂多是個守法的公民罷了。道德是來自內心自由的選擇，所謂自由選擇是什麼？就是自覺有兩條道路供你選擇，最後選擇了正確的道路，正確的方向，這才叫道德。杜甫現在就意識到有兩條路可選擇，一為螞蟻，一為大鯨魚，他也知道選擇大鯨魚，就會「以茲誤生理」，在現實上是會困頓的，而選擇螞蟻可做高官，可保身家利祿。但他最後沒選擇那條路，仍然堅持自己的理想，這才叫道德。所以他是有一個自覺，自覺他有另一條路可選，自覺可做螞蟻，但他不做，所以「胡為」兩個字非常重要，顯示杜甫是自覺性的選擇了非常崇高的目標。「獨恥事干謁」，因為選擇做鯨魚而耽誤了生計，照理說應該鑽些門路，讓自己能做大官，但又不願意從事干求，因為對於這種行為我是感到羞恥的、不願做的。因此「兀兀遂至今，忍為塵埃沒」，「兀兀」是勞苦之意，因為誤了生計，非常困頓的一直到現在，「忍為塵埃沒」這是反問句，「忍」是不忍、不甘之意。看起來到最後我就像灰塵一樣的消失了，一事無成，我哪裡甘心就這樣像灰塵般消失了呢！「終愧巢與由，未能易其節」，「巢」是巢父，「由」是許由，是堯的時代兩位有名的隱居高士，傳說巢父住在一棵大樹上結巢而居；許由有一個故事，堯想把天下讓給他，他一聽到就覺得耳朵髒了，就到河邊洗耳朵，沒想到有一牧童牽著一頭牛，問許由為什麼在洗耳朵，許由告訴他緣由，結果牧童更厲害了，牽著牛走了，他說溪水已被許由弄髒了，不願讓牛喝，這就是所謂隱居的人物，真了不起，不像現代人都拼命的去搶。杜甫說，像巢父、許由這樣子的志向，最後還是讓我感到慚愧，意思是我做不了他們，爲什麼呢？因爲「未能易其節」，我不能改變我的人生方向。杜甫在〈奉贈韋左丞丈〉裡也提到「此意竟蕭條，行歌非隱淪」，雖然理想落空了，但仍不放棄，選擇像屈原一樣的行吟澤畔，而不是像神仙一樣隱居山林，這是杜甫一生的性格。這樣理想是落空了，生活是困頓的，他怎麼安頓自己呢？「沈飲聊自遣，放歌破愁絕。」「沈飲」是痛快的喝酒，藉酒排遣自己，然後高聲唱歌，把內心的愁緒消除掉。「破」是化解的意思。這是第一段第三小節。這一小節也有許多頓挫，只是沒有前一段那麼明顯。

這一大段，是我們認識杜甫的個性、志向，他一生的抱負、現實的挫折……等等，都是非常重要的材料，所以我們再做一個整理。有幾個重點，譬如說杜甫一生抱負，在這裡他敘述的是哪些內容呢？從「許身一何愚？竊比稷與契」，很明白的宣示他的抱負；「窮年憂黎元，歎息腸內熱」，他是爲百姓擔憂的；再來呢，「胡爲慕大鯨，輒擬偃溟渤」，他想效法大鯨魚，平息時代的風浪。各位將三個部分掌握一下，可以很清楚看到杜甫顯示他一生的抱負，他在政治上所要完成的理想。可是這樣的理想遭遇挫折，落空了。他如何敘述落空的情況呢？再回到「居然成濩落」，落空了。再看到「取笑同學翁」，沒有得到認同反被取笑。接著再看「以茲誤生理」，生計被耽誤了，生活因此很艱困，下邊一句「兀兀遂至今，忍爲塵埃沒」，他一生就像灰塵般消失了，但也顯示了他的不甘心，這是現實挫折的角度說。可是挫折了、落空了，他仍然堅持著。他敘述堅持的地方特別多，再回到一開頭說的「老大意轉拙」，我年紀越老越執著，這是顯示他堅持的一面；「白首甘契闊」，到老了還甘心爲這個理想而奮鬥；「蓋棺事則已，此志常覬豁」，除非我死了，否則我仍然抱著希望；下邊「生逢堯舜君，不忍便永訣」，我在堯舜之君的時代，因此不甘心永遠離開放棄；最後「葵藿傾太陽，物性固莫奪」，我的個性像向日葵傾向太陽一樣，我這樣的本性是無法改變的。這些都是顯示了他雖然遭遇挫折，但仍然堅持。他同時又從另一面，「非無江海志，蕭灑送日月」，我並不是沒有隱居的念頭，我也知道隱居可以很輕鬆的過日子，這是從隱居的角度來顯示他不放棄理想。再來看「終愧巢與由，未能易其節」，他用古代的巢父、許由來跟自己做比較，我對巢父、許由這樣隱居的高士，我感到慚愧，因爲我沒有辦法改變我的志向。像這些我們把重點掌握一下，從他理想，從他現實的挫折，從他堅持的態度等等。讀這一段，甚至透過這一段要了解杜甫，這些部分是重點所在。

第二段，「歲暮百草零，疾風高岡裂。天衢陰崢嶸，客子中夜發。霜嚴衣帶斷，指直不得結。」高步瀛先生將這一部分和以下的一大段文字歸屬到第二段，但我們把它獨立出來，篇幅雖然小了一些，但也自成一個段落，是第二段。這段是「自京啟程」，寫他從長安出發，扣題目的「自京」兩個字，所以風格上和前面不一樣，前面是偏向抒情的方式、議論的方式，這裡是敍述的方式。

「歲暮百草零，疾風高岡裂」，點出了季節與天氣。天寶十四載的十一月，所以是歲暮，歲暮之時當然百草凋零。「疾風高岡裂」，猛烈的風好像要把高山吹垮、吹裂一樣，「天衢陰崢嶸」，「天衢」指的是天街、長安的街道，「衢」是十字路口，「崢嶸」本來的意思是山很高的樣子，引申只要高的東西就可用崢嶸來形容。古代的詩很喜歡用這兩個字，比方說〈羌村〉有一句「崢嶸赤雲西」，杜甫回到羌村，黃昏日暮往西邊看，紅色的雲佈滿了天空，那雲他用崢嶸，不是形容山的高，而是雲佈滿了天空的樣子。還有一個句子「旅食歲崢嶸」，這用得很特別，「旅食」就是到處飄泊，到處謀食。「歲」是年紀，用「崢嶸」形容年紀，表示年紀老大了，我年紀老了還到處奔波。另外，有一個成語「頭角崢嶸」，指一個人才氣很高，出人頭地的樣子。所以它是一個形容詞，本來是形容山很高，可轉換形容其他對象。這裡的「陰崢嶸」，形容陰氣很濃，歲暮天寒，風那麼猛烈，長安的街道佈滿了陰氣。歲暮天寒百草凋零，猛烈的風像要把山吹垮，長安的街道陰氣很濃盛，我就在這樣的半夜出發了。其實整個段落應該從「客子中夜發」開始的，這是很大的倒裝。古人出遠門往往半夜天還沒亮出發，出發的時候，霜氣嚴寒，表示天很冷，在北方因爲天氣非常乾燥，所以很多東西都非常的脆，衣服的腰帶因爲乾、脆而斷掉了，手指又因爲寒冷而僵直，無法將斷掉的衣帶綁起來。這一段句子不多，但卻是非常重要的過脈，交待他從長安出發了。他也塑造了一個氣氛，歲暮天寒，陰氣濃盛，這其實也暗示了整個時代，是一個沉重、陰霾的時代，配合整個作品的內容看，其實仍然有這樣的目的，塑造了一個時代的氛圍，這是第二段。

以下第三大段，從「凌晨過驪山」到「惆悵難再述」，這麼大段落，主旨上歸入到「國事」，也就是寫時代的內容，反映了對這個時代的感慨。我們把它分成三個小節來分析。先從第一個小節說起，「凌晨過驪山，御榻在嵽嵲。蚩尤塞寒空，蹴踏崖谷滑。瑤池氣鬱律，羽林相摩戛。君臣留懽娛，樂動殷膠嶱。賜浴皆長纓，與宴非短褐。」這是第一小節。這一小節仍然有路途的描寫，杜甫從長安出發，在十一月初的半夜，天快亮時到了驪山山下，驪山在長安東南六十里，而他的目的地在奉先，奉先在長安東北二百四十里處，大概杜甫從長安出發，也許先從東面城門經過，再經過驪山山腳下，就觸動了他的感慨了。「御榻在嵽嵲」，「嵽嵲」是山高之處，也就是驪山的高處，御榻是皇帝睡覺的床，當然也表示唐玄宗正在驪山過冬，驪山山上有華清宮，華清宮中有溫泉，我們根據史料了解，唐玄宗尤其是天寶三載，楊貴妃入宮以後，幾乎每年十月都會到驪山過冬，現在是十一月，所以杜甫知道皇帝還在驪山山上。「蚩尤塞寒空，蹴踏崖谷滑。」蚩尤大家都知道吧！和黃帝打過仗的，所有讀過古代書的都知道的常識，這裡總不能說是天上塞滿蚩尤這個人吧。所以這兩個字過去的解釋有兩種說法，一個說法各位看到選本引錢謙益說法：「《皇覽》：蚩尤冢在東郡壽張縣闞鄉城中，高七丈，民常七月祀之，有赤氣出如匹絳帛，民名爲蚩尤旗。」錢謙益主張蚩尤指的是旗子，那是哪裡的旗子？是驪山山上，華清宮外，因皇帝在那裡，當然有很多的禁衛軍來保護他，所以插滿很多旗子，警衛森嚴的樣子，把它當旗子說，也就是旌旗蔽天，表示皇帝的禁衛軍在這裡駐紮的非常多。假如這樣解釋，它可以跟下邊一句「羽林相摩戛」相呼應，「羽林」指的是羽林軍，也是皇帝的禁衛軍，「摩戛」就是磨擦碰撞的意思，所以杜甫在山下抬頭看，看見華清宮外頭，有好多禁衛軍在巡邏，因爲禁衛軍很多，他們的兵器碰撞摩擦在一起。所以把它當旗子說，和下邊的羽林軍有呼應。但是它還有另一個說法，黃帝跟蚩尤打仗，蚩尤會噴霧，因爲蚩尤是造霧的人，所以蚩尤也可以指霧。高步瀛先生也引了吳北江的說法：「古今注：蚩尤能作大霧，故謂霧爲蚩尤。」在此我想補充一個觀念，我們在用詞、造句的時候，時常有所謂「代字」這樣的修辭法。代字是什麼意思呢？就是我們要講一個東西，不直接在字面上寫出來，而用另外的字或詞替代，這就叫代字。這樣的情況非常普遍，最有名的一個例子，曹操的詩「何以解憂，惟有杜康」，杜康指酒，但杜康本是人名，爲何指酒呢？因爲他是造酒的人。再補充幾個例子。《石林詩話》：「東坡：獨看紅蕖傾白墮。」白墮是人名，他是人，怎麼倒得出來呢？有些講不通，但是白墮也是釀酒的人，整句的意思是一邊看荷花，一邊喝酒，所以白墮也是代字。還有一個有趣的例子，也是《石林詩話》舉出來的：「吳下饌鵝設客云：請共過食右軍。」吳下是江、浙一帶，有人殺了鵝要請客，寫了帖子邀請人來吃鵝，卻說是一起吃「右軍」。右軍是王羲之，不可能把他殺了來請客吧！所以右軍指鵝，爲什麼右軍指鵝呢？因爲王羲之喜歡鵝，看鵝的腳掌滑動，發明了很多筆法，所以他曾經寫了《黃庭經》來換一籠鵝，所以這些都是代字。有那麼多的例子，所以蚩尤指霧應該是說得通的。假如把蚩尤當做霧來說，很顯然它又跟下句「蹴踏崖谷滑」相呼應，走在路上山谷的地方滑得站不穩，這是什麼意思呢？表示冰雪滿地，一個是濃霧蔽天，一個是冰雪滿地。一說指旌旗，一說指濃霧，這兩說基本上都是可以的，我個人比較傾向霧來解說，因爲它整個是圍繞在天氣的角度去寫。中間插了一句「瑤池氣鬱律」，「瑤池」當然用西王母的瑤池來指華清宮中溫泉。「氣」是暖氣，水的熱氣，「鬱律」是水氣蒸騰的樣子，水氣很盛、很濃，飄散開來的樣子。所以「蚩尤塞寒空，蹴踏崖谷滑。瑤池氣鬱律，羽林相摩戛」這四句，寫的是華清宮的景象。濃霧蔽天或者旌旗蔽天，冰雪滿地，眾多禁衛軍駐紮在宮外，非常的寒冷，可是中間插了一句「瑤池氣鬱律」，那是華清宮內暖氣蒸騰的樣子，內外對照很明顯，顯示出來宮外很冷、很辛苦，宮內非常溫暖，不但溫暖，下邊還寫出宮內非常歡樂。

「君臣留懽娛，樂動殷樛嶱。賜浴皆長纓，與宴非短褐」，這都是從宮內的角度說，華清宮內皇帝跟臣子留在這裡非常歡樂，非常的享受，怎樣的歡樂享受呢？演奏音樂，表示有宴會、有歌舞。那「殷樛嶱」呢？

前面一個字，過去很多杜詩的注本，特別強調說要唸成ㄧㄣˇ，上聲，但唸成上聲又不太通，上聲是隱隱的意思，上次講過〈樂遊園歌〉，用隱隱形容打雷的聲音，但這裡顯然不是雷聲，因爲前面說樂動。我翻一下《說文解字》，裡頭解釋爲「作樂盛」；音樂的演奏非常的盛大，是平聲。「樛嶱」，先注意到這裡的「樛」是木字旁，基本上木字旁不能唸ㄐㄧㄠ，要唸ㄐㄧㄡ，可是我們翻到注解引了好多資料，這兩個字，有些從木旁，有些從肉部。歐陽修、王安石把木字旁改爲肉部，〈魯靈光殿賦〉「洞洞轇轕」又寫成了車字旁，基本上幾個字雖然字型不同，意思是一樣的。那「樛嶱」是什麼意思呢？根據司馬相如〈上林賦〉的注解，曠遠深貌，也就是很廣大深遠的意思。先把這個詞的字面還有意思先了解一下，我個人主張「樛嶱」用肉字旁，它的意思是廣大深遠的意思，「曠遠深貌」。那這深遠是形容什麼呢？音樂很深遠嗎？這樣跟盛大重覆了，所以這裡也是個代字。各位看到司馬相如〈上林賦〉：「張樂乎膠葛之寓。」「膠葛」是深遠的樣子，深遠的樣子是形容詞，這個形容詞形容下邊的「寓」，那個房子，代字就像剛說的，蚩尤來代霧或旗子，用杜康來代酒之類，這些是用名詞代名詞，不過有些代字可用形容詞來代名詞，假如杜甫在這裡是用代字，那麼「樛嶱」用深遠的樣子來代什麼？各位看《晉書・赫連勃勃傳》：「溫宮膠葛。」「膠葛」同「樛嶱」，所以是用膠葛來代溫宮，溫宮在這裡指的是驪山上的華清宮，簡單說「樂動殷樛嶱」，意思是深遠廣大的華清宮內，音樂演奏起來聲音非常的盛大。華清宮這個名詞雖然字面沒寫出來，還是要把它補充進去，顯示了這個音樂是在華清宮中演奏的。古代的詩，尤其杜甫的詩，注解的很多，宋代號稱千家注，至元、明、清不停的都有人在注解杜甫的詩，但因爲杜甫的詩很多，甚至有些句子複雜些，所以解釋起來有些地方滿困難的，但這首詩不得不講，因爲很重要。宋朝王安石很推崇杜甫，有一個人問王安石說，杜甫的詩雖然重要，可是有些難懂，王安石回答先讀懂的。這首詩雖然很難懂，但要了解杜甫，還是不能跳過去。王安石的話很實用，我一直鼓勵大家多讀詩，但是有很多看不懂啊！先讀懂的，困難的先放下來，慢慢累積實力，以後自然能懂很多詩。現在我們再說一下「君臣留懽娛，樂動殷樛嶱」，皇帝和一些臣子，留在這裡非常歡樂、享受，音樂演奏起來非常的盛大，在深遠廣大的華清宮中。大概是這樣的意思。再來，「賜浴皆長纓，與宴非短褐」，皇帝留在這裡除了音樂演奏外，當然也有宴會。溫泉就叫湯，有些湯叫做長湯，較大的池子，其中有兩個是專屬皇帝、貴妃專用，還有十六個長湯，是給嬪、妃及其他大臣用的，皇帝賞賜這些人在這裡泡湯，「皆長纓」，「纓」指帽子的帶子，「皆長纓」表示帽子高，也表示官很大，所以能夠被皇帝賞賜，這裡泡湯的都是高官。「與宴非短褐」，參加宴會絕對不是穿著粗布衣服的人，粗布衣服指誰呢？指的是平民百姓，所以顯示了歡樂是一般的老百姓沒有機會參與的，這是第一個小節。看這小節，下邊引了仇兆鰲的說法：「此記驪山遊幸之迹。」所以這個小節的主旨就是指責皇帝遊幸，皇帝追求歡樂，貪求享受，可是他不能與一般百姓同樂。儒家思想這點很重要：要與民同樂。我們補充一首吳融〈華清宮〉：「四郊飛雪暗雲端，唯此宮中落便乾。綠樹碧簷相掩映，無人知道外邊寒。」吳融是在杜甫之後的作者，文字寫得很明白、很清楚。在華清宮外，雲層冷暗，大雪紛飛，可是那些雪花到了華清宮內就乾了，華清宮看起來就像我們現在的教室，外頭陰冷，裡頭溫暖。這個他強調什麼？宮內宮外強烈的寒跟暖的對比，華清宮中在嚴寒冬天的季節，還長滿了碧綠的樹，跟碧綠的屋簷互相輝映，看起來一片春意的樣子。宮內如此的溫暖，盎然的春意，可是宮廷內沒有人知道外邊的人寒冷的情況，宮內宮外寒與暖，強烈的對比。雖然我們不能確定吳融這首詩是受到杜甫的影響，但兩者的用意是類似的。這是第三段第一小節，經過華清宮感嘆時代的內容，指責皇帝的遊幸。

再看第二小節，「彤廷所分帛，本自寒女出。鞭撻其夫家，聚斂貢城闕。聖人筐篚恩，實欲邦國活。臣如忽至理，君豈棄此物？多士盈朝廷，仁者宜戰慄。」看下邊仇兆鰲說的：「譏當時賜予之濫」，也就是批判皇帝的濫賞。「彤廷」，「彤」是紅色，古代的皇宮都是塗成朱紅色，所以用「彤廷」，紅色的皇宮來指朝廷。朝廷賞賜給臣子的布匹，這賞賜的布匹從哪裡來的？是從貧寒的女子辛苦織出來的，從她們家中得來的。怎麼得來的呢？下面說「鞭撻其夫家，聚斂貢城闕」，寫得很具體，很形象，朝廷徵稅，他們繳不出來，就鞭打她們的夫家，把她們丈夫鞭打一番，然後「聚斂貢城闕」。「聚斂」兩個字，各位讀過《論語》裡有一篇〈先進篇〉，講到孔子有個弟子冉求，冉求做季氏宰，季氏是魯國的一個大家族，冉求做他的家臣，「爲之聚斂」，冉求幫季氏宰剝削百姓，孔子知道了很生氣，就說：「非吾徒也，小子鳴鼓而攻之可也。」這不是我的學生，還鼓勵其他學生批判他。在儒家來說，「聚斂」是很嚴重的罪狀，所以杜甫這幾句很顯然的是帶著非常憤怒的語氣，用「聚斂」兩個字是非常強烈的批判。古代的詩教要溫柔敦厚，這個是傳統，要批判朝廷，指責國君，通常不能說得太明白，不能說得太直接，不然就失去了溫柔敦厚，但這時的杜甫可能動了氣了，所以用「聚斂」來批判。「聚斂」相當於現的剝削、搜刮。在貧寒家搜括到這些布匹，再進貢到長安城中，進貢到皇宮裡，然後讓皇帝賞賜給這些大臣。既然講了一個十分嚴厲、直接的批判。所以杜甫下面稍微轉個彎：「聖人筐篚恩，實欲邦國活。臣如忽至理，君豈棄此物」，唐朝人習慣稱皇帝爲聖人，不專指唐玄宗，只要是皇帝就稱爲聖人。皇帝用一個個籮筐裝滿了布匹，賞賜給大臣的恩惠，他是有他的用意的：「實欲邦國活。」是希望這些大臣接受了皇帝的賞賜以後，能夠更加用盡心力來輔佐朝廷、貢獻國家，讓這個國家的命脈能夠維持下去。這話當然不是杜甫發明的，各位翻到注解引的〈詩序〉：「〈鹿鳴〉，燕群臣嘉賓也，既飲食之，又實幣帛筐篚以將其厚意。」《詩經》有一篇〈鹿鳴〉，〈詩序〉告訴我們，這篇詩的主旨、背景。燕相當於言字旁的讌，即宴會的意思。原來〈鹿鳴〉就是一個國君招待他的臣子，舉辦一場宴會所演奏的詩。〈鹿鳴〉的主旨，除了招待他們飲宴以外，還用一個個籮筐裝滿了幣帛，來賞賜這些嘉賓及臣子，所謂分帛就是從〈鹿鳴〉而來的。爲什麼要賞賜呢？是期待這些臣子蒙受了賞賜以後，能夠盡心盡力爲國家服務，是一種鼓勵的作用。所以杜甫前面說「鞭撻其夫家，聚斂貢城闕」，對朝廷甚至對國君批判的非常嚴厲。他下邊轉個彎，說皇帝爲何要賞賜呢？那是要鼓勵臣子們爲國家盡心，是有這樣的目的。「臣如忽至理，君豈棄此物」，這些受到賞賜的臣子假如忽略了這個道理，皇帝難道會把這些東西當垃圾一樣的丟掉嗎？也就是說皇帝就沒必要來賞賜這些臣子了，所以皇帝的賞賜是爲了國家的，假如這些臣子不了解這個道理，那皇帝是不會浪費這些東西的。因此下邊再做一個引申，「多士盈朝廷，仁者宜戰慄」，「多士」出處也是從《詩經》裡的「濟濟多士」來的，也就是說朝廷中有那麼多臣子，「仁者」是說有良心的人，這些臣子假如其中有良心的聽到我這樣說，了解這個道理，那他們內心應該會非常恐懼不安，不會徒然接受賞賜而願意盡心爲國家奉獻。這是第二個小節，是指責皇帝的濫賞。一開始杜甫寫得非常嚴厲，顯然是對著朝廷、對著國君來指責，下邊轉個彎，把批判的矛頭指向臣子，說你們受到皇帝的賞賜，應該爲國家奉獻，皇帝不是白白把它當垃圾丟掉的，所以有良心的人，內心應該非常的惶恐。爲什麼要這樣呢？因爲假如一直批判皇帝，一直批判朝廷，就失去了溫柔敦厚，所以要轉個彎。但話又說回來了，看起來他把批判的、責備的矛頭對著臣子了，事實上仍在批判朝廷，這叫明責群臣，暗諷國君。背後還是在諷刺國君的濫賞。這樣的眉角，是所有讀中國書的人都知道的，千萬別誤會了。這是第二小節，從濫賞的角度說。

剛剛我們說指責濫賞，其實杜甫對老百姓的同情、關懷，爲他們的悲苦而哀傷，然後寫在作品中，內容是非常多的。第一段他不是說了「窮年憂黎元」嗎？一年到頭在爲百姓擔心、憂愁。他晚年來到夔州，他有兩句詩：「哀哀寡婦誅求盡，慟哭秋原何處村」，只看這兩句子應該就會感動的。「誅求」相當於「聚斂」，就是說以非常嚴厲的手段來搜刮百姓，來徵稅、納糧。這背景是當時國內動亂，一個婦人丈夫被拉走了，兒子也不見了，就剩下一個孤伶伶的老婦，而朝廷還要向她徵稅，還要她納糧，她交不出來，就在一個秋天，杜甫聽到寡婦哀哀痛哭的聲音，應該還有一段距離，還不曉得是在哪個村落、哪個寡婦在痛哭，但已經引起杜甫非常痛切的同情。讀杜甫的詩，這類要體會一下，確實是他令人感動的地方。我們也講過，杜甫的詩影響到宋代，宋人對杜甫有很多的學習模仿。給各位補充張俞的〈蠶婦〉：「昨日到城市，歸來淚滿巾。遍身綺羅者，不是養蠶人。」養蠶的婦人透過這樣女子的角度來寫。一個終年養蠶，辛苦織布的人，昨天到了城裡，回來淚流滿面，悲傷什麼呢？因為在城裡看到身穿綾羅綢緞的人，都不是養蠶人，她們從來不養蠶、不織布，卻是穿得非常華麗。另外梅堯臣〈陶者〉：「淘盡門前土，屋上無片瓦。十指不沾泥，鱗鱗居大廈。」「陶」是做陶的人，這個「陶」不是指碗、盤之類，而是指做屋頂上的瓦片的人。這個做陶的人，把門前的泥土都挖起來燒瓦片，可是自己住的家，屋頂上一片瓦都沒有，大概是茅草蓋的吧！而一雙手從沒沾泥巴的人，卻住在舖滿屋瓦非常華麗的大廈裡。這些都顯示了非常強烈貧富的對比性，從不養蠶的，一雙手從來不沾泥土的，住的房子好高大，身穿的衣服好華麗。這些都是受到杜甫的影響，觀察到一般的貧苦百姓，受到那樣子不平的遭遇。

繼續看第三小節，「況聞內金盤，盡在衛霍室。中堂舞神仙，煙霧蒙玉質。煖客貂鼠裘，悲管逐清瑟，勸客駝蹄羹，霜橙壓香橘，朱門酒肉臭，路有凍死骨。榮枯咫尺異，惆悵難再述。」這是第三段的第三小節。看下邊仇兆鰲的說法，是諷刺當時外戚的豪奢。「況聞內金盤，盡在衛霍室」，注解引《九家注》：「內金盤，尚方器用也。」就是皇帝御用的東西。皇帝是很尊貴的，所有使用的物件，只能他專屬使用，他喝茶用的杯子、吃飯的碗筷、衣服、車子等等，都是專屬的，其中「內金盤」，宮廷裡皇帝專屬的盤子。現在杜甫用「況聞」，進一步做了批判，何況我又聽說，聽說什麼消息呢？本來是皇帝專屬的、御用的那些東西啊！現在都在衛青、霍去病的家裡了。衛指衛青，霍指霍去病，這些都是外戚，外戚是什麼意思呢？當然是皇后、妃子的親戚，衛青是漢武帝時衛子夫的弟弟，霍去病是衛子夫姊姊的兒子，這兩個也是漢朝名將，跟匈奴打仗建了好多功業。說實話，他們雖然是外戚，但算是不錯的人物，不能因為他的身分責備他。《史記》裡衛青和霍去病的傳，可看出他們對國家的貢獻。但杜甫在這裡提到他們，是來代表外戚。「盡在衛霍室」，就是全部在外戚家裡了，而這裡的外戚指誰呢？楊國忠，就是楊貴妃的堂兄。那杜甫為什麼要寫皇帝專用的這些器物，全部都跑到楊國忠家去呢？原來這是一個非常大的罪狀。有一本記載唐朝法律的書

《唐律疏議》，其中有一條罪狀：「盜乘輿服御物者流二千五百里，若盜太皇太后、皇太后、皇后服御者得罪並同。」假如有人盜用了皇帝的車子、衣服或者其他皇帝專用的東西，就要被流放二千五百里之外，若盜用太后或皇后服御服者得罪並同，而且這種罪是不赦之罪，過去有所謂十惡不赦，這十惡裡頭有一條就叫做大不敬，大不敬就是我們剛說的盜用皇帝專屬器物，這是無法赦免的，這是唐朝。事實上，在過去不同的朝代，都有類似的法條，而且罰則更嚴厲。《元史》：「諸盜乘輿服御器物者，不分首從皆處死。」《明會典》：「斬罪：盜乘輿服御物。」《明史．魏忠賢傳》：「李承恩者，寧安大長公主子也。家藏公主賜器，忠賢誣以盜乘輿服御物論死。」我們引這些資料可以知道「內金盤，盡在衛霍室」，照理說罪狀是很嚴重的，還有一條《集異記》：「王維爲大樂丞，舞黃師子，謫濟州司戶參軍。」《集異記》是唐人筆記，說王維是大音樂家，他考上進士以後，做了大樂丞，就是宮中樂隊的主管，他聽說有一支舞曲叫做〈黃師子〉，這個曲子是表演舞獅的，但只能表演給皇帝欣賞，王維做大樂丞，等了好久沒有機會看到演出，實在按捺不住心裡的好奇，就叫樂工到他家裡，把這舞曲演出一遍，結果被發現了，幸好沒被問斬，把他貶官。所以這個都是很嚴重的罪，可是「內金盤，盡在衛霍室」，楊國忠一點罪也沒有，所以這是表示皇帝對這些外戚的寵幸。

下邊說這些外戚家「中堂舞神仙，煙霧蒙玉質」，他們在廳堂中有盛大的歌舞表演。神仙指的是歌妓們，「煙霧蒙玉質」用玉質來形容神仙的美，煙霧迷濛的樣子造成了一種距離的美感，表示廳堂裡有一場宴會、一場歌舞，歌妓非常的美。「煖客貂鼠裘，悲管逐清瑟，勸客駝蹄羹，霜橙壓香橘」，「煖」爲「致使動詞」，也就是讓什麼什麼變什麼的意思，煖客就是讓客人溫暖，這種動詞叫做致使動詞。怎樣讓客人溫暖呢？讓客人穿貂皮大衣。古代富貴人家招待客人，在冬天的時候，要準備毯子給客人取暖，楊國忠他們不是用毯子，客人來，就給他披一件貂皮大衣，讓客人溫暖。「悲管逐清瑟」，「管」是指笛子或簫這樣的管樂器，「瑟」是指箏、琴之類的弦樂器，所以「管」跟「瑟」基本上是管弦，也就代表了音樂。用「悲」、

「清」形容「管」跟「瑟」，「清」形容樂器較容易了解，表示聲音很清脆的樣子；「悲」形容音樂，有時候是指音樂的氣氛、樂曲的哀傷，但是未必都如此，有時形容音樂的聲音激昂，聲音宏亮，也可以用悲來形容。這個很特別，我看到很多人解錯了，用哀、悲來形容音樂，固然有些指的是音樂的感情悲哀，但是有時候純粹的只講音樂的聲音非常的響亮、非常的激昂的樣子。以杜甫這裡來講，有沒有悲哀的感受呢？沒有！所以「悲管逐清瑟」，就是說，激昂響亮的管樂器，隨著清脆的弦樂器響起來了，這是指宴會裡頭內容之一——音樂。「勸客駝蹄羹」，招待客人當然要有食物，招待的是「駝蹄羹」，「駝」是駱駝，「駝蹄羹」就是紅燒駱駝蹄膀。我們翻到注釋說：「駝蹄羹未詳。」《千家注》引蘇曰：「陳思王製駝蹄羹，一甌費千金。」《千家注》是宋人杜詩集注本，蘇指蘇東坡，但是蘇東坡沒有注解過杜甫的詩，那是假託的，所以我們把它稱爲《偽蘇注》，《偽蘇注》引了一個資料：陳思王就是曹子建，製駝蹄羹，一甌費千金，很珍貴。但這個資料不知從何而來，被認爲是偽造的故事。其實杜甫〈麗人行〉就有這兩句：「紫駝之峯出翠釜，水晶之盤行素鱗。」峯指駱駝背突出的那塊肉，把那塊肉切下來做成了菜。用翡翠做的碗，裝著紅色駱駝背上那塊肉；水晶盤上盛者白色的魚，這是〈麗人行〉。唐人《酉陽雜俎》這筆記也有記載：「衣冠家名食有將軍曲良翰，作駞峯炙，味甚美。」衣冠家指富貴人家，有一富貴人家，身分是一個將軍，叫做曲良翰的，他是有名的美食家，他家有一道名菜叫駞峯炙，這個顯然是有依據的，但台灣大概沒有人做駱駝肉這道菜吧！除了肉類還有「霜橙壓香橘」，「橙」指柳丁或橘子，柳丁橘子我們平常都在吃，有什麼珍貴呢？但是各位要知道，這類水果，在北方是不出產的，出產在南方，「橘逾淮而爲枳」，古代交通不便利，所以不同地區的食物，來到另外的地方就變得珍貴了。荔枝就是這樣，在台灣吃荔枝有什麼困難？可是楊貴妃要吃荔枝那可不容易了，有人說楊貴妃從小在四川吃荔枝慣了，唐玄宗爲了討好楊貴妃，從四川用快馬，傳遞七天七夜，送到長安還新鮮的，那快馬是不停的一個驛站接著一個驛站快送，所以杜牧的詩：「一騎紅塵妃子笑，無人知是荔枝來。」以上寫廳堂裡頭宴會的歌舞，舞妓非常的美，招待得非常豪華。各位注意一下，古體詩雖然不講對偶，但是這四句，它也形成了對偶，但對偶的形式比較特別，下邊引楊倫的批語：「樂府法，亦用隔句對。」隔句對不是通常的第二句對第一句，第四句對第三句，而是第三跟第一相對，第四跟第二相對。所以呢「煖客貂鼠裘」對下邊「勸客駝蹄羹」；「悲管逐清瑟」對「霜橙壓香橘」。我們剛剛提到〈麗人行〉：「紫駝之峯出翠釜，水晶之盤行素鱗。」它是交叉對法，「紫駝之峯」對「素鱗」；「翠釜」對「水晶之盤」，都是變化的對偶形式。這些都是古體詩，並非一定要對偶，但有時候也會應用，杜甫在這裡甚至是用比較特殊的形式來完成。這些敘述以後，杜甫做了一個評論：「朱門酒肉臭，路有凍死骨。」我相信每個人都有聽過這兩句話，這是杜甫非常具有代表性的名句。我們先概念的說，朱門當然指富貴人家，下邊的「路有」顯然指貧寒人家，兩句產生貧富懸殊的對比。富貴人家的酒、肉都放到臭了，表示太多吃不完發臭了，而路上卻有凍死的屍骨。一個最基本的觀念，「酒肉」從食物方面說，「凍死」的凍從衣服角度說，各位想想，上下兩句並不相承接，換作各位一定會寫成「朱門酒肉臭，路有餓死骨」，了解這問題吧！這裡事實上用了互文的方法。給各位再做分析，「朱門」從富貴人家說，「路有凍死骨」是從貧寒人家講，「朱門」說是「酒肉臭」，這是食物的角度；「路有凍死骨」，這是衣服的角度，兩者不相承接，所以我們認爲他用互文。用互文的意思是因爲這裡有衣服，所以另一邊的衣服省略了；這邊有食物，所以另一邊的食物被省略了，因此事實上它是同時包含衣、食兩方面，但敘述的時候，這邊出現過的，另邊便省略。所以當他說「朱門酒肉臭」的時候，其實是指富貴人家「飽」和「煖」兩方面；當他說「路有凍死骨」的時候，也指貧苦人家「飢」和「寒」兩方面。這是第一層。再來，因爲有互文，杜甫這兩句其實是非常概括的，能夠把相關內容做了一個總結。「朱門酒肉臭」，呼應了前面的「勸客駝蹄羹，霜橙壓香橘」有關食物的內容，也呼應了「煖客貂鼠裘」有關衣服的內容；「路有凍死骨」，呼應了「本自寒女出」，有關衣服的內容，也照應了下面一段提到的「幼子餓已卒」，說自己小兒子餓死了的有關食物的內容。這樣周密的呼應，也就形成了對貧富懸殊強烈而完整的對比。我們再補充一些資料，《孟子・梁惠王》：「庖有肥肉，廄有肥馬，民有飢色，野有餓莩，此率獸而食人也。」這是孟子對梁惠王的指責，說廚房裡肥肉很多，馬廄裡肥馬很多，老百姓卻是吃不飽的，所以是率獸而食人。跟杜甫的這兩句做比較，會發現它是不夠完整的，因它只提到食物，沒有提到衣服的部分，提到飽而沒提到暖的部分。再看張華〈輕薄篇〉：「末世多輕薄，驕代好浮華。……童僕餘梁肉，婢妾蹈綾羅。」有提到衣和食，看起來好像衣、食兩邊都寫到了，但是它沒有對比出貧寒的那面出來。杜甫另一首〈驅豎子摘蒼耳〉：「富家廚肉臭，戰地骸骨白。」「富家廚肉臭」就跟「朱門酒肉臭」同樣意思，但「戰地駭骨白」跟上一句不太能對應，一方面沒有提到衣服，沒有寫寒冷這個部分，二方面富家跟戰地的對比性也沒有那樣明顯的對照。所以杜甫這兩句爲什麼那麼有名，因爲它概括得很完整。

我們再看下邊：「榮枯咫尺異」，所謂「榮」指的就是富貴人家，所謂「枯」指的是貧窮人家，再度寫出貧富的對比。下面還有一個問題要交待，各位想想，前面說「朱門酒肉臭」，指富貴人家，卻用「路」去指貧寒人家，照理說「路」是道路啊！要跟「朱門」相比，可以用茅屋人家，爲何要用路呢？各位注意下邊引到楊倫的評語：「拍到路上無痕。」原來杜甫說「路有凍死骨」，是把敍述的角度拉回到當下，「路」是指他現在走的驪山山下的這一條道路，在這一條道路上，看到一些凍死、餓死的人。這一大段一開頭，第一句是「凌晨過驪山」，天一亮經過驪山山腳下的路上，然後抬頭看「御榻在嵽嵲」，寫皇帝在華清宮的遊幸等等，發出一大段的議論，現在又把敘述的角度拉回到正在走的這一條道路。楊倫說：「拍到路上無痕。」所謂「拍」，是筆法上的術語，相當於「扣」，是說前面本來在寫道路，跳開了，現在又扣回來。至於「無痕」，是在稱讚杜甫這樣回扣的手段看來不露痕跡，令人不覺。把敘述拉回到路上，他做了一個結論：「榮枯咫尺異」。「榮」，以空間說是華清宮，「枯」是驪山山腳下的這條道路，「咫尺異」，是短短的距離，山上山下，宮外宮內，就有那麼強烈的差別，想到這樣，「惆悵難再述」，他心裡實在難過極了，很難再說下去了。

下一段，「北轅就涇渭，官渡又改轍。羣水從西下，極目高崒兀。疑是崆峒來，恐觸天柱折。河梁幸未坼，枝撐聲窸窣。行旅相攀援，川廣不可越。」這是第四個段落，這個段落的內容我們把它歸爲「征途」，又回到路上來加以描寫。前面發了一大段議論，做了一個結論，「朱門酒肉臭，路有凍死骨」，再回到路上，接著寫他在路上行走的情況，從長安走了六十里，半夜走到天亮，來到驪山山腳下，但他的目的地在奉先，這一段路他是坐車子，於是把車子掉個方向，往北邊前進，所以說是「北轅」。往北邊就來到涇、渭二水匯合的地方，他知道這裡有個官家設的渡口，他需要捨車坐船，渡河往北，可是來到這裡發現官方設的渡口又換了地方，很熟悉的一條路，來回了好幾次，結果渡口撤換掉了，換了一個地方。爲什麼呢？原來是因爲漲了大水。「羣水」就是大水，哪一條河流的水呢？就是渭水，漲了大水從西邊奔流而下。「極目高崒兀」，我睜大眼睛望向那個洪水，洪水的浪非常的高，「崒兀」是山高的樣子，浪很洶湧，像一座一座的高山一樣，用山來形容洪水，很形象。大陸黃河長江時常漲大水，新聞常稱爲洪峯，應該是類似的形容。

然後下邊說「疑是崆峒來，恐觸天柱折」，這十個字翻譯很容易，「崆峒」是一座山，這山在現在的甘肅，傳說渭水就是從崆峒山那邊發源過來，往東南流到了長安北邊。「崆峒來」，指的是渭水從崆峒山那邊發源奔流而來。「恐觸天柱折」，「恐」是擔心，我很擔心這個大水呢，會把天柱給沖斷了，先從字面瞭解一下。「天柱」當然是一個典故，各位看到後邊引了《列子》的〈湯問篇〉說：「共工氏與顓頊爭爲帝」，兩個人在打仗爭奪天下，共工氏打了敗仗，「怒而觸不周之山，折天柱，絕地維。」這共工氏打敗了生氣，他就碰撞天柱，撞那個不周之山，就把天柱給折斷了，把地維也弄斷了，這是出處，《列子》提供的一個神話啦。所謂的「天柱」，所謂的「地維」，又是什麼意思呢？是古人的想像，我們人站在地球上邊，抬頭一看一片天空，那古人就想像了，這個天爲什麼不會垮下來啊？原來是有四根柱子撐著它，這叫做天柱。就像我們的房子嘛，對不對？地板上面有屋頂嘛，當然要有柱子把它撐起來啊。好，那地維，「維」是繩子，人站在地面上，地為什麼不會晃動？原來是有四根繩子把它綁起來。我上課很喜歡畫圖，但是我沒有受過美術訓練，沒辦法畫立體的圖畫，真的要概念的把它畫出來的話，那應該是立體性的。反正有四根繩子把這個地面綁起來，這叫地維。所以這個維有幾根哪？繩子有幾根？四根，所以管子不是用了這個典故嗎？「禮義廉恥，國之四維。四維不張，國乃滅亡」，就是從這個傳說產生的一個說法啦。好，現在杜甫說「恐觸天柱折」，我很擔心這場大水把支撐天空的那個柱子沖斷了。這十個字翻譯是很容易的：我懷疑這一場大水，是從崆峒山那邊奔流過來的，我很擔心這浩大的水會把天柱給沖斷了，是不是這樣？但是我們讀作品問題往往就在這裡，翻譯起來好像很順哦，但是內容上各位有沒有看到？有一些漏洞耶，有一些值得我們斟酌的地方耶。第一個，讓你懷疑、讓你值得斟酌的是哪一個部分？就是這個「疑」，我懷疑這場大水，是從崆峒山那邊奔流過來的，剛剛一開始不是給各位說，這渭水從哪裡發源？崆峒山，是不是？因為它從甘肅啊、從西北邊奔流而來，所以這個「疑」啊，顯然懷疑得沒道理，它事實上就是從這裡來的嘛。那杜甫為什麼會懷疑呢？瞭解這問題嗎？這是第一個。第二個，我擔心這水會把天柱給沖斷了，這個擔心不免無的放矢，到底擔心什麼啊？瞭解嗎？所以從這裡看，很顯然這兩句就不是字面的意思，真正的意思藏在文字的背後。換句話說，這是我們一再講的，他是用什麼手法？用「比興」，對不對？「比興」我們講了好多次。「比興」是什麼意思呢？就是我們看到這個作品，你不能從字面的文字來去瞭解，它意在言外，對不對？它真正的意思，是藏在字面以外的地方。怎麼藏？我要表達的意思，跟那個言、文字之間是什麼關係？原來言是顯露或者直接在文字上把它直接寫出來的部分，我們眼睛看到的、讀到的，是直接寫出來的部分，對不對？而它要表達的真正意思呢藏在字面以外，這是所謂的意在言外，對不對？意在言外這四個字各位一定聽過的，所以這個意是被遮蓋起來的，被藏起來的。那怎麼藏？主要就是言跟意之間有一個比的關係，比是相等嘛，所以我們從這個理論出發來看這兩句他真正要表達的意思。從字面看，「疑」的受詞是什麼？「羣水」對不對？我懷疑這場大水，「羣水」就是大水嘛，但是真正是要說「羣水」嗎？不是。它有潛藏的意思。這個「羣水」比喻什麼？比喻大亂，比一場動亂。所以我懷疑這場大水從西北崆洞山那邊過來，其實呢杜甫是要說，他預測了、他敏感的瞭解到我們國家即將發生一場大的動亂，而這個動亂從哪裡來？是從西北那個地方過來的。我們讀詩很多時候，時常是看到這樣的一個文字表現方式，你不要被字面迷惑了，事實上字面說的大水、羣水，指的是大亂。

好，這裡當然要進一步來看一下，我們講過這首詩寫在什麼時候？天寶十四載十一月。那個時候安祿山已在十一月初九造反，我們一開頭也給各位說過，事實上杜甫在路上並不確知安祿山已經造反了，但是杜甫在長安待了那麼長的時間，他非常瞭解唐朝是即將發生一場動亂，所以我們讀他的〈同諸公登慈恩寺塔〉不也是這樣子嗎？對不對？「秦山忽破碎，涇渭不可求。俯視但一氣，焉能辨皇州」，他不也是好像看到終南山忽然破碎了嗎？象徵了國土即將破碎，國家即將發生一場大的動亂嘛。所以憂患的意識在他心裡邊是非常明白的，但是杜甫不是一個預言家，這個時候他不能確知那個動亂是從哪裡來的？所以他懷疑是從西北過來的。各位當然也要瞭解唐朝的歷史背景，唐朝其實有很多很多的外患，西北邊就是其中之一，所以他擔心是有某一個外族侵擾了邊境，會造成了一場動亂。還有下邊，「恐觸天柱折」，支撐天空的那四根柱子其實象徵什麼？象徵國家的命脈嘛，對不對？所以他很擔心，擔心這場動亂會把國家的命脈給沖斷了，「恐觸天柱折」。所以這樣的理解分析起來比較花時間。注解引了朱鶴齡說的：「涇、渭諸水皆從隴西而下，故疑來自崆峒也。」有沒有看到這一句話？這是朱鶴齡的解釋。各位有沒有注意到，朱鶴齡的解釋，其實有解等於沒解。他告訴你涇、渭的水是從崆峒山過來，所以懷疑它來自崆峒，這個是說不通的，瞭解嗎？事實就是從崆峒來，有何懷疑可說啊，所以「疑」字你要從這言外之意了解，懷疑的真正的受詞是什麼？不是羣水而是大亂。我懷疑這場大亂是從西北過來的。注解也引了王嗣奭的話：「天柱折乃隱語，憂國家將覆也。」「隱語」，相當於謎語，所以王嗣奭注意到了這裡頭有言外之意，相對的就能夠掌握詩裡頭的意旨。這是在路上因爲碰到了一場大水，杜甫的憂患意識，擔心國家會發生動亂的那樣一個心理，藉著看到一場大水，把它發洩出來。

好，下邊，「河梁幸未坼，枝撐聲窸窣。行旅相攀援，川廣不可越。」這幾句呢又回到現實的道路上來。「河梁」就是河上的橋樑。雖然渡口沒了，幸好河流上邊還有一座橋，而這個橋還沒有斷掉，也就是說還沒有被大水沖壞。「枝撐聲窸窣」，「枝撐」我們講過哦，「枝撐」是什麼？橫交木嘛，用交叉的木頭結構出來的東西都可以叫「枝撐」。〈同諸公登慈恩寺塔〉那首詩就有「枝撐」嘛，「始出枝撐幽」，那是指慈恩寺塔裡頭的樓梯，用木頭結構出來的。這裡呢？當然是指那個橋樑，橋樑是用交叉的木頭結構出來。「枝撐聲窸窣」，「窸窣」，是東西互相碰撞、摩擦發出的聲音。很顯然的，水不斷的沖過來，而且又有人從橋上走過去，所以啊那個橋就搖搖晃晃的，並且不斷的發出窸窸窣窣的聲音，「枝撐聲窸窣」。下邊，「行旅相攀援，川廣不可越。」行旅就是行人、來往的人。現在要渡河的人，不只杜甫一個，渡口又不在了，幸好橋還沒斷掉，因此呢「行旅相攀援」，大家發揮了互相幫忙的精神。「攀援」，是兩個動作，「攀」是什麼？是後邊的人攀著前邊的人；「援」呢？是前邊的人拉著後邊的人，這叫「攀援」。這座橋被大水沖得也差不多了，還發出窸窸窣窣的聲音出來，他們要渡過這座橋，後邊的人就攀著前邊，前邊的人拉著後邊，一起渡橋。那橋顯然非常危險，對不對？走在橋上邊啊，就感覺「川廣不可越」，好像這河流怎麼這麼寬？橋怎麼那麼長？爬了老半天好像都爬不過去的樣子。好，從「北轅就涇渭」一直到這裡，我們把它歸入到第四個段落，回到了路途上的描寫。一方面看到他前進的方向，一方面看到漲了大水的景象，也寫大家怎麼樣的冒險渡過那座橋。當然，杜甫也藉著這場大水寫出了對時代的憂亂的一種感受。

下邊第五段，「老妻寄異縣，十口隔風雪。誰能久不顧？庶往共飢渴。」第一個小節。「入門聞號咷，幼子餓已卒。吾寧捨一哀，里巷亦嗚咽。」這四個句子第二個小節。「所愧為人父，無食致夭折。豈知秋禾登，貧窶有倉卒？」第三個小節。這三個小節是第五個段落。

第五個段落寫什麼呢？寫家事。寫他家裡頭所發生的事情，以及關於這些事情所產生的一些感觸。「老妻寄異縣，十口隔風雪」，老妻，指他妻子，杜甫時常稱他妻子爲老妻，假如檢索一下杜甫的集子，老妻出現了很多次。好像給各位講過，他的妻子比杜甫至少要小十歲，對不對？因爲杜甫活了五十九歲，他的妻子活了四十九歲，而他的妻子死在杜甫之後，因爲杜甫詩裡邊沒有悼亡的作品，換句話說，她至少比杜甫要年輕十歲以上。但是大概被杜甫折磨得差不多了，所以杜甫時常提到他妻子，說是老妻。不然後邊我們要讀到的〈北征〉還說她是「瘦妻」，又老又瘦的歐巴桑啦。「老妻寄異縣」，這「異縣」是什麼地方？指和長安不是同一個地方，就是奉先嘛，我的妻子啊現在寄養在奉先這一個地方。「十口隔風雪」，「十口」，指的是全家人，不過我們知道，杜甫夫妻兩人以外，目前爲止還有三個男孩、兩個女兒，全家加起來七個人，所以並沒有十口，應該是舉其成數啦。我們全家人現在隔著一道風雪，她在奉先，我現在在路上，沒有團圓在一起，現在又是歲暮天寒、大雪紛飛的時候，所以全家隔著風雪，於是他就想到「誰能久不顧？庶往共飢渴」！哪一個人能一直不回到家裡去照顧家人呢？「庶」，希望，希望回到家裡；「共飢渴」，跟家人同甘共苦的意思啦。所以這四個句子我們把它當成一個小節。顯然是還在路上的時候，還沒有到家，杜甫心裡邊的念頭。

下邊，「入門聞號咷，幼子餓已卒。吾寧捨一哀，里巷亦嗚咽」，這很顯然到了家了。一回到家啊就聽到號啕痛哭的聲音，是誰在痛哭呢？應該是他妻子，爲什麼妻子會號啕，因爲「幼子餓已卒」，最小的兒子因爲沒有東西吃餓死了。我們講過杜甫的大兒子叫宗文，小兒子叫宗武，宗文有個小名叫熊兒，宗武叫驥子。兩個兒子中間是兩個女兒，最後還有一個小兒子，這小兒子出生在天寶十三載，到現在天寶十四載，應該是剛滿週歲吧，名字不知道，夭折的就是這最小的兒子。本來全家三男二女、夫妻兩口，杜甫在路上還打算全家能夠「共飢渴」，結果一進家門聽到妻子號咷痛哭的聲音，原來最小的兒子已經餓死了。下邊針對小兒子夭折說出了一個感慨：「吾寧捨一哀，里巷亦嗚咽」。「寧」是能夠的意思，「捨」是捨棄，引申爲消除的意思，我心裡能夠消解這個悲哀。但我們要弄清楚，杜甫是否真能消除這個悲哀呢？這顯然不是人之常情。所以我們要補充，這是一個假設詞，就算我心裡邊能夠把這個悲哀化解掉，「里巷」是指鄰居，那些鄰居知道我家裡小兒子餓死了，也會爲我嗚咽傷心，字面上翻譯大概是這樣。那杜甫爲什麼要這樣說呢？我們在作品中寫感情，時常會運用一種方法，這個方法叫「避實擊虛」。所謂「實」，指作者心裡真正要說的感情、要說的內容，但是他寫的時候，把這樣真正要表達的感情避開了，沒有寫出來，反而從另外一個角度來表達，這叫「避實擊虛」。這個主要的目的是什麼？譬如拿這兩句來講，杜甫這樣的遭遇，他心裡的哀傷，他能夠完完全全用一支筆把它寫出來嗎？其實不能，真正痛苦、悲哀到極點，那是非筆墨能形容的，所以他把這樣的感情跳掉了，不直接寫，然後用旁襯的方式說鄰居都在爲他嗚咽、爲他悲哀，從另外的角度去寫，讓我們讀者去想像他心裡那個悲哀到底有多深，到底有多嚴重。更具體的分析，這裡用旁襯的方式，是爲自己要說的感情奠下一個基礎，以這兩句來說，基礎是鄰居都會嗚咽、傷心，各位想想，杜甫與他兒子是親子關係，感情當然超過鄰居，所以他的悲哀、他的傷心，一定遠超過鄰居的表現，這才是他真正要表達的內容，但是他沒有直接說，留下一個空白，這叫「留白」，爲什麼留下空白呢？因爲他沒有辦法完全的、充分的把它寫出來，於是交給我們讀者自由去想像，想像他有多悲哀、多痛苦、多傷心，你想到有多痛苦就有多痛苦，有多傷心就有多傷心，他不說，留白了，如果說了反而是一個限制，不說則是每位讀者都可以去自由想像，反而有無限大的可能。但爲什要由一個虛去奠下基礎呢？意思是他的悲哀、痛苦，一定超過嗚咽之上，這是他的下限，至於有多痛苦、多傷心，就由讀者自己想像，自己去補充。文學手段很多時候是這樣留白方式，沒有直接敘述，反而可以給讀者很多想像空間，假如直接說出來了，那反而是一個限制，讀者感受到的頂多就是直接說出來的部分。這讓我想到看過的一個筆記，很有意思。以前的北京有個天橋，橋上有個賣藝的，是個說書人，筆記裡說：有一個說書人說《三國演義》，說張飛站在橋頭，阻擋曹操的進攻。曹操追趕劉備，劉備已經過了橋，張飛擋在橋的前面，曹操的軍隊看到張飛站在那裡，就不敢前進啦！結果張飛大喝一聲，說要進不進，要退不退！他這一喝，後面的橋就斷掉了。說書的就說這一段，他前面當然把背景娓娓道來，舖陳得很詳細，當講到張飛大喝一聲的時候，所有觀眾都等著聽他怎麼模仿張飛那大喝的聲音，因爲說書是一個表演，雖然他們不是唱戲，但是他的聲音及動作都要模擬書中的人物，所以大家瞪著眼睛等著他怎麼大喝一聲，結果講到這裡只見他的嘴巴張得很大，卻一點聲音都沒有，過了幾秒鐘，台下就鼓掌了。爲什麼？因爲那位說書人再怎麼扯著喉嚨喊，也沒有辦法把一座橋喊斷，他沒有張飛的本事嘛。所以他先把氣氛凝聚到高點，然後嘴巴一張，讀者就開始想像張飛大喝的聲音有多大，聽憑大家各自的想像，你想像有多大就有多大，所以不說反而留下空白給我們一個自由的聯想。假如說書人不自量力大喝一聲，大家一定會認爲張飛的聲音也不過如此，怎麼可能把橋喝斷，那就沒意思了。文學藝術表達的方式很多，這是其中之一，「避實擊虛」，把實際情況跳開不說，從另一個角度墊下基礎再由讀者自由想像。這四句是進入家門，聽到妻子號咷痛哭，知道兒子餓死了，杜甫的傷心當然不必說，也說不出來。

下邊，「所愧爲人父，無食致夭折。豈知秋禾登，貧窶有倉卒」，這四句應該是痛定思痛的反省，家裡發生這些事情，他回想了一下，他感到非常的慚愧，做爲父親的卻沒有辦法供應兒子最起碼的食物，結果讓他夭折了，所以真的慚愧。杜甫詩裡常出現「愧」字，不只這一首，但這些都不是隨便說的，都是經過心裡非常沉痛反省之後的感受。不像我們現在的政治人物，發生了事情，眼看壓不住了，就出來鞠個躬，道個歉。杜甫真的是很深沉、很誠懇的自我反省。我生了這個兒子，結果無法供應他基本的食物，讓他餓死了，作爲父親，真的是很慚愧。進一步又想到爲什會這樣？「豈知秋禾登，貧窶有倉卒」，「豈知」是哪裡料得到，「登」是收的音思，「秋禾登」是過了秋收的季節，北方大概一年一穫，現在是十一月了，照理應該有些糧食了。他說哪裡料想得到過了秋收的季節，而我家裡小孩還會餓死。「貧窶」是我們這樣貧窮的、物質匱乏的人家，「有倉卒」，「卒」是假借字，應爲「猝」字。「倉猝」，是措手不及的意思，「豈知秋禾登，貧窶有倉猝」，哪裡想到現在雖然過了秋收的季節，照理有糧食了，但是我們家是貧窮人家，沒有田地，沒有收成，一時之間措手不及，結果小兒子就餓死了。韓愈〈進學解〉有兩句：「冬暖而兒號寒，年豐而妻啼飢。」韓愈說他家裡很貧窮，某一個冬天，可能是暖冬，但是他的兒子還是不停的叫冷，大家都不感覺冷，兒子還叫冷，這表示別人有禦寒的衣物，他家卻沒有。「年豐」就同杜甫這裡的「秋禾登」，豐收的年頭，大家都不愁吃的，而他的妻子卻還不停的喊餓，這表示他家飯不夠吃。在內容上，和杜甫這兩句非常類似。所以這四句，一方面寫出非常深沉的慚愧，二方面也說出了會遭遇這種悲哀的背景。這裡還有一個問題是無法解決的，杜甫的妻子姓楊，推論起來，奉先楊縣令應該是杜甫妻子娘家的親戚，縣令家的親戚竟然會餓死一個小兒子，似乎不太合理，但從古以來也無人解答這個問題，也許真的就是「貧窶有倉猝」。這是第五段，家事，雖然篇幅不大，短短十二句，但可看出他家裡遭遇非常沉痛的打擊。

最後一段，「生常免租稅，名不隸征伐。撫迹猶酸辛，平人固騷屑。默思失業徒，因念遠戍卒。憂端齊終南，澒洞不可掇。」最後段落我們把它當做是全篇的結論。「生常免租稅，名不隸征伐」，杜甫進一步想到自己在現實世界裡，是一輩子不必繳稅的，名字也不在征伐的名單之中，征伐的名單就是當兵的名單，簡單說杜甫是享受了很多優待，不必繳稅、不必當兵，事實上這是唐朝的一個制度。《唐六典》：「凡丁戶皆有優復蠲免之制：諸王宗籍屬宗正者，諸親五品以上父祖兄弟子孫及諸色雜有職章人，孝子賢孫義夫節婦，同籍悉免課役。」《唐六典》是記錄唐朝制度的一本書，其中記載家裡有壯丁的人可以免除繳稅、免除當兵的條件。哪些條件呢？第一個是皇帝的兒子、孫子之類的，也就是具有皇族身份的，第二個是具有五品以上官職的，包括他的父祖兄弟等人，另外是孝子賢孫義夫節婦，這是屬於獎勵道德部分。還要特別注意：「同籍悉免課役」，就是跟剛剛提到符合條件者同一戶籍的人，都可減免，這個身份講得很清楚。

再補充一個資料，天寶十三載，就是杜甫做這首詩的前一年，唐朝全國的總戶數、人口數，其中不用課、役和要課、役的戶數；以及不需課、役和必需課、役的人口數，我們把它列成一張表：

天寶十三載課役情況：

總數	9,619,254（戶）	52,880,488（口）
不課役	3,886,504	45,218,480
課役	5,301,044	7,662,800

各位看到這個數字會有什麼感覺呢？不用繳稅，不用當兵的人口比要繳、要當的多得太多了。以戶數來說，不課役的佔了百分之四十，要課役的佔百分之六十；以人口來說，不用繳稅及不用當兵的達百分之八十五，要繳稅、當兵的僅占百分之十五。這裡有兩個問題，第一，要課役的戶數比不課役的多，但要課役的口數比不課役的少，這說明什麼？就是前面資料裡提到的「同籍悉免課役」，原來有很多人掛名到不用繳稅、不用當兵的戶籍裡，那就不用當兵，也不用繳稅了，跑到那個戶籍裡當奴隸、做長工，所以一個不課役戶裡頭的人數就非常多，這是一種不合理的制度。第二，不用課役的身份是皇室貴族、官吏，孝子賢孫、義夫節婦僅佔少數，那表示有權有勢、有地位的人家，不用繳稅、不用當兵。而全國要課役的人只約百分之十五，換句話說，全國的賦稅兵役就靠那沒有錢沒有地位的百分之十五、那些沒有能力的人去負擔，假如我們現在的國家是這樣子還能存在嗎？倫敦劍橋大學有位漢學家費正清，他出了一本書叫做《劍橋中國史》，就討論到這個問題，在唐朝滅亡的原因這個部分，很多會說是因安祿山之亂、藩鎮割據、宦官弄權……等等，更狹義的說安祿山會造反，是楊貴妃的關係，是女禍，其實他告訴我們這是一個制度的問題。其實中國有很多朝代會滅亡，都是因爲這個原因，都是種種不合理的制度，逼得老百姓造反。我們再回到杜甫，他也在優待的名單裡，憑什麼呢？因爲杜甫的母親姓崔，嫁給杜閒，是杜甫的父親，生下杜甫，杜甫的外祖父姓崔，名字不可考，但他的外祖父是李淵的第四代，是唐朝開國的國君唐高祖，李淵的兒子李元吉，生出一個女兒，再生出一個外孫女，嫁給一個姓崔的，生出杜甫的外祖父，背景大概如此。所以杜甫的母親崔氏，就是李淵的後代，基本上他是皇族的後代。但是沒落了，家裡也變窮了，這是母系的部分。至於父系，杜甫的祖父杜審言也做過

不小的官，杜甫的父親杜閒也做過兗州司馬，這些條件都符合了優待的範圍，所以他一輩子不用繳稅，名字也不在服役名單內。可是「撫迹猶酸辛，平人固騷屑」，「撫」是面對，「迹」是事件，指小兒子餓死的事件，面對發生了這件事情我心裡還非常的辛酸，我享受了這樣的優惠，不必繳稅、不必當兵，結果家裡還發生這樣的悲劇，我心裡還那樣的悲哀，那樣的辛酸；「平人」的「人」就是民，唐朝基本上都把民改爲人，因爲避李世民的諱，古代都要避皇帝的名諱，所以平人就是平民，普通的百姓，也就是要繳稅、當兵的那群人，那他們家裡當然一樣會發生像我家一樣的事情，甚至可能發生比我家更悲慘的事，我都會傷心，那這些老百姓怎麼反應呢？只有辛酸而已嗎？「騷屑」原來的意思是風吹在樹林上邊，樹木不停的搖動的樣子，這裡引申變成了老百姓會騷動不安，說直接一點就是造反。我家裡有這樣的優惠還會發生這種悲劇讓我悲傷，而一般百姓要繳稅、要當兵的，遭遇的痛苦應該更加嚴重，他們的反應可能就不止辛酸而是造反了。「默思失業徒，因念遠戍卒」，「默思」跟「因念」是互文，因此我默默的想到「失業徒」，想到「遠戍卒」；「失業」指失去了產業，家產被搜刮了、被剝削了，所以「失業徒」呼應了前邊的租稅，一般百姓要繳稅，前邊有說到「彤廷所分帛，本自寒女出。鞭撻其夫家，聚斂貢城闕」，官吏到這些百姓家把他們辛苦織的布搜刮了，然後進貢給朝廷，就這麼失去了產業；我也想到「遠戍卒」，被朝廷徵召派到邊塞打仗的戍卒們，「遠戍卒」呼應了「隸征伐」。「失業徒」、「遠戍卒」同時呼應了前面的「平人」，那些要當兵繳稅的貧苦百姓，杜甫想到這些百姓假如家中遭遇不幸，便會騷動不安，會造反，因此「憂端齊終南，澒洞不可掇」，我心裡的憂慮就像終南山一樣的高，像水一樣瀰漫，再也無法收拾了。憂慮是一種感情，感情是抽象的，詩人寫抽象的感情時常把它具體化，因爲抽象的感情是抓不住、摸不著的、無法量化的，看不出到底有多深，究竟有多少！所以要用具體事物把它具象化。很有名的例子，我們都讀過李後主的：「問君能有幾多愁，恰似一江春水向東流」，問我自己到底有多少愁，那就像春天的江水滔滔不絕往東流。水是很具象的，看得很清楚的，用大量的水的意象，來說出無法具體感受到的愁。

李白送汪倫的詩，其中「桃花潭水深千尺，不及汪倫送我情」，汪倫送別李白，李白知道他的深情，但假如只向汪倫說我知道你對我感情很深，這對汪倫起不了作用，因爲汪倫還是不能理解李白到底有多深的感受。李白很了不起，用了桃花潭水，桃花潭就在汪倫的家鄉附近，那水有多深，汪倫當然很清楚。他就說桃花潭水雖然有千尺深，都比不上你今天來送別的感情，這感覺很真實，很具體，這樣對方就知道你真切的感受。這都是用具體意象來寫抽象的感情。現在杜甫用一座終南山，來形容自己的憂愁像終南山一樣的高，「澒洞」是水瀰漫的樣子，憂愁像山一樣高，也像水一樣的大，再也無法收拾。我們再看蘇舜欽〈城南感懷呈永叔〉：「愁憤徒滿胸，嶸峵不能齊。」很顯然是從杜甫這裡來的，杜甫是寫「憂端」，他是寫「愁憤」，再高的山都無法和我的「愁憤」相比。這是最後一段。特別要補充一點，看看杜甫在第五段寫家事，寫回到家裡，路上所想的、入門所聽到的、以及面對兒子夭折的傷心痛苦，可是到了第六段，他範圍寫到「遠戍卒」，「失業徒」，寫到一般的平民百姓。杜甫的思考路向時常可歸納出這個方向，他常常是「因己及人，由家及國」。假如把杜甫的詩讀熟了，時常可看到他這樣的思考模式。以杜甫這首詩的背景來講，他回到奉先探視家人，看到家裡發生不幸，一般人最後寫到傷心、難過大概就結束了。可是杜甫跳出來了，雖然他傷心、悲痛，可是因爲自己的遭遇，會想到比他更痛苦的人；他也會因爲自己家裡的不幸，想到整個時代可能會騷動不安，大亂可能因此而起，這是杜甫偉大的地方。整首詩也可看到前後有個「憂」字，遙相互應：結尾的地方，是「憂端齊終南」，而開頭的地方，有「窮年憂黎元」，雖然距離有四百六十個字左右，但前後的兩個「憂」很明顯呼應，他一年到頭都擔憂老百姓的痛苦，最後也是擔憂整個國家的命運及老百姓的遭遇。宋人黃徹的《碧溪詩話》，對這首詩，有十分詳細、深刻的論述，他分析句子內容部分，基本上我們在講解作品時，前面給各位解釋時都參考過了，也就不必再把原文累贅引用。我要特別強調的是：他說這首詩是「乃聲律中老杜心跡論一篇也」，「聲律」就是詩歌，他說這首詩所反映的、呈現的，是杜甫的「心跡論」。「心跡論」用現代的話說是心路歷程，要了解杜甫的心路歷程，這是非常具有代表性的一首詩。接著他又提出一個觀點：「少陵之跡江湖而心稷契」，杜甫想要「致君堯舜上，再使風俗淳」，志向很高，要輔佐皇帝超越堯、舜之上，但從宋代以下就有很多人討論到這個問題：很多人要問杜甫做到了嗎？當然沒有！有的話他早就變成有名的宰相了。有的人說，他現實中沒有做到，假如有機會，那他有能力做到嗎？時常有人從這個角度去思考杜甫對理想的實踐能力問題。這個討論的材料非常多，黃徹這裡提出的觀點，我覺得是可以接受的，「跡」就是他現實中的事實，他現實中只做了一些小小的官，甚至大部分是沒做官的，是江湖布衣，但不妨礙他心中崇高、偉大的理想，他期待、自許，他要完成「致君堯舜上」，自比像稷與契這樣的目標。黃徹的意見，我將這兩個重點跟大家介紹，因爲值得參考。

我們將整個作品分爲六個段落，第一段身事，第二段自京啟程，第三段國事，第四段征途，第五段家事，第六段結論。整個作品是從題目產生的，題目是〈自京赴奉先縣詠懷五百字〉，五百字是指篇幅，不是實質內容，有實質內容的是「自京赴奉先縣」，這是紀行，記錄他從長安到奉先一路上看到的、想到的內容。另外一個重點是「詠懷」，我們把詠懷和紀行套到這六個段落裡。紀行比較容易掌握，第二段寫從長安出發不就是寫路上嗎？「歲暮百草零，疾風高岡裂。天衢陰崢嶸，客子中夜發」，在長安的半夜，歲暮天寒他出發了。還有第四段的征途，「北轅就涇渭，官渡又改轍」，很清楚的寫從長安往奉先一路上的景況，也屬於紀行。至於身事、國事、家事，基本上是寫他心裡的想法。他一生的事業、理想、抱負、他的挫折、他的堅持，這是身事。而國事，是經過驪山山腳下，想到皇帝在華清宮中享受，甚至批判皇帝濫賞，寵信佞臣。家事呢？是寫家裡發生的事情，寫回到家中「入門聞號咷，幼子餓已卒」，最小的兒子竟然餓死了的悲情。這些身事、國事、家事是屬於「詠懷」部分，這樣分析，看來跟「紀行」截然二分了，兩者間好像沒有交涉的地方。其實詠懷之中也有紀行，紀行之中也有詠懷，不過兩者輕重有所不同而已。最清楚的是第三段，第三段一開頭「凌晨過驪山」，天一亮我經過驪山山腳下，是紀行，但這一大段其實主要內容是寫國事，所以詠懷還是有紀行的成分在。家事也很清楚有紀行的成分，「老妻寄異縣，十口隔風雪。誰能久不顧？庶往共飢渴」，不也是路上心裡想到的，及進入家門所看到的嗎？那也是紀行。至於第一段身事部分跟紀行的關係，沒有像國事、家事這兩段那麼明顯，但也並不表示兩者毫無關係，因爲在身事裡他提到了「以茲誤生理」，耽誤了生計，更具體說，表示養不起家人，所以把他們寄養在奉先，才促成了他這次從長安到奉先的旅途。在敍述自己的理想抱負的同時，也暗示了他爲什麼從長安往奉先的背景，所以跟紀行還是有關。再看看紀行與詠懷的關係，第四段寫征途很清楚，有兩個句子，「羣水從西下，極目高崒兀」，這只是寫路上的景色嗎？當然不是！因爲他有言外之意，寫的是杜甫擔心這個時代的動亂，會把國家的命脈沖斷了，所以在旅途上看到一場大水，觸動了他心中的感觸，所以有詠懷。第二段的紀行，從長安出發，「歲暮百草零，疾風高岡裂。天衢陰崢嶸，客子中夜發。霜嚴衣帶斷，指直不得結」，看看這幾句，是在寫出發時的天氣，一片陰霾的天氣，但這樣的天氣也塑造了一個時代的氛圍，這時代的氛圍就像陰霾的天空一樣，心裡其實已有所觸動了，所以自京啟程裡對天氣的描寫，也是有詠懷的內容在。再看看第六段結論的部分，結論是一個總結，它總結了什麼呢？因爲整篇作品就是由詠懷跟紀行兩個脈絡發展出來的，所以這個結論當然還是要配合這兩部分來完成。詠懷放到結論裡很容易，因爲這一段大部分在寫爲老百姓的擔憂，想到他們要繳稅、要當兵，然後擔心這些人會造反，這些當然跟詠懷有關。那紀行呢？沒有很明顯，因爲這個時候，從背景看，杜甫已經回到家了，並不在路上。可是他寫他憂慮的情緒，說像終南山一樣的等高，終南山在長安南邊，杜甫現在人在奉先，距長安東北二百四十里，假如杜甫只是用一般創作的要求，用具體來寫抽象的感情，他要找一座山，或是找一條水，來象徵他的憂愁，其實奉先也有很多高山大水，他爲什麼不找奉先的山水來比喻自己的憂愁呢？原來他要把空間拉回到長安，所以這結論部分的紀行，是身理的空間在奉先了，但他心理仍是想到長安，所以選擇用終南山來譬喻他憂慮之多，把空間在奉先與長安之間再做一次來回。我們將六個段落做這樣分析，以便看出他的結構關係出來。仇兆鰲把它分成三個大段落，我覺得分得太粗了，比較無法將這種細密的關係強調出來。講解這篇作品花了五個小時又五十分鐘，我覺得很值得，這是一篇很大的作品，而且也是讀老杜的詩必須要理解的，不曉得各位有沒有興趣，利用寒假時把這首詩背起來，試試看，不一定要每個字都背熟，但是多讀幾遍保證對各位有幫助。

哀王孫

長安城頭頭白烏，夜飛延秋門上呼。又向人家啄大屋，屋底達官走避胡。金鞭斷折九馬死，骨肉不待同馳驅。腰下寶玦青珊瑚，可憐王孫泣路隅。問之不肯道姓名，但道困苦乞為奴。已經百日竄荊棘，身上無有完肌膚。高帝子孫盡隆準，龍種自與常人殊。豺狼在邑龍在野，王孫善保千金軀。不敢長語臨交衢，且為王孫立斯須。昨夜東風吹血腥，東來橐駝滿舊都。朔方健兒好身手，昔何勇銳今何愚？竊聞天子已傳位，聖德北服南單于。花門剺面請雪恥，慎勿出口他人狙！哀哉王孫慎勿疏！五陵佳氣無時無。

這首詩收在二〇八頁。先說一下題目，把文字了解一下。「王孫」，我們書上在題目下邊引了《史記・淮陰侯傳》：「漂母曰：『吾哀王孫而進食。』」高步瀛先生認爲應該是它出處。「王孫」從字面上看其實滿簡單的，王室的子孫就是王孫，就是跟皇帝有親戚關係的。但是，這裡引了〈淮陰侯列傳〉，淮陰侯是誰？韓信。韓信各位一定聽過，各位把《史記》裡頭他的列傳讀一讀，還滿有趣的。韓信年輕的時候非常窮困，沒飯吃，他有一個很要好的朋友，他每天就跑到朋友家去吃飯。那個朋友的太太受不了了。後來，韓信一來，她把所有食物都收起來。韓信無可奈何，落拓得像乞丐一樣。然後有一個漂母，就是河邊洗衣服的婦人，可憐他，送他飯吃。韓信很感激，說將來有一天假如我富貴的話，一定會報答妳。結果漂母說了：我是因爲同情你才給你飯吃。假如按照我們之前說的，王孫是皇家子孫，韓信有沒有這背景啊？沒有！所以王孫有兩種意思：一個從字面看，王室的後代，跟皇帝有親戚關係的，這是它本來的意思。後來，就變成對人的尊稱，相當於「公子」的意思。其實公子原來的意思，「公」也是指公、侯、伯、子、男之一，所以也是指貴族的子孫。可是我們現在都用的很廣泛啦！並不是他的父親、他的祖父、他的先世是有爵位的。就像我們上一次也提到「侯」啊！「蔡侯靜者意有餘」，還有〈奉先劉少府新畫山水障歌〉的劉單，杜甫稱他「劉侯」，指的是什麼？是「先生」的意思。所以這裡抛出一個問題了：杜甫說哀王孫，顯然是對某一個王孫，同情他、悲哀他，寫下這首詩嘛！那這裡的「王孫」是皇室的子孫呢？還是只是對他的尊稱而已？根據這首詩，各位看到下邊的句子：「金鞭斷折九馬死，骨肉不待同馳驅」，這裡所謂「金鞭」、所謂「九馬」，其實指的都是皇室，都是皇帝。所以我們認爲這裡的「王孫」應該就是指皇室的子孫。至於高步瀛引到的韓信，雖然並不是王室子孫，和這首詩裡的王孫身分不同，但我們又要特別注意：這首詩題目是〈哀王孫〉，而〈淮陰侯傳〉的句子，就有「哀王孫」這三個字，所以並不是高先生誤解了韓信的身分，而是指出題目的三個字，杜甫是借用了《史記》的原文；這也再度反映了「杜詩無一字無來處」的特色，從事注解的人往往也會留意到這個關鍵。

杜甫爲什麼對一個王孫產生了同情，爲他悲哀，寫下這首詩呢？這個就要從整個背景來說了。這當然跟安祿山之亂是有關係的。所以在題目下邊，你可以看到引了《舊唐書》等等這些史書。很簡單地給各位做一個溫習，安祿山之亂給各位講很多次了。安祿山在天寶十四載十一月初九在范陽起兵。范陽在哪裡？在現在北京，他在那邊起兵造反。很厲害，一個月之內，到了十二月的時候把洛陽攻下了。唐朝有兩個最重要的都城：一個是長安西京，一個是東都洛陽。攻下以後，下一步目標就是攻取長安。長安東南邊就是華山，華山有一個隘口叫做潼關。到了天寶十五載六月，唐玄宗看軍情實在危急，也知道潼關是非常重要的一個關口，用來保護長安的。但那時候，他沒有多少兵將可以用，就想到一個人，叫哥舒翰，是唐朝很重要的一個將軍，他是胡人，是突厥人。唐朝時常用了許多外族人作爲大將軍，安祿山也是其中之一，上次提到高仙芝是高麗人，那哥舒翰是突厥人。他曾經做過朔方軍節度使，朔方在西北，他戰功彪炳，最重要的是防範吐蕃入寇，跟吐蕃打了好幾次仗，戰功顯著。可是到了天寶十五載，他那時候中風，身體不好，回到長安靜養。但唐玄宗沒有辦法，想到哥舒翰還是能打仗，而且他跟安祿山不太對頭，兩個人時常有一些爭鬥。所以唐玄宗徵調了二十多萬人馬，讓哥舒翰鎮守在潼關。假如哥舒翰能夠把潼關守住，長安大概能保下來的。但是沒想到，當時楊國忠還是宰相，對哥舒翰有點猜忌，他擔心哥舒翰擁有那麼重要的軍隊，假如哥舒翰帶兵回到長安，可能就把楊國忠殺了。哥舒翰原來的戰略是閉關自守，讓安祿山沒辦法攻進來，因爲潼關是易守難攻的一個地方。但楊國忠擔心哥舒翰對他不利，他就一直向皇帝要求讓哥舒翰出關迎戰。結果，在六月九日，哥舒翰一再受到朝廷壓力下，「撫膺痛哭」，開關出戰，結果被安祿山打敗了，他還被俘虜了，潼關就失守了。潼關一失守，長安顯然就保不住，所以各位看到這裡引到《舊唐書．玄宗紀》：「六月，潼關不守」，長安就受到威脅。所以到甲午，就是六月十一日，唐玄宗知道長安守不住了，接受了楊國忠的建議，放棄長安，打算逃到四川成都。史料跟各位說得詳細一點，因爲我們以後講作品時常會提到這些背景。在這一天，他打算到四川去，第二天，也就是六月十二日，凌晨的時候就從延秋門出發。延秋門是西邊的城門，要往四川去，所以從西邊出發，那時候下著雨，跟隨皇帝的人只有宰相楊國忠、韋見素、高力士、太子，還有楊貴妃姐妹。其他的親王、妃子、公主、皇孫以下，很多不是住在宮裡頭的，都來不及跟隨。離開了長安，往西邊走，沒幾天就來到馬嵬坡，「六軍不發無奈何」，發生了馬嵬兵變，楊國忠、楊貴妃姐妹都被殺了。

各位看到在這一大段文字裡頭，唐明皇在天寶十五載六月十二日逃出長安。然後唐肅宗在七月甲子（十一日）登基，得到唐玄宗的禪讓。這當然跟馬嵬兵變有點關係，因爲逃到馬嵬坡之後，「六軍不發無奈何」，很多人認爲應該是一場政變，發動的人就是太子。皇帝要離開，理論上太子是要跟著皇帝的，但是很多百姓攔著皇帝，說你到四川把我們拋下來，沒有人帶領我們，中原百姓怎麼辦？就要求太子留下來。各位大概都知道這是政治陰謀，唐玄宗當然也知道，就跟太子說你就留下來，我分一支軍隊給你，你好好的去對抗安祿山，我把位子禪讓給你。唐肅宗得到了這一支軍隊，皇帝繼續往西南到成都，唐肅宗經歷了很長的路途，最後來到靈武，靈武在現在的甘肅，就在這個地方登上帝位，做了皇帝，這是天寶十五載七月十一日。因爲換了皇帝，古代的習慣要改元，所以同一年中年號也就不一樣了，天寶十五載就改成至德元載。這一點要弄清楚，同一年有兩個年號。那個時候，長安已經淪陷了，安祿山有一個兒子，叫安慶宗，被唐朝殺死了，安祿山要報仇，所以到了七月的時候，就叫部將孫孝哲把留在長安的很多王公貴族都殺害了，其中包括霍國長公主，長公主就是大公主，霍國是她的封號，還有永王的妃子、駙馬楊馹八十多人、皇孫二十多人也都殺害了。而且很殘酷，把他們的心挖出來祭安慶宗。所以當時只要跟王室有關，來不及逃出長安的皇親國戚，性命都受到很大的威脅。

杜甫這首詩裡頭提到的「王孫」應該就是這樣一個身分。淪陷在長安城，受到了性命的威脅。杜甫遇到了他，然後對他同情，寫下這首詩，所以叫〈哀王孫〉。杜甫爲什麼會碰到他呢？杜甫那時候爲什麼在長安呢？這個也要稍微結合時代背景說一下。上次我們讀到〈奉先詠懷〉，寫在什麼時候？寫在天寶十四載的十一月。然後，到了第二年，天寶十五載正月的時候，基本上杜甫應該還在奉先。到了二月，一般推斷，他曾經又再回到長安。但是過了不久，長安非常危險，而且杜甫的家在奉先，雖然距離長安兩百四十里，其實這一片地區，那個時候都變成了戰場，變成了前線。所以杜甫非常擔心家小的安危。一般推斷，大概在五月間，杜甫又從長安來到奉先，打算帶著家人逃難。果然，到了六月的時候，潼關失守，奉先也就變成安祿山軍隊侵佔的一個地方，所以杜甫就帶著家人往北邊逃。杜甫有些詩，曾經敘述這些逃難的地方，逃難的經過。他有一個很有名的句子，說他抱著小女兒往北逃，半夜的時候，小女兒哭了起來，他趕緊用手掩住她的嘴巴：「啼畏虎狼聞」，一哭啊，兩三里內的老虎、狼都聽到了，所以要摀著她嘴。這些，假如有些戰爭經驗的人，大概都可以理解的。最後逃到了鄜州，這是一個山區，相對比較安全的地方，他就把家人暫時定居在這個地方。接著，我們剛剛說了，七月的時候，唐肅宗在靈武即位。杜甫是「葵藿傾太陽，物性固莫奪」，皇帝在哪裡，他就心在哪裡。所以，聽說一個新皇帝在靈武即位，他就想要投奔朝廷來報效，就從鄜州想要到靈武去，在半路上經過一個關口，這關口叫做蘆子關。沒想到這地方有安祿山的軍隊駐守，所以杜甫就被俘虜，俘虜以後就被帶到長安城中。一般判斷，可能是在八月的時候。淪陷到長安以後，他曾經寫了很有名的一首詩，我們讀過的——〈月夜〉：「今夜鄜州月，閨中只獨看。」這應該是八月十五月圓之夜，抬頭看到月亮，想到鄜州的妻子孤獨的在那個地方，然後杜甫思念著妻子，那一首五言律詩，相信大家都很熟悉。一直到第二年，至德二載四月的時候，才逃出長安。唐肅宗在這一年二月，因爲逐漸逐漸力量強大了，想要光復長安，靈武距離長安太遠了，所以往南邊移動，來到了鳳翔。鳳翔在長安的西邊，距離長安比較近。杜甫知道這個消息，所以在四月的時候逃出長安，投奔鳳翔。到了五月，唐肅宗給他做左拾遺，起義來歸嘛，所以給他一個官職。從至德元載八月到二載四月，淪陷長安期間他寫了很多有名的詩。我們讀過〈春望〉，對不對，也就是至德二載春天淪陷在長安的時候所做的。好，所以杜甫在淪陷的長安城中，是有機會遇到一個落難的王孫。至於什麼時候遇到？什麼時候寫下這首詩呢？當然時間的跨度就是至德元載八月來到長安，一直到隔年四月，都可能有這樣子的一個情節發生。所以，這首詩編年上就有兩種說法，一種說法把它編在至德元載九月的時候。一方面杜甫那時候是在淪陷的長安，二方面這首詩裡頭，各位看到有一句「已經百日竄荊棘」，有沒有？表示王孫落難了，躲躲藏藏了一百多天。天寶十五載六月長安淪陷，到七月的時候安祿山不是殺害了很多的王孫嗎?那這樣算起來，大概也是這一百多天的事。所以有人根據這個句子，把它編在至德元載九月，仇兆鰲是這樣說的。但是高步瀛先生有另外的看法，題目下各位可以看到，因爲這首詩還有另外一個句子：「昨夜東風吹血腥，東來橐駝滿舊都」，有沒有看到？這個「東風」有些版本寫成了「春風」，其實不管是「春風」也好，「東風」也好，指的都是春天的時候從東邊吹來的風，所以他就根據這個句子，認爲時間的背景應該是春天的時候。至於前面說的「百日竄荊棘」，他認為不必拘泥，這王孫落難，躲躲藏藏，不一定是長安剛淪陷時候的事，不必從那個時間起算，了解嗎？雖然也不是那麼樣有直接的證據、很必然的時間交代，但是我願意接受高步瀛先生的說法，把這首詩編在春天的時候。既然是編在春天，當然就是至德二載的春天，在四月杜甫逃出長安之前。還有一個理由，在後邊緊接著大家可以看到〈哀江頭〉，〈哀江頭〉說「春日潛行曲江曲」，很清楚，那一定是至德二載的春天。題目很類似，一個是〈哀江頭〉，一個是〈哀王孫〉，既然有可能是寫在春天，所以我們就把這首詩編在至德二載春天。好，講背景就講了一大堆，大致這樣瞭解。

下面，我們把詩讀一下。仇兆鰲有一個說法，把這首詩的結構說得很清楚。他說一共分成三個段落，前邊四句第一段，後邊兩個段落各十二句。所以很類似我們讀過的〈兵車行〉，他也這樣分析，他說什麼？一頭兩腳，一個頭兩隻腳。開頭四句是頭，然後下邊十二句第一隻腳，再來第二隻腳也是十二句。但是這首跟〈兵車行〉稍有不同，〈兵車行〉句型有長短，有五言，有七言，〈兵車行〉還有換韻，但這首是整齊的七言古體，一韻到底。以一頭兩腳來說，兩首非常類似，可是從句子的變化、押韻的方式，這首沒有〈兵車行〉那麼樣的複雜。〈兵車行〉的結構大家回家再溫習一下，可以做一個對照。

我們就根據仇兆鰲的說法，把段落先做了解：「長安城頭頭白烏，夜飛延秋門上呼。又向人家啄大屋，屋底達官走避胡。」這是第一段，四個句子，一個頭。下邊，「金鞭斷折九馬死，骨肉不待同馳驅。」我把這兩句頓一下，屬於第二段的第一個小節。下邊，「腰下寶玦青珊瑚，可憐王孫泣路隅。問之不肯道姓名，但道困苦乞為奴。已經百日竄荊棘，身上無有完肌膚。」這是第二個小節。下邊，「高帝子孫盡隆準，龍種自與常人殊。豺狼在邑龍在野，王孫善保千金軀。」第三個小節，這是第二個段落，共十二句，第一隻腳。下邊第三段，「不敢長語臨交衢，且為王孫立斯須。」第一個小節，兩個句子，跟第二段一開頭兩個句子很像。然後下邊，「昨夜東風吹血腥，東來橐駝滿舊都。朔方健兒好身手，昔何勇銳今何愚。」四個句子第二小節。最後六個句子「竊聞天子已傳位，聖德北服南單于。花門剺面請雪恥，慎勿出口他人狙。哀哉王孫慎勿疏，五陵佳氣無時無。」第三個小節。這第三段也是十二句，第二隻腳。

好，先看第一段。「長安城頭頭白烏」，這句子看起來很簡單，對不對？長安城頭就是長安城牆上邊，有一個白頭烏。因爲時間花得太多了，我們就簡單講一下那個「頭白烏」。各位看到《漢書・五行志》引了漢桓帝時候在京都有一個童謠：「城上烏，尾畢逋。」爲什麼要引這樣一個童謠？我們給各位說了好多次，古人認爲杜甫的詩無一字無來處，這裡說「長安城頭頭白烏」，所以說「城上烏」就是從這裡來的，了解嗎？這個童謠很長，我本來打算給各位講，但是沒什麼意思，簡單說那個「尾畢逋」，是說那個烏尾巴翹起來，在城頭上有那麼一個烏尾巴翹起來，就是在諷刺上位者位居高位，不照顧百姓，非常貪婪，本來這首童謠的主題是這個，跟杜甫這首詩的用意是沒有關係的。所以它只是告訴你，這個「城頭頭白烏」就是從「城上烏」來的。至於下面引《初學記》告訴你「白頭烏謂之鵯鶋」，這個說法不太對，「鵯鶋」是另外的鳥，這個我們也不說了。下邊比較有關係的是《南史・賊臣侯景傳》，侯景給各位講過吧！梁武帝時的一個亂臣，最後把梁武帝殺了，篡了位。這裡引到說，侯景篡位以後，「修飾臺城及朱雀、宣陽等門」，他篡了位，做了皇帝，就叫人把臺城，臺城是一個宮城，還有朱雀門、宣陽門等等，把它整理粉刷一番，當修飾這個城樓、城門的時候，有白頭烏萬千棲於門樓，這個很重要。根據這樣的記載，「白頭烏」雖然是一種鳥，而杜甫用到這裡，說長安城頭有白頭烏，暗示了什麼？白頭烏就像是侯景一樣，侯景是一個亂臣，那安祿山也是一個亂臣，所以他是有象徵的。長安城上邊飛集了白頭烏，半夜的時候在延秋門上呼叫。延秋門剛剛說過，唐玄宗逃出長安就是從延秋門出發的，對不對？除了在門上呼叫，飛集在城頭上，還有「又向人家啄大屋」，又飛到一個人家，那個人家的房子很高大，然後「屋底達官」，房子裡的達官逃走了，躲避胡人逃走了。那這個達官，達官是什麼呢？我們現在還時常用，什麼「達官貴人」等等，其實爲什麼叫做達官貴人，是因爲他受到皇帝的任命「名達於上」，某一個人被皇帝任命做官，他的名字就到了皇帝身邊，皇帝聽到了、看到了，「名達於上」，所以叫做達官，了解嗎？我們現在一般人可能不知道達官的出處，也許你認爲說「達官」大概就是「大官」，不是喔，是他的名字被皇帝看到了、聽到了，名達於上，所以叫做達官。好了，第二個問題是，不管達官什麼意思，一定指的是官。但是，杜甫現在說「屋底達官走避胡」房子裡頭那個達官逃走了，他真的要說官嗎？不是！剛剛講了一大堆的背景史料，是誰逃走了？皇帝逃走了，唐玄宗逃走了。所以說大屋，那個大房子其實指的就是皇宮。所以杜甫要說的是，那個白頭烏飛集在城樓上，然後站在延秋門上半夜啼叫，又飛到皇宮裡頭，而皇宮裡頭住的那個皇帝逃走了。可是假如直接說，飛到皇宮，皇宮裡頭的皇帝逃走了：「宮裡皇帝走避胡」，這話講得太嚴重了，了解嗎？雖然唐玄宗未必看到這首詩，甚至看到了對杜甫也無可奈何，可是杜甫的心態，他雖然會諷刺皇帝、批判皇帝，但絕對不會那麼直接、那麼明白的說，所以他用一種避諱的方式，用「達官」指皇帝。那你當然會問啊，爲什麼那麼肯定指的就是皇帝呢？那下邊，第二段一開頭「金鞭斷折九馬死，骨肉不待同馳驅」。「金鞭」就是皇帝車駕的鞭子，「九馬」，各位看到在註解引了《西京雜記》說「漢文帝從代還」，漢文帝本來是離開皇宮、離開長安，被封到「代」這個地方。後來得到繼承的權力，所以從代這個地方回到長安。回到長安的時候「有良馬九匹」，所以九匹馬指的就是皇帝車駕。古人修辭法裡頭有很多所謂「代字」，也給各位講過，要說某件事情，他用某一個典故，用其他的字來去取代。所以九馬指的就是皇帝。順便說一下，漢朝的時候太守乘五馬，五匹馬，對不對？所以五馬指的是太守，九馬指的是天子。從「金鞭」，從「九馬」你很清楚可以看到指的是皇帝，所以「屋底達官走避胡」指的是皇帝逃走了。好，這是第一段，開頭。這一段下邊大家看到吳星叟的一個評語，他說：「起用樂府體，昔賢所謂省敘事也。」有沒有看到？他說一開頭他用了樂府的方式、樂府的風格，這是爲了省略敘事的一個過程。這話說得有一點不清不楚，或者說不是完全正確。第一，其實這首詩它的風格基本上就是樂府，不是開頭而已，你看後邊還有對話等等，樂府的特徵是非常明白的，這是第一點。第二個就算它用樂府不見得就省掉敘事，各位一定讀過一些樂府詩吧？像〈木蘭詩〉、〈孔雀東南飛〉、〈陌上桑〉那故事敘述的很詳細啊，所以用樂府未必是省敘事。至於這四句，他確實是省了敘事。所謂省了敘事是什麼意思？就是把事件背景，像潼關失守啦，長安淪陷啦，皇帝逃走啦，杜甫有些詩講得很清楚喔！可是他這裡沒有，他用歌謠的方式，說有一群白頭烏，在長安城頭上飛，又在延秋門上呼，又飛到了皇宮，皇宮底下的皇帝跑走了。這樣的一個歌謠的方式，他用白頭烏來「起興」，「興」是什麼？引起嘛！他用一隻白頭烏的意象，讓你產生聯想。就像你看電影一樣，鏡頭看到一群白頭烏在城樓上飛，然後在城門上叫，又飛到屋頂那個地方，這樣子其實只是用一個意象引起我們讀者對那個省略的事件瞭解、想像。事件他省掉了，不直接、不明白、不完整地說，他只是用一群白頭烏，來引起你對事件的一種認識、一種感受，所以這是一種起興的方式。另外一個問題：「白頭烏」，杜甫把它寫成了「頭白烏」：「長安城頭頭白烏」，有沒有？假如用修辭格來說，他是用「頂真」，故意把兩個「頭字」連接在一起，語氣上看起來比較順暢。包括第三句「又向人家啄大屋」，下邊一句「屋底達官走避胡」，兩個「屋」字也串聯在一起，這些都是頂真修辭的手段。這是第一段，用一個白頭烏的意象，你可以感受到那種氣氛，然後引起對事件的認識，但是那事件他省略掉了，沒有明白的、完整的加以敘述。

我們看第二段，「金鞭斷折九馬死，骨肉不待同馳驅」，其實意思很清楚。只要把「金鞭」、「九馬」弄清楚，都是指皇帝的車駕嘛。所以這個句子就呼應了前面「屋底達官走避胡」，就是逃走嘛，皇帝車駕揮著金鞭，催促馬匹，結果鞭子斷了、馬死了，表示逃得非常的倉促、非常狼狽的樣子。然後把很多皇室的子孫，包括公主啦、王孫啦，只要不是在宮中的都全部拋棄了，所以這些骨肉都沒有辦法跟他一起逃難。「不待」，有些本子是「不得」；「不得」說的更清楚，也就是它的親生骨肉都被拋棄了，沒有辦法跟他一起逃難。

好，下邊，「腰下寶玦青珊瑚，可憐王孫泣路隅」，「腰下寶玦」很顯然杜甫看到一個人啦，對不對？那個人腰上掛了一個寶石！「玦」是半圓形的玉塊。假如是完整的圓形的玉叫做「璧」，「璧」一定聽過，你到故宮去看，很多這樣圓圓的寶玉，像一塊大月餅一樣，有時候中間可能還有一個洞之類的，這是圓的，叫做璧。假如說一半呢？那就是「玦」。所謂「青珊瑚」指的是用珊瑚做的玉，珊瑚在古代也是寶玉類的東西啦。青色的珊瑚做的玦，這當然也有出處，《西京雜記》裡頭來的，書上注解有引到，我就不多說了，各位看看就好。反正杜詩無一字無來處，他每一字、每一個詞大都是有依據的。杜甫就看到一個人，腰上掛著這樣一個玦，非常的珍貴喔，青珊瑚做的。然後呢？「可憐王孫泣路隅」，再進一步看，這個人就在路的角落，在那邊哭泣。現在一個問題，杜甫看到他腰上掛著一個玦，有寶貝，又看到他站在路邊哭，就知道他是王孫嗎？「可憐王孫泣路隅」，就認得出他是王孫嗎？然後你看到他下面說「問之不肯道姓名」，杜甫還問他你是什麼人啊？先生貴姓啊？他都不肯說。那怎麼知道是王孫？所以下邊你再看到，「高帝子孫盡隆準，龍種自與常人殊」，高帝指的是漢高祖，漢高祖的相貌很特別，我們書上注解說這是指光武皇帝，東漢的第一個皇帝，「世祖光武皇帝，高祖九世之孫也，隆準日角」，有沒有？準是什麼？準就是鼻子，隆準就是鼻子很高。日角指的是額頭凸出來，圓圓的凸出來，像太陽一樣的圓圓的一塊。我們以前讀李商隱有讀過「玉璽不緣歸日角」，指的是唐高祖李淵。總之啊，古代的皇帝都有特殊的相貌。那個漢高祖出身並不高貴，各位讀《史記》裡頭劉邦的樣子，那標準的流氓一個。但是，他出生有一個很奇怪的傳說，說他的媽媽有一天不見了，劉邦的父親到處找，外邊下了一場大雷雨，遠遠一看，看到他的太太，也就是劉邦的媽媽，在野外身上有一條龍纏著她，然後回到家過了不久就生下劉邦了。然後，他的相貌除了隆準，還有龍顏，左股還有七十二顆黑痣。回家檢查一下你的身體有那麼多的痣嗎？七十二顆不少啊，排列起來像星星的樣子。當然這些很可能都是造神運動，畢竟是皇帝嘛，總要給他一點神秘的來源，古代這種有關皇帝的傳說太多了。所以你看他後代的子孫光武皇帝，也是「日角龍庭」。舜也是一樣啊！傳說舜的眼睛是重瞳子，兩個瞳孔。我不曉得，應該問現在的醫生看看，兩個瞳孔怎麼看東西啊？那不就像照相機有兩個鏡頭一樣嗎？反正，這裡說「高帝子孫盡隆準」，用高帝漢高祖來指唐高祖。皇家的後代都是高帝的後代嘛，那都是隆準啦，是龍種喔，所以相貌就跟一般人不一樣。這就回答了前面的問題。所以，杜甫是先看到有一個人在路邊、在角落哭泣，再看到他腰身掛著一個很珍貴的玉珮，然後再看他的相貌，那樣子跟一般人不太一樣，看起來身分很高貴，所以才說「可憐王孫泣路隅」，才知道他是王孫。可是杜甫問他的姓名，他不肯說、不敢說，他只說什麼呢？下邊，「困苦乞爲奴。已經百日竄荊棘，身上無有完肌膚」這十九個字應該要用引號引起來。杜甫問他姓名，他不肯說，他只跟杜甫說了這幾句話。他說他現在非常的困苦，只希望有人收留他，他願意做人家的奴僕。「乞爲奴」這三個字一看大概也知道什麼意思，看起來很簡單。但是各位看到注解引了《文選》干寶的〈晉紀總論〉：「將相侯王連頭受戮，乞爲奴僕而猶不獲。」這是指晉朝劉淵之亂王侯將相遭遇殺戮的情況。另外，《南史》也有類似事件的記載：齊明帝派遣柯令孫殺齊武帝的第九子建安王蕭子眞，「子眞走入牀下，令孫手牽出之，叩頭乞爲奴，不許而死。」所以乞爲奴，假如只從字面上講，他很困苦、沒飯吃、走投無路希望有人收留他，他願意做奴僕。但是他是皇族、是龍種，所以連接這些典故，可以看出原來他不只是窮困的問題，還希望能夠活命，不被殺害。

好，下面，「已經百日竄荊棘，身上無有完肌膚」，這都是王孫說的話。他說已經經過了一百多天，就在荊棘，荊棘就野草堆、雜樹叢裡頭逃竄，躲躲藏藏，身上沒有一塊完整的肌膚，皮膚受傷了、肌肉也割傷了，那個處境當然非常的艱難，非常的潦倒。這是王孫面對杜甫問的詢問，說出這樣子的遭遇，但是他不跟杜甫說他是什麼樣的身分。因爲，當時安祿山有很多爪牙在長安城中，就是來搜捕這些皇室的後代，他當然要保自己安全，所以不敢暴露自己的身分。可是杜甫判斷得很準，看到他腰上掛的寶玉，看到他的相貌，知道他是王孫。所以杜甫就叮嚀他兩句話：「豺狼在邑龍在野，王孫善保千金軀。」這兩句話也要加一個引號，是杜甫跟王孫說的。豺狼跟龍當然是兩種對立的動物，豺狼原來應該在哪裡呀？應該是在山野之中、荒蕪之地呀，結果豺狼出現、橫行在大都市裡頭；龍應該是在天上，龍時常又是來指皇帝，那皇帝應該在皇宮裡頭呀，享盡榮華富貴的，可是龍現在反而困在山野之中。所以豺狼跟龍在這裡一定有比喻，豺狼指誰？安祿山對不對？這個逆臣，現在把長安攻陷了，縱横在長安城中；那龍指誰啊？唐玄宗！唐玄宗逃難了，在野了、流浪在外頭了，所以說「豺狼在邑龍在野」。你要把他比喻的對象弄清楚，結合當時的背景，很顯然杜甫說這句話是告訴那個王孫，現在處境是很危險的，安祿山縱横在長安城，而皇帝逃在外頭。「王孫善保千金軀」，叮嚀他要好好保重，你這樣一個珍貴的人，要「善保千金軀」。好，這是第二段，先交代了他在路旁看到一個人，辨認出他是一個王孫，透過一場對話，知道對方非常的困苦、非常的危險，杜甫就叮嚀他要好好的保重，「王孫善保千金軀」。

好，下邊第三段，「不敢長語臨交衢，且爲王孫立斯須」，這兩句也是這一段的開頭。他說現在站在交衢，交衢就是相當於我們現在十字路口，交通比較繁忙、比較熱鬧的地方，我不敢跟你啊，在這個熱鬧的十字路口說太多的話，「不敢長語臨交衢」。可是「且爲王孫立斯須」，我姑且還是爲你在這裡站一會，斯須就是短暫的時間，相當於「須臾」，「須臾」就是短暫的時間，我姑且爲您在這裡站一會兒。站一會兒是什麼意思呢？其實有所省略，意思是站在這裡跟你說幾句話。所以站不是重點，站在這裡、爲你站在這裡，是要跟你說幾句要緊的話，但話不能「長語」，不能說太多，因爲非常危險。

那說哪一些呢？下面分幾個小節。「昨夜東風吹血腥，東來橐駝滿舊都。朔方健兒好身手，昔何勇銳今何愚」，「昨」是以前，這個「昨」不一定是指昨天，沒有那麼狹義，現在之前的時間就是「昨」啦。前一段時間「東風吹血腥」，一陣東風，吹來了一股血腥之氣。「血腥」指什麼？當然指的是安祿山的軍隊。那爲什麼說是東邊、東風吹過來的？因爲安祿山在范陽，東邊那個地方起兵作亂，然後攻下洛陽、攻陷潼關，再淪陷長安，都是從東邊過來的，所以用「東」這樣一個方位，告訴你安祿山軍隊就這樣盤據了長安城，帶著一股血腥之氣。然後「東來橐駝滿舊都」，「橐駝」就是駱駝，從東邊好多的駱駝來到了舊都，舊都在這裡就是指淪陷的長安城，到處都看到從東邊來的駱駝。好，這個駱駝是能夠載重東西的。爲什麼說從東邊來？是因為安祿山就是從范陽過來的，所以帶著一大批的駱駝過來。為什麼駱駝要來到長安呢？各位看到注解引的《舊唐書・史思明傳》，說自從安祿山攻陷了洛陽、長安以後，時常用駱駝運載御府珍寶到范陽，「不知紀極」，他把洛陽、長安攻下了，長安皇宮裡頭奇珍異寶非常多啊！他就把它搜括了，然後用駱駝運回到范陽。所以為什麼駱駝會聚滿了長安城？就是打算運載珍寶到范陽去。這個也可以看出安祿山畢竟不像漢高祖，所以不能維持太久。他是當了皇帝，但是非常短暫，這有點像流寇，聽過李自成嗎？李自成攻陷北京，那一群人真的是草莽流寇啊！進入皇宮裡頭嚇壞了，沒想到皇宮裡頭非常華麗，寶貝非常多。然後就盤據在皇宮裡頭日夜享樂，過了不久就被吳三桂打敗了。所以，這個安祿山雖然建都於洛陽，但是他還是把范陽當根據地，然後把那些唐朝的寶物都用駱駝運載到范陽去，所以「東來橐駝滿舊都」。好，「朔方健兒好身手，昔何勇銳今何愚」，「朔方」就是剛才說的朔方軍，也指的就是哥舒翰。朔方軍，就是哥舒翰的部隊，以前是很好的戰士啊，好身手啊！將來假如有機會給各位讀一首杜甫的五言排律，他有一首就是給哥舒翰的，其實你從史料上，或是杜甫的詩裡邊可以看到，哥舒翰是很會打仗，朔方軍非常厲害，打吐蕃，打了好幾場非常了不起的勝仗。所以說「昔何勇銳」，以前跟吐蕃打仗非常的勇猛啊！非常的善戰啊！可是「今何愚」，現在怎麼那麼笨拙呢？「今」指的是什麼？就是天寶十五載六月失守潼關嘛，那場戰役打敗了，全軍覆沒了。所以做了一個對比，用「昔何勇銳」、「今何愚」，感嘆哥舒翰最後把潼關丟掉了，潼關一失守，長安就淪陷了。這四個句子，我們要瞭解，其實是杜甫對這個時代有非常強烈的感慨。他站在路邊要為那個王孫說一段話，但是他不免先把心裡邊最悲痛的時代感受跟王孫傾訴一番。安祿山軍隊從東邊來，帶著一股血腥，然後把唐朝的珍寶全部都運到了范陽。而我們長安最重要的一個門戶，哥舒翰防守在那裡，以前很會打仗的，現在呢？怎麼會那樣笨拙！潼關一失守，長安就跟著淪陷了。這四句話，是杜甫對王孫說的，但這種感慨，我想不必杜甫說，那個王孫心裡邊也有同感啦！但是他還是先把這個時代的背景說出來、交代出來，因為這是他心裡最痛切的感受。那他為王孫站在那裡真正要說的話，是什麼？是下邊幾句，第三個小節。

他說：「竊聞天子已傳位，聖德北服南單于。花門剺面請雪恥，慎勿出口他人狙。哀哉王孫慎勿疏，五陵佳氣無時無。」「竊聞」，我私下聽說，語氣好像給王孫報告一個比較私密的新聞，聽到的一個消息——「天子已傳位」，皇上已經把帝位禪讓給太子了。他先把這個可能當時在長安並不是所有人都知道的消息，偷偷告訴王孫，說現在有新的國君出來了。然後，「聖德北服南單于」。「單于」是匈奴的首長，後面資料很多，大致上說，到東漢的時候匈奴分裂爲南北兩部分，北邊的叫北單于，南邊的叫南單于。而南單于是降伏漢朝的，所以南單于是有歷史背景的，指的是東漢時的匈奴。可是我們知道，唐朝這個時候跟匈奴沒有關係，這個時候跟唐朝這段史實比較有關係的是「回紇」，也就是下邊所謂花門啦。「花門」是一個地點，全名是「花門堡」，它的位置應該就在現代甘肅。將來我們讀〈北征〉也會提到它。回紇其實到現在這個種族還在，就是維吾爾，你假如到新疆去，到烏魯木齊等地方，那邊維吾爾族很多的。好，這個在唐朝就是回紇，它的根據地就是花門堡，所以，有時候說花門指的就是回紇，以它的根據地來指他的種族。因此，這裡所謂「聖德北服南單于」，南單于是漢朝匈奴的名稱，跟唐朝沒有關係，是借用來指回紇。「聖德」指的是唐玄宗的恩德。剛剛說的馬嵬兵變，老百姓攔著唐玄宗希望把太子留下來收復長安，然後唐玄宗就跟當時的太子李亨說了：「此天啟也。」這個是老天爺給我的啟示啦！意思就是說老百姓的意見就是老天爺的意見啦！於是就讓高力士去宣布他的一些旨意，跟太子說：「汝好去，百姓屬望，慎勿違之。」我到四川去，你就好好的留在這裡，不要違背老百姓的願望啦！下邊：「且西戎北狄吾嘗厚之，今國步艱難，必得其用，汝其勉之。」西戎北狄是泛說啦，指西北方的一些外族，我曾經對他們非常厚待，對他們是有恩德的，現在我們國家遭遇這樣的災難，他們一定會給你一些幫助，會爲你所用，用這些話來鼓勵李亨。所以「聖德」指誰？指的是唐玄宗的恩德。「北服南單于」是說皇帝的恩德曾經降伏了像回紇這些種族。換句話說，唐肅宗繼承了帝位，他是可以接收唐玄宗對外族的一些恩德，爲他所用。

果然，下面說「花門剺面請雪恥」，這個各位也可看到注解說：「回紇以花門自號，剺面謂剝其面皮，示誠悃而來助順也。」「剺」是割的意思，「剺面」就把臉用刀子劃幾道痕跡，這個我們漢人大概不會這樣做，但是很多很多比較原始的部族是會這樣做的，像印地安人不是臉上刺了一大堆東西嗎？我們的原住民有些也是這樣啊！這是用一個具體的動作，臉上畫幾道表示誠心。其實我們老祖宗以前也是啊！什麼歃血爲盟有沒有聽過？你要跟別人結盟，把手指割破了，滴出一些血，滴到杯子裡邊、酒裡邊，然後大家共喝那杯酒。說實在滿恐怖的，以現在來說，說不定有愛滋病毒在裡邊，反正你都喝下去了，表示你的誠意嘛！以後我們講〈北征〉，還會讀到這個史實，唐肅宗在靈武即位，他要光復長安，很重要的支援他的力量，像郭子儀、像李光弼這幾個大概我們熟悉。可是他還得到了很多外族、外來的力量支援，其中很重要的一個就是回紇，那回紇甚至於派它的太子帶著很多人馬，來到唐肅宗那裡，支援唐肅宗光復長安。所以說「花門剺面請雪恥」，你看看回紇願意來幫助唐朝，把臉割了幾道，表示他的決心，表示他的誠懇，希望能夠幫我們唐朝來洗雪被安祿山叛逆的恥辱。這第三段，第三小節，「竊聞天子已傳位，聖德北服南單于」，都是杜甫跟王孫說的話，告訴他皇帝已經禪讓了，新的皇帝登基了，皇上的恩德降服了回紇，回紇願意爲我們唐朝來賣命，「花門剺面請雪恥」。講到這裡，各位看到下面忽然說：「慎勿出口他人狙」。杜甫馬上把話停下來，然後叮嚀那個王孫，你千萬不要把這個說出去喔！「他人狙」，「狙」本來是猴子，猴子個性很狡猾，牠要捕殺獵物的時候，牠會蹲在旁邊，等到獵物慢慢接近，不防備的時候牠就出手抓了、就咬了，所以「他人狙」就是你要小心喔！旁邊有人就像那猴子一樣，埋伏在身邊，可能等著機會，可能就把你捕殺了喔！所以你注意一下他的語氣真是很了不起喔！跟王孫講了一個很要緊的一個消息「花門剺面請雪恥」，我們得到一個盟友了啦！理論上馬上就要說我們怎樣興奮，有什麼樣好結果啊等等！但話一說出口他發現不對，這個消息一定是不能洩露出去，不能被別人聽到的，所以告訴他「慎勿出口他人狙」，有人在那邊偷聽的，你千萬不要把這個消息說出去。

下邊，「哀哉王孫慎勿疏」，「哀哉」當然是帶著悲哀的語氣，跟王孫說「慎勿疏」，你千萬不要疏忽了，也就是再次的叮嚀你千萬小心。下邊，「五陵佳氣無時無」，「五陵」五個皇帝的陵墓，各位讀唐詩一定是時常會看到「五陵」這兩個字對不對？這五個皇帝的陵墓都在長安附近。哪些皇帝？漢高祖的陵墓叫長陵，下邊就是漢惠帝的陵墓叫安陵，接下來是漢景帝的陵墓叫陽陵，然後就是漢武帝，漢武帝各位比較熟悉了，他的陵墓叫做什麼？叫做茂陵。再來是漢昭帝，漢昭帝的陵墓叫作平陵。都在長安附近，所以五陵本來指的是漢朝五個皇帝的陵墓。但是，唐朝人有一個習慣，時常以漢喻唐，這我們應該也講過，有沒有？用漢朝的歷史啦、典故啦、人物啦等等來暗指唐朝，也剛好，唐朝從唐高祖以下五個皇帝，陵墓也在長安附近。所以各位看到注解引的《唐書》本紀的記載：說唐高祖陵墓叫做獻陵，唐太宗是昭陵。唐高宗是乾陵，唐中宗是定陵，唐睿宗上一次剛剛講過，唐玄宗的父親，是橋陵。這也是從唐朝第一個皇帝往下五代，也都在長安附近啦！好了，「五陵佳氣無時無」，「五陵」代表的就是歷代祖宗啦！「佳氣」是興盛的氣象，我印象也跟各位說過，我們再把典故說一下，《後漢書》的〈光武本紀〉有沒有？各位知道王莽篡漢做了皇帝。可是他聽說，在南陽那個地方，時常有一種很特殊的氣象，這又讓我想到漢高祖了，漢高祖後來真的像流氓一樣到處亂晃，時常躲躲藏藏，可是他藏在山裡邊、在森林裡頭，他太太都找得到他。他太太就是後來的呂后！爲什麼找得到他？因爲據他太太說，他頭上有一股雲，像雷達一樣，他在哪裡，她遠遠一看那朵雲，就知道她老公在什麼地方了。很絕吧！所以人家可以當皇帝啊！各位假如看到你朋友在什麼地方，上面有一股氣冒出來，那你要小心喔，說不定是我們未來第幾代的總統哦。這個就是所謂佳氣！南陽那個地方，有人告訴王莽有一股特殊的氣象，他就叫一個望氣者蘇伯阿做爲使者到南陽去看到底怎麼一回事？結果還沒有走到喔，遠遠的只看到南陽附近的一個城郭，蘇伯阿就說：「氣佳哉！鬱鬱葱葱然！」那個地方氣象真好啊！鬱鬱葱葱，是指氣很強盛的樣子。所以「五陵佳氣」就是指歷代祖宗的蔭德啦！雖然我們唐朝遭遇了這樣一個危險、一個動亂，但是祖宗的蔭德還在，所以那種氣象那是沒有一刻停止的，「五陵佳氣無時無」，不會中斷啦！

現在我們再釐清一下，從語氣看，「五陵佳氣無時無」這最後的一句、最後的結論，要接在什麼地方？應該放在哪裡？應該是「花門剺面請雪恥」後面，對不對？這是杜甫要告訴王孫的。告訴他皇帝已經禪讓，新皇帝登基了，回紇也願意幫助我們，我們有老祖宗蔭德的庇祐。你不要灰心，我們唐朝復興是有希望的。他要說的是這個意思啊，對不對？但是當他說出「花門剺面請雪恥」，忽然警覺這個話絕對不能讓別人聽到，擔心旁邊有人偷聽到，也怕那個王孫到處亂說，所以趕緊警告他：「慎勿出口他人狙」，你千萬不要把這個消息隨便亂說喔！有人在旁邊窺探著，非常危險的喔！講完之後還不夠，下面還說「哀哉王孫慎勿疏」，再一次叮嚀他，你千萬小心，不要疏忽了！大概一邊說可能還一邊盯著他臉看，看那個王孫好像聽懂了，他會很小心了，杜甫後邊再說：「五陵佳氣無時無」。所以你感覺一下那個說話的口吻。「花門剺面請雪恥」下面，書上引了吳汝綸一個評語：「句斷。」指出說了這一句忽然斷掉了，後面沒有連著說。「慎勿出口他人狙」，楊倫的評語說：「忽然絕口，急接此句，口吻宛然！」「忽然絕口」，意思和吳汝綸相同，也是指「花門」句後杜甫忽然閉口了，然後再匆促接上「慎勿出口」的叮嚀。這些評語，都可以幫助我們去拿捏裡頭口吻變化的神態。

這一首雖然體裁上屬於七言古詩，但充滿樂府風格。樂府很多時候會有對話，對話性比較豐富，比較帶著像小說的敘事的方式。雖然這一首的內容還算簡單，就是杜甫在淪陷的長安城，在路邊看到一個王孫嘛。但是你看看，這裡有一些對話，王孫跟杜甫訴說了他的遭遇，然後杜甫告訴他一些消息，叮嚀他，擔心他的安危，鼓勵他對未來要有信心。假如你設身處地，回到至德二載這一天，安祿山淪陷了的長安城，四周充滿恐怖的氣氛下，你體會一下兩個人的這一場對話，其實那個臨場感還滿豐富的。

哀江頭

少陵野老吞聲哭，春日潛行曲江曲。江頭宮殿鎖千門，細柳新蒲為誰綠？憶昔霓旌下南苑，苑中萬物生顏色。昭陽殿裏第一人，同輦隨君侍君側。輦前才人帶弓箭，白馬嚼囓黃金勒。翻身向天仰射雲，一笑正墜雙飛翼。明眸皓齒今何在？血污遊魂歸不得。清渭東流劍閣深，去住彼此無消息。人生有情淚沾臆，江水江花豈終極！黃昏胡騎塵滿城，欲往城南忘南北。

請大家翻到這首詩，在二一二頁。背景和〈哀王孫〉一樣，都是至德二載春天在淪陷的長安作的，所以就不再重複了。我們一再強調，古體詩的篇幅比較大，所以在解釋上，往往要把它做段落的處理。以杜詩的分段來說，仇兆鰲花了很多功夫，所以假如他的說法是合理的，沒有太大的錯誤，我們基本上都會接受。像這一首，他把它分成三個段落，前邊四句是第一個段落：「少陵野老吞聲哭，春日潛行曲江曲。江頭宮殿鎖千門，細柳新蒲爲誰綠？」下邊各分成兩段，各有八個句子，「憶昔霓旌下南苑」，以下八個句子，是第二段。「明眸皓齒今何在」一直到結束，第三段，也是八個句子。這是仇兆鰲的分析，大概也是從它的內容，還有比較整齊的角度來判斷。你看，一個頭四個句子，下邊兩隻腳，各有八個句子，不就是我們讀〈兵車行〉時候提到過的「一頭兩腳」嗎？

那第一個段落寫什麼呢？應該就是寫他的「哀」。哀的原由，爲什麼哀？在哪裡哀？從題目上，先做一個背景的敘述。「少陵野老」，當然是杜甫的自稱，但是我們讀〈自京赴奉先詠懷五百字〉，他又說「杜陵有布衣」；讀〈醉時歌〉，他說也「杜陵野客人更嗤」，這「杜陵」，和「少陵，都是杜甫的自稱。給各位說過，「陵」是皇帝的陵墓，杜陵是漢宣帝的墳墓，在長安城的南邊，在它附近大概十幾里的地方，有另外一個陵墓，叫做少陵，是漢宣帝的皇后，許后的陵墓，兩者非常接近，都是在長安南邊。杜甫爲什麼自稱「杜陵布衣」或「少陵野老」呢？因爲杜甫在長安，從天寶六載一直到天寶十四載，住在長安南邊，也就在杜陵和少陵的附近。古人時常用他所居住的地方來自稱，像白居易，自稱「香山野老」，所以我們時常稱他爲「白香山」，香山是他在洛陽所住的地方，所以「少陵野老」當然指的是杜甫自己。「呑聲哭」，哭，當然是哀了，心中有哀傷才會哭泣，可是「呑聲」兩個字特別要注意，不敢放聲痛哭，心裡有悲哀想哭，哭往往會有聲音出現，但是他怕別人聽到，所以把哭聲呑咽下去。

下邊，「春日潛行曲江曲」，「春日」，把背景交代了，什麼季節？春天的時候，哪一年的春天？至德二載的春天，在一個春天的季節裡頭「潛行」，躲躲藏藏的、偷偷的，來到了曲江邊上。「曲江」，我們也講過，長安東南邊一個當時非常有名的遊樂勝地。「曲江曲」，這裡出現兩個「曲」字，前面一個是專有名詞：「曲江」，後面一個，是曲江裡面的「曲」，彎曲的地方，也就是角落。在這一年的春天，他偷偷來到曲江的某個角落，心中有悲傷，想要哭，又把哭聲呑咽下去。注意一下，這裡的「呑聲」，跟下面的「潛行」呼應，很顯然的，寫出了當時的時代氛圍，那個時候，長安淪陷了，所以他不敢表達出自己的哀傷。我們讀〈哀王孫〉，不也是這樣的背景嗎？所以，那時候是籠罩在一片恐怖的氣氛當中，雖然有悲哀要哭，卻要「呑聲」；雖然要到曲江邊上，也是躲躲藏藏的，不敢明目張膽的在大街上行走，所以「呑聲」、「潛行」，一種時代的恐懼感，那種陰影，就透過這些動作，表現了出來。好，來到曲江邊上了，看到「江頭」，也就是江邊，江邊「宮殿鎖千門」，曲江是遊樂勝地，當時唐玄宗也好，楊貴妃也好，還有很多的王公貴族，都時常到這裡遊玩。皇帝來到這裡，有很多的離宮別苑，這裡用「千門」來形容宮殿的眾多。可是，現在這些宮殿都大門深鎖，一個「鎖」字表示什麼？當然表示沒有人住在裡頭了，皇帝逃了，貴妃死了，總之現在沒有人居住了。這種時代滄桑，長安的淪陷，唐朝的衰亂的景象，用一個「鎖」字，先暗示了出來。時代雖然產生這樣的變化，可是「細柳新蒲為誰綠」，這是一年的春天，柳條照樣抽出了它的嫩芽，「蒲」是水草，水中的草，那「蒲草」也照樣的抽出了它的新葉子，所以「細柳新蒲」呼應了春天的季節，這樣碧綠的柳條，這樣碧綠的蒲葉，為誰而綠呢？「為誰」兩個字，呼應了前面的「鎖千門」，表示什麼？沒有人欣賞了，那樣美麗的春光，沒有人去欣賞，所以這樣一個美麗的春光，岸上水中的柳也好，蒲也好，為誰而綠呢？「細柳新蒲為誰綠」。這四個句子是第一個段落，基本上寫「哀」，那種哀是透過一種恐怖的時代陰影、氣氛塑造出來的，然後再用一個具體的事件，當時所有人都逃了，皇宮深鎖了，美麗的春天，沒有人欣賞了來渲染。

好，下邊第二段，「憶昔霓旌下南苑，苑中萬物生顏色。昭陽殿裏第一人，同輦隨君侍君側。輦前才人帶弓箭，白馬嚼齧黃金勒。翻身向天仰射雲，一笑正墜雙飛翼。」這最後一句，高先生用的版本是「箭」，但是有另外的版本作「笑」，「一笑正墜雙飛翼」，我們把它修改一下，選擇用這個版本。為什麼要選擇「笑」？待會我們解釋的時候，進一步給各位說明。

第二段用「憶昔」帶出來，很顯然的，是把時間帶入到過去，想到從前，這個從前，什麼時候？因為這個作品的內容，描寫的對象是楊貴妃，楊貴妃是從天寶三載入宮，到天寶十五載，馬嵬兵變才被賜死，所以這個「昔」，應該指的是天寶年間，大唐盛世的時候。我想到以前，在太平盛世的時代，「霓旌下南苑」，這個「霓旌」，「旌」是旗子，像彩虹一樣的旗子，就叫做「霓旌」。皇帝出動，當然是前呼後擁，旌旗非常的多，所以用「霓旌」告訴我們，皇帝車駕出動了。好像也給各位講過，曲江在長安城東南邊，從大明宮有一個夾城，皇帝專屬的道路，就通到曲江這個地方來，所以唐玄宗、楊貴妃時常就從宮中出發，來到曲江。「下南苑」，「苑」指的是芙蓉苑，芙蓉苑為什麼叫南苑呢？因為它在曲江南邊，緊靠著曲江。曲江是一個池，裡頭長了很多荷花，四周種滿了柳樹，非常的美。注解引了《劇談錄》的記載，各位可以參考一下。所以來到曲江，應該同時也來到芙蓉苑。「霓旌下南苑」，皇帝車駕出動了，來到了曲江，來到了芙蓉苑。那皇帝來，基本上不是只有一個人，因爲他寫的是楊貴妃，所以事實上是暗指楊貴妃跟隨著皇帝來到了這個地方。所以，以下描寫的對象，我們要注意到一點，有一個人物的焦點，焦點是誰？是楊貴妃。可是他的寫法很特別，各位也特別要留意，他是用「側筆」的寫法。「側筆」是什麼？就是說，他要寫一個對象，但那一枝筆不是直接把對象寫出來，是從旁邊去襯托的，所以「側筆」，基本上是所謂襯托的一種手法。過去的繪畫有所謂「烘雲托月」的方式，「烘雲托月」，不曉得各位聽過沒有？假如你是一個畫家，要畫一個月亮，當然，你那枝筆可以直接把月亮勾勒出來，假如這樣的話，是「直筆」，正面的寫，直接的把月亮畫出來。可是也有另一種畫法，畫月亮旁邊的雲，雲層裡留下白白的、圓圓的一個空白，暗示了月亮在這個地方。那枝筆並沒有直接把月亮畫出來，是畫月亮旁邊的雲，但我們不要誤會了，不要看到這個畫面，以爲他是在畫雲，他是在畫什麼？畫月亮。這個就是「側筆」，就是「烘雲托月」。所以下邊的「苑中萬物生顏色」等等，基本上都在寫楊貴妃，但是，你看到他的那枝筆，沒有直接把楊貴妃寫出來。他說皇帝跟楊貴妃來到了芙蓉苑，來到了曲江，那芙蓉苑裡頭所有的東西，那些花草樹木等等都「生顏色」，增加了它的光彩。美人通常有種光彩，會發亮的，像《漢書》裡頭寫王昭君，王昭君的故事，各位一定聽過，對不對？她本來是漢元帝後宮的宮女，傳說毛延壽故意把她畫醜了，所以漢元帝從來不寵幸她。有一次匈奴的單于要求和親，漢元帝就從圖畫裡挑選，看到這個女子長得不怎麼樣，那就送給他吧！已經答應了單于，就召見王昭君，那個《漢書》裡頭描寫得非常好，說王昭君一出現的時候，「光明漢宮」，她一出現，整個漢朝宮殿都發亮了，這個寫得多精彩啊！各位，我們現在每年都有什麼世界小姐的比賽等等，看看那些得到后冠的，有沒有這個本事，一出現，所有的東西都發亮了，「光明漢宮」！那漢元帝一看，嚇了一跳，那麼美，我怎麼捨得送給單于啊？就想要把她留下來，可是又怕失信於匈奴，只好忍痛的把她嫁出去了。然後追問那個圖畫，發現是毛延壽畫的，就把毛延壽斬了。聽過這故事吧？這就是所謂的「萬物生顏色」，美得整座宮殿都發亮了。還有南朝樂府有首〈東飛伯勞歌〉，有兩句說：「誰家女兒對門居，開顏發豔照里閭。」不曉得哪一個人家的女兒，住在我家的對面，「開顏」是什麼意思？露出臉孔，有一天她出門了，把門打開把臉露出來，就「發豔」啦，那「發豔」的結果是怎麼樣的呢？「照里閭」，整條街道，整個附近的房子，全部都發亮了，「開顏發豔照里閭」。這寫得很誇張，假如有那麼一個女子，你家附近大概都不用路燈了。我們補充這些例子，看出所謂「苑中萬物生顏色」，芙蓉苑所有的東西，那些花草樹木，都增加了它的光彩。所以，他要寫什麼？就是寫楊貴妃的美，但是他有沒有直接說楊貴妃所謂「天生麗質難自棄」、「迴眸一笑百媚生」等等？沒有，他用側筆的寫法，「烘雲托月」的寫法，把楊貴妃的美暗示出來。

下邊，「昭陽殿裏第一人」，這個「昭陽」，是時常被用的典故，大部分的人，都認爲指的是趙飛燕住的宮殿。我們好像也講過趙飛燕，漢成帝時候的皇后，她還有一個女弟，也就是妹妹，皇帝把她封爲昭儀，而昭儀就住在昭陽殿。假如從史料看，各位想想，「昭陽」是誰在住？是漢昭儀對不對？所以講到昭陽宮中的人，應該指的是漢昭儀，趙飛燕的妹妹，了解嗎？可是我們大部分的人都把「昭陽」指作趙飛燕，這個錯不從杜甫開始，很多人都是這樣用，把姊妹兩人搞混了。像李白的〈宮中行樂詞〉中的兩句：「宮中誰第一？飛燕在昭陽」，有沒有？以李白的說法，昭陽是誰在住？趙飛燕。但是違背了事實，這種錯誤詩中時常出現，現在我們不管原來到底是昭儀在住，還是飛燕在住，基本上，我們解釋上來說，應該指的是趙飛燕。那杜甫這裡所謂「昭陽殿裏第一人」，就是相當於李白的詩所謂的「宮中誰第一？飛燕在昭陽」，也就是宮廷裡頭，是誰最得到皇帝的寵愛呢？那就像當年昭陽宮中住的趙飛燕一樣；也相當於白居易〈長恨歌〉裡頭的所謂「後宮佳麗三千人，三千寵愛在一身」，寫她寵極一時。所以「昭陽殿裡第一人」，他是用趙飛燕這個典故，寫出楊貴妃得到寵愛的情況，所以他也是用「側筆」的寫法，用趙飛燕來烘托、來側面的寫楊貴妃得寵的樣子。以使用的材料來說是用典故，而這典故呢，是正面的用，趙飛燕得到漢成帝的寵愛，正面的來比喻楊貴妃得到唐玄宗的寵愛。下邊，「同輦隨君侍君側」，「輦」是皇帝的車子，「同輦」跟皇帝坐在同一輛車子，跟隨著皇帝，伺候在皇帝身邊。當然你可以說，這表示她得到皇帝的寵愛，她就整天伺候在皇帝身邊，也就是白居易詩裡頭「春從春遊夜專夜」，對不對？不過這裡面事實上也暗中用了一個典故，用了什麼典故？班婕妤的故事。班婕妤是漢成帝時候的人，才貌雙全，品德無雙，漢成帝對她非常喜歡。有一次漢成帝要遊後宮，邀請班婕妤跟他坐在一輛車子上一起遊玩，有這麼好的機會，但班婕妤拒絕了，不但拒絕了，還跟皇帝講了一大堆道理，說我看過古代的圖畫，假如畫的是聖君，站在旁邊的都是正人君子，只有像桀紂之君，亡國之君，皇帝身邊才有女子，所以我希望皇上你做堯舜，不要做桀紂。這漢成帝聽了，當然是不敢勉強她了，對不對？但是對她真是無可奈何，每天看著她，好像面對孔子一樣，怎麼受得了？所以最後呢，皇帝只好疏遠了她，然後趙飛燕就趁機而入了。所以這裡「同輦隨君侍君側」也是用典故，不過它跟前邊的所謂「昭陽殿裡第一人」用典方法不一樣，前面是正面的比喻，那這是用了反諷的手法，你看班婕妤不跟皇帝坐在同一輛車子，那是多好的品格？而楊貴妃是跟皇帝「同輦隨君侍君側」。

好，下邊，「輦前才人帶弓箭」，皇帝車駕前邊，有導引的人，這裡說是「才人」，才人也是皇宮中的女官之一，我們知道皇宮裡頭有很多官職，像皇后、妃子、嬪、婕妤，這些都是官職，才人也是。我們書上有一道材料，說唐朝宮中的才人有七個，它的官階是正四品，四品的官，歷史上唐朝宮中的才人比較有名的是哪一個？武則天嘛，對不對？武則天是唐太宗時候的才人，後來被唐太宗看上了，慢慢升上來，最後又被他的兒子，後來的唐高宗所喜歡，最後做了皇后。所以，才人是一個官職、一個女官，品階還很高，正四品。杜甫曾經做過所謂的右衛率府兵曹參軍，他的官階是多大？從八品下，後來他逃出長安，唐肅宗給他做左拾遺，那有多大的官？是從八品上，都比不上那個才人耶。他就是伺候皇帝、伺候皇后的，現在皇帝要出遊，她就在前邊騎著馬，背著弓箭，「輦前才人帶弓箭」。再來，「白馬嚼齧黃金勒」，她騎的馬是白色的馬，咬的勒是黃金打造。還有下邊「翻身向天仰射雲」，她一轉身，向著天空抬起頭，射了一箭，「仰射雲」，其實，是要射雲嗎？還是那個箭太多了，沒事幹，發一支上去射那個雲？要射什麼？當然是射天上飛的鳥嘛，但是他不說鳥，而說雲，這也是「側筆」，一轉身，向著天空射了一箭，要射兩鳥，結果射了一箭，一下子就把天上比翼鳥射落下來了。這裡問題很多，一步一步的解說：我們先從「側筆」的角度想，我一再強調，這一段是回憶過去，回憶的焦點呢？人物是楊貴妃，所以他都是在寫楊貴妃，說楊貴妃跟著皇帝來到了芙蓉苑，非常美，所以「苑中萬物生顏色」，她是「昭陽宮中」最得寵的第一個人，然後呢，她整天陪在皇帝身邊，現在跟著皇帝一起坐在一輛車子上，來到這個地方，都寫楊貴妃，下邊看起來把筆轉到才人身上了，但是對才人這些內容的描寫，仍然還是在襯托楊貴妃。才人騎著馬做前導，然後你看，騎的馬，白色的馬，咬的勒，黃金打造的，非常的美，非常的高貴。然後再寫才人的動作，向天射了一箭，去射鳥，這表示遊宴的活動，他們到這裡，除了欣賞風景以外，其實還有遊宴，打獵時常是遊宴活動最主要的內容。那才人去射鳥，結果呢，就把天上雙飛的鳥射下來了。好，這些敘述，基本上都寫一個過去的回憶，楊貴妃來到芙蓉苑，來到曲江的一些活動，所以寫才人，其實焦點還是在楊貴妃身上。

再來，「一笑正墜雙飛翼」，各位想兩個版本，一個是「箭」，一個是「笑」，哪一個好？假如用「箭」，說實話是浪費了，前面已經說「輦前才人帶弓箭」，那要向天上射鳥，不用箭用什麼？難道用高射砲不成？所以這個箭，是理所當然的，這也是各位可以參考的鍊字方法。我們寫詩啊，通常一個句子，就是七個字或五個字嘛，要盡量把有限的用字空間做最大的發揮，怎樣做最大發揮？不浪費那個字，古人說：「句無賸字」，句子裡頭不用多餘的字。因爲箭是理所當然的，你反而可以不寫。那改成「笑」呢？這裡有很多的作用，第一個呢，這裡所謂「笑」，是誰在笑？楊貴妃，楊貴妃看到才人的表演很高興，笑起來了，所以這動作，這「笑」指的是楊貴妃的笑。然後這裡還暗用了一個典故，這典故需要給各位說一下，書上引了錢謙益的註解，這註解又引了潘岳的〈射雉賦〉：「昔賈氏之如皋，始解顏于一箭。」潘岳是晉朝人，〈射雉賦〉很長，錢箋只引了兩句，我覺得下邊的兩個句子應該要補一下：「醜夫爲之改貌，憾妻爲之釋怨。」這裡是有出處、有故事的，這故事出自《左傳．昭公二十八年》，我們原文不引了，把內容稍微介紹一下，說有一個賈大夫，《左傳》裡頭的說法是：「昔賈大夫惡」，這個「惡」指的是什麼？不是很兇惡，而是指臉孔長得很醜，那麼一個醜的人，娶了一個妻子，妻子看到這個丈夫，覺得實在很難跟他相處，所以嫁過來三年，不跟他說一句話，不跟他笑一下，後來這個賈大夫帶著他的妻子「御以如皋」，來到如皋這個地方打獵，結果有一隻雉跑出來，雉就是野雞，這個賈大夫射了一箭，就把那個雉射下來了，他的妻子看到了，這丈夫雖然醜，還很有本事，然後呢，「其妻始笑始言」，妻子才跟他說話，才跟他笑。這故事很簡單，一個醜男子娶得一個漂亮妻子，妻子不跟他說話，也不跟他笑一下，就表演了一場射箭的功夫，結果妻子就高興了，就跟他說話了，就跟他笑了，所以你回到潘岳的〈射雉賦〉，就很清楚了，對不對？「昔賈氏之如皋，始解顏于一箭」，賈大夫帶著妻子到了如皋，射了一箭，妻子就「解顏」了，表示笑起來了，所以「醜夫爲之改貌，憾妻爲之釋怨」。

所以杜甫事實上暗用了這故事，所謂「一笑正墜雙飛翼」，雖然那個射箭的不是唐明皇，當然也不是賈大夫，是那個才人，可是楊貴妃看到了很高興，就笑起來了。用這故事暗示了什麼？暗示了皇帝跟妃子的關係，皇帝是諂媚著貴妃，貴妃看起來是非常嬌寵的，「主媚妃嬌」。各位大概知道，楊貴妃本來是唐玄宗的媳婦吧？她原是兒子壽王瑁的妃子，唐玄宗因爲最喜歡的武惠妃死了以後，落落寡歡，後來看上了壽王妃，天寶三載迎入宮中，那個時候楊貴妃二十六歲，唐玄宗已經六十多歲了，老頭子了。楊貴妃之美，當然不用說了，她跟唐明皇之間的過從，筆記小說裡頭有很多的描寫，其實你可以看到，唐明皇時常是討好楊貴妃的，所以用這樣子的一個典故，並不是說唐明皇像賈大夫一樣，長得那麼醜陋，而是表示，皇帝是在諂媚楊貴妃，楊貴妃非常的嬌寵，這是第一個。第二個，寫古代美人的笑，尤其是后妃的笑，我們會聯想到什麼？聯想到褒姒之笑，對不對？周幽王的皇后褒姒，不曉得哪一根顏面神經不對，從來不笑的，對不對？周幽王想盡辦法要取悅她，最後「烽火戲諸侯」，才博得她一笑。「烽火戲諸侯」，諸侯本來紛紛要來勤王解難，好幾次以後，諸侯認爲那都是皇帝在開玩笑。最後犬戎真的犯境了，再舉烽火的時候，諸侯不來救了，西周就這樣亡掉了，這叫褒姒一笑，傾國傾城嘛。所以這個笑暗示了：楊貴妃的嬌寵，最後導致了唐朝的衰敗，她那個笑就像褒姒之笑一樣。這是這個笑的第二個作用。還有一點，你看她爲什麼笑？「一笑正墜雙飛翼」，是看到才人射了一箭，把雙飛的鳥射下來了，她高興了，她才笑了。但是「雙飛翼」就是比翼鳥，比翼鳥是夫妻的象徵，〈長恨歌〉裡頭不是說「在天願做比翼鳥」嗎？所以，把那個雙飛的比翼鳥射下來，其實暗示了她跟唐明皇之間，未來是一個悲劇的下場。但是楊貴妃那個時候並不了解，不了解這是他們命運的象徵，她反而還在笑，這真的是一個悲劇。真正的悲劇，各位知道是什麼？西方人的說法，真正的悲劇，就是你不知道你未來的命運是什麼，你未來的命運可能很悲慘、很痛苦，可是你茫然不知，你就一步一步的走向最後的悲劇的結果，這個才是所謂真正的悲劇。所以那是一個象徵，面對未來的命運的暗示，而楊貴妃還很高興，還笑起來，這有多諷刺呀！最後，「笑」又跟下邊第三段的「明眸皓齒」，做了一個很明顯的呼應。「明眸皓齒」是發亮的眼睛，白白的牙齒，對不對？怎樣才看出發亮的眼睛，白白的牙齒？當然是「笑」的動作，所以「明眸皓齒」跟「笑」之間，有很明顯的呼應關係。我可能講得囉唆一點，但是我們從這些角度，來做一個校訂，這個「笑」絕對比「箭」字要來得精彩，可以看出有很多層的意思。好，這是第二個段落，用「憶昔」做開頭，回憶天寶盛世時那些的內容，焦點人物是楊貴妃，地點是曲江、芙蓉苑，內容就是皇帝、貴妃來這裡遊幸等等的活動。

下邊第三段，「明眸皓齒今何在？血污遊魂歸不得。清渭東流劍閣深，去住彼此無消息。」這是第一層、第一個小節。下邊「人生有情淚沾臆，江水江花豈終極！黃昏胡騎塵滿城，欲往城南望城北。」最後一句，高步瀛先生選的版本作：「欲往城南忘南北」，這些都是有依據啦，因爲杜詩留傳很廣，從抄寫到刊刻，到後人的校訂，異文非常多，但是我們選擇這樣一個版本，「欲往城南望城北」。這是第二小節。

「明眸皓齒今何在」，你看這個，各位練習寫古體，不妨在這裡參考一下。第二段是「憶昔」作開頭，有沒有？想到從前；那第三段怎麼樣開頭呢？「今何在」，這個「今」跟「昔」，很明顯的產生了對比性。所以第二段回想過去，第三段再拉回到當下。「明眸皓齒」，楊貴妃那個發亮的眼睛、那白白的牙齒，現在哪裡去了？「今何在」。「血污遊魂歸不得」，當然是指馬嵬兵變，楊貴妃最後被賜死，她的鮮血污染的魂魄，再也回不來了。我特別欣賞這個「明眸皓齒」跟前面的「笑」的對應關係，我一直覺得，假如杜甫活在當代，他一定是很好的導演。各位看過很多電影吧？電影有一種鏡頭叫「淡入」或者「淡出」，聽過吧？你看前邊說「笑」，一支箭射出去，楊貴妃笑了，然後你可以看到畫面，銀幕的鏡頭，一個特寫的楊貴妃發亮的眼睛、白白的牙齒，笑得非常燦爛，對不對？接著慢慢慢慢的，這畫面最後消失了。鏡頭一換，時間就拉回到現在了，「明眸皓齒今何在」，楊貴妃因爲馬嵬兵變，死在馬嵬坡，鮮血汙染的魂魄，再也回不來了。特別說明，問一下「歸不得」，回不到哪裡？回不到曲江這個地方！爲什麼要這樣強調？因爲它整個的場景就在曲江。第二段就寫楊貴妃在曲江的活動，而杜甫現在也是來到曲江，雖然他沒有在字面上直接明白的說，但是從章法上看，這個地點的省略，你很容易可以把它補進來。假如說，你要簡單的、空洞的翻譯：「她血污遊魂，再也回不來了。」那就表示你沒有拿捏到他的實際，我們有時候解詩要落實一些，不要隨便的、空洞的飄過去。

好，「清渭東流劍閣深，去住彼此無消息」，「渭」是渭水，我們講了很多次，從現在的甘肅出發，然後流到長安北邊，對不對？馬嵬坡在長安西邊，距離很近，也在渭水邊上，所以渭水指的是地點，這地點指的是馬嵬坡，而這地點也暗示了楊貴妃的命運，因爲這是楊貴妃葬身的地方。然後他用渭水不斷地東流，不斷地消失，暗示楊貴妃死了，她的生命就像渭水一樣，東流消失了。那「劍閣」呢？是進入四川的門戶，從陝西、甘肅要進入四川，要經過劍閣，所以「劍閣深」表示遙遠的四川，這也暗示了唐玄宗的處境。唐玄宗經歷馬嵬兵變之後，來到了成都，來到了遙遠的四川。所以

「清渭東流」，用渭水的不停地東流消失，暗示楊貴妃死了，死在馬嵬坡。「劍閣深」，唐明皇來到了遙遠的四川。一個死了，一個還活著，已經是分隔幽明兩界了，一生一死了。所以下邊說「去住彼此無消息」。問一下，「去」指誰？就是指離開人間的楊貴妃，死了的。「住」呢？就是唐明皇，還活著，還留在這個現實世界的。這兩個一生一死，彼此之間再也沒有辦法傳達訊息了，更沒有辦法再見面了，也就是〈長恨歌〉所謂「一別音容兩渺茫」。所以四個句子拉回到現在，寫楊貴妃死了，寫唐明皇到了四川，彼此永遠的隔絕了，再也無法彼此互通消息了。

好，最後四個句子，杜甫做了一個總結。「人生有情淚沾臆，江水江花豈終極！黃昏胡騎塵滿城，欲往城南望城北。」

「人生有情淚沾臆，江水江花豈終極」，一個人活在這世界上，只要是有感情的，面對這樣的事件，時代的盛衰，還有楊貴妃的遭遇等等，你面對這些，「淚沾臆」，「臆」是胸，就會流下眼淚，沾到了胸前；淚灑胸前。「江水江花豈終極」，這兩句比較複雜，我講詩，各位大概有點習慣了，我會把看起來很簡單的內容，講得很複雜。像這些句子，字面都很簡單，但是有些地方還是要特別留意。第一點，「江水」其實扣到開頭的曲江：「春日潛行曲江曲」，有沒有？就是有一條曲江的水流嘛，所以前後呼應。好，「江花」，曲江邊上的花朵，這花其實跟前面的「細柳新蒲」也有呼應關係。我們講作品的結構，時常會說「呼應」：哪一個字跟哪一個字有「呼應」，哪一個詞、哪一個段落彼此有「呼應」。追究起來，「呼應」其實可以分兩類：一個是字面一樣的，像江水、曲江，字面相同，對不對？同一個意象，彼此有照應的。另外一類呢，不是同一個意象，字面也不同，但彼此是同類關係，也可以形成呼應，像前邊的「柳」、前邊的「蒲」，是春天的植物，那這裡的花，字面不是柳啊、蒲啊，但它們是同類型的，都是春天的植物，也可以形成照應，了解嗎？這些都能讓作品之間產生緊密的關係。好，前邊說人有感情，面對這些事件、那些遭遇，會淚灑胸前，下邊說「江水江花豈終極」，你看看這曲江的水、曲江的花，「豈終極」，哪裡有結束的一天？水照樣的流，花照樣的開，沒有結束的一天。字面意思不是這樣嗎？可是問題來了，前邊的「人生有情淚沾臆」，跟下邊的「江水江花豈終極」有什麼關係？上下兩句怎麼貫串起來的？怎麼連接在一起的？了解這問題嗎？這裡頭有一個邏輯。有很多作品都類似這樣：人是有感情的，所以面對一些遭遇，會悲傷，會難過，會痛苦，會流眼淚，對不對？這個邏輯很容易吧，你除了沒感情，太上忘情，不然就麻木不仁，否則你就會痛苦，會悲哀，會流眼淚，可是當你因爲這個感情而悲傷的時候，我們人往往需要尋找一個解脫，怎麼解脫呢？譬如說這樣的遭遇，這樣的事件，我不願意看到，我不希望它發生，假如說它不發生，那我這悲哀就不會出現，我就可以得到解脫了，了解這意思嗎？我舉一個例子，各位一定讀過《三國演義》吧？《三國演義》寫到孔明死了以後，你可以感覺到整個氣氛是往下墜的，所以我小時候讀《三國演義》，看到孔明死了以後，看過一兩遍，就不想再看了，倒是前面熱鬧的景況，看了不曉得多少遍。你看孔明要死的時候，他不是會夜觀天象嗎？他是會知道未來的嘛，他預知自己會死。然後呢，姜維問他有什麼解脫的方法，孔明說，就在帳中點一盞燈，我仗著劍，繞著念什麼咒之類的，七天七夜，如果那個燈不滅，我就還可以活一段時間。果然姜維就幫他安排了，孔明就拿著劍，在那邊保護那個燈，結果該死不死，魏延忽然從帳外衝進來，一腳把那個燈踩熄了。孔明就把劍一丟，叫：「天亡我也！」天命如此，也就算了。我每次看到這裡，就很恨那魏延，怎麼就這樣冒冒失失衝進來，把那燈踩熄了！假如他沒有衝進軍帳中，孔明不就可以活下來嗎？悲劇就不會發生了。我不曉得，各位讀《三國演義》，是不是也有同樣的感受？不一定是同樣的情節啦，但你面對不願意看到的悲劇，你一定想要讓它不發生，對不對？這個是人情的必然嘛。但是你有什麼能力可以不讓它發生？太史公司馬遷曾經說：「人窮則呼天。」人的能力是有限的，你是沒有辦法改變命運的，只有一個對象，你可以去祈求，是哪一個對象？老天爺。所以「人窮則呼天」，呼告老天爺，希望老天爺能夠幫著你，讓這悲劇不發生。可是老天爺會不會呼應你的請求呢？有兩種情況：假如說老天爺也是有感情的，祂同情你，祂就會讓那個悲劇不發生。假如說老天爺是無情的，祂無動於衷，祂就不會幫助你。有這兩種可能，可是你怎麼知道老天爺是有情或者無情？這我們只能從大自然的世界來觀察，來判斷。李賀有一句詩寫得很好：「天若有情天亦老。」老天爺假如有感情，老天爺都會變老的，會長鬍子，會長皺紋的，「天若有情天亦老」，就表示老天爺有情。那假如老天爺是無情的、無動於衷的，這個世界就不會改變。怎樣看出不改變？就是花照開，水照流，鳥照樣唱，世界仍然隨著它原來的、應有的秩序在循環，在運行，這表示老天爺是無情的。假如你了解這邏輯，「人生有情淚沾臆」，我有感情，面對這樣子一個遭遇，我感到痛苦，我灑下眼淚，所以我期待老天爺能夠同情我，讓這樣子的悲劇不發生。偏偏我現在看到的是什麼一個景象呢？「江水江花豈終極」，你看曲江的水照流，曲江的花照開，表示什麼？老天爺是無情的。這種邏輯，不只杜甫用，我們的詩裡太多了，各位一定讀過杜牧的〈金谷園〉：「繁華事散逐香塵。」下面呢？「流水無情草自春」，有沒有？他寫金谷園，石崇非常有名的一個莊園，裡頭有一個故事，誰的故事？綠珠的故事，對不對？所以杜牧後面說：「日暮東風怨啼鳥，落花猶似墜樓人。」金谷園中，當年的繁華消失了，綠珠墜樓的悲劇已經發生了，可是老天爺無動於衷，園子裡水照樣的流，草照樣的綠，一切還是按照大自然的軌跡在運行，「流水無情草自春」。所以這裡的「江水江花豈終極」就不是沒有意義了，就不是跟前邊的「人生有情淚沾臆」沒有關係了，他寫出了面對這樣的時代巨變，他是痛苦的，他是流下眼淚的，他也期待這樣一個悲劇不發生的，能夠改變的。但是老天爺無動於衷，「江水江花豈終極」，你看曲江的水照流，花照開，老天爺是無情的，所以那種無可奈何、「呼天天不應」的悲哀就更加強烈了。

好，下邊，「黃昏胡騎塵滿城，欲往城南望城北」，「黃昏」，表示時間，太陽下山了。前面說「春日潛行曲江曲」，看到「江頭宮殿鎖千門」，看到「細柳新蒲」，那基本上應該是白天的景象，大概在那邊徘徊了大半天吧，到黃昏該回家了。可是，他從曲江進入城中，要回家時，卻看到「胡騎塵滿城」，安祿山的軍隊騎著馬，在街上蹤橫飛馳，塵土飛揚，「胡騎塵滿城」又再次呼應前面的所謂「吞聲哭」，也呼應前邊的「潛行」，對不對？也就是爲什麼不敢放聲哭？爲什麼要躲躲藏藏，就因爲在淪陷的長安城，到處是胡人的軍隊盤據著，再度顯現一種恐懼感，和失落的悲哀。然後他要回家了，他家在哪裡？剛說了，在城南嘛，在杜陵、少陵嘛，所以他是應該往南邊走的，「欲往城南」，這「望城北」，「望」是「向」的意思，後面註解引的陸游說：「北人謂『向』爲『望』。」所以「望」不是抬頭看，而是一個前進的方向，我要往南邊，結果反而向著北邊前進，「欲往城南望城北」。爲什麼走錯方向？就是因爲心意迷亂，所以不辨方向，假如你心裡邊非常迷亂，好像神智不清的感覺，方向時常是搞不清楚的，所以並不是因爲「胡騎塵滿城」，非常危險，要躲躲藏藏的關係，或者說「忘記」了南北的方向，這都不是很好的解釋，而是寫心裡邊迷亂的感覺，心裡一迷亂，神智也不清楚，方向感消失了，便走錯方向。你開車，假如說剛剛才跟人吵架，最好不要開，可能方向就走錯了。所以我們不用書上的版本，「忘南北」，我們改成「望城北」。

好，這是〈哀江頭〉，這一篇同樣的是在至德二載春天寫的，跟前邊的〈哀王孫〉創作時間應該差不多，不過兩者比較之下，各位感覺哪一篇更加動人？應該是這一篇。〈哀王孫〉客觀性還是比較強一點，杜甫這個角色沒有完全融入到作品當中，他是「道旁過者」，看到旁邊有王孫「泣路隅」，然後跟他有一段對話，勸慰、警惕那個王孫，比較客觀。那這一首呢，他是把整個感情融入到這樣子一個場景裡頭，融入到悲哀的情緒當中。

好，最後我們看到書上引了兩條批語，前邊是蘇轍的，比較簡單，我們就不說了。後邊引了《歲寒堂詩話》，好長的一條資料。《歲寒堂詩話》是宋朝張戒寫的，我們講幾個重點。第一個重點，背景是杜甫這一首〈哀江頭〉跟白居易的〈長恨歌〉，其實敘述的內容、對象差不多，所以你可以說白居易是繼承了、延續了杜甫這個題材的另外一種創作，在這樣一個基礎下，我們的批評者才能把兩者作比較。第二個呢，在這個《歲寒堂詩話》裡頭，他說楊太真的故事唐朝人寫了很多，「然類皆無禮」，「無禮」是什麼意思啊？就是說，唐朝人寫自己當代的國君、當代的妃子的事情，但是沒有嚴守君臣之間的分際，僭越了，這叫「無禮」。在古代，這很講究，你要寫過去的歷史，譬如唐朝人你寫漢朝皇帝的事情那無所謂，但寫當代的國君，雖然白居易是中唐人，時代也相差了幾十年，畢竟還是自己的當代的國君，他卻僭越了君臣的分際，「類皆無禮」。他說：「太真配至尊，豈可以兒女語黷之耶？」〈長恨歌〉各位大概有讀過啦，裡頭很多的內容，很多的文字，什麼「芙蓉帳暖度春宵」，什麼「從此君王不早朝」之類的，用古代禮法的角度說，確實是有一點不得體，對不對？杜甫絕對不會講些話。那爲什麼張戒會這樣說？把杜甫跟白居易做比較之後，批判了白居易而肯定了杜甫。原來這是宋朝人的批評的取向，唐朝人看起來言論相當自由，也不太講究這樣一個所謂君臣分際，宋朝人這樣一個「禮」的要求，唐朝人確實不講究，李商隱寫楊貴妃：「未免被他褒女笑，只教天子暫蒙塵。」褒女就是褒姒，李商隱把楊貴妃跟褒姒做了比較，最後得出一個結論，說楊貴妃不免會被褒姒所取笑，爲什麼褒姒可以取笑她？因爲「只教天子暫蒙塵」，他只是讓皇帝暫時蒙塵，長安暫時的淪陷，皇帝只是暫時的逃到四川，最後還是回來了，唐朝並沒有亡國。那褒姒不一樣，褒姒讓周朝亡掉了，哪一個功力比較高啊？當然褒姒啊，所以褒姒會笑楊貴妃。這諷刺的很厲害吧？你後人譏笑唐明皇，譏笑楊貴妃可以，但他是唐朝人耶，所以唐朝確實是言論非常自由的時代，跟我們現在差不多。這個諷刺得很露骨吧？這是「無禮」，唐朝人可以這樣，宋朝人不會這樣寫，也不會認同。好，這是第一個重點。

第二個呢，我們看到中間一大段，他一一的把杜甫的句子跟白居易的〈長恨歌〉做比較，比如說杜甫的〈哀江頭〉：「昭陽殿裏第一人，同輦隨君侍君側。」他就說不必要像白居易寫什麼「春從春遊夜專夜」，什麼「玉樓宴罷醉和春」，而楊貴妃的專寵可知；不用說什麼「玉容寂寞淚闌干，梨花一枝春帶雨」，然後楊貴妃的絕色可想等等，他講了一大堆，最後一個結論：「元、白數十百言，竭力摹寫，不若子美一句，人才高下乃如此。」這是第二個重點，告訴我們白居易也好、元稹也好，囉哩囉唆講了一大堆，要花好多句子寫一件事，而杜甫只要一句就夠了，內容其實差不多。這個引起了很多後來的學者的討論，像陳寅恪，一位當代很重要的唐史研究者，他也研究元、白的詩，他提出一個很重要的觀念，說像白居易的〈長恨歌〉這一類的詩，其實是一個「傳奇體」，這個「傳奇」是什麼呢？小說。唐朝很多傳奇嘛，對不對？所以白居易寫的雖然是詩歌的體裁，但是他有小說的性質。小說很重要的一點，敘事很強，情節很豐富，描寫很細密，對不對？不然不叫小說，各位有興趣把唐人傳奇拿來讀一讀，像什麼〈會真記〉、〈李娃傳〉等等，那裡頭人物很鮮明，情節很細密，白居易的〈長恨歌〉，基本上是這樣的一種性質，叫「傳奇體」。所以他那麼囉哩囉唆講了一大堆，寫得那樣的細密，寫得那樣的豐富，是符合「傳奇體」這樣的要求。杜甫雖然也有敘事，可是基本上還是詩歌，還是偏向抒情，所以他就比較簡短，比較言簡意賅，敘事就沒有那樣的豐富，字句也就沒有那樣累贅。把這樣的批評，提供我們做一些思考，看出兩個重點出來。好，這是〈哀江頭〉。

述 懷

去年潼關破，妻子隔絕久。今夏草木長，脫身得西走。麻鞋見天子，衣袖露兩肘。朝廷慜生還，親故傷老醜。涕淚授拾遺，流離主恩厚。柴門雖得去，未忍即開口。寄書問三川，不知家在否？比聞同罹禍，殺戮到雞狗。山中漏茅屋，誰復依戶牖？摧頹蒼松根，地冷骨未朽。幾人全性命，盡室豈相偶？嶔岑猛虎場，鬱結回我首。自寄一封書，今已十月後。反畏消息來，寸心亦何有？漢運初中興，生平老耽酒。沉思歡會處，恐作窮獨叟。

今天讀〈述懷〉，在五十一頁。我們先看題目，〈述懷〉這個「懷」當然是指懷抱，懷抱就是你內心的世界，你心裡有什麼感觸，然後用這一首詩把它述寫出來，這個就是所謂「述懷」。所以這樣的題目跟「詠懷」一樣的意思，同樣都是述寫懷抱的內容。但是因爲每個人的懷抱不一樣，心中感受有所不同，甚至於同一個詩人在他不同的遭遇裡可能就有不同的感慨，所以雖然題目相同，內容未必是一樣的。這一首詩題目下邊引了黃鶴的註解，說是至德二載來到了鳳翔拜爲左拾遺所作的，在這樣背景之下，杜甫有所感觸寫下了這首詩。

我想假如各位了解了這背景，他要寫的事件也清楚的話，這首詩讀起來真的很容易，不難。你再把這一首，跟剛剛我們讀的〈哀江頭〉比較比較，它的語言、它的風格是不是有很大的不同？最大不同在哪裡？說得非常白，就是像說話一樣，是不是？所以各位看看下邊引了一個評語，張廉卿說的：「真朴之中，彌復湛至。」「真朴」，很真實、很樸素；「湛」，深厚；「彌復湛至」，指在真朴之中，又讓人感受到感情的深厚。最後又引了楊倫的話：「亦以朴勝，詞旨深厚，卻非元、白率意可比。公詩只是一味真。」意思和張廉卿說的一樣。這些評語，我覺得都很能夠拿捏這個作品風格上的特色，第一個就是樸素，第二個是真誠，「朴」跟「真」，大概是可以非常簡要的、非常重點的，把這個作品的特徵、風格拿捏出來。杜甫有沒有很典雅的作品？當然有；有沒有很雕琢的文字？當然有。不要說別的吧，我們講過的像〈秋興八首〉，那真的很典雅雕琢，也讓人難讀，不像這一首那麼直白，所以很多人說杜甫所以偉大的原因之一，就是「集大成」。「集大成」是什麼意思呢？就是在他所有作品裡頭，各種風格都具備，你要典雅的有典雅，你要雕琢的有雕琢，你要華麗的有華麗，你要直白樸素的，就有直白樸素，一個大家，確實是要這樣，才能夠塑造你成爲一個大家的地位。但是不管是典雅啦、華麗啦，或者是樸素啦、明白啦，很重要的一點你絕對不能忽略，那就是「真」，對不對？「真」，意思是你必需具備真誠的感情，而且能夠讓真情流露。所以文字的運用，風格的釀造，那是語言的層次，但是作品的價值重點是在真誠的感情。杜甫這一首雖然寫得很白，但就具備這個條件，所以仍然得到普遍的肯定。

我們先把作品讀一下，先看第一段：「去年潼關破，妻子隔絕久。今夏草木長，脫身得西走。麻鞋見天子，衣袖露兩肘。朝廷愍生還，親故傷老醜。涕淚受拾遺，流離主恩厚。柴門雖得去，未忍即開口。」這是第一個段落，和他的背景有關係。前面兩句：「去年潼關破，妻子隔絕久。」雖然文字很簡單，只有十個字，但是背後內容滿豐富的。「去年」，指什麼時候？應該就是天寶十五載。天寶十五載六月的時候潼關失守了，所以說「潼關破」，這個背景我們講了很多次了，各位應該很熟悉吧。潼關失守以後長安接着即將淪陷，那個時候杜甫的家在奉先。奉先在長安東北四十里，距離非常近，所以他的家人也可能遭遇到危險，他就帶着妻子兒女從奉先往北邊逃，逃到鄜州，鄜州是偏僻的一個山區，相對比較安全的地方。把家人安頓好了以後，他聽說唐肅宗在靈武即位，就想要從鄜州投奔皇帝，但是半路上來到蘆子關被俘擄了，就淪陷在長安城，這背景應該很熟悉吧！所以「去年潼關破，妻子隔絕久」，這兩個句子十個字，背景很複雜，你一定要熟悉他的生平經歷，要了解他這一段時間的遭遇，從潼關失守、長安淪陷，他帶着妻子兒女往北邊逃，躲在鄜州，然後投奔靈武，再被俘擄到淪陷的長安，因此與妻子隔絕非常久的時間。

「今夏草木長，脫身得西走」，「今夏」，今年夏天，是那一年？至德二載。在至德二載的時候，找到一個機會逃出了長安投奔了朝廷，到了鳳翔。這時候唐肅宗已經從靈武把臨時首都往南邊遷到鳳翔，鳳翔距離長安比較近，所以杜甫找了一個機會逃出來，來到鳳翔，來到了唐肅宗的朝廷之中，「今夏草木長，脫身得西走」。我們講過杜甫逃出長安是至德二載四月的時候，怎麼知道是四月逃出來的？要知道杜甫在唐朝歷史中是小角色一個，這件事史書裡面絕對沒有記載，那是他自己說的，就是這一句話：「今夏草木長」這五個字，你怎麼知道是四月？你看註解引到陶淵明的詩：「孟夏草木長。」孟夏是哪一月？四月。所以雖然說這首詩很質樸，但還是在「掉書袋」，懂嗎？有時候我們寫詩不得不要運用這樣的手段，你解詩也要透過這個手段去了解。但是你要熟悉典故，你要把陶淵明這一句詩記在腦子裡頭，你看到「草木長」，就知道指的是四月。至德二載四月，草木非常茂盛的時候，我逃出了長安往西投奔了鳳翔。下面就寫來到鳳翔：「麻鞋見天子，衣袖露兩肘。」我們講過他的五律〈喜達行在所〉，不曉得各位有沒有印象？寫他逃出長安來到鳳翔的過程，以及來到鳳翔喜悅的心情，一路上是兩軍交戰非常危險的地區，在那一篇詩裡提到：「茂樹行相引，連山望忽開」，說在濃密樹林裡不停竄逃躲躲藏藏，然後說「間道暫時人」，說在這一條路上，逃亡的時候，現在雖然還活着，也只是暫時活著的人罷了，下一刻也不知是生是死？這些都是敘寫非常危險的情況。這首詩寫逃出來了，然後穿着一雙草鞋，麻鞋就是草鞋，拜見天子，你看看那種狼狽潦倒的樣子去見皇帝，描寫得多麼真實，一點都不修飾。「衣袖露兩肘」，「肘」是手背到手腕的地方，我們現在還有一句成語：「捉襟見肘」，出處見《莊子·讓王》篇，我們書上有引到，大概高步瀛先生認爲杜甫這一句就是從這裡來的。其實「捉襟見肘」應該指衣服不太合身，袖子很短，拉扯胸前的衣服，袖子就更短了，肘就露出來了，這叫「捉襟見肘」。但杜甫的「衣袖露兩肘」，我認爲不是這個意思，應該是指衣服破破爛爛，一路逃難啊，古代衣服的袖子又特別寬大，可能就被很多東西，譬如樹枝、石塊扯破了，所以才露出兩隻手肘。再一次強調：高先生這條注解，仍然還是反映了認爲杜詩「無一字無來處」的迷思，所以把本來白描的句子，也認爲是有書卷的。其實杜甫就是寫實性的敘述一身襤褸來拜見天子，穿一雙草鞋、一件破衣裳。

好，下邊「朝廷慜生還，親故傷老醜」，朝廷當然指的是國君，國君憐憫我能夠活着回到朝廷，這個「還」字面的意思相當於「歸」，「歸」跟「還」不是同一個意思嗎？也就是回來的意思。可是鳳翔是杜甫以前從來沒到過的地方，爲什麼用「還」這個字呢？這是什麼概念？原來是以朝廷爲中心的概念，投奔、來到朝廷，就用「還」、用「歸」來敘述。好，皇帝看到他竟然從淪陷區裡逃出來，回到朝廷之中，對他非常憐憫。然後，「親故傷老醜」，「親」當然也可以說是親戚，不過有時候不一定指親屬，「親故」也可以指跟我很親近、很熟悉的一些老朋友。「親故傷老醜」，那些人可能比他早來到鳳翔，看到杜甫的樣子，又老又醜非常憔悴，也爲他感到悲傷。〈喜達行在所〉不也有一句說：「所親驚老瘦」嗎？我所認識的人，看到我又老又瘦的樣子非常的驚訝，跟這裡所謂「親故傷老醜」，意思應該是一樣的。「涕淚受拾遺，流離主恩厚」，我流着眼淚接受了皇帝的任命，任命我作左拾遺的官。在這樣的一個動亂的時代、漂泊的歲月，皇帝對我的恩寵，顯然非常的深厚，表示他心中非常的感激。這兩句應該呼應前面的「朝廷慜生還」，皇帝嘉勉他辛苦從淪陷區逃出來投奔朝廷，所以給他做了這個官。杜甫第一任右衛率府兵曹參軍的官職做不到一個月，安祿山之亂就暴發了，這是他的第二個官職，做了「左拾遺」，是逃出長安來到鳳翔後任命的，那時間是什麼時候？五月十六日，怎麼知道是這一天？那可不是杜甫自己說的了，各位看到後邊引到的一個材料，錢謙益把朝廷頒授杜甫左拾遺的誥書內容引錄下來：「襄陽杜甫，爾之才德，朕深知之，今特命爲宣義郎行左拾遺，授職之後，宜勤是職，毋怠。」這個誥書，錢謙益說當時是派張鎬來頒布的，時間是至德二載五月十六日。所以怎麼知道這一天杜甫當了左拾遺，就是依據這個誥書。比較有趣的是錢謙益進一步把誥書的情形說了一下：用黃紙高和寬大約四尺、字差不多二寸，蓋了皇帝御寶，寶璽有五寸多寬，現今藏在湖廣岳州府平江縣裔孫杜富家。原來這誥書藏在杜甫後代子孫杜富家裡頭，看到這資料滿有趣的，我以前研究杜甫傳記資料花了很大力氣，我很喜歡作考證工作，我把杜甫的祖先，從第一代一代一代的考證下來，考證到他的兒子，最後到他的孫子，我當然希望繼續考證下去，看有沒有曾孫、玄孫等等，但是說實話，沒有確定的資料。錢謙益是清初人，他說這杜富是杜甫的裔孫，是否可靠？很難講。我們古人很喜歡攀附，譬如編族譜，通常都會把祖先盡量往上推，一直推到一個很有名的人身上去，所以杜富是不是杜甫後代，我是懷疑的，不過這個誥書的內容應該是可信的。因此杜甫被拜爲左拾遺就是在至德二載五月十六日，「涕淚受拾遺，流離主恩厚」，我來到朝廷接受了左拾遺的任命，皇上對我真是恩德深厚啊。下邊他接着進一步講「柴門雖得去，未忍即開口」，現在安頓下來了，又想到妻子還在鄜州，很想回家去探視，只是剛剛做了這個官，時代又還沒有平靜，我不忍心馬上向朝廷開口要請假，要回家探親，「未忍即開口」，這是第一段。從去年潼關失守等等，說到了他做了左拾遺，文字除了「今夏草木長」有典故之外，其他真的很白，但是那麼淺白質樸的文字中，確實能讓你讀起來感覺非常的深厚。深厚有兩個可能，一個是內容的豐富，根據我們剛剛的解釋，你看看裡頭敘述了多少事件，內容當然非常豐富，再來是感情也非常的豐富厚實。

好，下邊第二段，「寄書問三川，不知家在否？比聞同罹禍，殺戮到雞狗。山中漏茅屋，誰復依户牖？摧頹蒼松根，地冷骨未朽。幾人全性命，盡室豈相偶？嶔崟猛虎場，鬱結回我首。」這第二段很明顯是從「柴門雖得去」發展出來的，是對他鄜州的家人的一分擔心和掛念。「寄書問三川，不知家在否」，我曾寫了一封信，寄到三川那個地方，打聽一下家人的消息，還不曉得家人現在到底還在不在？三川當然是個地名，還是要說明一下：它在鄜州境內，鄜州面積很大，裡頭有很多縣，我們時常說杜甫把家暫時安頓在鄜州，但是實際的地點在那裡呢？是在鄜州的「洛交縣」，洛交縣裡頭的有一個村叫做羌村，他家就安頓在那裡。所以各位想，假如杜甫要寄信打聽家人現在是否安危？該寄到鄜州哪個縣？應該寄到洛交縣才對啊！那爲什麼說三川呢？三川也是一個縣，原來在隋朝的時候，曾經把三川跟洛川兩個縣各分出一部分，合併後另外設立了一個洛交縣，而杜甫的家人就住在洛交。你要瞭解地方的沿革、它的界線、它的名稱等等，那是時常在變化的。不說別的了，我們臺灣這幾十年來很多地名都改變了，很多的範圍也改變了，以前哪有什麼新北市？現在跑出一個新北市出來，像淡水、新店以前是鄉啊，然後變成鎮、然後變成市、然後現在變成區了，像這些都是不停的在沿革。那照理說；杜甫這個時候要提到真實的地名，應該叫洛交，「寄書到洛交」不就好了嗎？那爲什麼說「寄書問三川」？爲什麼要用過去的地名？這也是古人的習慣，你寫一首詩提到萬華，感覺沒什麼學問，你要寫艋舺，瞭解嗎？這是古人的習慣。所以要弄清楚，其實三川指的是洛交，指的是杜甫現在家人所居住的羌村所在的地方，而這洛交是鄜州的州治，州治知道嗎？相當於什麼省治、縣治，都是某一地區行政中心所在的地方。「寄書問三川，不知家在否」，結果沒有消息來，「比聞同罹禍，殺戮到雞狗」，最近我聽到一些傳聞，那裡的人全部都遭難了，不但人被殺了，連鷄狗都全部被殺了，鷄犬不留了。安祿山攻陷了長安以後，這一帶全部都變成淪陷區，安祿山的軍隊非常殘暴，所謂殺戮到鷄犬不留，那很可能是事實。進一步從這地方舖展下來，「山中漏茅屋，誰復依户牖」，山裡頭破爛的茅屋，還有哪一些人倚靠在門邊、倚靠在窗口呢？「誰復依户牖」，表示那些破房子大概沒有人住了。「摧頹蒼松根，地冷骨未朽」，「摧頹」是倒臥的意思，在山路上、山坳裡、那些倒臥的松樹根底下，泥土冰冷的地方，好多屍骸就躺在那裡還沒爛掉，「地冷骨未朽」。「幾人全性命，盡室豈相偶」，現在還有哪幾個人能夠活著呢？這兩句語氣上有一個轉折：就算還活著，又有哪一家能夠全家團圓在一起呢？這是兩層意思，第一個是說如今沒幾個人能僥倖活下來，下面退一步說：就算有人還活著，又有幾家能夠全家團圓在一起；換句話說：就算某一個人能活下來，其他的家人也未必保得住性命。「嶔岑猛虎場，鬱結回我首」，作一個結論。「嶔岑」是山裡深遠的地方，就是高山之處偏僻的地方，指的就是鄜州這一帶地區。那裡就像是兇猛的老虎肆虐的地方，用猛虎來指安祿山軍隊的殘暴，想到這些讓我心裡非常鬱悶痛苦，無法化解。「回」是轉的意思，指把頭轉向鄜州家人所在的地方，表達對他們的掛念。這是第二段。因爲不忍心向朝廷開口要求回家探親，而寫信又得不到回訊，聽到的都是凶險的消息，讓他對家人的安危更加擔心。

好，第三段：「自寄一封書，今已十月後。反畏消息來，寸心亦何有？漢運初中興，生平老耽酒。沈思歡會處，恐作窮獨叟。」「自寄一封書」，很簡單的呼應前面第二段開頭的「寄書問三川」，接得很明白，又回到寄書的情況。自從我寄了那封信以後，到現在已經十個月了，「今已十月後」。這「十月」杜甫不是隨便說的，是實際的數字，你看看他是聽說唐肅宗在靈武即位，然後要投奔靈武，被抓到淪陷的長安，時間在什麼時候？八月的時候。現在說「寄書問三川」，顯然他是淪陷在長安之後，曾經寫了信，寄到三川、寄到家裡，可是過了十個月還沒有消息回來，過了十個月應該什麼時候？第二年的五月對不對？而五月十六日他已來到鳳翔做了左拾遺，正是寫這首詩的時間，不就是「今已十月後」嗎？從淪陷的時候就寫了信，到現在十個月了，他還沒接到回信，當然非常擔心！可是下面說「反畏消息來」，反而害怕有家人的消息傳過來，這不是和前面的期待矛盾嗎？爲什麼？原來他怕那不幸的消息被證實了。我聯想到一首詩，各位可能讀過的〈渡漢江〉，《唐詩三百首》裡有的：「嶺外音書絕，經冬復歷春。近鄉情更怯，不敢問來人。」這首詩的作者《唐詩三百首》認爲是李頻，但是根據考證可能不正確。李頻是晚唐時候人，他生平從沒來過嶺外，嶺外是那裡？是廣東這一帶，屬嶺南地區。所以啦，事實上應當是武則天時候的宋之問寫的，宋之問曾經被貶到嶺南，他的家在汾州，今山西的汾陽，後來逃出嶺南，渡過漢江，漢江在現在湖北，要回到中原，所以他說：我在嶺外，被貶到南方大庾嶺之外，跟家人的音訊已經斷絕了，時間過了很久，過了一個冬天又過了一個春天，一年又一年，現在我找到一個機會要回家了，渡過漢江快要接近自己家鄉的時候，心裡反而害怕了，一般來說好久沒有回家，快到家門應該載欣載奔的，應該興奮喜悅，他反而很擔心、很害怕，可能腳步就放慢了，看到對面有從家鄉過來的人，他也不敢問一下家裡人的消息。不敢問，這就是「近鄉情怯」。杜甫雖然不是將要回到家人身邊，可是同樣是怕收到家裡來的消息，過了十個月反而擔心了，反而害怕收到回信了，所以啊，「今已十月後，反畏消息來」，我反而擔心家人的訊息到我身邊來。「寸心亦何有？」寸心就是內心，他這樣的心情「亦何有」？「何有」這話沒講完整，那我這樣的心情要怎麼安頓呢？要怎麼排遣呢？後邊應該有個受詞，這個受詞省略掉了，擔心家人的安危，寄的信到現在還沒有回音，可是我又害怕家人消息的到來，那我這顆心要怎麼辦呢？下面就說怎麼辦了，他說了：「漢運初中興，生平老耽酒」，「漢」當然是以漢喻唐，我們唐朝國運看起來已經開始復興起來了，因為唐肅宗在鳳翔打算反攻長安，時代已有好轉的機會，這是讓他心裡可以得到安慰的力量。再來一個呢，「生平老耽酒」，我這個人啊！一輩子也非常喜歡喝酒，喜歡喝酒表示什麼？表示可以用酒來化解內心的徬徨、內心的不安、內心的苦悶。用這兩點來安頓一下自己不知道怎麼辦的心情。可是從耽酒、喝酒進一步想：「沉思歡會處，恐作窮獨叟。」喝酒通常大家都聚集在一起嘛，很多人非常熱鬧的一個場合，我去喝酒跟大家在一起，大家都非常歡樂、非常痛快，可是我可能會變成一個「窮獨叟」，「窮獨」這個「窮」不是沒有錢的意思，「窮」在這裡是副詞，很的意思、甚的意思，形容下面的「獨」；「窮獨」，很孤獨，我可能變成一個十分孤獨的老頭子了。換句話說，當大家歡聚在一起熱鬧喝酒的時候，別人是歡樂的、團圓的，而我呢？可能家人都不在了，我變成十分孤獨的一個老頭子了，「恐作窮獨叟」。

你看最後一段文字很白，但注意看有沒頓挫？有。寄了一封信過了十個月，理論上應該期待書信的到來，結果「反畏消息來」，這是第一個頓挫；然後下邊說；那我怎樣安頓我自己呢！講到這個時代有復興的希望，藉此安慰一下，想到自己可以借酒消愁可以去排遣一下，和大家熱鬧喝酒，看起來好像有辦法安頓自己了，可是又擔心會變成一個孤獨老頭子，這裡邊起伏跌宕是非常明顯的。好！這首詩我們基本上這樣去讀它、去玩味，各位要掌握到它事件的豐富性、心情的沉痛感，這是作品值得注意的地方。

像這一類的詩啊！我跟各位說，真的不好作的。爲什麼不好作？因爲你如果沒有像杜甫那樣悲慘的遭遇，便很難寫出這樣沉痛內容的作品出來。而這一類的詩，也不太好講，爲什麼不好講？其實我上課講詩的時間很久了，至少三、四十年吧，我比較喜歡講的作品往往是雕琢的、技巧豐富的作品，字句很麻煩，講解起來比較具有挑戰性，一個句子我可以給各位講老半天、講一大堆，但像〈述懷〉這一類的作品，文字和技巧沒什麼好說，你必需要從他內心、讓你感動的內涵來體會、來發揮，但無論講者也好，聽者也好，假如缺乏和作者內心的共鳴，那就感受不到這作品的好處了。

玉華宮

溪迴松風長，蒼鼠竄古瓦。不知何王殿，遺構絕壁下。陰房鬼火青，壞道哀湍瀉。萬籟真笙竽，秋色正蕭灑。美人為黃土，況乃粉黛假。當時侍金輿，故物獨石馬。憂來藉草坐，浩歌淚盈把。冉冉征途間，誰是長年者？

〈玉華宮〉，在五十三頁。先說一個大的背景。杜甫來到鳳翔做了左拾遺，結果呢？得罪了唐肅宗，因爲他上疏救宰相房琯，唐肅宗視房琯爲太上皇那一黨的人，要罷相啊，杜甫認爲不能夠那樣做，他作爲左拾遺有責任來糾正皇帝，結果惹怒了皇帝，把他下監牢問罪，雖然最後放了他，但從此也不再接見他，晾在一邊了，甚至叫他請假，讓他回鄜州省親。所以杜甫就在至德二載閏八月初一這一天，從鳳翔出發往鄜州去探視家人。

這一段路，杜甫寫了不少作品，比較重要的譬如說〈九成宮〉，我們選本沒有收。九成宮在那裡？從鳳翔往東北，同樣屬於岐州的範圍內有個縣叫麟游縣，九成宮就在麟游縣。這是經過這條路上所寫下來的一首詩。然後他繼續往鄜州方向出發，來到了京畿道北邊，這個地方叫坊州。坊州有個縣叫宜君縣，裡頭有個宮殿就叫玉華宮，也是他路過之處，再繼續往北邊，就是鄜州了，回到家裡了。

題目下邊我們看到高步瀛先生引的材料，先引《舊唐書・元和志》，就是我們以前曾經提過的《元和郡縣圖志》，中唐的時候唐憲宗元和年間所編的，他說「關內道鄜州宜君縣」，把宜君縣歸屬於鄜州，有沒有？剛剛我們說是屬於坊州，其實這引文錯了，應該是坊州。下邊到了第三行引了《清統志》，《清統志》就是《大清一統志》，那是清朝人編的地理書了，這個時候呢，宜君縣確實屬於鄜州了。地理有沿革，唐朝時候玉華宮所在的宜君縣是屬於坊州，到了宋朝還是屬於坊州，到了明朝變成延安。到了清朝把宜君縣併入到鄜州，所以這個《元和志》是唐朝的，是屬於坊州，到《清統志》確實是改為鄜州了。

到家之後，杜甫也寫了三首五言的連章古詩，題目是〈羌村〉，羌村這地名上次講過，是杜甫家人在鄜州避難的地方，所以〈羌村〉是他回到家後的第一篇作品。〈羌村〉很可惜，很好的一篇作品，高步瀛先生也沒有收。到家定居了一小段時間以後，安頓下來了，他再寫〈北征〉，所以講完〈玉華宮〉，我們就要講〈北征〉了。這些都是離開鳳翔回到鄜州後所寫的作品。

〈九成宮〉很清楚是一個宮殿，這宮殿是隋文帝時建造的，唐朝把它接收過來。這個「成」，相當於「層」，表示宮殿很高，九層之高，非常的巍峨、非常的壯觀，裡頭有個泉水叫做「醴泉」，各位寫書法可能臨摹過顏真卿的〈醴泉銘〉，這泉水就屬於九成宮。〈九成宮〉很可惜高先生沒有收，有機會各位不妨找來讀一讀，它文字比較雕琢，內容比較具有批判性。古代皇帝喜歡建造宮殿，宮殿怎麼建成的？那當然是拉伕建的，隋文帝建九成宮就死了幾萬人，由楊素監工，他想要討好皇帝，必須建造得巍峨華麗，可是工期非常迫切，史料記載建造完了以後，隋文帝和皇后坐了車子來巡視，還看到路上一大堆死人，來不及掩埋，露出了頭、露出了手。隋文帝看了很生氣，就把楊素罵了一頓，楊素各位看唐人小說〈虯髯客傳〉大概聽說過的，楊素建九成宮本來要邀功，反而灰頭土臉，可是過了不久，皇后就給他安慰了，說因為你想到我們倆夫婦年紀大了，想給我們過稍微好一點的日子，所以建造了這麼華麗的宮殿，皇后反而安慰他一頓。我們講這個背景，就知道〈九成宮〉其實在杜甫的詩裡是有非常強烈的批判，批判一個皇帝奢靡，最後導致了國家的衰敗滅亡，這符合了杜甫一貫的寫作宗旨。相對的〈玉華宮〉呢？玉華宮是唐太宗建造的宮殿，這宮殿也在深山裡頭，應該在貞觀二十一年的時候開始建造，建造的時候唐太宗特別下詔說，這宮殿「務從菲薄，更令卑陋」，也就是要求一定要做到簡單樸素，樸素到什麼程度？「即澗疏隍，憑巖建宇，土無文繪，木不雕鏤，矯鋪首以荊扉，變綺窗以甕牖」，這是史書上的記載，唐太宗下的詔書，是建造的原則，要按照這方式去打造宮殿。唐太宗基本上還是仁德之君嘛，他也瞭解到建造宮殿是很耗費的，所以特別下旨按照這原則來建造，「即澗疏隍，憑岩建宇」，澗就是山澗，隍是古代的城或宮城邊的濠溝，假若你要特別挖出一條濠溝出來當護城河，那工程就浩大啦！所以就利用現成的山澗，以免耗損人力；然後「憑巖建宇」，靠着山巖來建造宮殿，也就是說不必把那個山挖掉，不像我們現在，建商蓋一批房子往往一個小山丘就不見了；就按照現有的地勢來建造；然後「土無文繪，木不雕鏤」，土就是泥製的地板，也不必加上彩繪；木是指木製的門扇窗扉，也不必去雕刻。不要說皇宮啦，各位看看我們台灣的很多古宅，像板橋林家花園那些木頭雕刻起來是很花功夫的。下面兩句更誇張：「矯鋪首以荊扉，變綺窗以甕牖」，「鋪首」是什麼？各位看歷史劇，古代皇宮有好大的兩扇大門，對不對？紅色的門板上面就有用銅作的一個一個的圈圈，像補釘一樣的東西，這叫「鋪首」。這個很華麗呀！唐太宗說不需要這樣的東西，那麼門要怎麼做？「荊扉」，用木頭製作就好了，就像普通老百姓家的大門。古代的房子窗子上有很多的雕刻，那叫「綺窗」。去看林家花園、中正紀念堂的迴廊那些窗子，不是有很多雕刻的花紋？對不對？他說，也不用這些東西，那窗子要怎麼做？「甕牖」。甕是什麼？水缸。把水缸剖成一半，圓圓一個洞鑲在牆壁上就變成一個窗子了，多節省啊！因爲這個地方在崖壁下很涼快，所以唐太宗時常到這地方避暑，唐太宗很胖、很怕熱，長安尤其熱，到夏天的時候，九成宮也好、玉華宮也好，他時常去。可是到了他的兒子唐高宗的時候，不喜歡這個地方了，太簡陋了，剛好玄奘不是帶了佛經回來了嗎？要找幾個地方來翻譯佛經，那個地方很清涼、很安靜，就讓玄奘在這裡翻譯佛經，所以唐高宗就把那宮殿變成了寺廟，變成了玉華寺。到杜甫的時候，整個宮殿基本上已經荒涼殘破了。

這首詩不長，只有十六句，分成兩個段落。「溪迴松風長，蒼鼠竄古瓦。不知何王殿，遺構絕壁下。陰房鬼火青，壞道哀湍瀉。萬籟真笙竽，秋色正蕭灑」，第一段。下邊「美人爲黃土，況乃粉黛假。當時侍金輿，故物獨石馬。憂來藉草作，浩歌淚盈把。冉冉征途間，誰是長年者」，這是第二段。

這一首作品跟前面剛講過的〈述懷〉文字風格不一樣，比較複雜細膩。「溪迴松風長」，首先看「迴」吧！迴，迴旋、曲折的意思，什麼東西迴旋、曲折？溪水。一條蜿蜒曲折的溪水。溪水是什麼溪呢？玉華宮前面確實有一條溪水，後面引了蔡夢弼的注解說：晉朝苻堅的墓，就在玉華宮附近，墳墓旁邊有醽醁溪，所以這條溪是有名字的，叫醽醁溪。爲什麼叫醽醁呢？醽是酒的名字，那條溪水碧綠得像酒的顏色一樣，所以就叫醽醁溪。用「迴」形容這樣一條蜿蜒曲折的醽醁溪。再來看寫到松，松樹出現在那裡？出現在溪邊對不對？一條蜿蜒的溪水，溪邊有松樹，還有風，風吹到了松樹上來，這是「溪迴松風」。然後最後一個字「長」，「長」很重要，這個「長」啊，同時形容上面四個字，那條溪水是綿延不絕，一直往前流動，長長的、蜿蜒的、曲折的一條溪水；溪邊的一排松樹，沿着溪邊種的，也是綿延不絕、也是長長的；風吹在松樹上頭，也是不停地在吹。杜甫的造句功夫很厲害，透過很普通的一個字，那空間感就很清楚了。一條長長的溪水、一排綿延的松樹，松樹上不停吹過來的風。再進一步：是誰看到溪、是誰看到松、是誰感覺風在吹的？當然是杜甫啊！對不對？那杜甫在哪裡看到？在哪裡感受到？一定是走在路上！好！那路在哪裡？路就在溪邊松下，是不是？所以雖然沒有直接寫出一條路，但是你要知道溪邊有一條路，那水很長，路也很長；再來也沒直接說到人，但是你要知道杜甫就走在這一條路上。一條水、一排松樹，一個杜甫走在這樣一條長長的道路上；再強調一下：路也好，溪也好，松也好，其實在空間上彼此是平行線的關係。我這樣子講希望你腦子裡出現一個畫面，杜甫在路上一邊走啊，一邊沿著一條溪看水不斷往前流，同時也不停聽到風吹在溪邊松樹上的聲音。

就這樣走走走，往前一看：「蒼鼠竄古瓦」，一座古老建築的屋瓦出現在眼前，然後一隻大老鼠從屋瓦跳出來。「蒼鼠」，灰黑色的大老鼠；「古瓦」，古老的屋瓦，表示這個建築非常老舊，看到這個屋瓦，當然就看到一座宮殿式的建築物在那裡，杜甫內心就在想這到底是哪一個國君建造的宮殿啊？「不知何王殿」。「遺構絕壁下」，絕壁就是懸崖，留下那麼一個建築在一個懸崖的下邊；剛才講過的「憑巖建宇」，靠着一個懸崖建造的宮殿。這個圖像應該出來了，杜甫就這樣走啊走啊，忽然間好像出現一個特寫鏡頭看到前邊一片屋瓦、一隻大老鼠，再把鏡頭拉遠看到一個懸崖，懸崖底下留下的一個建築，他心裡就在想：這到底是哪個國君留下的宮殿呢？這詩從一開頭，就表示杜甫是一邊走、一邊聽、一邊看，同時心裡面還在一邊想。前面的分析有一個重點，各位要掌握它有一個非常完整的空間，空間感的敘述真的不難啊！可以學的！各位時常走在路上，你不妨學著把你當下的空間，很完整、很立體的呈現在你的筆下，能夠讓讀者用一幅畫把那個空間描繪下來，這樣寫才有臨場感，讓讀者身臨其境。

進一步要說的這一句「不知何王殿」，過去有好多爭論，一個基本概念是，杜甫對自己唐朝的歷史是很熟悉的，你看我們一千多年後，還知道玉華宮是唐太宗建的，杜甫難道不知道嗎？你要瞭解這問題。當然很多人就在這裡解釋了，討論杜甫爲什麼要這樣說，像朱鶴齡他說這宮殿後來變成寺廟了，當地人也不知道以前是宮殿，何況外來的杜甫？這是朱鶴齡說的。但是我覺得這說法不太對，這句子一開頭就說「不知何王殿」，很顯然的杜甫當然知道是國君留下來的，他不會認爲那是一個寺廟嘛，對不對？另外浦起龍的註解：「明是唐時所建而曰不知何王，以本朝舊物一旦荒涼，有不忍言者也。」這是浦起龍的說法。說這是我們大唐唐太宗所建的宮殿啊！可是竟然荒涼成這個樣子，於是不忍心直接說這是唐太宗的宮殿，所以就說不知了。這話或多或少有些道理，畢竟杜甫對唐太宗是充滿崇拜的，一個他所崇敬的國君所建造的宮殿荒涼成這個樣子，不忍心說，所以乾脆裝作不知道，所以說「不知何王殿」。但是我覺得更重要的，其實用「不知」啊，是來顯示出整個作品可感受到的氣氛。我們一直往後看，其實整個作品就籠罩在一種非常悲涼的、帶著蕭瑟的、甚至神祕的氣氛裡頭。所以他假如直接說「此是太宗殿，遺構絕壁下」，那種心理的神祕感反而沒有了，所以用一個問號帶出一種神祕的氣氛出來，我想這樣理解比較合適。楊倫說：「只極言荒涼之意，他解深求反失之。」雖然講得不是很完整，但確能掌握其中的關鍵。

這是走啊走啊！來到了宮殿的前面了，下面「陰房鬼火青」，陰房，是陰暗的房間，所以你可以推測，杜甫一定走進宮殿裡頭某一個房間，裡頭陰暗一片，看到閃爍的、碧綠的燐火；鬼火就是燐火。燐火各位大概聽過，傳說是死人骨頭化出來的，所以叫鬼火嘛，剛剛我們不是引了蔡夢弼的話嗎？說這玉華宮旁邊就有苻堅的墓，有墳墓就有死人啊！墓區常有一閃一閃的燐火出現嘛，尤其來到了裡頭，陰暗的房間，更可以看到一閃一閃的燐火，所以說「陰房鬼火青」。杜甫大概也覺得太恐怖了，所以馬上跑出來，來到外頭，看到「壞道哀湍瀉」，宮殿前邊大概有一條小路，杜甫從裡頭出來，來到小路上，發現這個路面崩壞了，爲什麼崩壞？「哀湍瀉」，「瀉」，水不停地沖刷，大概從山壁上水不停地流下來，把道路沖壞了。瀉是奔瀉、哀是形容那水非常湍急發出來的聲音，響亮湍急的水把道路沖壞了。這裡的空間有內外的轉換，「陰房鬼火青」，走進宮裡是內，然後再出來站在路上是外，而那條路呢，被水沖壞了。

下面「萬籟真笙竽，秋色正蕭灑」，站在這路上，再仔細地聽一聽，聽到了很多種聲音在響，「萬籟」是從《莊子》裡來的，所謂天籟、地籟、人籟等等，這是出處。這到底是那一種聲音可以不管，重點是杜甫站在這裡就聽到很多聲音，那聲音包括什麼？風在吹的聲音，對不對？甚至包括鳥叫、蟲鳴的聲音啊！水流的聲音啊！這個都可叫「萬籟」，而杜甫聽起來，覺得「真笙竽」。笙跟竽是兩種樂器，在這裡代表音樂，這各種聲音聽起來很好聽，像音樂在演奏一樣。這和上面寫「哀湍瀉」，仍然是聽覺的描寫。下面「秋色正蕭灑」，抬頭看天空，現在不是閏八月嗎？秋高氣爽的時節嘛，因此看到天空特別的乾淨，天是那樣的藍、雲是那樣的白，一片瀟灑清爽的感覺，這又回到視覺來。聽到好多聲音像音樂一樣響起來，抬頭看天空，藍天白雲一片清爽的感覺。先說一下，獨立看這兩個句子，寫聽覺、寫視覺，景色美不美？美啊！各種聲音響起來像音樂，而天空又特別清爽，多美！但是前面說「蒼鼠竄古瓦」、「陰房鬼火青，壞道哀湍瀉」，美不美啊？當然不美，荒涼、陰森、殘破嘛，是不是？所以這筆法要注意一下，他重點還是要寫那荒涼的、殘破的、陰森的感覺，但是他用美麗的景色來襯托那樣不美的氣氛。所以你要寫不美，有時候要用另外一個方向去襯托它，這是文學上時常用到的一個手段，這叫「反襯」！反襯，用美麗之景，寫荒涼之感。這一段下面，仇兆鰲說：「首記舊宮淒涼。」說明一開始是寫舊宮的淒涼殘破景象，而「萬籟」兩句，蔣弱六的評語是：「二句點綴尤爲淒絕。」有沒有注意到，剛剛不是說這兩句無論是聽覺或視覺都是很美的感覺嗎？但是他說「尤爲淒絕」，怎麼會感覺更爲淒絕呢？這就是反襯。好！這是第一段，寫荒涼殘破的舊宮。理解上除了要注意反襯的手段，另外，空間感一定要掌握，一條溪、一條路、溪邊的松，這樣的空間一直蔓延過來，而杜甫走在這條路上各種感覺也敘述的十分豐富。「溪迴」看到的、「松風」聽到的、「蒼鼠竄古瓦」看到的、「不知何王殿」想到的、「遺構絕壁下」看到的，「陰房鬼火青」看到的、「壞道哀湍瀉」聽到的、「萬籟真笙竽」聽到的、「秋色正蕭灑」看到的，各種感官這樣不斷的轉換，然後邊走邊看邊聽邊想的神態就具體呈現出來。這八個句子很見功夫耶！

好！下邊再看第二段。「美人爲黃土，況乃粉黛假。當時侍金輿，故物獨石馬。憂來藉草坐，浩歌淚盈把。冉冉征途間，誰是長年者」。「美人爲黃土」兩種說法：一個說法各位翻到後邊注解引到的趙次公的說法，他說：當年「有隨輦而死葬者，惟公相去之近能知之」，是說當年唐太宗來到這裡，大概有一個隨侍的宮女死在這裡，就葬在玉華宮這個地方，而杜甫時代相去不遠，所以能知道這個事情，這是說一個宮女死了葬在這裡化爲塵土了。另外一個說法：宋朝蔡夢弼說的：「美人乃殉葬木偶，已朽爲黃土矣」，認爲美人不是真的人，是指苻堅墓裡頭殉葬的木偶，年代久了，所以腐朽成泥土了。那到底是指真人還是木偶？我偏向高步瀛先生的選擇，指的是隨輦的宮女。下邊「況乃粉黛假」，先說那個「假」，是裝飾的意思，假飾就是裝飾，美人的美，很多時候是用粉黛等化妝品裝飾出來的，這叫「粉黛假」。再把這兩句貫穿來說，當時有個美人葬在這裡，已經化爲塵土消失了，何況她那個美還是用粉黛裝飾出來的。這樣說各位有沒有掌握到一個概念、一個重點？顯然他要告訴你，美這個東西是不長久的，對不對？經不起時間的考驗，美人會死啊！死了就變爲黃土了，美嗎？當然沒辦法美了，更何況那個美還是用粉黛裝飾出來的，那更不能長久，所以這個句子很重要，顯示了整個作品的主題所在，告訴你美好的事物是很容易消失的，「好物難久」，聽過這話嗎？「好物難久」美好的事物經不起時間的考驗，難以持久，最後就消失了。這整個作品的主題就在這裡，他當然要一層一層的鋪陳，首先用美人的意象來強調她的不能長久，所以下邊進一步發揮：「當時侍金輿，故物獨石馬」，「當時」，就是當年唐太宗來到玉華宮的時候，皇帝來到這裡一定有很多人伺候皇帝的車駕吧！很多的大臣、很多的宮女、很多很多伺候的人跟著他一起來，那現在剩下的還有什麼？石頭雕刻的馬，所以說「故物獨石馬」。把石馬跟唐太宗連接在一起，容易讓你想到什麼？昭陵六駿，是不是？有沒有聽過？昭陵是唐太宗的墳墓，他死了以後葬在這裡，他的兒子就是唐高宗嘛，爲了紀念他，除了打造巍峨高大的陵墓，同時還雕刻了六匹石馬放在陵墓前邊。這石頭雕刻的六匹馬都有名字啊！是當年唐太宗幫他的父親唐高祖征討天下時騎的戰馬，一共六匹，總名就叫昭陵六駿。所以假如把石馬跟唐太宗連接在一起，你一定會想到昭陵六駿，瞭解吧？那問題就在這裡了，現在杜甫是不是來到昭陵啊？不是，他是來到玉華宮，那玉華宮是不是有石頭雕的馬匹呢？沒有！所以這是「借用」，借用跟唐太宗有關的昭陵六駿，來表達他要表現的主題，這個解釋比較麻煩，因爲我們很容易誤會，把這個石馬解釋爲在玉華宮杜甫看到石頭雕刻的馬匹，但事實沒有。

「當時侍金輿，故物獨石馬」，當年伺候皇帝車駕來到這裡的有好多的人啊！好多的東西啊！但是現在只剩下什麼？石頭雕刻的馬匹。這要表達什麼？石頭雕刻的馬匹有沒有生命？沒有。所以這是用唯獨沒有生命的石馬還存在，來反襯有生命的全部都不存在了：唐太宗現在當然不存在了，宮女也不存在了，大臣也不存在了，所有有生命的都不存在了，能夠存在的只有是沒生命的，像石頭雕的馬匹。所以前邊我們說美好事物很難長久，進一步引申生命也很難長久，有生之物都難以長久，你看一個美人死在這裡、葬在這裡消失了，當時伺候皇帝的，所有有生命的都消失了，只有雕刻的石頭、沒有生命的才留下來。進一步說，很顯然這個作品最後進入到一個相對於傳統來說比較特殊的內涵：對生命無法長久的一種悲哀。我們讀中國傳統的詩歌，尤其讀杜甫的詩，我們時常會發現作者視野是外觀的，外觀是什麼意思？我一雙眼看外面的世界、看別的人、看這個社會、看這個時代。有沒有？各位有沒有印象？你讀的詩大部分都是這樣，尤其老杜的詩，所以我們說他是「詩史」嘛，他的詩反應了外面的世界，記錄了、批判了外面的世界，這是我們傳統詩人時常採取的一個寫作的態度：「外觀」。反過來假如不是看外面事件，那又是什麼呢？內省，看自己、看自己的內心。我們要注意西方的文學比較多的是內省性的，你找一些西方文學經典讀一讀，你會發現他們寫的是我個人，我的內心到底有什麼痛苦、內心有什麼掙扎，從這樣一個角度看自己內心世界。而我們中國傳統被認爲偉大的作品通常是什麼？反映外面的世界、批判外面的世界、關心外面的世界，這是很明顯的中西不同的方向。當然了，所謂西方內省的作品其實有些滿深刻的，他有很深的哲學思考進到裡頭，來自我反省。那中國有沒有內省的、探索自己內心的作品呢？當然也有，不過絕對沒有像西方那樣的深刻、沒有那樣的具有哲學性，通常感受到的是一個最基本的內容：我是不是老了？我還能活多久？瞭解嗎？這叫做憂老、傷逝。這樣的主題，基本上也是所有人都會面對的問題，所以我們傳統作品也無從避免。從〈古詩十九首〉開始，各位有沒有讀〈古詩十九首〉？有吧！那些詩真的很動人喔！什麼「所遇無故物，焉得不速老」，對不對！走在洛陽的北芒山那個墓葬區，就像我們台北的六張犁一樣，那種感傷秋風吹拂、芒草飄蕩，表示生命就這樣凋零了，這是一般人都會有的一種憂慮、一種感傷嘛。杜甫這首詩基本上內容是這個部份，感傷生命無法長久的悲哀，你若掌握了這樣的主題往前面看，看他寫玉華宮的荒涼，那是一個皇帝建造的宮殿呢！還不是殘破了，還不是荒廢了，看到一隻大老鼠跳到屋瓦上邊了，一條路被泉水沖壞了。再進一步到了第二段就把那個主題直接寫出來了，你看：美人死了、當年伺候皇帝的所有有生命的都消失了，只剩下一個沒有生命的石雕的馬，這就是「當時侍金輿，故物獨石馬」。

這個主題表達出來，下面四句就容易瞭解了，「憂來藉草坐，浩歌淚盈把」，「憂來」，那種憂愁感傷湧上心頭，他站都站不穩了，「藉」是靠的意思，站不住坐下來，靠在草堆上，當他坐下來，就「浩歌」，高聲的唱歌，杜甫的「歌」我們講過很多次，唱歌有時候並不是歡樂的，而是表示內心痛苦。一面高聲的唱歌，同時「淚盈把」，流下了一把把眼淚。「憂來藉草坐，浩歌淚盈把」，從前面說的主題發展出來，最後歸結到一個「憂」，支持不住坐在地上放聲高歌發抒一番，流下一大把的眼淚。最後「冉冉征途間，誰是長年者」，坐在地上，看著前面的一條路，一個接著一個的人走在這條路上，杜甫要問了，這些人哪一個是「長年者」？「長年」，指的是永遠不死的、永遠能活在這世界上的人。杜甫在問：走在這路上一個接著一個的人，哪一個可以永遠活下來？這話確實是普遍真理，放到任何時代、任何地方都用得上。當然，透過這樣的詰問，所有生命無法永恆的主題就更加突顯出來了。

這首詩一方面文字表現很好，空間感很強等等特色外，最特別、最要注意的是它的主題，因爲這是在杜甫詩裡頭比較少表達的內容。前邊我們提到的〈九成宮〉，那就是標準的批判性作品，隋朝因爲建造華麗的宮殿，就亡了國了。甚至還批判自己的朝代，因爲唐朝接收了這個宮殿，而派官吏來駐守，他認爲這都是造成國家衰敗的一個徵兆。所以兩篇作品雖然寫在同樣的一條路上，題材雖然同樣是宮殿，可是作品的主題是不同的，〈九成宮〉是杜甫一貫的外觀的視野，而這首〈玉華宮〉則是少見的內省的作品。這篇作品不長，文句也很漂亮，主題更是特殊，不妨多讀幾遍好好領略一番。

北 征

皇帝二載秋，閏八月初吉。杜子將北征，蒼茫問家室。維時遭艱虞，朝野少暇日。顧慙恩私被，詔許歸蓬蓽。拜辭詣闕下，怵惕久未出。雖乏諫諍姿，恐君有遺失。君誠中興主，經緯固密勿。東胡反未已，臣甫憤所切。揮涕戀行在，道途猶恍惚。乾坤含瘡痍，憂虞何時畢？靡靡踰阡陌，人煙眇蕭瑟。所遇多被傷，呻吟更流血。迴首鳳翔縣，旌旗晚明滅。前登寒山重，屢得飲馬窟。邠郊入地底，涇水中蕩潏。猛虎立我前，蒼崖吼時裂。菊垂今秋花，石戴古車轍。青雲動高興，幽事亦可悅。山果多瑣細，羅生雜橡栗。或紅如丹砂，或黑如點漆。雨露之所濡，甘苦齊結實。緬思桃源內，益歎身世拙。坡陀望鄜畤，巖谷互出沒。我行已水濱，我僕猶木末。鴟鳥鳴黃桑，野鼠拱亂穴。夜深經戰場，寒月照白骨。潼關百萬師，往者散何卒？遂令半秦民，殘害為異物。況我墮胡塵，及歸盡華髮。經年至茅屋，妻子衣百結。慟哭松聲迴，悲泉共幽咽。平生所嬌兒，顏色白勝雪。見耶背面啼，垢膩腳不襪。牀前兩小女，補綻才過厀。海圖坼波濤，舊繡移曲折。天吳及紫鳳，顛倒在裋褐。老夫情懷惡，嘔泄臥數日。那無囊中帛，救汝寒凜慄？粉黛亦解苞，衾裯稍羅列。瘦妻面復光，癡女頭自櫛。學母無不為，曉妝隨手抹。移時施朱鉛，狼籍畫眉闊。生還對童稚，似欲忘飢渴。問事競挽鬚，誰能即嗔喝？翻思在賊愁，甘受雜亂聒。新歸且慰意，生理焉得說？至尊尚蒙塵，幾日休練卒？仰觀天色改，坐覺妖氛豁。陰風西北來，慘澹隨回紇。其王願助順，其俗喜馳突。送兵五千人，驅馬一萬匹。此輩少為貴，四方服勇決。所用皆鷹騰，破敵過箭疾。聖心頗虛佇，時議氣欲奪。伊洛指掌收，西京不足拔。官軍請深入，蓄銳可俱發？此舉開青徐，旋瞻略恆碣。昊天積霜露，正氣有肅殺。禍轉亡胡歲，勢成擒胡月。胡命其能久？皇綱未宜絕。憶昨狼狽初，事與古先別。姦臣竟葅醢，同惡隨蕩析。不聞夏殷衰，中自誅褒妲。周漢獲再興，宣光果明哲。桓桓陳將軍，仗鉞奮忠烈。微爾人盡非，于今國猶活。淒涼大同殿，寂寞白獸闥。都人望翠華，佳氣向金闕。園陵固有神，埽灑數不缺。煌煌太宗業，樹立甚宏達。

今天，我們來讀這首會讓大家有一些頭痛的作品〈北征〉，在五十四頁。上學期我們已經預告過了喔！對不對？我們曾經講過一首很長的〈奉先詠懷〉，共有五百個字，現在讀這篇〈北征〉，篇幅有多大？題目上並沒有標示，他共有一百四十個句子，是五言古詩，換句話說，一百四十個句子乘以五，共有七百個字，在杜甫詩裡，也不算是最大的，他最大的是一百個韻五言排律，一千個字，我們在課堂上大概不會讀它了。而這首〈北征〉內容當然非常豐富，也非常複雜，要怎麼開始呢？

我想先從背景說吧！這背景大概講了很多次了。因爲杜甫逃出了長安，來到鳳翔，爲了救房琯，唐肅宗疏遠了他，這時杜甫的妻子兒女在哪裡？在鄜州，對不對？然後，到至德二載的閏八月時，皇帝就叫他請假了，上次讀〈述懷〉時有講過，杜甫說他不好意思開口，其實，是皇帝暗示他，說你就回家吧！去看看你家人吧！所以他就離開了鳳翔，來到鄜州，所以，〈北征〉基本上就是一個「紀行」的背景。「紀行」也跟各位講過吧？〈奉先詠懷〉不就是「紀行」嗎？那甚麼叫「紀行」呢？就是一段旅途的紀錄，杜甫這一首「紀行」，是從鳳翔到鄜州這一段路途的敘述，不只是路途的描寫，也寫到他的家人，也寫到那個時代的內容。那題目為什麼叫〈北征〉？從字面上看，鄜州在鳳翔的東北方向，位在北邊，往北邊而去，所以題目叫〈北征〉，這很簡單。

但各位看到，題目下邊，引了錢謙益的說法，他引了一本書叫《流別論》，這是簡稱，全名是《文章流別論》，是晉朝摯虞所寫的，這書有一個記載，說更始帝的時候，班彪避難涼州，從長安出發來到安定，然後作〈北征賦〉。更始，是王莽篡漢之後，天下大亂，當時，有一個人稱帝，那個人就是更始帝劉玄，很簡單的一個背景。在這樣一個動亂的年代，班彪要往涼州避難，從長安出發來到安定，記錄了這一段旅程，寫了一篇賦叫〈北征賦〉。安定在現在的甘肅，他是從長安往西北走，而杜甫現在在鳳翔，要到東北的鄜州，同樣是往北走，不過一個是西北，一個是東北。所以，他就模仿了班彪的〈北征賦〉，作為這首詩的題目，作了〈北征〉詩，了解嗎？這內容很簡單，但我們要進一步發掘的是，錢謙益為什麼要這樣說？很重要的一個觀念喔！我們一再地說過，杜甫是「無一字無來處」的，除了他的詩裡的某些字、某些辭彙、某些典故是有出處的以外，包括題目，他時常都是有根據的。這題目〈北征〉是有出處的，是有班彪〈北征賦〉這樣的一個基礎，作為詩的題目，這是第一個很簡單的概念，老杜「無一字無來處」，包括題目，他的字面都有來源的。好吧！反正我們時間不趕，我就補充一些材料。杜甫有一首〈麗人行〉，各位一定聽過，這題目從哪裡來？原來王無功有一篇賦，題目叫〈三月三日賦〉，裡頭有一個句子：「聚三都之麗人」，而杜甫的這首〈麗人行〉，前面兩句是甚麼？「三月三日天氣新，長安水邊多麗人」，因為詩中有「三月三日」，又有「麗人」，這兩個辭彙不就是從王無功賦的題目和賦文湊合出來的嗎？所以題目就叫〈麗人行〉，從這一點，就可證明杜詩連題目都有依據、都有來處的。我再補充一條資料，各位知道，我的老師是汪中老師吧？記得還在讀大學的時候，有一次我去拜訪他，他正在讀一本詞集：《曉珠詞》，他就問我：這書名有甚麼出處？我那時茫然不知，他進一步說：你看那作者是呂碧城，和書名有什麼關係？我仍然一頭霧水，他就說：回去把李商隱的詩翻一翻。我們以前都是這樣的，老師不會直接告訴你答案的。於是，我回去啊，就把李商隱的詩集從頭看一遍，結果，看到了一篇七言律詩，題目是〈碧城〉，其中有兩句：「若是曉珠明又定，一生長對水晶盤。」原來作者名字是「碧城」，她的詞集就定名爲「曉珠」，出處就是從李商隱詩來的。雖然這例子不是老杜的詩，但同樣可以告訴各位：除了詩句要有出處，篇名要有出處，甚至書名也是要有出處，這應該是古人寫作的慣例，這樣才看得出學問嘛！

第二點，錢謙益他沒有說，但是更重要的一個觀念，班彪寫的是「賦」，對不對？而杜甫寫的是「詩」，兩種不同的文體喔！但是，杜甫用一個賦的題目，作爲他詩的題目，只是因爲字面來源的原因嗎？其實不然。錢謙益只說了題目的字面的來處，但還有更深一層的道理。你觀察這篇作品，充滿了「賦」的色彩。那甚麼是「賦」？「賦」，有兩層意義：第一，和「比」、「興」同屬於文學技巧的層次。假如從技巧來說，「賦」是直陳，是直接的敘述啦！那「賦」第二層的含義呢？是文體，是文學的類型，文學的體裁！這樣的一個文體，各位雖不一定背過，但一定讀過、看過一些啦！在西漢的時候，班固、揚雄、司馬相如等，他們寫了很多的「賦」，你翻翻《昭明文選》，留下不少，到了後代還有很多這樣的作品。「賦」這文體，最大的特色是甚麼？第一，就是敘述性，它是把一件事情，或者一個地點，某一種物品，一層一層地加以敘述，加以描寫，這是「賦」最大的特色。所以，你看班固的〈三都賦〉，或者是司馬相如的〈上林賦〉等等，都是這樣的。因爲要敘述，所以往往要鋪陳。鋪陳的意思，就是把某一件東西，從這面說，再從那面說，又從另外一面說，一層一層的加以描寫。因此你可以看到賦的作品，篇幅往往非常的大，有空翻翻《昭明文選》，甚麼〈上林賦〉、〈三都賦〉、〈兩京賦〉等等，篇幅都很大，而且都是一層一層的描寫，像司馬相如的〈上林賦〉，寫登上一個高處，然後就是其東也什麼什麼山，描述很多山，其西也什麼什麼水，描述很多水，其南也什麼什麼，其北也什麼什麼，一層層地鋪陳了很多的材料，因爲要鋪陳，所以篇幅很大，文字很多。再來他用的往往是敘述性的寫法，是直陳的寫法。直陳，要用甚麼樣的文字呢？通常是用一種「散文化」的文字；你讀散文跟你讀詩，那種語言的感覺是不一樣的。爲什麼不一樣？就是因爲詩的語言有比較多的比興，表達方式比較委婉曲折。而散文呢？則是把一件事情，說清楚講明白，寫得非常詳細，相對的它的文字，就比較樸素。同時你也會看到，它的文字有很多的虛字，很多的語助詞，你讀古文，一定讀到「之、乎、者、也」，一大堆嘛！是不是啊？你讀詩有沒有「之、乎、者、也」呢？非常少吧！假如有，那也是運用有散文句型的關係，是散文化的詩句。這些都是因爲所謂的「賦」的技巧，形成了這樣文學的體裁，也形成了這一些特色。

今天，看到老杜這一首，你會發現剛剛所說的這些東西，都在這作品裡頭出現。我們可以得到一個結論：杜甫這首詩，是類似「賦」的寫法，所以篇幅很大，有很多的鋪陳，它有很多散文式的句型，雖然它是詩，但是，它充滿了「賦」的特色，因此，才用班彪的〈北征賦〉來作爲他詩的一個題目，變成〈北征〉詩。所以，我們說錢謙益講的，只是抓到到字面的來源而已，但是，沒有進一步去強調，杜甫借用賦的篇名來作爲詩的題目，是在顯示它跟「賦」有非常密切的關係。這是題目，我們先從錢謙益的說法，引申出這幾個含義出來：第一，告訴我們，老杜的詩是「無一字無來處」的，包括題目、字面都是有來歷的。第二，他的背景跟班彪一樣都是往北的一段旅途紀錄。第三，是杜甫的這首詩充滿了「賦」的特色。

再來，我們將作品分段。古體啊，特別要處理一下他的段落，在理解上比較方便。分段時，我們常常採取仇兆鰲的說法，對不對？這首詩他分成八個段落，先說一下他的說法，但是我們不一定完全採取他的意見，給各位參考啦！

從開頭「皇帝二載秋」，到下面的「蒼茫問家室」，共四句，這是第一段。然後「維時遭艱虞」，到下面的「乾坤含瘡痍，憂虞何時畢」，共十六句，這是第二段。再來「靡靡踰阡陌，人煙眇蕭瑟」，到「遂令半秦民，殘害爲異物」，共三十六句，這是第三段。再來，從「況我墮胡塵」，一直到「新歸且慰意，生理焉得說」，也是三十六個句子，這是第四段。「至尊尚蒙塵」直到「聖心頗虛佇，時議氣欲奪」，這是第五段，也是十六個句子。然後，從「伊洛指掌收，西京不足拔」，到「胡命其能久？皇綱未宜絕」，共十二句，這是第六段。然後「憶昨狼狽初，事與古先別」，到「微爾人盡非，于今國猶活」，共十二句，是第七段。再來，「淒涼大同殿，寂寞白獸闥」，一直到結束的「煌煌太宗業，樹立甚宏達」，這八句是第八段。參考一下吧！我們不一定要按照他的分段，我猜啊！可能仇兆鰲還是講究段落整齊，像我們講過的〈兵車行〉，所謂「一頭兩腳」，真的分析得很整齊耶。像這首：四、十六、三十六、三十六、十六、十二、十二、八句，雖然並不是那麼整齊，但仍然可以看出他想辦法盡量讓它整齊，只是，我覺得他的分段有點瑣碎，我們要推翻他。

我把它分成五個大段，第一段「皇帝二載秋，閏八月初吉。杜子將北征，蒼茫問家室」，一樣是四個句子。第二段「維時遭艱虞」到「東胡反未已，臣甫憤所切」十二句是第二大段。再來，「揮涕戀行在，道途猶恍惚」，一直下來，到「遂令半秦民，殘害為異物」，這是第三大段。這跟仇兆鰲差不多。再來，「況我墮胡塵，及歸盡華髮」，一直到「生理焉得說」，這是第四大段落。有沒有？跟仇氏一樣。然後，「至尊尚蒙塵」一直到結束，這是第五大段。當然，每一段落裡頭又有若干小節，大體上先這樣的分析一下。因為很長，我沒有必要從頭到尾給各位讀一遍，這太浪費時間了。我先講第一大段。

第一段四個句子是整首詩的開頭，叫「提綱」，是整首詩的綱領，它帶出了整首詩的內容出來。所以，前面這四句，跟整首詩每一個段落，都有呼應關係。這四句，我們先讀一下：「皇帝二載秋，閏八月初吉。杜子將北征，蒼茫問家室。」皇帝，哪一個皇帝？指的就是唐肅宗，至德二載的秋天，這一年有閏八月，杜甫就在閏八月的初吉這一天；初吉，指的是上旬的第一日。一個月有三十天，對不對？分上旬、中旬、下旬。初吉呢？指的就是初一，十一日是中吉，二十一日是下吉。初吉，指的是初一；唐肅宗至德二載閏八月初一這一天，杜子，就是指杜甫自己啦！將要往北邊出發，做什麼？有個目的：「蒼茫問家室」，問，尋訪的意思，這是倒裝句：順說應該是「問蒼茫家室」。「蒼茫」，是荒寂的樣子，荒寂，是說荒涼寂寞。「茫」，本來的意思是指很大片的空間，很寬廣的樣子，要在寬廣的天地之間，找一個目標，找一個對象，當然很難找得到。杜甫現在用「蒼茫」，來形容他的家室，「家室」是指他的妻子兒女。因爲「寄書問三川，不知家在否」、「自寄一封書，今已十月後」（〈述懷〉），對不對？已經很久沒有家人的消息了，現在，我打算去尋訪他們，也不知道他們情況如何？也不確定能否見得著？所以用蒼茫來形容他的家人。這四個句子，先這樣了解。

好！現在問題來了，一開頭兩句：「至德二載秋，閏八月初吉」，像不像一般詩的句子？絕對不像！這就是所謂散文化的句子，了解嗎？那杜甫爲什麼要這樣寫，各位可以看到過去的評論，說這是「記時」，記錄了這段旅途的時間，寫得很清楚，寫得很具體，就是這一年、這一月、這一天，我出發了。在〈奉先詠懷〉他也提到從長安出發：「歲暮百草零，疾風高岡裂。天衢陰崢嶸，客子中夜發。」比起這兩句，哪一個清楚啊？哪一個具體啊？當然是這個清楚、這個具體嘛！雖然，那個也說到歲暮的時間，但到底是哪一年的歲暮？哪一個月份？哪一天啊？他只告訴你，在某個歲暮天寒的半夜，陰氣很盛的時候，他出發了，不像這裡，年、月、日，交代得很清楚。當然，你也可以感受到那一個比較有詩的韻味？是〈奉先詠懷〉，對不對？

過去，有些人喜歡模仿杜甫。白居易有一首〈遊悟真寺〉，白居易這首可真了不起耶！他整詩一共有一百三十個韻，一個韻幾個句子？兩個句子，一百三十個韻有多少個字？五言的喔！共有一千三百個字啊！他到哪裡去玩？到悟真寺。「元和九年秋，八月月上弦，我遊悟真寺，寺在王順山」，像不像杜甫這詩的開頭啊？哪一年？元和九年，什麼季節？秋天，那個月分？八月，什麼日子？上旬的時候。我要去悟真寺，寺在哪裡？寺在王順山。時間、地點、交代得好清楚噢！李商隱也有一首一百個韻的〈行次西郊作〉，句子不一樣，但同樣把時間地點交待的很清楚：「蛇年建丑月，我自梁還秦」。蛇年，應該指的是唐文宗的開成二年，這一年丁巳，所以是蛇年；建丑月，古代干支，時常拿來記年、也可以記月、也可以記日，假如以記月來說，丑是十二月，從漢朝以後，正月是寅月，所以丑月嘛是十二月。唐文宗開成二年的十二月，「我自梁還秦」，梁在現在漢中，從那個地方，要回到長安。很長的一首詩，也是這樣開頭。

下面再引一個資料，我們臺灣早年的一位詩人陳肇興寫的〈自許厝寮避賊至集集內山次少陵北征韻〉：「皇帝元年秋，閏八月初吉。我遁於內山，潛伏野番室。」陳肇興是在咸豐三年的時候考上秀才，咸豐九年中了舉人，回到臺灣來，做了一些幕僚的工作。後來發生了戴潮春事件，聽過吧？清朝從康熙收復臺灣以來，雖然全國統一了，但臺灣動亂不斷，有甚麼朱一貴啦！林爽文啦！包括這個戴潮春等人的動亂。戴潮春是當時的讀書人，事件起因很複雜，簡單說是官逼民反啦！而陳肇興是站在官方這一邊的，他結合了一些人想要鎮壓這叛變，甚至想要把戴潮春等人暗殺了，但是沒有成功。到了同治元年的時候，他就從許厝寮，許厝寮在哪裡呢？在現在的彰化，避難到集集，集集在現在南投，那地方是個山區，他就住在現在所謂的原住民的家裡。他這首詩是〈次少陵北征韻〉，把杜甫〈北征〉裡的每一個韻腳按秩序都用上了，這叫「次韻」。所以，你看杜甫一開頭是「皇帝二載秋，閏八月初吉」，他則是「皇帝元年秋，閏八月初吉」，陳肇興詩裡的「皇帝」是哪一個皇帝？同治皇帝，剛好，這一年也是閏八月，在同治元年，閏八月初一這一天，「我遁於內山，潛伏野番室」，我逃到集集山中，潛伏在野番家裡。讀起來像不像老杜啊？大家有空，上網去檢索，把這一篇作品讀一讀，他押的每一個韻都一樣的喔！其實，風格跟杜甫的〈北征〉，也非常類似。

引了這些資料，給我們的印象，杜甫的這兩句做甚麼用？「記時」對不對？可是啊！假如只是「記時」而已，其實，就沒有甚麼太大意義了，畢竟，我們寫詩不是寫日記耶！你模仿一下吧！今天是四月十六日，「一〇三年夏，四月十六日，我來天籟社，社在台北市。」有什麼不一樣？有甚麼意思？所以，他有記時的作用，沒甚麼問題。那杜甫也好，白居易也好、李商隱也好，包括陳肇興也好，都是在「記時」，都是模仿杜甫，拿來當「記時」的作用。但是，不只如此，吳瞻泰的《杜詩提要》，便注意到這兩句更深入的內涵。吳瞻泰是清朝人，他這本書其實很值得大家參考，因為他分析杜甫的段落，或者上下文句的照應，分析得非常的細膩。他說：「發端便及皇帝，非記歲時也。」他推翻了一般所謂「記時」的說法，也推翻了像李商隱，白居易，他們模仿杜甫，作爲記時用的寫法。他說：「其主腦正在此。」他說啊！整篇的脈絡，是從這裡開始，爲什麼呢？他說「以皇帝始，以皇帝終，是一篇大結撰。」原來一開頭「皇帝二載秋」，就是以當今的皇帝唐肅宗作爲整篇的開端，而最後兩句：「煌煌太宗業，樹立甚宏達」，則提到另一個皇帝，前代的唐太宗，對不對？甚至於，有個地方吳瞻泰雖然沒有提到，字面也沒有提到皇帝，其實有皇帝的內容，有皇帝的身影在，看倒數的第四行：「姦臣竟葅醢，同惡隨蕩析。不聞夏殷衰，中自誅褒妲」，指的就是唐玄宗親自下令殺了楊貴妃。所以，整篇作品，有三個皇帝出現。一開頭，現在的皇帝唐肅宗，中間有個過脈唐玄宗，再回到前代的皇帝唐太宗。所以，吳瞻泰說「以皇帝始，以皇帝終」，是整篇作品一個很大的結構，了解喔？但是，吳瞻泰沒有進一步說的是，杜甫爲什麼要把三個皇帝，來貫穿整篇的內容呢？原來啊！他透過三個皇帝，顯示了唐朝的盛衰的變化。唐肅宗，現在的皇帝，唐朝已屬衰亂的時代，結束了唐太宗開創的盛世，一衰一盛形成強烈對比，而中間的唐玄宗，是盛衰轉變的一個關鍵。這個啊！我們一定要注意到，這也是杜甫習慣用的寫法，所謂的「詩史」啦！他利用了這首詩，記錄了唐朝時代的變化。先寫現在唐肅宗衰亂的時代，中間寫到唐玄宗是盛衰的關鍵，最後，回憶唐太宗盛世的時候。所以，這兩句就不只是記時而已啦！像剛剛我們讀到的李商隱、白居易，還包括陳肇興，其實都沒有運用到杜甫這樣以時間記錄，來反應了時代盛衰的作用。這是第一段落、一個提綱。當然，可以看出來，杜甫一開始，就把整個作品的綱領給帶出來了，同時也暗示了對時代盛衰的一種感慨。

下邊第二段，「維時遭艱虞，朝野少暇日。顧慙恩私被，詔許歸蓬蓽。拜辭詣闕下，怵惕久未出。雖乏諫諍姿，恐君有遺失。君誠中興主，經緯固密勿。東胡反未已，臣甫憤所切」，這第二段是「辭闕」。「闕」，就是皇宮，就是朝廷，對不對？他要離開了，要回家省親啦，所以，要辭別皇宮，要拜別皇帝。這一段就是寫拜別皇帝的過程，一開頭，「維時遭艱虞」，這「維」是語助詞，我講過散文句型常用虛字，在這裡就用了「維」

這樣的語助詞。「維」，時常是配合「時」出現的，作爲敘述時間的慣用語。大家一定很熟悉啦！去殯儀館參加弔祭的時候，常聽到那個祭文的套語：「維中華民國某年某月某日……」，就是「維」這個語助詞，帶出了時間。「維時」，就是這時候，什麼時候？至德二載秋，這正是遭到艱難危險的時代，安祿山之亂還沒平復呀！長安還沒光復啊！整個國家是陷入動亂的、分崩的、危險的時代，所以「朝野少暇日」，在朝的皇帝啊！大臣啊！在野的，包括百姓們，都沒有空暇的時間，大家想要勵精圖治啊！想要拯救、振興這個時代啊！在這樣動亂的、危險的、大家都在奉獻的時代，「顧慚恩私被，詔許歸蓬蓽」，先看「恩私被」，「恩」是皇帝的恩寵；「私」是個人；「被」是蒙受，我獨自一個人，蒙受了皇帝的恩惠，爲什麼？「詔許歸蓬蓽」，皇帝下詔准許我回家去省親，「蓬」是野草，「蓽」是野竹，「蓬蓽」，意同茅屋、陋室，現在還有一個成語，譬如有人到你家造訪，你就說：「蓬蓽生輝」，表示給你家添了光彩，不過現在許多人錯寫成了「蓬壁生輝」，那是同音造成的錯誤。這裡的蓬蓽，指杜甫的家。皇帝下詔准許我回家，回到那破爛的房子去省親。

我還是要呼喚一下各位的記憶喔！我們不是講過，杜甫經常用頓挫的筆法來表現，像波浪一樣，起伏變化，一波未平，一波又作？注意一下，這一段整個就是不斷的在頓挫喔！在艱難的時代，杜甫畢竟也應該是盡心盡力的人啊！但他獨自一個人，蒙受了皇帝的恩寵，這跟「朝野少暇日」是相反的，這就是一個頓挫，對不對？好的！當大家正在齊心奉獻的「少暇日」，我個人卻蒙受皇帝的恩寵可以回家，理論上該不該高興啊？當然應該啊！對不對？他很幸運啊！可是「顧慚恩私被」，但我回頭一想，私自得到這樣的恩寵，覺得很慚愧，又再一次的頓挫，在本句裡頭，它就有這樣的起伏變化了：照理說應該很高興的，但是我非常慚愧，私自蒙受了這樣的恩寵，這轉折就在句中的「慚」字。「拜辭詣闕下」，現在我要離開了，我跪在皇宮裡，拜別皇帝，「怵惕久未出」，我心裡非常的惶恐，非常的不安，跪在那裏很久很久，遲遲沒有離開。

「雖乏諫諍姿」，先看那個「乏」。杜甫現在官拜左拾遺，左拾遺的職責是甚麼？就是皇帝若有什麼疏失，要對皇帝有所勸諫。杜甫說，我這個人啊！實在沒有甚麼勸諫的本事，對皇帝實在也沒有甚麼貢獻啦，以這樣的說法，就應該要離開啦，還跪在那裏幹嘛呢？可是啊！「雖乏諫諍姿，恐君有遺失」，你看！又一個起伏。雖然我是沒什麼本事啦，但是我還是很擔心啊！擔心皇上萬一有甚麼疏失，被我看到了，還是可能對皇上有所勸諫啊！可是我又進一步想：「君誠中興主」，我們皇上實在是個中興之主耶！這「中興」兩個字，要先說明一下，這兩個字現在不太用了，但在四、五十年代，那是常看到的，我們的省政府，叫「中興新村」，每個縣市都有一條路叫「中興路」，包括我們的火車，有中興號，巴士，也有一家叫「中興巴士」，有沒有？「中」這個字，我們都習慣念平聲，對不對？但在杜甫的詩裡頭，我們讀過的「百年垂死中興時」、「新數中興年」，它是念仄聲，若念平聲，就三平落底了。至少，在杜甫的近體詩裡，要念仄聲，所以我習慣讀老杜的這個字時，念仄聲，雖然，古體詩不講究平仄，念平或念仄都可以。什麼叫「中興」？復興嘛！衰落的朝代，再度興盛起來，就叫復興。我想到現在的皇帝，實在是能復興我們朝代的好國君啦！「經緯固密勿」，「經緯」簡單的說就是治理國家，「密勿」勤勞謹慎的意思，皇帝是一個好皇帝，他是復興我們時代的好國君耶！而且，他治理國家，非常的謹慎，非常的勤勞，所以，他當然不會有遺失啊！若有遺失，我固然要留下來勸諫，可是他是個好皇帝啊！不會有遺失啦！所以，這樣說，他就應該要離開了，是不是？又再一次的頓挫。

「東胡反未已，臣甫憤所切」，「東胡」指誰？我們會說是安祿山，但安祿山在這一年，至德二載的正月，被他兒子安慶緒殺了，並取代了他的帝位，所以應該是指安慶緒。「反未已」，意思是安祿山雖然死了，但他的兒子安慶緒還繼續在作亂啊！還繼續的佔領、盤據在長安啊！這樣的情況是「臣甫憤所切」，是我做爲一個臣子的心中最痛恨的事啊！換句話說，時代還沒有平靜，雖然我沒有甚麼本事貢獻朝廷，雖然皇帝是個好皇帝，治理國家，也都很小心謹慎，但是，亂世還沒平定，叛賊還沒消滅，那是我非常痛恨的啊！換句話說，我還是要留下來吧？還是不離開吧？所以，剛剛的分析我們抓一個重點：頓挫。拜辭皇帝時心裡的掙扎，雖然高興，可是又不忍；雖然說，自己沒有甚麼才能，但是，又想要貢獻一分心力；雖然說，皇帝是個好皇帝，不需要我啦！但是，時代還沒有平定，這是我所痛恨的啊！所以，歸結到最後，說實話，他要說的是什麼？他不想要走嘛！他希望留在朝廷中嘛！但是，這麼簡單的結論，他卻費了許多筆墨去表達，就呈現了非常曲折的心境。還有「臣甫憤所切」，保證各位過去讀過的詩，從來沒有讀過這樣的句子，「臣甫」兩個字，古人就曾經說這是「奏章」語，是對皇帝上奏時，所用的詞彙，你們讀過諸葛亮的〈出師表〉吧？一開頭「臣亮言……」另外，李密的〈陳情表〉，讀過吧？一開頭也是「臣密言……，」不論臣甫、臣亮、臣密，都是對皇帝說話的語氣，這都不是一般詩的語言，是用散文形式說的，用「賦」的手法寫的。

下邊第三段，從「揮涕戀行在」，一直到「遂令半秦民，殘害為異物」，這第三段我們把他歸為「征途」。之前講過，前面四句是「提綱」，整篇作品就由四個句子發展出來。像第二段「維時遭艱虞，朝野少暇日」，當然是指「皇帝二載秋，閏八月初吉」，這個時候嘛！第三段就是寫他的「征途」，就從「杜子將北征」這個角度，發展出來的一個段落。這個段落四十個句子滿長的，我們又把它分成四個小節，開始第一個小節，「揮涕戀行在，道途猶恍惚。乾坤含瘡痍，憂虞何時畢」，這是第一小節，「上道」，出發了。仇兆鰲把它歸在第二段，我覺得不合適，所以把它作了修正。「靡靡踰阡陌，人煙眇蕭瑟。所遇多被傷，呻吟更流血。迴首鳳翔縣，旌旗晚明滅」，這是第二小節，是「出郊」，到了郊外。「前登寒山重，屢得飲馬窟。邠郊入地底，涇水中蕩潏。猛虎立我前，蒼崖吼時裂。菊垂今秋花，石戴古車轍。青雲動高興，幽事亦可悅。山果多瑣細，羅生雜橡栗。或紅如丹砂，或黑如點漆。雨露之所濡，甘苦齊結實。緬思桃源內，益歎身世拙」，這是第三小節，寫「入山」。然後，後邊「坡陀望鄜畤」一直到這段最後「遂令半秦民，殘害為異物」，這是第四小節，「望鄜」。

先看第一小節，「揮涕戀行在，道途猶恍惚」，我現在要離開了，心裡還依戀著皇帝所在的地方，我心裡掙扎了老半天，但總不能一直跪呀，最後還是離開了，但走在路上，心情還恍恍惚惚的，非常不安。再想到這個時代、整個天地，充滿了滄桑，到處動亂、到處死人、到處流離失所，所以「憂虞何時畢」，我心裡的憂愁焦慮，什麼時候才結束啊？「虞」是焦慮的意思。這是寫他辭別了皇宮，但還是走在鳳翔邊的道路上。以下「靡靡踰阡陌，人煙眇蕭瑟。所遇多被傷，呻吟更流血。迴首鳳翔縣，旌旗晚明滅」。「靡靡」，《詩經》裡頭來的：「行邁靡靡，中心搖搖。」走在路上慢吞吞的，「靡靡」指遲遲慢慢的樣子，「中心」就是內心，內心搖搖晃晃，也就是恍恍惚惚，非常不安的樣子。我慢慢的，離開了鳳翔城，走到了阡陌之中，「阡陌」兩個字，大家一看就知道啦！地理位置不一樣了，對不對？那就是城外啦！田野之間嘛！那就出了城了，但還是走得非常遲緩，爲什麼？當然是心裡還是戀戀不捨嘛！慢吞吞的走在路上，恍恍惚惚的，越走越遠，然後，走到「人煙眇蕭瑟」的地方。「眇」是稀少的意思，同時形容了「人」跟「煙」，越走越荒涼，看到的人越來越少，看到的煙也越來越少。「煙」，指的是人家的炊煙，屋子裡頭煮東西的煙，走得越遠，走得越荒涼，人很少，房屋也很少，一片蕭瑟的感覺，人眇、煙眇，一片蕭瑟氣象。然後，「所遇多被傷，呻吟更流血」，在路上所看到的、所遇到的都是受傷的人。爲什麼受傷？前線在打仗嘛！那些受傷的兵卒要往後送，往鳳翔城這邊送，走在這條路上，要知道，當時唐朝打算光復長安，長安到鳳翔之間是一個戰區，是交火線。所以，有很多不斷受傷的士兵，要往後方輸送。杜甫看不到普通的人、看不到房屋，看到的都是受傷的士兵，那些受傷的士兵，「呻吟更流血」，很痛、不斷的在呻吟，身上不斷的流出鮮血來。「迴首鳳翔縣，旌旗晚明滅」，越走離鳳翔城越遠，再往前走，那鳳翔城就再也看不到了。而鳳翔城，現在是朝廷所在，是皇帝所在的地方，這一點一定要特別注意！杜甫的心態，看不到朝廷、看不到皇帝，他絕對是戀戀不捨的。所以，回過頭來，看最後一眼，暗示了鳳翔城將消失在他的視線之外了。那回頭一望，望見「旌旗晚明滅」，鳳翔城的城頭上插著一些旗子，黃昏時刻，夕陽照在旗子上，風不斷的吹在旗子上，旗子上的陽光就一明一暗的不斷閃爍，「旌旗晚明滅」。

我一直說啊！杜甫若是在現代，絕對是個最佳的電影導演，我的嘴巴，沒辦法像他那樣，真實的、具體的、顯示出來，但是我一再的努力，希望能夠透過我的努力，在你們的腦海中產生像電影一樣的畫面。你看，本來跪在皇宮裡頭的，離開時心裡還恍恍惚惚的，出了城穿過田間小路，走在那郊野的道路上，人越來越少，屋子也越來越少，一路上，看到那些往後送的受傷的士兵，然後，回過頭來，看鳳翔城最後一眼，在傍晚中，在夕陽下，插在城頭上的旗子，閃閃爍爍、忽明忽暗的樣子。像不像一部電影啊！很像嘛！老祖宗給我們很大的精神食糧耶！讀這些，我個人真的覺得是一個很大的享受，除了具體的畫面，在精神上也感受了充滿了感情的內容。

再來，「前登寒山重，屢得飲馬窟。邠郊入地底，涇水中蕩潏。猛虎立我前，蒼崖吼時裂」，先看到這裡。這已經「入山」了，是「入山」的第一小部分，寫山裡險惡的地勢。繼續往前走，登上了一重一重的高山，鳳翔這個地方基本上是個山區，所以越走就越入了深山囉！越走越荒涼，登上了一座座高山。「屢得飲馬窟」，「屢得」是時常看到，「飲馬窟」大家一定聽過，樂府不是有一首〈飲馬長城窟行〉嗎？「窟」，是洞窟，是雨水雪水匯集的地方，那些水呢？是可以讓出征的人、路過的馬匹喝的。「飲」，念仄聲，餵馬喝水，「飲馬窟」本來是這樣的意思，後來從漢朝的「飲馬長城窟」開始，卻暗示了背景是個邊塞詩，地點就在長城、在邊塞經常打仗的地方，所以後來啊「飲馬窟」就象徵著戰場，象徵著打仗的地方。因此，直接說的話，杜甫進入到山裡頭，不斷的看到戰場的痕跡，所以，不要拘泥在「飲馬窟」這個詞彙上，也不要以爲是到了邊塞，這只是表示打過仗的地方，非常危險的戰場所在。下邊，「邠郊入地底，涇水中蕩潏」，杜甫現在是要從鳳翔回到鄜州，先要往東北經過邠州，現在就走在邠州邊緣的高山上，他往下一看，看到邠州的郊原，就好像你站在陽明山上，往下邊臺北市一看，就好像是地底一樣，這表示它是一個盆地，所以在邊緣高山上低頭望，感覺邠州的郊野，好像是沉在地底下一樣，各位，對位置一定要掌握，這是由上往下望的角度。然後呢？「涇水中蕩潏」，在邠州郊野的底部，有一條水貫穿著，那條水叫「涇水」，那涇水流過邠州郊原，流過盆地，然後陽光一照，「涇水中蕩潏」，「潏」，是水流動的樣子，就是水波蕩漾的感覺，都是很具體喔！出了城，入了郊，上了山，從山上低頭往下望，看到邠州盆地裡，那條涇水流動的波浪，滾動的樣子。其實，不用到那個地方，在臺北，我們也可以感受到同樣的景色，假如到陽明山上看淡水河流過臺北市大概也就是這個樣子了。

好！下邊，「猛虎立我前，蒼崖吼時裂」，這兩句有點麻煩。字面上很簡單，有一隻猛虎站在我前面吼，老虎一吼，聲音很大，好像青色的山崖就要裂開來一樣。但是杜甫真的碰到這隻老虎嗎？假如真的，除非他是武松，那這一首詩就沒有辦法完成耶！他這一年四十六歲，那後面還有十多年的作品，我們也就不必費心去讀啦！所以，這兩句有三種解釋，一種認爲是「比喻」，那「虎」是形容石頭，像虎的形狀的大石頭。假若要這樣說，當然要有依據啦！聽過李廣的故事吧？李廣被罷了官，隱居在終南山，每天喝得醉醺醺的出去打獵。有一天晚上，在打獵的時候，看到一隻老虎，就一箭射出，隔天要去撿拾那隻老虎時，發現是射在石頭上，原來他把大石頭錯看成老虎了。假如這樣解釋，那杜甫是說有一個很大的石頭擋在我的面前。但石頭不會吼吧？那「吼」字從那裡來？是風。猛烈的風在吹，好像要把整個山吹垮一樣。「疾風高岡裂」，〈奉先詠懷〉不是這樣說嗎？有大石擋路，有猛風在吹，表示地勢非常的險惡。這種說法最便宜，解釋得也很清楚啦！

另外一種說法，是「寫實」，真的是碰到一隻老虎喔！杜甫有一首〈夜歸〉，其中有個句子：「夜半歸來衝虎過」，這是杜甫晚年在夔州寫的，那個地方老虎很多，有一天半夜回家，碰到一群老虎，他膽子很大啊！就這樣衝過虎群走回家，結果竟然沒事！那老虎那時候大概已經吃飽了，對他沒興趣，或者是杜甫那時候真的太瘦了，老虎沒看上。反正，他就這樣安全的回家了。這句子確實是寫實啦！因爲，沒有其他的解釋嘛！所以說，這句子這樣解釋沒有問題，杜甫晚年就碰過一群老虎。但是，這樣的說法放在這裡未必合適。

那第三種說法，是「誇飾」，爲了強調地形的險要、山裡頭的危險，我們詩人就運用了一些意象，創造了一個非常危險的感覺，一種險惡的氣氛。曹操的〈苦寒行〉：「熊羆對我蹲，虎豹夾路啼。」有沒有讀過？曹操碰到了危險，前面有熊蹲在那裏，擋在那兒，旁邊還有老虎、還有豹不斷的吼叫，這是〈樂府詩〉一種「誇飾」的手法，曹操那時候若真被熊羆虎豹吃了，那歷史就會改寫了，所以這不是事實，但是你不能說那是石頭的形狀等等，所以這是一種修辭上的誇飾的手法。杜甫也曾經模仿他，你看他寫的〈石龕〉：「熊羆咆我東，虎豹號我西。我後鬼長嘯，我前狨又啼。」這比曹操的遭遇還恐佈，是身陷重圍，東西南北甚麼都有耶！這是四十八歲時寫的，他若那時被夾殺，那後面作品也沒了。所以呀！這就是一種「誇飾」，誇大的修辭手段。好！我們共舉了幾種解釋了？第一種是比喻，比喻石頭的形狀啊，風的聲音啊；第二種是寫實，真的有一隻老虎蹲在那裏；第三種是誇飾的手法。哪一種說法比較合理？誇飾的手法。大家看金聖嘆的一番話，金聖嘆大家聽說過吧？他有所謂《批六才子書》，杜甫也算六才子之一啦！所以他批了。這金聖嘆也很搞怪，你看他說：「詩人之眼，上觀千年，下觀千年。杜甫行至此處，就分明見有一虎，讀者要問虎在何處？哀哉小儒。」他說詩人的眼睛跟一般的人是不一樣喔！可以上下看千年，「杜甫行至此處，就分明見有一虎」，杜甫走到這裡，就真的看見一隻老虎，可是呀！讀者若想要問：老虎在哪裡？金聖嘆怎麼說？「哀哉小儒」，各位看得懂他的意思嗎？「分明見有一虎」，這「分明」啊！是詩人的眼，不是一般人的眼哦，詩人可以「上觀千年，下觀千年」，講得那麼玄，指的就是「藝術的眼睛」啦！為了要描寫這樣險惡的地形，他運用了那雙藝術的眼睛，清清楚楚的看到有一隻老虎在那兒，但事實上一般人是看不到的。所以金聖嘆說你若真的要問，真的有老虎嗎？虎在哪裡呀？杜甫為什麼沒被吃掉啊？那你就是「哀哉小儒」。「哀哉小儒」意思是：你就是那個小鼻子、小眼睛，沒有把書讀通的人啦！他沒有像我說得那麼簡單明白，其實指的就是文學的「誇飾」法，不過說得很玄，懂不懂這意思？有時候，我很喜歡讀古人的這些批語，滿喜歡金聖嘆的批語的，他的評語，基本上，也是一本藝術的書，不是學問的書啦！。

好！看下邊「入山」的第二部分，「菊垂今秋花，石戴古車轍。青雲動高興，幽事亦可悅。山果多瑣細，羅生雜橡栗。或紅如丹砂，或黑如點漆。雨露之所濡，甘苦齊結實」，同樣是那一個山區，但景色不一樣了，氣氛也不一樣，文字風格也不一樣。你看，一開頭「菊垂今秋花，石戴古車轍」，這個句子是不是對偶句啊？是很漂亮的對偶耶，而且還有鍊字的功夫喔！那兩個動詞：「垂」還有「載」，在那麼樸素，充滿著散文句型的作品裡面，插入了這兩句，是非常美麗的，非常工整的，非常雕琢的。「菊垂今秋花」，說走在路上，看到今年秋天開的菊花，是閏八月喔！菊花盛開的季節，因爲菊花開得非常碩大、非常飽滿，因爲有重量，所以在枝頭上垂下來，「垂」，表示花開得非常碩大，非常飽滿。「石戴古車轍」，「石」當然是石塊，就是在這條路面上有一些石頭，「車轍」是什麼？是車子經過留下的痕跡，對不對？因爲這車子經過的痕跡就留在石塊上頭，就好像是戴在石頭上面一樣，所以說「石戴古車轍」。路上的菊花，石頭上的車痕，菊花是今年開的菊花，非常飽滿，而車子的痕跡呢？輾過石塊，就留在石塊上邊，而這個車子的痕跡，是「古車轍」，是以前車子留下的痕跡。「菊垂今秋花，石戴古車轍」，除了平仄有些不合以外，基本上是標準的，而且是非常美麗，非常雕琢的對偶句子，寫什麼？幽麗的景色，菊花盛開，沒有人經過，而且連車痕都是以前車子留下來的，沒有其他人進入，看來這條路好久沒有人車經過了。「青雲動高興，幽事亦可悅」，「青雲」當然是天上的雲，很明顯，他除了看路旁的花，看路上的石塊之外，還抬頭看天空，看到天上的雲，那「雲」用「青」來形容，各位以前可能讀過一些詩詞，也看過甚麼青雲，碧雲啦等辭彙，但雲有青色的嗎？雲有白色，有灰色，有黑色，有紅色，有黃色，除非外星球啦，地球上的雲，沒有青色的，還有霞，霞有青色的嗎？其實也沒有啊，青雲、碧雲、青霞、碧霞，有很多女子的名字，滿喜歡用這兩個字的。那爲什麼會用碧呀、青呀來形容雲霞，原來啊！是視覺的錯覺，因爲天特別藍，所以天上飄的白色的雲，看去好像染上一片碧藍的顏色。所以那個碧啊、青啊，是指天空的色彩，青碧形容白色的雲，是視覺上的錯覺。那什麼時候，天有那麼藍？有那麼碧綠？秋天，秋高氣爽的時候。這時正是閏八月，杜甫看到的天空，藍天如洗，一片碧藍，連雲都染上了碧藍的色彩。「動高興」，「動」是引起，「高興」是甚麼意思？千萬不要以爲是快樂的意思喔！「高」啊！指的是高人，「高人」，是指隱居的高士，「高興」就是「高人之興」，也就是隱居的念頭；引起了隱居的念頭，這叫「動高興」。也是杜甫的詩：〈與李十二白同尋范十隱居〉，他跟李白去尋訪一個姓范的，排行第十的朋友隱居的地方，裡頭有一句，「入門高興發」，說一進入到那范十隱居的地方，就引起了我隱居的念頭，「高興發」就相當於「動高興」。「青雲動高興」，看到山裡頭，那麼碧藍清爽的天空，引發了我隱居的念頭。那「幽事亦可悅」呢？，我講過很多次吧？「事」是什麼？有時候是「景」，「幽事」，就是幽麗的景色。有哪些幽麗的景色？除了這兩句，還包括前邊的「菊垂今秋花，石戴古車轍」，也包括下邊「山果多瑣細，羅生雜橡栗」等等，所以這兩句在結構上是承上啟下，呼應上邊，開啟下邊，這都是引起他隱居的念頭媒介，不是只有那青雲而已。

「山果多瑣細，羅生雜橡栗。或紅如丹砂，或黑如點漆。雨露之所濡，甘苦齊結實」，這幾句都是寫「山果」，他花了很多句子，寫山中的果實，從很多的角度去描寫，這就是鋪陳的手法，也就是「賦」啊！哪一些角度呢？第一是從數量說，非常「多」；再來是「羅生」，寫它生長的情況，環繞著整個山長出來；再來「瑣細」，這是從果子的形狀說，果實細細小小的；「雜橡栗」，「橡」跟「栗」是兩種不同的種類，這是從樹種說；「或紅如丹砂，或黑如點漆」，這是從果子顏色說，或是「有些」的意思，有些果實紅得像丹砂一樣，有些黑的，黑得像什麼？像「點漆」。各位注意一下，這兩句對偶喔！「紅」對「黑」，「丹砂」對「點漆」，是不是？這「點」字現在還常用，當你用「點」形容某一個東西時，是甚麼意思？譬如「一點」什麼什麼，是「小」的意思。可是，《說文解字》說：「點，小黑也。」這個字的原義有兩層意思：形狀是小的，顏色是黑的。所以，當杜甫用「點漆」去對「丹砂」的時候，它的意思是「小」還是「黑」啊？當然是在「黑」的字面上，對不對？「小」它不必說了，因爲前邊已有「瑣細」嘛！所以，這是指「黑」，黑得像漆一樣。《晉書》的〈杜乂傳〉描寫杜乂這個人說：「性純和，美姿容，有盛名於江左。王羲之見而目之曰：膚若凝脂，眼如點漆。此神仙人也。」這兩句以現代來說，是形容男生還是女子？應該是女子嘛！但是，杜乂是男子喔！這要跑野馬了，你要知道，魏、晉時期時常對人物有評鑑的風氣，有所謂「九品中正法」，朝廷要甄選人才，就把一些人分成「上、中、下」三品，上、中、下、又再各分為三等，如上上，上中，上下啦；中上、中中、中下啦……所以共九品。朝廷用九品來評鑑人物，通常是評鑑他的才能，看他的才華，看他適不適合做官嘛！但在這個背景之下，社會上也形成了對人物評鑑的風氣。你翻翻史書，或者讀《世說新語》裡頭的故事，真的很多，而且很有趣，那怎麼評鑑人物？有些從他德行說，有些從他的言談說，有些從他容貌說，這些被評鑑的對象，都是男性耶！那容貌呢？就看他的風神，他的姿態，他的外貌。魏、晉六朝，美男子很多哦！聽過何遜的故事吧？何遜的臉長得很白，人家都以為他整天擦粉，有一次，夏天故意給他喝熱湯，結果呢？滿臉的汗，他用毛巾去擦，越擦越白，厲害吧！所以有個成語叫「何郎傅粉」嘛！還有一個衛玠，這衛玠也長得很美，他一出門啊大家都要圍觀，但是，他身體比較孱弱，有一次圍觀的人太多了，密不透氣，結果生了病，回家死了。所以，有一個成語說「看殺衛玠」，把他看死了。聽過這個故事沒有？現在偶像歌星之類的，粉絲一大堆圍著他，若他身體不健康的話，就可能像衛玠一樣了。好吧！跑得太遠了，我們看〈杜乂傳〉：「膚若凝脂，眼如點漆。」這是寫他的皮膚很白，眼睛非常的黑，非常的亮，這個都可以看出來，「點漆」在這裡應該指的是黑漆。下面再寫「山果」的味道：「甘苦」，這些果實有些味道是甜的，有些味道是苦的。所以你看這些描寫有很多的角度，一層層的去描寫、一層層的去渲染，你先把這些材料分類出來，哪些是寫種類的、形狀的、顏色的、味道的等等，然後杜甫給他做了一個總結：「雨露之所濡，甘苦齊結實」，當雨水、露水滋潤了這些樹木，不管是哪一個種類、哪一個顏色、哪一個味道；橡樹，栗樹；紅的，黑的；甜的，苦的，全部都怎樣？都結出了飽滿的果實。所以，我們絕對不要被他的句子誤導了，只看到「甘苦齊結實」，以為只是從甘、苦的角度談，不是的。這兩句「雨露之所濡，甘苦齊結實」是總結性的說：在這山裡邊，當雨水、露水滋潤了以後，所有的樹木，這些果實，不管哪一個種類，哪一個味道，哪一個顏色，全部都結出了飽滿的果實了，瞭解嗎？

這幾句哦，花了好多筆墨寫山果，問題來了，除了他篇幅大，要「鋪陳」，但把一個材料做了那麼多的描寫，就是爲了「鋪陳」而已嗎？他有沒有進一步的深刻含義呢？我們看後面：「緬思桃源內，益歎身世拙」，「緬」是細的意思，「緬思」就是「細思」，就是不停的在想、仔細的想，我在這像桃花源的世界裡頭，看到這些景象，心裡就不斷的在想，最後得到一個結論：「益嘆身世拙。」「益」，更加；「身世」，指一個人在現實生活裡頭，怎樣處理自己，安頓自己。我先簡單的翻譯這十個字：在這像桃花源的世界裡，我仔細的思考，更加感嘆自己對現實世界的處理的笨拙。我把這十個字翻譯完了，不曉得各位有沒有感覺，有沒有體會到，杜甫在這裡要表達甚麼意思？其實，這內容各位一定很熟悉，我們講了很多次。注意一下！這偉大的杜甫，又在這兩句裡頭出現了。怎樣的偉大？前面說「青雲動高興，幽事亦可悅」，幽麗的風景，就是這個桃花源世界嘛！在這樣像桃花源的世界，面對這樣的幽麗的景色，照理說我應該要怎樣？「動高興」！我應該要隱居嘛！是不是？他寫了很多山果的景象，他告訴你一個道理：原來在這山裡頭，在這桃花源的世界裡，那是眾生平等的，不管你是甚麼種類，不管你是甚麼顏色，不管你是甜的，或苦的，都能夠蒙受上天給你的雨水、露水，讓你都能夠充分的發展，能夠長出飽滿的果實來，這是桃花源世界最讓人值得留戀的原因。在外面的現實世界，有沒有這樣平等的待遇？沒有嘛！外面現實的世界，競爭是那麼激烈，對不對？比方吧，你是苦的、味道不好的，就被摒棄了、就被壓抑了，你就開不了花，結不了果啊！但在這桃花源的世界，在這山裡頭，是眾生平等啊！這不是很好的地方嗎？所以，「動高興」，引起了他隱居的念頭！瞭解這意思了嗎？所以前面說「動高興」，想要在這樣一個桃花源世界，隱居起來，因爲，這裡眾生平等，我老杜在現實世界，那可能就結不了果子了，可是在這個地方我可以發展，可以安身立命。但是經過「緬思」，我再進一步想，我覺得我真夠笨啊！好了，這「拙」從哪裡來？各位一定背過〈奉先詠懷〉了吧？「杜陵有布衣，老大意轉拙」，「許身一何愚？竊比稷與契」，「拙」就是「愚」啊！就是固執，笨得可以嘛！意思是在這樣可以隱居的地方，結果呢？我沒有選擇這樣的桃源世界，我明明知道在現實世界是得不到發展的，是會讓我痛苦的；但是，我卻那麼固執，我仍然不放棄對現實的關懷，我還是沒有辦法在桃花源世界裡隱居起來。所以，我更加感嘆自己的笨拙，感嘆自己的固執。這一個觀念，是瞭解杜甫非常重要的關鍵。我們讀過他的一些詩，不是都一再提到嗎？〈奉先詠懷〉裡，除了剛剛讀到那幾句，後面他不是也說「非無江海志，蕭灑送日月。生逢堯舜君，不忍便永訣」？我並不是沒有隱居的念頭啊！我也知道，隱居可以瀟灑，輕鬆過日子啊！但是「不忍便永訣」，我不願意、我不甘心，就這樣放棄了這個現實的道路！另外，我們一開頭講的五言古詩〈奉贈韋左丞丈〉，不是也有：「此意竟蕭條，行歌非隱淪」？我的理想竟然落空了，但是，我不會選擇去隱居，仍然像屈原一樣行吟澤畔，九死不悔。明知道現實得不到發展，理想得不到實現，但還是堅持，這個就是杜甫。從這裡說，他真的是個悲劇型的人物。悲劇啊！通常是自己知道該怎麼走，但是偏偏就是沒有走上應該走的那條路，執著、不放棄，所以就走向死胡同裏頭了。「益嘆身世拙」，說明他是有自覺的，但是偏偏他不放棄，不會轉彎。好！這是第三段的第三小節。

下邊，「坡陀望鄜畤，巖谷互出沒。我行已水濱，我僕猶木末」，再來「鴟鳥鳴黃桑，野鼠拱亂穴。夜深經戰場，寒月照白骨」，「潼關百萬師，往者散何卒？遂令半秦民，殘害為異物」，第三段第四小節，一共十二句；每四個句子，略作停頓。其中「往者散何卒」這「卒」字，是「猝」的假借，「猝」各位一定認得，是倉猝的意思。為什麼一定是假借？第一點，假如用「卒」這個字的話，這個句子講不通；再來，各位看到下邊有個句子：「幾日休練卒」，這是同樣的一個字喔！古體詩不避重字，但是除非你特別設計，不然要避重韻，韻腳往往是不重複的。這兩個地方都押韻，假如是「卒」的話，那後邊就重韻了，所以它一定是「猝」的借用。好！這是第四個小節，內容是甚麼？一開頭說：「坡陀望鄜畤」，所以這是「望鄜」，望向目的地鄜州。「陀」，是地面傾斜、不平的樣子，其實「坡」跟「陀」意思差不多，「坡」也是指半山腰嘛！看到這兩個字，我們注意到，前面不是「前登寒山重」嗎？進入山區，繼續往前走，就快走到鄜州了。所以，他站在山坡上，望向鄜州那個地方，鄜州，就是他妻子兒女現在所居住的地方嘛！那鄜州爲什麼叫「鄜畤」呢？《說文》說：「畤，天地五帝所基止祭地也。」這話講得有點累贅，基本上「畤」的本義相當於「止」，指神靈所依附之處，所以引申就是指祭拜天地、祭拜五帝的祭台啦！那個「畤」，不只鄜州有，很多地方都有，像泰山啦華山啦等等都有。因爲古代皇帝，時常要到各個地方祭拜天地，祭拜五帝。那鄜州爲什麼有這麼一個祭拜的地方？各位又不妨翻到後面引的《史記》的〈封禪書〉，裡頭提到秦文公某個晚上作夢，夢到黃「虵」，這「虵」就是蛇，從天上垂下來，這個蛇很長喔！從天上垂下來可以碰到地面，然後張開嘴巴，嘴巴停在哪裏？剛好停到了鄜州這個地方，於是秦文公就在這個地方作鄜畤來祭拜，總之，「鄜畤」指的就是鄜州，其實，你也可以說，「坡陀望鄜州」嘛！但是做詩有時候就會講究用一些典雅的字面，所以就用「鄜畤」來代替鄜州。

站在山坡上，望向鄜州，他妻子兒女所在的地方，可是注意喔！只是「望」而已，還沒有到喔！他往前看，看到的是「巖谷互出沒」，那兒有很多山巖啊！很多山谷啊！高高低低的，擋住了他的視線，「出」，指凸出的山巖；「沒」，指低陷的出谷。杜甫望向前方，雖然還沒有到達鄜州，但知道越過這些巖谷，應該就可以到家了。他比較焦急，所以就先奔向山下，走到水邊，「我行已水濱」；回頭一望，「我僕猶木末」，他僕人還慢吞吞的在後邊。從這裏看得出來，杜甫不是一個人回家的，畢竟作了官了，旁邊有一個僕人跟隨，他回頭一看，看到僕人還在樹頂上，「木末」就是「樹梢」嘛！當然，這裏邊有值得去討論的啦！杜甫從山上下來，來到水邊，看到僕人還在樹梢，他的僕人爬到樹頂上嗎？當然不是嘛！原來杜甫下山來到了水邊，他的僕人沒有像他那樣歸心似箭啊！可能還挑著行李之類的，對不對？所以走得比較慢，還在山坡上。那山坡上邊有好多的樹，回頭一望就感覺他的僕人好像站在樹梢上頭，這是從下望上看形成的視覺上一個錯覺的描寫。

這個部分，我們補充一個資料，蘇東坡有一首詩〈程筠歸真亭〉，程筠是東坡的朋友，歸真亭是程筠祖先墳墓的一個亭子。在台灣好像也有些家族合葬的墳墓，那墓區往往有一個亭子，方便共同祭拜的所在。那歸真亭應該就是這樣的一個場所。好！那東坡的詩：「會看千字誄，木杪見龜趺。」「誄」，就是墓誌銘之類的東西，就是碑文。碑文刻在哪裏？當然是刻在石碑上邊嘛，而古代的石碑，往往會安放到石頭雕刻的烏龜背上，成了碑座，「龜趺」指的就是這個東西。爲什麼引這個資料呢？因爲過去有些人說，東坡這首詩這兩句有語病、有問題，那個石龜，怎麼會出現在樹頂上邊呢？這麼重的東西，對不對？所以，《王子直詩話》裏頭，就告訴我們說：「自下望碑，則碑正在木杪。」原來，程筠是東南地方的人，東南地區啊，往往葬在山坡上，歸真亭也是在山坡上邊，所以，碑石也是在山坡上，從下往上看，就感覺好像在樹梢一樣，「木杪見龜趺」。好！這是寫杜甫因爲快到鄜州了，心裏焦急，自己先跑下來，但僕人還慢呑呑的、還在山坡上，回頭一看，感覺好像還在樹梢上一樣。

下邊「鴟鳥鳴黃桑，野鼠拱亂穴。夜深經戰場，寒月照白骨」。寫文章啊！有時候要有一種「懸宕感」。「懸宕」兩個字，各位知道吧！你看看前邊，說「望鄜畤」，杜甫歸心似箭從山坡跑下來，你一定會以爲下邊就寫到家了，是不是？可是啊，還隔了好幾行呢！你看，他快要到家了，從山上奔跑下來，結果呢？還要等了老半天呢。你看下面說：「鴟鳥鳴黃桑，野鼠拱亂穴。夜深經戰場，寒月照白骨。」深夜的時候，經過一個戰場，戰場的氣氛是怎樣呢？「鴟鳥」有些版本寫成「鴟鴞」，這個倒是通的啦！總之，「鴟鳥」也好，「鴟鴞」也好，這是惡鳥，很陰險、很兇惡，聲音也很難聽，也有人說「鴟」就是貓頭鷹。深夜來到這裏，以前發生戰爭的地方，現在是秋天啊！桑樹已經黃落了，有鴟鴞在上頭鳴叫，這是抬頭往上聽到的聲音，那下邊呢？「野鼠拱亂穴」，低頭看，看到路邊，一個一個的老鼠洞，裏頭的老鼠，聽到有人的腳步聲，一個個跑出來，站在洞口，像人一樣站起來，前邊兩隻腳抱在一起，好像拱手一樣，顯然，是護衛著它的洞穴啦！然後呢？「寒月照白骨」，寒冷的月光，照在滿地的白骨上頭，這是戰場的一個景象，這些句子解釋起來都不難，重點是塑造一個陰森的氣氛，對不對？聽到鴟鴞在叫，看到老鼠，一個個站在洞口，看到冷冷的月光照下來，照在屍骨上頭。那這是什麼戰爭的戰場？這些屍骨，是什麼戰爭死的人？他下邊說「潼關百萬師，往者散何猝？遂令半秦民，殘害爲異物」，仍然又回顧了天寶十五載六月的「潼關之戰」。潼關之戰，給各位講了好多次，對不對？當時，安祿山已經攻陷了洛陽，要進犯長安，唐玄宗最後拜哥舒翰爲統帥，率領了各個地方的軍隊，甚至還招募了很多百姓，一共二十萬人，戍守潼關，但是沒想到，因爲哥舒翰被楊國忠所猜忌，逼他出關迎戰，最後被打敗了，這個是「潼關之戰」，所以過了不久，長安就淪陷了嘛！潼關在長安東南邊，現在杜甫經過的是長安西北，但是，當潼關一失守、長安一淪陷、這一大片長安四周地方，都淪陷在安祿山的手中。所以他說「潼關百萬師，往者散何猝？」當年那一仗怎麼潰散得那樣倉猝？因爲這一場敗仗，所以呢？「遂令半秦民，殘害爲異物」，「秦」就是長安；「秦民」指的就是長安四周的百姓，就被安祿山的軍隊殺害了，殺害了以後呢？就成了「異物」，「異物」是別的東西，別的東西是什麼？就是不是人了，也就是死了啦！這是望向鄜州，歸心似箭的情況之下，他又做了另外一層的描寫。

好！到了下邊，就是第四段了。第四段寫回到家裡，這一個段落，就是到這一頁最後的「生理焉得說」結束。「況我墮胡塵，及歸盡華髮」，這裡停頓一下，下邊「經年至茅屋，妻子衣百結。慟哭松聲迴，悲泉共幽咽。平生所嬌兒，顏色白勝雪。見耶背面啼，垢膩腳不襪」，第二個停頓的地方。「牀前兩小女，補綻才過剢。」，「剢」唸成「ㄒㄧ」，古同「膝」字。「補綻才過膝」。那「海圖坼波濤，舊繡移曲折。天吳及紫鳳，顛倒在裋褐」，第三個停頓。那「老夫情懷惡」兩句，高步瀛先生選的版本，這個不太合理，他寫「漚泄臥數日」有沒有？有另外一個版本，應該是「數日臥漚泄」，那「漚泄」跟「數日」顛倒一下，「數日臥漚泄」，意思都一樣，順便考一下各位，爲什麼要顛倒？「漚泄臥數日」，這個「日」有沒有問題？看第一行「維時遭艱虞」，然後呢？「朝野少暇日」，有沒有？那不是重了韻嗎？對不對？意思沒有改，但是重韻了。所以，應該是「數日臥漚泄。那無囊中帛，救汝寒凜慄」，第四個停頓。這四個部分，我們把它歸爲一個小節。

事實上，到家，杜甫是從兩個角度來寫，哪兩種心情？悲、喜兩個角度，離開家好久，就想回來，遇到家人通常一定是悲喜交集，對不對？所以，前邊剛剛唸的小節，寫悲；後邊第二個小節，寫喜；所以，下邊「粉黛亦解苞，衾裯稍羅列。瘦妻面復光，癡女頭自櫛。學母無不爲，曉妝隨手抹。移時施朱鉛，狼籍畫眉闊」，這是第一個停頓。「生還對童稚，似欲忘飢渴。問事競挽鬚，誰能即嗔喝？翻思在賊愁，甘受雜亂聒。新歸且慰意，生理焉得說」，第二個停頓。這兩個停頓，是第二小節。第二小節寫悲喜交集的心情。我們又發現，杜甫是分別從家中各個人物來去描寫，一個人物、一個人物的寫，所以呢！寫悲啊！第一個人物寫什麼？寫他妻子，不過，之前先有兩句，這兩句啊，是從第三段征途，到第四段歸家的一個過脈句：「況我墮胡塵，及歸盡華髮。」大篇的作品啊！時常段落跟段落之間，有一個橋、樓一樣的作用，這種句子叫做「過脈句」。說說這兩句哦！翻譯很容易，何況，我曾經淪落在胡人手中，「墮胡塵」，淪陷在胡人的手中，這個經驗各位知道啦，對不對？他不是投奔唐肅宗、不是被俘擄，陷在長安嗎？這個杜甫「及歸盡華髮」，回到家已經是滿頭白髮了。但是啊！我們讀杜甫要很注意到一點，就是他虛字的轉折作用。像前邊「緬思桃源內，益歎身世拙」，那個「益」對不對？「益」是「更加」，這是一個虛字，文章才形成一個轉折，這很重要哦！拿這裡來說，哪一個字？「況」字。翻譯很容易啊！何況，我曾經淪陷在胡人手中。但是這「何況」什麼意思呢？現在我們寫文章、我們說話，還時常用到「何況」這樣的詞彙，當我們用「何況」這個詞彙的時候啊，往往指什麼？進一層，對不對？一個內容，除了這樣，更加那樣，更進一層，所以叫「何況」。瞭解嗎？「何況」，是加深一層的一個語氣，所以我們現在要問的是：用「何況」加深了什麼？應該是加深了悲傷的情緒。爲什麼是悲傷的呢？因爲你看，從前邊所謂「鴟鳥鳴黃桑，野鼠拱亂穴。夜深經戰場，寒月照白骨。潼關百萬師，往者散何猝？遂令半秦民，殘害爲異物」。一層一層地描寫，都是寫出一種悲傷嘛！你看潼關失守了，百萬大軍，倉促之間潰散掉了，所以呢？關中百姓，都被殺害掉了，這個已經把悲傷的情緒做了一層的描寫了，對不對？那杜甫就用這個做為一個基礎，然後用自己的經驗來對照，加深了一層的感覺。所以，我對秦民半數被殺害的遭遇已經產生了悲傷，更何況，我也曾經淪落在胡人的手中，跟妻子分離了，寫到我回來已經滿頭白髮了，所以就更加悲傷。所以，用這個「況」字來去描寫，這些是虛字，轉折性的、加深一層的。這些，對內容的豐富來說，對感情的深入來說，是有它的作用，所以，讀這樣的內容，這樣的句子，不要忽略了，不要瞭一下過掉了，就算你會翻譯，何況我曾經淪落在胡人手中，等到我回來，已經滿頭白髮了。光這樣子的翻譯，還不能體會。你一定要瞭解，這樣的「況」字，是把感情，從已經悲哀、再加深的一個描寫，所以下邊就寫悲了。

悲呢！就從家裏的各種人物來去敘述，我們看到家以後悲喜交集的情形。一個，所謂的「經年至茅屋，妻子衣百結。慟哭松聲迴，悲泉共幽咽」，很顯然的，是從他妻子的角度說嘛！對不對？「經年」就是過了一年，杜甫甚麼時候離開家被俘虜的？是去年的八月，就是天寶十五載八月，唐肅宗至德元載，現在回來，是至德二載的閏八月，時間很準喔！一年多一點點，閏八月，過了一整年，回到茅屋，回到家裡頭，入眼一看，看到了妻子「衣百結」，她身上的衣服襤褸得很，「百結」是甚麼呢？各位看到後邊的註解，引到的一個典故，《太平御覽．服章部》王隱〈晉書〉裡頭引的：「董威輦於市得殘許繒，輒結以為衣，號曰百結衣。」看起來這個姓董的家裡窮得要死，大概身上是沒什麼衣服可穿的，所以呢，從街上大概跟人家討一些殘餘的布，然後把它綁在衣服上，所以你可以感覺，那個衣服，像布袋和尚一樣，一個一個結綁在身上，所以，這個不是破爛呢！破爛以後，找別的布把它綁在一起，聊以遮體啦！所以，杜甫看到妻子的形象就是這樣喔！衣衫襤褸，身上掛了、補了好多好多別的布。然後呢？「慟哭松聲迴，悲泉共幽咽」，一看到杜甫回來了，放聲痛哭，痛哭喔！痛哭以後呢？「松聲迴」，屋子在山裏頭，山區四周，大概很多松樹，風呢？剛好也吹在松樹上，風在松上迴旋，然後，伴隨著妻子的痛哭聲音，還有「悲泉共幽咽」，旁邊山裏頭大概有泉水，流動的泉水呢，也跟著妻子痛哭的聲音，幽咽起來。所以，這裏邊寫妻子的悲傷，你看得到的第一個角度是衣服，對不對？破爛的、襤褸的，寫的是百結衣。然後動作上，可以看到痛哭的聲音，剛好啊，前邊讀到〈奉先詠懷〉也是回家省親的作品，走了一大段路回到家，結果呢？一回到家怎樣？「入門聞號咷」對不對？「幼子餓已卒」，也是提到妻子痛哭，不過那個痛哭，是小兒子夭折了。現在，過了一年看到杜甫回到家，悲從中來，放聲痛哭，「慟哭松聲迴，悲泉共幽咽」，松聲、泉聲跟她的哭聲、一起悲咽，一起迴盪。

下邊「平生所嬌兒，顏色白勝雪。見耶背面啼，垢膩腳不襪」，寫誰？寫他的兒子，對不對？我這一生最喜歡的、最寵愛的兩個兒子，杜甫有兩個兒子，講過嘛！本來是三個，死了一個！就是宗文，宗武嘛！那這兩個小孩呢？杜甫看到以後，「顏色白勝雪」，「顏」就是臉，臉色很白、比雪還要白，那可不是剛剛的典故，那是指什麼？蒼白啦！顯然吃不飽嘛！面有菜色，面無血色喔！蒼白的臉色。那「見耶背面啼」，當然，「耶」跟有父字頭的「爺」啦，這個是通的，看到我就哭泣了，轉過背在那邊哭在那邊啼，「見耶背面啼」，爲什麼轉過來？一年不見了嘛！有點陌生了，所以轉過身。杜甫的大兒子，應該是在杜甫三十九歲時出生的，那下邊兩個女兒，一年一個，一年一個，三十九、四十、四十一、然後宗武，第二個兒子，四十二歲時出生。那杜甫現在是四十七歲嘛！那個年紀還很小，所以「見耶背面啼」。那杜甫仔細一看啊！看一雙腳，「垢膩」髒得很，一雙腳大概踩在泥巴啦！黑摸摸的一片，而且腳上沒有穿襪子，垢膩的腳步啊！閏八月天氣寒，結果沒襪子穿，光著一雙腳丫丫，腳呢又髒。這是寫兒子，從襪子來去寫，寫兒子沒有襪子穿，然後呢？「見耶背面啼」，「啼」就是啼哭。

好！下邊「牀前兩小女，補綻才過膝。海圖坼波濤，舊繡移曲折。天吳及紫鳳，顛倒在裋褐」，這是寫兩個女兒。「牀前」，這個唐朝哦！基本上，有點像現在日本啦！沒有坐椅子的，大概也沒有所謂睡覺的牀，大概就打地鋪，牀有點像几案的味道，很矮，所以女兒就靠在那個像茶几的東西。杜甫仔細一看，這兩個女兒是怎樣？「補綻才過膝」。從「補綻才過膝」一直到下邊這些女兒「顛倒在裋褐」這幾句句子呢，比前邊寫妻子，要稍微複雜一些，下邊我想把它整理一下。

第一個呢，仍然還是從女兒身上穿的衣服，來去加以描寫，「裋褐」是甚麼呢？粗布的衣裳，料很差的粗布做的衣裳。然後呢？這個粗布的衣裳才過膝，第一，寫它的衣料，裋褐的、粗布的，再來「才過膝」，表示什麼？不合身嘛！衣服穿在身上，才遮蓋了膝蓋而已，它不是趕時髦穿迷你裙喔！顯然的，不曉得從哪裡施捨過來的，穿在女兒身上，顯然是不合身的，太短了，才過膝，這是第二層喔！然後看到那個「補綻」，「綻」是甚麼意思？不單單是不合身、還是破爛的，綻破了一些洞的。「綻」，那母親不曉得從那裏找出來，不合身又破爛的衣服，然後呢？就要幫它補，對不對？要補，總要有布料來補啊！對不對？那用什麼布料？用「舊繡」。「舊繡」就是說，人家不要的、用過的一些繡花的衣料，上邊有繡了一些圖案的這些布料。好！那「舊繡」上邊，繡的是甚麼圖案？「天吳」及「紫鳳」，這是衣服上所繡的圖案。「天吳」還有「紫鳳」，「天吳」，我們書上有引到的資料，各位翻到後邊《山海經．海外東經》說：「朝陽之谷神曰天吳，是爲水伯，其爲獸也」，這個地方它有一些漏字：「八首人面、八足、八尾」，然後接「青黃」。總之，是一個神話裏頭的動物，在水裏頭的神，所以叫水伯，有八個腦袋，臉呢？像人一樣，有八隻腳，有八個尾巴，然後呢？青黃的顏色，瞭解？其實，這個材料很多，所以下邊引的〈大荒東經〉，同樣是此《山海經》的，有神人八首，人面虎身十尾，有沒有？更特別的，臉是人的，身體是老虎的，然後有八個頭，但是，有十條尾巴，那也叫「天吳」。反正都是傳說中的，神話世界裏頭的水神。還有一個所謂「紫鳳」，「紫鳳」啊！簡單說，就是鳳凰的一種啦！紫色的鳳凰。繡花時「天吳」、「紫鳳」應該都要連在一起。還有一個呢？是「海圖」，都是舊繡上面的圖案，「海圖」啊！各位假如看京戲，好看的戲服上面，做大官的、或者是皇帝穿的，戲服下邊下襬的部分，時常有這樣的圖案吧！藍白色的，有沒有？就是像海、像波浪一樣嘛！有看過嗎？假如沒有看過，下次看戲的時候，注意一下，尤其皇帝穿的下邊都是這樣一個圖，這樣子曲曲折折，藍白色的，這叫做「海圖」。母親看到女兒穿的，破爛了一些洞，然後呢？要用一些舊的、繡花的一些布料，來幫她補，而那些布料繡著圖案，「天吳」、「紫鳳」、還有「海圖」。好！那怎麼補？它說「移曲折」，比如說，這是女兒的衣服，這裏破了一個洞，那裏又破了一個洞，對不對？她就把舊繡補在這裏，比如說，把這裏剪下來，補在這個地方，或者把水神的，畫了鳳凰的，那些繡花的布呢，也把它剪下一塊，補在這個地方，也不管它的圖案對不對啦！反正有補就算了，這叫做「移曲折」。結果，杜甫看到女兒身上穿的衣服的樣子呢、那就滿好玩的，為什麼好玩？「坼波濤」，然後「天吳」及「紫鳳」顛倒。「坼波濤」是什麼？本來這波浪是連續性的，假如你要移過來，那這樣，這裏一個圖形嘛！對不對？然後，這裏又是一個這樣的波浪的形狀，坼開來了，坼掉了，叫「坼波濤」。「坼」是「裂」的意思啦！本來是連續的波濤啊！就坼裂開了。還有「天吳」、「紫鳳」這是動物喔！對不對？雖然是神話裏頭的，不管是獸類或者鳥類，都是動物喔！把它補在這裏、把它補在那裏，結果呢？腦袋在下邊，腳在上邊，這叫「顛倒」。因為破爛不整齊，補的呢也不講究，所以「波濤坼」了，那「天吳」、「紫鳳」首尾顛倒的一個畫面了。好！寫女兒，可以看到的是從她的衣服的角度去說，對不對？

然後下邊「老夫情懷惡，數日臥嘔泄。那無囊中帛，救汝寒凜慄」，這個寫自己了。家裡就幾個人物嘛！太太嘛、兒子嘛、女兒嘛、還有自己嘛，寫自己說我「情懷惡」，心情也很不好，因為心情不好，旅途又勞累，所以「數日臥嘔泄」，躺在床上躺了好幾天，上吐下瀉。然後就進一步想，「那無」，這是反問句，哪裏可以沒有？我從遠方回來，從鳳翔回來，看到妻子兒女那樣的襤褸的景象，「衣百結，腳不襪」，對不對？女兒呢？穿的又是那麼破破爛爛的樣子，我哪裏能夠不從遠方行囊裏頭，帶回一些布料呢？「那無囊中帛」，來去幫助你們，那樣凜慄的身體、受寒受凍的身體，「救汝寒凜慄」。杜甫是從鳳翔回來啦，鳳翔說實話，也不是繁華的城市啦！可是，它畢竟是臨時首都吧！畢竟是皇帝所在，畢竟還是在城裏頭嘛！而鄜州呢？是在山裏頭吧！非常偏僻的一個村落吧！那杜甫還做了一個左拾遺，所以你可以想像，他打算回家的時候，大概行囊裏頭，準備了一些衣服、布料等等帶回家。那看到妻子兒女這個樣子，所以說我哪裏能夠，不帶回一些布料來「救汝寒凜慄」，以免你們這樣子身體受凍受寒。好！那寫杜甫，從衣料上說帛嘛！然後從動作上說是「數日臥嘔泄」。我把它挑出來，各位看出來，它都有呼應，兩個脈絡：從身上的衣服，妻子是「衣百結」，兒子呢？那是「腳不襪」，女兒呢？是「顛倒在裋褐」的衣服。杜甫呢？帶回了一些布料，從動作上說，妻子呢？是「痛哭」，兒子呢？是「啼」，杜甫呢？是「嘔泄」，有沒有？所以兩個脈絡都是在寫「悲」的情形。

下邊二個小節寫高興。「粉黛亦解苞，衾裯稍羅列。瘦妻面復光，癡女頭自櫛。學母無不為，曉妝隨手抹。移時施朱鉛，狼籍畫眉闊」，仍然從家中人物的角度，寫喜悅的心情，不過，他前面是分開四個人，四個人物，下邊只分兩類：妻跟女兒。下邊，所謂「生還對童稚，似欲忘饑渴。問事競挽鬚，誰能即嗔喝。翻思在賊愁，甘受雜亂聒」，前面要回來嘛！對不對？所以說「粉黛亦解苞，衾裯稍羅列」，就把行囊打開了，帶了所謂「粉黛」，除了一些布料，還帶了一些化妝品，打開，「解苞」，「苞」啊！這個「苞」，是跟這個「苴」連在一起的詞彙，「苞苴」，就是包裹。或者是，你去看某一個人，送了他一包禮物，贈人以禮，以一個包裹，這叫「苞苴」。不過這首詩有些版本呢，「苞」就寫成「包」，那解釋起來更容易了。粉黛嘛！把那個包打開，裏頭大概不是什麼巴黎香水啦，裏頭有一些粉啊，畫眉的、畫嘴唇的這樣子的東西。把它打開，那當然有粉黛、有化妝品、還有「衾裯稍羅列」，「衾裯」就是綾羅綢緞，這些布料，杜甫好像炫寶一樣喔！從行囊裏頭拿出來，把它擺開來，給妻子兒女來看，「衾裯稍羅列」。有了這些東西以後啊！你看杜甫的描寫「瘦妻面復光」，下邊呢？重點擺在行李喔！「癡女頭自櫛」，我的兩個小女兒，年紀很小啊！她也拿起梳子來，去把自己的頭髮刷一刷，梳一梳，「櫛」就是梳喔！那「學母無不為」，看母親打扮，她也跟著學，母親怎麼做，她也跟著怎麼做。那早上的時候，母親在打扮化妝，她也隨手抹；她媽媽臉上塗粉，她也塗粉；臉上塗胭脂，她也塗胭脂；媽媽畫眉毛，她也畫眉毛。過了不久，杜甫看女兒那張臉喔！「施朱鉛」，「朱」是胭脂、紅的，「鉛」是黑色的，畫眉毛的，臉上畫了妝，紅紅黑黑的，那畫的眉毛是什麼？「狼籍畫眉闊」，一是不會畫啊！畫的眉毛闊，粗粗的，這個「狼籍」，就是糊塗的樣子啦，畫得一榻糊塗，畫得粗粗的，這叫「狼籍畫眉闊」。後邊的註解啊！引了一些資料，說唐朝啊！流行畫闊眉，這個我們一般來說啊，眉毛呢！要像柳葉眉，對不對？細細長長。但是有一段時間，唐朝呢畫的是很粗的眉毛喔！引到了《霏雪錄》：「唐時婦女畫眉尚闊。」有沒有？杜甫的〈北征〉「狼籍畫眉闊」，又引了張籍的詞等等，然後還引了一個歌謠：「城中好廣眉，四方且半額。」城裡頭比較時髦的地方，喜歡眉畫得很粗，然後四周的人效法。以後呢？眉毛畫成一半的額頭啦！用這個來去解釋杜甫的「狼籍畫眉闊」，其實不對，這個就沒什麼意思了，其實，要強調的是什麼呢？女兒學母親，學得不像，畢竟母親會畫眉，她不會啊！母親怎麼樣，她也跟著學嘛！在座的有好多女生啊！妳們有沒有這樣過？我相信有喔！這是寫著很喜悅的心情，妻子是「面復光」啊！女兒也跟著學。然後呢？臉上就紅紅黑黑的，眉毛畫得非常的粗，非常的一榻糊塗的。

所以各位看，我們引的資料，晉朝的左思〈嬌女〉，這是很長的一首詩，我們只引了四句，這個〈嬌女〉喔！寫她女兒，他說：「明朝弄梳臺，黛眉類埽迹。濃朱衍丹唇，黃吻瀾漫赤。」假如，懂得杜甫的什麼「狼籍畫眉闊」，那很顯然，就是從左思的〈嬌女〉來的嘛！這個小女兒，早上的時候在梳妝台玩弄，然後畫的眉毛類埽迹，這比杜甫寫的還精采，那個眉毛像什麼？像掃把掃過一樣的痕跡。再寫她塗口紅，嘴巴呢？紅紅的一片，然後「黃吻爛漫赤」，「黃吻」就是小孩的嘴巴，那紅的，大概塗得亂抹一起了。這個古代的文人寫女兒、寫兒子很多，往往寫說嬌女，或者李商隱還有嬌兒，寫得都很天真、滿有趣的。相對的，兒女入詩，是我們文人比較的習慣，好像也寫得很安心。這個老婆寫到詩裏邊，說實話，沒有像杜甫這樣寫的。我曾經比照過，真的大部分的文人，假使寫一個異性，寫一個女子，假使有寫感情的，往往都是第三者，都是小三，「秦樓楚台」啦！「舞榭歌靡」這樣的人物，在家裡邊的寫妾比較多，元配都不太入詩，這個是文人要寫，都寫得一本正經，相對的杜甫，說實話、寫太太寫得很多，前面有「老妻寄一縣」，就已寫了妻子了，這裡的後邊，他到了四川，然後成都，生活比較安定一點，跟妻子的過從寫得更多，有時候他心情好，帶著妻子坐著小船去玩，「晝引老妻乘小艇，且看稚子浴清江」，白天的時候，帶著老婆坐在小艇上邊，看著小孩子在水邊泡水、在游泳，享受著天倫之樂。這是杜甫的天性，反正寫兒女、寫妻子，寫愉悅的心情。下面「生還對童稚，似欲忘饑渴。問事競挽鬚，誰能即嗔喝」，仍然是寫著喜悅，我能活著回到家裏頭，面對小孩子，「似欲忘飢渴」，雖然，生活還是很困頓，還是會挨餓啊！但是全家團圓嘛！就把這樣的痛苦忘記了。「問事競挽鬚」，這寫得很生動啊！兩個兒子不大不小的，大概大的坐在右邊，小的坐在左邊，然後，大兒子問杜甫說，你在外頭啊？淪陷在長安啊？你到鳳翔啊？甚至還做了官啊？見了皇帝啊？到底發生了甚麼事啊等等。很好奇的問杜甫，杜甫還來不及回答，那小兒子又想到一個問題，又問杜甫，然後杜甫也來不及回答，結果大兒子可能扯著他的鬍子要他回答，「問事競挽鬚」，兩邊拉著鬍子，問他外頭的情況。這一點說啊！古代的詩人，沒有像杜甫這樣喔！古代詩人對兒子，通常都很嚴厲的、很陌生的、很疏遠的，杜甫一點家教都沒有，後來啊！這個在成都，家裡很困窮吧？這個沒有飯吃，結果呢？小兒子肚子餓了，很生氣，「小兒不知父子禮」，小兒子不知這父子之間應該的禮節，應該的分寸，肚子餓了來到門東，爲什麼門的東邊？原來古代的廚房，是在房子的大門的東邊，也就是左邊，來到廚房一看，空空的什麼都沒有，很生氣，大概拿著盤子吧？在那兒敲啊！在那裏喊啊！要飯吃。「叫怒索飯啼門東」，現在很少看到詩人這樣寫的吧？「叫怒索飯」，那個是餓肚子啦；現在是高興，兩個兒子「競相問」，可是問題杜甫來不及回答，大概就扯杜甫的鬍子在問，看到這情況，哪一個人會生氣責罵他們呢？

「翻思在賊愁，甘受雜亂聒。新歸且慰意，生理焉得說」，所以我回頭一想，淪陷在胡人，淪陷在長安那種痛苦的情形，現在還能活著回到家裏，跟這些家人團圓在一起，那當然很甘願，忍受小孩子這樣子的，雜亂的呼喊啦！「翻思在賊愁，甘受雜亂聒」。所以「新歸且慰意，生理焉得說」，我剛剛回來，姑且讓自己心理稍微寬慰一下，喜悅一番，至於「生理」，生理就是生計，我剛剛講過喔！這就是現實生活中的需要啦等等，這些「焉得說」，暫時就不必管了，暫時不說了，所以把現實擺一邊。先享受一下，剛剛回來全家團圓，這樣一番喜悅的心情。所以寫悲、寫喜。好！這是第四個段落，寫到家的情境。

各位我相信讀過一些詩，以你的閱讀經驗來看啦！像杜甫這樣寫，你看過沒有？這詩美不美啊？從材料說，從內容說，真是不美吧？不但不美，而且很醜吧？有沒有？那妻子的衣服百結的，對不對？兒子，看那一雙腳，黑摸摸的，還沒有穿襪子；女兒，你看穿的衣服，比丐幫還不如，好像真的是很醜吧？但是，問題在這裏喔！什麼叫美？甚麼叫醜？所以看看我們補充的一個材料，先讀一首秦少游的詩，有沒有？翻到〈春日〉：「一夕輕雷落萬絲，霽光浮瓦碧參差。有情芍藥含春淚，無力薔薇臥曉枝。」這是一首七言絕句，這詩美不美？很美吧？寫春天，應該寫的是春天的早上，剛剛下過一場雨之後。所以，整個晚上啊在打雷，對不對？雨下了好大，好大！有很多的雨水，像絲一樣的飄下來，到了天亮的時候，太陽出來了，雨停了，屋瓦上邊呢？就浮著一些光，朝陽照在屋瓦上，屋瓦又有雨水在上頭喔！所以，你可以感覺那個光影零亂的樣子，「霽光浮瓦碧參差」，因爲下了一場雨，春天院子裏頭，有一些花草樹木，有芍藥花、有所謂薔薇，這些芍藥、這些薔薇沾了雨水就像沾了眼淚，你看芍藥啊！很有感情。然後，因爲沾了雨，所以那些薔薇啊！看起來就比較沉重，就垂下來躺在地上，「無力薔薇臥曉枝」，我相信絕大部分剛剛讀詩的人，讀到這一首，絕對覺得是很美的喔！你看元好問的《論詩絕句》，他一開頭就用了秦少游這兩句詩「有情芍藥含春淚，無力薔薇臥曉枝」，然後說「拈出退之山石句，始知渠是女郎詩」。你把韓愈一篇作品叫〈山石〉，七言古詩在我們選本有，你把韓愈這首詩讀一讀，再跟秦少游的詩作一個比較，你才知道秦少游的詩啊！「渠」是他的意思，也就指的是秦少游，你才知道他的詩啊！只是女郎詩。當然用女郎詩來作一個評價的高低，這有點不敬啦！現在所謂的「男女平權」的觀念嘛！但是，古代總是覺得，所謂男女，女郎是什麼？說美，但是柔弱，相對於男子呢？有力、剛強，對不對？就是表示秦少游的詩雖然美，但是真是柔弱得很。這個觀看所有的藝術作品，不管是詩，或者其他的文類，其他書啊、畫啊等等，其實往往都有這樣的兩個大的類別。

滿清的時候有一個人叫況蕙風，他有一本詞話叫做《蕙風詞話》，當然是論詞的，可是詞，各位知道相對於詩是美的喔！當然本來喔，如果有機會給各位講一些詞！詞有另外一種美感，詞的本色，就是所謂的「輕盈婉約」。可是況蕙風說啊！真正詞的最高的層次是「重、拙、大」。是「重、拙、大」不是論詩耶！是論詞耶！講究的是這個「重、拙、大」。相對的，當然「輕啊、巧啊、小啊」，對不對？所以，什麼是美？一般人，可能是「輕、巧、小」是美喔！很雕琢的，也是很漂亮的。色彩呢？一定是鮮豔的、美的嘛！陰暗的、醜的嘛！對不對？味道來說，香，一定是美的嘛！臭，一定是醜的嘛！反正，相對性的，你看那個字，書法，大部分剛剛開始寫字的人，練字的人，看到王羲之的那個「蘭亭序」之類的，一定覺得很美，我絕對沒有否定，「蘭亭序」是美喔！但是，所有的人，都學「蘭亭序」的時候就變成俗不可耐。你看到顏真卿的字，又肥又粗吧，我小時候也真的不喜歡顏真卿的，看起來真的好肥、好粗喔！柳公權的看起來硬一點，瘦一點，對不對？各有它的美。所謂的美，所謂的雅，真實、好壞等等，它的價值，西方有一個文學理論，「所有的存在都是美」，所有的存在都是美，只要你看到的，你寫出來的，都是美。但是，這個有點鄉愿啊！那什麼叫所有的存在啊？它有一個條件，就是「真實的存在」。你寫的是真正的、看到的。你寫的是，真正觸動你的心的，那不管啦！不管是「重、拙、大」，還是「輕、巧、小」，那是風格的類別。但是，所謂「美」是更高的層次，所以，美的唯一檢驗標準就是「真」。我看到很美、很輕、很巧、很小的東西，我把它寫出來，是真的讓你感動，那也是「美」。你看到很醜陋的、很骯髒的，是真的讓你感動，你寫出來也是「美」，所以，所謂「美」，它的檢驗的標準，是在「真實」裏頭，所以「真實」，還不只說「真實」的出現，其實，還是能夠讓你心裡「感動」的那樣的一個「內動」。所以杜甫回到家看到的就是這個景象，他寫出來就是讓我們心裏有所感動。這個部分，當然是滿概念性的一個問題啦！但是，我覺得是很值得各位參考，當然，所有的詩人因爲他的才性，因爲他的經驗，或者是因爲他的概念，會偏向哪一個部分的描寫，那是個人的主張。所以，我喜歡這樣的，我們尊重喔！你是因爲你喜歡，但是，你不能說所有的作品都要符合像這樣的一個標準，那這個就是強人所難了。過去的很多的詩派的爭論，從明朝以後那詩派的爭論很多，主張什麼「神韻」啦！主張什麼「格調」啦！主張什麼什麼，其實，這都太過自我主張，其實很簡單的道理，只要真實的能夠感動自己，能夠觸動別人，那就是美。所以，元好問喔！他當然看起來有一點貶低像秦少游這樣柔美的風格，那是因爲他有他的主張。可是，我們相對的，也可以看出，我們一般所謂的像秦少游的美，一般認爲的美，也不見得就是真的美喔！那像這個韓愈的〈山石〉，如果有機會，我們大概讀一讀，其實，你可以看出來，那個也是很粗、很笨拙的一個風格。

再來，請大家看到第五段，第五段寫什麼呢？寫「時事」，當時的時代所發生的一些現實的事件。這個思路，我們一再的說過，杜甫的心路歷程時常是這樣的：由家及國，由己及人。所以，往之後這裡想到的別人，從自己的家想到整個時代，前邊到家，後邊就寫故事，這一段寫的是半夜時分，還滿長的，所以，我們一共分六個小節來去處理完，這樣子層次比較分明一些。

好！先看第一個小節「至尊尚蒙塵，幾日休練卒？仰觀天色改，坐覺妖氛豁。陰風西北來，慘澹隨回紇。其王願助順，其俗喜馳突。送兵五千人，驅馬一萬匹。此輩少爲貴，四方服勇決。所用皆鷹騰，破敵過箭疾。聖心頗虛佇，時議氣欲奪」，這是第一個小節。歸納起來，他是寫當時唐朝面對安祿山之亂採取的一個政策。這個政策，就是運用回紇的軍隊，借助回紇的幫助來收復長安、洛陽，來消滅這一場亂事。好！那他怎麼連接的？你看「至尊尚蒙塵」，「至尊」當然是國君啦，現在的國君啊！還蒙塵在外，「蒙塵」，各位大概知道吧？對不對？國家還在動亂，京城淪陷了，皇帝逃難在外，一個臨時的首都，現在皇帝在那裏啊？在鳳翔對不對？長安仍然在叛軍手中，所以，亂敵還沒平定，皇帝還蒙塵在外。「幾日休練卒」這是反問句。「練卒」，訓練軍隊，訓練軍隊是爲了打仗，「幾日休練卒」，意思就是什麼時候停止訓練軍隊，也就是說，什麼時候可以不用打仗，戰爭可以結束呢？「幾日休練卒？」先提一個問題出來，下邊就是它的回答：「仰觀天色改，坐覺妖氛豁。陰風西北來，慘澹隨回紇。」這幾句喔！滿複雜的，第一個呢，他說「仰觀天色改」，我抬頭看天色，發現天色改變了，我先直接翻譯一下，提醒觀看天色，天色改變了，「坐覺妖氛豁」，「坐」是連接詞，好像講過吧？用現在的話來說，就是「因而」的意思，不是動詞喔！當然有時候，「坐」是當動詞用，可是古人，有時候是當連接詞，因而，我們讀張九齡的詩吧！「欲濟無舟楫，端居恥聖明。坐觀垂釣者，徒有羨魚情」，這個「坐」也不是坐下，而是「因而」。因此，我抬頭看天色改了，因而感覺到「妖氛豁」，「妖氛」，當然指那個叛逆的氣氛，就是指叛軍嘛，「豁」是被掃除的意思，我因而覺得這個叛亂，一定可以被平定下來，叛賊一定可以被掃除掉。

下邊「陰風西北來，慘澹隨回紇」，「陰風」指的是「秋風」，現在秋風，從西北邊吹過來，秋天的風就是西北風嘛！對不對？從西北吹過來，然後「慘澹隨回紇」，當秋風由西北吹過來的時候，跟隨著回紇的軍隊來到了中原，這是字面上，簡單做一個處理的翻譯，現在拋出了幾個問題，第一個呢？杜甫說抬頭看天色改了，天色爲什麼會改？因爲現在的季節是秋天嘛，就是天空充滿了一片秋色，杜甫北征，從鳳翔來到鄜州，什麼時候啊？閏八月，是秋天，這「天色改」就是季節改啦，秋天來了。所以下邊說，「陰風西北來」，對不對？秋風，從西北邊吹過來了，這問題這樣解答，這是最容易的。再來是，好嘛！天色改了，秋天來了，爲什麼感覺妖氛被豁了？原來啊！秋天，在古代是一個觀念，肅殺之氣，對不對？秋風一吹，萬物凋零，這種殺氣引申到人事的話通常是什麼？就是一些壞的人，壞的事情，都可以被掃除掉，所以，古代要處理死刑犯叫「秋決」嘛！對不對？即安祿山的叛逆，是「妖氛」啊！那用什麼力量？就是所謂的「秋天」的這樣一個力量，一種天地的肅殺之氣把它掃除，這是第一個喔！第二層，爲什麼「天色改」？秋天來，妖氛會豁？那是因爲秋天這個季節的一個特性，一種肅殺之氣，把不好的「妖氛」掃除掉，但是，再來一層的問題是，秋天一來，叛逆就會自動消失嗎？天下哪有這麼便宜的事情，每年有一個秋天，安祿山之亂過了好幾年，所以呢？還有一個真正的原因，這原因是甚麼呢？是回紇的軍隊，他說，秋風從西北邊吹過來，而回紇的軍隊也跟著過來，所以很明顯，杜甫在這裡把秋風跟回紇連結在一起，秋風的吹過來，等於回紇的到來，了解嗎？那為什麼可以兩者連結在一起？兩個原因，一個是方位，秋風從哪裡來？從西北來，而回紇它從哪裏來？也是從西北過來。回紇的部落，在現在的甘肅、寧夏那一帶地方，所以，它的方位是相同的，秋風從西北來，回紇的軍隊，也從西北過來。第二個基礎，秋天啊！它的顏色是什麼顏色？白色嘛，對不對？青春、朱夏、素秋、玄冬，對不對？春天是甚麼顏色？青的；夏天是什麼顏色？紅色；秋天白的；冬天黑的喔！好像講過了哦，這個季節跟什麼人啦！顏色啦！還有圖騰啦！都有關係嘛！對不對？那回紇是一個部落，一個種族，是現代的維吾爾族，維吾爾，大概各位都聽過吧！現在新疆好像不是很安寧，主要就是維吾爾，對不對？它是信奉回教，回教裏頭有一個教派叫摩尼教，摩尼教它崇尚白色哦，白色最尊貴，所以，他們的衣服是白色的白袍，然後呢？打仗的時候，拿的旗子什麼顏色？白色。所以，你假如跟他打仗，你看他拿著白色的旗子過來，不要以為他投降了哦，因為他是尚白，所以秋是尚白，回紇也是崇尚白色的，所以，這兩個作為基礎，使得秋風的來，等於回紇的軍隊跟著過來，瞭解喔！

好了！很顯然在這裏，杜甫認為回紇軍隊的到來，是對於唐朝平定叛亂有很大的幫助呢！所以，「坐覺妖氛豁」喔！我因而感覺，「妖氛」可以被掃除掉嘛！但是，你看到下面的形容，形容那個秋風，是什麼風啊？是「陰風」，這個字面不是很好吧！再來，下面還有一個「慘澹隨回紇」，這都是負面的形容啊！對不對？所以，很顯然地杜甫在這裏，面對回紇他是有兩種態度：一個是肯定，肯定回紇的軍隊來，可以幫助唐朝把叛亂平定下。第二個，其實，它也是一個禍害、是一個威脅，所以，用「陰」、用「慘澹」來去形容。這種觀念呢，我們要回到史實上來說，這個唐朝啊！當安祿山叛逆之後，洛陽、長安相繼淪陷，唐肅宗在靈武即位，對不對？後來，雖然得到李光弼啦，郭子儀啦，這些朔方軍的幫助，可是，真是想要光復長安、光復洛陽，不是那麼容易，所以，當時就有一個政策，這政策就是聯合回紇來去收復兩京。我在補充的講義裹頭，引了《資治通鑑》，各位看到，在唐肅宗至德二載九月，這個呢，應該在之前啦！唐朝跟回紇就訂下了一些盟約，這盟約各位可以看到，說：「克城之日，土地士庶歸唐，金帛子女皆歸回紇。」看得懂吧？當唐朝跟回紇締盟的時候，回紇的酋長親自來到唐朝，而且，我們把它追溯一下，還派他的太子葉護，跟唐肅宗的兒子，也就是後來的唐代宗，約爲兄弟，那唐肅宗甚至於把他的女兒嫁給回紇和親，再來就定下這個盟約：假如說，把長安、把洛陽光復了，「土地士庶歸唐」，「土地」是領土啊！「士庶」是什麼？應該就是士家大族，平民百姓，這些屬於唐朝，那很容易瞭解，金銀財寶、綾羅綢緞，這些所謂的動產全部歸回紇，還有什麼？「子女」。可能各位可能不太清楚，「子女」就是奴隸。在過去所謂封建時代，做官的世家大族，底下是很多奴隸喔！很多佣人、很多操作勞動的人，這些人，其實在觀念上是屬於財產，他們不屬於人吧？他們是財產，就像「金帛」一樣，那這些全部就歸回紇了，所以有這樣的一個盟約訂下來。所以，到了至德二載九月，唐朝就把長安光復了囉！唐肅宗爲什麼跟回紇有這樣子一個結盟呢？因爲，他有一個目的就是想要儘早的光復長安、光復洛陽。因爲那個時候啊！假如唐肅宗沒有建立這樣一個功業的話；假如，都城不在他手中光復的話，他很擔心，其他幾個兄弟對他不太甘心，尤其，當時有所謂永王李璘，唐肅宗的弟弟，那時的江東節度使，對唐肅宗，對他哥哥之爲人，就不是很認同，所以，他急著想要用盡一切的辦法，甚至於訂下這樣一個屈辱的條約來跟回紇結盟，所以，當長安光復以後，回紇就想要擄掠啊！就想要搜刮啊！可是，當時的唐平王，就是後來的唐代宗，就跟葉護說，現在才攻下西京，假如說現在馬上擄掠的話，那洛陽的人就不太願意被光復了，可能就沒有人來固守了。所以希望能夠把洛陽攻下之後，才履行這樣子的一個條約，後來，果然到了十月，洛陽光復以後那回紇就大肆搜刮。所以，從這裏看，很顯然的締下這個盟約，對唐朝平定叛逆固然有所幫助，但是，也給唐朝帶來很大的威脅。待會兒，我們再把杜甫的〈留花門〉，簡單的做一個補充。

我們看杜甫對回紇的態度，其實，他詩裏提了不少，我們來引一首高步瀛先生沒有收的作品〈留花門〉，這個呢，算是代表之一啦！這個詩的背景，大概就在乾元二年。至德二載以後，長安光復了、洛陽光復了，對不對？然後第二年，就是乾元元年，改元到了乾元二年，杜甫已經到了秦州了，寫這首詩，它有一個歷史的背景：唐肅宗回到西京、回到長安以後，那葉護完成了幫助唐朝，光復了長安、光復洛陽的這個目的，所以他就辭歸，他要離開唐朝，臨行之際，他就跟唐肅宗說：回紇的戰兵，暫時留在沙苑這個地方。「沙苑」，詩裏面有的：「沙苑臨清渭。」「沙苑」在長安附近，渭水邊上長安附近，他說啊：「我先回國，我的軍隊駐紮在沙苑，長安邊上，然後，我回到國內呢，我再帶一些戰馬回來幫助陛下攻取范陽，來去把整個叛逆掃除掉。」這是背景，所以題目叫〈留花門〉。「花門」是什麼？「花門」就是回紇。我們不是讀過〈哀王孫〉嗎？「花門剺面請雪恥」嘛！因爲回紇的根據地，叫「花門堡」，所以「花門」叫回紇。這裡「花門」，就是說回紇的軍隊留在沙苑，面對這樣一個情況，杜甫說了：「北方天驕子，飽肉氣勇決。高秋馬肥健，挾矢射漢月。自古以爲患，詩人厭薄伐。修德使其來，羈縻固不絕。」我們先看到這裏，「北方天之驕子」，指的是胡人，他們是「天之驕子」，然後呢？吃飽了肉，非常有勇氣呢，每年秋天馬肥壯的時候呢！就帶著弓箭來侵犯這個中原啦！所以，自古就引以爲患。其實《詩經》裏頭，就有「胡人爲患」這樣子的一個內容了，所以，「詩人厭薄伐」，我們看到《詩經》的作者，時常是面對要討伐的胡人，感到很疲累，所以「修德使其來，羈縻固不絕」，後來在漢朝，有時候也是用修德的方式，也不是用武力討伐的方式來籠絡他們，讓他們不要侵犯。

好！下邊說「胡爲傾國至？出入暗金闕。中原有驅除，隱忍用此物。公主歌黃鵠，君王指白日」。那現在唐朝呢又看到胡人，也就是回紇，「傾國至」，在皇宮裏頭進進出出，爲什麼會有這樣現象呢？因爲「中原有驅除」，國內有叛亂，要把叛逆掃除掉，所以忍耐著「用此物」，杜甫用的詞彙「此物」，就是這個東西，看起來不把他們當人看，顯然是有點鄙視的味道，忍耐著用這些回紇的軍隊，然後呢？「公主歌黃鵠，君王指白日」。用的是漢朝的典故，指的是「和親」，我們剛剛不是說，唐肅宗把公主嫁給了回紇嗎？「君王指白日」，就是國君指著白日，盟誓嘛！大家約爲兄弟之類的。

下邊「連雲屯左輔，百里見積雪。長戟鳥休飛，哀笳曉幽咽。田家最恐懼，麥倒桑枝折。沙苑臨清渭，泉香草豐潔。渡河不用船，千騎常撇烈。胡塵逾太行，雜種抵京室。花門既須留，原野轉蕭瑟」。「左輔」指的是長安旁邊，也就是指沙苑這個地方，回紇的軍隊駐紮在那個地方，人數非常的眾多，像雲一樣連綿不絕。然後呢，百里之內看到積雪，爲什麼用積雪形容它，因爲剛剛我們說過，回紇的軍隊是尙白的，所以百里之內回紇的軍隊駐紮在那裏，好像是堆著一片雪一樣；然後，他們的軍隊因爲武器很多，所以「長戟鳥休飛」，那個兵戈啊豎起來，鳥都飛不過；然後，他們的軍營裏頭，吹奏著那個笳、那個軍樂聲，早上的時候聽到那幽咽聲，那田家最恐懼、最擔心了，因爲回紇的軍隊進進出出，那「麥倒桑枝折」，蹂躪那些農作物啦！所以「沙苑臨清渭，泉香草豐潔」，那個地方靠近渭水邊上，泉水很好，草也很豐盛；再來「渡河不用船」，因爲水很淺、河很窄，所以呢，往東就不必坐船，他們就可以騎著馬就這樣進來了。杜甫在這裏，除了爲田家擔心破壞農作物之外，還擔心什麼？還擔心他們的軍隊太強，隨時可能就攻進了長安，連船都不用，騎著馬就這樣越過來了。所以，「胡塵逾太行，雜種抵京室」，「胡塵」指的是安祿山的軍隊，他們從范陽來嘛！也就是從現在的河北那邊，越過太行山進入中原，指的就是安祿山叛逆。因爲安祿山的叛逆，所以「雜種抵京室」，「雜種」是誰啊？指的是回紇，所以需要依賴他們的軍隊，就來到了京城了，那「花門既須留，原野轉蕭瑟」，回紇軍隊有必要留下來，杜甫擔心原野反而遭遇到很大的傷害。這個詩其實滿白的，我這樣簡單地念一遍，各位看到一個背景：唐朝用回紇的軍隊，回紇的軍隊驍勇善戰，固然能夠平定叛逆，可是呢？也是對唐朝很大的威脅。回到剛剛說的，爲什麼用「陰風」來形容？爲什麼說是「慘澹」？顯然，杜甫是有一番擔心。你把這四句掌握一下喔！下邊幾句就容易瞭解了。

「其王願助順，其俗喜馳突。送兵五千人，驅馬一萬匹。此輩少爲貴，四方服勇決。所用皆鷹騰，破敵過箭疾。聖心頗虛佇，時議氣欲奪」，他說啊！那個回紇的國王也就是酋長願意助順，「助順」這個話喔！各位可能瞭解，瞭解這個觀念，過去打仗的時候，時常有「順」，還有「逆」。「順」是什麼！就是朝廷這一邊，「逆」呢？當然就是跟朝廷作對的，像叛逆啦，或者是入寇啦！所以，時常有這個「順、逆」觀念，那「助順」用現在的話說，就是願意幫助朝廷，然後呢？「其俗喜馳突」，回紇的風俗啊，很驍勇善戰，「馳突」就是衝鋒臨陣嘛！所以「送兵五千人，驅馬一萬匹」，送了五千個軍隊過來，結果呢？帶來是一萬匹馬。事實上說，回紇第一次的軍隊來只帶了四千多人，杜甫用整數五千人，軍隊是五千人，馬是一萬匹，什麼意思？一人兩馬，原來，回紇真的很厲害，打仗的時候騎在馬上馳騁，馬都累了、都倒了，人還不累，換一匹馬再打。所以，他的配備是一個軍人配兩匹馬。好！「此輩少爲貴」，我們待一會兒再說。那「四方服勇決」，所以四方的人對他們的驍勇善戰非常的佩服。「所用皆鷹騰，破敵過箭疾」，他所用的軍隊，就像獵鷹一樣在天上飛，非常的驍勇啦！然後呢？要「破敵」，要消滅敵人，比箭的速度還要來得快，所以，從「其俗喜馳突」到這個地方，基本上都是說什麼？說回紇軍隊的驍勇善戰，對不對？但是，杜甫中間插了一句話：「此輩少爲貴。」「此輩」就是這些人，就是指這一批軍隊，來到中原啊！越少越好。所以看起來，所謂的「其俗喜馳突」啊！所謂的「所用皆鷹騰」啊！「破敵過箭疾」啊！都是褒喔！都是稱讚、讚揚，但是，其中帶著貶喔！爲什麼要貶？因爲他是很大的威脅，來得愈少愈好，所以下邊說「聖心頗虛佇，時議氣欲奪」，「聖心」是國君的心意，國君的內心跟虛心的期待，「佇」是期待、等待，這是從正面的、肯定的角度說，我們國君對回紇的軍隊，是虛心的期待他們的幫助，而能夠把這個叛逆掃除掉。但是，「時議氣欲奪」，「議」相當於我們現在所謂的「輿論」！大眾的意思啦！可是當時大家的忘恩，那個時候的「氣欲奪」，是「改」的意思，忘恩就是當時的輿論看法跟國軍不一樣，國軍是充滿了期待，但是大部分人的意見呢？想要把這個政策改變掉，因爲那是威脅，那杜甫現在哪裏呢？他選擇哪一邊呢？他顯然是站在「時議」的這一邊。好！這是第一個小節，針對當時最重大的一個問題，唐朝的政策，用回紇來去平定叛逆，杜甫其實呢，是採取一個否定的態度。確實，回紇後來給唐朝造成很大的威脅，但是唐朝啊！也對它無可奈何，後來把安祿山之亂平定下來以後，唐朝又面臨了一個外患，叫吐蕃喔！吐蕃就是現在的西藏，就是現在的藏族，那唐朝啊！後來又要依賴回紇，又跟回紇結盟，來「聯紇抗吐」，聯合回紇來去對抗吐蕃，反正「安史之亂」以後啊！唐朝的國勢就大爲衰弱了，只好在外族身上這樣左右矛盾啦！好！這是第一小節。

下邊「伊洛指掌收，西京不足拔。官軍請深入，蓄銳可俱發。此舉開青徐，旋瞻略恆碣。昊天積霜露，正氣有肅殺。禍轉亡胡歲，勢成擒胡月。胡命其能久？皇綱未宜絕」，這是第二個小節。第二個小節啊！引了杜甫對時事的看法——要用官軍——用政府自己的軍隊，他反對用回紇的軍隊，那怎麼樣來去平定叛逆呢？他下邊提出一個很樂觀的看法。

「伊洛指掌收，西京不足拔。官軍請深入，蓄銳可俱發？此舉開青徐，旋瞻略恒碣」，先看「官軍請深入，蓄銳可俱發」這兩句呢，應該是這一個小節，開頭的地方，倒裝了喔！我希望我們官軍深入敵境，我們已經養精蓄銳了一段時間了，現在可以全部出動了。假如用官軍全部出動來反攻的話，他有什麼效果呢？杜甫說：「伊洛指掌收，西京不足拔。」這兩句啊！後面有很多註解，囉嗦，沒有必要。這兩句很簡單，「伊洛」就是伊水、洛水，兩條河流域喔！在現在的河南洛陽邊上，所以，這裏指的是洛陽，說洛陽啊「指掌收」，「指掌」是用手指著手掌，表示什麼意思啊？很輕易的意思，除非你手腳有問題啦，通常用手指指著手掌，那是很容易的基本動作嘛！所以，就表示收復洛陽是很容易的，我們就現在把它攻下來、把它收復，洛陽假如容易地攻下來，「西京不足拔」，「西京」指哪裏啊？長安，對不對？長安從字面說，「不足拔」也就不值得去攻了，不值得去攻打了，不值得去光復了啦！但是，是不用光復嗎？當然不是，指的是長安的光復啊，那是不在話下啦！我們要從地理上看，當時唐肅宗在哪裏啊？在鳳翔對不對？在長安西邊，假如說，洛陽輕而易舉地就可以攻下來，那長安的光復顯然是不在話下，就不必說了囉！所以「不足拔」，不要被字面騙過了喔！不要解釋爲不值得攻下來了，而是說你攻下來就不必說了，理所當然囉！這樣一個「官軍請深入，蓄銳可俱發」的舉動，除了洛陽很容易攻下來，長安的光復不在話下以外呢？還有「開青徐」，「青」在哪裡？「青」在現在的山東，「徐」呢？在現在的江蘇，所以，除了攻下長安、攻下洛陽，還可以攻下青州、攻下徐州。那「旋瞻略恒碣」，「恒」恒山，「碣」碣石，在哪裡？在河北、山西，東北的地方，碣石已經到了渤海邊上了，指的是東北的這樣一個方向，「旋」馬上，馬上就可以看到，「略」是經略，經略也就是攻下的意思，馬上就可以看到，把恒山、把碣石這一帶攻下啊！就是安祿山的巢穴，安祿山不是從范陽起兵嗎？范陽在現在河北，馬上就把這安祿山的巢穴，把它經略下來了。你看地圖這樣一畫，很了不起，杜甫好像元帥一樣，這樣一張地圖，你看攻啊、攻啊，馬上就攻下來了，洛陽攻下來那麼容易；長安光復不在話下，而且，可以再拓展，攻下了東南邊的青州、徐州，然後，攻到東北邊的恒山、碣石；直搗安祿山的巢穴，那麼樂觀。但是，這種意見喔！不是杜甫一個人的，當時很多人的主張是這樣，要用官軍，不要用回紇的軍隊。

補充一個材料，唐肅宗還沒當皇帝，甚至還沒當太子的時候，他有一個布衣之交、一個讀書人，叫做李泌。杜甫詩裏面時常提到他，這個人的才華，有一點類似諸葛亮的味道，後來，唐肅宗當了皇帝以後，想到這個老朋友，強迫他出山，甚至還要給他拜相啦，給他重任，但是李泌拒絕了，他只是當個參謀一職，相當於現在的顧問吧！他就曾經建議唐肅宗，說啊你就這樣一步一步來攻長安、攻洛陽；然後呢，再跟朔方軍主要就是郭子儀、李光弼，在地方的節度使結合，然後由他們從北邊攻打范陽，兩路夾攻，這樣才是萬全之計，不一定非馬上把長安、洛陽光復，那只是一個象徵而已。

事實上的發展，卻是如此：後來，雖然唐肅宗用了回紇的軍隊，把這兩京光復了，但是，緊接著呢，史思明再度的叛變，范陽那一帶地方，永遠都沒有回到長安的版圖，所以，從這裏可看出，這也是唐肅宗太急躁了，只想要把兩個都城光復了，以爲這樣就可以鞏固、加強自己的地位，當然這樣子的一個政策，固然是很多人的意思，包括李泌的意見，但是杜甫爲什麼那麼樂觀？洛陽、長安光復，不在話下，好像一步一步，就馬上就可以整個的完成了。所以，下邊他就說了「昊天積霜露，正氣有肅殺。禍轉亡胡歲，勢成擒胡月。胡命其能久？皇綱未宜絕」。「昊天」就是晴朗的天空，天空累積了霜水、露水，這什麼季節？秋天，對不對？呼應前面的「仰觀天色改」，因爲天色改了，因爲現在是秋天的、肅殺的季節，所以「正氣有肅殺」，在時令上，現在是有肅殺的正氣，古人打仗講究天時、地利、和人和嘛！有一股肅殺的正氣，因此他就說「禍轉亡胡歲，勢成擒胡月」，這兩句，後邊有很多註解，囉嗦的爭論，其實沒有必要，這兩句很簡單：「禍轉」，是說「禍轉」要加一個「福」，禍福移轉，「勢成」呢？就是說，形勢已成，禍福移轉，就是說過去禍在我們唐朝這一邊，現在轉過來了。禍在胡人裏頭，過去福在胡人那邊，他順利了，現在呢？福來到我們這一邊了，已經改變方向了，那形勢也已經形成了，所以，現在是亡胡、擒胡的歲月，你把「歲」跟「月」連在一起，這是「互文」的方式，禍福移轉形勢已成，現在是亡胡擒胡的歲月，所以，現在是能夠把胡人收服，把胡人消滅的時間了，「胡命其能久？皇綱未宜絕」，胡人的命脈怎麼能夠長久的維持下去呢？「皇綱」這是國運啦！我們的國運，我們唐朝的命脈是不會斷絕的，「皇綱未宜絕」，古代的文人時常寫這種東西，這個感覺自我良好，好像說了就算，這個杜甫的詩，有一類是這個樣子的。所以，他的風格內容很多啦，那其中有一類是這樣的，這是有一點「載歌載頌」的味道，但是我們從他的心態看，他基本上也深切的期待，樂觀的希望，希望現在天改變了，現在呢？可以把胡人消滅了，我們國家的命脈不會斷絕掉。不過，這有一點過度樂觀啦！而且，有一點類似空洞的口號。但是下邊呢，他說了一些具體的理由，讓他能夠產生，這種期待的理由。

他說啊「憶昨狼狽初，事與古先別。姦臣竟葅醢，同惡隨蕩析。不聞夏殷衰，中自誅褒妲。周漢獲再興，宣光果明哲」這是第三個小節。指唐朝國君，是非常英明的、非常賢明的，「憶昨狼狽初」，想到以前，什麼時候？指的就是，自天寶十五載長安淪陷，唐玄宗逃難從延秋門逃出長安，這樣的一個背景，這樣狼狽的時候，「事與古先別」，結果啊！我們唐朝所發生的事情，跟以前的歷史不一樣，那爲什麼跟以前不一樣？「姦臣竟菹醢，同惡隨蕩析」，奸臣啊！舉具體的說，指的是楊國忠，像這樣的奸臣被剁成肉醬了，「菹醢」肉醬，被殺害了，「同惡」，跟他一起爲非作歹的人，有些註解，落實地說，比方說像虢國夫人啦、秦國夫人、楊家的其他姊妹，「同蕩析」，「蕩」指的是水的飄盪，「析」啊！把一個木頭剖開來，叫做「析」，「如水之蕩，如木之析」，也就是跟他同作爲的那一些人，同時被消滅了。然後呢？「不聞夏殷衰，中自誅褒妲」，我們唐朝沒有聽說像夏朝、像商朝，那些衰德之君，「衰」啊！是品德衰微的國君，「中自誅褒妲」，「中」指的是皇帝的內心，指的是唐玄宗，唐玄宗內心親自的決定，把像褒姒、像妲己這樣禍因的女子呢，把她殺了。當然，各位很清楚嘛！這裏的褒姒，這裏的妲己，暗指的是誰啊？楊貴妃嘛！而這樣一個事件的背景，就是指什麼「馬嵬兵變」對不對？唐玄宗天寶十五載六月長安即將淪陷，帶著楊貴妃，楊國忠啊，還有虢國夫人等一批人逃出了長安，來到馬嵬坡，當時有一位將軍叫龍武大將軍陳玄禮，就發動了一場政變，政變的目標，第一個就是先把楊國忠殺了，史書像《資治通鑑》記載得好清楚喔！那天早上在馬嵬坡，結果呢？有一批胡人跟著唐玄宗要到四川，結果呢？大概在路上很艱苦，沒有東西吃，就攔著楊國忠，向楊國忠訴苦啦，大概要一點資助啦！這楊國忠在跟他們對談的時候，這陳玄禮啊就發動軍隊，就說楊國忠跟胡人謀反，當場就把他殺了，殺了以後，那唐玄宗聽到外邊很亂嘛！出來一看！楊國忠已經被殺了，也無可奈何了，皇帝就叫這些軍隊散去，可是軍隊不散，那唐玄宗就叫高力士去問那軍隊爲什麼還圍在那裏啊？陳玄禮就跟高力士說，雖然禍根已經掃除了，楊國忠已經被殺了，可是貴妃還在皇帝身邊啊！那樣軍隊不安嘛！那唐玄宗，無可奈何，只好叫高力士把楊貴妃帶去一個佛堂、一個廟裏、一棵梨樹下邊，讓她自縊，把她上吊死了，然後還把楊貴妃的屍體擺在軍營之中，讓這軍隊看，證明楊貴妃被殺死了，那軍隊還是不散去，還有虢國夫人、秦國夫人啊；楊貴妃的其他姊妹看到這個變亂，馬上逃啊！可是啊！逃不遠，都被軍隊抓到了，都被殺了，背景是這樣。所以這裏，所謂的「姦臣竟葅醢」當然指的是楊國忠，「同惡隨蕩析」大概指的是楊家姊妹，然後這裏所謂「中自誅褒妲」，當然指的是楊貴妃。不過這兩個句子，我們好像提過，你看這朝代，夏、殷，然後人物呢？是褒、妲。各位基本歷史常識都有喔！夏朝的衰德之君，是那一位？夏桀王，夏桀王寵愛的是妺熹！這個妺熹啊！是當時一個部落，一個小國家，叫有施氏的女兒，夏桀王把有施氏滅了，滅了以後，就把他的女兒娶回來，聽說她是有女子態、丈夫心，看起來很柔弱、很嬌媚的女子，但是野心很大，夏桀王愛她非常的沉溺，走到哪裡都要跟在旁邊，然後，上朝的時候，就把她抱在膝蓋，跟朝臣見面，反正就是荒淫啦！這是夏。

殷的衰德之君，是誰啊？殷紂王嘛！寵愛哪一個？寵愛妲己。所以，你看朝代，夏、殷人物：「褒、妲」，只有「殷」跟「妲」可以呼應，那「夏」沒有呼應，「褒」沒有呼應，假如說連連看的話，這個歷史考試不及格，所以有人說啊！這裏一定有錯字喔！應該是「不聞殷周衰，中自誅褒妲」，朝代的名字呼應了嘛！是不是？還有另外一個說法啦，「不聞夏殷衰，中自誅妺妲」，也連得起來，是錯字嗎？不是喔！爲什麼？因爲杜甫說「事與古先別」，唐朝所發生的事情，跟古老的時代，也就是從前發生的事情是不一樣的，他用一個比較，怎麼比較？那他要比較，用唐朝跟甚麼比較呢？其實啊！他要跟三代之君作比較，爲什麼要跟三代比啊？因爲三代是個整體的概念，三代，哪三代啊？夏、商、周，第一個，它們是先秦的時代，第二個啊，這個很巧合喔！這三個朝代剛開始啊，都是有英明的國君耶，夏禹啊！商湯啊！周文王、周武王啊！然後呢？到了末代的時候，就有夏桀王、殷紂王、周幽王，這些衰敗的國君，而且都亡於所謂的「女禍」，被禍水所害，所以，它是一個整體的概念。杜甫要舉三個朝代，要三個人物都提，那要寫成什麼？「不聞夏殷周衰，中自誅妺褒妲」這樣才完整，可是，偏偏五言啊！多了一個字，多了一個字要省，假如把「周」省了，「褒」省了，或者把「夏」省，把「妺」省了，我們讀者就不知道杜甫是要舉三代，以爲他只舉兩代，一定要三個朝代，一定要三個人物，又被五言所限，他採取的什麼方法？「互文」的方法，這裡有的，這裡省掉；這裡有的，這裏省掉，「互文」是可以讓你這樣啊，要表達的完整的內容，不受到字數的影響，因此「互文」是「有所省略」，但是那個省略，是「互相省略」。「互相省略」的意思就是說，這裡有了，所以這個地方可以省，那我們讀者呢？因爲看到有「夏」，所以就自動的補上「妺喜」，因爲有「褒姒」，就可以自動的補上「周朝」，這觀念一定要有，「省略的並不表示沒有」，它是存在的，但是，字面上沒有出現，那我們就要根據出現的，補上沒有的；所以三個朝代、三個人物就出現，完整的表現。

所以，「不聞夏殷周衰，中自誅妺褒妲」這裡有唐朝跟先秦三個朝代做一個比較，我們跟他不一樣，皇帝親自下令把褒姒、妲己、妺喜這樣的亡國的女子殺了，因此呢？「周漢獲再興，宣光果明哲」，我們唐朝，就像周朝，就像漢朝一樣，得到了再度的復興的機會，爲什麼指周、指漢呢？因爲周宣王，下邊的「宣光」，「宣」指的是周宣王，「光」呢？呼應漢，指的什麼呢？漢光武，對不對？在歷史上有名的所謂「中興之主」啦！周宣王第一個，再來漢光武。所以，我們唐朝就像周、就像漢一樣，得到再次的復興的機會，因爲我們現在的國君，就像周宣王，漢光武那樣的所謂「明哲」，那麼明睿，也就是那樣的英明啦！好！這是第三小節，國君的賢明，問一下，這國君指的是哪幾個國君？一個是唐玄宗「中自誅褒妲」，另外一個呢？唐肅宗，他像周宣王及像漢光武一樣是復興之君，這是講唐玄宗的英明，還有唐肅宗是所謂的「中興之主」嘛！不過，講到唐玄宗的這部分，各位翻到講義，我們補充了一首詩。

大家看到補充資料的最後一條，鄭畋的〈馬嵬坡〉，這一首也許各位讀過，是滿熟悉的一首詩：「肅宗回馬楊妃死，雲雨雖亡日月新。終是聖明天子事，景陽宮井又何人。」看到了吧？「肅宗回馬」，是說馬嵬坡兵變之後，唐玄宗繼續的往成都，西去了；但是唐玄宗吩咐了唐肅宗留下來，來擔負收復長安的責任，於是唐肅宗率領一批軍隊回轉過來，往西北面去，就到了靈武，然後就在那邊即位嘛！這叫「肅宗回馬楊妃死」，就是馬嵬坡兵變，楊貴妃死在那個地方，「雲雨雖亡日月新」，考一下各位，這兩句有呼應關係喔！「雲雨雖亡日月新」呼應了哪一部分？對！呼應了「楊貴妃死」，那「日月新」呢？呼應了「肅宗回馬」，調著馬匹往靈武而去，表示唐朝又一片新的歲月了。雖然楊貴妃死在馬嵬坡，「雲雨」用了〈高唐賦〉的典故，表示男女歡愛的事情啦！就是唐玄宗與楊貴妃這樣的愛情雖然結束了，雖然消失了，可是唐朝重新得到一片新的天空，重新得到一個生機，所以「日月新」。畢竟是像唐玄宗這樣把楊貴妃在馬嵬坡賜死了，唐玄宗雖然捨不得那樣的感情，但終究忍痛犧牲了，畢竟還是聖明天子所做的事、所做的行爲；然後拿來跟另外一個國君來做比較。「景陽宮井」，指的是陳後主這個典故，陳後主就是南朝的皇帝，然後呢是被隋朝所滅了，當隋朝的軍隊圍攻建康要攻進來的時候，陳後主抱著他最喜歡的一個妃子張麗華，跳到一口井裡邊，要躲避隋兵的搜捕，那個井是景陽宮的井，傳說啦，那井的井欄是胭脂的顏色，所以有時候把它叫「胭脂井」，那是一口乾枯的井，他以爲躲在井底下，大概就可以逃掉了，但是呢，隋朝軍隊，最後還是把他用繩子拉上來，吊上來之後才發現他與張麗華抱在一起，這個陳後主雖然面臨亡國了，還是捨不得那個張麗華，所以「又何人」，又是哪一種人呢？很顯然的，他是用南朝的陳後主來跟唐玄宗做比較；筆法上，跟杜甫寫唐玄宗很像喔！對不對？杜甫是跟什麼時代做比較？是三代的國君，所以，這個鄭畋是晚唐時的人，他經過馬嵬坡寫了這首詩，傳說啦！後來有人讀到他的這首詩，認爲他有宰相之氣，所以，古人常看你做的詩，來看出你的未來的前途，果然，鄭畋後來也做到宰相啦！好！我們從這裡可以看出，用鄭畋的這首詩，對照杜甫的這首詩，很顯然的，這個小段落，杜甫是肯定了唐明皇的，將像鄭畋一樣，「終是聖明天子事」，不過，杜甫的詩下邊還有一個小段落。

「桓桓陳將軍，仗鉞奮忠烈。微爾人儘非，于今國猶活」，這是第五段的第四個小節，寫臣子的忠心，第一個小節，用回紇；第二個小節，用官軍；第三個小節，寫官軍跟皇帝的英明；第四個小節，寫臣子的忠心。這個臣子寫誰？他是「桓桓陳將軍」，陳將軍就是陳玄禮，他是發動「馬嵬兵變」的重要人物，他是當時禁衛軍的首領，當時的稱號叫「龍武大將軍」，杜甫稱它爲「陳將軍」，他發動「馬嵬兵變」，簡稱他爲「桓桓」，當然也有出處，我們簡單的說就是非常威武的樣子，「仗鉞奮忠烈」。「鉞」當然是兵器啦，手拿著一把兵器，表現了他的忠烈之氣，「微爾人盡非，于今國猶活」這是杜甫對陳玄禮行爲的一個評斷，各位讀過《論語》，孔子不是說「微管仲吾其被髮左衽矣」嗎？這個「微」是沒有，是一個假設詞，假設沒有你、沒有你這樣的做法的話，「人盡非」，這三個字不太好講，「非」，不是，「人儘非」，所有人都不是了，那「所有人都不是了」是甚麼意思？也就是說，所有人的作爲都得不到一個成就，得不到一個成功，這裡的人，應該指的是當時幫助唐肅宗，來光復長安、光復洛陽、平定「安祿山之亂」的這些人。這些人包括我們很熟悉的郭子儀、李光弼，這些都是屬於忠心的大將軍，這些人在史書上，就平定「安祿山之亂」，是給予很高的評價的。唐朝就是得到這些人的出力，才能夠把亂事平定下來。但是，杜甫說假如沒有你陳玄禮這樣的作爲的話，那所有人就都得不到成就。也因爲有你陳將軍，到現在我們國家的命脈才一直維持留下來，才沒有滅亡。所以，這兩句我們先做一個評論，很顯然杜甫對陳玄禮是給予很高的評價，那這個評價的理論在哪裡？是什麼道理？各位不妨再翻到宋朝許彥周說的話：「老杜〈北征〉詩，獨以活國許陳玄禮，何也？」是什麼道理？他解釋了，他說：「惟賞罰當則再振，否則不可支持矣。玄禮首議太真、國忠輩，近乎一言興邦，宜得此語，倘無此舉，雖有李、郭不能展用。」這段話不曉得各位看得懂嗎？它顯然的是從一個角度來肯定陳玄禮的，這樣的一個作爲的價值就是所謂的「賞罰當則再振」，在這樣危亂的時代，國君一定要賞罰分明，有亂的、有禍害的、一定要把他殺了，這樣子才能振起軍心、振起民心，國家才能夠得到一個支持。當然，在這裡是誰該罰的呢？在這裡當然有「女禍思想」在，我講過「女禍思想」對不對？當然啊！對女性是很不公平啦，但在，過去的歷史觀念裡頭，所謂「女禍思想」就是把亡國的責任追究到國君所寵愛的女人身上去。這當然很不公平，但是，在過去的歷史觀念裡頭，是非常強烈的一個思想。《詩經》裡有這麼一句話：「哲夫成城，哲婦傾城。」這個「哲」字是聰明的意思啦，一個聰明的男子，他可以建立一個國家，「成城」，成邦啦！但是，一個聰明的女子，她也可以，把一個城給傾覆了，這「傾城」，跟後來李延年說的「一笑傾人城，再笑傾人國」意思是不一樣的，「傾」是傾倒沒錯，但是李延年那首詩「傾倒」是說被女子的美色所傾倒了，但是這裡所謂的「傾倒」呢，則是說一個城，滅掉了、亡掉了。所以這是觀念，《詩經》以來就有了，現在的「賞罰當則再振」，所以，楊貴妃是造成「安祿山之亂」的禍首，把她誅殺了，當然就是「賞罰得當」，因此，就能得到大家的支持，國家就能夠再度的復興起來，所以說「微爾人盡非，于今國猶活」。當然這觀念，你接不接受是一回事，反正歷史上就是這樣的一個態度，杜甫這樣稱讚陳玄禮。

「淒涼大同殿，寂寞白獸闥。都人望翠華，佳氣向金闕」，這是第五個小節，寫民心的歸向。這裡提到了兩個宮殿，所謂的「大同殿」，所謂的「白獸闥」。「大同殿」是在長安「興慶宮」的旁邊，各位假如翻翻我們過去給的地圖，「興慶宮」是唐玄宗還在做太子，還沒有做皇帝時所住的地方，旁邊有一個宮殿叫「白獸闥」，然後旁邊還有「花萼樓」啦等等，以前我們提到過，所以是長安城中的一個宮殿，那是一個宮殿，本來叫「白虎門」。可是爲什麼把它叫「白獸闥」呢?那是因爲李淵的父親唐太祖的名字叫「虎」，古代皇帝名諱是要避諱的，所以唐朝人就把「白虎門」改成「白獸闥」，那怎麼「門」在詩裡頭變成「闥」呢？這是爲了押韻的關係，在這個地方要押韻，假如寫甚麼「門」那就出韻了啦！所以，「白獸闥」就是「白虎門」，好，以一個「大同殿」、一個「白虎門」，一個長安的宮殿，代表了長安這個地區，杜甫現在是不在長安，想像那些宮殿，是所謂的寂寞的、淒涼的，因爲淪陷在胡人的手中，就像我們好像讀過的，所謂的「淒涼漢怨深」嘛！就像我們詩裡頭的「淒涼大同殿，「寂寞白獸闥」嘛！「都人望翠華，佳氣向金闕」，「都人」當然是長安的百姓，「翠華」是天子的旗子，所以淪陷長安城中的百姓們，都盼望天子能回到長安來，希望天子的佳氣回到都城這個地方，也就是「佳氣向金闕」，都期待官軍能夠光復長安，這個小節，是表示了老百姓仍然是期待朝廷的，期待能夠光復、期待能回到都城這邊來，當然，這也是唐朝還能復興的一個希望，這基本內容主旨應該是如此。不過，這裡我們要補充一點，我們了解唐朝的宮殿不知有多少，宮殿、宮門何只數百個，那杜甫爲什麼要找一個宮殿，一個宮門，選擇的代表是「大同殿」這個宮殿？爲什麼選擇了「白虎門」，「白獸闥」，這個宮門？這個選擇，我們認爲可能另有言外之意。我們根據史料告訴我們，唐玄宗總共做了皇帝做了四十五年，從先天到天寶十五載，一共四十五年，所以他晚年的時候，其實對政事非常的倦怠，然後有一次他在大同殿這個地方跟高力士說，我春秋已高、年紀老了，我很想把所有的政事，讓李林甫——當時的宰相——去裁決，那高力士在旁邊馬上說：假如大權旁落的話，可能對你不利。所以從這樣的一個背景，我們可以看出，杜甫顯示了唐玄宗晚年對政事的倦怠，顯示了唐朝走向衰敗的原因。至於「白獸闥」，往前推唐玄宗之前的皇帝呢是唐中宗，唐中宗當時是武則天專權，唐中宗基本上是個魁儡，當唐中宗死了以後，他的皇后叫韋后，也想要效法武則天，也想要掌權，後來唐玄宗，他那時還沒當皇帝，幫著他的父親，平定了「韋后之亂」，消滅韋后之後呢，推他的父親做皇帝叫唐睿宗，唐睿宗做了一兩年，就禪讓給唐玄宗，當平定「韋后之亂」的時候，史書上說李隆基分派軍隊，攻打「白虎門」、攻打「玄武門」，最後把韋后平定下來，所以從這裡看，「白虎門」顯然的也是顯示了唐朝興盛的一個原因。所以這兩個地點，很顯然的跟興衰是有關聯的，所以，杜甫特別要表現長安這樣的地點的時候，特別選擇了這一個宮殿、這一個宮門，可能跟他要表達的唐朝興衰的，這樣的一個轉變，應該是有一些象徵的意義的，這是言外之意。基本上，這四個句子的重點，還是在民心的歸向上面。

好！後邊最後四句「園陵固有神，埽灑數不缺。煌煌太宗業，樹立甚宏達」。這是最後的部分，寫祖宗的庇佑。「園」跟「陵」當然指的是皇帝的陵墓啦！指的是哪個皇帝啊？當然是太宗，也就是昭陵。他說啊！唐太宗的昭陵「固有神」，本來就有他的神靈，他的神靈是不會消失的。「埽灑數不缺」，「埽灑」就是祭拜，打掃清潔啊！「數」就是禮數，禮數不中斷，禮數不中斷是什麼意思？意思就是若唐朝亡了，祭拜唐朝園陵的禮數，當然就會中斷了。後代的祖孫，祭拜祖先的儀式，是不會中斷的，因爲「煌煌太宗業，樹立甚宏達」。唐太宗所建立的，輝煌的基業，是非常宏大的，這樣宏大的基業，顯然是不會中斷的，也就是祖宗的庇佑，有祖宗的庇佑、當然也讓唐朝的命脈，不會中斷。好，這當然「園陵固有神」，你也可以說講得很空洞、很抽象，不過，這裡可以補充一個資料，這資料在我們書上剛好有收，請翻到杜甫的五言排律裡的一首詩，題目叫〈行次昭陵〉。這是杜甫經過唐太宗的陵墓時所做的一首詩，我們看到最後倒數的兩行：「玉衣晨自舉，石馬汗常趨。」這是運用了兩個典故，「玉衣」是運用了漢朝的故事，看到錢謙益的註解，引了《漢書》的〈王莽傳〉，王莽各位知道，篡了西漢，自己做了皇帝嘛！說王莽篡漢之後，「杜陵便殿乘輿虎文衣廢藏在室匣中者，出，自樹立於外堂上，良久乃委地，莽惡之。」「杜陵」指的是漢宣帝，古時常用皇帝的陵墓來指那個皇帝，像漢宣帝的陵墓就叫「杜陵」，就用「杜陵」來指漢宣帝，在漢宣帝的神殿裡頭，藏了一些他以前坐過的車子，還有他穿過的衣服，藏在室中、藏在箱子裡頭。可是在王莽篡漢了以後，有一天，衣服突然從箱子裡跑出來，然後掛在外邊廳堂上邊，過了很久才落到地上來。聽起來滿恐怖的，這是有神靈的啦！後面還有一些故事，我就不說了。「石馬汗常趨」，「石馬」我們講過了好幾次了，唐太宗昭陵墓前，有六匹石刻的馬匹，那個馬匹是指唐太宗當年平定天下時，曾經騎坐的馬匹，那個石馬後來有一些被外國人盜走了，好像還有一些跑到了美國的樣子，所以這是有的。現在，我們看到錢謙益的註說：安祿山造反以後，不是哥舒翰鎮守潼關嗎？「潼關之戰」唐跟安祿山之副將崔乾祐在打仗，打仗時打敗了，打敗了之後，唐朝的軍隊，看見黃旂軍數百隊，官軍私下以為是賊兵，不敢逼之，過了不久，又看到乾祐軍跟黃旂軍在打仗，沒有打勝又打，打了好幾次，後來黃旂軍不知所在，過了不久，「昭陵奏」，就是管理昭陵的官吏向皇宮報告，靈宮前石馬汗流了。原來，昭陵前邊的石馬，流了汗了，前面說的，黃旂軍數百隊，就是指昭陵墓前的馬匹，石頭做的馬匹，變成真的馬，然後跟乾祐的軍隊在打仗，所謂的「石馬汗常趨」。我們補充這些資料，來說明所謂的「園陵固有神」嘛，唐太宗的魂靈還在的，所以，唐朝可以得到保證，是不會被消滅的、不會敗亡的。

好！大致上來說，這個是最後的一個部分，用「煌煌太宗業，樹立甚宏達」給整個作品一個非常宏大的氣象。這首詩很長，一百四十個句子，七百個字，各位可以看出來，基本上這是我們一開頭說的，是一種「賦」的風格，是一種敘述性的風格。可是，也有很多議論性的地方，尤其到了第五段你可以看到議論性的就很強啦，譬如，他反對用回紇的軍隊，主張用官軍，來深入的評論了唐玄宗的作爲；也肯定了陳玄禮的表現；也說出了老百姓的傾向；當然也說出了，祖宗的庇佑等等。這第五段，基本上，是比較傾向議論的方向，這種以議論的性質來寫詩，基本上，表現最突出的應該是從杜甫開始。

有些詩人，模仿杜甫，時常用議論的方式來做詩，不過這類的詩，不好寫。爲什麼不好寫？最主要是詩畢竟是抒情的文體，假如太多的議論，就比較枯燥了一些，比較失去詩的情韻在裡頭。至於前面賦的部分，可以看出，記載他什麼時候離開，記載他什麼時候拜別皇帝，記載他走在路上，敘述他回到家中，悲喜之情的種種。這個世界比較豐富，感情也比較濃厚一些，所以，我一直感覺這〈北征〉到了第五段以後，可能讀起來比較枯澀，所以有些人可能就不太喜歡。不過，他前面寫他辭闕，寫他走在路上，寫他回到家中的悲喜交集，寫他家中妻子、女兒、兒子等等的表現，寫得是很生動、寫得非常的真實，然後，我們把整篇的結構，再給各位，做一個簡單的溫習。

我們說過第一段呢！就只有四句「皇帝二載秋，閏八月初吉。杜子將北征，蒼茫問家室」，但是，它是整個作品的綱領，我們把他叫做「提綱」！各位看看，他是如何的引發出，後面四個段落出來的，像所謂「杜子將北征」，很顯然，第二段的「辭闕」，第三段的「道途」，都是從「北征」，引發出來的。至於「蒼茫問家室」產生出哪一個段落？當然就是第四段的「到家」，寫他家。至於第一、第二句，「皇帝二載秋，閏八月初吉」，是時間，年、月、日、的交代，產生了哪一段落？產生了第五段，寫這「時代的面貌」，雖然是簡單的四個句子，把後邊的四個大的段落，都把它做了一個提綱，引發出來了。〈奉先詠懷〉大家背過了吧？所以這一首〈北征〉，我也鼓勵大家把它背一背吧！

瘦馬行

東郊瘦馬使我傷，骨骼硉兀如堵牆。絆之欲動轉欹側，此豈有意仍騰驤？細看六印帶官字，眾道三軍遺路旁。皮乾剝落雜泥滓，毛暗蕭條連雪霜。去歲奔波逐餘寇，驊騮不慣不得將。士卒多騎內廄馬，惆悵恐是病乘黃。當時歷塊誤一蹶，委棄非汝能周防。見人慘淡若哀訴，失主錯莫無晶光。天寒遠放雁為伴，日暮不收烏啄瘡。誰家且養願終惠，更試明年春草長。

現在我們來讀這一首〈瘦馬行〉，在二一三頁。題目很簡單，就是杜甫一首詠馬的詩。我們講過很多杜甫詠馬的作品，有的是真實的馬，有的是繪畫的馬，這一首應該是真的馬。然後我們讀過杜甫的詠馬詩，不管是真的或是畫的，通常都是非常雄健的馬匹，什麼「竹批雙耳峻」啦、「風入四蹄輕」啦，還有前一陣子講的〈天育驃騎歌〉之類的。是不是？那這一首呢？題材很特別，寫的是一匹瘦馬，那當然有它的背景。

第一個我們先看他寫出一個地點，一開頭的「東郊」；還有一個時間，「毛暗蕭條連雪霜」。再來呢「天寒遠放雁爲伴」，顯然是到了歲暮、天寒霜雪的時候。根據這樣的一個時間與地點，可以推斷杜甫是在什麼時候寫這首的。一般有兩個說法：第一個說法認爲是在至德二載的冬天所寫的。那東郊，就是長安東邊的郊野，所以創作的地點是在長安。假如是這樣的一個時間、這個地點，那這一匹瘦馬，象徵著誰呢？我們講過，詠物往往都有比興、有象徵的對象，所以翻到題目下仇兆鰲引了黃鶴的說法，認爲是「爲房琯罷相而作」。看到了嗎？房琯我們講過，對不對？本來是跟著唐玄宗到了四川，後來唐玄宗叫他帶了傳國玉璽，到了靈武，把帝位禪讓給唐肅宗，那唐肅宗就給他做宰相。但是唐肅宗對他很不放心，認爲他是玄宗這一邊的人，所以最後找一個機會罷免了他宰相的職務。而杜甫跟房琯有很密切的關係啊，這時候杜甫剛好投奔到鳳翔做了左拾遺的官，覺得不應該罷房琯的相位。所以上疏救了房琯，因而得罪了唐肅宗。這個我們講過好幾次。所以像宋朝的黃鶴認爲這瘦馬呢，指的就是房琯。可是我們待會兒仔細讀這首詩，杜甫對馬的描寫形容，似乎跟房琯沒有很相連的關係，所以這一點我們認爲不太可靠。後來很多的說法包括仇兆鰲、包括高步瀛先生，也都否定了這說法。好，那就有第二個說法。

大家看「天寒」、「雪霜」，知道是指冬天，哪一年呢？應該是乾元元年，過了一年了。這一年杜甫在那裡？已經被貶官到華州了，對不對？他六月被貶到華州，所以這一年冬天是在華州。那地點「東郊」怎麼說呢？各位可以看到註解小字第一行，浦起龍說的「開口用東郊字，華在長安東也」，所以他認爲東郊指的是華州，因爲華州就在長安東邊，所以這個「郊」不是指長安的郊外，而是長安東邊華州的郊野。這樣說的話，那這個詩的時間、地點啊，就是乾元元年冬天在華州所作。那瘦馬所象徵的，應該就是杜甫的自我象徵，不是指房琯。杜甫以瘦馬自比，待會兒我們讀他的詩，那個形象、遭遇也比較能契合當時杜甫被貶官，流落到華州這樣子的一個背景，所以我們基本上先從這個方向來讀它。

這整首詩以杜甫來說，不算長哦！它只有二十句。我們可以把它分成四個句子一小節，一共五個小節來去處理。

先看第一段。「東郊瘦馬使我傷，骨骼硉（這唸ㄌㄨˋ）兀如堵牆。絆之欲動轉敧側，此豈有意仍騰驤。」這是第一個小節，做了一個總起。我們看到「楊曰」，楊就是楊倫。楊倫說「先極致嗟歎形容，下再細說。」意思就是說，前面四句，先概略的來去形容、描寫這個馬的形象。我們讀起來確實他把那匹瘦馬的形象和心情，先做一個整體性的描寫。先說在東郊這個地方看到一匹瘦馬，引起了我的感傷。下邊「骨骼硉兀如堵牆」。骨骼，當然是馬的骨骼，這很容易瞭解。「硉兀」兩個字是指石頭不平、稜角很多的樣子。那「如堵牆」像一面牆一樣。這句各位可以好好體會一下，他形容那個瘦馬，爲什麼說馬的骨頭就像石塊不平的樣子。各位想想，我們常說「瘦骨嶙峋」對不對？沒有肉，更不要說脂肪啦，那個骨頭突出來的樣子，就像說石頭突出來嘛。然後「如堵牆」，像一面牆。這翻譯起來好像很容易，但杜甫爲什麼用一面牆來形容看到的那匹馬呢！馬一定很高、很大，還很瘦。我們看牆壁，很高但不厚，對不對？所以馬本來是很高大、很壯的，但現在瘦了，就像一面牆。雖然還是一樣高一樣大，但是很單薄。所以這一句是極力形容那一個字？是形容那個「瘦」字。所以這首詩的題目，有些版本寫成〈老馬〉、〈老馬行〉，其實不對。其實杜甫就是寫瘦馬，強調那個瘦的感覺。我們做擊缽詩要形容一個對象，各位就要想辦法來形容。像要寫一個「瘦」字，你怎麼把牠很形象、很真實、很具體的描寫出那抽象的感覺。杜甫就說馬的骨頭像石塊一樣突出來，身軀又大，但是很單薄，這樣「瘦」就很具體的呈現了。「絆之欲動轉敧側」，「絆」本來是指繩子。通常牽馬、控馬都要一根繩子，對不對？所以看起來那匹馬脖子上可能還掛了一條韁繩。可是在這裡「絆」當動詞，就是拉的意思，牽著那根繩子拉牠。「絆之」，手去拉一拉脖子上的繩子。嘿！牠還要動哦。動的意思就是牠還想要跑起來、跳起來，所以「欲動」。可是呢？「轉敧側」。「敧」是歪斜的樣子，「敧側」就是歪向一邊。牽著繩子要拉，牠還想跑起來、還想跳起來，可是反而歪向一邊了，也就是差一點要倒下來的感覺。這再一次的寫什麼？不但瘦，而且呢，衰弱，對不對？可是牠心裡還是躍躍欲試，還想跳啊、還想跑啊！所以下句做了一個補充：「此豈有意仍騰驤。」這難道不是牠還有想要「騰驤」嗎？我們看到註解引《文選》的註說：「騰，超也；驤，馳也。」「騰驤」通常是形容馬快速的奔跑的樣子！所以這第四句「此豈有意仍騰驤」假如以呼應來說，呼應第三句的哪一個字？「欲動」嘛，對不對？雖然牠已經那麼瘦了，身體已經那麼衰弱了，可是牠還是有想要跑起來。所以除了寫形，還寫神，對不對？除了寫牠衰老、瘦弱的樣子，又寫牠的意志想要有所超越。所以這四個句子，已經把那個瘦馬的形跟神兩個地方寫得非常豐富了。

下邊第二個小節「細看六印帶官字，眾道三軍遺路旁。皮乾剝落雜泥滓，毛暗蕭條連雪霜。」我再仔細看一看牠的身上「六印帶官字」就是說馬的身上刺了六個印，這六個印還帶著官府的字樣，這個是唐朝的制度。高步瀛先生了不起，你看看，在第三行的註解引了《唐六典》，資料很多。這是唐朝的一個制度，我不仔細說，只大概說明一下概念。《唐六典》說：「太僕寺諸牧監。」太僕寺諸牧監是一個官署，掌管甚麼呢？就是掌管蓄養馬匹的一個地方。下邊「凡在牧之馬皆印」，他們牧養的馬匹都會蓋上印。這印不是像現在蓋章一樣，用印泥蓋上去的，而是用烙上去的。怎麼烙？烙哪些字？在什麼位置？各位可以看下邊的註解：「印右膊以小官字，右髀以年辰，尾側以監名……」等等，這就是所謂「六印帶官字」。所以杜甫看到這一匹馬，蓋了六個印，帶著官府的字樣，表示什麼？這是宮中的馬匹，牠出身非凡，所以下邊才說：「眾道三軍遺路旁。皮乾剝落雜泥滓，毛暗蕭條連雪霜。」很顯然看到這馬的還不只杜甫一個，大家都在圍觀。這馬流落在路邊，大家就在議論，是哪個軍隊把牠流落在路邊了？好，杜甫又先跳出來，先寫馬的形象：「皮乾剝落雜泥滓，毛暗蕭條連雪霜。」寫牠的皮膚很乾燥，很顯然，這不但是瘦馬，還是乾馬。不但乾，還剝落，就好像那個腿啊、身上啊，有龜裂的樣子。不但剝落，還沾了很多泥巴，很骯髒。「毛暗」一般是當作是毛色很暗，但事實上「毛暗」就是馬生病了。古代很多註解，都引用一個叫李實的說法，李實說馬生病了以後，毛頭生塵。就是毛會蒙上一層灰塵，沒有光澤，所以就暗了，所以說「毛暗」就是生病。那麼顯示牠除了瘦、除了衰弱、除了皮膚龜裂外，身體還有病。「毛暗蕭條連雪霜」，前邊是雜泥滓，後邊是連雪霜，就是說那個毛色暗了，還又是雪、又是泥的蒙在它的身上。

然後第三個小節「去歲奔波逐餘寇，驊騮不慣不得將。士卒多騎內廄馬，惆悵恐是病乘黃。」「去歲」是去年，假如我們判斷這首詩寫在乾元元年，那去歲是哪一年？至德二載，對不對？「奔波逐餘寇」追逐餘寇，落實到當時的背景，很可能就是唐朝在至德二載九月，要收復長安的時候，安祿山軍隊撤退了。然後牠追逐這個敗退的賊寇，所以叫「奔波逐餘寇」。假如要配合史實，那應該指的就是這匹馬參加了收復長安的那場戰爭。「驊騮不慣不得將」這一句不好講，我們先看下邊「士卒多騎內廄馬」，我們認為這「士卒」這一個句子跟「驊騮」句，應該倒裝比較好講一些。「士卒」指的就是當年光復長安的軍隊。這個戰爭裡啊，那些士卒們所乘坐的很多都是「內廄馬」。「內廄馬」就是皇宮裡養的馬匹。理論上，宮裡內廄的馬匹是給皇帝御用的。那士卒乘坐的馬匹呢？當然是軍營裡頭所飼養的，就是上一次我們說的〈天育驃騎歌〉裡的馬匹對不對？「天育馬」就是士卒們所騎坐的，可是因為軍隊那個時候馬匹不多，然後朝廷又急於要光復長安，就把內廄的馬匹都調出來，作為士卒參加戰爭、打仗的一個馬匹了，所以「士卒多騎內廄馬」。好，我們再回到「驊騮不慣不得將」，看看下邊引浦起龍的說法，「去歲」這個斷句有點斷錯了，我把它重新整理一下，應該是「去歲四句，言當時逐寇，非慣戰之驊騮不得與也。」按照浦起龍的說法，所謂「驊騮不慣」的「慣」是什麼意思呢？就是「慣戰」，也就是習慣於打仗、作戰。也就是說當時參加收復長安的戰爭，假如不是習慣在戰場上作戰的那些馬匹，是不能參加的。浦起龍的解釋是這樣一個意思。可是我覺得這樣可能說得不太通。浦起龍的解釋，可能有些錯誤。

現在我們重新整理一下，主要是「驊騮不慣不得將」這個「慣」，我們認為不是指「慣戰」，而是指士卒的習慣。習慣什麼？是說士卒們不習慣駕馭這樣的驊騮，所以前面說「士卒多騎內廄馬」，士卒們來打這一場仗，乘坐的是專供皇上御用的內廄馬匹。這個馬匹是驊騮，是非常好的馬匹。可是這些士卒們不習慣，也就是沒有能力來駕馭這些馬匹，所以「不得將」。「將」在這裡唸平聲，是駕馭的意思，不習慣來去駕馭這樣好的驊騮。好的馬，要有好的人才能駕馭牠的。但是士卒們不習慣，沒有能力來去操控這樣的馬匹，所以可以把它倒裝一下。先「去歲奔波逐餘寇」，然後「士卒多騎內廄馬」，可是「驊騮不慣不得將」，這些士卒不習慣駕馭牠們，所以下邊「惆悵恐是病乘黃」。浦起龍說跟前面的「細看」呼應，說得很好。你前面仔細的看，看出「六印帶官字」，因此作了一個判斷，恐怕這是所謂的「乘黃」。「乘黃」是一匹良馬的名稱，各位看到註解引的「乘黃獸名也，龍翼馬身，黃帝乘之而仙，故以名廄」，下邊還說乘黃背上長了兩個角，假如你騎在上頭，可以活兩千歲，反正是神話中的神馬啦。所以「乘黃」就是指很好的馬，呼應前邊的「驊騮」。

回來這句「惆悵恐是病乘黃。」我仔細觀察牠「六印帶官字」，所以我認為恐怕是所謂「乘黃」，也就是「內廄馬」，是皇帝御用的馬，像傳說中神馬一樣的駿馬。可是牠「病乘黃」，那麼瘦、那麼衰弱，對不對？而且毛色灰暗生了病，所以讓我心中感到惆悵、感到難過。這一個小節比較麻煩一些，我再把它的結構說一下。各位想想看，前面四句很容易瞭解，是一個總體，對不對？然後第二小節，一開頭「細看六印帶官字」，直接接到「惆悵恐是病乘黃」，這樣連接是不是很順？我們仔細看看，牠身上蓋了六個官印，顯然牠是所謂「乘黃」，是皇帝御用的、非常好的馬匹，但是牠又老、又瘦、又衰弱，所以我感到惆悵、感到難過。這樣是不是很順？可是杜甫在這裡有跳躍，「細看」下邊跳出來寫旁邊圍觀的人，眾口紛紛說那是官軍遺落在路旁的，又再跳出來寫牠的皮膚、毛色，然後再追溯去年的戰爭，再補充當時那場戰爭，士卒們都在騎「內廄馬」，這些士卒們不習慣於駕馭這樣的馬匹。所以很明顯，這裡補充了為什麼牠會被拋棄？為什麼會「三軍遺路旁」，甚至還提到牠最後就這樣的衰老等等的，都是從中間這裡補充帶出來的內容。我們寫古體詩，其實要注意這種跳躍的方式。這也是我們理解上的一個障礙，假如說很順的這樣寫下來，當然是平穩通暢，但是呢，就沒有波瀾。各位回家可以再看自己的作品，以前寫的這個地方要怎麼跳出去的，跳了以後要怎麼拉回來，讓詩能騰挪變化，能放能收，能開能合，這就是工夫。所以這些作品真的要背，慢慢習慣它怎麼跳，又怎麼拉回來的一個能力，這個不容易。好，除了內容，我們順便補充一下章法的部分。

好，再下邊第四個小節「當時歷塊誤一蹶，委棄非汝能周防。見人慘淡若哀訴，失主錯莫無晶光。」請問「當時」呼應哪裡？當然是「去歲」，去年那一場戰爭。「歷塊誤一蹶」，各位看到下面引了王褒的〈聖主得賢臣頌〉說：「過都越國，蹶如歷塊」，這個「都」跟「國」是同義詞，都是都城、國家。說「過都越國」，是說那個馬要越過國家，或者越過一個都城。「蹶如歷塊」，「塊」是土堆，所以這裡的「蹶」啊，相當於跳的意思，對不對？形容那個馬很厲害，要越過一個城、越過一個國，就像跳過一個土堆一樣。所以王褒這個篇名叫什麼？〈聖主得賢臣頌〉，顯然是用一匹馬形容那個賢臣。《文選》的五臣註引了呂延濟的註說：「蹶，疾也。」疾就是快嘛。各位想想，杜甫在這裡有沒有用這個字，有啊！「歷塊誤一蹶」不是「過都越國，蹶如歷塊」嗎？可是假如那個「蹶」當作「疾」，「跳」得很快，講不講得通？因爲這裡說「誤」耶？所以高步瀛先生下邊說了詩裡的「蹶」字跟王褒的「蹶」字：「字同而義異。」字面相同，但意思不一樣。《呂氏春秋》高誘的註說「蹶」是什麼？「躓也」。躓是甚麼意思？跌倒、仆倒的意思。這麻煩了吧，同樣的出處，同樣的字，可是意思是相反的。

王褒原來的用法是跳得很快、很厲害。可是杜甫在這裡說是跌倒，你非要用另外一個意思不可，不然杜甫這個句子講不通。當年「奔波逐餘寇」，士卒都騎「內廄馬」，可是士兵「驊騮不慣不得將」，不善於駕控這種馬匹啊！所以打仗的時候「歷塊誤一蹶」，牠要跳過一個地方卻摔了一跤，所以下邊說「委棄非汝能周防」。摔了一跤，受傷跌倒了吧！就被委棄、被拋棄了，落得現在這個遭遇，這個命運。可是這個「非汝能周防」，「汝」當然指這個馬匹，「周防」是周全的防備。就是說你沒有辦法事先照顧好自己，就這樣子被不會駕馭你的士卒們騎去打仗，摔了一跤，受傷就被拋棄了，這不是你的問題啊！你也無法防範啊！

可是呢？那個馬顯然心裡很委屈的！所以「見人慘淡若哀訴」。「人」，各位想想，呼應前面哪裡？「眾道三軍遺路旁」對不對？這個馬看到四周圍的人，好像很悽慘的向四周的人哀訴。然後「失主錯莫無晶光」，「錯莫」是落莫、失落的意思。牠因失去主人，被拋棄在路旁，心中很失落，所以看到四周的人就想要哀訴。「無晶光」註解沒有，「晶」就是亮，晶光就是亮光。什麼的亮光？具體來說就是「眼睛」，眼睛是沒有亮光，就是失神的樣子。牠看著四周的人，嘴巴動啊動啊，好像在哀訴。

下邊第五個小節「天寒遠放雁爲伴，日暮不收烏啄瘡。誰家且養願終惠，更試明年春草長。」現在是寒冷的冬天，「遠放」被留放在路邊，「雁爲伴」，大雁到了冬天紛紛南飛，對不對？這時節只有天上的雁子陪伴牠，意思是甚麼？第一個，牠沒有主人；第二個，牠旁邊也沒有其他的馬。牠是一匹孤單的、被遺棄的馬匹。到了黃昏的時候也沒有人把牠帶回馬廄。「烏啄瘡」呢？高步瀛先生引了一些精彩的材料，說有一種「烏」叫做「慈烏」，專門啄牛、馬、駱駝身上的瘡，大概這個烏指的就是這種鳥。前邊寫「毛暗」、寫「皮乾剝落」，這邊還告訴你，牠身上還長了好多瘡。所以到了日暮時候，烏鴉飛下來，啄它的瘡。最後兩句「誰家且養願終惠，更試明年春草長」，代替馬說出了牠的心事。有哪個人、哪一家願意收養牠，願意給「終惠」。「終惠」是有始有終的恩惠。註解最後一行引了顏延年的〈赭白馬賦〉說「願終惠養」，杜甫就是用這個典故。杜甫希望說，哪一家人願意收養它，有始有終的來照顧牠。假如有，那馬就有一個期待，願「更試明年春草長」，希望到了明年春天，野草茂盛的時候，牠再試一番。試什麼，試牠的能力嘛！只要有人收養我，讓我調養好身體，到了明年春草長出來，我再馳騁一番。也就是說牠對自己沒有放棄，仍然對自己還有信心，明年還可以在原野上馳騁。

好，這整首詩的內容，我們可以看出圍繞在瘦馬來去描寫。牠的形象，牠的遭遇，牠的心情。我們說它就是「賦」，它就是寫馬，可不可以？當然可以了。但是詠物往往有寄託，這是我們的傳統。杜甫的寫馬的詩，很多時候都把馬作了一些比興，所以很多人認爲這是杜甫對自我的哀傷，這也講得通，尤其是他在這一年六月，從左拾遺被貶官，放逐到華州這個地方來。所以他大概認爲自己也就像那匹馬一樣，被朝廷放棄了。但是杜甫仍然期待「更試明年春草長」，更期待明年還是有機會一顯身手。

新安吏

客行新安道，喧呼聞點兵。借問新安吏，縣小更無丁。府帖昨夜下，次選中男行。中男絕短小，何以守王城？肥男有母送，瘦男獨伶俜。白水暮東流，青山猶哭聲。莫自使眼枯，收汝淚縱橫。眼枯即見骨，天地終無情。我軍取相州，日夕望其平。豈意賊難料，歸軍星散營？就糧近故壘，練卒依舊京。掘濠不到水，牧馬役亦輕。況乃王師順，撫養甚分明。送行勿泣血，僕射如父兄。

我們接下來要從六十一頁開始講〈三吏〉、〈三別〉，為什麼叫〈三吏〉、〈三別〉呢？因為前邊三首所謂〈新安吏〉、〈潼關吏〉、〈石壕吏〉都有一個「吏」字，後邊所謂〈新婚別〉、〈垂老別〉、〈無家別〉三首都有一個「別」字，所以合稱〈三吏〉、〈三別〉。這樣看起來好像每一首各有一個題目，但是事實上它應該是「聯章」的，杜甫只是沒有再給它一個總括的題目，「聯章」是什麼？「聯章」是一個題目底下有兩首以上的詩組成，這叫「聯章」。我們作品最大的單位叫做「篇」，下一個單位就是「章」，「章」等於「首」，所以兩首以上的詩組合起來，就叫做「聯章」，這是六首組合出來的一篇作品，不過它跟我們一般所謂「聯章」有一點不一樣的，是它沒有一個總的題目，了解嗎？所以我們讀這一篇作品基本上不能忽略這一點，以為是它各自獨立的，事實上是一個整體。

讀這一篇要掌握它的背景，這背景分兩個層次，一個是它的時代的背景，另外一個是杜甫個人的生活。先從時代背景說好了，不曉得各位會不會厭倦？這個背景講了好多次，我們就不斷複習吧！先從至德二載說起。至德二載九月的時候，唐朝光復了長安，十月的時候，光復了洛陽。長安、洛陽淪陷就是所謂安祿山之亂，安祿山天寶十四載攻陷洛陽，天寶十五載，也就是至德元載攻陷長安後，安祿山在洛陽自稱大燕皇帝，「燕」是什麼？就是「幽燕」的「燕」，因為安祿山的巢穴在現在河北，就是「幽燕」這一帶的地方，這「燕」不能唸ㄧㄢˋ，當地名要唸ㄧㄢ，所以他的皇朝叫做「大燕」。我們追溯一下，至德二載一月的時候，安祿山就被他兒子安慶緒所殺，說起來可憐，安祿山攻下洛陽然後自稱皇帝，沒有多久的時間然後就被兒子殺了。好，到了至德二載九月，唐朝光復了長安，十月光復了洛陽，安慶緒就逃出洛陽，到黃河以北一個地方叫做鄴城，在唐朝這是屬於相州。

唐朝最大的行政範圍叫做「道」，對不對？因為它在黃河以北，所以是屬於河北道，不過以現在我們地理來說，它仍然還是屬於河南省。這個相州、鄴城現在的地名叫做安陽，提這個不曉得各位有沒有感覺？安陽是我們挖掘到甲骨文的地方，名稱不同，但都是這個地方。洛陽光復之後，安慶緒逃到這裡。然後安祿山有一個部將叫做史思明，史思明在這一年十二月的時候投降了唐朝，那時候唐肅宗的政策，只要你歸附，就仍然可以維持舊勢力，所以雖然史思明名義上投降了，但是仍擁有他的部眾，後來他遷到了現在的河北省北京，也就是范陽這個地方，這是安祿山的巢穴。所以史思明名義上投降了唐朝，事實上卻擁有了安祿山的舊勢力。

到了第二年，就是乾元元年四月的時候，史思明再度叛變，所以那個投降是假的。他為什麼叛變呢？因為他發現唐朝的軍隊非常羸弱，當安慶緒逃到鄴城的時候，唐朝曾經用了九個節度使的兵力，一共二十萬人圍攻鄴城，把鄴城團團圍住，這個史料記錄得非常的詳細，我們不妨用我們書上所引到的材料。請各位翻到註解引了《舊唐書．肅宗本紀》說，乾元元年九月的時候，唐朝大舉討伐安慶緒於相州，看到了嗎？然後命令朔方節度使郭子儀、河東節度使李光弼……等等，各位往下看，一共有九個節度使、二十萬人馬，有沒有？什麼叫節度使？節度使是朝廷把某一個地方的兵力集中在一個人手上，讓他來掌控、調度，假如說在朔方，就叫朔方節度使，假如在河東，就叫河東節度使。事實上就有一點類似軍閥，或像是古代所謂地方的諸侯吧！所以唐肅宗對這些節度使基本上不太放心。

現在九個節度使集合起來，二十萬人馬來攻打這個安慶緒，但唐肅宗不立統帥，各位知道沒有更高的一個指揮者，各路人馬就會各自為政，對不對？然後唐肅宗還派了一個太監來監督他們。各位看到下邊註解說：「以魚朝恩為觀軍容使。」魚朝恩是太監，太監基本上在古代是皇帝比較信任的人，因為就在身邊。「觀軍容使」，這個「使」是我們時常看到的一個官名，就是朝廷指派你做一個任務，叫做什麼採訪使、觀察使等等。「觀軍容使」就是當監軍，負責監督軍隊的。唐肅宗很天才吧！不立統帥，讓每一個節度使各自為政，然後還派一個宦官來監督攻打相州。

好，乾元元年九月唐朝九個節度使、二十萬人馬圍攻相州，事實上唐朝軍隊數量非常龐大，相州是被團團地圍困，可是從九月到第二年三月，圍攻了好幾個月，差不多半年，卻沒有攻下來。各位再看《資治通鑑》的記載，說乾元二年郭子儀等九個節度使圍鄴城，「築壘再重，穿塹三重，壅漳水而灌之，城中井泉皆溢，構棧而居。」這個話應該看得懂吧？軍隊把相州重重圍住，而且用水灌到城裡頭，城裡的井水、泉水全部滿出來了，所以城裡頭的人沒辦法住在房子裡頭，都要架高屋子來住。「自冬涉春，安慶緒堅守以待史思明。」因為史思明再度叛變，安慶緒認為史思明一定會來救他。好，等了這麼久，結果城中糧食都吃盡了，「一鼠直錢四千」，連老鼠都很貴。結果「人皆以為克在朝夕」，大家都認為拿下鄴城是早晚的事，「而諸軍既無統帥，進退無所稟」沒有一個統帥作主，城裡頭要投降的又被水困住了出不來，這個時候看起來唐朝一定會大獲全勝，對不對？但是史思明從魏州「引兵趣鄴」，「趣（ㄑㄩ）」是到的意思，魏州在哪裡？在鄴城的北邊，所以史思明那個時候又再一次的從范陽率領大軍來到了魏州，唐朝軍隊把鄴城團團圍住，史思明則在重圍之外，再反包圍攻打唐朝的軍隊，唐朝就功虧一簣了。下邊敘述很多，說他如何攻打唐朝的軍隊，我們就不細看了。

到了「三月壬申」，在這一年三月，「壬申」應該是三月六號，然後「官軍步騎六十萬陳於安陽河北」，史思明「自將精兵五萬敵之」，那個時候唐朝集結更多軍隊六十萬，布陣在安陽河的北邊，史思明率領了五萬精兵來對抗，可是這個時候「諸軍望之，以爲遊軍，未介意。」唐朝太輕敵了，不在意。結果史思明往前攻擊，「殺傷相半」，就是兩軍都有損傷，像魯炅中了箭……等等。好，正在決戰的時候，「大風忽起，吹沙拔木，天地晝晦，咫尺不相辨。」兩軍正在作戰，忽然間一陣大風把沙吹起來，把樹木都拔掉了，天地一片昏暗，那麼近的距離，不能夠辨識到底誰是敵軍誰是我軍，兩邊的軍隊大驚之下都潰散了，「官軍潰而南，賊潰而北。」官軍在哪裡布陣？在安陽河北邊嘛！結果大風一起、天地昏暗，然後官軍就往南邊潰逃，南邊潰散掉到哪裡去呀？當然就掉到河裡邊，了解嗎？賊兵潰散以後往北邊撤，保留了兵力，所以兩方的優劣勢就對調過來，這是乾元二年的三月。

這軍隊一潰散後，很顯然洛陽馬上受到威脅。先補充一下，官軍潰散，史思明軍隊進入鄴城後，就把安慶緒殺了，自己當了皇帝，所以我們說「安史之亂」，要了解這個叛亂的首腦一個是姓安的，包括安祿山還有他兒子安慶緒；一個是姓史的，就是史思明，以及後來他兒子史朝義。

好，這個時候洛陽直接受到了威脅，郭子儀是有謀略的，他知道假如洛陽不守，長安馬上就受到威脅，像前兩年一樣會再度淪陷。於是就採用了一些人的計策，在洛陽北邊叫做河陽的地方，各位知道「山南水北」叫做「陽」，對不對？就是黃河北邊一個很小的城，但是可以作爲保衛洛陽的一個橋頭堡，他就退守河陽，以保衛洛陽，這個史料，在書上也引了很多，各位可以參考一下，不過我們補充後面的一些發展。三月六號相州兵潰，史思明殺了安慶緒，郭子儀退保河陽、保衛洛陽。但是到了九月的時候，史思明還是把洛陽攻下來了，這是乾元二年。乾元以後是上元，在上元二年三月的時候，史思明又被他兒子史朝義所殺了，所以安史之亂，姓安的有父子兩代，姓史的也有父子兩代，史思明、史朝義。那洛陽後來什麼時候光復的呢？是再過一年，也就是寶應元年，這個時候唐玄宗已經死了，唐肅宗也已經死了，是唐代宗即位。寶應元年十月的時候，唐朝才再度把洛陽光復了，安史之亂結束。寶應元年，也就是西元的七百六十二年，安祿山起兵於天寶十四載十一月，對不對？這一年是七百五十五年，所以安史之亂一共發展了幾年？八年，相當於我們後來的所謂八年抗戰。雖然洛陽光復了，但是後來唐朝就走向了衰敗，什麼藩鎮割據等等，唐朝就再沒有回復到盛唐的黃金歲月了。我們先掌握一下這個史料的歷史的背景。

現在我們要回到杜甫的身上。在至德二載九月長安光復，十月洛陽光復，然後在這一個月月底二十八號的樣子，唐肅宗回到了長安，對不對？太上皇唐玄宗也回到長安，就在這一年是十一月，最遲十二月，杜甫也從鄜州回到了長安，仍然做他左拾遺的官。好，到了第二年，乾元元年春天的時候，杜甫仍然在長安，我們講過他寫了二首〈曲江〉，還有〈春宿左省〉等等，都是這個時期。可是到了乾元元年六月的時候，杜甫就被貶官了，貶到哪裡呢？貶到華州做司功參軍，華州在長安東邊，所以我們上次說在重陽的時候，他在藍田崔氏莊，有一首〈九日藍田崔氏莊〉嘛，對不對？在這一年的冬末，不確定哪一月，應該就是十二月，他離開了華州，請假回到洛陽，杜甫是河南人，鞏縣出生，從小就在洛陽長大，洛陽算是他的第二個故鄉。現在洛陽光復了以後，他就想要回到洛陽去看一看，所以在這一年的歲末他回到洛陽。

好，第二年，乾元二年春天，應該是二月的時候，他又從洛陽要回到華州，仍然做他的司功參軍，注意一下，乾元二年春天發生了什麼事呢？九節度兵潰相州，對不對？所以當杜甫從洛陽回到華州的路上，經過了幾個地方，第一個就洛陽西邊，一個很小的縣，叫做新安縣，這裡仍然在現在的河南省；然後再到一個鎮，它的州叫做陝州，有一個小村鎮，叫做石壕鎮，杜甫的路線是從東往西，先經過新安然後再到石壕，再繼續往西邊，就來到華州附近的一個關口，這關口叫做潼關，這是乾元二年春天從洛陽回華州，一路上所經過我們知道的一些地點。經過這裡的時候，因爲相州兵潰了，郭子儀退保洛陽，對不對？而那個時候九節度的軍隊大半都折損掉了，必須補充很多士兵，所以唐朝就在這一路上到處拉伕，我們現在可能沒有感覺，其實民國三十八年以前，這個情況太多了，當朝廷要打仗、政府要打仗，軍員不足的時候，在路上看到人就拉，覺得你還可以打仗的就拉，我們看很多小說，很多的電影，包括很多親身的一些敘述。我印象我們有一位新文學的作家，一時忘記他名字了，他說他怎麼來到台灣的？因爲他在上海，他媽媽叫他到街上去買一瓶醬油，結果路上就被抓走了，抓走了送到船上，就來到台灣了。那個醬油不曉得是不是還拎在手上，反正就再也看不到他母親了，這個就叫做拉伕。

這個戰爭是很恐怖的，所以杜甫在一路上看到了這些的事件，所以寫了所謂〈新安吏〉，寫了所謂〈石壕吏〉、〈潼關吏〉。同樣的背景另外還有〈三別〉：〈新婚別〉、〈垂老別〉、〈無家別〉，沒有明確的指出事件發生在哪一個地方，但是你可以看到〈新婚別〉寫的對象，就是剛剛結婚的一個人家，黃昏的時候結婚，結果第二天一大早丈夫就被拉走了，這叫〈新婚別〉。還有〈垂老別〉，已經垂垂老矣，一個老翁，「子孫陣亡盡」，兒子孫子全部打仗打死了，仍然這個老人家被拉走了。還有一個〈無家別〉，是寫他曾經參加過鄴城的圍攻，結果軍隊潰散，他倖免於難回到家鄉，結果縣裡聽說他回來了，又把他拉走了，再次的叫他上前線。所以這六首詩基本的背景，就跟剛剛我們敘述的時代背景是有關係的，杜甫就用這六首詩反映了當時的一個時代的悲劇，這些背景不管是時代的，不管是杜甫的經歷，我們大概都要先有所掌握。

好，再來就作品的體裁，這當然是五言古詩，不過它的性質很明顯的是所謂樂府詩，對不對？裡頭有很多的人物，有很多的情節，做了很多的敘述。我們知道樂府從漢朝開始，各位讀過像什麼〈孔雀東南飛〉，還有後來的〈木蘭詩〉，這些都是樂府詩。當然漢朝的時候很多是所謂的配合音樂，能夠唱出來的，但是杜甫這些詩，他不是用漢魏時候樂府的舊的題目，什麼〈出塞〉、什麼〈飲馬長城窟行〉……這些漢魏的舊題，他是「即事名篇」，根據詩裡邊發生的事情，然後重新給這些詩訂上一些以前沒有的標題，所以這叫什麼？這叫「新樂府」，即事名篇，不是沿用舊的題目。各位假如讀文學史，一般都說新樂府什麼時候開始？白居易、元稹，因爲無論《白氏長慶集》也好，或者《元氏長慶集》，他們的集子爲什麼叫「長慶集」，因爲是長慶年間出版的。他們集子裡分類裡頭就有所謂「新樂府」。

你可以說這樣一個稱呼、一個名稱，是從元、白開始，可是不用漢魏的舊題，真正所謂「即事名篇」的「新樂府」精神，杜甫就已經開始了。

然後我們也時常說杜甫的詩號稱「詩史」，各位老杜讀了這麼多，應該知道吧？「詩史」是什麼？就是透過詩歌敘述歷史、反映時代現況，提出一些批判，才是所謂「詩史」。「詩史」當然在杜甫一千多首詩裡頭隨處可見，可是最具有代表性的，就是這個〈三吏〉、〈三別〉。我們時常說白居易是社會寫實詩人的代表，各位應該聽過這個話吧？確實在他樂府詩裡頭，所謂〈秦中吟〉，所謂〈新豐折臂翁〉、〈賣炭翁〉等等，各位這些大概都聽過的。然後白居易也提出很多的理論，宣稱他這樣一個社會寫實的主張。例如在白居易給元稹的一封信裡頭，就提出他對詩歌的主張，這不曉得跟各位講過沒有？白居易批判六朝的詩歌，所謂六朝的詩歌是什麼？「吟風月弄花草」，所以我們現在有「吟風弄月」這樣子的一個成語。其實六朝的詩，事實上就是寫花花草草的東西、寫的就是很美的東西，裡頭沒有什麼深刻的主題、沒有什麼微言大義，所以白居易加以批判。然後白居易說到唐朝，他說像杜甫才算是延續了《詩經》的比興傳統，就舉了杜甫的一些代表的作品，其中就包括了〈三吏〉、〈三別〉，還有所謂「朱門酒肉臭，路有凍死骨」等句子。白居易認爲在唐朝的作家裡頭，杜甫這類型的作品最多，但是很遺憾的是數量還不是很豐富，所以他要大力宣揚這樣的文學主張。好，這些大概是我們讀這個〈三吏〉、〈三別〉先要有的一些認識。

以下我們要一首一首的來細讀，不過有一個部分要先說明一下。各位看看我們寫的地點，從洛陽回到華州，往西而去，地點的順序是什麼？新安、石壕再來潼關，新安還是屬於河南，到了石壕、潼關是屬於陝西，潼關在華州旁邊，所以順序上應該是新安、石壕、潼關，對不對？可是各位看我們的書，潼關在石壕的前邊，有沒有？這個從宋代以來杜甫的版本就是這樣：〈新安吏〉、〈潼關吏〉、〈石壕吏〉。我在幾年前寫了一篇論文，就討論〈三吏〉、〈三別〉各個版本等等校勘的問題。我把這六首詩各種的版本，各種不同的異文全部收集起來，做了一些分析判斷，我們發現這個錯誤從來沒有人提到。應該是杜甫的版本，唐朝人收的份量很少，到了五代才開始有人有意的去收集杜甫留下的作品，但是真正把杜甫所有可以看到的詩，收集編輯成類似我們現在讀到的一個版本與數量的，是宋朝，所以我們現在很多的杜詩版本，它的祖本都是宋人刻的。我們發現，宋代原始的版本就有了這錯誤，所以這是沒有辦法否定的一個缺憾。但是我們讀這個作品，還是按照實際的順序，先讀〈新安吏〉，再讀〈石壕吏〉，再讀〈潼關吏〉，至於所謂的〈新婚別〉、〈垂老別〉、〈無家別〉這〈三別〉不確定它在哪裡發生了，大概就在洛陽回華州路上的這一帶地區，所以這也就沒有所謂地點的順序問題了。

好，接下來我們開始讀第一首〈新安吏〉。我們先把背景說了，所以題目下邊那些小字都不必說，但是各位看到題目下邊「原注」，誰的註？杜甫自己的註。不過杜甫的註看起來這裡寫得很籠統：「收京後作。」就是指長安光復了以後寫的。「雖收兩京，賊猶充斥。」雖然長安、洛陽光復了，但是賊人、賊兵仍然到處都是，換句話說天下還不平靜。不過這裡邊很顯然的史實並沒有交待得很清楚。

我們往下看這個作品：「客行新安道，喧呼聞點兵。借問新安吏，縣小更無丁。府帖昨夜下，次選中男行。中男絕短小，何以守王城？」先把它當作第一個段落。樂府的性質敘事性很強，故事性很豐富，既然有故事、有事件，就必然會有人物，對不對？所以詩裡面會出現一些人物，就像我們看小說一樣。然後在樂府裡頭，這些人物還時常會有對話，其實我們以前讀〈兵車行〉，就已經看到它有對話的現象，那以這個〈三吏〉、〈三別〉來說，〈三吏〉對話性很強，而對話者一個就是作者杜甫，另外一個就是那個地方的官吏，像這個〈新安吏〉，就是新安縣的官吏，〈石壕吏〉當然指的是石壕村的官吏，〈潼關吏〉是潼關的官吏，這之間都有對話。我們先說一下〈三別〉的故事性也很強，〈新婚〉、〈垂老〉、〈無家〉每一首也都有一個人物，但是你會發現他跟〈三吏〉不一樣的是，〈三吏〉有對話，而〈三別〉是詩中人物的獨白，他自說自話，沒有對話的過程，這是兩者的一個差別。

一開頭「客行新安道」，這「客」是誰？當然是杜甫自己。我們講過一個人走在路上，來到他鄉，陌生的一個地方，通常以「客」自稱，就好像我們之前講王維的〈九月九日憶山東兄弟〉的「異客」就是這個意思。所以杜甫自己一個人走在新安縣的道路上，然後聽到喧呼的聲音，很嘈雜、很喧嚷，仔細一看，原來是在點兵。點兵是官吏按照徵兵的名單，把那些被徵召入伍的人一一點名，這叫點兵。杜甫走在路上聽到喧呼，看到點兵的情況，就「借問新安吏」，「借」是連接詞，「因此」的意思，因此杜甫就問新安縣的官吏啦，問什麼呢？下邊不妨用一個引號引起來，這一句杜甫說的話：「縣小更無丁？」這是一個反問句，杜甫問新安縣的官吏：「新安縣雖然是一個小縣，難道就沒有丁了嗎？」

「縣小更無丁」，看起來這話翻譯起來很容易，但什麼意思呢？各位看註解引了《通典・食貨志》裡頭的一個資料，說唐高祖武德七年的時候，曾經頒布一個命令，不管男女，剛剛出生的嬰兒叫做「黃」。好，到了四歲以上叫做「小」，到了十六歲以上叫做「中」，二十歲以上叫做「丁」，六十歲以上叫做「老」。所以人民按歲數分幾個階段，是「黃小中丁老」，現在我們還有個成語稱小孩子叫什麼？「黃口小兒」，對不對？「黃」，指的就是出生到四歲這樣一個階段。這樣的劃分其實有它的意義的，尤其是那個「丁」，「丁」我們現在好像也很習慣看到的一個名稱，但假如說把它當成一個法律用語的話，「丁」除了是成年人，也說明他有義務要繳稅、要當兵，成「丁」的才有這個義務。一直到六十歲「老」，就免除這些義務了，這是唐高祖武德七年的制度。到了唐玄宗天寶三載，唐朝經過一段黃金時代，人口眾多了，所以在這一年十二月更改了這個制度，百姓改成以十八以上稱爲「中男」，二十三歲以上稱爲「成丁」，所以要當兵的是二十三歲以上的男性。

好，了解這個制度的內容後，回到詩中。杜甫問那個新安吏：「縣小更無丁？」意思是杜甫看看這些被徵召的，看起來都很小，都沒有達到二十三歲以上的年齡，也就是還沒有達到要被徵調上前線打仗的義務啊？這一問，新安吏只好回答了：「府帖昨夜下，次選中男行。」這兩句也是一個引號，是新安吏對杜甫的回答。這個「府帖」的「府」也是個專有名詞，叫做

「折衝府」，各位看看我們書上，《新唐書．兵志》：「諸府總曰折衝府，凡天下十道，置府六百三十四，皆有名號。」其中河南就有三十九個折衝府，折衝府的概念類似我們現在管理兵役的團管區，我不曉得現在還有沒有。唐朝天下一共十個道，總共設立了六百三十四個折衝府，光河南道就有所謂三十九個，所以這個「府」就是折衝府，管理兵籍的這樣的單位。「帖」當然是軍書啦，折衝府昨天晚上頒下了一個軍書、一個命令，說現在成丁的人沒有了，換句話說都被徵調光了，只好依次把中男徵召進來，「次選中男行」。這顯然違反了制度，用現在來說應該要去拉白布條抗議的，但是那個時候哪有什麼給你抗議的機會，反正壯丁都沒有了，二十三歲以上有當兵義務的都沒了，只好把年齡更小一些的拉過來充數。

杜甫面對這個新安吏的回答，顯然並不滿意，所以他又進一步說：「中男絕短小，何以守王城？」這是杜甫再度的質疑，你看看這些被徵召的中男，「絕」是「很」的意思，「絕短小」是說長得都很矮小，還沒成丁，現在要把他們徵召進來，要往前線保衛王城，王城就是洛陽城，他們能夠擔負這個責任嗎？能夠完成這個任務嗎？杜甫再度的質問，可是往下看新安吏沒有回答了，大概是沒有辦法回答，或者是看這個杜甫是個糟老頭，一個囉哩囉嗦的，也不理他了。

好，那杜甫也無可奈何，總不能叫他們回家吧？只好仔細看一看這些被徵召的人，第二段說：「肥男有母送，瘦男獨伶俜。白水暮東流，青山猶哭聲。」杜甫仔細看看這些中男，有些長得肥一些，身上肉多一些，看起來還有母親照顧，所以被徵召了還有母親相送；有些非常瘦弱，那當然連母親都沒有，只有孤伶伶的一個人，「瘦男獨伶俜」。各位有沒有注意到？不管有沒有母親相送，都沒有父親相送，對不對？父親顯然地老早就已經上了前線，幸運的還有母親，營養好一些，不幸的母親都不在了，孤伶伶的非常的瘦弱。

好，「白水暮東流，青山猶哭聲」，後面資料很多，我簡單的說明一下。「白水」指什麼？指黃河，這是從《左傳》以來就有的一個說法，說黃河發源於崑崙山，它源頭非常乾淨、潔白，所以叫做「白水」，當然到了中下游，像我們現在去看黃河，那真是黃的一塌糊塗，但是以前是乾淨的，所以用「白水」來指黃河。這兩句從字面看，「白水暮東流」指到了黃昏的時候，黃河不停地往東流逝，「青山猶哭聲」，青山當然是黃河邊上青色的山，「猶哭聲」，還帶著哭的聲音，「猶哭聲」翻譯字面這樣很容易，不過這裡其實有比喻。杜甫用白水東流告訴你到了日暮的時候，徵召點閱的工作結束了，那些被徵召的人一個一個的往前出發，就像黃河的水不停的往東消失了，所以用水的東流比喻被徵召的人離開了。至於「青山猶哭聲」，我們當然了解山是不會哭的，對不對？所以是指當這些被徵召的人往前出發的時候不斷的哭泣，然後送行的人也不斷的哭泣，等到那些被徵召的都走了，那青色的山脈裡頭仍然還迴繞著、盤旋著痛哭的聲音，所以「青山猶哭聲」。不是山哭，而是現場的那些人，不管是行者、送行者，他們的哭聲不斷的在山脈間迴盪、盤旋著。

好吧，我們看這個作品的第三段，也是一個說話的內容，所以也可以用一個引號把它引起來。我們把它分成幾個小節，「莫自使眼枯，收汝淚縱橫。眼枯即見骨，天地終無情。」第一小節。「我軍取相州，日夕望其平。豈意賊難料，歸軍星散營。」第二小節。「就糧近故壘；練卒依舊京。掘壕不到水，牧馬役亦輕。」第三小節。「況乃王師順，撫養甚分明。送行勿泣血，僕射如父兄。」第四個小節。所以這一段四個句子一個小節，整個段落都是說話的語氣，比如說什麼「莫自使眼枯，收汝淚縱橫」，不是對著一個人說話嗎？那對著誰說呢？不是新安吏了。我們看到最後一行「送行勿泣血」，有沒有？原來是杜甫對著送行人說的話。「白水暮東流」，被徵調的人到日暮的時候已經離開了，可是那些送行的人還在那個地方哭泣、不捨、悲痛，所以杜甫說「送行勿泣血」，就是對著送行人說出來，勸他們不要再泣血了。「泣血」用現在的話說，哭得血都流出來了，簡單說就是哭的很悲傷。要勸他們不要那麼悲傷地哭，那總要說出一些理由來說服、勸慰他們吧？所以杜甫四個小節，一層一層的加強說明那所謂「送行勿泣血」的道理。

一開頭，「莫自使眼枯，收汝淚縱橫。眼枯即見骨，天地終無情。」

你們不要哭啦，哭得眼睛都枯乾了。趕緊把縱橫之淚收起來吧！因爲就算你眼睛哭乾了，哭到骨頭都露出來了，「天地終無情」，「天地」字面上很簡單，天與下地，但這裡邊有沒有比喻？有，「天地」指什麼？就是朝廷。你哭得再痛苦，哭到眼睛枯了、骨頭都露出來了，但是朝廷是無情的，哭有什麼有用？能夠把兒子呼喚回來嗎？沒有用的，這四個句子當然是很沉痛的話，

好，下邊第二層次，「我軍取相州，日夕望其平。豈意賊難料，歸軍星散營。」杜甫又換一個角度，勸這些送行的人不要哭了，說這一場戰爭是爲什麼會把你們小孩徵調上前線？因爲我們朝廷的軍隊打算把相州攻下來，「日夕望其平」，就是希望旦夕之間，也就很快的把相州平定，收復回來。可是「豈意賊難料」，哪裡想得到賊人很難意料，你看史思明再度的叛變，對不對？史思明對唐朝的軍隊採取了反包圍，結果唐朝的軍隊全部潰散了，「歸軍星散營」，「歸軍」就是「軍歸」，潰散的軍隊到了哪裡？「星散營」了。你抬頭看天上的星星是散亂的，杜甫用像星星一樣的散亂來比喻唐朝的軍隊的軍營潰散的樣子。簡單來說，這四句是告訴那些送行的人：我們本來是希望把賊兵平定下來，把相州光復回來，但是沒想到打敗仗了。打敗仗以後那怎麼辦？要保衛洛陽，對不對？洛陽是保衛長安很重要的一個的地方，既然要保衛洛陽，所以就必須補充兵員，所以就必須徵調老百姓上前線。當然這些話都沒有進一步的在字面上說出來，但是杜甫是用這些來去安慰這些送行的人，也就是說你們小孩被徵調上前線，那是必要的，是不得已的，這是第二層。

下邊第三小節：「就糧近故壘；練卒依舊京。掘壕不到水，牧馬役亦輕」，說這些被徵調的人上了前線，「就糧近故壘」，他們糧食不會缺乏，「就糧」是接近糧食。這些糧食儲藏在哪裡呢？就在那些以前的軍壘裡頭，也就是糧食隨手可得，所以不缺食。那「練卒依舊京」呢？這些被徵調的小孩並不是馬上就給他們上前線，而是先在舊京，也就是在洛陽那邊整編、訓練，所以不是馬上上前線，不會有立即的危險。然後「掘壕不到水，牧馬役亦輕。」到了軍隊裡頭，當然要做一些工作啊，那做什麼工作呢？掘壕，挖

一些戰濠，可是挖那個戰濠也不必挖得很深，不必挖到看到水；然後也要養一些戰馬，那養馬的工作應該也是很輕鬆的。各位想想，這四句用意很明白，就是你們的小孩被徵調上前線，不缺糧食，對不對？也沒有立即上戰場，只是訓練而已，工作也很輕鬆，所以你們「送行勿泣血」，不要傷心過頭了。

好，下邊第四小節：「況乃王師順，撫養甚分明。送行勿泣血，僕射如父兄」，杜甫又進一步說，何況現在朝廷的軍隊「王師」是「順」的，「順」是很順利的意思，我們的軍隊打仗打得很順利的！好吧，就算打仗很順利、打勝仗，也很可能在戰場上還是有犧牲掉的人啊，對不對？萬一很不幸你家裡小孩就是在戰場上犧牲了，「撫養甚分明」，朝廷的撫卹也很清楚，不會虧待你的。還有「僕射如父兄」，先很簡單的說，「僕射」是一個官名，「射」念ㄧㄝˋ，這官名，在這裡指的是郭子儀，郭子儀剛剛講過，當時要保衛洛陽的主帥就是他。所以杜甫的意思是說最高長官郭子儀，對待士卒就像父兄對待子弟一樣，那不會虐待你們的小孩的。

所以這一大段話，一開頭用非常沉痛的語氣說你們哭了也沒用，「天地終無情」；後邊用安慰的話，先說小孩被徵調上前線是有它的必要性，再說那是沒有危險、工作也輕鬆的；然後再說戰場上也很順利，就算不幸死了，朝廷也不會虧待，然後主帥也很仁慈，不會虐待士卒。這些總括起來就是勸送行的人不要再哭了。

我們這樣讀起來，杜甫是很好的一個政府發言人吧？說實話，這裡邊有很多是不實際的，哪有什麼「練卒依舊京」？被拉了以後就上前線打仗了。更不必說什麼「況乃王師順」了。我們前面不是講過嗎？幾個月以後，洛陽就再度淪陷。我們可以從中歸納出一個小結：在現實上，杜甫不得不用一些看起來不是事實的話，來安慰這些人。而背後其實有更重要的原因，就是杜甫雖然同情這些被徵調的小孩，但是杜甫對這一場戰爭，其實還是支持的，這個我們把整篇六首講完以後，會給各位再做一個完整的交代。所以杜甫在這裡是滿掙扎，一方面是不忍心，而且帶著非常深切的同情，但是事實上又非常鼓勵大家來保衛這個朝廷，因爲這戰爭的性質不一樣的關係。這個部分我們整篇講完，我們再給各位做補充。

石壕吏

暮投石壕村，有吏夜捉人。老翁踰牆走，老婦出門看。吏呼一何怒？婦啼一何苦？聽婦前致詞：「三男鄴城戍。一男附書至，二男新戰死。存者且偷生，死者長已矣。室中更無人，惟有乳下孫。有孫母未去，出入無完裙。老嫗力雖衰，請從吏夜歸。急應河陽役，猶得備晨炊。」夜久語聲絕，如聞泣幽咽。天明登前途，獨與老翁別。

請大家翻到六十五頁。〈三吏〉、〈三別〉六首裡頭寫得最好的，是哪一首？我個人讀起來，覺得是這一首〈石壕吏〉，故事性非常強，各位看看是不是也有同樣的體會。石壕，上一首〈新安吏〉講過，在陝州，也就是現在的陝西境內。杜甫離開新安縣繼續往前，來到了這個地方。「暮投石壕村，有吏夜捉人。老翁踰牆走，老婦出門看。吏呼一何怒？婦啼一何苦？聽婦前致詞：『三男鄴城戍。一男附書至，二男新戰死。存者且偷生，死者長已矣。室中更無人，惟有乳下孫。有孫母未去，出入無完裙。老嫗力雖衰，請從吏夜歸。急應河陽役，猶得備晨炊。』夜久語聲絕，如聞泣幽咽。天明登前途，獨與老翁別。」這首詩很難分段，所以我們一口氣先把它讀了一遍。

一開頭寫出了時間「暮」，日暮的時候。顯然杜甫在白天一直在趕路，到黃昏日暮了，總要找一個地方住下來，大概是找不到旅店，所以來到了一個小村鎮，看到一戶人家，他大概就敲了門，想投宿在石壕村這個人家裡頭。根據下面的敘述，我們可以看到，這人家主人是一對老夫婦，這老夫婦也接待了杜甫，杜甫就暫住在這裡。

第二句時間從「暮」到「夜」。入夜了以後，杜甫聽到有人來敲門啦，仔細一聽，原來是官吏到這戶人家來抓人，抓人就是拉伕，〈新安吏〉已講過。各位要特別注意一點，全詩從第二句以下「有吏夜捉人」，一直到倒數第三句「夜久語聲絕，如聞泣幽咽」，其實杜甫用了一個線索來細訴，什麼線索呢？就是六十六頁的第一行，「聽婦前致詞」的那個「聽」字，了解嗎？也就是說，從第二句到倒數第三句這一大段落，杜甫在說一個故事、一個遭遇，但他不是用眼睛看到的，而是用耳朵聽到的，敘述他聽到的那些內容、那些情景。

所以日暮杜甫投宿到這裡，顯然是睡在一個房間裡邊，就聽到半夜外頭有人在敲門，仔細一聽，原來有官吏到這戶人家來抓人、拉伕了。這一對老夫婦看起來訓練有素，聽到敲門的聲音，「老翁踰牆走」，主人的老翁跳牆就跑走了，等到他跳牆走了以後，「老婦出門看」，那個老太婆慢吞吞地走到門口去應門，這都是聽到的，聽到跳牆的聲音，聽到老婦人走出門去應門的聲音。

這邊說一下，這個版本異文很多，「老婦出門看」，各位可以看到六十六頁註解第一行小字，有一個版本「老婦出看門」，還有一個版本爲「老婦出門首」，「看門」變成「門首」，爲什麼有各種不同的版本呢？主要是因爲押韻的問題，各位看看第一個句子是「村」，「村」是「十三元」，對不對？然後「人」是「十一真」，然後出門「看」是「十四寒」，用現在《詩韻集成》這三個韻，十三「元」、十一「真」、十四「寒」，所以有人就把它變成了「出看門」。但是說實話，「出看門」的「門」雖然是跟第一句的「村」押韻，都押十三「元」，可是跟第二句還是不押；還有一個版本是「出門首」，「出門首」那個「首」就跟第三句「老翁踰牆走」這個「走」是押韻的；然後這個前面的「村」跟「人」就把它當成同一個韻了。換句話說，兩個句子一個韻，兩個句子一個韻，了解這意思嗎？但這個是錯的，因爲我們發現這首詩設計上很特別，都是四個句子換一個韻，不應該前面兩句一韻，然後後面四句一韻。所以這個版本一定是錯的。至於「村」、

「人」、「門」、「看」押不押韻？其實古韻裡頭是押的。在《韻略》裡，「真」韻跟「文」跟「元」跟「寒」，還有跟「刪」跟「先」，「真文元寒刪先」六個韻部都是同一個韻，所以這個韻很寬，都可以看成押韻，當然限於古體，近體是不可以的。所以這樣一來，你說是「出門看」還是「出看門」，大概都可以。

好，老翁跳牆逃走了，然後老婦人慢吞吞地走到門口，杜甫繼續聽。「吏呼一何怒？婦啼一何苦？」，「一何」是形容詞，「怎麼這樣？怎麼那樣？」的意思。杜甫聽到那個敲門的官吏非常生氣，怎麼那麼生氣地在那邊咆哮，然後杜甫又聽到那個老婦人跟官吏哭訴，是如此這般的悽苦，「吏呼一何怒？婦啼一何苦？」然後杜甫繼續聽，「聽婦前致詞」，聽到老婦人上前跟官吏說了下面一段話。這一段話，我們這個本子把它用一個引號引起來，有沒有？從「三男鄴城戍」一直到「猶得備晨炊」，也就是這一段都是老婦人上前跟官吏說的話。不過這一段裡頭其實要分三個層次，先看「三男鄴城戍。一男附書至，二男新戰死。存者且偷生，死者長已矣。」這是第一層次；然後「室中更無人，惟有乳下孫。有孫母未去，出入無完裙。」這是第二個層次；下面「老嫗力雖衰，請從吏夜歸。急應河陽役，猶得備晨炊。」這是第三個層次。這三個層次都是老婦人跟官吏說的話，都是所謂「婦啼一何苦」，帶著哭泣，非常悲傷、非常悽苦的在那邊陳述，然後那個官吏都不停的、非常生氣地在咆哮，這兩句「吏呼」、「婦啼」其實是不斷穿插在這一段話當中。

我們先看第一個層次。顯然那官吏非常生氣，咆哮要人，結果看看房子裡邊沒有可以抓的人，一定是很生氣的責問那個老婦人。老婦人就跟他說了，說家裡一共有三個男孩，這三個男孩全部都被徵調上到鄴城那個地方打仗了，「鄴城」就是指九節度使圍攻相州的那一場戰爭，全部都已經被徵調走了，然後「一男附書至，二男新戰死」，其中一個男孩最近才託人帶了一封信回來，表示他還活著，可是另外兩個已經剛剛打仗戰死了。三個男孩全部被徵調，兩個死了，一個還活著，「存者且偷生，死者長已矣」，雖然一個還活著，那也是苟且偷生，誰知道什麼時候，隨時隨地在戰場上就會被犧犧牲掉？而死了的也就永遠死了，再也回不來了，這是第一個層次。這是老婦人回應那個官吏，要抓人為什麼看不到人？向他解釋。換句話說，他們家為國家犧牲奉獻很多，家裡三個男孩全部都上了前線，三個男孩眼看著兩個死了，一個也活不久了，希望用這話來打動官吏，希望官吏放過他們，放過他這一家。

可是官吏顯然沒有放手，一定還是在追問，妳家裡真的沒有人嗎？很可能房子裡邊有嬰兒哭泣的聲音，那官吏一定認為她有所隱瞞，所以婦人又趕緊解釋，「室中更無人，惟有乳下孫。有孫母未去，出入無完裙。」家裡實在沒有其他人啦，所謂沒有其他人，指的是沒有可以上前線打仗的男人，你不相信？那只有一個還在喝奶的孫子。孫子還在喝奶，當然沒有辦法拿刀拿槍上前線打仗了，對不對？好，既然還要喝奶，那總有孫子的媽媽吧？也就是她的媳婦，所以下面說：「有孫母未去」，有的版本說：「孫有母未去」，意思是一樣的。是有人啦！孫子還有個餵奶的媽媽，我們家媳婦還沒有離開。這「未去」我們稍微補充一下，因為那個時代，男丁基本上都不存活了，所以假如說丈夫已經戰死在戰場上，家裡實在養不起媳婦，通常都會讓媳婦改嫁或者遠離他鄉。好，現在這個媳婦因為有一個孫子要餵奶，所以她還沒有離開。

大家可以想像，既然家裡頭還有一個女子，官吏一定「吏呼一何怒」，對不對？官吏一定說那叫她出來讓我看一看。所以老太婆趕緊就跟他說：「出入無完裙」，媳婦身上非常襤褸，沒有一件完整的裙子可穿，不方便見客。這後面這兩句，我們可以看到註解第四行有一個版本說是：「其母未便出，見吏無完裙」，其實意思一樣，「出入無完裙」就是假如出來拜見你這個官吏，那沒有完整的裙子穿，非常襤褸、不禮貌，所以不方便，這是第二層次。

雖然男孩都死了，家裡還只有一個喝奶的孫子、一個衣衫襤褸的媳婦，官吏還是要人，那老太婆最後怎麼說？「老嫗力雖衰，請從吏夜歸。急應河陽役，猶得備晨炊。」我這老太婆雖然體力衰退了，既然非要我家裡出一份力量不可，「請從吏夜歸」，「請」在這裡是願意的意思，我願意跟著你連夜到軍營那個地方報到，假如現在出發，匆忙地趕路，「急應河陽役」，「河陽」在前一篇講過，位在洛陽城北邊，是保衛洛陽的最前線，假如現在出發，趕到河陽，「猶得備晨炊」，我還來得及幫那些士卒們做早飯，當然我這老太婆你不能找我拿刀拿槍上前線去殺敵，那我可以當伙頭軍做勞役，幫他們做早餐，所以「急應河陽役，猶得備晨炊」。這是第三層次。

所以三個層次要分開：老太婆第一次的想法就是用她家裡犧牲那麼多，已經犧牲了三個小孩，希望讓那官吏有所同情，看來無效。然後又再細數家裡面只剩一個吃奶的孫子，一個衣衫襤褸的媳婦，再也沒有人了，希望官吏放過她們。可是官吏仍然不放過，最後她只好自願出征了。「急應河陽役」，她最大的目的是什麼？保護她的老公，她那個跳牆而走的老太爺，所以你看到最後的結果是什麼？「夜久語聲絕，如聞泣幽咽。」「夜久」是夜深了，折騰了老半天，從「有吏夜抓人」到現在夜已經很深了，最後杜甫當然是豎著耳朵在聽，聽到那個說話的聲音漸漸聽不到了，聽不到表示官吏離開了，對不對？哭哭啼啼的老太婆也跟著他離開了，所以「語聲絕」。那當官吏、老太婆的聲音結束以後，「如聞泣幽咽」，杜甫又隱隱約約聽到幽咽的哭泣聲，這哭泣的是誰呢？一定是她的媳婦嘛！她的媳婦當然知道婆婆被帶走了，當然傷心啊！「如聞泣幽咽」，剛剛說從「有吏夜抓人」到這個地方都是用「聽」貫串下來，大家看看這一大段的內容，整個晚上發生的，其實情節很豐富，但是杜甫用側筆的寫法，用耳朵聽，把這個事件敘述出來。

假如各位是一個音樂家、作曲家，你真的可以把它譜成一首充滿聲音的曲子。想想看「有吏夜抓人」，一開頭一定乓乓乓乓響的敲門聲，然後「老翁踰牆走」，跳牆的聲音；然後「老婦出門看」，開門的聲音；然後吏的咆哮怒吼聲，加上老太婆的哭泣的、悽苦的聲音。然後是「夜久語聲絕」，用交響樂來說，這好像是一個慢板的尾奏，大概是一個休止符之後，慢慢的，又有一個淒淒切切的聲音，幽幽低沉的響起來，「如聞泣幽咽」。所以杜甫不只是詩人，還是一個音樂家，用聲音把這個情節完美的呈現了出來。

好，從昨天晚上的日暮到入夜的抓人，到「夜久」夜深，現在「天明」，天亮了。天亮以後「登前途」，杜甫繼續要往前出發，要離開這個地方，「獨與老翁別」，發現只跟那個老翁道別了，很顯然，那個老翁回來了。昨天黃昏的時候，這一對老夫婦大概還在門口迎接杜甫，杜甫這時候雖然官不大，也是一個官，老夫婦還迎接他。安頓他的住宿，到了天亮杜甫要離開，結果只能跟老翁道別了，「獨與老翁別」。老翁回來，老太婆被抓走，這些都沒有枝節的說明，用一個「獨」字，告訴你最後的悲劇，就這樣結束。

所以這首詩其實真的很精彩，故事性很強，人物性格非常鮮明，然後用一個「聽」字的筆法來貫串整個情節。剛剛說了，各位假如能夠譜曲的話，把它譜出一首曲子出來，假如你是一個小說家，你真的也可以把它鋪陳出一篇短篇小說出來，小說很重要的就是人物、情節。這首詩人物也好、情節也好，其實都很豐富、很細膩。好，今天我們就到這裡。

潼關吏

士卒何草草？築城潼關道。大城鐵不如，小城萬丈餘。借問潼關吏：修關還備胡？要我下馬行，為我指山隅。連雲排戰格，飛鳥不能踰。胡來但自守，豈復憂西都？丈人視要處，窄狹容單車。艱難奮長戟，萬古用一夫。哀哉桃林戰，百萬化為魚。請囑防關將，慎勿學哥舒。

我們講完〈新安吏〉、〈石壕吏〉，按照地理的順序，第三首應該是六十四頁的〈潼關吏〉。潼關距離華州非常近，杜甫從洛陽回華州，應該是最後一個地點了。

同樣，因爲〈三吏〉都有一個「吏」字，所以我們再補充一下。〈三吏〉跟〈三別〉在形式上有一些不同，〈三吏〉是有一些問答的，譬如說「新安吏」是「客」，客是誰啊？是杜甫。「客行新安道」，對不對？所以是杜甫跟新安吏的對話。那〈石壕吏〉呢？是誰跟誰的對話？不是杜甫，杜甫非常沉默的在一個房間裡頭，整首詩用「聽」來貫串。杜甫在裡頭，但是沒有出場，是在暗中聽到老婦人跟石壕吏的對話。

好，再來是〈潼關吏〉，很顯然的，其中的主角就是潼關的官吏了。我們先把詩讀一下。「士卒何草草，築城潼關道，大城鐵不如，小城萬丈餘。」先看這四句，開頭透過這四句把整個內容帶出來。「草草」，各位看到下面註解引了《詩經・巷伯》裡的註解說：「草草，勞苦貌。」其實它的句子是「勞人草草」，詩經大部分都是四個字的嘛，所以原句是「勞人草草」，從這個句子看出來，就是指勞苦的人奔波、忙碌的樣子，「草草」也就是「勞苦貌」。現在杜甫用「草草」形容什麼？形容「士卒」，顯然是杜甫來到了潼關，看到關上的士卒，是那樣的勞苦。爲什麼那樣的勞苦呢？下面補充說明：「築城潼關道」。這個城，指的應該是碉堡、堡壘之類的建築。打仗的時候往往需要很多碉堡做爲防禦工事，現在杜甫來到潼關，看到士卒非常的辛苦、忙碌，在潼關四周建築那些碉堡。下面兩個句子形容建築那個碉堡的樣子。

城是怎樣的形狀呢？「大城鐵不如，小城萬丈餘。」有些碉堡比較大，有些碉堡比較小。那「鐵不如」是說「鐵都比不上」，表示非常的堅固。「萬丈餘」是寫它的位置，建築在一萬丈高的位置，表示非常高。我這樣囉唆的解釋，各位應該猜得出來，這兩句句法上是什麼樣的句法？「互文」。所以「鐵不如」，那麼的堅固，不只是大城堅固；「萬丈餘」，那個位置很高，也不只是小城。大城鐵不如、萬丈餘，小城也是鐵不如、萬丈餘。不管是大的或者小的碉堡，都非常堅固，而且都建造在非常高的位置。高的位置就表示什麼？比較險要嘛！所以這兩句用互文的方式，把士卒們建造的碉堡的位置、形狀先做了具體的描寫。

看到這個情況，杜甫顯然是很好管閑事的一個人，他就說「借問潼關吏」，前面的〈新安吏〉不也是一樣的句子嗎？「借問新安吏」，對不對？「借」是什麼意思？因此的意思。杜甫看到這情況，因此開始問潼關的官吏。問什麼呢？下面一句當然就是問的內容：「修關還備胡？」所以這是杜甫問的內容，說現在在整修關防，是又要防備胡人的進攻了嗎？「修關還備胡」，問一下同學，這個句子比較關鍵、比較緊要的是哪一個字？對，就是「還」。爲什麼這個字好？對，「還」是指「又、再一次」，這個要回到歷史背景來說。這個歷史背景我們講很多次了，天寶十五載六月，安祿山已經攻進洛陽，打算進攻長安，唐明皇就派哥舒翰爲首，帶領數十萬大軍，駐守在潼關，因爲潼關是防守長安非常重要的門戶，但是最後哥舒翰打敗仗，潼關失守，因此長安淪陷，那是天寶十五載。現在是乾元二年的春天，對不對？天寶十五載也就是至德元年，第二年至德二載，再下來乾元元年、乾元二年，不過才三年多之間。爲什麼現在又要準備防守胡人的進攻呢？因爲相州兵潰，那洛陽也是岌岌可危了嘛！所以再一次擔心胡人進攻。當然這時候是史思明了，他要再一次進犯長安了，所以在潼關加強防備。所以這個「還」字，讓我們回憶到上一次潼關失守的經驗，當然「還」字還帶點諷刺的味道。上次失守了一次，好不容易長安、洛陽光復了，可是沒兩三年，胡人又打算再次進攻，現在又要再一次的防守，這表示杜甫的焦慮擔心，所以問潼關吏，現在的士卒那麼辛苦，是不是要擔心胡人再一次的進攻呢？

好，杜甫這樣一問，潼關吏沒有馬上回答他，「要我下馬行，爲我指山隅。」先看這兩句，這不是一個對話，而是一個動作，潼關吏邀請杜甫下了馬，用步行的方式，爲什麼要用步行呢？原來呀，他要把杜甫帶到很高的地方，要「爲我指山隅」。爲我指向山的一個角落，在很高的位置，視野比較遼闊，看得比較清楚。指著山遠處的一個角落，對杜甫說：「連雲列戰格，飛鳥不能踰。胡來但自守，豈復憂西都。丈人視要處，窄狹容單車。艱難奮長戟，萬古用一夫。」這八個句子是對話的內容，誰說的話？潼關吏說的話。他指著山的角落對杜甫說：「你仔細的看看」，「連雲列戰格」，雲在天上，所以連雲就是連天，連天就是從這裡一直到天邊，那麼遙遠、那麼廣大的地面。「列戰格」戰格就是戰柵，下面註解說：「列柵。」各位假如看戰爭片，戰場上有許多像鐵絲網的，這個就是戰備的東西，從這裡到天邊，那麼廣大的地面，排列一個一個的戰柵，這表示什麼？表示防禦工事做得非常完整，不單單排列了很多，而且「飛鳥不能踰」，連鳥都飛不過來，這表示什麼？這表示戰柵做得很高，鳥都飛不過來，不要說人、更不要說馬了。這兩句表示，潼關吏對防禦工事是非常自負的，列的那麼多又那麼高，鳥都飛不過來。我們先跳開中間兩句往下看，「丈人視要處，窄狹容單車。」丈人是對杜甫的尊稱，杜甫現在好歹也是一個官嘛！潼關的官吏地位當然比他低下，杜甫這個時候四十八歲，大概也有鬍子了，老大一些了，所以尊稱：「老丈人，你再仔細看一看。」看那個地勢險要的地方「窄狹容單車」。地勢險要到什麼程度？非常的狹小。因爲它是一個關，「關」通常是這邊一座山，那邊一座山，中間凹下去的地方叫做關口，是地勢非常狹窄，形勢十分險要的地方。你看看那個險要的地方，非常窄小，只能容許一輛車的通過，所以「窄狹容單車」。

我們先整理一下，這八個句子，這中間四個句子，是潼關吏對杜甫說的兩個重點，第一個所謂「連雲列戰格，飛鳥不能踰」，這是從戰備的完整性來說的。下面「丈人視要處，窄狹容單車」，這是從地勢險要來說的，了解嗎？這兩個地方先抓出來。

潼關吏顯然非常誇耀，潼關戰備非常的堅強、地勢非常的險要，然後做了一個結論：「胡來但自守，豈復憂西都？」、「艱難奮長戟，萬古用一夫。」我們把四句倒裝一下，在結構、順序上稍微重組，翻譯起來會比較順暢。首先，「胡來」是說萬一胡人來進攻的時候；「艱難」，艱難是什麼意思？戰況非常艱困、非常危急的時候；也就是說當胡人來進攻，戰況非常危急的時候。我們「用一夫」，夫指的是人，只要用一個人、一個士卒。「奮長戟」，用一個人拿一把兵戟就能「但自守」，自守就是閉關、不出戰。也就是說只要用一個士卒，拿著一把兵器把守在關口不跟敵人交戰。那「豈復憂西都」，西都是哪裡？長安，就不必擔心長安的安危了。最後還有一個詞：「萬古」，意思是說從古以來，歷史經驗告訴我們，只要這樣把守，那是萬無一失的，也就是不會有任何的危險與錯失的。

詩的語言，有時跟我們一般說話，甚至於散文的語言，有些不同，它會有一些倒裝、錯置等等的情況。假設我們要把它解釋的非常完整、非常順暢，有時候需要把它重組，甚至有些地方它可能會有一些省略，你可以猜得出它有這些內容、看出語氣上有這些內容，但是省略掉了。所以我們必須把它還原、補充回來。這樣理解上才順暢、完整。自從我給各位講作品，這個觀念我一再地使用，倒裝的，我們一定要將它還原成正常的順序；省略的，一定要將它還原補充回來；倒裝是詩的語言的常態，省略並不表示沒有，只是字面上省略了，沒有明白的說出來。

好，這四個句子我們再完整的翻譯一下：當胡人來進攻，戰況非常艱難、緊急的時候，只要用一個士卒，拿一把長長的兵戟守住關口，就能守住這裡，不必擔心長安的安危，從古以來都是如此，是萬無一失的。杜甫前面不是有「修關還備胡」的疑問嗎？這個問題潼關吏雖然沒有直接說，但是表示他很自滿，說我們防禦工事做得那麼堅強，潼關的地勢又是那麼的險要，就算胡人進攻也不必擔心，也不必擔心長安的安危。

至於所謂「胡來但自守」、「萬古用一夫」，其實它是有出處的。各位看到第六十四頁註解，張孟陽就是張載，西晉時候的詩人，他有一篇賦叫〈劍閣銘〉，劍閣在哪裡？在現在的甘肅到四川中間，是進入四川的門戶，地勢也非常險要，杜甫有一首詩就是在寫劍閣，李白的詩也有提到這個地方。張載的銘文中間兩句：「一夫荷戟、萬夫趑趄。」這劍閣非常的險要，只要一夫荷戟，扛著一把兵器擋在關口，「萬夫趑趄」，「趑趄」是徘徊不進的樣子，千軍萬馬就在關口被擋住了。所以杜甫這四句是不是用了這個詞彙？「用一夫」、「奮長戟」，不就是「一夫荷戟」嗎？至於所謂的「但自守」、「豈復憂西都」也就是「萬夫趑趄」，敵人千軍萬馬也進不來。因爲〈劍閣銘〉大家都不讀了，這兩句話大家大概也都不熟悉了，但有兩句俗語大家一定聽過，「一夫當關，萬夫莫敵」，意思也是一樣。這是潼關吏對杜甫的回應。

對於潼關吏的回答，杜甫怎麼反應呢？下面四句：「哀哉桃林戰，百萬化爲魚。請囑防關將，愼勿學哥舒。」這是兜頭一盆冷水，是杜甫針對潼關吏剛才這麼自誇的話語做的回應。

桃林戰是什麼？桃林當然是地名，也就是潼關這一帶，各位可以看下面註解把地理名稱解釋出來。我講過，詩人寫詩都喜歡用古地名。所以桃林戰其實就是潼關之戰，但潼關之戰是哪一次的戰爭？就是天寶十五載六月，當時安祿山進攻潼關，侵犯長安時的那場戰爭，哥舒翰打了敗仗，這個史料大家有興趣可以看一看。簡單來說，哥舒翰是能征善戰，非常了不起的一個將軍。在盛唐時開疆拓土，建立了很多戰功。可是到安祿山造反時，他年紀已經大了，又有病在身，不能率兵了。但是唐玄宗實在沒辦法，又把他徵調出來，給他數十萬人馬，要他防守潼關。哥舒翰也了解潼關是保衛長安最重要的據點，那時安祿山的軍隊勢如破竹，所以他採取了一個戰略，就是閉關自守、不出關，拖延時間，消耗安祿山的士氣。但是當時的楊國忠對他非常不放心，因爲當時天下兵馬都集中在哥舒翰手上，萬一哥舒翰把矛頭掉轉，反過來攻長安，他就可能被殺害。所以他一直向唐玄宗要求，希望哥舒翰能出關應戰。

各位看註解引了錢謙益的說法：「初哥舒翰請堅守潼關，郭子儀、李光弼亦謂潼關大軍唯應固守，不可輕出。玄宗信國忠之言，遣中使促之，項背相望。翰不得已，撫膺慟哭，引兵出關，然則潼關之失守，豈翰之罪哉？公詩曰：『甚勿學哥舒』，其意蓋歸責於趣戰者也。」什麼意思呢？就是哥舒翰原本打算堅守潼關，但唐玄宗聽信楊國忠之言，從長安派遣使者來催促哥舒翰出關應戰，「項背」是說派遣的使者一個接著一個來。所以他不得不出關應戰了，不然就真的應了楊國忠的話，違背聖旨、叛逆了。

好，重點是同樣的潼關，當年哥舒翰就在這裡吃了敗戰，真是讓人悲哀。根據史料，當時哥舒翰百萬的軍馬，都掉到黃河裡化爲魚，也就是都掉到水裡淹死啦！所以杜甫覺得潼關吏所自滿的兩個戰備的重要性，能征善戰的哥舒翰大將軍難道當年不會做嗎？顯然戰爭的決勝條件，不在於這兩個戰備上所能決定的。所以杜甫對潼關吏說：「希望你回頭去告訴戍守潼關的將軍要小心啊，千萬不要像哥舒翰一樣的重蹈覆轍。」「學」很容易讓人誤解說不要學習哥舒翰，其實應該是說不要像哥舒翰一樣重蹈覆轍的意思。怎麼重蹈覆轍呢？就是說明明知道要閉關自守才是萬全之策，朝廷卻不信任防關將領之決策，因爲將相失和之原因才打敗戰。所以杜甫的這段話，字面上好像是批評著哥舒翰，事實上杜甫是暗中在諷刺、警惕著朝廷，批評因爲當年不信任在外將領之決策，作了錯誤判斷的決定，才造成這樣的悲劇。

這首詩內容比較簡單，只是多了些史料而已。如果要跟〈新安吏〉、〈石壕吏〉做比較，這首似乎詩的韻味是少了一些，比較多議論，不是抒情的敘事。在〈三吏〉、〈三別〉這六首詩中，以詩的韻味來說，比較單薄了些。所以有一些版本不收錄這首詩，大概也就是這個原因。下面〈三別〉三首，每一首就非常的精彩了。

新婚別

兔絲附蓬麻，引蔓故不長。嫁女與征夫，不如棄路旁。結髮為妻子，席不煖君牀。暮婚晨告別，無乃太匆忙！君行雖不遠，守邊赴河陽。妾身未分明，何以拜姑嫜？父母養我時，日夜令我藏。生女有所歸，雞狗亦得將。君今往死地，沉痛迫中腸。誓欲隨君去，形勢反蒼黃。勿為新婚念，努力事戎行。婦人在軍中，兵氣恐不揚。自嗟貧家女，久致羅襦裳。羅襦不復施，對君洗紅妝。仰視百鳥飛，大小必雙翔。人事多錯迕，與君永相望。

各位一定讀過一些小說，有一些小說會用第一人稱的敘述法，作者就是主角。可是大部分的小說是第三人稱，小說裡的男主角、女主角等等，跟作者沒有直接關係，那詩裡面有沒有這種做法？當然有。像〈木蘭詩〉：「唧唧復唧唧，木蘭當戶織。」這個就是花木蘭嘛，詩人在裡頭沒有出現；〈孔雀東南飛〉也一樣：「孔雀東南飛，五里一徘徊。」寫劉蘭芝、焦仲卿等等，也沒有詩人出現。所以像〈三別〉，杜甫沒有出場，每一篇只用一個主角，用獨白的方式把故事說出來，所以我們讀這三首，都要知道，從一開頭到最後，都是自白。

我們先看〈新婚別〉：「兔絲附蓬麻，引蔓故不長。嫁女與征夫，不如棄路旁。」一開頭四個句子先帶出來。「兔絲附蓬麻」，我們註解引了〈古詩十九首〉的「與君爲新婚，兔絲附女蘿。」大家讀過〈古詩十九首〉，這兩句大家可能熟悉。不管兔絲也好，蓬麻、女蘿也好，都是植物名稱。可是，到底兔絲跟女蘿是什麼東西？過去的訓詁都解釋得很囉唆又不明確，現在我抓出一個比較簡單的也是比較正確的說法：兔絲也好、女蘿也好，基本上都是蔓生的植物。然後，《埤雅》裡頭說女蘿又叫做「松蘿」，「在木爲女蘿」，也就是說攀附在大樹像松樹這類樹上的蔓生植物，叫做女蘿，又叫做松蘿。至於兔絲也是蔓生的，也要攀附在別的東西上才能生長，它攀附在哪裡？攀附在草上的，所以兩個不是同一個東西。有它的類同性，都是蔓生，都是要攀附在某一個東西上才能夠生長，可是女蘿是攀附在樹上，那兔絲是攀附在草上。這樣了解嗎？

還有女蘿的顏色是青色的，至於兔絲呢，各位看註解說：「黃赤如金。」所以兔絲的顏色是黃色的，顏色也不一樣。假如各位有興趣翻翻辭典之類的，看看過去的註解，真是夠煩的。其實講作品最怕的就是這一類的東西，一些植物的名稱，或者是動物的名稱，又沒有圖片，有時候就會混淆在一起，而且古人有時候也講得不清不楚，所以我給各位這樣一個最簡單的結論。

〈古詩十九首〉裡說「與君爲新婚，兔絲附女蘿。」我跟你剛剛結婚，我就像兔絲草攀附在女蘿上面一樣，翻譯不是這樣嗎？那這是什麼意思？顯然兩者都是蔓生的植物，對不對？都是非常柔弱，都要依附在別的東西上面才能夠成長。所以女子跟丈夫剛剛結婚，顯然是說「我是一個弱女子，嫁給一個看起來沒有什麼用的丈夫。」就是好像蕃薯嫁給芋仔一樣，差不多的啦！

回到杜甫。杜甫換了一個字，不用女蘿，用「蓬麻」。蓬麻有時候也叫做蓬蒿，有沒有聽過？蓬蒿是一種野草，比較高，纖維比較硬，所以很多時候可以把它剝離開來，用來織布。有一種布料叫麻布，其實就是這個。它仍然是一種植物，而且是一種野生的、看起來很賤的植物，所以杜甫雖然換了一個詞彙，但基本上它的意義，和〈古詩十九首〉的差不多，一樣的都是結婚了，但嫁的對象看起來沒辦法挺立，沒有什麼好的條件。所以說「兔絲附蓬麻，引蔓故不長。」我像是一個兔絲草，攀附在蓬麻上面，因此所抽出來的絲也就拉不長，意思就是說沒有什麼好的發展了。各位想想，「兔絲」

也好、「蓬麻」也好，說「引蔓不長」也好，杜甫是用比喻方式來寫，用「兔絲」比喻自己，用「蓬麻」比喻嫁的丈夫，用「蔓」表示未來的發展，沒什麼好期待的，所以得出下面兩句的結論：「嫁女與征夫，不如棄路旁。」把女兒嫁給要出去打仗的人，不如把她丟在路邊還好一些。大家想想，這裡面有沒有「怨」的感情？當然怨得很！埋怨的對象是誰？是誰把女兒嫁了出去？父母嘛，對不對？所以一開始女子帶著非常深的怨氣，想到父母把她嫁給一個要去當兵打仗的人，埋怨父母不如把我丟在路邊還好一些。

下面「結髮為妻子」。杜甫的版本我們講了很多次，不過高步瀛先生的版本有時選擇不是很好，要修正一下。「結髮爲妻子」，各位看到註解引了樊晃的本子，「妻子」變成了「子妻」，有沒有？「子妻」也不好。其實還有另外一個版本，就是「君妻」，我們不必多作考證，各位這邊把「妻子」改成「君妻」。

「結髮爲君妻，席不煖君牀。暮婚晨告別，無乃太匆忙！君行雖不遠，守邊赴河陽。妾身未分明，何以拜姑嫜？」這是第二段。各位看註解引李善的註，這個結髮指的是成年。古時候女子到了十五歲，男子二十歲，要把頭髮綁起來，表示成年了。爲什麼把成年叫做結髮呢？因爲古時候的小孩子，還沒有成年的話頭髮是披散的。所以我們讀〈桃花源記〉，有一句：「黃髮垂髫」，黃髮指的是老人家，垂髫指的是小孩子，頭髮垂下來的。女子十五歲要把頭髮綁起來，用什麼綁呢？用「笄」，笄其實就是釵，頭髮豎起來用釵把它穩固，所以女子十五歲叫「及笄」；男子二十歲要把頭髮豎起來，要戴帽子，叫「冠」，所以男子二十歲叫「弱冠」。所以結髮就是成年、長大了、可以結婚了。說實話，現在三十歲就可以結婚算不錯啦！很多人都不結的！過去女子十五歲就到適婚年齡了，我就嫁作你的妻子。「席不煖君牀」，結果你家床上的席子我還沒有睡暖，爲什麼床上的席子還沒有睡暖？因爲「暮婚晨告別」，昨天黃昏才結婚。各位要知道婚這個字從女從昏，古代的婚禮都是黃昏的時候舉行的。不像現在，很多一大清早就去公證結婚的。昨天黃昏才結婚，可是一大早就跟我告別了，「無乃太匆忙」不是太倉促了嗎？

下面繼續說：「君行雖不遠，守邊赴河陽。」你這一離開，並不是很遙遠的地方，但是也是被調到河陽那邊來守邊，河陽在哪裡？之前講過，對不對？在洛陽的北面。隔著一條黃河，那是當時郭子儀為了保衛洛陽，在北邊的一個據點。說是「君行雖不遠」，所以這首詩的地理背景大概距離河陽不遠，就在洛陽附近。被徵調了。雖然去的地方不遙遠，可是現在你是到河陽那邊去防守，然後他說是守邊，這個「邊」字也是很諷刺，理論上「邊」是什麼？「邊境」嘛！漢朝、唐朝來說，邊境在哪裡？當然在長城啊，跟沙漠交界的地方啊！可是現在黃河以北基本上都是胡人的天下了。所以邊境已經往內縮，縮到河陽。在河陽保衛洛陽，就好像在防守邊境一樣，雖然不是很遙遠，但是邊境在打仗，那實在是太危險了。

下邊又說：「妾身未分明，何以拜姑嫜？」我現在的身份還不清楚、不確定，要怎麼拜見公婆呢？姑指婆婆，大家都讀過〈新嫁娘〉有「未諳姑食性，先遣小姑嘗。」對不對？嫜指的是公公，所以「姑嫜」就是指婆婆跟公公，現在說話的順序是公婆，以前是倒過來。那為什麼說身分還不清楚就沒有辦法拜見公婆？這裡面有制度上的問題。大家翻到六十八頁，註解引蔡孟弼說的話。我們看註解一大堆的姓，某某曰、某某曰，這其實要下一點功夫。高步瀛先生註解有一個體例，譬如說杜甫的詩，引了很多註解，第一次註解，他會把註解的人的姓跟名，大部分是字號寫完整，像蔡就是蔡孟弼，各位往前面看，第一次出現會寫「蔡孟弼曰」，後面第二次出現的時候就是「蔡曰」了。古人很考驗我們的記憶力，他以為第一次出現，你看到了，他也以為我們讀書是很規矩的第一頁、第二頁，慢慢讀下來的。然後，杜甫詩引了「蔡曰」、「王曰」，那是某一個人、某一個人，但李白的詩如果引了蔡曰、王曰，那是另外一個人。所以如果不熟悉，理解上會比較困難，其實應該有人來整理一下。不過，這是記憶的問題啦！各位不是專家研究，知道有這狀況就好了。

蔡孟弼是宋朝人，他怎麼說？「婦人嫁三月，已告廟上墳，謂之成婚。婚禮既明白，然後稱謂姑嫜之名正也。今未成婚而別，故曰：『妾身未分明，何以拜姑嫜？』」看起來說得頭頭是道，對不對？也引經據典。可是他說啊，一個女子嫁過去三個月後，「告廟上墳」，「告廟」就是到夫家的家廟，過去一個家族都有家廟，去家廟裡面拜見祖先，到祖先的墳墓祭拜，才叫做成婚。所以假如說成婚了、婚禮完成了，身份正式定下來了，才能拜見公婆，說得很清楚。但是他這個話有點斷章取義，爲什麼呢？各位看後面，高步瀛解釋，根據《儀禮・士昏禮》：「質明婦見舅姑，在親迎合巹之明日。」《儀禮・士昏禮》大概是古代最早有關婚禮制度的最重要文獻，一個女子什麼時候拜見公婆？「質明」，質明就是天亮。昨天黃昏嫁過來，第二天天亮要拜見公婆。這在「在親迎合巹之明日」。至於蔡孟弼說：「嫁三月告廟上墳」，那是一種特殊情況，是怎樣的呢？原來女子嫁過來，夫家的父母，也就是她的公婆已經死了。公婆死了，所以要等三個月以後，到廟裡面拜見祖先、到墳裡頭上墳，才叫做成婚。以這首詩來看，顯然是公婆還在。所以蔡孟弼說「婦人嫁三月」這個話是斷章取義。

雖然我們根據高先生的意見糾正了蔡孟弼的說法，但是仍然沒有解釋所謂的「妾身未分明，何以拜姑嫜」。第二天就拜見父母了，就成婚了，身分就定了，那爲什麼說「未分明」呢？爲什麼說沒有身分拜見父母呢？原來杜甫在這裡特別強調「暮婚晨告別」，時間的倉促性。昨天黃昏結婚，還等不到天亮，等不到拜見公婆的儀式，丈夫就被拉走，更加顯示了「無乃太匆忙」。我們透過這樣的一個制度，可以理解杜甫暗示性的強調，連那樣子隔天拜見公婆的時間都沒有，丈夫就被拉走，所以沒有成婚，身份還不明確、還沒有定下來，所以啊，在夫家看到了老人家，還不知道要怎麼稱呼呢！。

我們現在沒有這種講究，對不對？但是古代對這樣一個儀式是很講究的，要拜見公婆才叫成婚，假如說公婆死了，三個月後才算成婚，那段時間不知道叫什麼婚？沒有名稱，叫試婚吧？哈哈！也很奇怪。反正杜甫是強調那種倉促性，所以「暮婚晨告別，無乃太匆忙！君行雖不遠，守邊赴河陽。妾身未分明，何以拜姑嫜？」有沒有怨？有！怨誰？怨丈夫，前面怨父母，下面怨丈夫。我嫁給你，你家的床我還沒有睡暖呢，結果你就這樣離開了。你把我拋在這個地方，我的身分還不確定，我拿什麼樣的身份拜見公婆啊？這都有怨，怨父母、怨夫君。當然這個怨，各位知道，是有點無可奈何的怨。難道父母願意把她嫁給剛剛結婚就馬上被拉走的人嗎？難道丈夫真願意昨天完婚，第二天天還沒亮，成婚都還沒有完成就被拉走嗎？各位模擬一下人物的心理：女子嫁過來，結果遭遇了這種命運，當然是有些怨，第一個是怨父母爲什麼把我嫁給他，對不對？第二個怨，怨丈夫你怎麼走得那麼快？所以這個怨是必然的，而且這個怨的對象，看起來是有點無理，但是當你在情緒來的時候，當然先找到一個發洩的出口嘛！所以怨父母、怨丈夫。

「父母養我時，日夜令我藏。生女有所歸，雞狗亦得將。君今往死地，沉痛迫中腸。誓欲隨君去，形勢反蒼黃。」第三段，是做一個回溯。女子說我的父母把我養在家裡的時候，不管白天，不管夜晚，都把我藏在閨房之中，「日夜令我藏」。古代形容大戶人家的千金小姐是什麼？大門不出、二門不邁，對不對？白居易寫楊貴妃：「養在深閨人未識。」給各位補充一首詩，滿有趣的，戎昱的〈苦哉行〉，是一首五言古詩，滿長的，摘其中第四首的幾個句子：「身爲最小女，偏得渾家憐。親戚不相識，幽閨十五年。有時最遠出，只到中門前。」這詩其實寫得滿白的，大概只有「偏得渾家憐」的那個「渾」要稍微解釋一下，我們看小說時常稱呼一個人叫「渾家」，有沒有？意思是妻子、太太，但這裡不是這個意思，這個「渾」是「全」的意思。它說，我是家裡頭最小的一個小女兒，得到了全家人的憐惜，憐惜到什麼程度呢？「親戚不相識」，親戚，當然除了父母，還有在家裡的兄弟姐妹啦！她外頭的親戚，沒有一個人認得，因爲養在深閨嘛！這樣子躲在閨房裡十五年，當然有時候要走動，離開閨房最遠的是哪裡啊？到「中門前」，大門都還沒到，只到中門前。這個是古代的女子，沒有像現在到處啪啪走的。當然啦！這是大家閨秀才這樣。我們看崑曲《牡丹亭》，不就是這樣嗎？杜麗娘十六歲了，他爸爸是南安太守杜寶，家裡就有一個大花園，從來沒去過，後來她的丫頭跑出去看，好漂亮的園子啊！後來告訴小姐，小姐就動心了。第二天就去遊園，這一遊麻煩就大了，夢中夢到一個對象，因此而死了，所以知道古時候女子都是大門不出二門不邁。

其實，我們假如只看戎昱這幾句，這個女子好幸福，對不對？全家人那麼憐惜她，寶貝一樣的養在家裡頭。其實這首詩寫在什麼時候？寶應年間。我們講過，寶應是在唐代中期，戎昱的時代比杜甫稍微晚一些些，他見過杜甫，算是杜甫的晚一輩，以這首詩來說，後面寫什麼？前年，胡人的軍隊過來了，寶應元年的前三年就是乾元二年，相州兵潰，這是乾元二年的春天。然後郭子儀退到洛陽，史思明再度把洛陽攻下來，前面就是指洛陽再度的失守。這個女子應該是洛陽人，胡人軍隊攻進來，她以爲穩死了，結果呢？活過來了。到了今年，寶應元年，我們有講過，唐朝再度光復洛陽就在這一年，「今年官軍至」，今年官軍光復了洛陽，結果她卻被胡人擄走了。胡人是誰？回紇的軍隊，唐朝不是依賴回紇光復的嗎？所以下面就寫，她被胡人的軍隊抓走了，一直到了塞外去。所以如果你把這首詩整個讀，你才會覺得她真的可憐，十五歲的小女子，那麼地被家人愛護，從來沒有離開過大門，最後胡人把她抓走了。那個時代真的是一個痛苦的時代，痛苦時代卻往往是詩人的養分。我一直覺得從杜甫的角度，從詩史的角度，把安史之亂的那一段時間，所有其他的人，敘述安史之亂的背景的詩全部找出來，你會感覺真的是非常的痛苦，所以我們應該珍惜我們這個還算太平的年代。我也時常跟同學說，假如很不幸像杜甫一樣有寫詩的才華，也有像那樣寫詩的興趣，讓你選擇活在像杜甫那樣的時代，還是活在現代每天滑滑手機，有空喝個下午茶之類的，哪個好？所以我們這個時代很難有偉大的詩人。

前面補充所謂的「日夜令我藏」。小時候父母養我，白天夜晚都把我養在深閨之中，不讓我出來，不拋頭露面，非常的寶貝、珍惜。「生女有所歸，雞狗亦得將」，等到女兒長大了，找到了對象嫁出去，古代嫁女叫做「歸」，「雞狗亦得將」，各位去翻註解引到《穀梁傳》：「女子之嫁，雖雞狗之物亦得將行，言無吝也。」這也是蔡孟弼的註。這個「將」就是「帶」的意思，《詩經》裡頭「百兩將之」，這個「兩」字假借爲車輛的「輛」，把女兒嫁出去時，帶著一百輛車子的嫁妝，很豐富吧！所以「將」可以說是「帶」的意思，蔡孟弼就根據這個意思，說「雞狗亦得將」就是說當女兒長大了，找到婆家，把她嫁出去了，家裡不管是雞啊、狗啊，都讓她帶著走，所以說「不吝」，不吝嗇嘛，了解這個意思嗎？但這應該也是一個錯誤的解釋，過去的註解很多引用這一條說法。其實「將」是「隨」、「跟隨」的意思，我們註解沒採用，但是各位一定聽過的：「嫁雞隨雞、嫁狗隨狗」，這個才正確啊！小的時候把我保護得那麼好、那麼珍惜，那我以後找到婆家嫁出去了，不管嫁的是狗還是雞，我都要跟著他了，所以那個雞狗不是指嫁妝，是指嫁的對象不管是狗還是雞，「嫁雞與之飛，嫁狗與之走」，過去也有這樣一個諺語。說妻子要有一點本事喔，嫁雞你要像他有翅膀，嫁狗你要有四條腿跟他走，這麼解釋才合理。

「君今往死地，沉痛迫中腸。誓欲隨君去，形勢反蒼黃。」他說你現在要去到送死的地方，「守邊赴河陽」看起來有去無回的，「往死地」讓我「沉痛迫中腸」，非常沉痛，壓迫到我的內心，中腸就是內心。我決心要跟著你去，「誓欲隨君去」，呼應了前面「雞狗亦得將」。嫁雞與之飛，嫁狗與之走，嫁給征夫就一起上前線。你現在到前線送死之地，我決心跟著你去。可是下面說「形勢反蒼黃」，形勢就是現在的情勢，蒼黃註解說是「可青可黃。」比如說一片葉子一面青色一面黃色，被風一吹不斷地翻覆，一會兒顯出青色，一會兒顯出黃色，所以蒼黃就是青黃，青黃就是反覆，反覆也就是不可掌握，情勢看起來又是讓我無法掌握，「形勢反蒼黃」。

我們先跳開兩句，看到下邊「婦人在軍中，兵氣恐不揚。」各位看註解引《漢書．李陵傳》：「陵曰：吾士氣少衰而鼓不起者何也？軍中豈有女子乎？始軍出時，關東群盜妻子徙邊者，隨軍為卒妻婦，大匿車中，陵搜得皆劍斬之。」李陵跟匈奴打戰，有一次打敗了，李陵說我這個軍隊士氣衰弱了，士氣怎麼鼓動都振作不起來，是什麼原因呢？難道軍營中有女子藏匿嗎？原來是出征的時候，很多人帶了妻子，軍隊裡有很多的婦人，藏在車子裡面。李陵就叫人去搜捕，被搜捕到就斬殺了。所以杜甫引用這個典故說「婦人在軍中，兵氣恐不揚」。確實在前線打戰要不顧生死，假如軍營中帶著妻子在身邊，就會有所掛慮，當然士氣就不振作了。所以這兩句是在呼應「誓欲隨君去，形勢反蒼黃」。我們看看語氣的脈絡，「父母養我時，日夜令我藏。生女有所歸，雞狗亦得將」。而你現在在軍中，我決心要跟著你去，但是婦人在軍中，恐怕會影響士氣的振作啊！這就是「形勢反蒼黃」，看起來是不太方便去的。所以轉而勉勵自己，也勉勵丈夫說了別掛念我們才新婚，你既然去從軍上前線，就努力地去打仗吧！「勿爲新婚念，努力事戎行」，這兩句是勉勵丈夫的話語，進而自我勉勵。

「自嗟貧家女，久致羅襦裳。羅襦不復施，對君洗紅妝。」這個貧家女很容易了解，看起來好像是貧窮人家的女孩。但是對照前面「父母養我時，日夜令我藏」，這女子顯然不是小戶小門的農家。從「久致羅襦裳」來看，她花了那麼久時間才做好的嫁裳，應該本爲官宦人家，但家道中落了，所以才自我怨歎的說，因爲戰亂而使我家貧，成爲貧家之女。「羅襦裳」是結婚所穿的紅色嫁裳，是我準備了很多時間和費了許多力氣才做好的。「施」是用，這裡指穿的意思。爲了讓丈夫安心，所以「羅襦不復施，對君洗紅妝」，當著夫君的面說我也不再穿這樣美麗的出嫁衣裳。「紅妝」是指女子的化妝，女子出嫁時都會有美麗的妝扮。前面不是說第二天天還沒亮先生就被拉走了嗎？這時新娘還沒卸妝，應該還很美麗。但女子說現在我當著你的面將臉上的妝洗乾淨，是什麼意思？各位看後邊註解引羅大經的話：「古之婦人，夫不在家則不爲容飾也。」古時女子爲了表示對丈夫的貞節，在家裡往往是不打扮的。《詩經》裡邊說：「豈無膏沐？誰適爲容？」不就是丈夫不在身邊了，妻子無心打扮的樣子嗎？好，所以在這裡她對先生說：「我也不再穿這樣美麗的出嫁衣裳，也當著你的面將臉上的妝洗乾淨。」這是新婚女子自我向丈夫表達貞節的心意。

浦起龍說這一首詩「語出新人口，情緒奔而語言澀。」什麼意思呢？我們看「誓欲隨君去，形勢反蒼黃。勿爲新婚念，努力事戎行。婦人在軍中，兵氣恐不揚」這幾句話，從新嫁娘口中說出，感覺到她的情緒是紛亂的，語氣也結結巴巴的。那時候新郎「暮婚晨告別」，一大早還沒有完成婚禮就被帶走了，當然情緒非常混亂，所以說話也是結結巴巴的，這就叫做「語言澀」，就像我們當老師的，上課時常會有話講得顛顛倒倒，一會兒這樣一會兒那樣，跳來跳去的。

所以如果按照順序來說「雞狗亦得將。君今往死地，沉痛迫中腸。誓欲隨君去，形勢反蒼黃。」下面應該就是補充說明爲什麼要「誓欲隨君去」，去到哪裡？形勢是怎麼樣的蒼黃？又怕去了會影響士氣，所以「婦人在軍中，兵氣恐不揚」嘛，對不對？應該照樣連接下來。然後呢？顯然她沒有辦法跟丈夫到前線去了，所以就轉而勉勵她的丈夫：「勿爲新婚念，努力事戎行。」勉勵完丈夫後就自我勉勵：「自嗟貧家女，久致羅襦裳。羅襦不復施，對君洗紅妝。」這樣順序看起來就比較完整。詩裡面爲什麼有這樣的跳躍？這種跳躍是顯示了情緒的混亂，說了這個又跳到那個地方，語言就有點結結巴巴、顛顛倒倒的，這裡模擬女子的口吻，模擬得非常真切。

好，接著「仰視百鳥飛，大小必雙翔。人事多錯迕，與君永相望。」這是最後的結論。抬頭看天空，上面有好多鳥在天上飛翔，這些鳥不管大的、小的，都成雙成對的飛。想想看這裡面有沒有「比」啊？有的，所以這首詩在結構上的特色，一開頭「兔絲附蓬麻，引蔓故不長」，用「比」做開始，後面又用「大小必雙翔」一個比做結束。既然是比，那顯然這鳥比什麼？比夫妻嘛！那麼多的鳥，不管大的、不管小的，大的像孔雀，小得像麻雀，都是成雙成對的飛。用這個來告訴他，我就是希望我們這一對夫妻不管未來的處境如何，都能像成雙飛翔的鳥兒一樣永遠在一起。下面再說：「人事多錯迕」，在現實生活裡頭，人生有很多錯迕的事。「迕」是違的意思，錯迕就是違逆，就是「不順利」。現實人生當然大部分都不是那麼理想、那麼如你所願。像我長大了，父母婚配，把我嫁給你，當然希望可以白頭偕老，永遠相守，但是人事時常不如心願，才剛結婚你就要離開了，對不對？雖然這樣，對未來還是保持著一個期待、一個希望，能與你永遠的相望。「相望」就是相守，所以還是期待你有一天可以從戰場回來，我們還是一樣的能夠白首偕老。最後以帶著無奈的心情，期待一個看起來不太能夠實現的未來願望，做一個結束。所以整首詩我們清楚地看到，透過一個新嫁娘的自白，把她的遭遇說出來。

給各位再補充一點仇兆鰲的說法，各位有沒有注意到，這首詩裡頭不斷出現「君」字，有沒有？照順序看，一開始「結髮爲妻子」我們改成「結髮爲君妻」，對不對？到「席不暖君床」，再來「君行雖不遠」，然後「君今往死地」、「誓欲隨君去」、「對君洗紅妝」，最後「與君永相望」，有沒有？一共幾個君？七個。仇兆鰲分析詩還滿認真的，分析的很細膩，他告訴我們整首詩用七個「君」字，這個「君」就是「你」啊！這是新嫁娘對著丈夫在說話，要「頻頻呼君」，對著丈夫不停地呼喚，你啊你的叫。「幾於一聲一淚」這個評語，說實話還真的滿感性的，不停地呼喚她的先生，呼喚一次好像就掉一次眼淚一樣。所以我們說整首詩透過新嫁娘的獨白，這個獨白是向著誰說的？就是向著她的先生說的。其實除了前面四句埋怨父母以外，下面其實都是對著先生說，不停的呼喚對方，我剛剛成年就嫁給你，成爲你的妻子，你家的床我還沒睡暖，然後你離開，雖然不遠，可是是到邊境守邊。你現在要往死地而去，我心裡非常難過，所以我決心跟著你去。然後下邊說，羅襦裳這些好衣服我不再穿啦！對著你把濃妝洗乾淨，表示對你無二心。最後說什麼？「與君永相望」，希望永遠跟你相守在一起。

好，我們從這些獨白可以看出，杜甫真的是很好的編劇或導演。以一個大男子來說，不太能揣摩、不太能模仿這樣一個新嫁娘的口吻，但杜甫卻把她描寫得非常細膩。我們接著要講的〈垂老別〉，一個老頭子，然後下面再講〈無家別〉，一個母親也死，妻子兒女也不在的一個男子，包括我們之前讀過的〈石壕吏〉，一個老婦人，對不對？〈新安吏〉那個新安的縣吏，還有送行的人啦、被徵調的中男啦，我們講過全部六首以後，到時票選一下，看哪一個是最佳主角，不管是男主角、女主角，各位看看寫得最生動的，是哪一個？

垂老別

四郊未寧靜，垂老不得安。子孫陣亡盡，焉用身獨完？投杖出門去，同行為辛酸。幸有牙齒存；所悲骨髓乾。男兒既介胄，長揖別上官。老妻臥路啼，歲暮衣裳單。孰知是死別？且復傷其寒。此去必不歸，還聞勸加餐。土門壁甚堅，杏園度亦難。勢異鄴城下，縱死時猶寬。人生有離合，豈擇衰老端？憶昔少壯日，遲迴竟長歎。萬國盡征戍，烽火被岡巒。積屍草木腥，流血川原丹。何鄉為樂土，安敢尚盤桓？棄絕蓬室居，塌然傷肺肝。

各位看看過去某一些時代裡頭、某一些人物的遭遇，說實話是滿複雜，不能用那麼簡單的二分法去判定，其實很多時候還滿無奈的。我想各位都有一點閱歷的人了，應該都了解在大時代裡頭，很多人是處在一個沒有辦法自主的處境，所以古人時常用「絮」，「柳絮」嘛！或者「浮萍」來去形容身世的一種無奈之感。「柳絮」也好，「浮萍」也好，都受到風的吹動、受到水的漂流，對不對？這些人在那樣的環境，沒有辦法用簡單的道德觀念，像什麼忠孝節義之類那麼單純的做出選擇。假如每一個人都那麼容易的做一個選擇的話，這個世界就很單純了。但是正因爲複雜，所以成爲一個詩人時，作品的感情內涵也就表現的更加豐富、更加深刻。痛苦的時代是詩人的養分嘛，確實是這樣。當然我們每一個人都不希望自己在那個痛苦時代當中，但是這也不是你能選擇的問題。

好，我們翻到六十八頁的〈垂老別〉，這是〈三別〉的第二篇。從題目上就很清楚可以看的出來，這個詩的主角是誰？當然是一個老翁。〈新婚別〉是剛剛結婚的女子作爲整首詩的主角，這首是垂垂老矣的一個老翁。有多老呢？當然杜甫不是像戶口調查一樣，沒有把他的年齡說出來。不過各位還記得嗎？我們在〈新安吏〉中提過，唐朝把人按照年齡畫分成黃、小、中、丁、老幾個階段，有沒有？「老」是幾歲？六十歲以上。所以這個老人家大概是六十歲以上。那稱之爲「老」啊，基本上應該已經免役了。古代的徵調有兩種內容：一種是勞役，比如說修馬路、蓋宮殿，包括各位很熟悉的像秦始皇建萬里長城，人力哪來的？都是徵調老百姓而來的，這叫勞役。那另外一個徵調的目的是什麼？就是打仗，所以題目下邊引到鄭杲的說法：「刺不恤老也，古者五十不從力政，六十不與服戎。」力政就是我們剛剛說的勞役，服戎就是當兵、打仗。這位至少是六十歲以上的老先生現在被徵調要上前線打仗，顯然這個制度被破壞了。當時爲了要保衛洛陽，到處拉伕，所以這位老人家也就需要參加這場戰役。我們也講過，〈三別〉都各有一位主角，然後透過主角的獨白，把故事、把情節說出來。杜甫每一篇都是模擬主角的口吻，像〈新婚別〉就模擬一個剛剛結婚的女子的口吻說的，有沒有？那這篇呢？當然是模擬一個老人家，然後娓娓道來，說出他的遭遇。所以一開頭一直到結束，都是這個老人家說的話。

好，我們先看第一個段落。「四郊未寧靜，垂老不得安。子孫陣亡盡，焉用身獨完」，這是開頭四句。「四郊」就是四周、到處。現在啊！兵荒馬亂，到處都不得安寧。理論上，年紀老了嘛，當然要安逸在家裡含飴弄孫，可是現在因爲「未寧靜」，到處烽火連天，戰爭沒有平息，所以雖然我老了，還是「不得安」，沒辦法安居在家中。各位想想，這裡邊有沒有感慨？當然有。有沒有悲傷？當然有。可是注意喔！這首詩很特別的一點，整首都用頓挫貫串而下，一定要先瞭解，這是這篇作品的一個最重要的筆法，也是它的特色。

什麼是「頓挫」？就是起伏嘛！像一個波浪一樣的低沉，然後湧出來，又落下去，再湧出來，叫做起伏，對不對？或者我們把它叫「開合」，開跟合相反，打開又合起來，打開又合起來。這個名稱叫做「起伏」也好，叫做「開合」也好，其實就是前面的內容跟後邊的內容有相反，產生了衝突，產生了矛盾，就像波浪的高高低低一樣，這樣的一個表現，就顯示了內心的曲折。我們讀詩，尤其是讀老杜，這個筆法一定要掌握，我們把它總稱叫「頓挫」。

好，回到詩裡面。因爲「市郊未寧靜」，所以「垂老不得安」，這兩句有沒有「頓挫」，沒有，對不對？但是下面說「子孫陣亡盡，焉用身獨完。」這老人家回頭一想，我家裡頭的兒子、孫子那些年輕人，全部都已經被徵調了，都到前線打仗，在戰場死掉了，所以「焉用身獨完」，「焉用」就是何用、何必，我這樣一個老頭子，那又何必一定要保全我的生命呢？換句話說，死了也就死了吧，也不在乎了啦！所以前邊兩句跟後邊兩句有沒有「頓挫」？有。所謂「垂老不得安」有一種悲哀、有一種憤慨、有一種不滿，但是下面說家裡小孩都死了，留著我一個老頭子也沒什麼意思了，表示不在乎。所以前面兩句跟後面兩句就形成一個起伏，一個「頓挫」。

好，下邊「投杖出門去，同行爲辛酸。幸有牙齒存；所悲骨髓乾。男兒既介冑，長揖別上官。」先讀到這裡，算是第二個小段落。「焉用身獨完」，我這樣的老頭子活著有什麼意思啊？所以就表示他無所謂，於是他就很勇敢的出門，離開家門報到去了。這個老人家大概行動也不是很方便，平常拿著枴杖走路的，但是現在要出去打仗了，總不能拄著枴杖上前線吧？所以他把拐杖一丟出門去，「投杖出門去」。這形容寫得很具體，要打仗不能拄著枴杖去，所以把拐杖一丟就出門報到去了。當然這樣子出門，因爲沒有拿著枴杖，可以想像走路應該也是歪歪斜斜的、踉踉蹌蹌的。然後走到報到的地方，被徵調的人一定不少，看到這樣一個老頭子這樣跌跌撞撞的，走路都走不好地跑來報到，來參加軍隊，所以說「同行爲辛酸」，跟我一起被徵調的人，看到我這個樣子，都爲我感到辛酸，所以辛酸不用他自己說，旁邊的人都感覺他真的很值得同情。這一首，我們不斷地要跟各位講「頓挫」，讓大家練習一下。「投杖出門去」跟前面的「焉用身獨完」在語意的脈絡是順著下來，我這樣的老頭子活著有什麼用，沒意思啊！所以拐杖一丟出門了。可是下邊「同行爲辛酸」，有沒有「頓挫」？有。我不感覺辛酸，我無所謂，可是別人看到我都爲我而難過啊！這就有頓挫了。

好，下邊「幸有牙齒存」，這個句子應該引號引起來，是那個老頭子對同行所說的話。他看到他們爲他難過，反而說了這一句話安慰那些同行的人。說你們不要爲我難過，我雖然老了，牙齒還在，意思是什麼？還沒有老掉牙啦！因爲「同行爲辛酸」，結果老人家用我還沒有老掉牙來安慰那些同行的人，這又是一個「頓挫」，對不對？安慰完了那些同行的人，可是他自己心裡想「所悲骨髓乾」，「骨髓」用現代話來說就是「精力」。可是我心裡想，我真的老了，我骨髓都乾了，一點精力都沒有了，不禁又爲這件事而悲傷。了解嗎？所以「幸有牙齒存」安慰別人，轉過來想到自己精力已經用盡了；前面說沒有老掉牙，下面說根本毫無精力了，有沒有「頓挫」？有！

好，下邊「男兒既介冑，長揖別上官」，他又進一步想，我這是一個男子漢，現在又從戎，穿上了軍裝。「介」是甲，披在身上的，「冑」是盔，戴在頭上的，就是戎裝啦！老翁進一步想，我是一個男子漢，現在要當兵了，能不能看起來別那麼地衰老的樣子啊？能不能表現出一點勇敢的樣子啊？所以「長揖別上官」，他是跟那個徵調的長官作了一個「揖」，這個「揖」有典故，古人說「介冑之士不拜」，也就是你穿上了盔甲，那是不下跪的，彎腰坐跪都不方便嘛！通常穿上盔甲要向別人、向長官行禮就是作一個「揖」，「揖」就是拱手的動作。這兩句，表示自己還是一個男子漢的樣子啊，所以「所悲骨髓乾」，跟下面的「男兒既介冑，長揖別上官」，又是一個頓挫。理解嗎？好，這是第二個小段落。「別上官」表示進入隊伍裡頭，要出發了。可是真要出發的時候，我們看下面一個段落。

「老妻臥路啼，歲暮衣裳單。孰知是死別，且復傷其寒。此去必不歸，還聞勸加餐。」這是第三個小段落。這一段寫得真的非常精采。子孫雖然陣亡盡了，可是家裡還有一個老妻。那個妻子知道丈夫被徵召，知道他已經出了門、要出發了，我們可以想像那個動作、情景，她一定匆匆忙忙從家裡出來，想要拉扯她的丈夫，可是一樣身體老邁，一個老太婆，大概走沒幾步，也沒拉到就跌倒在路上，倒在路上哭泣起來。我想到一齣戲，京戲裡頭有一齣叫做〈別窯〉，內容是薛平貴被朝廷徵調要到西涼國去打仗、做先鋒，於是他離開王寶釧，要出征去了。裡邊有一個很動人的情節，王寶釧拉著薛平貴，薛平貴要往前走，王寶釧就後邊扯著他，那個舞台的動作、台步很漂亮，這就是「老妻臥路啼」。你們比較熟悉的大概是〈回窯〉，歌仔戲不是有「身騎白馬過三關」嗎？就是薛平貴已經在西涼十八年後回來了，那是〈回窯〉，而〈別窯〉是十八年前他離開家的時候，這齣戲現在好像很少演了。當然〈別窯〉跟這裡稍微有所不同，這個是老太婆走不動了，趴在路上、倒在路上哭泣，「老妻臥路啼」嘛。這個老人家聽到妻子在哭泣，回頭一看「歲暮衣裳單」。「衣裳單」很容易瞭解，當然就是表示妻子身上衣服很單薄。可是「歲暮」兩個字很容易引起誤會，「歲暮」通常指什麼時間啊？冬天嘛！可是我們說過喔，這六首詩的背景是什麼時間？乾元二年的春天，史思明已經造反了，在這年三月九節度兵圍相州，結果被史思明打敗了，所以季節是春天。杜詩註解非常多，這古人，包括現代人也一樣，時常避重就輕，沒辦法解釋的就矇過去了。「歲暮」怎麼講？假如你一定要把它當作是一年將盡，冬天或者說秋天，時間是不吻合的，對不對？所以我們只能這樣說，「歲暮」指的是天寒，不是指實際的季節，不然違背史實，講不通！「歲暮天寒」也是一個很常見成語。現在雖然是春天，可是有料峭的寒氣嘛！所以這個老人家回頭看倒在路上哭泣的妻子，發現他身上的衣裳非常的單薄，所以「歲暮衣裳單」。

好，下邊「孰知是死別，且復傷其寒」，我們看到註解，這個「孰」假借為熟悉的「熟」，「熟知」什麼意思？就是老早就知道。所以「孰知是死別」就是老人家說，我老早就知道我這一離開，那是一場死別。換句話說，我是再也回不來了。既然是一場死別，理論上說自顧不暇了，對不對？但是他說「且復傷其寒」，「復」是又的意思，「且」是暫時，我暫時又為她的寒冷而產生感傷，也就是憐憫他的妻子，關心她身上衣裳單薄，難以抵擋這樣一個料峭的寒氣。請問這兩句有沒有「頓挫」？有。老早就知道是死別，照理說人是必死了，自顧不暇，那就掉頭而去就是啦！可是他又為他妻子而傷心、而難過，所以這樣的轉折就形成了一個頓挫。這是老翁為她的妻子感傷、擔心。下邊「此去必不歸，還聞勸加餐」，這是老人家想像他妻子心裡的感受。我那個妻子也知道我這一去，一定回不來了，「必不歸」是誰知道必不歸？是妻子知道。這是老人家揣摩他妻子心裡的感覺。無奈妻子也知道我這一走、這一離開，絕對回不來了，但是「還聞勸加餐」，我耳朵邊上還是聽到她不斷地叮嚀我要努力加餐飯，要好好的保重自己。再問各位，這兩句有沒有「頓挫」？有。知道我一定回不來了，但是還是關心我、叮嚀我，是不是這裡邊就有「頓挫」？

再來，上邊兩句，是老翁對妻子的關心、掛念，下邊兩句呢？當然是妻子對老人家的掛念，是夫妻兩方。還有一點，我們講過這整個作品是獨白的，所以妻子說的話有沒有直接在句子裡頭、字面上出現？沒有。那老人家怎麼知道妻子在勸他努力加餐飯？是聽到的。所以沒有直接說出妻子說，假如直接說是妻子說努力加餐飯，這個就形成什麼？就形成對話。所以敘述的人仍然是老翁一個人，我知道我妻子瞭解，我這一走再也回不來了，可是我耳朵邊上還聽到她不停地叮嚀我要努力加餐飯，要好好地保重自己。妻子有沒有說話？有！妻子說的話怎麼表示？是透過老人家說「我聽到」這樣子一個敘述的方式說出來的。所以它仍然是獨白而不是對話。

這一段是寫臨行之時，夫妻相別，彼此掛念。我真的很佩服老杜，這種寫法真是了不起，而且更重要的是寫得真的很慘痛，兩個人都知道，一離開那是再也回不來、再也相見不了，但是仍然還是掛念對方、叮嚀對方。我們讀詩也好，作詩也好，真的要掌握那感情最深沉的地方，那才叫動人！所以真正要變成詩人不容易，你真的要走近他們，真的要接近他們，而不是在旁邊說：「他好可憐喔！」那很浮面，了解嗎？其實我們臺北街頭也有很多值得同情的人，你在旁邊看，然後回家寫一首詩，說好可憐喔！這沒有意義。要真的去接近、去觀察、去理解、體會他真正的內心。當然，這不容易，一方面你真的要有非常深厚的同情，二方面你真的要去接近，當然你還要有一支筆把它寫出來。每次，我讀到〈三吏〉、〈三別〉，當然有很多精采的地方，特別是這一段，時常讀了心裡還是很惻惻然的。寫夫妻的那種無奈的離別之下的那種感情，非常的纏綿，纏綿不一定是年輕男女戀愛的時候，老人家也有喔！只是色彩不太相同而已。這是第三個小段落。

下邊第三個段落，但我們要把它分成幾個層次。「土門壁甚堅，杏園度亦難。勢異鄴城下，縱死時猶寬。」這是第一個層次。「人生有離合，豈擇衰老端？憶昔少壯日，遲迴竟長歎。」我們講過杜甫異文很多，「衰老」有些版本寫成「衰盛」，我個人覺得「衰盛」比「衰老」要好，所以我們把它改一改，這是第二個層次。下面「萬國盡征戍，烽火被岡巒。積屍草木腥，流血川原丹。」這是第三個層次。然後「何鄉爲樂土，安敢尚盤桓？棄絕蓬室居，塌然摧肺肝」，則是最後一個層次。這第三段文字比較多，層次也比較多。

前面第一個層次，「土門壁甚堅，杏園度亦難。勢異鄴城下，縱死時猶寬」，不妨用一個引號引起來。這應該也是老人家安慰妻子說的話。這「土門」也好、「杏園」也好，各位看後邊高步瀛先生考證很詳細，基本上，它在我們現在的河南，河南理論上是黃河以南，我們不是有河南省嗎？然後也有河北省，對不對？不過，唐朝也有河南道，也有河北道，我們講過唐朝最大的行政單位叫「道」，對不對？不過兩者的劃分，那是真的黃河以南叫做河南道，黃河以北叫河北道。假如翻翻現今的地圖，黃河是貫穿河南省的中間，所以不是這樣截然二分。重點是，土門、杏園在唐朝屬於河北道，以現在來說是屬於所謂的河南省。我們把相對的位置說一說。假如這裡是洛陽，黃河在洛陽以北，再北邊是河陽，是郭子儀爲了保衛洛陽，把這裡當做前線的據點。我們也講過唐朝曾經攻打鄴城，九節度兵圍鄴城，最後在鄴城潰散，對不對？鄴城在哪？在河陽北邊。那杏園在哪裡呢？杏園在魏州，在鄴城更北邊。至於土門，我們有一座很有名的山，叫做太行山，太行山有很多缺口，一共有八個，這些缺口叫做「陘」，這是在現在河南。太行山以西現在來說是山西，抗戰的時候，日本人攻佔了北京，佔領了河北，繼續要往西推進的時候，就要從太行山越過來。各位不曉得有沒看過抗戰時期的小說，小說裡頭經常提到太行山的游擊隊，就是從這個太行山的缺口來阻擋日本人的進攻。這裡的土門就是太行八「陘」裡頭的第五個「陘」。

爲什麼提到這兩個地點呢？原來這時候郭子儀要保衛洛陽還有長安，當然要防阻史思明的軍隊越過太行山來進攻，所以在土門、在杏園這個地方都有很堅強的防禦。「壁」是堡壘的意思。各位讀〈項羽本紀〉，項羽跟秦軍打仗殺得天昏地暗，結果諸侯「爲壁上觀」，什麼意思？本來諸侯是聯合起來要打秦國的，結果他們袖手旁觀，就站在碉堡上看項羽跟章邯軍隊打仗。所以「土門壁甚堅」是說在土門「陘」這地方，在關口這地方，現在的防禦工事非常堅強。那「杏園度亦難」，敵人要度過杏園也不是那麼簡單。因此「勢異鄴城下」，「勢」是形勢，鄴城就是相州，現在的形勢啊，跟三月時候九節度在相州兵潰，現在這個形勢是不一樣啦！所以「縱死時猶寬」，我現在被徵調上前線去保衛洛陽，就算我會死，也「死猶寬」，「寬」是緩的意思，我要死也不會死得那麼快。

老翁告訴他的妻子，現在防禦工事那麼堅強，敵人要攻過來也沒有那麼容易，現在的形勢，跟九節度在相州被史思明軍隊打敗那個時候的形勢是不一樣的，所以就算我上前線會死，也不是那麼快。把這四句這樣翻譯，各位體會一下，是不是對著他妻子說的話？而且是安慰他妻子的話。前邊他說我自己知道「孰知是死別」，我知道這是一場死別，前邊也說到他妻子也知道「此去必不歸」，對不對？所以都很傷心。現在因爲要安慰他的妻子，所以說了這一個理由，現在形勢不一樣囉，就算我會死也不是那麼快啦！所以不要那麼難過。好，那請問這個跟前邊所謂「是死別」、「必不歸」，這四句有沒有「頓挫」？有。

可是講完了這四句，安慰完了他的妻子，他自己又在心裡想說：「人生有離合，豈擇衰盛端」，這幾句比較複雜。先說「離合」，離跟合應該指的是死跟生，他用離合代替所謂的死生。死，別離、分開；生，就是能夠聚在一起，所以「離合」指的是死生。這個要代換一下，不然這兩句很難解釋清楚。好，「人生有離合，豈擇衰盛端。」安慰完妻子，心裡又進一步想，一個人啊！要活著或要死去，難道一定在盛的時候就會生，衰的時候就一定會死嗎？所以這離合就是生死，生死跟衰盛就產生了因果關係。爲什麼這樣子說？他的邏輯是什麼？首先，就是因爲他前邊先說「勢異鄴城下」，用這一套道理安慰他妻子，現在的形勢跟鄴城那個時候不一樣耶，所以雖然會死也不會那麼快，換句話說，那所謂的「盛」指的是什麼？就是前面的「土門壁甚堅」、「杏園度亦難」，這樣一個形勢就是「盛」，在這樣「盛」的形勢下，我不會死的那麼快，瞭解嗎？他先用這一套邏輯安慰他的妻子。換句話說，相對的「衰」是什麼形勢啊？就是所謂的「鄴城下」，九節度兵潰的時候、那樣一個打敗仗的時候，那是「衰」嘛！

所以在鄴城下、九節度兵潰那是「衰」的時候，現在「土門壁甚堅」、「杏園度亦難」是「盛」的時候。那我們現在的形勢是「盛」的時候，所以我要死也沒有那麼快。他先用這套來安慰他的妻子喔！可是，他進一步又心裡在想，一個人有生有死，難道一定是在「盛」的時候就會活著嗎？難道在「衰」的時候就一定會死嗎？自己把前邊的邏輯推翻掉了，瞭解嗎？確實是這樣的喔，戰場上子彈是不長眼睛的，難道你這方打勝了仗，就一個都不死嗎？總要死好幾個吧！所以看起來，他就把安慰妻子的話推翻掉了。好，有沒有「頓挫」？有嘛！現在形勢是「盛」，說沒有死那麼快，還會活著，安慰他的妻子。但是，下面說難道現在是「盛」就一定活著嗎？推翻掉了。這很囉唆喔，各位不要怪我，我講課一方面真的是希望把它講清楚，可是有時候越講越複雜；二方面要怪老杜，他爲什麼寫出這樣子扭啊扭，這樣子曲折的一個句子出來？一方面安慰妻子，現在是「盛」的時候，所以就算死也不會那麼快啦！可是下面自己心裡又在想，雖然現在形勢是「盛」，難道我一定就不會死嗎？展現老翁的內心很糾結。

還沒有完喔！我們看下邊「憶昔少壯日，遲迴竟長歎。」他進一步又「憶」，回憶、回想以前年輕的時候。各位想想，這老人家六十以上囉，對不對？現在是乾元二年，所以「少壯日」至少也是二、三十年前的事情啦！也就是開元、天寶太平盛世的時候，正是太平時代。我就進一步想到，以前在開元、天寶太平盛世的時代，那真是讓我「遲迴竟長歎」，「遲迴」就是徘徊，我們講過這個動作，不管是徘徊也好、躊躇也好，總是繞著步子在走，表示心理邊很憂愁、很不安這樣子的一個動作。所以心裡面不安，心裡面惆悵、難過，所以發出了長歎的聲音，這樣徘徊不進的樣子。那從剛剛所謂的「勢異鄴城下，縱死時猶寬。人生有離合，豈擇衰盛端」，怎麼會聯想到「少壯日」呢？爲什麼回憶過去的少年時代的太平盛世呢？各位要瞭解喔，這是從「盛」進一步引申出來的。少年時代、太平時代那才真正是一個盛世啊！那為什麼想到少年時候的太平盛世就會長歎？就會遲迴不安？換句話說，現在的時代是什麼樣的時代？那是「衰」的時代嘛！那現在「衰」的時代是怎麼樣的時代呢？下邊四句就有具體的形容。

他說：「萬國盡征戍，烽火被岡巒。積屍草木腥，流血川原丹。」你看看我們現在時代是什麼時代？「萬國」就是到處，跟一開頭的「四郊」意思差不多。到處是所謂的「盡征戍」，到處都在打仗，兵荒馬亂。因為到處打仗，「烽火被岡巒」。「岡巒」就是山頭，烽火連天，每一個山頭都有戰火。那「積屍草木腥，流血川原丹」，因為打仗死了人，累積的屍體讓草木都為之腥臭。戰場上死了人，那些屍骸沒有機會埋葬，就堆在草堆、樹根底下，久了都發臭了。那「流血川原丹」呢？被殺害的人流出來的鮮血，把山川、把平原整個染紅了，這些描寫真是驚心動魄！這個就是戰爭，這個就是安史之亂，杜甫所看到的時代景象。天寶十三載的時候，安祿山之亂前一年，唐朝全國的人口是多少？五千兩百多萬！八年之後，也就安史之亂這樣一個戰爭過了以後，唐朝全國人口留下多少？一千七百多萬！這很恐怖耶！從五千兩百多剩下一千七百多，少了十分之七耶，才八年！那這裡所謂「積屍草木腥，流血川原丹」，絕對不是誇張的寫法。這就是現在這個時代，跟「少壯日」時代產生很強烈的對比性。所以「萬國盡征戍」啦、「流血川原丹」等等，「衰」嘛！過去「少壯日」那個太平時代，「盛」嘛！

所以這個「衰」、「盛」在這裡有兩層意思。第一層意思，所謂「人生有離合，豈擇衰盛端」是講一個人或生或死的道理。從形勢上說，鄴城下，九節度兵潰了；現在「土門壁甚堅，杏園度亦難」非常堅固，形勢上不同了，對不對？然後講出死生的道理。可是，因為講了「盛」、講了「衰」，所以發展出另外一個涵意，過去少壯、太平的盛世，現在「萬國盡征戍，烽火被岡巒」的衰世，所以這個「衰」、「盛」在這裡是從時代的盛衰說，然後發出了所謂今昔的感慨，過去的太平盛世，現在的烽火連天。所以這兩層是講死生之理，寫今昔之感。

好，下邊做一個結論。「何鄉為樂土，安敢尚盤桓？棄絕蓬室居，塌然摧肺肝。」因爲「萬國盡征戍，烽火被岡巒」，到處的烽火連天、兵荒馬亂，到處死人，所以哪一個地方是你可以安居樂業的所在呢？「何鄉爲樂土」呢？既然沒有樂土，就算留在家鄉也不是樂土，所以「安敢尚盤桓」。「安敢」是哪裡能夠，我哪裡能夠還在這邊流連不去？既然不能流連、不能盤桓。所以我就「棄絕蓬室居」，「蓬室」就是他的房子、他的家，我就拋棄了我的家，換句話說就是離開了。這邊要再講頓挫喔，從「萬國盡征戍，烽火被岡巒。積屍草木腥，流血川原丹」，一直到「何鄉爲樂土」到「安敢尚盤桓」，然後到「棄絕蓬室居」，這都是順著說下來的，有沒有？到處都兵荒馬亂，到處都沒有乾淨的地方，那麼留在家裡也沒有意思，我哪裡會願意留在家裡呢？就離開吧！「棄絕蓬室居」。好，但他真的要離開的時候「塌然摧肺肝」。「肺肝」就是內臟、就是五臟六腑，整個五臟六腑塌然垮下來，這形容什麼？當然就是傷心欲絕啊！可能各位不能體會那種感覺，因爲各位現在很幸福，假如你真的傷痛到極點，真的會感覺整個心、整個五臟六腑崩掉了一樣，「塌然」這形容得真好啊！整個內心崩下來了、癱掉了。這有沒有「頓挫」？「棄絕蓬室居」看起來無所謂了，拋棄啦，離開了，可是下面又寫出真的要離開時那種內心痛苦的樣子，所以最後一句又用一個頓挫作爲結束。

無家別

寂寞天寶後，園廬但蒿藜。我里百餘家，世亂各東西。存者無消息，死者為塵泥。賤子因陣敗，歸來尋舊蹊。久行見空巷，日瘦氣慘悽，但對狐與狸，豎毛怒我啼。四鄰何所有？一二老寡妻。宿鳥戀本枝，安辭且窮棲？方春獨荷鋤；日暮還灌畦。縣吏知我至，召令習鼓鞞。雖從本州役，內顧無所攜。近行止一身，遠去終轉迷。家鄉既盪盡，遠近理亦齊。永痛長病母，五年委溝谿。生我不得力，終身兩酸嘶。人生無家別，何以為蒸黎？

過去有一個說法，說讀諸葛亮的〈出師表〉不哭的是不忠，讀李密的〈陳情表〉不哭的是不孝，那讀老杜的詩不哭要怎麼說？老杜一千四百多首詩，體裁、風格當然是集大成，各種面貌都有。但是，被特別推崇的還是這一類的、所謂「詩史」的作品。他用一支筆，用他非常深厚的同情心，用非常敏銳的眼睛，去觀察，去體會，把那個時代的哀傷寫出來。說實話，有其一也未必會有其二，因爲假如沒有他那種胸懷，沒有他那種遭遇，勉強去學，有時候就是講大話啦！宋朝以後很多人都會模仿老杜，讀起來有時候會覺得，就像扯著嗓子在喊，那是不太一樣的。題材雖然相同，看起來都一樣，但是那裡頭的感情，那種深厚度，體會起來就是不同。所以我們讀詩的目的，當然一方面是能夠吸收一些營養，因爲各位都喜歡作詩嘛！可以做一些學習。那另外一方面，你能夠心裡面產生一點感動，我覺得就是很大的收穫。所以，高先生的書收老杜才一百多首，大概只有老杜的十分之一左右，可是我們就以這一百多首，好好的讀一下，還是可以體會一下老杜的偉大之處。好吧，我們看〈三別〉最後一篇〈無家別〉。

〈無家別〉很顯然的，人物的角色又不同了。各位可以看到題目下邊引到了鄭杲的說法：「刺不恤窮民也，久從征役，歸則無家，而復役之。」看得懂這幾句話嗎？顯然這個主角是參加軍隊打仗，已經很長久的時間了。後來回到了自己的家，那個家已經毀掉、已經沒有人了。結果縣裡頭又再一次把他徵召，又要再一次的出征，所以題目叫〈無家別〉。仍然有人物、有主角，這個主角就是無家的人，其內容仍然是透過所謂獨白來表現。

我們先看第一段：「寂寞天寶後，園廬但蒿藜。我里百餘家，世亂各東西。存者無消息，死者爲塵泥」，這裡是第一個層次。下邊「賤子因陣敗，歸來尋舊蹊。久行見空巷，日瘦氣慘悽。但對狐與貍，豎毛怒我啼。四鄰何所有？一二老寡妻。」這是第二個層次。這個段落，文字滿淺白的，各位應該很容易看得懂。不過，特別要理解所謂「天寶後」，指的是天寶戰亂之後。天寶戰亂是什麼時候？是指安祿山范陽起兵開始，也就是天寶十四載十一月。那「寂寞」就是蕭條的意思，整個時代就蕭條了。怎樣的寂寞呢？下邊就具體的說：「園廬但蒿藜。」這個杜甫敘述的角度是從大到小，第二句是從整個唐朝的天下說起，整個國家、天下，所有的田園、房屋「但蒿藜」。「蒿藜」就是野草，所有的田園、所有的房子都埋沒在野草叢中，什麼意思？當然是沒有人住嘛！一片荒蕪的樣子。

下邊「我里百餘家，世亂各東西。存者無消息，死者爲塵泥。」把範圍縮小到哪裡？我里，對不對？縮小到他自己的鄉里、自己的家鄉。「百餘家」就是說我那個村裡頭，在天寶之亂前，本來是有一百多戶的人家，可是天寶之亂以後呢？這一百多戶人家，大概總有幾百個人吧？每一個都東奔西散了，這叫做「各東西」，就是分散各地了。好，那這些分散的人最後的下場是什麼？「存者無消息，死者爲塵泥。」有些人還活著，可是已經沒有消息，不曉得流落到什麼地方；而有些人當然是死掉了，死掉了就化爲灰塵、泥土，再也看不到了。所以，不管是生，不管是死，跟家鄉都斷絕了關係。「我里百餘家」的那些人啊，從「存者無消息，死者爲塵泥」說出最後的下場，一百多戶，幾百個人口，顯然都沒有一個存在了。

到下邊杜甫再把範圍縮小，縮小到主角自己身上。「賤子」就是小子啦，指的是他自己。「賤子因陣敗，歸來尋舊蹊。久行見空巷，日瘦氣慘悽。但對狐與狸，豎毛怒我啼。」我因爲打敗了仗，這個打敗仗是哪一場戰爭？假如從史實去推敲的話，大概也就是這一年三月。九節度兵潰相州那場戰爭。不過要注意喔，這個人打仗不是只打那一場戰爭，其實是天寶十四載安祿山之亂發生之後，他大概就被徵調了。打了好多次仗，打了很多年。天寶十四載開始、天寶十五載、到至德二載、再來是乾元元年嘛，現在到乾元二年，差不多五年了。這一年三月，在鄴城打了敗仗，他很僥倖沒死在戰場上，撿了一條命活著回來，回到自己家鄉，「歸來尋舊蹊」。我活著回到自己家鄉、村子，要回到自己屋裡頭。可是啊，那個「舊蹊」，「舊蹊」是舊路，「蹊」是路的意思，回家的那條路，那是以前時常走的地方，對不對？可是現在要「尋舊蹊」，那條路要找老半天。爲什麼要找老半天？荒蕪了，那條路很久沒有人走了，都被野草埋沒掉了。雖然很熟悉、以前很常走的路，因爲找不到，走了很久，所以下邊說「久行」，就是說在那條路上走了很久。看看四周，看到的是什麼？空蕩蕩的巷子，所以「見空巷」。空巷表示什麼？四周沒有居住的人，對不對？然後，抬頭一看天空「日瘦氣慘悽」，這個用瘦、用肥來形容太陽是老杜的發明，太陽哪有肥瘦啊？可是你可以想像「日瘦」是什麼意思啊？太陽沒有什麼光芒的樣子。就像人啊，人一肥就紅光滿面，一瘦就黯淡嘛！所以抬頭看天，太陽昏暗的樣子，那四周的氣氛是非常的悽慘。

下邊「但對狐與狸，豎毛怒我啼。」「但」，只是，在這樣一條路，這樣一條空巷，這些地方只看到什麼？看到狐與狸。這個「狐」跟「狸」應該是兩種動物，不過我們時常把「狐」連接「狸」，變成了狐狸，一個複詞。所以簡單說，狐狸其實就是狐。那貍呢？是另外一種動物，比狐要小一些，古代的解釋不很清楚，我也沒有看過。反正看辭典的解釋，貍是比狐要小，俗稱野貓。反正告訴各位，狐可以當作狐狸，不過杜甫顯然不是指一個，「狐」與「貍」是兩種動物，至於怎麼區分，無所謂啦，反正都是野獸啦。這樣了解嗎？大家想一下，這是村子耶！這是人家住的地方耶！可是當那個人走過那條路，結果那些狐啊、貍啊，豎起了毛對他叫，那顯然，套一句我們現在的話就是「乞丐趕廟公」。本來人住的地方，現在人回來了，結果反而對他叫了，而且非常生氣的樣子。我有一個經驗，我以前在台灣師大，有一段時間我在趕論文，在研究室時常待到十二點、一點。師大校園各位可能去過，就大安區和平東路，很熱鬧的地方，但野狗非常多。那野狗很聰明耶，白天人很多，牠不曉得藏在哪裡？到了那一段時間，我下了樓，走在校園看到野狗好多，然後都在對著我鬼叫，都在吼。我就想到老杜的「但對狐與貍，豎毛怒我啼」。

好，前邊說很荒涼的樣子，然後「四鄰何所有？一二老寡妻。」那四周鄰居，你看看「久行見空巷」越走越遠，走了好久，漸漸地要快走到家門口了。現在來到家了，看四周的鄰居。這個範圍你看由大縮小喔！從整個天下，到他家鄉，到他回家的那條路，到他回到了家門口，看旁邊的鄰居。那四周的鄰居現在還剩下哪些人呢？只剩下一兩個老寡婦，「一二老寡妻」。首先，「一二」當然很少；再來，那麼少的一兩個是老寡婦，暗示什麼？只要是男子就都不在了，不是死了，就是逃了。死了當然很多是被徵調走了，當兵打仗戰死了。那女子呢？年輕的逃掉了、離開了，剩一兩個老了，跑不動的、沒人要的，留在那邊。「一二老寡妻」，其實寫得很細膩。

好，下邊的二段：「宿鳥戀本枝，安辭且窮棲？方春獨荷鋤，日暮還灌畦。」這是第一個層次。「縣吏知我至，召令習鼓鞞。雖從本州役，內顧無所攜。近行止一身，遠去終轉迷。家鄉既盪盡，遠近理亦齊。」這是第二個層次。首先兩句用比喻的方式，「宿鳥戀本枝」。曾經在某一棵樹上築窩、住過的那個鳥，雖然牠飛走了，可是還是會依戀牠以前居住過的枝頭，這個比喻很明白吧！比喻什麼？當然比喻他自己啦！我是曾經住在這個家鄉的人呀！雖然離開了，我仍然像那隻鳥一樣，還是依戀著以前的枝頭。換句話說，他不願意離開了。對不對？雖然這是已經破落了、沒有人住的地方，「安辭」，我哪裡會離開？「且窮棲」，雖然這是很荒涼的一個地方，我也願意這樣住下來。所以前面「宿鳥戀本枝」是比，下邊就引申出，他願意待在這樣一個已經破敗的家鄉，不願意離開。因爲不願意離開，所以「方春獨荷鋤，日暮還灌畦。」你看「春」就很符合季節喔！這是乾元二年的春天嘛！所以剛好是耕種的季節，我白天扛著鋤頭去耕田，黃昏日暮的時候，我還在菜園裡頭灌溉，「畦」是田壟，一畦一畦的往往是種菜的地方，這是所謂「且窮棲」。雖然家裡沒有人了，我還是不願離開，我就自食其力耕田種菜，就打算這樣過日子。可是下邊說了，「縣吏知我至，召令習鼓鞞」，縣裡的官吏知道我回來了，又下了一個命令徵召我，「習鼓鞞」字面上看當然是到軍隊裡頭去練習打鼓，「鼓鞞」本來是戰鼓，打鼓也是訓練之一，但是這話看起來說得輕鬆，其實也就是再一次的徵召他入役，要他參加軍隊打仗去。

「雖從本州役，內顧無所攜」，因爲是縣裡邊下令召集的，所以我就到了本州，也就是自己的家鄉的州縣去服役。「從本州役」是來到自己的家鄉本州、本縣去服役，可是雖然是在本州本縣服役，看起來好像不是到很遠的地方，對不對？好像你是臺北人，假如說你要當兵，結果下一個徵召令，你就在臺北的地方當兵，看起來很輕鬆吧？所以看起來這個好像是可喜的事。但是「內顧」這幾句滿複雜，又是一連串頓挫。「攜」是牽的意思，「攜」這個翻譯很容易吧？那牽什麼呢？就是牽掛，我要離開去服役了，我回頭看家裡頭，沒有一個讓我牽掛的人，「內顧無所攜」。我要問大家，沒有讓你牽掛的人，好事還是壞事？照理說很輕鬆，對不對？無牽無掛，這樣子逍逍遙遙的離開，不帶走一片雲彩。但是就人的本性來說，無所牽掛反而是一種失落，這讓我又想到一本外國的翻譯小說，如《基度山恩仇記》、《飄》啦，有時常也看一些短篇的小說，我現在都忘記了作者和篇名，但是裡頭有一篇小說，一個情節滿有趣的，我時常拿來做一個例子。那個作者說，有一次他在英國倫敦的火車站，要坐火車離開，回頭看月台上，有一個很熟悉、很要好的朋友，跟一個貴婦人在告別，情景非常的纏綿，情意非常的深厚。因爲是很熟的朋友，他心裡在想這傢伙不曉得有什麼緋聞啊？因爲那個貴婦人並不是那個人的老婆、情人，所以他等到那個貴婦人上了火車，就去問那個老朋友，說剛剛那個你給他送行的，到底是你什麼人啊？怎麼那麼情意纏綿的樣子？結果那個朋友跟他說，無可奈何，這是我的職業。爲什麼呢？因爲那貴婦人要離開了，沒有人給他送行，所以他是職業送行人，了解嗎？在月台上扮演一個非常情意纏綿的送別人，我就想到老杜的這句「內顧無所攜」。所以你要離開，就孤伶伶一個人走了，沒有一個道別的對象，沒有一個牽掛的人，是很讓你悲傷的。所以前邊用一個「雖」，雖然我是在本州服役，但當我要離開時，回頭一看，家裡沒有人啊！孤伶伶一個，沒有人讓我牽掛，所以讓我感到悲傷。

下邊「近行止一身」，「近行」就是本州役，也就是很近的地方。「止一身」，也就是「內顧無所攜」，對不對？我就一個人到很近的地方服役，可是「遠去終轉迷」，不保證、不必然我永遠就在本州服役，有一天可能就把我調走了，就調到很遠的地方去了，最後不曉得會流落在何處，所以「遠去終轉迷」，這樣瞭解嗎？那顯然「近行止一身」看起來還值得安慰，可是「遠去終轉迷」這又不曉得流落到哪裡，又悲傷了。下邊又說「家鄉既盪盡」，進一步又想，家鄉已經「盪盡」了，已經那樣的荒涼、那樣殘破，沒有人了，「遠近理亦齊」，那我到遠的地方去，還是到近的地方去，對我來說都沒有關係，都一樣了。好，我們先再把這幾句順著翻譯下來，待會再分析。「縣裡邊知道我回來了，徵召我、命令我參加軍隊，我雖然是在本州這個地方服役，回頭看家裡沒有一個讓我牽掛的人啦！我現在到本州只有一個人，可是未來誰知道會流落到哪裡呢？可是再一想，家鄉都已經蕩然無存了，那遠啊近啊對我來說大概都一樣吧！」簡單翻譯是這樣，對不對？

現在我們看後邊這個註解，引了楊倫的說法：「雖從本州役，內顧而無與離別，則已傷矣。」有沒有看到？後面又說：「乃今復迫之遠去，將來未知埋骨何所。然總是無家，亦不論遠近矣。」基本上就把剛剛我們的說法把他翻譯出來，對不對？但是我要說的重點是在下邊，楊倫說：「此處語義共有三層轉折。」有沒有？三層轉折，意思就是三次的頓挫，瞭解嗎？好，根據剛剛讀到楊倫的翻譯，其實都不是分析得很具體，現在我們再說明頓挫的現象，頓挫就像一條河流，水沉下去、又湧上來，形成波浪。一邊是波浪的頂端，我們也可以說是「開」呀、「起」呀；另一邊是底部，我們可以說是「合」呀、「伏」呀等等，反正就是這樣曲折跌宕。那既然是這種波浪狀的圖形，你大概都可瞭解一個道理，這樣上下起伏一定要有一個軸線，才能看出它是往下還是往上。所以頓挫一個很重要的判斷的基準，就在你掌握那個軸線。

而這一個地方的頓挫，它的複雜在哪裡？它是兩條軸線形成的。哪兩條呢？其實它的基礎是在中間的那個句子「近行止一身」，「近行」是一個軸線，「止一身」是另一個軸線，這個也是題目的〈無家別〉。「止一身」就是無家；「行」就是離開、就是「別」，瞭解嗎？所以「無家」就是「止一身」，「別」就是離開。好，我們再看它的頓挫，「近行」是不是等於「本州役」？所以假如這樣看，「近行」跟「本州役」有沒有頓挫？沒有。到很近的地方服役，哪一個很近的地方？就是本州，所以沒有頓挫。可是下邊說「遠去」對不對？「遠去終轉迷」，有沒有頓挫？有了，現在雖然是在本州役，可是未來誰知道我會流落到哪裡去？這就產生一個轉折了。因爲「終轉迷」，不曉得流落在哪裡，所以心裡是悲傷的，可是「家鄉既盪盡，遠近理亦齊。」不管是到近的地方、到遠的地方，對我來說都無所謂，這又是一次的頓挫，這是第一個軸線。

好，從第二個「止一身」的角度說。他說「內顧無所攜」，「無所攜」什麼意思？沒有任何的牽掛，也就是說沒有可牽掛的人讓他難過、悲傷，所以「止一身」跟這個「無所攜」是頓挫。那「無所攜」下邊說「家鄉既盪盡，遠近理亦齊」，進一步想，家鄉都盪盡了，那我也無所謂啦？跟「無所攜」的悲傷又形成了頓挫。

這些都是摘出來的字，不完整，我們稍稍整理一下。「遠去終轉迷」是讓你悲傷，然後「無所攜」也讓你悲傷，假如我們用「開合」來說的話，這個所謂「近行止一身」、「本州役」，就是看起來比較輕鬆的，比較無所謂的，是「開」；可是「遠去終轉迷」，還有所謂「無所攜」，那是讓你悲傷的，這是「合」；然後再下邊「家鄉盪盡」、「遠近理齊」，家鄉都盪盡了，近的遠的都無所謂了，那又是一個「開」。所以這裡有開、有合、有開，就這樣的起伏跌宕。

以這樣來看，它第一個的軸線是從地點的遠近說，第二個的軸線是從家裡有沒有人來說。第一條軸線是「近行」，也就是「別」。本州役跟近行意思一樣，是順著說的，對不對？這個部分沒有頓挫喔，了解嗎？往下看到「遠去終轉迷」，「本州役」跟「遠去轉迷」，意思是順著來嗎？沒有，是變化的、相反的，對不對？所以我們用一個不等號來去表示它跟前邊意思變化、相反了，假如前邊我們稱呼「開」，那麼這個部份相反就是「合」，或者叫「起」、「伏」都一樣。好，本州役看起來比較輕鬆，就在本州打仗從軍，但最後還是會被徵調到遠方，不曉得流落到哪裡，心情悲傷了，這裡一個不等號的轉折。再來他說「家鄉既盪盡，遠近理亦齊。」又進一步想，反正我家裡沒有人了，那我到本州服役，或者流落到遠方去，有什麼關係？就是不在乎，所以跟「遠去終轉迷」心情上再一次的轉折，又是一個頓挫。好，這是第一個脈絡。

第二條軸線是「止一身」，也就是「無家」。家裡邊只剩下孤伶伶的一個人，要離開家了，回頭一看家裡沒有讓我牽掛的人，沒有牽掛是悲還是喜呀？悲傷的。所以他孤伶伶一個，沒有離別的對象，當然也沒有人關心他的死活，對不對？所以「止一身」跟「無所攜」是一個頓挫，了解嗎？

好，跟這個「止一身」有關係的文字還有哪些？「家鄉既盪盡」，家鄉盪盡，看起來就是指家裡所有人都不在了，只剩下他一個，看起來好像很悲哀，對不對？可是家鄉所有人都不在了，對我來說到遠到近「理亦齊」，無所謂了，了解嗎？所以前邊是有牽掛，有傷心，那這裡邊又產生了無所謂的一種心情，所以假如那是止一身是「開」，那「無所攜」是「合」，「家鄉盪盡」又是一個「開」。

所以一個「無家」，一個「別」，這兩條走軸線這樣子的開、合、開，各是三次的轉折、三次的跌宕。所以楊倫說有「三層轉折」，一個、一個的跌宕，也就是一次、一次的傷感。我們分析的重點就在它是用兩個軸線的上下起伏形成的頓挫。

別	→近行（本州役）	≠遠去終轉迷	≠遠近理亦齊
無家	→止一身	≠無所攜	≠家鄉既盪盡
	（開）	（合）	（開）

楊倫的分析只到這裡，但是我們認爲他的頓挫不只到這裡爲止喔！下邊「永痛長病母，五年委溝谿。生我不得力，終身兩酸嘶。」這四個句子其實要跟前邊發展下來，這個部分又再一次的頓挫。

「永痛長病母，五年委溝谿。生我不得力，終身兩酸嘶。」這個部分我們把它當一個小節，延續了前邊的發展，這個人就進一步的就想到自己母親，那個母親已經病了很久，最後「五年委溝谿」，「委溝谿」從《孟子》來，各位大概聽過，就是死了。死了以後被拋棄到山谷裡頭，連葬身、埋葬的地方都沒有。那五年指的是生病，「長病母」，生了五年麼長久的病，最後死去了，我回來的時後她已經不在了。怎麼知道不在？當然回到家裡空盪盪的，一個人都沒有，對不對？甚至於前面不是有說「四鄰何所有？一二老寡妻」？鄰居只剩下一兩個老寡婦，那很顯然這個人一定也向鄰居打聽了，我那個生了病的母親，最後到哪裡去啦？怎樣的下場？所以「五年委溝谿」應該是那些鄰居跟他說的。很顯然的，也就是他「無家」，家裡一個人都沒有。也許有兒子，兒子老早去當兵，可能就不在了；也許他有妻子，那妻子可能也跑了；甚至於那個走不動的、生了那麼久的病的母親，最後也死了，所以無家。「無家」事實上從「五年委溝谿」，你大概可以看到他家裡所有人最後的命運。

這五年當然呼應「長」，時間很漫長，也有人在追問，爲什麼是五年呢？中國數字有些是虛數，像三、六、九，通常指什麼？多的意思，三的倍數通常不是實際數字，是多的意思，三、六、九、十二、二十四、三十六、四十八，那這些都是三的倍數。有一個很好笑的就是說，杜牧不是有「二十四橋明月夜，玉人何處教吹簫」嗎？寫揚州，對不對？揚州是水鄉澤國，很多小橋流水，有些人就想盡辦法去數揚州城到底是不是真的有二十四座橋，結果發現不是，那不是怎麼辦？他們就造了一座橋，把那個橋叫做「二十四橋」，這就落實了，變成不是數字，而是橋的名字。但他不知道這二十四原來是虛數，指的是揚州很多的橋。但那是三、六、九，三的倍數啊，可是這「五」不是，了解嗎？實際上「五」應該是實字。好了，那這五年該怎麼算？那這首詩寫在什麼時候？乾元二年，對不對？乾元二年的春天，你往上推五年的話，應該是天寶十四載，天寶十四載，第二年天寶十五載，也就是至德元載，然後至德二載、乾元元年、乾元二年，五年，那爲什麼要從這時間往上推五年，剛好是天寶十四載呢？有人就說了，因爲安祿山之亂就發生在這一年，所以他母親很偉大吧，她的病跟時代的病同時發生的，安祿山造反了，她也生病了。然後亂世沒有平定，纏綿病榻也五年之久，最後死了，想到這個長病的母親，纏綿病榻五年之久，最後死了，當然「永痛」，心裡邊有著綿綿不絕的痛苦。

他又進一步想，「生我不得力，終身兩酸嘶。」我母親把我生下來，結果「不得力」，「不得力」也就是說沒有辦法依賴我，爲什麼沒有辦法依賴他？爲什麼他沒有辦法盡力地來侍奉母親？因爲自從打仗、戰亂之後，他就從軍離開了家鄉，所以就沒有辦法照顧生病的母親了，母親就這樣死了。所以「生我不得力，終身兩酸嘶」，所以一輩子我當然內心非常的痛苦，「酸」是心酸，「嘶」是哭泣的意思，那母親他又想像應該是這樣，把我生出來、養大了，結果沒有辦法照顧，母親也內心一定心酸，也一定不停地哭泣，所以說「兩酸嘶」，「兩」是從母子兩方面說的，所以「永痛長病母，五年委溝谿。生我不得力，終身兩酸嘶」。

我們分析一下這四個句子跟頓挫，各位想想看，假如從所謂「近行」還有「止一身」這兩個脈絡說，這四句裡頭，跟「近行」有關的是哪一個內容？一定是「不得力」，對不對？我沒有辦法留在家裡頭，沒有辦法在家照顧奉養母親，被徵調到戰場上打仗。好，那跟「止一身」、「無家」有關係的，很容易，哪一個部份？當然是「永痛長病母，五年委溝谿。」母親去世了，對不對？前邊我們說了，「家鄉既盪盡，遠近理亦齊」，看起來他不在乎，無所謂了，是不是？可是到了這四句，心情上是不是再一次的悲傷？再一次的跌下來？所以這又是一次的頓挫，假如前面是「開」，那這裡又是「合」了，就一開一合，一開又一合，或者心情上看起來比較輕鬆一點，對不對？「近行」和「止一身」沒有那麼痛苦，沒有那麼悲傷；然後「遠去終迷」和「無所攜」，悲傷了、淒涼了；接著「遠近理齊」和「家鄉盪盡」，又不在乎了，對不對？然後這裡又產生了「永痛」，綿綿不絕的痛苦，這個就是曲折，就是跌宕起伏。

別　→近行（本州役）≠遠去終轉迷≠遠近理亦齊≠不得力
無家→止一身　　　　≠無所攜　　≠家鄉既盪盡≠母喪
　　　（開）　　　　　（合）　　（開）　　　（合）

很抱歉，我們又花了大概十多分鐘來講這個部分，希望給各位一個參考。然後，我也很期待大家把作品溫習一下，把我曾經介紹過有關頓挫的，你自己再用這樣一個方式把它分析一下，像〈奉先詠懷〉、〈北征〉，裡頭一大段一大段，都是這樣跌宕起伏，然後把這些掌握一下，然後把句子背一背，很有用，尤其要作古體詩，那就產生了曲折，內容就會產生變化。

好，剩下兩句，「人生無家別，何以爲蒸黎。」這兩句翻譯起來很容易，一個人活在這世界上，若到了要離開的時候，結果家裡一個人都不在，還要被徵調，還要去當兵打仗，落到了這樣無家別的處境，「何以爲蒸黎」呢？「蒸黎」就是百姓，就是「何以爲百姓」。用更簡單的說，這哪裡像個人的樣子呢？好，這兩句可以說是一個結論，這個結論的內容，各位看到下邊小字，高步瀛先生說：「此詩人結論，或以爲自述之語，非是。」看得懂他意思嗎？有些人認爲，這兩句還是那個無家的人所說的話，但是高步瀛先生認爲，這兩句是杜甫說的評語，差別在這裡。意思是這兩句到底是無家的人說的話，做了一個結論？還是杜甫跳出來說了這兩句話，做爲一個結論？我們注意到一點，〈三別〉詩人是沒有出場的，對不對？〈新婚別〉就寫一個新婚的女子「暮昏晨告別」，然後那個女子不斷地在說話，〈垂老別〉也就是一個老翁不停的在自己說話，對不對？那〈無家別〉從一開頭「寂寞天寶後」一直到倒數的第三句，事實上當然也是無家的人所說的話，是不是？那這兩句，假如把它當成是杜甫跳出來說，好像跟前面三首整個結構有一點不同，所以我們寧願還是認爲，這仍然是無家的人所發出來的一種悲嘆。不過，雖然是出自於他人之口，這樣一個評論，當然還是杜甫的意見，對不對？不過不是杜甫跳出來說話，是藉著無家之人所說的話，這是第一點。

第二點，我們一再的提過的浦起龍又有一個說法，他說這兩句事實上應該是六首作品的總結，它是一個結論，不過這個結論有兩個層次，一個是這首詩〈無家別〉的結論，另外一個其實包含了這六首的總結，一個總的結論，指的就是像〈新安吏〉那些中男，像〈石壕吏〉這些的老翁，還有〈新婚別〉、〈垂老別〉那些主角，就是活到如此的程度，人生到這種下場，還算是一個人嗎？「人生無家別，何以爲蒸黎」，你假如把那〈無家別〉轉換爲人生到了〈新婚別〉，到了〈垂老別〉也一樣，「何以爲蒸黎」。所以他認爲是六首的總結。浦起龍還進一步說，「反其言」，換個角度說，「何以爲蒸黎」可以變成「何以爲君上」。意思就是說老百姓活到這種下場，到了這樣一個命運，那做爲國君的難道還是國君嗎？怎麼稱得上是一個國君？浦起龍是清朝人，各位要知道，我們現在這樣說是很容易，在古代，說實話，這話還滿造反的。所以很顯然，他讀到這六首詩其實心裡是非常激動的，所以他說一個國君治理國家，讓老百姓活到了這個樣子，那難道算是一個國君嗎？怎麼做一個國君的？「何以爲君上」這個批判，說實話是非常強烈。

好，讀到這裡，我們現在要進一步談一個問題了，我們把六首詩基本上都讀完了，各位第一個感覺，這六首詩杜甫有沒有透過一些人物，透過一個故事，透過一個情節，產生諷刺，產生批判？有沒有？當然有。而且那個感受一定非常強烈，對不對？不說別的，古人也一再的講，我們看看這〈無家別〉題目下面，引了「鄭曰」，「鄭曰」是鄭杲，他就說：「刺不恤窮民也，久從征役，歸則無家，而復役之，雖曰府兵耗竭，前軍事急，尤宜分別而用之也。」他強調什麼？強調這是諷刺，諷刺朝廷沒有愛惜、沒有同情那些窮苦的百姓，已經當兵當了那麼久，回到家裡，家裡都沒有人了，可是又再一次的徵調他，所以是「刺」。回到前面〈垂老別〉，各位看到題目下邊一樣「鄭曰」，鄭杲的話：「刺不恤老也。」一樣說是「刺」，對不對？他說：「古者五十不從力政，六十不與服戎，況死事之家窮老宜恤者乎！」按照古代的制度，五十歲是不必出勞役的，六十歲是可以不參加當兵打仗的，所以這是不體恤這些老人家。再前邊〈新婚別〉，同樣鄭杲的話：「刺不恤新婚也。」又再次說「刺」，對不對？「古者仁政，新有婚者期不使」，

「期」是一年的意思，剛剛結婚一年之內，按照制度是不徵調的，當然要在家裡增產報國，所以一年以後，有需要再徵調。所以這些都一再的說「刺」，〈新安吏〉、〈石壕吏〉也是同樣。好了，那我們當然很容易把這六首詩定義、歸類在杜甫對現實的反應，對不對？對朝廷的諷刺，產生的批判，有沒有諷刺？肯定有，但是下邊我要引一段話，把這個內容進一步做一個認識，我摘要的說一些、引一些他的重點。

張綖，明朝人，他在《杜詩通》裡頭針對這六首詩的一個評論，我唸一下：「凡公此等詩不專是刺，蓋兵者凶器，聖人不得已而用之，故可已而不已者則刺之，不得已而用者則慰之、哀之。」下邊一段他舉的例子我們跳過，最後一個結論：「然天子有道，守在四夷，則所以慰哀之者是亦刺也。」我覺得張綖這一段評論滿深刻的。首先，我們剛剛說了，大部分的人，古人像鄭杲也好，一般現代人也好，都把這一批詩歸類到所謂「刺」，但張綖說這六首詩「不專是刺」。「不專是刺」意思就是說，不全部都是從諷刺的角度、批判的角度去寫的，那他說出一個道理：「蓋兵者兇器，聖人不得已而用之。」「兵」指的是戰爭，戰爭是非常凶險的一個手段，聖人指的是國君、統治者，那麼凶險的一個手段，作爲一個國君，是在不得已的情況之下，才採用這樣一個手段，「不得已而用之」。比方說被徵調的老百姓，這樣痛苦的遭遇，杜甫顯然有兩個不同的方向，所以說「可已而不已者刺之」，假如說這個戰爭是可以停止的，是不需要打的戰爭，結果國君、朝廷還在打仗，還在使用戰爭的手段，像這種行爲那杜甫是一點都不客氣，就加以諷刺、加以批判，所以這樣子的一個背景，面對老百姓的痛苦，杜甫就是全力的諷刺，我們讀過他舉的例子〈兵車行〉，你看裡頭的一些句子，杜甫強烈的批判：「邊庭流血成海水，武皇開邊意未已。」在邊境我們士卒流的血已經像海水一樣氾濫了，可是我們的國君開疆拓土的野心，還沒有停止，對不對？這個是需要打的戰爭嗎？不需要的，是「可已而不已」的，開疆拓土是爲了滿足統治者的野心的戰爭，讓老百姓受傷了，所以杜甫就諷刺，所以〈兵車行〉絕對沒有人懷疑，它是批判朝廷的，是諷刺的作品。

張綖還舉了〈兵車行〉，還有〈前出塞〉、〈後出塞〉之類的，像

〈前出塞〉我們書上沒有收這一篇作品，「出塞」是樂府的題目，那杜甫也模仿漢代的「出塞」的題目，而他一共寫了兩篇，所以有一篇是〈前出塞〉，然後是〈後出塞〉，〈前出塞〉一共九首，〈後出塞〉一共五首，那這些作品都是在唐明皇要開疆拓土這樣一個背景下，所寫出來的作品。所以他〈前出塞〉裡頭有一個句子說：「君已富土境，開邊一何多。」你版圖已經夠大了，可是你開疆拓土的野心怎麼不停止呢？還那樣的強烈呢？驅使百姓到邊關打仗，讓老百姓犧牲掉了，這些都是所謂「可已而不已者」，這一類的詩就是所謂「刺」。

可是有一類的戰爭沒有那麼簡單，是「不得已而用之」。比如說外族侵略我們國家，拿一個各位最熟悉的現代事來說，像日本人侵略中國，難道你不抵抗嗎？你就投降了嗎？那要抵抗就一定要打仗，打仗就一定要死人，但是這戰爭的性質不同，是「不得已而用之」，在這樣不得已而採取戰爭的手段，老百姓的遭遇痛不痛苦？當然還是痛苦，所以杜甫還是同情他們，可是多了另外一層意思，就「慰之哀之」，爲他們感到悲傷，可是「慰之」。「慰」是勸慰、鼓勵他們，你要從這個角度來回頭看這六首詩，其實有很多地方要從這「慰之哀之」的角度來去理解。溫習一下，我們先從第一首〈新安吏〉，杜甫有沒有同情這些被徵調的人？當然有，對不對？甚至於還責問「縣小更無丁」，看到被徵調的是中男，不合格的役男，而且都是那麼矮小的，但是杜甫最後說了，什麼「我軍取相州，日夕望其平。豈意賊難料，歸軍星散營。」說出了這個戰爭的必要性，因爲唐朝要收復那個鄴城，要徹底消滅史思明，所以戰爭是必須的，但是沒想到賊兵很難意料，打敗了仗，然後杜甫還不惜違逆了事實，安慰那些送行的人說：「就糧近故壘；練卒依舊京。掘壕不到水，牧馬役亦輕。」說工作很輕鬆，不是馬上上前線去打仗，還說「況乃王師順，撫養甚分明」等等，說實話，這些跟當時的事實是有點距離的，杜甫好像看起來是很可以做政戰人員的，做軍中的宣傳工作，那這些是爲了什麼？是勸慰，勸慰這些士卒，那麼讓他們還是去努力奉獻吧！

〈潼關吏〉相對的因爲是談當時的軍事形勢，這個沒有比較明顯的這樣的刺，或者慰、哀，但是以下的這四首，像〈石壕吏〉，杜甫有很強烈的批判。我們看看一開頭的「有吏夜抓人」，「抓人」兩個字說實話是講得很白的，講得非常強烈的，然後也說是「吏呼一何怒，婦啼一何苦」，對不對？可以看得出那個官吏要人咆哮的聲音，這老太婆非常悲哀的哭泣的聲音，但是那最後老婦人說了，「老嫗力雖衰，請從吏夜歸。急應河陽役，猶得備晨炊。」老太婆最後挺身而出，願意跟著那個吏到前線去了，你可以說是爲了保護那個他的老翁，但是也可以看出老太婆最後爲了這時代的需要，她還是願意犧牲自己上前線去。

那這〈新婚別〉有沒有怨？當然有，一開頭怨父母「嫁女與征夫，不如棄路旁」，對不對？怨丈夫「暮婚晨告別，無乃太匆忙」，然後我連身份都還不確定，「妾身未分明，何以拜姑嫜？」對不對？但是到了後邊，你可以看到說「勿爲新婚念，努力事戎行。」她不是勸慰她的丈夫嗎？你還有一條命，就努力的去打仗吧！

再補一首詩給各位參考一下，明朝有一位劉績，這個是一首短短的五言絕句，而且是押仄聲韻的絕句，他的〈征婦詞〉：「征婦語征夫，有身當許國。君爲塞下土，妾作山頭石。」這四句詩很容易了解，這個女子面對要被徵調的丈夫說的話，征婦跟征夫說，說什麼？「有身當許國」，你還有一條命，你就要把這條命奉獻給國家，「有身當許國」，不就是說「勿爲新婚念，努力事戎行」嗎？對不對？然後她也預設了，你一出征可能就死在戰場上，就死在塞外，死在邊疆，你就身體就變成了塞下的泥土。那我在家裡守貞，望夫石聽過吧？我就是你死了，我就變成山頭上那一顆望夫石，我認爲它完全是從杜甫的〈新婚別〉來的，把它簡化，所謂「勿爲新婚念，努力事戎行」，就是「有身當許國」，對不對？然後所謂「自嗟貧家女，久致羅襦裳。羅襦不復施，對君洗紅妝」，那也不就是你出去打仗，我就在家裡頭脂粉不施嗎？對不對？蓬頭垢面的等你回來，你不來，那我也就變成了守節的寡婦。各位要知道，劉績的背景就是明朝面對的外患的入寇，是「不得已而用之」的戰爭。

〈新婚別〉是這樣。〈垂老別〉呢？當然也是，你看那個老人家寫得很活靈活現的，對不對？他想到四周都不安寧，子孫也陣亡盡了，我留一個老人家做什麼？這條命沒什麼用，然後「投杖出門去」，對不對？很勇敢的就走向了行伍裡頭。這些形象雖然看起來是悲哀的，但是也可以說，這老人家還是有一份的願意上前線的一種心理，所以這叫「慰之哀之」。因此張綖說「不專是刺」，是帶著同情、帶著鼓勵這個角度寫出來的。各位了解嗎？

但這個張綖很厲害，你看最後一段，他又做了一個結論：「然天子有道，守在四夷，則所以慰哀之者是亦刺也。」他說進一步轉過來想，一個國君，假如說有道的國君，「守在四夷」是什麼意思？就是說你把國家治理得很好，外寇不會侵擾，邊境非常的安靜，這叫「守在四夷」。換句話說，就不會有戰爭，就不可能產生「不得已而用之」的戰爭。因此，那杜甫顯然這幾首詩都是「天子無道」，產生了那個不得已要打的仗，安祿山起兵造反，史思明再相繼的叛變，洛陽岌岌可危，長安也面臨了再一次的保衛戰，這些都是因爲「天子無道」產生的，所以雖然「慰之哀之」，鼓勵他們還是要勇敢的面對敵人，但是追根究柢，這還是個諷刺，那諷刺的就不只是像〈兵車行〉、〈前出塞〉、〈後出塞〉那樣，不是對國君有開疆拓土野心的戰爭諷刺，而是「天子無道」造成了戰爭不得不打的一個下場。所以這樣一看，追根究柢還是諷刺。古人說穿了，那一張嘴還是滿厲害的，一開始說「不專是刺」，然後最後還是「是亦刺也」，寫文章也要這樣寫，也是跌宕起伏。

其實說真的，我覺得張綖這段話是滿中肯的，而且很能夠把杜甫的這樣一個心裡的曲折表達出來。這是乾元二年，杜甫四十八歲，杜甫還有十一年存活在這個世界上，他一共活了五十九歲，但是這十一年，我們知道唐朝的時代，那是越來越糟糕，所以往後你可以看到杜甫面對這樣一個時代的災難，他所顯示的一種悲哀、同情、無奈，那是非常的強烈的。當然高步瀛先生收的杜甫詩，畢竟不是全面，所以各位假如透過我們的講解，對杜甫還有進一步的興趣，我還是鼓勵大家去買一部，或者借一部，把杜甫的集子翻一翻，我知道不可能一千四百五十七首，你每一首都把它讀熟了，這個我也不這樣子要求各位，但是翻一翻，看看杜甫的詩整體長成什麼樣子。這裡收的大概只是看到了一點眉毛、一個鼻子而已，它整個來說是什麼樣子，你不妨還是把全集讀一讀。那這六首我想我們就先介紹到這裡了。